(Detailausschnitt auf den Seiten 94/95)

Petra Oelker, geboren 1947, arbeitete als freie Journalistin und veröffentlichte Jugend- und Sachbücher. Sie schrieb mehrere in der Gegenwart angesiedelte Kriminalromane, unter ihnen *Der Klosterwald* und *Die kleine Madonna*.

Dem großen Erfolg ihres ersten historischen Kriminalromans *Tod am Zollhaus* (rororo 22116) folgten sechs weitere Romane, in deren Mittelpunkt Hamburg und die Komödiantin Rosina stehen:

> *Der Sommer des Kometen* (rororo 22256),
> *Lorettas letzter Vorhang* (rororo 22444),
> *Die zerbrochene Uhr* (rororo 22667),
> *Die ungehorsame Tochter* (rororo 22668),
> *Die englische Episode* (rororo 23289) und
> *Der Tote im Eiskeller* (rororo 23869)

Der vorliegende Band ergänzt diese Reihe.

PETRA OELKER

Mit dem Teufel im Bunde

EIN HISTORISCHER KRIMINALROMAN

ROWOHLT TASCHENBUCH VERLAG

6. Auflage Juli 2013

Originalausgabe
Veröffentlicht im Rowohlt Taschenbuch Verlag,
Reinbek bei Hamburg, Dezember 2006
Copyright © 2006 by Rowohlt Verlag GmbH,
Reinbek bei Hamburg
Abbildung Seite 41
Staatsarchiv der Freien und Hansestadt Hamburg
Hamburg-Karte Seite 94/95
Peter Palm, Berlin
Abbildung Seite 302
Niedersächsisches Landesarchiv Stade,
Rep. 5 d Fach 46 Nr. 34 fol. 179 a
Umschlaggestaltung any.way, Cathrin Günther
(Abbildung: Museum für Hamburgische Geschichte)
Satz Caslon 540 PostScript (PageOne)
Gesamtherstellung CPI – Clausen & Bosse, Leck
Printed in Germany
ISBN 978 3 499 24200 7

**Das für dieses Buch verwendete FSC®-zertifizierte Papier
Holmen Book Cream liefert Holmen, Schweden.**

*Sich von Verbrechen fernhalten heißt nicht,
dass sie dann aufhören.*

Dacia Maraini

PROLOG

———◆———

Das Blut rann den nackten Arm des Scharfrichters hinab bis in sein schwarzledernes Wams, es leuchtete rot auf der weißen Haut. Obwohl es aus der Entfernung wie ein dünnes Rinnsal erschien, wirkte es wie ein Fanal. Nicht der abgetrennte Kopf des Gerichteten oder der entsetzliche Mund, nicht der als blutender Kadaver vom Richtblock auf die Bretter rutschende Körper – es war dieses leuchtend rote Blut aus den durchtrennten Adern des abgeschlagenen Kopfes auf der weißen Haut des triumphierend gereckten Armes.

Das war das Bild, das er nicht vergaß. Die Erinnerung kehrte zurück, wenn er vor einem Schlachthaus oder im Hof eines Anwesens zum Ausbluten aufgehängte Schweine oder Rinder sah, auch neulich, als die weiße Katze von den Rädern einer dahinrasenden Kutsche zerquetscht wurde. Und manchmal ohne offensichtlichen Anlass.

So wie jetzt im Halbschatten unter der Hainbuche. Hier war weit und breit kein Schlachthaus, gewiss kein Richtplatz, nicht einmal ein Gehöft. Auch fehlte jeglicher Geruch von Blut, Sterben und Verwesung. Da war nur in den Farben des Herbstes leuchtendes Land, fallendes Laub und der Duft von feuchter Erde, ein Bussard zog hoch über ihm seine Kreise, mit den scharfen Augen auf der Suche nach einer Beute, die beiden Pferde dösten mit gesenkten Köpfen. Nun taumelte eine müde Hummel behäbig brummend vorbei, sonst gab es nichts als Stille und Frieden.

Johannes Taubner schüttelte seinen Kopf, heftig, so wie ein nasser Hund sich schüttelte.

Eine helle Stimme lachte auf. «Hat sich wieder eine Wespe in dem Gestrüpp auf deinem Kopf verirrt? Soll ich nachsehen?»

Der junge Mann, der zwei Schritte von Taubner entfernt im Gras gelegen und in die Wolken gestarrt hatte, richtete sich auf, froh, dass das müßige Herumliegen offenbar ein Ende hatte. Mit seinen etwa zwanzig Jahren war er halb so alt wie Taubner, sein weißblondes Haar wirkte gegen die von Wind und Sonne mehr gerötete als gebräunte Haut des Gesichts künstlich, der einfache blaue Kittel über der Kniehose, die einmal bessere Tage gesehen hatte, war ihm zu weit. Seine hellen Augen, der große Mund verrieten ein heiteres, schwärmerisches Naturell, nur manchmal, wenn er sich unbeobachtet fühlte, war sein Blick der eines viel älteren Mannes.

«Nein», sagte Taubner, «keine Wespe. Es war – gegen die Trägheit. Ja, es vertreibt die Trägheit.»

Er sah keinen Grund, dem Jungen, wie er ihn bei sich stets nannte, seine Gedanken anzuvertrauen. Erst recht nicht die dunklen, davon hatte Henrik selbst genug.

Er war lange in Kopenhagen gewesen; während der letzten Wochen hatte er mit seinem neuen Gehilfen in Wismar gearbeitet, nun war das Ziel ihrer Reise nicht mehr weit. Das musste der Grund für die Vision jenes blutigen Tages sein. Würde er auf einen Baum klettern, der höher hinaufragte als die Hainbuche, könnte er womöglich schon die Türme und Wälle sehen, sogar ein Stück des breiten, zum Meer führenden Flusses. Er hatte scharfe Augen. Wie der Bussard. Die Stadt war noch eine, vielleicht anderthalb Tagesreisen entfernt. Er kannte sie gut und wusste, wenn man sich auf den Straßen von Norden und Osten dem Tor näherte, passierte man das Galgenfeld. Es war eine große Wiese, fast so groß wie die bei Kopenhagen. Richtstätte und ungeweihte Erde zum Verscharren der Hingerichteten. Oder was von ihnen übrig geblieben war. Er war kein kaltblütiger Mensch, das war er nie gewesen, so hoffte er, Galgen und Räder leer vorzufinden. Es mochte ja sein, dass die verwesenden, von Raub- und Aasvögeln zerhackten Körper der Hingerichteten der Abschreckung dienten – im Preußischen, so hatte er gehört, ließ man manche der Gehenkten an den Galgen, bis nur mehr die Gerippe übrig waren –, doch mit den Jahren hatte er zu zweifeln begonnen, ob diese Sitte christlich war oder nur barbarischen Völkern angemessen, die nichts von der Erlösung und Vergebung der Sünden wussten.

Diesmal war ihm das Bild vom Blut auf der weißen Haut im Schlaf begegnet. Die Sonne stand immer noch hoch, er konnte nur kurz eingenickt sein. Offenbar lange genug.

Seit er als einer von Tausenden auf der weiten Fläche vor der dänischen Hauptstadt dem schrecklichen Spektakel zugesehen hatte, waren Monate vergangen. Als er damals auf das Blut gestarrt hatte, war ihm die dichtgedrängte Menge von Körpern wie ein großes, sich mit angehaltenem Atem zusammenkrümmendes Tier erschienen, wie ein einziger Körper, der ihn fest umschloss und ihm die Luft nahm. Er wollte aus dieser seltsamen Manege fliehen, dreißigtausend Zuschauer hatten sich um das auf dem Østre Fælled errichtete Schafott eingefunden, so war später in den Zeitungen geschrieben worden. Aber wie alle anderen hatte er ausgeharrt, als halte auch die Zeit den Atem an, um sich dann von der plötzlich, wie im geheimen Einverständnis davoneilenden Menge mitziehen zu lassen, fortschwemmen, zurück hinter die Mauern der Stadt.

Erst später in seinem Quartier hatte er erkannt, was an

dieser Rückkehr so befremdlich gewesen war: Das Geschwätz hatte gefehlt in diesem eiligen Menschenstrom, die Prahlerei, das Ausmalen und einander Erzählen von dem, was sich gerade ereignet hatte. Da war ein Raunen hier und dort gewesen, mal ein Seufzen, ein Aufschluchzen gar, doch keine wetteifernden Töne des Triumphs, des üblichen genussvollen Grausens und der Schadenfreude.

Oder hatte er sie nur nicht gehört? Waren sie nur nicht durch das taube Rauschen in seinen Ohren, in seinem ganzen Kopf gedrungen? Das glaubte er nicht. Auch in den nächsten Tagen, als er wortkarg wie gewöhnlich seiner Arbeit nachging oder am Abend in der Schänke bei einem Krug Bier dem Geschwätz der Leute zuhörte, war von dieser erstaunlichen Stille und Eile, in der die Menge den Richtplatz verlassen hatte, die Rede gewesen. Doch schon am nächsten Tag war die gewohnte Ordnung wieder eingekehrt, nicht nur der Pöbel auf den Märkten und im Hafen, in den Gassen und Schänken hatte zum üblichen Geschrei zurückgefunden, auch die Zeitungsschreiber und Drucker, die Verfasser der Flugschriften.

Die Flugschriften waren in der Stadt verkauft worden, ob mit oder ohne Bilder – alle waren im gleichen Ton gehalten. Da war von dem Verräter die Rede, von dem Lüstling, dem Betrüger, dem Staatsfeind, von dem Mann, der die Königin verführt und den König und den Kronprinzen zu ermorden geplant hatte. Von einem, der mit dem Teufel im Bunde gewesen war. Wie sonst sollte man es erklären, wenn ein Pastorensohn in kurzer Zeit vom armen Altonaer Stadtphysikus zum Vorleser, königlichen Leibarzt und schließlich zum nahezu allmächtigen Geheimen Kabinettsminister aufstieg?

Er hatte den Dreck nicht gekauft, ihm reichte, dass man den Vorlesern auf den Plätzen und in den Schänken kaum entkam. Womöglich hatte er es nicht selbst lesen, nicht schwarz auf weiß sehen wollen, so überlegte er jetzt, weil er Angst vor Zweifeln hatte. Womöglich, ja. Es war bei aller Gewissheit nicht leicht, der eigenen Überzeugung treu zu bleiben, wenn alle Welt an eine andere Wahrheit glaubte.

Die Wahrheit? Wahrheit war ein schwieriges Wort, was sich dahinter verbarg, noch schwieriger. Darüber wollte er nun nicht nachdenken. Er reckte die Schultern, bewegte vorsichtig den steif gewordenen Rücken und sah sich um. Es gab immer noch diese Momente, in denen er nicht erstaunt gewesen wäre, wenn er sich vergeblich umgesehen hätte. Dabei hatte er sich an den Jungen gewöhnt, so unwillig er ihn zunächst aufgenommen hatte – einem wie Henrik Unterschlupf zu gewähren, war in jenen Tagen gefährlich gewesen.

Inzwischen holte ihn die Erinnerung an die blutige Hinrichtung seltener ein, auch mit weniger Erschrecken, und obwohl er nicht wusste, warum er sich stets gerade an diese roten Streifen von Blut auf der weißen Haut erinnerte, fragte er sich nicht mehr danach. Es war unnütz, über Begebenheiten zu grübeln, wenn er sie nicht ändern konnte. Insbesondere nach solchen, die in der Vergangenheit lagen und somit unabänderlich Teil der wirklichen Welt waren.

Er hatte andere Hinrichtungen gesehen, hatte die letzten Schreie einer des Kindsmords überführten Frau gehört, bevor sie, eingenäht in einen Sack, im Fluss unter das Wasser gedrückt und ertränkt worden war. Es war nicht wirklich gewiss gewesen, ob sie das Kind ihrer Schwester getötet hatte; was die Menschen unter der Tortur gestanden, war nie gewiss. Er hatte Gehenkte gesehen oder das, was von ihnen übrig geblieben war, er hatte auch – wie in Kopenhagen – nach der Tötung geviertelte und auf Räder geflochtene Körper gesehen, die großen schwarzen Vögel, die darauf hockten und mit scharfen Schnäbeln ihre Beute zerhackten und verteidigten. Einmal hatte ihn bei der Fahrt durch ein Stadttor der Geruch verbrannten Fleisches empfangen. Es war ein Tag von drückender Schwüle gewesen, der Geruch hatte noch den ganzen Tag und die folgende Nacht in der Stadt gehangen. Selbst als die Reste des Scheiterhaufens beseitigt und die Asche des Delinquenten nach der Sitte an einem unbekannten Ort in alle vier Winde verstreut worden war, hatte er es noch gerochen. Doch so war das Leben, Strafen gehörten dazu, auch die zum Tode.

Bis zu jenem Tag in Kopenhagen Ende April hatte er sich die Entscheidung, ob solche Strafen gerecht waren, nie angemaßt. Diese Hinrichtung war unrecht gewesen, dessen war er sicher. Nur deshalb reiste der Junge nun mit ihm, als sein neuer Gehilfe. In Hamburg würde niemand fragen, wer Henrik war, woher er kam, wohin er wollte. Und zu welchem Zweck. Das vor allem.

«Komm», sagte er, stand auf und löste die Fessel um die Vorderbeine der Pferde. Der Junge sprang auf. Er zog laut den Rotz hoch, wischte sich grob mit der Hand unter der Nase entlang und lachte.

«Richtig so?», fragte er.

«Schon ganz gut.» Taubner lächelte flüchtig. Der Eifer, ja, das Vergnügen, mit dem der Junge sich darin übte, das Gebaren eines Mannes ohne feine Erziehung anzunehmen, heiterte ihn stets auf.

KAPITEL 1

Hamburg

MONTAG, 26. OKTOBER

Es war einer dieser milden Herbsttage, die das Wissen um die Nähe der winterlichen Kälte und Dunkelheit absurd erscheinen lassen. Das Sonnenlicht funkelte schon ein wenig matt auf dem Alstersee und den Fleeten, doch es wärmte noch und ließ die Menschen, die an diesem Vormittag auf den Straßen unterwegs waren, ihre Schritte verlangsamen. Einige gerieten gar ins Schlendern, was in einer großen Hafen- und Handelsstadt wie Hamburg an einem ganz gewöhnlichen Wochentag durchaus ungewöhnlich war. Die Straßenhändler und die Blumenverkäuferinnen machten wieder bessere Geschäfte, man grüßte einander freundlicher als sonst, blieb hier und da stehen, um ein paar Worte zu wechseln, die sonst nicht gewechselt worden wären. Möglicherweise wurden sogar alte Feindschaften vergessen, wenigstens für diesen einen schönen Tag, dieses späte Geschenk des schon vergangenen Sommers.

Natürlich galt das nicht für alle Menschen in der Stadt, hier und da wurde gestritten oder betrogen, rüde befohlen oder unerbittlich gestraft wie an allen anderen Tagen.

«Ja, ja», murmelte Baumeister Sonnin, dessen Kopf eigentlich mit Wichtigerem als dem Für und Wider milder Spätherbsttage beschäftigt war, «es mag wohl doch an der Kraft der Sonne liegen, wenn die Wilden in den heißen Ländern zur Faulheit neigen.»

Gestern Abend im Gasthaus *Zum Traubenthal* hatte er das

noch vehement abgestritten und behauptet, jeder Mensch sei zur Disziplin und somit auch zur Selbstdisziplin fähig und überhaupt Herr seiner Entscheidungen und seines Tuns. Selbst Frauen und Wilde. Wodurch die Debatte in eine andere Richtung abdriftete, nämlich ob diese Wilden, die gelb-, schwarz- oder rothäutigen, überhaupt Menschen seien, bevor sie die Segnungen der christlichen Taufe genössen. Eine dumme, immer wiederkehrende Erörterung, die Sonnin überhaupt nicht gefiel.

Er marschierte mit raschem Schritt durch all das Geschlender, bog in den langgestreckten Platz vor dem Rathaus ein und überlegte, ob er die Sache von der Sonne und den Wilden gerade nur gedacht oder womöglich laut ausgesprochen hatte. Er erinnerte sich nicht, auch hatte er nicht darauf geachtet, ob ihn jemand seltsam ansah. Auf so etwas achtete er nie, die Leute sahen ihn oft genug seltsam an. Was nur an der Dummheit der Leute liegen konnte, er selbst hielt sich ganz und gar nicht für seltsam. Er war der beste Baumeister der Stadt. Dass er es auf unübliche Weise geworden war, spielte keine Rolle. Die große Michaeliskirche in der Neustadt war sein Werk, nun gut, nicht *allein* sein Werk, aber zum größten Teil. Und die neuen Methoden, mit denen er den Abriss der nach einem Blitzschlag übrig gebliebenen Ruine und den Bau der neuen Kirche bewerkstelligt und vorangetrieben hatte, hatten seinen Namen und sein Können trotz aller Streiterei und Krittelei weit über die Stadt hinaus bekannt gemacht.

Aber es stimmte, wenn er nicht besser auf sich achtgab, wurde er wunderlich. Wahrscheinlich wurde er nur alt. In der letzten Zeit ertappte er sich häufiger dabei, wie ihm in Gesellschaft oder auf belebter Straße ein grimmiges Stöhnen entfuhr oder er einen Gedanken laut aussprach. Leider auch, wenn es überhaupt nicht angebracht war, so wie in der letzten Woche, als er des dummen Geschwätzes um die ewige Repariererei an dem baufälligen Rathaus müde gewesen war. Der Blitz hätte St. Michaelis verschonen und besser in das Rathaus fahren sollen. Das machte der Stadt wahrlich keine Ehre, es war längst samt dem angebauten Niederngericht reif zu Abbruch und Neubau. Aber sie wollten sparen, die Herren mit den weißen Halskrausen, und ließen immer nur an dem alten Gemäuer herumwerkeln. Seit zwölf Jahren stützte ein eingezogener Pfeiler mitten im Ratssaal die alte Decke, einmal war schon ein Stein herausgefallen, während einer Sitzung – da sollte noch einer behaupten, die Ratsherren besäßen keinen Mut. Sie waren so todesmutig wie knauserig.

Er hatte von jeher seine Differenzen mit der Obrigkeit gehabt, vor allem mit der Dummheit mancher als bedeutend geltender Männer, auch das war bekannt und hatte ihn zweifellos einige lukrative und reizvolle Bauaufträge gekostet, vom Amt des Stadtbaumeisters gar nicht erst zu reden.

Leider war er nicht reich genug, um sich leisten zu können, stets zu sagen, was er dachte. Obwohl es verlässliche einflussreiche Freunde und Kenner seiner Kunst in der Stadt gab, sollte er dafür sorgen, dass seine Gegner und Feinde nicht mehr wurden. Ja, er musste unbedingt besser achtgeben. Wie oft hatte er sich das schon vorgenommen?

Er blieb stehen, blinzelte durch die Sonne zur breiten, mit den Statuen der von einundzwanzig deutschen Kaisern und Königen geschmückten Fassade des Rathauses, weiter zur Börse hinüber und verzog spöttisch den Mund. So viel zum freien Willen und zur Selbstzucht, dachte er und war diesmal ganz sicher, nur gedacht und nicht gesprochen zu haben.

Dabei wäre es gerade in diesem Moment einerlei gewesen. Niemand beachtete den Baumeister, alles scharte sich um ein Grüppchen von Männern und Frauen vor der Bücherbude bei der Trostbrücke. Wer keine Zeit hatte, stehen zu bleiben, um den Grund der Aufregung zu erkunden, machte im Vorbeigehen einen langen Hals und spitzte die Ohren. Sonnin hatte auch keine Zeit, doch was er jetzt hörte, ließ ihn das vergessen.

«Ich hab's immer gesagt», schrie ein vom Eifer rotgesichtiger Mann, in dem Sonnin den Büchsenschmied Murke aus der Spitaler Straße erkannte, und schwenkte eine Broschüre. Ihn hatte die Milde des Tages offensichtlich unberührt gelassen. «Ein Physikus? Ein Minister? Ein Graf? Dummes Zeug! Ein Teufel auf Erden, das ist er gewesen! Ein Verräter, Kindsmörder und Menschenverderber.»

«Sittenstrolch», rief ein anderer mit meckerndem Lachen, «Ihr habt Sittenstrolch vergessen!»

«Lüstling», piepste eine weibliche Stimme dazwischen, und eine Woge von Gelächter ging durch die Menge, doch niemand widersprach.

«Pass bloß auf, Jan Murke», mahnte eine dicke, sommersprossige Frau, die ihren mit Walnüssen gefüllten Korb gegen das Drängen der Leute umklammert hielt. «Teufel bleibt Teufel, auch wenn die Dänen ihm den Kopf abgeschlagen haben. Das macht dem gar nichts. Pass bloß auf, dass er nicht beim nächsten Gewitter angesaust kommt und dich holt. Ich hör's schon donnern.»

Für eine Sekunde war es totenstill, dann ging das Geschrei weiter. Sonnin befahl sich, nicht mehr zuzuhören, und drängte durch die Reihen. Er würde keinen Pfennig ausgeben für ein solches Pamphlet, er hatte genug von dem Schund in den Fingern gehabt, aber er wollte es sehen. Er wollte wissen, ob irgendjemand – ob in Kopenhagen oder hier an der Elbe – noch etwas Neues zu Aufstieg und Fall des Dr. Johann Friedrich Struensee erdacht hatte.

Der Pächter der Bücherbude stand hochzufrieden mit vor dem Bauch gefalteten Händen hinter seinem Tresen und sah aus wie ein Goldsucher, der auf eine dicke Ader gestoßen ist. Die Hinrichtung des dänischen Ministers und tatsächlichen Regenten, der einmal Armenarzt im benachbarten Altona gewesen war, lag nun schon ein halbes Jahr zurück, trotzdem tauchten immer noch Flugschriften auf, die sich verkauften wie Brot während einer Hungersnot. Manche waren vielblättrig wie ein Buch, fast alle gehässige, geifernde Pamphlete, die nach Sonnins Meinung mehr über Geisteshaltung und Moral ihrer Verfasser aussagten als über den Mann, der an seinen unmäßigen Ambitionen – sicher auch an der Liebe zu seiner Königin – gescheitert, wegen Majestätsbeleidigung im Höchsten Grad und Hochverrats angeklagt, verurteilt und hingerichtet worden war. Ermordet, sagten manche, doch das waren wenige. Die Sache mit dem Teufel war nun wirklich nicht neu, aber Satan, Unzucht und Verrat verkauften sich immer gut.

«Und ich hab auch gesagt, was hier steht.» Der Büchsenschmied übertönte alle. «Der Kerl lebt! Struensee lebt.»

Wieder herrschte für einen Atemzug Stille – alle, auch die, die ihn zuvor wenig beachtet hatten, starrten Murke an.

«Hier steht's», rief er mit kippender Stimme und schwenkte seine Broschüre wie eine Siegesfahne, doch das ging schon in der neu aufbrandenden Debatte unter.

‹Struensee lebt›. Zwei Worte, die zündeten wie ein Windstoß in nur noch glimmendem Feuer. Das war tatsächlich neu, und plötzlich war sich Murkes Publikum nicht mehr einig. Die, die selbst ein Exemplar ergattert hatten, beugten sich über das Papier, andere versuchten mitzulesen, einige lachten, allerdings klang es weniger fröhlich als schrill.

Struensee, las Murke vor, sei es gelungen, aus seinem Kerker zu entkommen und statt seiner einen Doppelgänger aufs Schafott zu schicken, der ihm hündisch ergeben gewesen sei. Oder eine teuflische Chimäre, das sei ungewiss. Jedenfalls sei es nicht der Geheime Kabinettsminister des Königs gewesen, dem zuerst die Hand und dann der Kopf abgeschlagen, dessen Körper gevierteilt aufs Rad geflochten, Kopf und Hand auf Stangen gespießt ausgestellt worden seien, bis alles an einem geheimen Ort verscharrt worden war.

Murke hielt es mit der teuflischen Chimäre. Nun, verlas er weiter, sei der Entkommene auf der Flucht und bereite sich mit seinen Spießgesellen vor, anderswo sein unmenschliches Spiel zu treiben. Umsturz, Revolution oder eine andere Teufelei.

«Unmenschliches Spiel», murmelte eine Stimme in Sonnins Nähe, Murkes wichtigtuerische Stimme nachäffend. «Das unmenschliche Spiel betreiben ganz andere.»

Sonnin sah sich suchend um, aber er konnte nicht erkennen, zu wem die Stimme gehörte. Nun hätte er doch gerne eines dieser Pamphlete gekauft, der Händler hob nur grinsend die Schultern und schüttelte den Kopf.

«Kommt morgen früh wieder», sagte er, beflissen die Hände gegeneinanderreibend, «bis dahin ist nachgedruckt.»

«Und hoffentlich von der Zensur konfisziert», knurrte der Baumeister und kämpfte sich unwirsch wieder aus dem Menschenknäuel. Spätestens in einer Stunde würde es in der ganzen Stadt und den umliegenden Ortschaften verbreitet sein: ‹Struensee lebt›. Genug Schwachköpfe würden es glauben. Einige vielleicht, weil sie es hofften, weil sie sich an den jungen unermüdlichen Physikus erinnerten, der verbissen gegen die Windmühlenflügel der Dummheit und des Aberglaubens gekämpft hatte – selbst etliche, die ihn nicht gemocht und seine Ansichten absolut nicht geteilt hatten, fanden sein Ende übertrieben und unrecht. Die meisten jedoch, weil ihnen die Vorstellung zu einem wohligen Grausen verhalf. Besonders in Verbindung mit der teuflischen Chimäre.

«Sonnin, alter Freund, Ihr seht aus, als hätte Euch jemand das Buttermilchtrinken verboten.» Claes Herrmanns, Großkaufmann und eine der Grauen Eminenzen der Stadt, stellte sich dem grimmig und blind für seine Umwelt über den Platz stapfenden Baumeister in den Weg und musterte ihn amüsiert. «Seid Ihr in eine Rauferei geraten? Wenn Ihr erlaubt...»

Mit einem raschen Griff rückte er die im Gedränge verrutschte Perücke des Baumeisters gerade und klopfte ihm ein wenig von dem herabgerieselten grauen Puder von der Schulter.

«Ein Becher Buttermilch käme mir jetzt sehr recht. Es geht nichts über frische Buttermilch. Und Rauferei? Beinahe.» Er blickte zu der sich auflösenden Menge vor der Bücherbude zurück und schnaufte ärgerlich. «Der Kerl dort verkauft mal wieder eine dieser erbärmlichen Flugschriften. Ich dachte, damit sei es endlich vorbei. Irgendein Idiot hat sich tatsächlich was Neues ausgedacht. Struensee, so wird da behauptet, lebt. Er sitze irgendwo wie die Made im Speck, sammele seine Anhänger, die man sträflicherweise – ha, sträflicherweise! – nicht reihenweise geköpft, sondern nur des Landes verwiesen hat, und brüte eine Teufelei aus. Besonders mit seinem älteren Bruder, der in Kopenhagen seine rechte Hand gewesen ist. Man stelle sich vor: Revolution in Altona und Pinneberg! In Hamburg gar. In England mag das möglich sein, da gärt es schon lange, aber bei uns? Warum nicht gleich im Garten Eden?»

«Was?» Claes Herrmanns lachte ungläubig. «Verzeiht mein Lachen, der Einfall ist nicht wirklich lustig. Aber das ist zu absurd.»

«Wahnwitz!»

«Wahnwitz. Unbedingt. Wie sollte das gegangen sein? Tausende waren Zeuge der Hinrichtung.»

Sonnin berichtete knapp, was er gerade gehört hatte, unwillig, gleichwohl spürte er Erleichterung. Er kannte den Kaufmann lange und gut genug, um zu wissen, dass er in ihm keinen Verfechter von Struensees radikalen Reformen, aber einen Mann von einiger Vernunft vor sich hatte.

«Habt Ihr eins von diesen Pamphleten?», fragte Claes Herrmanns.

«Nein, sie waren schon alle verkauft. Der Budenkerl sagt, morgen früh habe er neue, bis dahin sei frisch gedruckt.»

Herrmanns pfiff leise durch die Zähne. «Das bedeutet, die Fetzen werden hier bei uns gedruckt.»

«Hier oder in Altona. Neuerdings soll es auch in Wandsbek eine kleine Druckerei geben. Einerlei, so ein Geschäft lässt sich kein Drucker entgehen, selbst wenn er dafür Schmutz drucken muss.»

«Umso weniger, wenn er es nicht als Schmutz ansieht. Vergesst es einfach», schlug Herrmanns vor. «Der Teufel hat immer Konjunktur. Der ist der beste Kompagnon, wenn man Aufregung schüren und den Leuten das Geld aus der Tasche ziehen will. Wie der Klabautermann. Der muss auch herhalten, wenn ein Schiff auf unerklärliche Weise verschwindet. Dabei verschwinden Schiffe nun mal, so ist die Seefahrt. Struensee als Teufel – eigentlich kann Euch das nicht überraschen. Ich erinnere mich, dass man selbst Euch wegen Eurer Methoden der Kumpanei mit dem alten

Luzifer bezichtigt hat. Ihr wärt mit dem Satan im Bunde gewesen, hieß so nicht der Titel einer Flugschrift? Wartet nur ab, wenn Ihr nun den Turm der Katharinenkirche ...»

«Sapperlot! Die Katharinenkirche. Ich komme zu spät.» Der Baumeister neigte, schon im Davoneilen, den Kopf zum Gruß und hastete über die Zollenbrücke davon.

Claes Herrmanns' Begleiter, ein eleganter Mann von vielleicht dreißig Jahren, sah ihm verblüfft nach; die Klarheit seines Gesichts unter dem sanft lockigen aschblonden Haar, das über den Ohren zu den erforderlichen akkuraten Röllchen gedreht und im Nacken über dem Haarbeutel von einem schwarzen Seidenband gefasst war, wurde nur von einem *pince-nez* gestört.

«Das war Baumeister Sonnin?», fragte er.

«Ja. Ich hätte Euch gerne miteinander bekannt gemacht. Er ist meistens in Eile, sicher findet sich bald eine andere Gelegenheit. Lasst Euch nicht täuschen, Meinert, er ist ein äußerst kluger Kopf. Eigensinnig, das gewiss, manchmal bis zur Sturheit, aber klug. Und mutig. So einer», fügte er wie zu sich selbst hinzu, «so einer hat nicht nur Freunde. Nun gut», er rieb sich den krümeligen Puder aus Sonnins altmodischer Perücke von den Händen, «was haltet Ihr von einem kleinen Besuch im Kaffeehaus? Ich brauche nach dieser teuflischen Geschichte unbedingt Kaffee. Ihr solltet ihn mit Kardamom versuchen. Oder müsst Ihr gleich zurück ins Kontor?»

Zacharias Meinert zögerte. Tatsächlich wurde er im Kontor erwartet. Von seinem Schwiegervater, was die Sache einerseits leichter, anderseits schwieriger machte. Aber einen Kaffeehausbesuch mit Claes Herrmanns konnte er nicht ablehnen. Im Gegenteil, der Vater seiner Frau würde beeindruckt sein. Im Übrigen war der ein wohlwollender Mensch, als Oberhaupt seines Handelshauses wie seiner

Familie vielleicht ein wenig pedantisch, doch er hatte ihn oft genug aufgefordert, in dieser Stadt, in der er den meisten noch als Fremder galt, wichtige Bekanntschaften zu suchen und zu pflegen. Das sei unabdingbar für erfolgreiche Geschäfte, hatte sein Schwiegervater erklärt (als ob er das nicht selbst wüsste), besonders für den zukünftigen Teilhaber einer Großhandlung.

«Wart Ihr schon von Java zurück, als der Struensee-Skandal die Wogen hochgehen ließ?», fragte Claes Herrmanns, als sie *Jensens Kaffeehaus* bei der Börse erreichten.

«Ja, natürlich.» Der junge Kaufmann beugte sich vor und öffnete dem Älteren höflich die Tür. «Ich habe schon bei meiner Ankunft in Amsterdam vor mehr als einem Jahr von den Vorgängen in Kopenhagen ...»

Weiter kam er nicht. In dem Kaffeehaus, Treffpunkt der wohlhabenderen Kaufleute und Privatiers, der Gesandten und Mitglieder des Rats, kurz jener Männer, deren Stimme in der Stadt von Bedeutung war, herrschte Trubel wie zuvor bei der Bücherbude.

«Mit dem Teufel!», rief gerade Senator van Witten und blähte seinen mächtigen Brustkorb, dass beinahe die Silberknöpfe auf seiner Weste aus bestickter sandfarbener Seide abplatzten. «Das ist stark. Die blanke Unvernunft. Reine Spintisiererei. So was überlassen wir in dieser Stadt alten Weibern und Dichtern. Wenn wir den Drucker, der den Unsinn in Umlauf gebracht hat, bei uns erwischen, kann er seine Werkstatt schließen, ein für alle Mal. Und glauben Sie mir, Monsieur, wir werden ihn finden.»

Van Witten war bekannt für starke Worte. Claes Herrmanns grinste, und während er dem schwitzenden, am Rande der Menge mit einem Tablett voller Kännchen und Tassen balancierenden Wirt mit zwei erhobenen Fingern das Zeichen für ‹zweimal-Kaffee-und-zwar-sofort› gab, grinste er noch breiter. In der Bude bei der Trostbrücke mochte die neue Flugschrift ausverkauft sein, hier würde er ganz gewiss eine ergattern. Und wenn er sie van Witten selbst aus der Tasche ziehen musste.

*

«Nein», sagte die junge Madam Vinstedt. «Auf gar keinen Fall.» Leider klang es wenig entschlossen, so bemühte sie sich um ein besonders strenges Gesicht. «Wir haben auch gar keinen Platz für ihn», erklärte sie. Es war einfach zu früh. Obwohl sie seit fast einem halben Jahr verheiratet war, fühlte sie sich in ihrer neuen Rolle, ihrem neuen Leben als Ehefrau und ehrbare Bürgerin immer noch nicht ganz zu Hause. Manchmal erwachte sie am Morgen, spürte die feinen Laken, den schlafenden Mann an ihrer Seite, die Wärme seines Körpers, und es konnte geschehen, dass sie nicht wagte, ihn zu berühren, weil sie sicher war, das Trugbild werde sich dann auflösen. Sie wusste, es war kein Trugbild, es war glückliche Realität, dennoch fühlte es sich an wie ein geborgtes Leben, eine Leihgabe auf unbestimmte Zeit. Wie eine Rolle, die sie spielte? Wie eine Rolle, aber es war kein Spiel. Sie liebte ihren Mann und vertraute auf seine Liebe. Sie hatte viel für ihn aufgegeben, vielleicht zu viel. Aber hatte sie wirklich eine Wahl gehabt?

Ein dezentes, gleichwohl unüberhörbares Räuspern holte sie aus ihren Gedanken in die Diele ihrer Wohnung zurück.

«Nun ja», sagte Mamsell Elsbeth, «keinen Platz, sagt Ihr. Er braucht nicht viel Raum, und die zweite, die kleinere Kammer bei der Küche ... in anderen Häusern bekommen die Kinder nur einen Platz neben dem Feuer.»

Sie strich nervös über ihren rundlichen Bauch und

blickte auf das Objekt der Ablehnung hinunter. Sie hatte gewusst, dass es nicht einfach sein würde – die meisten Menschen verstanden nicht, was gut für sie war. Normalerweise brauchte eine junge Ehefrau kein fremdes Kind in ihrem Haushalt, aber wenn der Ehemann häufiger verreist als bei seiner Liebsten war, wenn es sich um eine Frau handelte, die ein tätiges, ungewöhnlich freies Leben mit einer ganzen Gruppe vertrauter Menschen gewöhnt war, war ein weiteres Mitglied in ihrem Haushalt geradezu zwingend nötig, wenn sie nicht in Melancholie versinken sollte. Davon war Elsbeth fest überzeugt.

Für einen Moment allerdings ließ sie sich von Madam Vinstedts Nein anstecken. Sie sah den Knirps, den sie der jungen Hausfrau als Helfer für ihren noch jüngeren Haushalt antrug, mit deren Augen und begann zu zweifeln, ob die Idee tatsächlich so fabelhaft war, wie sie gedacht hatte. Tobias war dünn und für sein Alter klein, wobei ungewiss war, ob er, ein Findelkind, tatsächlich schon zehn Jahre zählte, wie in den Akten des Waisenhauses vermerkt. Seine Nase war breit, flach und leider nicht von niedlichen Sommersprossen geziert, sondern heftig gerötet. Womöglich hatte sie im vergangenen Winter zu viel Frost aushalten müssen. Die Ohren wirkten bei Gegenwind zweifellos hinderlich, dazu sein struppiges, kurzgeschorenes rostfarbenes Haar, das linke Auge, das nicht ganz genau in die gleiche Richtung blickte wie das rechte ... Zumindest die O-Beine würden sich auswachsen, es waren keine hübschen, aber gesunde und kräftige Beine. Das hatte sie gleich erfahren, als sie ihn kennenlernte. Er war schnell wie der Wind und konnte aus dem Stand springen wie eine Katze. Auch die Fäuste schwingen, was sie jetzt nicht erwähnen sollte.

Auf den ersten Blick also war Tobias weder eine Schönheit, noch wirkte er wie ein tatkräftiger, vertrauenerweckender Helfer. Sie begriff nun, dass sie sich weniger von den Bedürfnissen der Vinstedts hatte leiten lassen als von denen des Kindes. Was vermessen war. Schließlich war sie keine Dame, die sich in Wohltätigkeit ergehen konnte, sondern nur eine Köchin, wenn auch in einem der angesehensten Häuser der Stadt. Aber wer behauptete, nur reiche Leute konnten sich für ihre armen Mitbürger stark machen? Und wer wusste denn schon – in diesen Tagen, da plötzlich wieder so viel vom Teufel geredet wurde –, ob es nicht Tobias' Schutzengel gewesen war, der ihn ihr direkt vor die Füße geschubst hatte.

«Vielleicht möchtet Ihr noch einmal darüber nachdenken, Madam. Oder eine Nacht darüber schlafen?» Sie betrachtete den Jungen mit trotzigem Wohlwollen, bevor sie entschieden fortfuhr: «Er ist kräftiger, als er scheint, und Ihr braucht jemand für die kleinen schmutzigen Arbeiten, für Botendienste und derlei. Der Winter steht vor der Tür, denkt nur an die Öfen, die müssen befeuert und von der Asche befreit werden, Kohle, Holz und Torf herbeigeschafft und ... ach bitte, Madam Vinstedt (nun kam Variante B zum Einsatz), habt ein Herz. Er ist ein guter Junge, und das Waisenhaus – natürlich gibt man sich alle Mühe, aber dort sind zu viele Kinder, das wisst Ihr so gut wie ich. Sie werden ständig krank, und das Essen – dazu muss ich nichts sagen. Dass er die Jahre so munter überstanden hat, zeigt nur, wie zäh und kräftig er ist.» Wieder seufzte sie schwer. Vieles würde sie aus ihrer eigenen Kindheit nicht vergessen, das Waisenhausessen gehörte unbedingt dazu, noch mehr die vielen Kranken. «Tobi ist noch gesund», fuhr sie hastig fort, «er hat einen hellen Kopf und ist anstellig. Ganz ungemein anstellig. Er kann halbwegs lesen und schreiben, nur mit dem Rechnen hapert es noch. Dafür kennt er den Katechismus fast auswendig, und Kirchenlieder und – ja, und dass Madam van Keupen ihn schon nach einer Woche wieder fortgeschickt hat, war nur Pech. Ach was, pure Ungerechtigkeit. Es ist ...»

«Halt, Mamsell Elsbeth, halt!»

In Madam Vinstedts tiefblauen Augen blitzte es vergnügt. Da stand sie in ihrer Diele, blickte auf einen Jungen mit den schmutzigsten Knien an den dünnsten Beinen hinunter, die sie seit langem gesehen hatte, hörte, wie die Köchin ihrer besten Freundin ihn anpries wie einen zu trocken geratenen Kuchen, und hatte keinen Moment das Gefühl, dass das ihr passierte. Die Situation erschien unwirklich, diesmal zum Glück wie in einer Komödie.

«Ich weiß, Ihr bringt mir niemand, den Ihr für faul und liederlich haltet», sagte sie, um Ernst bemüht. «Aber gewiss erinnert Ihr Euch: Als Ihr mir antrugt, ein Waisenkind in unseren Haushalt aufzunehmen, sagte ich ‹vielleicht› und ‹keinesfalls vor dem nächsten Frühjahr›. Bis dahin sind es noch sechs Monate. Ein halbes Jahr. Und soviel ich weiß, werden die Kinder erst nach der Konfirmation in Kost gegeben. Ihr wollt mir doch nicht weismachen, dieser Knirps sei schon konfirmiert.»

«Nein, darauf muss er noch einige Jahre warten. Das Waisenhaus ist so überfüllt, da können diese alten Regeln nicht gelten. Wenn jemand eines der jüngeren Kinder in Kost nimmt, sind die Provisoren froh.»

Madam Vinstedt nickte. Sie hatte von den Zuständen im Waisenhaus gehört, jeder in der Stadt wusste darum. In anderen Städten, auch in etlichen, die sie während der vergangenen Jahre auf ihren langen Reisen durch das Land gesehen hatte, ging es noch trauriger zu. Alle Kinder sollten gut ernährt und reinlich gekleidet, christlich erzogen und zudem unterrichtet und ausgebildet werden, damit sie später in allen bürgerlichen Ehren ihr Brot selbst verdienen konnten – die Mädchen als Dienstmagd, Weberin oder Näherin, die Jungen als Handwerker oder Knecht. Besonders talentierte Jungen sollten ein Stipendium für die Lateinschule bekommen. Bei einem zu knapp bemessenen Budget und viel zu engem Raum blieb das weitgehend eine schöne Theorie.

Sie konnte den kleinen Rotschopf nicht dorthin zurückschicken. Die Läuse würde sie schon in den Griff bekommen. Selbst die Krätze, falls sich in der Haut unter seiner Kleidung welche versteckte. Das musste der Grund sein, warum er seine Hände so beharrlich in den Taschen seiner Joppe behielt. Es schreckte sie nicht, sie wusste schon, wer ihr helfen würde, Tobi von der juckenden Qual zu befreien. Plötzlich fühlte sie sich ganz leicht. Sie würde ihn aufnehmen, und es war ihr eine Freude. Dann würde es mit der Stille in der Wohnung vorbei sein, sie konnte ihn neben der Schule selbst unterrichten, ihm sogar Manieren beibringen. Oder kleine Szenen, vielleicht sang er gern.

Nur eines musste noch erklärt werden: «Satt würden wir dich sicher bekommen, Tobias. Aber was hat es mit der ‹puren Ungerechtigkeit› auf sich? Was ist bei Madam van Keupen geschehen?»

Sie sah den Jungen streng an und bedeutete Elsbeth mit einer Handbewegung zu schweigen.

Tobias schluckte. Sein linkes Auge rollte noch ein wenig mehr in die Ecke, doch das schien vielleicht nur so. Er schluckte noch einmal, straffte den Rücken, stemmte die Beine in den Boden, wie ein kleiner, zum Rapport bestellter Soldat, und sagte: «Ja. Ungerechtigkeit. Die dicke Madam hat gesagt, ich hätt geklaut, ich mein die Dicke, die bei Madam van Keupen zu Besuch war. Die Keupen ist ja nich fett. Deshalb hat sie mich weggeschickt, die Keupen.»

Elsbeth entfuhr ein resignierter Seufzer.

«Wusstet Ihr das?» Madam Vinstedts Stimme klang gar nicht mehr amüsiert.

«Natürlich. Ich hätte es schon noch erzählt. Es war eine falsche Anschuldigung. Ihr kennt doch die Schwarzbachin. Sie war an dem Tag bei Madam van Keupen zu Gast, und tatsächlich war ihr Spitz der Dieb.»

«Madam Schwarzbachs Hund?»

«Ja», übernahm Tobias wieder die Erklärung. «Eigentlich.»

An jenem verhängnisvollen Tag hatte die van Keupen'sche Köchin versäumt, die Küchentür zu schließen, und Antoinette hatte die Gelegenheit genutzt. Antoinette war nicht die Köchin, sondern der Spitz. Madam Schwarzbach verehrte Marie-Antoinette, Tochter der großen Kaiserin Maria Theresia und seit zwei Jahren französische Kronprinzessin, die für ihre Zartheit und ihre Vorliebe für teure Pralinees bekannt war. Auf den Spitz traf nur Letzteres zu, was man unter seinem dicken Fell jedoch kaum erkannte, und womöglich barg sein feister Körper eine zarte Seele. Mit seiner spitzen kleinen Nase hatte er sofort den Duft der gebratenen Wachteln erschnuppert, die das Küchenmädchen vom Spieß gezogen und auf eine Platte gelegt hatte. Er war in die Küche gesaust, mit erstaunlicher Behändigkeit auf einen Hocker gesprungen, weiter auf den Tisch und hatte sich eine der krossgebratenen Wachteln geschnappt. Tobias war es gerade noch gelungen, dem gefräßigen Tier einen Brocken der Beute aus dem Maul zu zerren, mit der anderen Hälfte war Antoinette die Stufen zur Diele hinaufgesaust und, trotz des vollen Mauls erbost knurrend, unter dem Schrank verschwunden.

In diesen mächtigen alten Schränken, wie sie in den meisten Hamburger Kaufmannsdielen standen, konnte man einen veritablen Ackergaul verstecken, ein kleiner

Hund, selbst mit dickem Fell und mit einer halben Wachtel im tropfenden Maul, fand darunter leicht Platz.

Madam Vinstedts Grinsen war nicht gerade damenhaft, dafür war Elsbeths Gesicht nun reine Empörung.

«Und dann hat die van Keupen ihre Wachteln gezählt und behauptet, Tobias hätte die fehlende gestohlen. Das ist doch ein Witz, oder? Dabei hat das Küchenmädchen die Sache mit dem Hund gleich erzählt, aber für so was, hat die Schwarzbachin gezetert, sei ihre Antoinette viel zu manierlich.»

«Na ja», sagte Tobias mit piepsiger Stimme mitten in Elsbeths Gerechtigkeitsausbruch, «kann sein, die Madam hatte doch recht. 'n bisschen.» Der Blick, mit dem er die junge Frau ansah, von der er längst beschlossen hatte, dass sie seine neue Herrin wurde, hätte ein Herz aus Granit erweicht. «Weil ich nämlich ganz schrecklichen Hunger hatte, und da, ja, da hab ich das Stück gegessen, das ich dem fetten Köter abgejagt hab, war nur 'n winziges Wachtelbein.» Er senkte den Kopf und faltete unterm Kinn demütig die Hände, die seine Knie an Schmutz noch um Längen schlugen. «Das war ganz schlecht von mir, ganz schlecht. Ja. Aber ich hatte so schrecklichen Hunger, und die Madam hätt es weggeworfen, die essen da nichts, was auf'm Boden lag oder in 'nem Hundemaul war. Eigentlich bin ich doch ein Dieb. Oder?»

Er hätte jetzt gerne ein bisschen geweint, doch das musste er noch üben.

‹Eigentlich›, dachte Madam Vinstedt und war nicht sicher, ob sie sich amüsieren oder ärgern sollte, ‹bist du ein ziemlich mittelmäßiger Komödiant.›

Sie beschloss, das Spiel mitzuspielen. Sie kannte sich mit Situationen aus, die genau das erforderten, was dieses Kind tat: Es kämpfte mit den Mitteln, die ihm zur Verfügung standen, um ein besseres Leben. Vor allem aber erinnerte der Junge sie an einen anderen, den sie sehr vermisste. Womöglich lag es nur an seinem widerspenstigen Haarschopf, an seiner Vorstellung konnte es nicht liegen, denn der andere Junge – nun schon ein junger Mann – war stumm.

«Also doch ein Dieb», sagte sie streng. «Nun gut: ein halber Dieb. Was machen wir da, Mamsell Elsbeth? Ach, ich weiß die richtige Strafe. Wir werden dich baden, Tobias, nicht nur waschen, sondern baden. Ganz und gar, mit Seife und einer großen Bürste. Wenn du hier leben willst, muss das sein. Und glaube nicht, dass du um den Unterricht herumkommst. Dafür wird immer Zeit sein. Spätestens im nächsten Sommer kannst du richtig lesen und schreiben. Und rechnen. Vielleicht sogar manierlich reden. Und merke dir: Wenn ich erfahre, dass ich dir nicht vertrauen kann, musst du wieder gehen. Dies ist kein vornehmes oder reiches Haus wie das der Schwarzbachs und der van Keupens, aber wer lügt oder stiehlt, ist nicht willkommen und muss gehen.»

Tobias' Kopf beugte sich noch tiefer über seine zusammengepressten Hände, und Elsbeth sagte: «Danke, Madam.» Ihre Stimme klang verdächtig nach einem dicken Kloß im Hals. «Danke. Ihr könnt kaum ermessen ...» Da fiel ihr ein, dass die junge Madam Vinstedt ihre, Elsbeths Geschichte kannte. «Ich werde weiter nach ihm sehen, und wenn er Ärger macht, kann er was erleben.»

«Mach ich nich, mach ich gar nich, auf gar kein' Fall ...»

Verblüfft sah Tobias die beiden Frauen an, sah von einem Gesicht zum anderen und verstand nicht, warum beide plötzlich hell auflachten. Er würde noch erfahren, dass die Redewendung ‹auf gar keinen Fall› in diesem Haus häufig verwandt wurde. Es war ihm egal, solches Lachen konnte nur Gutes bedeuten.

Alles Weitere war schnell verabredet. Tobias würde noch einige Tage im Waisenhaus bleiben, bis in der Wohnung der Vinstedts ein Platz für ihn hergerichtet und – das vor allem – mit dem Verwalter des Waisenhauses die nötigen Vereinbarungen getroffen und die Papiere unterzeichnet waren.

Tobias beugte sich gerade zu einem besonders tiefen Diener vor Madam Vinstedt, was ihm mit seinen vor Freude und Aufregung zappelnden Gliedern nicht leichtfiel, als schwere Schritte die Treppe heraufgestapft kamen.

«Madam, wir brauchen unbedingt Hilfe.» Eine hochgewachsene dünne Frau mit kräftigen Schultern trat in die Diele, in jeder Hand einen vollen Korb, auf dem Rücken ein Bündel, aus dem drei Porreestangen und ein paar herbstlich müde Mangoldblätter ragten. «Unbedingt eine Hilfe», wiederholte sie nachdrücklich und stellte ächzend die Körbe auf den Boden. «Bist du womöglich eine?»

Sie reckte ihre steifen Schultern und musterte Tobias wie zuvor die Suppenhühner auf dem Markt, die sie wie jetzt den Jungen für zu mager befunden hatte.

Pauline Roth, Köchin und Mädchen für alles im jungen Haushalt des Ehepaars Vinstedt, stemmte die Fäuste gegen die eckigen Hüften.

«Klein und dünn», urteilte sie knapp. «Das ist nicht dein Ernst, Elsbeth, was? Du hast von 'nem kräftigen Jungen geredet. Diesen rotznasigen Spargel kannst du unmöglich gemeint haben.»

«Moment», rief die Dame des Hauses, «komme ich gerade einem Komplott auf die Spur? Wissen alle außer mir, die es doch zuallererst angeht, dass unser Haushalt ein neues Mitglied bekommt?»

«Pardon, Madam.» Pauline schnaufte immer noch, ihr hochrotes Gesicht, Ergebnis der schweren Last auf dem

Weg vom Markt am Messberg und der Treppen bis zur dritten Etage, nahm langsam wieder eine manierliche Farbe an. «Kein Komplott, gewiss nicht. Ich kenne Elsbeth doch schon lange, sie hat mir vor ein paar Tagen auf dem Markt von einem Waisenjungen erzählt. Ich habe an einen wie Benni gedacht, den Pferdejungen der Herrmanns', und jetzt bringt sie uns so was.» Sie pikte Tobias mit kritisch vorgeschobener Unterlippe den Zeigefinger in die Rippen. «Haut und Knochen, eine Schande ist das. Erzähl mir keiner was von tätiger Nächstenliebe. Den müssen wir tüchtig füttern, Madam. Der Junge wird Euch teurer kommen als ein Lakai mit Perücke, Samthosen und allem Pipapo. Ich sag's Euch, Madam. Aber niedlich isser ja mit seinem schiefen Auge. Manche sagen ‹schiefes Auge, Teufelsauge›, und dann noch die roten Haare – ist natürlich alles Unsinn und Spökenkiekerei, aber den müssen wir nehmen, Madam, den nimmt sonst keiner.»

Die letzten Worte klangen nur noch gedämpft in die Diele, Pauline war schon mitsamt ihrer schweren Fracht in der Küche verschwunden.

Tobias grinste so breit, dass fast alle seiner überraschend makellosen Zähne zu sehen waren. Köchinnen, das hatte er heute gelernt, waren wunderbare Menschen, die dicken wie die dünnen.

«Tja», sagte Madame Vinstedt, «wenn selbst Pauline auf deiner Seite ist ...»

‹Dann müssen wir eigentlich nur noch Monsieur Vinstedt überzeugen›, hatte sie sagen wollen. Das Lächeln verschwand aus ihren Augen, ihr Blick wanderte hastig zum Fenster hinaus und zurück. Nein, sie musste ihn nicht fragen. Auf gar keinen Fall. Eine Überraschung geschah ihm recht.

«Elsbeth?»

«Ja, Madam?» Sie blieb, schon die Klinke in der Hand, stehen und drehte sich um.

«Warum nennt Ihr mich ständig Madam und nicht mehr so wie früher? Ich bin noch die gleiche Frau.»

Elsbeth neigte abwägend den Kopf zur Seite. «Geh schon mal vor, Tobias», sagte sie und schob den Jungen zur Treppe, «warte unten, ich komme gleich nach. Das stimmt nicht», sagte sie, wieder an Madam Vinstedt gewandt, «das seid Ihr keinesfalls.»

«Warum? Ich habe geheiratet, mehr ist nicht geschehen. Ihr habt mich doch immer beim Vornamen genannt, so wie ich Euch. All die Jahre.»

Elsbeth schüttelte den Kopf. «Ihr habt nicht nur geheiratet, Ihr habt Euren Stand auch sonst verändert, absolut verändert, das wisst Ihr genau. Bis vor einigen Monaten wart Ihr überhaupt ohne Stand, Ihr wart eine Wanderkomödiantin, eine besondere, gewiss, keine, die für diesen Beruf geboren war. Ihr kamt als Freundin in das Haus meiner Herrschaft, trotzdem war Euer Stand unserem im Souterrain näher als dem von Madam und Monsieur Herrmanns und Madam Augusta oben im Salon. Nicht wegen Eurer Herkunft, das nicht, aber wegen Eures Berufes. Und das zählt. Nun habt Ihr einen Bürger geheiratet und seid Madam Vinstedt. Ihr seid zu Euren Wurzeln zurückgekehrt und habt nichts mehr mit uns im Souterrain gemein. So sind die Spielregeln, es ist besser für Euch, wenn Ihr das beachtet. Für Euer Wohlergehen und das Eures Gatten, Madam Vinstedt.»

Einen Moment herrschte Stille in der Diele. «Ich wollte Euch nicht erschrecken», sagte Elsbeth dann, ihre Stimme klang behutsam, «ich kenne Euch lange und weiß um Euren Eigensinn. Und Ihr wisst, dass ich Euch nur Glück wünsche, alle tun das, ob wir im Souterrain oder unsere

Herrschaften im Salon. Die meisten sagen, Ihr habt schon großes Glück gehabt: ein behagliches Zuhause, ein freundlicher Ehemann, ein Ende Eurer anstrengenden Wanderjahre, des ganzen ungewissen Lebens. Und der Anfeindungen, das auch. Vielleicht, man wird sehen. Ich finde, bei allem Glück habt Ihr auch mutig entschieden. Sicher wisst Ihr das, deshalb mache ich mir keine Sorgen. Ihr habt schon andere Stürme durchgestanden. Und nun muss ich gehen, der Junge wartet. Verzeiht meine lange Rede, aber Ihr habt gefragt.»

Madam Vinstedt nickte. Sie stand an der Tür ihrer Wohnung, die ihr immer noch fremd war, und als Elsbeths Fuß die erste Stufe berührte, sagte sie: «Trotzdem, Elsbeth. Bitte.»

Die Mamsell zog ihren Fuß zurück und blieb auf dem Treppenabsatz stehen. Sie sah auf ihre geröteten rauen Köchinnenhände, strich über den blau-grau gestreiften, festen Stoff ihres Rockes, drehte sich endlich nach der schönen jungen Frau im geblümten Hauskleid aus feinem Kattun um. Sie war trotz der stets ein bisschen wirren, dicken blonden Locken und der feinen Narbe auf der linken Wange elegant, als sei sie niemals etwas anderes gewesen als die Tochter oder Ehefrau eines wohlhabenden gebildeten Bürgers. Niemand, der ihre Vergangenheit nicht kannte, würde anderes denken. Elsbeth sah ihre Augen, den bittenden Blick, und plötzlich war es einfach. Wozu waren Regeln gut, wenn man sie nicht ab und zu missachtete?

«Auf Wiedersehen», sagte sie, «und noch einmal von Herzen Dank, dass Ihr den Jungen aufnehmt, Mademoiselle – Pardon», sie lachte verschmitzt, «Madam Rosina.»

*

Die drei Menschen, die im Hof der Katharinenkirche standen und zur Spitze des mächtigen Turmes hinaufstarrten, waren sich nur in ihrer Blickrichtung einig, auch hatten alle drei just in dieser Stunde keinen Sinn für die Schönheit und Milde des Tages. Sie hatten ihre Köpfe weit in die Nacken gelegt, der mittlere, ein Mann von überaus kräftiger Statur, die auch der lange schwarze Mantel, das traditionelle Unterhabit, nicht schmaler erscheinen lassen konnte, stützte mit der Linken seine Perücke, die er wegen des wichtigen Besuchs aufgesetzt hatte. Seine Rechte wies mit gestrecktem Zeigefinger zur Turmspitze hinauf, was überflüssig war, weil die Aufmerksamkeit heischende Geste einzig von drei Knirpsen gesehen wurde, die sich nicht im Geringsten für den Kirchturm interessierten. Sie hatten sich für diesen Tag vom Besuch der Sankt-Katharinen-Kirchenschule beurlaubt, um ein bisschen über den Gemüsemarkt zu streifen und hier und da, wo es sich ergab und ungefährlich schien, etwas zu stibitzen, das das Knurren ihrer Mägen beheben könnte. Sie hatten sich gerade noch hinter einen der Grabsteine des Kirchhofs retten können, als der Hauptpastor von Sankt Katharinen – denn niemand anderer hielt da den Finger in die Höhe, als der in der ganzen Stadt wegen seiner Strenge und Prinzipientreue teils gefürchtete, teils belächelte, teils tiefverehrte Johann Melchior Goeze – mit wehendem Unterhabit um die Ecke gebogen war, gefolgt von einem Mann im so altmodischen wie abgetragenen weinroten Rock und einer vornehm in dunkelblauen, kunstvoll gemusterten, schimmernden Kattun gekleideten Dame.

Der Mann in Weinrot, Baumeister Sonnin, wirkte missgestimmt, die Dame hingegen lächelte sanft. Hätte ihr reifes Alter von mehr als vierzig Jahren nicht dagegengestanden, hätte man sagen können: wie ein Kätzchen. Wobei daran zu erinnern ist, dass auch die zufriedensten Kätzchen gern ihre Krallen ausfahren, und das nicht immer nur im Spiel.

Mit einigem Abstand war den dreien eine weitere, ebenfalls weibliche Gestalt gefolgt. Ihre gerade Haltung ließ ihren zierlichen Körper größer erscheinen, als er war, ob sie missgestimmt oder zufrieden war, hätte niemand sagen können, vielleicht nicht einmal sie selbst. Ihr Gesicht, ihre ganze Erscheinung verriet nichts: Die grauen Augen blickten ohne tieferes Interesse den Turm hinauf, wobei ihr Blick weniger die Spitze fixierte, als vielmehr einer auf und davon fliegenden Dohle folgte. Auch ihr Kleid und das leichte Tuch um ihre Schultern waren in Grautönen gehalten. Kurz und gut, trotz der Spitzenvolants an ihren Ärmeln sah sie aus und bewegte sie sich wie eine Gouvernante, die alle Hoffnung aufgegeben hatte, ein schöner junger Herr mit halbwegs ansehnlichem Besitz und manierlichem Betragen werde sie von ihrem belanglosen Schicksal erlösen und zur stolzen Ehefrau und Herrin eines eigenen Haushaltes machen.

Nur drei leicht zu übersehende Dinge störten das Bild der grauen Maus: der zierliche Ohrschmuck aus Granaten und Flussperlen, der besonders schön geschwungene Mund und die Farbe ihres gegen die Mode streng am Hinterkopf zusammengefassten Haares. In diesem Moment, als ein Sonnenstrahl sich in einer aus den Kämmen gerutschten Strähne fing, glühte ein goldener Schimmer in dem tiefen Braun auf. Dann wandte sie sich um, trat einen Schritt zurück in den Schatten, und der Schimmer, diese kleine Verheißung von Leidenschaft und Glück, verschwand. Zurück blieb die bescheidene Gesellschafterin einer wohlhabenden Witwe, deren hübsch geschwungene Lippen vom vielen Aufeinanderpressen schon begannen, schmal und blass zu werden. Und vom Schweigen. Manchmal ist die Natur verschwenderisch, ohne dass es jemand bemerkt, so gehen kostbare Gaben wie die Schönheit einer Gestalt, eines Gesichts, sogar einer Seele, verloren.

Die Katharinenkirche auf der südwestlichen Ecke der Grimminsel zählte zu den ältesten und ehrwürdigsten Gotteshäusern der Stadt. Sie stand nach Jahrzehnte währendem Bau seit gut dreihundert Jahren als große dreischiffige Nachfolgerin eines zweihundert Jahre älteren Kirchleins auf dem unsicheren Grund. Obwohl es niemand wahrnahm, der ins Gebet versunken oder bei anderen schönen oder schweren Gedanken in einer der Kirchenbänke saß, war das Fundament des Gotteshauses dem stetigen Auf und Ab von Ebbe und Flut ausgesetzt, das die Elbe noch so viele Meilen von der See entfernt dem schlickigen Untergrund bescherte.

Doch das war nicht der Anlass für die nun anstehende Sanierung des Turms, genauer gesagt der Turmspitze. An ihrer gefährlichen Neigung waren neben einer Senkung des Unterbaus vor allem verrottete Balken schuld, ein wenig auch der Wind, dem sie sich schon so lange in den Weg stellte. Die Aufrichtung war ein erhebliches Unterfangen, es brauchte einen erfahrenen und einfallsreichen Baumeister. Und eine Menge Geld. Da der selige Dr. Martin Luther seinerzeit dem einträglichen Ablasshandel zumindest für Anhänger seiner Lehre und damit auch den Bewohnern dieser Stadt den Garaus gemacht hatte, war das mit dem Geld so eine Sache. Selbst für eine Gemeinde, die von jeher die wohlhabendsten Schäfchen zu den ihren zählte.

Der Turm, der bis dahin ein nur bis zum Dach des Mittelschiffes reichender Quader gewesen war, war erst im vergangenen Jahrhundert auf diesem Sockel in die Höhe gebaut, seine Fassade vor vier Jahrzehnten im zeitgemäßen Stil mit Kolossalpilastern und Bauschmuck aus Sand- und

Backstein neu gestaltet und zugleich verstärkt worden. Auch hatte der damalige Baumeister den alten Turmschaft als marode erkannt und gestärkt und gesichert.

Es war ein majestätischer und eleganter Turm, vom Kirchhof bis zum Kreuz auf seiner Spitze reckte er sich vierhundert Fuß in den Himmel hinauf. Auf dem kräftigen, quadratisch gemauerten Unterbau und dem daraufliegenden Oktogon mit den Zifferblättern der Uhr in alle vier Himmelsrichtungen türmten sich drei mit Kupfer belegte, «Welsche Hauben» genannte Zwiebelkuppeln, die oberen beiden von Säulen zu Laternen geformt. Darüber erhob sich eine schlanke Pyramide mit einer umlaufenden goldenen Krone auf halber Höhe und einer vergoldeten Kugel mit Wetterfahne und dem Kreuz auf der Spitze.

«Bei allem Bemühen», erklärte die elegante Dame nach einer Weile, «ich sehe auch heute nur eine äußerst geringe Neigung. Für mich», sie senkte den Kopf und drehte ihn behutsam einmal nach links und einmal nach rechts, als müsse sie prüfen, ob der Hals nach dem langen Starren noch beweglich sei, «für mich sieht der Turm gerade aus, keinesfalls bedrohlich geneigt. Verzeiht einer unwissenden Frau, lieber Sonnin, gewiss ist meine Frage dumm, womöglich scheint sie gar respektlos, was sie keinesfalls sein soll. Aber seid Ihr ganz sicher, dass Eure Berechnungen stimmen? Vier Fuß Überhang nur in der Spitze oberhalb des Oktogons? Das müsste ich doch auch ohne Eure geheimnisvollen Gerätschaften erkennen.»

«Ganz richtig, Madam, ganz richtig», beeilte sich Hauptpastor Goeze zu sagen. Er kannte den Baumeister lange und gut genug, um zu wissen, dass dessen leises Schnaufen wenig Gutes verhieß. Auch war er es so schrecklich leid. Seit Monaten, genaugenommen seit Jahren, schwelte die Debatte um die Neigung des Katharinenturms, um die

*St. Katharinenkirche, Kupferstich
von C. Laeiß/J. Gray, um 1840/50*

Frage, ob diese Neigung Gefahr bedeute, für den Turm wie für die Menschen, die an seinem Fuß entlanggingen, gar die Kirche betreten wollten. Mit Schaudern erinnerte er sich an das, was er in den Annalen der Kirche gelesen hatte, dass nämlich anno 1648 in einer stürmischen Februarnacht der erst viereinhalb Jahrzehnte zuvor aufgesetzte erste Turmhelm heruntergestürzt war. Er hatte Dach, Gewölbe und Teile der Südwand erheblich beschädigt, zum Glück war in jener Nacht niemand in der Nähe gewesen. Schon der Gedanke, gottesfürchtige Menschen auf dem Weg zu Andacht und Gebet könnten von der herabkippenden Turmspitze oder auch nur einem einzigen fallenden Stein getroffen und erschlagen werden, war entsetzlich. Immerhin hatte das Unglück den Bau dieser Turmspitze von erhebender Schönheit zur Folge gehabt.

Er vertraute fest auf Gottes Ratschluss und Plan, ohne Zweifel fester als mancher seiner Amtsbrüder, die es neuerdings nicht mehr verstanden, Theologie und Philosophie auseinanderzuhalten. Doch das bedeutete keinesfalls, profane Pflichten wie das Instandhalten von Mauerwerk, insbesondere von kirchlichem, zu vernachlässigen. Man mochte Johann Melchior Goeze manches nachsagen, dumm, schwärmerisch, gar ein Phantast war er nicht. Wenn seine Seele und seine Gedanken auch häufig in höheren Sphären zu schweben schienen, stand der Hauptpastor mit beiden Beinen fest auf der Erde. Insbesondere in weltlichen Dingen, wozu leider auch lästige Angelegenheiten wie die Finanzierung der immer wieder nötigen Reparaturen am Gemäuer und an der Ausstattung der Kirche gehörten. Gerade jetzt bedurfte die Kanzel, dieses wunderbare Kunstwerk aus schwarzem Marmor mit Alabasterfiguren der zwölf Apostel, dringend der Reparatur des tragenden, in der Gestalt Moses geformten Pfeilers, der sich gesenkt hatte. Wie sollte man mit der nötigen Strenge und Eindringlichkeit der Gemeinde predigen, wenn man auf unsicherem Grund stand? Oder – mindestens so dringend erforderlich – die Ausbesserung der Kupferdeckung des Daches. Das wiederum bedeutete, wohlhabende Mitglieder seiner Gemeinde bei allerbester Laune und der Kirche, wie auch ihm ganz persönlich, gewogenen zu halten.

«In der Tat, verehrte Madam van Keupen, es ist wirklich erstaunlich. Auch ich habe es zunächst nicht glauben wollen. Obwohl, nun ja, man sieht es doch. Unser verehrter Baumeister hat recht: Der Turm neigt sich zur Seite. Nach Südwesten. Allein der Schaft neigt sich gute vier Fuß, die Spitze, die zudem in sich verdreht ist, noch einmal vier Fuß. Zusammen eine Neigung von gut acht Fuß, das ist kein Pappenstiel. Besonders, wenn man das Gewicht der Lauben, Laternen und der Spitze bedenkt – stolze siebenhundertvierzigtausend Pfund. Sicher erinnert Ihr Euch, Madam, dass ein Zimmermeister, ein Dachdecker, der Bauhofinspektor und sein Maurermeister, vier unserer zuverlässigsten Bau- und Handwerksmeister, zu dem gleichen Ergebnis gekommen sind. Wenn auch die Stärke der Neigung in den Messungen um ein Geringes voneinander abweicht.»

Wieder schnaufte der ‹verehrte Baumeister›, diesmal vernehmlicher. Es war kein Geheimnis, dass das Geistliche Ministerium und insbesondere die Geistlichen der Katharinenkirche versucht hatten zu verhindern, den in diesen Dingen bewährten Baumeister zu beauftragen, und dass hinter dieser Ablehnung das eine oder andere einflussreiche Mitglied der Gemeinde steckte, war naheliegend. Es war einzig dem Rat zu verdanken, dem Machtwort der Magnifizenzen, der Bürgermeister, und der Senatoren, der Hochweisheiten und Wohlweisheiten, dass der Freigeist

Ernst George Sonnin mit der Sanierung und Geraderichtung des Turms beauftragt worden war. Allerdings hatte der Baumeister sich strikt geweigert, die Aufrichtung vorzunehmen, ohne zuvor den Zustand der Säulen zu prüfen, die in den Laternen den Turm trugen. Was wegen der zusätzlichen Kosten neuen Ärger verursacht, sich jedoch als segensreich erwiesen hatte. Denn wie von ihm vermutet, hatten sich drei der Säulen als dringend der Sanierung bedürftig und als die Hauptschuldigen der Turmneigung erwiesen.

«Es ist ganz leicht zu prüfen», fuhr der Pastor fort und wippte nervös auf den Fußspitzen, «auch ohne die Apparaturen eines Baumeisters.» Er streckte den Daumen aufrecht vor sich in die Luft und kniff ein Auge zu. «So. Ganz einfach. Wenn Ihr an Eurem völlig gerade aufgerichteten Daumen vorbeischaut ...»

«Oder wenn Ihr Euer Buch mit christlich-erbaulichen Texten», ließ sich endlich auch der Baumeister vernehmen, «das Ihr gewiss immer bei Euch habt, Sibylla, gerade hochhaltet und auf eine gedachte Linie von der Spitze des Turms hinunter zur Mitte zentriert, erkennt Ihr, dass es keine akkurate Vertikale, keine gerade Linie gibt, weil nämlich», nun schnaufte er laut und ungehalten, «weil nämlich der ganze Turm und zudem die Laternen samt der Pyramide aus dem Lot sind. Wie lange bekannt.»

Die seltsame Versammlung vor dem Kirchturm, die die Erklärung eines seit Jahren debattierten Sachverhaltes zum Anlass hatte, fand auf Wunsch Sibylla van Keupens statt. Der Hauptpastor und der Baumeister fanden dieses Treffen überflüssig. Aber Damen waren nun einmal gerne kapriziös, und es war unmöglich gewesen, ihr diesen Wunsch abzuschlagen. Die Katharinenkirche war – von Rathaus und Börse einmal abgesehen – Zentrum des reichsten

Quartiers der Stadt. Keine Gemeinde zählte mehr wohlhabende Mitglieder, Sibylla van Keupen gehörte zu ihnen. Und sie, darauf hoffte der Hauptpastor inständig, werde mit einer Gott und den Kassen des Geistlichen Ministeriums und des Rats gefälligen Spende die Kosten der Reparatur erträglicher machen.

Er hatte fest mit dieser milden Gabe gerechnet – hatte sie die nicht eindeutig zugesichert? – und sie längst erwartet. Doch dann war Madam van Keupen plötzlich nach Amsterdam gereist, um Verwandte ihres verstorbenen Mannes zu besuchen, tatsächlich jedoch, so wurde gemunkelt, in eiligen Geschäften.

Der Hauptpastor spürte, wie ihm unter seiner dicken Perücke heiß wurde und kleine Schweißperlen auf seine Oberlippe traten. Er lebte lange genug in dieser Stadt des Handels, um zu wissen, dass plötzliche Reisen, besonders wenn das Ziel eine andere große Handelsstadt war, ein schlechtes Zeichen sein konnten. Stand nicht immer wieder ein vermeintlich erfolgreiches Handelshaus durch Pech oder falsche Investitionen unversehens vor dem Ruin? Sibylla van Keupen hatte nach dem Tod ihres Mannes, plötzlich und unerwartet in den besten Jahren, seinen Platz eingenommen. Zwar gab es in ihrem Kontor einen mit Prokura versehenen Ersten Schreiber, der sie an der Börse, am Hafen und überall sonst vertrat, wo Damen nichts zu suchen hatten und auch unerwünscht waren, die Führung des van Keupen'schen Handels jedoch gab Sibylla nicht aus der Hand. Das wusste jeder. Es war nicht verwunderlich. Andere Frauen, zumeist Witwen, aber auch scheinbar bescheidene Ehefrauen, taten Gleiches. Nur wurde kaum darüber gesprochen. Besonders was die Ehefrauen betraf.

«Ich hoffe», hörte Goeze sich plötzlich sagen, «Eure Geschäfte in Amsterdam waren erfolgreich?»

Er spürte jähe Hitze in seinem Gesicht und schloss für einen Moment die Augen. Wie konnte er sie danach fragen? Jetzt!

Sonnin, einzig mit dem Turm beschäftigt, sah ihn irritiert an, Madam van Keupens Blick blieb freundlich, nur ein winziges spöttisch-amüsiertes Zucken glitt über ihre Mundwinkel.

«O ja», sie berührte leicht seine Schulter, «ich bin sehr zufrieden, obwohl», nun lächelte sie breit, «meine Reise doch nur Verwandten meines Mannes galt. Ihr seht erhitzt aus, lieber Goeze, Ihr dürft Euer Habit ein wenig aufknöpfen. Wir sind ja unter uns. Im Übrigen seid ganz beruhigt. Ich habe nicht vergessen, dass unser ehrwürdiges Gotteshaus irdischen Beistand braucht. Ihr könnt auf mich zählen, das wisst Ihr doch. Wann soll das große Ereignis stattfinden?», wandte sie sich an den Baumeister.

«Bald. In wenigen Tagen. Die Maschinen werden noch gerichtet, und dann muss der Tag windstill sein. Sonst verbrauchen wir unnötige Kraft, das würde die Arbeit erschweren und womöglich verzögern. Wirklich bedauerlich, dass Ihr auf Reisen wart, Madam Sibylla. Ihr habt das Wichtigste versäumt. Das Aufrichten des Turms mag den Leuten besonders erscheinen, dabei ist davon gar nicht viel zu sehen. Als ich den ersten, den Turm der Nikolaikirche wieder ins Lot gebracht habe, hat's niemand gemerkt und vor allem nicht geglaubt, dass es das Ergebnis genauer Berechnungen war.»

Pastor Goeze seufzte und Sibylla lachte. «Ich erinnere mich. Man hielt es für reines Glück. War nicht auch von der Hilfe des Teufels die Rede? Ihr wart ordentlich zornig, nicht wahr?»

«Weniger, weil es kaum jemand bemerkt hat – das war mir lieb. Es reichte, dass einer der Pastoren versucht hatte, meine Helfer von dieser Arbeit abzuhalten. Aber dass es niemand geglaubt hat, dass das Gelingen für einen Zufall oder den Verdienst meiner Schutzengel oder des Teufels gehalten wurde – das war impertinent.»

«Impertinent war, was Ihr dann getan habt», entfuhr es dem Hauptpastor.

Sonnins Lippen kräuselten sich, ein Netz von Lachfalten ließ ahnen, dass er einmal ein spitzbübisch vergnügter junger Mann gewesen sein musste. Anno 1759, als seine Arbeit am Turm der Nikolaikirche bezweifelt wurde, war er über die Maßen zornig gewesen, inzwischen fand er die Sache amüsant. Er hatte die Nörgler an der Nase herumgeführt. Die meisten hatten es für einen schlechten Scherz gehalten, als Sonnin, erbost über den Zweifel an seinen Fähigkeiten und seiner Methode, öffentlich bekannt gab, er werde den just aufgerichteten Turm wieder in die alte Schieflage und noch einmal genauso akkurat ins Lot bringen. Was vor großem Publikum ohne das geringste Problem gelang.

«Ab und zu eine Prise Impertinenz», erklärte er heiter, «ist das Salz in der Suppe und kann nicht schaden. Sonst wird das Leben in einer so wohleingerichteten Stadt gar zu eintönig.»

«Eintönig!» Pastor Goeze fühlte neue Schweißtröpfchen auf seiner Oberlippe. «Ich kann Eure Meinung ganz und gar nicht teilen. Deshalb wird diesmal gleich die halbe Stadt dabei sein, und niemand!», versicherte er nachdrücklich, «niemand wird bezweifeln können, dass Ihr unseren Turm bewegt habt.»

«Nicht nur bewegt, wiederaufgerichtet! Auch wird nicht der ganze Turm bewegt, wenn wir das versuchten, würde er ganz sicher herunterkippen. Wir heben nur zwei Ecken an der Decke der oberen Etage des Oktogons an.»

«Aufgerichtet, gewiss.» Sonnins Erklärung bedeutete tatsächlich nur eine Erinnerung. Goeze war in dieser Angelegenheit einer der bestinformierten Männer der Stadt, doch das nahm ihm nicht die Sorge, der Turm könne anders als der glückliche von Sankt Nikolai und der inzwischen ebenfalls gerade gerichtete Turm des Mariendoms bei diesem baumeisterlichen Abenteuer doch herabstürzen. Aber sie machte sie kleiner. Dafür war er dankbar.

«Ich hoffe, Ihr reserviert uns einen Platz nahe bei Euren Maschinen», sagte Sibylla van Keupen. «Ihr wisst, wie gern ich Neues lerne. Nicht wahr, Juliane», sie drehte sich nach ihrer Begleiterin um, «das Schauspiel wollen wir uns keinesfalls entgehen lassen. Warum bleibst du so abseits? Komm zu uns, damit du alles verstehst.»

Juliane van Keupen trat einen Schritt näher, wie es von ihr erwartet wurde, und nickte. «Keinesfalls», sagte sie, «wollen wir ein solches Ereignis ...» Ihre Stimme war nicht gleichmütig wie ihre Miene, sondern klang nach echtem Interesse.

«Ich muss Euch enttäuschen», unterbrach Sonnin sie, den Blick wieder zur Turmspitze gerichtet. «In die Nähe der Sheldon'schen Maschinen lasse ich niemand, der dort nichts zu arbeiten hat. Ihr wäret im Weg. Der Raum scheint groß, doch er ist gerade groß genug für die Maschinen und die gut zwei Dutzend Männer, die an den Hebeln und zur Aufsicht gebraucht werden. Auch ich werde zumeist nicht dort sein, sondern von den Fenstern im Dachgeschoss zweier Häuser der Nachbarschaft, bei den Amsincks in der Katharinenstraße und den Luis' in der Grünenstraße, die Veränderung der Neigung messen.»

«Bis der Turm lotrecht steht. Ja, ich weiß.» Sibylla van Keupens Stimme klang nun ungeduldig, doch sie verbarg es hinter einem Lächeln. «Wir Frauen sind daran gewöhnt, von interessanten Neuigkeiten ferngehalten zu werden.»

Der Pastor wollte widersprechen, Sonnin kam ihm zuvor: «Niemand will Euch fernhalten, verehrte Sibylla. Ihr könnt mich in die Dachstuben begleiten und, wenn Ihr Euch dabei nicht zu lange aufhaltet, einen Blick durch meinen Theodolit werfen, der misst die Neigung akkurater als Daumen oder Andachtsbuch. Gewiss werden auch einige Herren vom Rat dabei sein, das wird Euch nicht stören, ich habe sie alle eingeladen. Allerdings», er blickte stirnrunzelnd auf die zierlichen Schuhspitzen aus bestickter burgunderfarbener Seide, die sich in diesem Moment, da der Wind sanft ihre Kleider bewegte, unter ihrem Rock zeigten, «allerdings bedeutet das eilige Lauferei und viel Auf und Ab. Wenn Ihr Euch die Mühe mit den vielen Stufen und Leitern machen wollt, steige ich mit Vergnügen gleich mit Euch auf den Turm und zeige den Damen die Reparaturen an den Ständern der Laternen. Glaubt mir, *das* war eine komplizierte Arbeit. In der unteren mussten nur zwei unter dem Kupfer gefaulte Stützen verstärkt werden, aber in der oberen war einer der Ständer unter dem Kupferblech gänzlich verfault, dort haben wir einen achtundfünfzig Fuß langen Balken von anderthalb Fuß im Querschnitt eingesetzt. Das», fügte er mit ungewohnter Bescheidenheit hinzu, «war eine Meisterleistung der Zimmerleute.»

Es war nicht ersichtlich, ob die Damen van Keupen gern den ersetzten mächtigen Balken aus dem Stamm einer gerade gewachsenen Eiche bewundert hätten, weil das Rumpeln eines auf dem Mittelweg des Kirchhofs heranrollenden Fuhrwerks Sibylla van Keupens Aufmerksamkeit ablenkte.

«Meister Taubner», rief sie, «endlich.» Sie trat an den Wagen, der wenige Schritte vor dem Kirchenportal hielt.

«Taubner», brummte Sonnin. «Wer ist das?»

«Der Stuckator», erklärte Pastor Goeze. «Kennt Ihr ihn nicht? Der Himmel weiß, warum sie nicht einen von unseren Leuten ihr Familienepitaphium ausbessern lässt, sondern wieder diesen Meister aus Altona.»

Er hatte sie nicht danach gefragt. Es wäre unpassend gewesen, schließlich bezahlte sie den Meister auch dafür, dass er bröckelnde Stellen an zwei anderen Epitaphien, deren Familien nicht mehr existierten, und an der Stuckdecke in der Turmhalle ausbesserte.

«Juliane», rief Madam van Keupen, «möchtest du nicht Meister Taubner begrüßen? Du wirst dich doch an ihn erinnern.»

Doch Mademoiselle van Keupen beugte gerade ihren Kopf tief über ihr seidenes Pompadourtäschchen, das einzig Farbenfrohe an ihrer Erscheinung, vielleicht auf der Suche nach einem Schnupftuch, vielleicht um die plötzliche unerklärliche Röte ihres Gesichtes zu verbergen.

Taubner warf ihr einen flüchtigen Blick zu, den Sonnin unergründlich fand, sprang von seinem Wagen und beugte sich im Kuss über Sibyllas Hand.

«Oh, Ihr habt höfische Sitten mitgebracht. Wie galant. Und einen neuen Gehilfen?» Ihr Blick glitt über das junge Gesicht Henrik Jansens, verharrte kurz auf den für einen Handwerker ungewöhnlich schmalen Händen, bevor sie sich wieder, mit leiserer Stimme, Taubner zuwandte: «Ihr müsst bald von Kopenhagen berichten. Ich bin begierig, Neues zu hören.»

‹Kopenhagen›, dachte Baumeister Sonnin verdrießlich, ‹schon wieder das verflixte Kopenhagen.›

Pastor Goeze dagegen interessierte sich in diesem Moment nicht für Klatsch aus der dänischen Hauptstadt. Als er kurz darauf dem Hauptpastorat zueilte, wo seine Gattin mit dem Mittagsmahl wartete, zu dem er wie so oft zu spät kommen würde, beschäftigte ihn noch, wieso Baumeister Sonnin die vornehme Madam van Keupen auf so vertrauliche Weise beim Vornamen genannt hatte.

KAPITEL 2

―――――◇―――――

DIENSTAG, 27. OKTOBER

… zwei, drei, vier dünne Glockenschläge zeigten die volle Stunde an, gefolgt von zwei kräftigen. Das waren die Uhrglocken von Sankt Nikolai. Wenn sie nun bis fünf zählte, würden die von Sankt Katharinen folgen, so war es immer. Falls der Wind günstig stand, konnte sie bald auch die Schläge von Sankt Petri, Sankt Jakobi und vom Mariendom hören. Sosehr die Uhrmacher sich bemühten, es gelang ihnen nie, die Turmuhren auf die akkurat gleiche Zeit einzustellen.

Zwei Uhr, mitten in der Nacht. Rosina öffnete die Augen und starrte in das Dunkel der Schlafkammer. Sie sah nicht einmal einen Schemen, selbst wenn sie die schweren Vorhänge vor dem Fenster offen gelassen hätte, würde sie in dieser Nacht nichts erkennen. Es war dunkel wie in einer Gruft. Es war erst wenige Tage nach Neumond, sie hatte solche Nächte nie gemocht. Da war auch kein Geräusch. Um diese Stunde blieb es selbst in der großen Stadt, die niemals ganz still zu sein schien, ruhig. Nicht einmal die langgezogenen heiseren Rufe der Nachtwächter waren zu hören, das Knarren von gegeneinander dümpelnden Schuten und Ewern, die im nahen Fleet festgemacht waren, oder das gnadenlose Schnarchen von Madam Klook, der Nachbarin in der unteren Etage.

Auch das gleichmäßige Atmen neben ihr, dieses sanfte Geräusch von Sicherheit und Geborgenheit, dem sie so gerne lauschte, fehlte in dieser Nacht. Magnus war auf Reisen, und sie wusste nicht einmal genau, wohin und zu welchem Zweck.

Wie lange lag sie schon wach? Es erschien ihr wie eine Ewigkeit, aber da sie das Ein-Uhr-Schlagen nicht gehört hatte, konnte es keine Ewigkeit sein. Langsam gewöhnten sich ihre Augen an das Dunkel, die Schwärze war nicht mehr ganz so undurchdringlich, und sie merkte, wie sich die Beklemmung löste, die sie in der Brust gespürt und trotzig ignoriert hatte. Sie war den Luxus, ein Zimmer für sich allein zu haben, noch so wenig gewöhnt wie ein so großes Bett, ohne es mit einer anderen Komödiantin zu teilen. Oder nun mit Magnus. Sie konnte jetzt die hellen Vorhänge des großen, viel zu großen Bettes erkennen, den Schimmer der vergoldeten Rahmen um die Porträts ihrer Eltern über der Kommode, das weiße, mit winzigen Blüten aus rotem Seidengarn bestickte Negligé über dem Stuhl daneben, ein Geschenk ihrer Freundin Anne Herrmanns am Tag vor ihrer Hochzeit.

Ihr Blick tastete sich zurück zur Kommode. In der unteren Schublade verwahrte sie einen der Schätze aus ihrem früheren Leben, Rollenbücher, die Helena und Jean Becker, Prinzipalin und Prinzipal ihrer Komödiantengesellschaft, ihr zum Abschied geschenkt hatten. Es war ein wertvolles Geschenk, denn nun spielte, sang und tanzte eine andere ihre Rollen, für die mussten die Texte neu abgeschrieben werden. Zudem waren die Stücke und die Rollenbücher neben den Kostümen der wertvollste Besitz der Gesellschaften. Wer gute Stücke hatte, hatte Publikum, und wer die gekauften Tragödien und Komödien, Singspiele und Burlesken auf die richtige Weise umzuarbeiten, zu verbessern wusste, hatte mehr Publikum. Das Abschreiben, auch das Umschreiben, hatte zu ihren Aufgaben gehört.

Die junge Madam Vinstedt war bis vor einem halben

Jahr die Wanderkomödiantin Rosina Hardenberg gewesen. Sie hatte sich nach einem guten Jahrzehnt auf dem Karren und den Bretterbühnen für ein sesshaftes Leben entschieden. Der Liebe wegen, natürlich. Wäre sie Magnus nicht begegnet, zuerst in London, dann erneut in dieser Stadt, in der er sich gerade niedergelassen hatte, wäre sie geblieben, was sie war. Doch vielleicht, so erlaubte sie sich nun zum ersten Mal zu denken, hätte sie seinem zurückhaltenden, gleichwohl beharrlichen Werben und der Überzeugungskraft seiner Gefühle widerstanden, wäre da nicht diese neue Sehnsucht nach einem Ort gewesen, an dem sie bleiben konnte, nach einem sicheren Heim.

Es war ein schwerer Abschied gewesen. Sie hatte gewusst, dass es nur wenigen Frauen vom Theater gelang, ein bürgerliches Leben zu führen und von denen akzeptiert zu werden, für die sie bis dahin getanzt, gespielt und ein zu tiefes Dekolleté gezeigt hatten. Männern gelang das leichter, aber Schauspielerinnen und Sängerinnen galten bei vielen noch als die Verkörperung von Käuflichkeit und Unmoral, denen konnte man applaudieren, doch nur, solange sie unter ihresgleichen blieben.

In dieser Stadt, so hatte sie gedacht, könnte sie es trotzdem wagen. Hier hatte sich herumgesprochen, dass sie aus einem achtbaren Haus stammte und zu dem Leben erzogen worden war, das sie nun führen wollte. Und hier hatte sie Freunde, denen sie vertraute und die in der Stadt etwas zählten.

Trotzdem, auch das gestand sie sich allein in der Dunkelheit zum ersten Mal ein, gab es oft Momente, in denen sie sich verloren, sich anders als die anderen fühlte. Und das war sie ja auch, anders, und würde es immer bleiben.

«Papperlapapp», murmelte sie, «jeder Mensch ist anders als die anderen, jeder auf seine eigene Weise.»

Alles brauchte seine Zeit. Was war schon ein halbes Jahr? Wie hatte sie sich gefühlt, als sie, noch ein dummes, wohlbehütetes Mädchen, aus dem vornehmen Haus ihres Vaters davongelaufen und bei den Komödianten gelandet war? In einer erschreckend fremden und armen Welt. Jean hatte sie damals halberfroren und verhungert auf der Straße aufgelesen, er, Helena und die anderen hatten sie aufgenommen und waren zu ihrer Familie geworden. Ohne die Becker'sche Komödiantengesellschaft wäre sie verloren gewesen. Sie hatte gute Jahre erlebt, sich aufgehoben und am rechten Platz gefühlt, ihren Beruf von Anfang an geliebt und sich nicht vorstellen können, ohne ihn zu leben. Doch irgendwann hatte sie begonnen, sich ihrer Wurzeln zu erinnern, und schließlich aufgegeben, sich dagegen zu wehren. Und dann war sie Magnus begegnet.

Trotzdem hatte sie Heimweh nach diesem Leben ohne Heimat, nach der Aufregung hinter der Bühne, nach dem Spiel, dem Gesang, dem Tanz, nach dem Applaus. Auch nach den weiten Landschaften und dem Reisen, obwohl es häufiger beschwerlich als schön gewesen war. Ohne Heimat? Das stimmte nicht. Da war zwar kein bestimmter Ort gewesen, sie waren ja ständig von einer Spielstätte zur nächsten durch das Land gereist, aber Heimat bedeutete nicht nur einen Ort, es bedeutete zuallererst die Menschen, die man liebte und denen man vertraute.

Mit einem tiefen Seufzer atmete sie den Rest der Enge aus ihrer Brust. Solche Menschen gab es für sie auch hier. Nicht nur Magnus, viel länger waren ihr Anne Herrmanns, ihr Mann Claes, dessen Tante Augusta und Mamsell Elsbeth vertraut, deren Köchin und tatsächliche Regentin des großen Herrmanns'schen Haushaltes. Auch Weddemeister Wagner und seine verträumte Frau Karla, nicht zuletzt Jakobsen, der Wirt des *Bremer Schlüssel* in der Fuhlentwiete und seine resolute Schwester Ruth, die die besten Suppen in der Stadt kochte. Neuerdings vielleicht sogar die so kluge wie vergnügte Madam Büsch mit der Vorliebe für das Kartenspiel. Die Gattin des überaus gelehrten Professors für Mathematik am Akademischen Gymnasium und Leiters der neuen Handlungs-Academie, hatte die junge Madam Vinstedt schon zweimal an ihren Teetisch geladen, und keiner der anderen Gäste hatte sie geringschätzig angesehen oder behandelt – nur neugierig, das allerdings. Doch das störte Rosina nicht, daran war sie gewöhnt.

Nicht zu vergessen die alte Hebamme Matti, die mit der knurrigen, nicht minder betagten alten Lies in ihrem behaglichen Haus inmitten eines Gartens voller Medizinkräuter auf dem Hamburger Berg lebte. Lies hatte wie Rosina zu den Becker'schen Komödianten gehört, bis sie in Matti die geliebte Freundin ihrer jungen Jahre wiedertraf und sich endgültig von Bühne und Wanderleben verabschiedete.

Dies war eine beachtliche Liste, es gab wahrhaftig keinen Grund zur Melancholie.

Die Gedanken hatten sie hellwach werden lassen. Sie schlüpfte aus dem Bett und zog die Vorhänge auf.

Das Schlafkammerfenster gab den Blick in einen Innenhof frei. Die einst hier angelegten Gärten waren schon so lange verschwunden, dass sich niemand mehr an sie erinnerte, nur ein paar knorrige Apfel- und Birnbäume, deren bemooste Äste keine Früchte mehr hervorbrachten, erinnerten, Gespenstern gleich, an die Vergangenheit. Tatsächlich sah man von diesem Fenster weniger einen Hof als eine Ansammlung von Holzdächern und Verschlägen. Mitten hinein in dieses Schuppenlabyrinth war erst vor wenigen Jahren ein Mietshaus gebaut worden, nur drei Etagen hoch und handtuchschmal, die Wohnungen darin waren eng, die Wände dünn, und es hieß, es regne schon durchs Dach.

Die Schuppen dienten bis auf die beiden kleinen Werkstätten eines Schusters und eines Fächermachers den Bewohnern der umliegenden Häuser zur Lagerung von Nützlichem und Überflüssigem. Das Holzhäuschen des alten Fächermachers stand seit einigen Monaten leer, das neue Haus hatte seine Werkstatt zur dunklen Kammer werden lassen, dort konnte er die Arbeit mit all ihren Feinheiten nicht mehr ausführen.

Den Schuppen neben der geschlossenen Werkstatt hatten die Vinstedts gemietet, die eine Hälfte für ihren Vorrat an Holz, Torf und Kohlen, die andere als Stall für Magnus' Pferd. Rosina wunderte sich, dass die Werkstatt des Fächermachers noch nicht wieder vermietet war, schließlich hörte man alle Tage von dem stetig wachsenden Mangel an Raum innerhalb der Stadtbefestigung.

Sie hatte ihn noch gesehen, den alten Fächermacher. Er war erst verschwunden, nachdem sie schon einige Wochen hier wohnten; plötzlich, eines Morgens, war die Werkstatt verschlossen geblieben. Sie fragte sich, ob er seine Gerätschaften und Materialien in dem Schuppen zurückgelassen hatte, sie hatte nicht bemerkt, dass er geräumt worden war. Allerdings stand sie – falls sie nicht gerade ein Anfall von Schlaflosigkeit quälte – selten am Fenster und starrte in den Innenhof hinunter.

Ihr schien, als bewege sich dort etwas, vage wie ein Schatten. Das konnte nur ein Trugbild ihrer müden Augen sein, alles schlief um diese Stunde, und die Nacht war viel zu dunkel, als dass etwas echte Schatten hätte werfen können. Zudem war der Himmel bedeckt, er spendete nicht einmal das Licht eines Sterns.

Auch auf der anderen Seite des Hofes konnte jemand nicht schlafen. Die Gebäude am Cremon, auf deren Rückseite sie blickte, unterschieden sich von dem Mietshaus in der schmalen Mattentwiete, in dem sie mit Magnus lebte. Hinter den größeren Fenstern dort drüben wohnten und arbeiteten wohlhabende Familien mit ihrem Gesinde, ein Haus – eine Familie. Hinter einem der Fenster des Eckhauses flackerte ein Licht auf, ein seltsames Licht, es zeugte von Reichtum oder Verschwendung. Oder von großer Angst vor der Düsternis. Es mussten etliche Kerzen sein, die dort jemand mitten in der Nacht entzündet hatte. Etliche Kerzen? Das waren keine Kerzen. Ein Kaminfeuer? Sie kniff die Augen zusammen, und ihr Atem stockte. Die Erstarrung dauerte einen Wimpernschlag, dann stieß sie das Fenster auf und schrie.

«Feueeeer», gellte ihre Stimme durch den Hof, «Feueeeeer.»

Schon glommen hinter anderen Scheiben Lichter auf, diesmal tatsächlich nur kleine von Kerzen oder Tranfunzeln, im Hof wurden Fensterflügel aufgestoßen, sie hörte erregte Stimmen und rasche Schritte, von ferne die alarmkündenden Schnarren herbeieilender Nachtwächter. Nun flackerte drüben ein brennender Vorhang auf, fiel oder wurde heruntergerissen, Fensterglas splitterte, wieder züngelten Flammen hoch, fraßen sich durch den zweiten Vorhang und erstarben, einem Wunder gleich oder als habe ihnen der schwere Stoff nicht geschmeckt, ein dünner Schwall Wassers schwappte durch die zerbrochene Scheibe in den Hof. Von irgendwoher näherte sich hektisches Geklingel und schwerer Hufschlag, die Feuerwehr von der nahen Wache am Hafen war schon unterwegs. Noch einmal züngelte eine Flamme hoch, schon dünn und trotzig – und fiel in sich zusammen.

Rosina spürte ihren schweren Atem, das hämmernde Herz. Kalter Schweiß stand auf ihrer Stirn. Feuer. Fast noch mehr gefürchtet als die hohen Fluten, als das Brechen der

Deiche am Fluss. Die alten, engstehenden und ineinander verschachtelten Häuser der Altstadt brannten wie Reisig, wenn irgendwo ein Funke Nahrung fand. Ihre Fassaden mochten hier und da aus Stein gebaut sein, der große Rest bestand aus nichts anderem als Holz und altem Fachwerk von Weidengeflecht oder Stroh und Lehm. Zwar gab es bei der Poggenmühle an der Brücke zur Bastion Ericus den alten Teerhof, in dem abseits der Wohnstraßen gefährliche Güter wie Teer, Pech, Terpentin, Schellack oder Schwefel gelagert wurden, und das neue Hanfmagazin am Elbeufer westlich der Stadt, doch gerade auf den Speicherböden des Cremon lagerten neben Leinen, Lumpen oder Weizen tonnenweise Waren, von denen manche brennbar wie Schwarzpulver waren. Bis die Spritzenmannschaft mit ihren Pumpen und Schläuchen kam, bis die Bewohner und Nachbarn die stets bereitstehenden, mit Teer gedichteten Ledereimer gefüllt hatten und mit den Patschen die Flammen auszuschlagen versuchten, war es oft zu spät. Dann konnte nur – mit großem Glück und Windstille – verhindert werden, dass das Feuer auf die Nachbarhäuser übergriff.

«Verdammt», stöhnte Pauline. Rosina hatte nicht bemerkt, wie die Köchin, von Rosinas Schrei aus dem Schlaf gerissen, in die Kammer gestürzt gekommen war. «Da hat unser Herrgott eine Menge Schutzengel parat gehabt. Ist es tatsächlich gelöscht?»

Rosina nickte. Ihr Mund war trocken, als sei sie selbst dem Feuer zu nah gekommen. «Es scheint so. Weißt du, wer dort wohnt?»

«Die van Keupens. Es ist das alte Wohn- und Kontorhaus der Familie. Ihren Speicher hat die Madam drüben auf der anderen Seite des Cremon, mit den Ladeluken und der Seilwinde an der Rückfront zum Nikolaifleet.»

«Tatsächlich? Dann hat Monsieur Vinstedt dort unseren Mietkontrakt unterzeichnet, den van Keupens gehört dieses Haus. Wie konnten sie das Feuer nur so schnell löschen?», überlegte Rosina. «Wenn erst die Vorhänge brennen ...»

«Da wird jetzt einer 'ne dicke Brandblase an den Händen haben, Madam. Habt Ihr's nicht gesehen? Jemand hat sie runtergerissen. Und das Wasser», erklärte Pauline, die sich im Katharinenkirchspiel auskannte wie in ihrem Küchenschrank, «das war reines Glück. Bei den van Keupens steht die große Wäsche an, in der Diele warteten schon Wannen und Eimer bis zum Rand voll Wasser. Als hätten sie's geahnt. Ohne das wäre es übel ausgegangen.» Sie kreuzte schaudernd die Arme vor der Brust. «Daran will ich lieber nicht denken. Ihr solltet wieder zu Bett gehen, Madam. Ihr seid blass wie Spucke, das seh ich sogar im Dunkeln. Andererseits», sie tastete nach dem Wolltuch am Fußende des Bettes und legte es ihrer Herrin fürsorglich um die hochgezogenen Schultern, «anderseits ist dies der richtige Anlass zu probieren, ob mein Quittenwein gelungen ist. Wenn es Euch nicht geniert und der Anblick der Glut des Herdfeuers Euch nicht erschreckt, kommt mit in die Küche. Da ist es warm.»

Der Wein war herb, aber aromatisch und nach den Schrecken der Nacht ein tröstendes Elixier. Fast so tröstlich wie Paulines robuste Gegenwart. Die wenigen verbleibenden Stunden bis zum Morgen schlief Rosina tief und friedvoll, ein Kissen, das wie Magnus' Hemden sanft nach Lavendel duftete, fest im Arm.

*

DIENSTAGMORGEN, SEHR FRÜH

Sibylla van Keupen war trotz ihres Alters bekannt für die Frische ihres Aussehens, selbst ihr Gesinde hatte sie nie anders als makellos gekleidet gesehen. Als sie an diesem Morgen im Spiegel an der Wand zwischen den Türen zu Salon und Spielzimmer ihrem Gesicht begegnete, war sie bis in die Lippen grau von Blässe, ihr Haar unfrisiert und notdürftig von einer wenig kleidsamen Leinenhaube bedeckt, ihr Hauskleid zerknittert. Sie tastete behutsam über ihre linke Hand, aus der tiefen Rötung wuchs eine wässerige Blase. Sie seufzte nicht, sie straffte die Schultern und ging mit festem Schritt die Treppe hinunter. Im Salon würde trotz der frühen Stunde ein Frühstück bereitstehen. Doch dafür gönnte sie sich nun keine Zeit. Noch nicht.

Sie stieß die Tür zu den Kontorräumen auf, der klebrigbeißende Geruch von Verbranntem empfing sie, und ging zur hinteren, durch eine verglaste Holzwand abgetrennten Stube. Nun entfuhr ihr doch ein Seufzer. Sie sollte Gott danken, dass das Feuer so rasch entdeckt und gelöscht worden war. Daran würde sie später denken, jetzt war sie nicht bereit, Dankbarkeit zu empfinden. Ein Geräusch ließ sie den Fluch verschlucken, der ihr auf den Lippen gelegen hatte. Der große Lehnstuhl bewegte sich, und eine schmale Gestalt im beschmutzten dunklen Rock rappelte sich hinter dem Tisch auf die Füße.

«John? Was tust du hier?»

John Wessing, der ältere ihrer beiden Handelslehrlinge, beugte den hochroten Kopf zum Gruß und rieb die schmutzige linke Hand über Rock und Stirn.

«Verzeiht, Madam, weil ich sowieso nicht mehr geschlafen habe und weil es jetzt hell wird, da wollte ich sehen, ob alle Akten verbrannt sind. Oder vom Wasser durchweicht, ja. Ob ich noch was retten kann. Tatsächlich ist ziemlich wenig verbrannt», erklärte er eifrig, «das Aktenregal hatte das Feuer zum Glück noch nicht entzündet. Wenn das auch gebrannt hätte! Aber das Wasser. Ein Teil der Schriftstücke ist nass und verdorben. Ja, nur ein Teil.»

«So, retten wolltest du sie», unterbrach sie ihn. «Das ist fürsorglich gedacht, John. Allerdings gilt auch heute, was immer gilt: Sind die Akten erst in meinem Kontor, gehen sie nur noch mich und vielleicht Monsieur Bergstedt an. Nicht die anderen Schreiber und gewiss nicht die Lehrlinge.»

«Ja, Madam, das weiß ich. Es ist nur, ich habe gestern, als ich mit meiner Arbeit fertig war, die neuen Abschriften hier auf Euren Tisch gelegt. Ich dachte, dann findet Ihr sie gleich, falls Ihr vor mir, ich meine vor uns allen im Kontor seid, wie es ja oft vorkommt. Ich wollte gewiss nicht indiskret oder despektierlich sein. Ganz gewiss nicht, Madam.»

Sibyllas strenge Miene wurde weicher. «Natürlich nicht, das bist du nie. Die vergangene Nacht hat mich ungeduldig gemacht. Heißt das, du bist mit deiner Arbeit fertig geworden? Und hast mir die Briefe und Listen hier bereitgelegt? Wenn das so ist», fuhr sie fort, als der Junge mit verzagtem Gesicht nickte, «hast du Pech. Denn dann», ihre Hand beschrieb einen Bogen über den auf den Dielen liegenden, von Feuer, Wasser und Fußspuren unbrauchbar gemachten Papieren, «dann musst du noch einmal von vorne anfangen. Oder hast du das zuerst Geschriebene etwa auch auf meinen Tisch gelegt?»

John Wessing hatte am vergangenen Abend bis tief in die Nacht hinein im Kontor gesessen und alle Briefe und Warenlisten, die er während des Tages geschrieben hatte, noch einmal kopiert. Er war ein beflissener Lehrling mit guten Talenten für den Kaufmannsberuf, leider gehörte seine

Schrift wie auch einige Regeln der Orthographie nicht dazu. Da die Handelsfrau van Keupen großen Wert auf eine vorbildliche Ausbildung legte, war sie überaus streng, nicht zuletzt, weil die Lehrlinge der von einer Frau geführten Handlung besonders kritisch beurteilt wurden. Und wohin sollte es führen, wenn einer schon als Lehrling schlampig und in zu großer Hast schrieb? Sie wusste genau, dass ihre eigene Schrift flüchtig war und unleserlich ausfiel, wenn sie vergaß, die Feder langsam zu führen.

Zur Übung, und auch zur Strafe, hatte John alles noch einmal schreiben müssen. So hatte er stundenlang allein im Kontor gesessen und im müden Licht einer Kerze die Feder geführt. Es war trotz seiner Müdigkeit gut geworden, er hatte sich im Bewusstsein, am nächsten Morgen ein Lob zu hören, in der Kammer zu Bett gelegt, die er unterm Dach mit dem anderen Lehrling teilte.

«Nein», sagte er, «die Originale liegen in meiner Lade. Soll ich gleich beginnen?», fügte er zögernd hinzu.

«Nach dem Frühstück. In der Küche gibt es heute Morgen ausnahmsweise für alle Kaffee. Sonst schlaft ihr mir über eurer Arbeit ein. Aber zuerst geh dich waschen und umziehen. So», sie schnippte mit dem Zeigefinger gegen seine offen hängende, beschmutzte Halsbinde, «solltest du dich nicht mal in der Küche zeigen. Was hast du da in der Hand?»

Wieder errötete John tief, er hatte gehofft, sie werde es nicht sehen. «Sie lag unter Eurem Stuhl», sagte er, «ich habe sie gerade gefunden. Aber sie gehört mir nicht, ganz bestimmt nicht, ich habe mein Licht wieder mitgenommen, als ich das Kontor verließ. Es war nur eine Kerze. Ich bin immer sehr achtsam mit dem Licht, es war völlig dunkel, als ich ging. Wirklich.»

Sibylla legte die Mappe aus weinrotem Saffianleder, die sie fest unter dem Arm gehalten hatte, auf den Tisch und nahm ihm die kleine Tranlampe aus der Hand. Sie war leer und hatte offensichtlich gründliche Bekanntschaft mit den Flammen gemacht.

«Sie lag unter meinem Stuhl, sagst du?»

«In der Ecke dahinter. Sicher ist sie bei dem Durcheinander in der Nacht dorthin geraten. Aber es ist nicht meine Lampe, Madam, bestimmt nicht.»

«Beruhige dich, John.» Sibylla drehte das Lämpchen, als suche sie nach einem Zeichen, einem eingeritzten Namen, nach irgendetwas. Dann stutzte sie und hob es an die Nase. Der Lampe fehlte der unangenehme Geruch des Waltrans, sie musste mit dem teureren Rüböl gefüllt gewesen sein. «Ich glaube dir ja. Wenn ich mich nicht sehr irre, sind unsere Lampen etwas größer.» Sie sah ihn nachdenklich an. «Du fürchtest, ich könnte denken, du habest die Lampe gestern Nacht hier vergessen, nachdem du mit deiner Arbeit fertig warst, vielleicht aus lauter Schläfrigkeit? Dass sie die Ursache für das Feuer war?»

«So war es nicht. Ich schwöre Euch ...»

«Sei vorsichtig mit schnellen Schwüren, John. Sie sind auch nicht nötig. Ich habe gesagt, ich glaube dir, dabei bleibt es.» Wieder drehte sie die Lampe in den Händen und besah sie prüfend. «Es ist nur fraglich, ob andere dir glauben werden. Der Inspektor von der Feuerkasse, zum Beispiel.» Die Röte in Johns Gesicht wandelte sich schlagartig in Leichenblässe. «Am besten vergisst du das Lämpchen einfach», fuhr seine Lehrherrin fort. «Das werde ich auch tun. Wenn niemand davon weiß, kann niemand falsche Schlüsse ziehen. Womöglich habe ich es selbst aus meiner Kammer mitgebracht, als alles ‹Feuer› schrie. Ich kann mich vor lauter Schrecken gar nicht mehr erinnern.»

«Ja, Madam. Es ist schon vergessen. Danke, Madam, vielen Dank.»

«Gut. Nun geh dich waschen und frühstücken.»

Erleichtert eilte John aus dem Kontor, zu eilig, um Juliane van Keupen zu bemerken, die sich in die Nische zwischen den beiden Regalen des vorderen Kontorzimmers drückte. Als Johns Schritte auf der Treppe zu den Dachkammern leiser wurden, verließ auch sie den Raum, rasch und ohne das geringste Geräusch.

Wieder allein, legte Sibylla van Keupen das Lämpchen in die Lade ihres Tisches und sah sich missmutig um.

Das Tintengefäß war umgefallen, der Fleck würde auf dem Tisch bleiben. Der Zinnkrug mit den blauen Astern aus ihrem Garten vor der Stadt lag auf dem Boden, die Blüten zertreten, der Krug verbeult. Zum Glück war das neue Seidenblumenbouquet, ein Geschenk, das ihr viel bedeutete, auf dem Wandbrett in Sicherheit gewesen. Auch die Postfächer waren verschont geblieben.

Der mit dunkelgrünem Samt bezogene Lehnstuhl nahe dem Fenster musste neu bezogen werden, die vom Feuer angekokelten Beine ersetzt. Der Teppich? Er war klein und alt, ein Teppich gehörte sowieso nicht in ein Kontor. Ob die schweren, mit Schnitzwerk versehenen, zum Fenster weisenden Seitenteile des Schreibtisches noch zu retten waren?

John hatte recht, die wichtigsten Unterlagen, die Verträge, Bestellungen und Rechnungen, Warenkataloge oder Listen der Handelshäuser und -agenten in zahlreichen Städten Europas, waren verschont geblieben oder schienen nur so gering beschädigt, dass sie noch leserlich waren und neu abgeschrieben werden konnten. Das verhieß viel Arbeit. Zumindest bis die bedeutenderen Korrespondenzen und Verträge mit den jeweiligen Partnern neu abgestimmt waren, würde auch die Unsicherheit bleiben, ob alles vollständig war. Sie musste darauf vertrauen, dass niemand die Gelegenheit nutzen und versuchen würde, sie zu betrügen.

Vertrauen war in Handelsgeschäften unabdingbar, aber sie hatte schon von ihrem Mann gelernt, dass man sich darauf nie verlassen durfte, nicht einmal bei lange als honorig bekannten Handelsleuten.

Wenigstens war die Mappe, deren Inhalt zum Wertvollsten zählte, ganz hinten in der tiefen Lade ihres Tisches völlig unversehrt geblieben. Das hatte sie schon in der Nacht geprüft, während das Gesinde noch mit den letzten Flammen kämpfte. Dafür fehlte eine ähnliche, nur von anderer Farbe. Zum ersten Mal an diesem Morgen lächelte sie.

Gleichwohl schalt sie sich leichtsinnig. Sie hatte die Mappe für den Rest der Nacht sicher im großen Schrank ihrer Schlafkammer verborgen, jetzt tat sie, was sie längst hätte tun sollen. Sie zog die Schlüssel aus ihrer Rocktasche und beugte sich über die reich mit Eisen beschlagene Truhe. Die beiden Schlösser öffneten sich wie stets mit leichtem Schaben, das Geräusch war ihr so angenehm wie anderen das muntere Schnauben ihres Lieblingspferdes. Ihr Blick glitt über die Papiere und die Säckchen mit Münzen verschiedener Währungen, und plötzlich klappte sie den Deckel wieder zu und schloss sorgfältig ab. Sie wusste einen besseren Platz für diese Mappe.

«Madam?» Eines der Mädchen stand mit unsicherer Miene in der Tür. «Verzeiht, wenn ich nicht geklopft habe, die Türen waren offen, da dachte ich, ich darf eintreten.»

«Und warum bist du eingetreten?»

«Ihr habt Besuch, Madam. Ich habe ihm gesagt, um diese Stunde empfangt Ihr keine Besucher, auch sonst niemand im Haus, aber er lässt sich nicht abweisen. Es ist der Weddemeister.»

«Wagner», stellte sich der stämmige kleine Mann vor, der in einem schlecht sitzenden dunkelblauen Tuchrock und abgetragenen Stiefeln hinter dem Mädchen gewartet hatte. Er schob sie zur Seite und trat in Sibylla van Keupens Kontor. «Es ist in der Tat früh, Madam, aber eine solche Sache duldet keinen Aufschub, und wie ich sehe, seid Ihr schon, nun ja, bei Eurer Arbeit.» Als die Herrin des Hauses ihn nur schweigend ansah, blickte er sich um und verzog sein Gesicht in tiefem Bedauern. «Fatal», murmelte er, zog ein blaues, nicht mehr ganz reines Tuch aus der Rocktasche und wischte sich über die Stirn. Weddemeister Wagner hatte weder Sinn noch Talente für die Präliminarien eines höflichen Gesprächs, er kam gleich zur Sache. «Wenn ich recht informiert bin, brach das Feuer mitten in der Nacht aus. Gegen zwei Uhr? Wie konnte es so schnell bemerkt und gelöscht werden?»

«Zweifellos mit Gottes Hilfe», sagte Sibylla mit schmalem Lächeln. «Ich würde Euch bitten, Platz zu nehmen, Weddemeister, doch ich fürchte, die Stühle müssen erst gereinigt werden. Ich habe mit dem Inspektor der Feuerkasse gerechnet, warum interessiert sich die Wedde für mein Unglück? Zu einer Stunde, in der eine Dame noch nicht einmal frisiert ist.»

«Die Wedde hat sich für vieles zu interessieren, Madam. Und manches Feuer ist kein Unglück, sondern das Ergebnis einer bösen Tat. Wie wurde der Brand so schnell entdeckt, bevor er, nun ja, größeren Schaden anrichten konnte?»

«Ihr werdet es kaum glauben: Das Verdienst gebührt einer Katze.»

Das Aschenmädchen, im ganzen Haus für das Reinigen und Befeuern des Herdes und der Öfen zuständig, war in der Nacht aufgewacht. Sie hatte ihren Schlafplatz in einer Nische neben dem Küchenherd, im Souterrain hinter der Diele. Sie glaubte ein Geräusch zu hören, und weil die Katze am Abend nicht nach Hause gekommen war, hatte das Mädchen ihre Angst vor Nachtgespenstern überwunden und war in die Diele geschlichen, um nachzuschauen, ob die von ihr geliebte Mäusefängerin doch zurückgekehrt war.

Das sei unvernünftig gewesen, fand Madam van Keupen, eine Katze mache für gewöhnlich keine Geräusche. Das habe das Kind jedoch nicht bedacht, überhaupt sei sie keine, die viel bedenke. In der Diele habe sie durch die verglasten Türen den Feuerschein im Kontor bemerkt und gleich geschrien. Markerschütternd. Das ganze Haus sei sofort erwacht.

«Als die Spritzenmannschaft kam, war schon alles gelöscht, denn wir hatten zum zweiten Mal Glück in dieser Nacht. Heute sollte die große Wäsche beginnen, in der Diele standen Wannen und Eimer voller Wasser. Ohne das wäre es unmöglich gewesen, den Brand zu löschen, bevor er sich durch das ganze Kontor, durch das ganze Haus fraß.» Sie schloss die Augen und sank auf den Stuhl hinter ihrem Kontortisch. «Verzeiht, Weddemeister. Allein der Gedanke raubt mir alle Kraft.»

«Alle Kraft, natürlich. Ein schrecklicher Gedanke. Wie könnte das Feuer ausgebrochen sein?»

«Ihr werdet jetzt nicht etwa fragen, ob ich oder die Leute meines Hauses eine brennende Kerze im Kontor gelassen haben.» Sibylla van Keupens Kraft war offenbar schlagartig zurückgekehrt. «Oder ein anderes Licht. Haltet Ihr uns für so töricht? Seit dieses Haus vor fast hundert Jahren erbaut wurde, übrigens nachdem ein großes Feuer eine ganze Reihe von Häusern im Cremon vernichtet hatte, hat es bei uns nie auch nur den kleinsten Brand gegeben. Das könnt Ihr in den Annalen der Familie nachlesen. Auch die Frage nach den Öfen könnt Ihr Euch und mir ersparen. Es ist erst Oktober, ein warmer Oktober zudem, das einzige Feuer brennt dieser Tage in der Küche, bei Nacht ist es nur abgedeckte Glut, so wie es sich gehört.»

Wagner nickte mit vor dem Wortschwall hochgezogenen Schultern. «Gewiss, erst Oktober. Und wie, denkt Ihr, brach dann das Feuer aus?»

Sie erhob sich und trat an das offen stehende Fenster. «Das Glas mag von der Hitze zersplittert sein, aber ich muss gestehen, der Riegel ist kaputt. Ich habe es erst gestern bemerkt und gleich Order gegeben, das zu reparieren. Leider war es schon spät, ich war leichtfertig genug, auf eine sichere Nacht und den nächsten Tag zu vertrauen. Das dürft Ihr mir tatsächlich vorwerfen. Jemand muss eingestiegen sein und das Feuer gelegt haben. Eine andere Erklärung gibt es nicht», schloss sie nachdrücklich.

Wagner betrachtete das Fenster, fuhr mit dem Daumen über das Holz und den schadhaften Riegel. «Hm», sagte er. Mehr nicht.

«Alles in allem», fuhr Madam van Keupen fort, «bin ich mehr als glimpflich davongekommen. Es hat gebrannt, Flammen und Wasser haben wichtige Akten und einen Teil des Mobiliars zerstört oder zumindest unbrauchbar gemacht, doch im Vergleich zu dem, was hätte geschehen können, ist das eine Lappalie.»

«Das wird auch die Mitglieder Eurer Feuercassa freuen.»

«Es wird sie nicht kümmern», sagte sie kühl. «Das Haus ist unversehrt geblieben, wozu sollte ich sie in Anspruch nehmen? Für den Verlust meiner Akten gibt es keine Versicherung.»

«Wenn ich Euch richtig verstehe, nehmt Ihr an, jemand ist durch dieses Fenster eingestiegen und hat das Feuer gelegt. Dann, Madam, ist die Sache ohne Frage Angelegenheit der Wedde. Ich bin sicher, Ihr hättet es noch gemeldet. Einbruch, Brandstiftung – beides muss gemeldet werden.»

«Gewiss, Weddemeister.» Sibylla van Keupen tupfte mit einem zarten Batisttüchlein über ihr Dekolleté, die Brandblase an ihrer Hand war deutlich zu sehen. «Ihr werdet einer zutiefst erschrockenen Frau verzeihen, dass sie noch nicht daran gedacht hat. Wenn ich die Augen schließe, sehe ich sofort hochauflodernde Flammen. Ich, mein ganzes Haus, wir alle hätten tot sein können.»

Wagner wirkte wenig beeindruckt. «Wurden auch Akten gestohlen?», fragte er. «Oder anderes?»

«Nach einer ersten Prüfung heute Nacht nichts. Überhaupt nichts. Wenn Ihr von den Papieren, meinem Schreibgeschirr aus chinesischem Porzellan und dem Porträt meines Mannes abseht, gibt es auch nichts zu stehlen. Bevor Ihr fragt: Münzgeld, Wechsel und ein kleiner Beutel mit ungeschliffenen Diamanten sind sicher in der doppelt verschließbaren Truhe verwahrt. Die Flammen konnten ihr nichts anhaben, sie wurden zu rasch gelöscht, und sie ist viel zu schwer, um sie einfach fortzutragen, insbesondere durch das Fenster. Das war der Weg, den, wer immer dieses Feuer verursacht hat, genommen haben muss. Die Vorder- und die Hintertür waren versperrt. Dort konnte niemand eindringen.»

Wagner schob einen umgestürzten Schemel zur Seite und beugte sich aus dem Fenster. Missbilligend schnalzend schüttelte er den Kopf. Vom Hof aus lag das Kontor im Hochparterre, es hätte eines Akrobaten oder einer Leiter bedurft, um es zu erreichen. Wären da nicht direkt unter dem Fenster die beiden großen Fässer gewesen.

«Warum stehen die Fässer dort?», fragte er. «Direkt unter Eurem Fenster. Das ist die reinste Einladung, Madam. Fast so gut wie eine Leiter. Sie müssen da schon eine ganze Weile stehen, das Kraut um sie herum ist mehr als kniehoch.»

Sie beugte sich hinaus, ein unwilliger Ton entfuhr ihr. «Ich habe keine Ahnung, wer die Fässer dort lagert oder wie lange sie dort schon stehen. Ich gehe nie in den Hof. Meine beiden Speicher habe ich auf der anderen Seite des Cremon und am Lagerplatz nahe dem Holzhafen. Das ist unpraktisch, aber in der Enge der Stadt nicht anders möglich. Seht Euch doch um: Der Hof ist voller Schuppen, alle möglichen Leute lagern dort alles Mögliche. Hätte ich die Fässer entdeckt, hätte ich umgehend dafür gesorgt, dass sie weggeräumt werden. *Wahrscheinlich* hätte ich das», gestand sie zu, «bei uns ist niemals eingebrochen worden, ich wäre gar nicht auf die Idee gekommen, dass so etwas geschehen könnte.»

Wagner sah sie zweifelnd an. Ein so bedingungsloses Vertrauen in die Ehrbarkeit ihrer Mitmenschen hatte er bei einer Handelsfrau nicht vermutet. Dies war eine große Stadt, mit ihren fast hunderttausend Menschen eine der größten und engsten Europas. Es gab Armut und Elend an jeder Ecke. Da dachte eine reiche Frau in einem reichen Haus nie an Einbruch und Diebstahl? Entweder war diese Dame töricht, oder sie ging blind durch die Welt. Sie sah weder nach dem einen noch nach dem anderen aus.

«Seltsam», murmelte er und beugte sich über die angesengten Dielen zwischen Fenster und Schreibtisch. Hier hatte es angefangen zu brennen. Wie? Womit? Er schnupperte, der brandige Geruch überlagerte alles. Er richtete sich auf und wandte sich wieder dem Fenster zu, betrachtete jeden Zoll mit zusammengekniffenen Augen und fand nichts. Nicht ein Fädchen, das dort womöglich nicht hingehörte.

«Habt Ihr nach dem Feuer etwas gefunden, das nicht in Euer Kontor gehört, Madam?»

«Nein. Was könnte das sein? Ach, Ihr meint etwas, das der Brandstifter verloren hat.»

«So etwas, ja. Oder einen Stofffetzen am Fenster, der ihm

beim Einsteigen vom Rock oder vom Beinkleid gerissen wurde.»

«Nein, Weddemeister, gar nichts. Allerdings habe ich nicht danach gesucht, wie Ihr verstehen werdet. Ich hatte anderes im Kopf.»

«Anderes, gewiss. Wenn Ihr erlaubt, würde ich mich gerne genauer umsehen. Es dauert nur eine Minute.»

Anstatt das Kontor zu verlassen und in den vorderen Räumen zu warten, trat sie nur beiseite und beobachtete, wie er auf Händen und Knien, den geröteten Kopf knapp über den Dielen, herumkroch und Zoll für Zoll den Boden absuchte. Er fand nichts, nicht einmal einen Fetzen Papier, eine alte Schreibfeder oder Flusen von Staub. Selbst in den Ecken, die Feuer und Löschwasser nicht erreicht hatte, war der Boden sauber.

«Ich fürchte, Ihr bemüht Euch umsonst», hörte er ihre Stimme, als er mit der Hand unter dem Regal neben dem Fenster entlanggefahren war und sie mit einem veritablen Splitter im Mittelfinger wieder hervorzog. «Heute Nacht stand hier alles unter Wasser, inzwischen wurde gründlich aufgewischt. Verzeiht, ich hätte das gleich sagen sollen.»

Mit einer für seine Körperfülle erstaunlichen Behändigkeit kam Wagner wieder auf die Beine. Er spürte ein grimmiges Gefühl im Magen, das kaum von dem zu hastigen Frühstück herrührte. Er wischte die Hände an seinem blauen Tuch ab, wie an seiner Kniehose hatten die geölten, noch feuchten Dielen dort deutliche Spuren hinterlassen.

«Wer wusste von dem schadhaften Fenster, Madam?»

«Außer mir nur Monsieur Bergstedt, mein Erster Schreiber. Er hat den Auftrag, heute für die Reparatur zu sorgen, die nun erheblich größer ausfallen wird. Sonst niemand. Doch, meine Schwägerin Mademoiselle van Keupen, die Stiefschwester meines verstorbenen Mannes. Sie lebt in meinem Haus. Als ich ihr davon erzählte, hat es vielleicht auch eines der Mädchen gehört. Ja, das ist möglich. Ich glaube, es war in der Diele, und das Aschenmädchen kam gerade aus der Küche. Natürlich weiß ich nicht, ob sie auf unser Gespräch geachtet hat.»

«Das Aschenmädchen, so. Das gleiche, das das Feuer entdeckt hat?»

«Selbst ein großes Haus wie meines braucht nur *ein* Aschenmädchen, Weddemeister.»

«Nur eines, natürlich. Hat sie einen Namen?»

«Sie heißt Dora.»

«Und?»

«Ihr meint den Vaternamen? Der ist mir entfallen, Ihr könnt die Köchin fragen, sie wird es wissen.»

«Ich möchte lieber das Mädchen selbst fragen.»

«Das steht Euch frei. Allerdings müsst Ihr Euch gedulden. Dora ist seit Tagesanbruch zu meinem Garten vor dem Steintor unterwegs, es sind Falläpfel aufzusammeln. Das arme Kind wird müde sein, doch so ein kleiner Brand ist kein Grund, eine erforderliche Arbeit zu versäumen. Und nun würde ich mich gerne um *meine* Arbeit kümmern, Ihr werdet verstehen, dass ich begierig bin, alles genau zu prüfen. An einem anderen Tag stehe ich wieder zur Verfügung. Sofern es nötig ist.»

Als Wagner das Kontor verließ, prallte er beinahe gegen einen Mann, der mit hastigen Schritten von der Diele kam und, ohne den Besucher zu beachten, weitereilte. Wagner kannte den Ersten Schreiber der van Keupens, er war ihm bei anderer Gelegenheit begegnet.

Ein Mensch ohne den scharfen Blick des Weddemeisters hätte sich vielleicht nicht an Lenert Bergstedt erinnert. Er war ein schlanker Mann von mittlerer Größe und kleidete sich stets in dezenten dunklen Farben, wie es sich für einen

Schreiber ziemte, doch das Tuch seines schlichten Rockes verriet beste Qualität, die Strümpfe waren von Seide, Hemd und Halsbinde von feinem Leinen, selbst die schwarzen Schuhe mit den schlichten Silberschnallen zeigten sich makellos. Seine Haltung und sein Gang waren trotz der für einen Mann ungewöhnlich hohen Absätze – hier verriet seine Erscheinung doch ein wenig Eitelkeit – fest und selbstbewusst. Auffällig waren an ihm nur die kräftigen Brauen und die dunklen, leicht umschatteten Augen, die Wagner auch bei dieser flüchtigen Begegnung an einen Greifvogel denken ließen. Trotz seiner bald vierzig Jahre war Bergstedts tiefbraunes Haar noch dicht und nur an den Schläfen leicht ergraut. Wäre Wagner eine Frau im reifen Alter gewesen, hätte er ihn attraktiv gefunden, so witterte er nur unangemessenen Hochmut.

«Madam», hörte er Bergstedt mit warmer Stimme sagen, «ich habe gerade erst von dem Feuer erfahren. Warum nur habt Ihr nicht gleich nach mir geschickt?»

Wagner sah ihn Madam van Keupens Hände ergreifen und ging. Obwohl sie ihn interessiert hätte, wartete er nicht auf ihre Antwort. Mit Bergstedt würde er sich später befassen. Wie mit dem Aschenmädchen, ohne die Gegenwart der wachsamen Augen und Ohren ihrer Herrin.

Als Sibylla van Keupen bald darauf von ihren Papieren auf und in den Hof blickte, entdeckte sie den Weddemeister. Er ging direkt auf die Fässer zu, es würde sie nicht wundern, wenn gleich sein Kopf hinter dem Fenster auftauchte, allerdings vermutete sie, dass seine Beine zu kurz und sein Körper zu schwerfällig waren, um sie zu erklimmen. Der kleine dicke Mensch wirkte dümmlich, sie würde nicht den Fehler machen, darauf hereinzufallen.

*

DIENSTAGMORGEN

Das Gasthaus *Zum Himmel* in der Lembkentwiete machte seinem Namen keine Ehre. Selbst ein flüchtiger Betrachter erkannte, dass es sich nur dank der stabileren Mauern der benachbarten Häuser aufrecht hielt. Das vom Alter schiefe Fachwerk bröckelte, die kleinen Fenster aller drei Etagen waren trübe, und wer vermessen genug war, eines zu öffnen, musste gewahr sein, dass der Flügel auf die Twiete hinabfiel. Deshalb hatte der Wirt die meisten von innen vernagelt. Die Luft im *Himmel* war alles andere als paradiesisch.

Auch sonst entsprach das Äußere dem Inneren. Die engen Flure, Stiegen und Zimmer rochen muffig, feucht und nach ungewaschenen Menschen, es war lange her, seit Wände und Böden mit Farbe oder Wasser in Berührung gekommen waren. Kurz und gut, wer im *Himmel* abstieg, für einen der klumpigen, reich von Flöhen bevölkerten Strohsäcke auf den knarrenden Holzgestellen bezahlte, landete nicht gerade in der Hölle, aber ziemlich weit unten. Zumindest im Sommer empfahl es sich, selbst einem Schlafplatz im Buschwerk der Wälle den Vorzug zu geben.

Woher das Gasthaus seinen trügerischen Namen hatte, wusste niemand mehr. Nicht einmal der Wirt. Jobst Hollmann war das so egal wie der Zustand des Hauses. Er bewegte sich nur selten von seinem Lieblingsplatz hinter dem Schanktisch in der düsteren Kneipe im Tiefparterre gleich neben dem großen Fass für das Bier und dem kleinen für den Branntwein fort. Wem seine Zimmer nicht gefielen, der sollte doch selbst den Besen schwingen, er war gerne bereit zu zeigen, wo sich einer befand. Auch seine Frau und ihr dümmlicher Bruder, der mehr schlecht als recht den Hausknecht spielte, hatten anderes zu tun, als für übertriebene Reinlichkeit zu sorgen. Und mit Mägden gab es immer nur Ärger.

Er füllte Branntwein in einen Krug, fischte einen wild mit den Fühlern rudernden Kakerlak aus der trüben Flüssigkeit und schnippte ihn weg. Er machte keinen Versuch, ihn totzutreten, diese Krabbler waren einfach zu viele und zu schnell. Ja, die Sache mit den Mägden. Alle faul und klauten wie die Raben. Zudem waren die Augen seiner Frau überall. Wenn er einer mal ein bisschen zu nah gekommen war, ein richtiger Mann brauchte schließlich ab und zu eine Schleckerei, hatte es gleich Gezeter gegeben, und das Mädchen war vor die Tür gesetzt worden.

Auch die Letzte war schon nach zwei Wochen herausgeflogen. Er hätte den Teufel getan, sie überhaupt ins Haus zu nehmen. Zu jung und zu appetitlich. Als Irm sie mitbrachte, hatte er nicht gefragt, warum sie das Weibchen aufgelesen hatte, auch das war ihm einerlei gewesen. Sie würde kaum lange bleiben, bei dem geringen Lohn, den sie neben dem Schlafplatz unterm Dach und Frühstück und Abendbrot bekam. Wenn ihr das reichte, war das ihre Sache, hatte er gedacht, und wenn seine Frau Wirtin fand, sie brauche eine Magd und eine von der Straße holte, war das Irms Sache. Dann war er nicht schuld, wenn das Mädchen zu viel aß und trank, auf der faulen Haut lag oder die Taschen der Gäste leerte, bei denen sowieso nicht viel zu holen war, ohne ihren Fund bei den Wirtsleuten abzuliefern.

Auch mit den Gästen gab es ständig Ärger. Er sog einen Schluck durch die breite vordere Zahnlücke und grinste. Das hatte sie davon, die Madam Wirtin. Es stimmte ja, das junge Ding hatte freiwillig im Voraus bezahlt, aber was soll man von einer halten, die alleine unterwegs ist? Und kaum waren zwei Tage um, da japste sie nach Luft, glühte wie eine Schmiede-Esse und pfiff aus dem letzten Loch.

Er hörte rasche Schritte von Holzpantoffeln auf der Treppe und schob den Branntweinkrug unter den Tresen. So früh am Morgen vertrug er kein Gezeter.

«Und?», fragte er, als seine Frau in die Gaststube trat. «Geht's ihr besser?»

Irm sah ihn gereizt an und griff hinter den Tresen nach seinem Branntweinkrug. Aber sie schimpfte nicht, sie trank.

«Ich seh schon», stellte er fest, «ihr geht's nich besser.»

«Besser?» Irm knallte den Krug auf den Tisch und wischte sich mit dem Handrücken über den Mund. «Sie glüht und nuschelt wirres Zeug. Sie muss hier weg. Schnell. Sie hat irgend 'ne Pestilenz, so was will ich nich unter unserm Dach ham.»

«Weg is gut, aber wohin? Zum Pesthof? Dann brauchen wir 'n Wagen, der kostet. Ich hab dir gleich gesagt, se sieht so komisch aus, schick se weg. Hast du die Augen nich gesehn?»

Irm ignorierte seinen Triumph. «Doch nich zum Pesthof», sagte sie, «da stell'n se Fragen und machen Scherereien.»

Sie nahm noch einen Schluck und starrte durch die halbgeöffnete Tür ins frühe Morgenlicht, als finde sich dort die Lösung ihres Problems.

«Ich hab's», sagte Hollmann plötzlich. «Sankt Katharinen. Der Frühgottesdienst is vorbei, jetzt is de Kirche leer. Es sind nur 'n paar Schritte, und wenn wir se in die Mitte nehm', merkt auf der Straße kein Mensch, wie krank se is. Die Leute denken, wir bringen 'ne Schnapsdrossel nach Hause. Kommt ja vor.»

Das stimmte zwar nicht – wer im *Himmel* zu viel getrunken hatte, um sich noch aufrecht zu halten, wurde kurzerhand auf die Straße gesetzt –, trotzdem hatte er recht: Niemand würde sich wundern oder dumme Fragen stellen. Und in der Kirche würde sie später schon jemand finden und ihr weiterhelfen. Das war doch Christenpflicht.

«Besser später», gab sie zu bedenken, «wenn's dunkel ist.»

«Nein. Jetzt. Bei Tag interessiert das kein Schwein, wenn's dunkel is und wir der Wache vor die Füße laufen, hagelt's Fragen. Se muss weg, jetzt gleich, das is am sichersten. Sind noch andre Gäste im Haus?»

Irm schüttelte den Kopf, es waren eh nur zwei ausgemusterte Matrosen von irgendeinem Seelenverkäufer, die sich schon bei Tagesanbruch auf den Weg zum Heuerbaas gemacht hatten.

«Jetzt gleich», wiederholte er, rappelte sich von seinem Schemel auf und folgte ihr, die schon die Stiege hinaufeilte.

*

DIENSTAGABEND

Sibylla van Keupen war guter Dinge. Der Brand im Kontor war überaus ärgerlich, das ganze Haus lebte immer noch in Aufregung und Furcht, weil ein Fremder dort eingestiegen war und, anstatt zu stehlen, Feuer gelegt hatte, weil niemand sich erklären konnte warum. Zugleich waren alle froh, weil der Schurke nicht auf der Suche nach Wertvollem durchs Haus geschlichen war, womöglich mit einem Messer oder einer handlichen Schnur bewaffnet, um jeden zu morden, der sich ihm in den Weg stellte. Auch sie hatte sich beunruhigt gezeigt, anders als die anderen jedoch nur wenig. Ihre Ruhe wurde bewundert, es ahnte ja niemand, dass sie zu wissen glaubte, wem der Anschlag zu verdanken und dass es ein kümmerlicher Versuch der Lösung eines großen Dilemmas gewesen war. Darum würde sie sich später kümmern, heute, am Tag nach der Brandnacht, hatte das Durcheinander im Kontor Vorrang gehabt.

Tatsächlich hatte sich der Schaden als geringer erwiesen als zunächst erschienen, besonders am Wichtigsten, den Schriftstücken. Es lohnte sich eben doch, die teurere Tinte und gutes Papier zu verwenden. Die meisten der direkt vom Wasser getroffenen Bögen waren sogar noch halbwegs leserlich, die Abschreiberei erforderte Zeit, sonst nichts. Und beim täglichen Treffen aller Handelsleute an der Börse war Bergstedt zugesichert worden, man sei gerne bereit, Duplikate von Verträgen mit dem Haus van Keupen zur Abschrift zur Verfügung zu stellen. Und die Vereinbarungen mit Händlern in anderen Städten und Ländern – auch das würde sich finden.

Einiges Mobiliar musste repariert werden, die Gardinen erneuert, auch das Fenster, vielleicht einige Dielen. Das Feuer hatte sie nicht ernstlich beschädigt, aber Brandflecken machten auf Besucher keinen verlässlichen Eindruck. Der Kontortisch ließ sich ausbessern, andererseits war es eine gute Gelegenheit, sich von dem altväterlichen Monstrum mit den Löwenfüßen zu trennen. Auf ihrer letzten Reise hatte sie einen eleganten leichteren Tisch aus Mahagoni gesehen, mit fein eingelegter Platte und zahlreichen Schubladen, von denen einige mit besonders komplizierten Schlössern gesichert waren. Ja, genau so einen sollte sie arbeiten lassen.

Tillmann lag nun acht Jahre in der Familiengruft, es war an der Zeit, sich auch im Kontor von Dingen zu trennen, die täglich an ihn erinnerten und in Ehren gehalten werden mussten. Dazu reichte sein Porträt. Sie hatte ihren Mann gemocht und geachtet, in jungen Jahren auch geliebt, für eine Dame ihrer Stellung und ihres Alters empfand sie dieses Wort als zu sentimental. Sie hatte sein Unternehmen fortgeführt, nicht immer ganz in seinem Sinne, dafür mit umso größerem Erfolg, und es um einige Geschäfte erweitert, die er kaum gutgeheißen hätte. Tillmann war ein ehrbarer Mensch gewesen. Das war sie auch, nur ein wenig weitsichtiger und unabhängiger im Denken und Handeln. Sie konnte zufrieden sein. Das würde sie ihm heute erzählen, wenn sie wie an fast jedem frühen Dienstagabend vor dem Familienepitaph in der Katharinenkirche mit ihm Zwiesprache hielt.

Genaugenommen war es mit der Zwiesprache nicht mehr weit her. Während des ersten Jahres, als sie noch fürchtete, ihrer neuen Aufgabe nicht gewachsen zu sein, hatten diese Stunden an seinem Grab ihr geholfen herauszufinden, was getan werden musste, welche Entscheidung richtig, welche zu verwegen, welche zu halbherzig war. In der Stadt hatte man diese Besuche bald bemerkt, es hatte sich herumgesprochen, dass die Witib van Keupen nichts tat, ohne ihres klugen Mannes zu gedenken, die Nähe seiner aufgestiegenen Seele zu suchen und seinen Segen zu ihrem Tun zu erbitten. Um mit der lieben Erinnerung allein zu sein, so wurde geflüstert, versage sie sich sogar jegliche Begleitung, die sich für eine Dame sonst zieme. Selbst die von Mademoiselle Juliane, die man gewöhnlich an ihrer Seite sehe.

Das Wohlwollen, das ihr für diese einsamen Stunden entgegengebracht wurde, hatte das Misstrauen und den hier und da zu spürenden Unmut über diese Frau verebben lassen, die wie ein Mann einen Handel führte und höflich für die Ratschläge alter Freunde ihres verstorbenen Gatten dankte, sie jedoch nicht immer befolgte. Auch die Zahl der Bewerber um ihre Hand und somit um ihr einträgliches Unternehmen hatte sich schnell verringert. Man zollte ihr Respekt für die jahrelange Trauer. Madam van Keupen, hieß es allgemein, sei treu über den Tod hinaus. Wer es besser wusste, schwieg. Zumeist aus gutem Grund.

Inzwischen genoss sie die einsame Zeit vor dem Epitaph, in der ihre Gedanken ungestört und frei waren. Hier fand sie zu ihren wichtigsten Entscheidungen. Im Übrigen waren diese Stunden beste Gelegenheiten für diskrete Verabredungen, für Gespräche und Verhandlungen, die niemand etwas angingen. So gab es eine ganze Reihe guter Gründe, die Dienstagabendbesuche fortzusetzen. Sie versäumte nie, ein Gebet zu sprechen und eine Münze in den Opferstock zu werfen, sie wusste, wo Dankbarkeit angebracht war. Und dass der Kirchendiener, der sie fortgehen sah, neugierig prüfte, wie groß die Münze war, die sie gegeben hatte.

An diesem Abend eilte sie ein wenig später als gewöhnlich zu ihrer Verabredung mit der Stille und der Konzentration der Gedanken. Obwohl es schon dunkelte, hatte sie keine Laterne mitgenommen oder gar einen Laternenträger bestellt. Es war nicht weit, und in der Kirche brannten an diesen Abenden stets zwei Kerzen für sie. Sie war keine furchtsame Person, das seit so vielen Jahren vertraute große Kirchenschiff mit den im Kerzenlicht flackernden Schatten und dunklen Nischen hatte sie niemals geängstigt, sondern ihr ein Gefühl der Geborgenheit gegeben.

Wie immer betrat sie die mächtige Kirche durch das Hauptportal, schritt rasch durch die dunkle Turmhalle in das Mittelschiff. Das letzte Tageslicht drang nur noch matt durch die Fenster, auf den schulterhohen Kandelabern links und rechts des Epitaphs leuchtete das warme Licht der Kerzen. Sie waren bald heruntergebrannt, sie musste daran denken, neue zu schicken.

Sie hatte erwartet, schon einige der Gerätschaften des Stuckators vorzufinden, Taubner war keiner, der Zeit verschenkte. Seine Arbeit erforderte Akkuratesse und erlaubte keine Eile, umso weniger Stunden verplemperte er mit Untätigkeit. Doch sie sah nichts, nicht die Hölzer und Leitern, die er für das Gerüst brauchte, nicht die Eimer und Kisten für Gips, Sand, Kalk und Farben. Natürlich, zumindest die teuren Farben würde er kaum unbewacht an einem Ort lassen, zu dem jedermann freien Zugang hatte.

Als Taubner am Vormittag in ihrem Kontor anklopfte, um seine Arbeit mit ihr zu besprechen und auf ihre Frage nach Neuigkeiten zu antworten, hatte sie ihn gleich wieder fortgeschickt. Dieser Tag hatte der Ordnung ihres Kontors gehört. ‹Morgen, Meister Taubner›, hatte sie gesagt, ‹gleich nach Sonnenaufgang in der Kirche, damit Ihr keine Minute des Tageslichts versäumt.› Gutes Licht war zur richtigen Abstimmung der Farben unerlässlich. Sie wusste, dass er mit jeder Mischung vor das Portal treten würde, um das Ergebnis zu prüfen, bevor er die gefärbte Stuckmasse in die abgebröckelten Stellen einfügte und glatt strich. Wahrscheinlich, so dachte sie jetzt, hatte er den Tag in Altona verbracht, seiner Heimatstadt. Eine Schwester oder Tante lebte dort wohl noch, oder war es Wandsbek gewesen? Jedenfalls hatte er sonst keine Familie, was für einen Mann seines Alters ungewöhnlich war, selbst wenn sein Handwerk ihn oft auf lange Reisen führte.

Unter der Orgelempore verharrte sie kurz und sah sich um. Zumeist saß um diese Stunde noch jemand in einer der Bänke, ins Gebet oder in Gedanken vertieft, mit einem Kummer beschäftigt oder beim Dank für ein Glück. Heute sah sie niemanden. Auch die Tür zur Sakristei war verschlossen; die einzigen Geräusche, die sie vernahm, kamen von der Straße und vom Kirchhof, ein Wagen rollte vorüber, eine Männerstimme rief Unverständliches, ein Hund jaulte wütend auf.

Sie wandte sich nach links, wo sich an der Halbsäule bei der Empore das Epitaph der van Keupens befand, und setzte sich auf den Stuhl, den der Kirchendiener für sie davor gestellt hatte. Trotz des milden Wetters war es in der Kirche kalt, fröstelnd zog sie ihr wollenes Tuch fester um Schultern und Rücken, lehnte sich zurück und spürte, wie die Anstrengung des Tages in Körper und Geist nachließ. Irgendwo knarrte altes Holz. Sie sah sich um, doch der große hohe Raum, in dem Töne so weit wie trügerisch trugen, hatte sie genarrt. Da war niemand. Die Stille und die Untätigkeit des Körpers ließen sie plötzlich ihre Müdigkeit spüren, die Nacht war viel zu kurz und aufregend und der Tag zu geschäftig gewesen.

Bergstedt hatte sich mehr denn je bemüht, ihr alles abzunehmen, doch sie hatte es nicht zugelassen. Er war ihr nahezu unentbehrlich geworden, das machte sie wachsam. Es würde ihm nicht gelingen, sich in die Position des Handelsherrn zu drängen. Höchste Zeit, ihn wieder einmal spüren zu lassen, dass er nur ihr Schreiber war und bleiben würde. Auch wenn sie sich hin und wieder dabei ertappte, seine schmeichelnde Stimme und den Blick seiner dunklen Augen als überaus angenehm zu empfinden.

Sie fuhr mit der Hand durch die Luft, wischte die Gedanken fort, um sich Wichtigerem zuzuwenden, nämlich der besten Strategie, ihrem nächtlichen Feuerteufel zu begegnen.

‹Ein Teufelchen›, dachte sie, ‹nur ein hilflos zappelndes Teufelchen.› Ihr leises Lachen klang in der Weite des Kirchenschiffs hohl.

Wieder knarrte es, diesmal klang es nach alten Dielen. Gegen alle Vernunft spürte sie eine Kälte im Nacken, sicher schlich nur der Kirchendiener herum, der ohne zu stören nachsehen wollte, ob sie fort war, und prüfte, ob sie auch die Kerzen gelöscht hatte. Aber nein, das Knarren, ein wahrhaft schleichendes Knarren, kam von der Orgelempore fast direkt über ihrem Kopf. Sie blinzelte nach oben in die Dunkelheit, dort war jemand, das spürte sie. Doch bevor sie rufen oder jemanden erkennen konnte, fiel etwas Dunkles schwer und schnell herab. Ein Klotz aus harter alter Eiche zerschmetterte ihr Schlüsselbein, Schulterblatt und -gelenk, die schrundige Kante zerriss die zarte Haut und drang in den Hals. Sie schlug zugleich gegen ihren Kopf und raubte ihr das Bewusstsein.

Sibylla van Keupen spürte nicht mehr, wie das Blut aus der zerfetzten Halsschlagader quoll, wie das Leben aus ihr herausfloss.

KAPITEL 3

───◆───

MITTWOCH, 28. OKTOBER

Madam Vinstedt», murmelte der alte Mann und zupfte fahrig am Ärmel seines fadenscheinigen Rockes. «Vinstedt, sagt Ihr? Vinstedt?»

Er rückte umständlich seine Brille zurecht, was wegen des verbogenen Drahtgestells wenig nützte, es schien kaum jünger als er, der schon vier Jahrzehnte die Akten des Waisenhauses führte. Sein runzeliges Gesicht wurde noch runzeliger. Wenige Minuten zuvor hatte er die junge Frau mit vielen Verbeugungen auf den Stuhl vor seinen Schreibtisch komplimentiert, nun blinzelte er sie misstrauisch an. Er musste endlich bessere Augengläser auftreiben. Bei ihrem Eintreten hatte er sie für eine der Damen gehalten, deren Gatten würdige Stellungen als Gelehrte innehatten oder eine präsentable Handlung führten. Doch, doch, sie erschien würdig, war adrett gekleidet, nicht zu tief dekolletiert, auch hübsch, wirklich hübsch, dieses Näschen und die Taille...

Doch dieser Name? Er war ihm nicht vertraut, aber da war etwas gewesen. Er musste sich nur erinnern. Ein unwilliges Knurren entfuhr ihm. Ständig sollte er sich an etwas erinnern. Wie konnte man das, wenn man das Wohl von mehr als siebenhundert Kindern zu verwalten hatte, von denen vierhundert über die ganze Stadt und das Umland verteilt lebten? Niemand konnte sich an alles erinnern. Doch dieser Name...

Sein Blick glitt an der Besucherin vorbei zum Fenster

hinaus. Er wäre gerne aufgestanden, um es zu öffnen. Das tat er gewöhnlich, wenn sein Kopf ihm eine Auskunft verweigerte. Das Waisenhaus stand auf einer in den Binnenhafen ragenden Landspitze zwischen Alster- und Rödingsmarktfleet, an seinem Fenster fühlte er sich selbst nach all den Jahren noch wie am Bug eines Schiffes. Das machte seine Gedanken freier, manchmal sogar mutiger. Dass dieses vermeintliche Schiff unverrückbar fest im Hafen lag, war ihm angenehm, zu viel Freiheit und gar die Endlosigkeit der Ozeane waren nie seine Sache gewesen.

«Nun, Madam», sagte er, um ein bisschen Zeit zu schinden, «Ihr wollt also eines unserer Kinder in Kost nehmen, das ist löblich, fürwahr löblich. Und patriotisch gedacht. Zudem einen Jungen, das ist gut, sehr gut. Ja. Die Leute in der Stadt nehmen lieber Mädchen, jedenfalls, solange sie klein sind. Wenn sie erst in dieses Alter kommen», er zog die Oberlippe über lange gelbe Zähne, «dieses bestimmte Alter, Ihr wisst, was ich meine, dann sind sie oft schwer zu halten. Die Jungen hingegen – natürlich sind sie wohlerzogen, wir tun unser Bestes, aber wo so viele sind, gibt es auch mal ein schwarzes Schaf.»

Er kratzte sich mit dem knochigen Zeigefinger im spärlichen grauen Haarbüschel über dem rechten Ohr und sah sein Gegenüber ratlos an – da fiel ihm ein, woher er diesen Namen kannte.

«Ja, Jungen können mutwillig sein», erklärte Rosina brav. «Das schreckt mich nicht, ich bin ihren Umgang gewöhnt, und wie ich gerade sagte, ich kenne Tobias schon. Mamsell Elsbeth aus dem Hause Herrmanns hat ihn mir gebracht, ich bin sicher, Ihr kennt Mamsell Elsbeth. Sie sprach sehr schmeichelhaft von Euch.»

«Gewiss, eine gute Seele. Sie hat selbst ihre Kinderjahre hier verbracht, sie war ein braves Mädchen.»

«Sie kennt mich seit vielen Jahren», fuhr Rosina rasch fort, bevor der alte Schreiber sich wieder in seinen Gedanken verlor. «Sie ist wie ich der Ansicht, Tobias passe gut in unseren Haushalt. Nun möchte ich den Antrag stellen oder die nötigen Papiere unterzeichnen. Ihr werdet sicher so freundlich sein, mir zu sagen, was getan werden muss. Es wäre mir recht, wenn Ihr den Jungen bald schicktet. Am besten schon morgen.»

«Nein, Madam.» Zacher schob das Kinn vor und streckte seinen runden Rücken. Er wusste nun, wer sie war und wie er sie loswurde, ohne ihr eines der Kinder anzuvertrauen. Solche Frauen waren als wankelmütig bekannt, sie würde ihren Wunsch bald vergessen. «Das ist unmöglich. Wir haben viele, die Tobias heißen, egal welcher, das Kind muss erst vorbereitet werden, die Provisoren müssen zustimmen, der Waisenvater, am besten auch der Pastor. Und der Lehrer. Alle müssen zustimmen. Und erst die Papiere! Ich bin sehr beschäftigt, Madam, am besten kommt Ihr nach Weihnachten noch einmal her, und am allerbesten schickt Ihr Euren Gatten. Ja, das ist unbedingt nötig. Ich weiß nicht, was Ihr gewöhnt seid. Dort, wo Ihr zu Hause seid, mag das anders sein, bei uns, in dieser Stadt, hat alles seine Ordnung. Es ist Frauen nicht so einfach gestattet, Geschäfte abzuschließen. Zudem geht es auch um das Kostgeld. Das darf ich nicht verschwenden. Das darf ich nur gewähren, wenn das Kind in ein gutes christliches Haus kommt. Das muss geprüft sein, das muss ...»

«Ich möchte kein ‹Geschäft› abschließen.» Nun saß auch Rosina sehr aufrecht, über ihrer Nasenwurzel zeigte sich die steile Falte, die alle, die sie gut kannten, als Warnsignal verstanden. «Ich will einen elternlosen Jungen in unseren Haushalt aufnehmen und für ihn sorgen. Dafür geht er mir und meiner Köchin bei unserer Arbeit zur Hand, wie es üblich ist. Es sind leichte Arbeiten, wir betreiben kein Handwerk oder Gewerbe, ich habe nicht einmal einen Garten. Der Haushalt ist auch in dieser Stadt Frauensache, wie Ihr zweifellos wisst, und auf Euer Kostgeld verzichte ich gerne. Ich brauche es nicht.»

«So, braucht Ihr nicht! Das ist ungewöhnlich, Madam. Auch, nun ja, reputierliche Familien verzichten nie auf das Kostgeld, so ein Kind isst viel, es wächst, es hat Hunger, es braucht Kleidung, es braucht Unterrichtung. Und wenn Ihr kein Gewerbe habt, was soll der Junge bei Euch lernen? Frauenarbeit?»

Rosina bemühte sich um Ruhe. Der alte Mann hatte mit Kosteltern sicher viel Unerfreuliches erlebt, es war nur verdienstvoll, wenn er sich um die Kinder sorgte. Um jedes Kind. Aber da war ein Wort gewesen, das sie, ob sie wollte oder nicht, zornig machte. Reputierlich. War sie etwa nicht reputierlich? Würde das nie aufhören?

«Eure Sorge ist lobenswert», sagte sie und klang leider nicht so ruhig und freundlich, wie sie beabsichtigte, «gleichwohl überflüssig. Tobias wird es an nichts fehlen. Im Übrigen ist er zehn Jahre alt, er braucht noch keinen Lehrherrn. Wenn es so weit ist, wird sich einer finden.»

«So, erst zehn Jahre. Umso gründlicher muss ich alles prüfen. Wie es üblich ist, Madam. Wenn Ihr also nach dem heiligen Christfest...»

«Aber wir haben erst Oktober! Es wird doch nicht drei Monate dauern, bis Ihr ein Kind in Kost geben könnt. Ich weiß von anderen, bei denen es nur wenige Stunden gedauert hat, bis sie dieses Haus verlassen haben. Manche leben bei ihren Kosteltern in wahrhaft elenden Umständen, wo weder für das Heil ihrer Seele noch ihres Körpers gesorgt ist, von ihrer Bildung gar nicht erst zu reden. Prüft, soviel Ihr wollt, Monsieur Zacher, es kann aber keine drei Monate dauern. Tobias hat mehr Läuse als Haare auf dem Kopf, er ist dünn wie ein Brett, und wenn ich mich nicht sehr irre, sind seine Hände mit Ausschlag bedeckt. Glaubt Ihr wirklich, es könnte ihm als einzigem Kind in einem ordentlichen, wenn Ihr so wollt: reputierlichen Haushalt schlechter ergehen als einem von so vielen in diesem Haus?»

Zacher hörte den scharfen Ton und hielt nun keinerlei Rücksicht mehr für angebracht. Die Dame beleidigte ihn und das ganze Waisenhaus.

«Einem von vielen, jawohl! Und alle gut aufgehoben. Alle. In christlicher Obhut, ohne Gefahr für ihr Seelenheil. Für wie leichtfertig haltet Ihr mich? Ihr seid fremd in der Stadt, Madam, und ich weiß nicht, was der Beruf Eures Gatten ist, aber genau, was Eurer war. Wollt Ihr einen Akrobaten aus ihm machen? Einen Hanswurst? Einen, der tanzt und trällert wie ein loses Weib und allerlei Zauberwerk treibt? Denkt Ihr, wenn Ihr auf das Kostgeld verzichtet, bleiben auch die Kontrollen aus? Dann werde sich niemand mehr um das Wohlergehen des Jungen kümmern?»

«Guten Morgen!» In der Hitze ihres Gefechts hatten weder Rosina noch der Schreiber das Öffnen der Tür bemerkt. Madam Augusta Kjellerup stand im Raum, ein wohlwollendes Lächeln im rosigen Gesicht, selbst Rosina übersah im Zorn den Unmut in ihren Augen.

«Guten Morgen, lieber Zacher», fuhr die alte Dame fort. «Da habt Ihr ja ganz reizenden Besuch, meine junge Freundin Madam Vinstedt.» Sie ließ sich von Zacher, der, so hastig es seine alten Knochen erlaubten, aufgesprungen war und sich tief verbeugt hatte, einen Stuhl heranziehen.

«Wie schön, Euch wieder einmal zu sehen, Rosina», sagte Madam Augusta und setzte sich. «Ihr müsst unbedingt am Sonntag zu uns in den Garten kommen, gleich nach dem Gottesdienst, den Ihr am Tag des Herrn ja niemals versäumt», fügte sie mit einem Seitenblick auf Zacher hinzu, der unruhig neben seinem Tisch stand, von einer zur anderen sah und nicht wusste, was er denken sollte und ob er sich setzen durfte.

«So nehmt doch wieder Platz, lieber Zacher», säuselte Madam Augusta, «in unseren Jahren heißt es Kräfte sparen, nicht wahr? Vor allem so früh am Tag. Leider kann ich mich nicht lange aufhalten, mein Wagen wartet vor der Tür, und ich fürchte, er versperrt die Straße. Mamsell Elsbeth lässt grüßen, Monsieur Zacher, sie beglückwünscht Euch zu dem guten neuen Kostplatz für einen der Jungen bei Madam Vinstedt. Sie wäre gerne selbst gekommen, aber Ihr wisst ja, sie ist immer so emsig. Da ich sowieso auf dem Weg zu Euch war ... sind die Papiere schon unterzeichnet? Wenn alles geregelt ist, möchte ich Madam Vinstedt in meinem Wagen mitnehmen, die Frau meines Neffen erwartet uns zu einem Frühstück. Das werdet Ihr doch nicht vergessen haben, Rosina?»

Sie drohte schelmisch mit dem Finger, eine Geste, die sie für geziertes Getue hielt, hier aber passend fand.

«O ja, das Frühstück.» Anne Herrmanns war Rosinas vertrauteste und älteste Freundin in dieser Stadt, sie vergaß nie eine Verabredung mit ihr, trotzdem hatte sie keine Ahnung, wovon Madam Augusta sprach. «Ich fürchte, Anne wird warten müssen. Meine Unterredung mit Monsieur Zacher nimmt mehr Zeit in Anspruch, als ich dachte. Er sorgt sich um meine Respektabilität. Was nur verständlich ist», fuhr sie grimmig fort, «ich lebe noch nicht lange hier, und es geht um das Seelenheil eines Kindes. Im Übrigen darf ich als Frau die Papiere nicht unterzeichnen.»

«Ach, ist das so?» Augusta blickte mit plötzlicher Strenge den unruhig die Hände knetenden Schreiber an. «Gibt es neue Regeln, Zacher? Für das Kind in unserem

Haus hat Mamsell Elsbeth unterzeichnet. Auch wenn Madam Vinstedt sich erst vor wenigen Monaten hier niedergelassen hat, war sie in früheren Jahren häufig in dieser Stadt und ist vielen bekannt. Als äußerst respektable Person und Gattin eines verdienstvollen Bürgers. Ihr mögt es vergessen haben, denn es ist einige Jahre her, sie hat meinem Neffen und seiner Frau das Leben gerettet.»

Zachers müder alter Herzschlag stolperte. Er hatte alles richtig machen wollen, in diesem Fall besonders richtig, und nun war ihm ein schrecklicher Fehler unterlaufen. Er hatte eine Frau, eine *Dame*, der Sittenlosigkeit verdächtigt, die bei den Damen Kjellerup und Herrmanns als ‹liebe Freundin› zum Frühstück und am Sonntag gar in ihrem Garten vor den Toren erwartet wurde. Eine Lebensretterin. Natürlich mochten auch sittenlose Weiber einmal die Gelegenheit haben, anderen aus der Not zu helfen. Doch ausgerechnet den Herrmanns', reich und angesehen wie wenige. Und Madam Kjellerup, eine der wohltätigsten Damen in der Stadt!

«Ein Irrtum, Madam, ein bedauerlicher Irrtum», erklärte er mit zittriger Stimme. «Sehr bedauerlich. Die vielen Namen, ich habe Madam Vinstedt verwechselt. Ja, verwechselt. Diese vielen Namen. Wenn Ihr die Güte haben würdet, Freitag wiederzukommen, Madam. Früher ist unmöglich, leider, der Herr Verwalter ist bis dahin verreist. Sein Oheim ist verschieden, im gesegneten Alter, ja, und das Begräbnis ... Doch dann», kam er auf Madam Augustas vernehmliches Räuspern hastig zum Thema zurück, «ist der Kontrakt gewiss bereit, mittags, wenn es beliebt. Wenn Ihr jetzt die Güte haben würdet, mir den Vaternamen des Jungen zu nennen. Sofern Ihr ihn wisst, sonst lasse ich zu Mamsell Elsbeth schicken. Wenn sie den Jungen für Euch ausgesucht hat, wird sie den Namen wissen.»

«Rapp», sagte Rosina, der flehende, unterwürfige Blick des greisen Mannes ließ den letzten Rest ihres Zorns verrauchen. «Tobias Rapp. Er ist zehn Jahre alt, obwohl er um zwei Jahre jünger aussieht, und hat dunkelrote geschorene Haare. Er schielt auf einem Auge, Ihr könnt ihn nicht verwechseln.»

Zacher stutzte. Rapp? Der Name sagte ihm etwas, trotz der vielen Kinder, über die er Buch zu führen hatte. Rapp? Ja, das war der Tunichtgut, der bei Madam van Keupen Essen gestohlen hatte und umgehend zurückgeschickt worden war. Ein nettes Früchtchen. Einen Augenblick überlegte er, warum diese Madam Vinstedt, bei aller Freundschaft mit einer hochstehenden Familie eine zweifelhafte Person, sich gerade diesen Jungen ausgesucht hatte. Einen, der stahl. Nun gut, wenn sie ihn zum Taschendieb ausbilden und zum Stehlen schicken wollte, war das nicht mehr seine, sondern Madam Kjellerups Verantwortung.

«Sehr schön.» Madam Augusta erhob sich und rückte ihre graue Witwenhaube zurecht, die wie gewöhnlich mit ganz unpassend zweifarbig glänzenden Seidenbändern gefasst war. «Madam Vinstedt wird Samstag wiederkommen. Freitag hat sie andere Pläne. Möchtet Ihr den Jungen dann gleich mitnehmen, Rosina? Das mögt Ihr dann entscheiden», sagte sie, obwohl Rosina nickte. «Seht in mir eine Bürgin, lieber Zacher, ich denke, ich und das Haus Herrmanns bedürfen keiner vorherigen Prüfung, nicht wahr? Meinen Neffen werdet Ihr nicht verwechseln. Der Provisor kann sich also mit der Prüfung des neuen Zuhauses dieses Kindes Zeit lassen, Hauptsache, es wird rasch und gut untergebracht. Und nun, Rosina, bitte Euren Arm für eine alte schwache Frau.»

Der Klang der beiden schweren Münzen, die sie in die für Spenden bei der Tür bereitstehende Kupferdose fallen ließ, machte Zacher völlig vergessen, dass er nicht erfahren hatte, welcher Anlass die wohlhabende Witwe und Tante des Großkaufmanns Claes Herrmanns in seine Schreibstube geführt hatte. Während er noch verwirrt den Schritten der beiden Damen nachlauschte, glaubte er leises Lachen zu hören. Es war ein Kreuz mit dem Altsein, nach den Augen versagten nun auch die Ohren den verlässlichen Dienst.

*

Augusta Kjellerup lehnte sich zufrieden in das Polster der offenen Kutsche, ihr Gesicht zeigte das Vergnügen über ihren Schachzug.

«Ihr nehmt meine Einmischung hoffentlich nicht übel, Rosina? Als ich von Elsbeth hörte, Ihr wolltet heute in aller Frühe zu dem guten alten Zacher gehen, dachte ich, es sei von Vorteil, zur gleichen Zeit dort einen Besuch zu machen.»

«Ich bin Euch dankbar», sagte Rosina. Allerdings sah sie Madam Augusta nicht an, sondern ließ ihren Blick über die festgemachten Segler und das Gewusel der Ewer, Schuten und Ruderboote gleiten, die geschickt zwischen den großen Schiffen manövrierten, um Fracht zu holen oder zu bringen oder sich einfach einen Weg in die Fleete oder hinaus in die offene Elbe zu bahnen. Sie gestand sich schnell ein, wie töricht ihr Unmut war. «Ihr kamt im rechten Augenblick», fügte sie endlich mit einem tatsächlich dankbaren Blick hinzu.

«Nicht wahr? Wie aufs Stichwort in der Komödie. Ich will Euch verraten, dass das kein Zufall war. Ich hörte in der Halle Eure und seine Stimme und habe mir erlaubt zu lauschen. Ach», sie faltete wohlig seufzend die Hände im

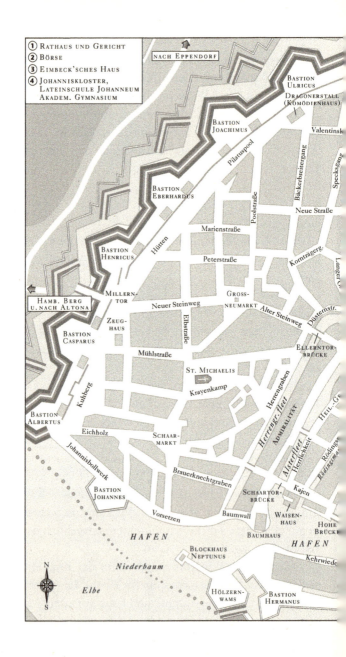

Schoß, «ab und zu ist eine kleine Ungezogenheit sehr anregend.»

Die leichte offene Kutsche rollte über die Hohe Brücke, sie kam nur langsam vorwärts, wie zu fast allen Stunden zwischen Sonnenaufgang und -untergang herrschte auf den Straßen entlang des Hafens Gedränge von Menschen, Karren und hochbeladenen Fuhrwerken. Erst als sie das hannöversche Posthaus, die Stadtwaage und den Kran passiert hatten, konnten die Pferde wieder gehen, ohne ständig aufgehalten zu werden.

«Ich sehe Eurer Nasenspitze an», fuhr Madam Augusta fort, «dass Euer Dank nicht aus tiefstem Herzen kommt, Rosina, und Ihr habt recht damit. Ich habe mich zu früh eingemischt. Verzeiht Ihr meinen Eifer?»

«Es gibt nichts zu verzeihen. Ich hätte den Kampf tatsächlich gern alleine ausgefochten, aber wenn Ihr lange genug gelauscht habt, habt Ihr auch gehört, dass ich schon den falschen Weg eingeschlagen hatte. Das war dumm, doch als ich begriff, dass dem braven Monsieur plötzlich eingefallen war, woher er meinen Namen kannte und sich eine so dumme Ausrede einfallen ließ, um mich wieder loszuwerden, wurde ich schrecklich zornig. Am meisten auf mich, weil ich wieder einmal vergaß, dass eine Dame die Stimme nicht erhebt. Aber ich wollte mich doch nicht um ein Bürgermeisteramt bewerben.»

«Dazu müsstet Ihr nicht nur Euren Stand, sondern auch Euer Geschlecht ändern, meine Liebe. Zacher ist ein verdienter Mensch, doch auch ein Eiferer. Vielleicht gibt es nach so vielen Jahren in seinem Amt nur zwei Möglichkeiten: große Gleichgültigkeit oder verbissenen Eifer. Ich wollte Euch unnütze Wege ersparen, dass er Euch misstrauen könnte, habe ich nicht gedacht.»

«Seid Ihr sicher?»

«Ich glaube schon. Ihr seht: Ich bin achtsam mit meinen Worten. Lasst Euch von solch dummen Urteilen nicht ins Bockshorn jagen, Ihr werdet sie noch oft erleben.»

Rosina schwieg. Sie kannte sich mit Vorurteilen aus und war ihnen stets selbstbewusst begegnet, wenn auch oft mit heimlichem, manchmal mit offenem Zorn. Während all der Jahre als Komödiantin hatte ihr Stolz geholfen, nicht jede Schmähung als Demütigung zu empfinden. Dass es nun anders war, erschreckte sie. Elsbeth hatte recht gehabt: Sie war ‹anders› und würde es immer bleiben. Nicht nur, weil sie einen Beruf gehabt hatte, den die meisten Bürger verachteten oder zumindest mit Argwohn betrachteten. Ihre Kindheit in dem vornehmen wohlhabenden Haus, in dem sie eine für ein Mädchen ungewöhnlich gute Bildung erfahren hatte, die darauffolgenden zwölf turbulenten Jahre als Wanderkomödiantin, ihre Erlebnisse auf den Straßen, in den vielen Dörfern und Städten ließen sie unabhängiger denken und fühlen als die meisten, die nun ihre Nachbarn waren. Das war gut und schwer zugleich. Ihr Alltag schien nun eine Gratwanderung. Als sie sich für das Leben mit Magnus und in dieser Stadt entschied, hatte sie sich vorgenommen, ihre neue Rolle gut zu spielen. Doch sie konnte nicht ihr Leben lang eine Rolle spielen. Sie wusste, was das bedeuten würde und dass das für sie nicht möglich war. Und dass sie es nicht wollte. Auf gar keinen Fall.

«Lasst Euch nicht verbiegen», sagte Augusta leise, als könne sie Gedanken lesen, «versucht es gar nicht erst. Ihr seid auch so ‹ehrbarer› – ein schreckliches Wort, findet Ihr nicht? – als so mancher unter unseren honorigen Mitbürgern. Die Zeiten ändern sich, zum Glück. Ihr seid nicht die Einzige, die einen anderen Weg als den gewöhnlichen gegangen ist. Erinnert Euch an meine Großnichte, Sophie hat sich sogar scheiden lassen. Man kann es nicht jedem recht machen, und es gibt genug Menschen in der Stadt, die Euch außerordentlich schätzen. Sie gehören zu den interessanteren, glaubt mir. Und zu den verlässlicheren.»

«Ich hatte gedacht, der Waisenhausschreiber werde froh sein, ein weiteres Kind in Kost zu geben. Jeder Schankwirt am Hafen bekommt eines ohne große Fragerei.»

Augusta lächelte. «Wer behauptet, das Leben sei gerecht? Du meine Güte! Werden hier Goldstücke verteilt?»

Die Kutsche hatte den Katharinenkirchhof erreicht, um über die Jungfernbrücke zum Haus der Herrmanns' am Neuen Wandrahm zu fahren. «Kannst du sehen, was los ist, Benni?», wandte sie sich an den Kutscher, der hoch auf dem Bock eine bessere Sicht hatte.

«Die Leute stehen rum und gaffen. Wohl wegen der Leiche.»

«Wegen einer Beerdigung?» Augusta sah sich suchend um. Vornehme Leichengänge lockten viele Neugierige und bedeuteten eine lange Reihe mit schwarzem Tuch bedeckter Pferde und Kutschen wohlhabender Trauergäste. Sie entdeckte nicht einmal eine ärmliche Mietkutsche.

«Habt Ihr noch nicht davon gehört?» Benni, in diesem Sommer vom Pferdejungen zum zweiten Kutscher der Herrmanns' aufgestiegen, hatte in aller Frühe beim Riemer am Dovenfleet das ausgebesserte Kutschgeschirr abgeholt und die große Neuigkeit des Tages erfahren. «Der Kirchendiener hat gestern Abend eine Tote gefunden, nicht irgendeine, es ist Madam van Keupen. Der Riemer sagt, da hat der Teufel seine Hand im Spiel gehabt. Er ist ein abergläubischer alter Kerl.»

«Und du tust gut daran, solchen Unsinn nicht weiterzutragen.» Augustas Stimme klang ungewohnt streng. «Sibylla van Keupen, sagst du? Wie furchtbar. Wusste der neunmalkluge Riemer auch, woran sie tatsächlich gestorben ist? Sie war doch eine noch junge Frau.»

«Jemand hat sie erschlagen, sagt er. Mit einem der Altarleuchter. Direkt vor ihrem Familiengrab. Ich weiß nicht, ob's stimmt. Wenigstens», fügte er zögernd hinzu, um die Sache mit dem Teufel wiedergutzumachen, «ist sie im Gebet gestorben.»

Augusta starrte schweigend zum Kirchenportal hinüber. Ihr Gesicht wirkte plötzlich grau. Sie hatte Sibylla van Keupen flüchtig gekannt und bewundert, wie sie als Witwe das Zepter in die Hand genommen und das Handelshaus weitergeführt hatte. Je mehr sie sich der nahen Endlichkeit ihres eigenen Lebens bewusst wurde, umso tiefer erschütterte sie der Tod eines um viele Jahre jüngeren Menschen. Sibylla van Keupen musste etwa so alt gewesen sein wie Thorben, Augustas inniggeliebter Ehemann, als er vor vielen Jahren mit seinem Schiff in einer stürmischen Nacht in der Biskaya untergegangen war.

«Madam van Keupen», sagte Rosina in das Schweigen. «Das ist seltsam. Erst vorgestern Nacht hat es in ihrem Kontor gebrannt. Ich habe das Feuer von meiner Schlafkammer aus gesehen, sie haben es blitzschnell gelöscht. Jemand soll durch das Fenster vom Hof eingebrochen sein.»

Auch von dem Brand hatte Augusta nichts gehört, obwohl sie ihr Vergnügen an Klatsch und Gerüchten nie verleugnete.

«Ja», sagte Benni, «genau. Manche sagen auch, jemand vom Haus hat das Feuer gelegt.»

«Unsinn.» Auf Augustas Stirn entstand eine ärgerliche Falte. «Solche Dinge sagen die Leute immer, das sind Neider, Phantasten oder beides.»

Ihre Wangen und Lippen schimmerten wieder rosig. Sie hatte ein großes Herz und ein heiteres Naturell, in ihrem langen Leben hatte sie gelernt, wie hie und da eine kleine List, notfalls die großzügige Auslegung der Wahrheit, ihren Plänen und dem menschlichen Zusammenleben förderlich sein konnten. Engstirnigkeit und üble Nachrede jedoch gehörten zum wenigen, das sie ernstlich erzürnen konnte.

«Ich nehme an, Rosina, Ihr kanntet Madam van Keupen nicht. Vielleicht hättet Ihr einander nicht gemocht, doch Ihr wart in manchem ähnlich. Zumindest in einem gewissen Eigensinn, und wie Ihr musste sie um ihre geachtete Position kämpfen. Auch wenn sie keine Komödiantin war, sondern eine wohlhabende Bürgerin aus geachtetem Haus. Ihr wurde mit Argwohn begegnet, als sie die Handlung ihres verstorbenen Mannes weiterführte, und mit Häme, als sie zu Anfang falsche Entscheidungen traf und Geld verlor. Welchem Kaufmann wäre das, besonders in seiner Anfangszeit, nicht passiert? Ach, ich neige heute dazu, Vorträge zu halten. Helft meinen alten Augen, Rosina, steht dort drüben am Portal unser Weddemeister und schaut herüber?»

Rosina hatte ihn schon entdeckt. Weddemeister Wagner war auch durch die Menge leicht daran zu erkennen, dass er sich wieder einmal mit seinem großen blauen Sacktuch die Stirn rieb. Er stand vor dem Portal, beschirmte die Augen mit der Hand gegen die herbstlich tief stehende Sonne, während er zu ihrer Kutsche herübersah und zugleich seinem Weddeknecht zuhörte. Grabbe war ein langer dünner Mensch unbestimmbaren Alters, der vermeintlich müde Ausdruck seiner Augen war seine beste Tarnung. Er überragte Wagner um zwei Köpfe, was bei dessen kurzbeiniger Statur allerdings wenig besagte.

Rosina kannte den Weddemeister, seit er vor gut sieben Jahren ihren Prinzipal als Mörder des Ersten Schreibers der Herrmanns' verdächtigt und in die Fronerei gesperrt hatte. Um Jean vor dem Galgen zu retten, war ihr und den anderen Becker'schen nichts übriggeblieben, als sich auf die Suche nach dem wahren Mörder zu machen. Sie hatten ihn gefunden, und seither hatte die neugierige Rosina – oft mit Hilfe ihrer Verkleidungskünste oder der Akrobaten der Truppe – Wagner immer wieder bei der Jagd nach Unholden jeglicher Art unterstützt. Der Weddemeister war in der ganzen Stadt bekannt; besonders dort, wo die Gassen dunkel und schmutzig waren wie manche der Geschäfte, die dort betrieben wurden, und er gewöhnlich auf eisernes Schweigen traf. Eine harmlose junge Frau im einfachen Kleid hingegen hörte und sah, was ihm vorenthalten wurde, ihr öffneten sich Münder und Türen. Und sie entdeckte manches, das er für unwichtig erachtet hätte.

Es hatte Gelegenheiten gegeben, bei denen sie sich als Schnüfflerin, gar als Denunziantin gefühlt hatte. Die Erinnerung an Jean in diesem stinkenden Kerker gleich neben der Folterkammer, die Gewissheit, es könne wieder der Falsche dort landen und am Galgen enden, hatte sie weitermachen lassen. Und obwohl sie es sich nur ungern eingestand und einige Male um ihr eigenes Leben gefürchtet hatte, empfand sie die Verbrecherjagd auch als Abenteuer. Damit musste es nun vorbei sein. Der Gedanke ließ sie aufseufzen, und Augusta lächelte.

«Verstehe ich Euren abgrundtiefen Seufzer richtig? Ihr hattet beschlossen, Euch von nun an aus Wagners Gründelei herauszuhalten? Das wäre bedauerlich, meine Liebe, äußerst bedauerlich. Ihr versteht Euch so gut aufs Denken, und Eure Neugier ist für Wagner und das Wohl Eurer Mitbürger unersetzlich.»

Sie möge bedenken, sie koste die Stadt für diesen Dienst keine Mark Courant, nicht einmal einen Sechsling. Es sei geradezu sträflich, wenn sie sich von nun an auf ein Leben in Küche und Salon beschränke.

«Was haltet Ihr davon, für den Anfang meine Kundschafterin zu sein? Madam van Keupens Tod ist nicht nur tragisch, er wird auch hohe Wellen schlagen, in den Salons wie an der Börse. Ich möchte unbedingt wissen, was der Wedemeister weiß. Und was er vermutet. Oder glaubt Ihr, Magnus hätte etwas dagegen einzuwenden?»

«Er würde sich nur sorgen. Aber Magnus», fügte sie knapp hinzu, «ist nicht da. Mit Eurem Dispens, Madam Augusta, sind meine guten Vorsätze schon vergessen. Aber das Frühstück? Ich möchte Anne nicht brüskieren.»

Augusta spitzte amüsiert die Lippen. «Das war nur eine Finte, um den braven Zacher ein bisschen zu erschrecken. Anne ist gar nicht zu Hause, sondern in ihrem Garten. Der unselige Springbrunnen ist wieder verstopft, und sie wollte selbst nach dem Rechten sehen. Sicher sitzt nur ein fetter Käfer im Rohr und haucht sein letztes Minütchen aus. Falls Käfer hauchen. Allerdings hatte ich auf eine Tasse Schokolade in Eurer Gesellschaft spekuliert. Vielleicht mögt Ihr später zu mir kommen und meine Neugier befriedigen?»

Benni, der dem Gespräch scheinbar taub zugehört hatte, wie es sich für einen Kutscher ziemte, war schon vom Bock gesprungen und öffnete Madam Vinstedt den Schlag. Er war absolut Madam Augustas Meinung, denn was im Salon besprochen wurde, wusste bald auch das Gesinde in Küche und Stall.

Rosina lief über die den Friedhof durchziehende Straße und schlängelte sich durch die Menge bis in die erste Reihe. Grabbe stand mit einer altertümlichen Pike in der Faust breitbeinig vor dem Portal und ließ niemanden in die Kirche. Zu seinen Füßen lag ein Untier von einem pechschwarzen Hund mit hängenden Lefzen, der jedem, der sich auf mehr als vier Schritte näherte, feindselig entgegenknurrte. Was für Grabbes einsamen Auftrag von Vorteil war, denn just an diesem Morgen, an dem wie stets mittwochs und freitags kein Frühgottesdienst stattgefunden hatte, gab es erstaunlich viele, die unbedingt und sofort just in dieser Kirche ein Gebet sprechen wollten.

Rosina sah Grabbe an, sah den Hund an und war nicht mehr sicher, ob sie unbedingt hineinwollte. Sie kannte den Weddeknecht, aber der Hund war neu und schien unberechenbar.

Grabbe hatte sie schon entdeckt, ein breites Grinsen vertrieb die Schläfrigkeit aus seinem Gesicht.

«Madam Vinstedt», rief er und winkte mit der Pike, «der Weddemeister spricht gerade mit dem Kirchendiener, der die Madam gefunden hat, er erwartet Euch schon.»

Letzteres stimmte nicht, aber es war auch nicht ganz falsch.

Rosina trat einen Schritt näher, der Hund erhob sich schwerfällig und zeigte knurrend ein beachtliches Gebiss.

«Der will nur spielen», versprach Grabbe. «Der ist schlau, der weiß genau, wer vorbei darf und wer nicht.»

Der letzte Satz war laut an die murrende Menge gerichtet, in der Protest laut wurde, als diese Frau, diese halbwegs feine Dame den Ort betreten durfte, den alle als Schauplatz des Grauens nur zu gerne besichtigt hätten.

Rosina schluckte. Sie hatte nichts gegen Hunde, es gab ausgesprochen liebenswürdige Exemplare, sogar unter Möpsen. Dieser erinnerte sie jedoch fatal an die Köter, die ihnen die Bauern nachgehetzt hatten, wenn der Komödiantenwagen sich auf deren Besitz verirrt hatte.

«Danke, Grabbe.» Sie schritt rasch an ihm vorbei, den Hund fest im Blick. Eine schlabberig-nasse Zunge von der Größe eines mittleren Brotlaibes fuhr über ihre Hand, sie sah in wachsame gelbe Augen und tätschelte entschlossen seinen quadratischen Schädel.

«Netter Hund», murmelte sie und verschwand durch das Portal, im Rücken letzte Pfiffe der Empörung. Endlich gab die Menge die Hoffnung auf die Eroberung der Kirche verloren und löste sich in alle Richtungen auf.

*

Juliane van Keupen saß mit versteinertem Gesicht im Salon. Ihr Kleid aus mattem schwarzem Kattun war zu weit und verströmte den muffigen Geruch der Mischung von Rainfarn, Rosmarin, Kampferlorbeer und Raute, der Mottenkräuter, mit denen es in einer Truhe auf dem Dachboden gelegen hatte. Nach dem Ende des Trauerjahres für Tillmann van Keupen anno 1765 hatte sie es kaum mehr getragen. Leichenfeiern mochten für die meisten ein gesellschaftliches Ereignis sein, sie blieb ihnen lieber fern, wenn sie nicht die eigene Familie betrafen. Die Mademoiselle, so hieß es in der Stadt, sei eben eine überaus empfindsame und zurückhaltende Person. Auch gab es bei diesen ausgedehnten Mahlzeiten kaum jemanden, der sie, eine besitzlose ledige Verwandte und wenig unterhaltsam, vermisste.

«Ich bin für Eure Unterstützung dankbar.» Sie setzte steif die Teetasse auf den Unterteller und sah Lenert Bergstedt unter ihrem bis zu den Brauen reichenden Schleier aus hauchfeiner schwarzer Spitze ausdruckslos an. Ihre hellen grauen Augen waren gerötet und umschattet, ob von Tränen oder vom Mangel an Schlaf, war schwer zu entscheiden. «Ich bedauere, sagen zu müssen, dass ich mich vom Tod meines Bruders noch gut erinnere, was nun getan werden muss. Dabei brauche ich keine Hilfe. Monsieur Bator hat sich schon als Trauermann angeboten, das ist in Sibyllas Sinn, denke ich. Wir haben in der Stadt ja keine Verwandten mehr, deren Aufgabe es gewesen wäre.»

Bator würde nun als ihr Vertreter die Nachricht zu den Sibylla van Keupen verbundenen Hamburger Familien und Kontoren bringen und ihr bei der Vorbereitung des Begräbnisses zur Seite stehen. Auch Monsieur Schwarzbach hatte sich angeboten, zweifellos auf Drängen seiner Gattin. Es war Juliane leichtgefallen abzulehnen. Sibylla mochte Madam Schwarzbachs Freundin gewesen sein, ihren Ehemann hatte sie einzig als Kattunmanufakteur und Kaufmann respektiert. Ihm stand die Ehre der Rolle des Trauermannes keinesfalls zu.

«Monsieur Bator wollte mir alles abnehmen, auch die Korrespondenz, er habe die ganze Unterstützung seiner Gattin und Madam Meinerts, seiner Tochter. Doch Ihr werdet mir darin zustimmen, dass Geschäftigkeit über die erste große Erschütterung hinweghelfen kann. Obwohl, natürlich ...» Sie griff ein wenig atemlos nach ihrer Tasse, nippte und stellte sie stirnrunzelnd zurück. «Kalt», murmelte sie, «kalt und bitter. Wenn Ihr dafür sorgt, dass die Arbeit im Kontor und in den Speichern weitergeht wie bisher, wäre es eine Beruhigung für mich.»

«Das ist eine Selbstverständlichkeit, Mademoiselle. Ihr werdet wissen, dass ich mit allem vertraut bin. Völlig vertraut», betonte er, als Julianes Blick für einen Moment schärfer wurde. «Allerdings brauche ich die Schlüssel zu der Truhe mit den Verträgen und Wechseln, das ist für den reibungslosen Fortgang unserer Arbeit unabdingbar.»

Ihm schien, als zögere sie, bevor sie sich erhob und den Bund holte, den er so oft in Sibyllas Händen gesehen und auch selbst benutzt hatte. Sie zog ihn aus einer Lade des Schreibschrankes und löste zwei der größeren Schlüssel.

«Ja.» Sie setzte sich wieder, lehnte sich endlich ein wenig bequemer zurück und legte die Schlüssel auf den Tisch. «Sibylla hat Euch in allem vertraut. Wie mir.»

In allem. Warum sagte sie nicht absolut? Bergstedt neigte trotzdem zustimmend den Kopf, höflich und ergeben.

«Ihr hättet gestern Abend nach mir schicken sollen, Mademoiselle, gleich als die schreckliche Nachricht kam. Natürlich verstehe ich, dass Ihr mit Eurem Schmerz allein sein wolltet, doch auch gestern hätte ich Euch gerne beigestanden. Es ist nicht gut», fuhr er sanft fort, «in einer solchen Stunde allein zu sein. Wir bedürfen alle des Trostes.»

Die Umständlichkeit ihrer Rede schien abzufärben, er hätte gerne etwas weniger Gestelztes gesagt. Seine Hauserin hatte schon bald nach Sonnenaufgang energisch an die Tür seiner Schlafkammer geklopft und ihn geweckt. Er hatte sofort gewusst, dass etwas von Bedeutung geschehen sein musste, sonst hätte sie es nicht gewagt. Wie am Tag zuvor, am Morgen nach dem Feuer im Kontor, war er sofort in den Cremon geeilt. Juliane hatte ihn nicht gleich empfangen, was ihm recht gewesen war, er hatte die Zeit, bis die Handelslehrlinge und Schreiber eintrafen, gut genutzt.

Endlich hatte sie nach ihm geschickt. Sie hatte ihn im Salon mit blassem chinesischem Tee erwartet, diesem teuren Getränk, das er überaus belanglos fand. Er hatte ihre Hände ergriffen und sie mit allem Schmelz und aller Trauer angesehen, die seinen Augen zur Verfügung standen. Leider hatte sie ihm die Hände gleich entzogen und ihn spüren lassen, dass es ihm nicht anstand, sie zu halten. Es hatte ihm missfallen.

Der Salon hatte ihn überrascht. Seit er das letzte Mal hier gewesen war, es mochte ein Jahr her sein oder länger, hatte Sibylla die altväterlichen Ledertapeten durch neue aus licht geblümtem Papier ersetzen lassen, den sogenannten *Papiers d'Angleterre*. Die düstere Holztäfelung der Decke war schon geraume Zeit früher zarten, reinweißen

Stuckgebilden aus Blüten, Ranken und exotischen Vögeln gewichen, die Vorhänge, die Bezüge der Stühle um den zierlichen Salontisch, alles war nun in perfekt aufeinander abgestimmten Pastelltönen gehalten. Nur der Spiegel im schweren goldenen Rahmen, die Familienporträts und die Standuhr erinnerten noch an die alte Ausstattung des Raumes.

Die Stühle, so stellte er fest, waren nicht nur elegant, sondern auch bequem. «Habt Ihr Euren Nichten schon geschrieben?», fragte er, als sie ihm Tee einschenkte und die feine, mit zierlichen Blüten und Pastoralen in Rot und Gold bemalte Tasse reichte. Juliane war keine leibliche Schwester Tillmann van Keupens gewesen. Die zweite Frau seines Vaters, eine junge Witwe, hatte das Mädchen mit in die Ehe gebracht. Er hatte sie wie eine Schwester betrachtet, und seine und Sibyllas Töchter waren von jeher als ihre Nichten bezeichnet worden. «Glaubt Ihr, sie werden bald kommen?»

«Wohl kaum.» Ihr Blick glitt zu dem Schreibschrank, auf dessen geöffneter Klappe schon ein kleiner Stapel gesiegelter Briefe lag. «In den nächsten Tagen legt ein Schiff nach Livorno ab, doch es hat auch Ladung für Bordeaux, es wird einige Zeit dauern, bis Regina meine Nachricht erreicht. Ich werde einen zweiten Brief mit der reitenden Post schicken, die wird schneller sein. Und Tine in Sankt Petersburg? Noch ist das Wetter freundlich, ich überlege, den Brief den reitenden Posten anzuvertrauen. Was denkt Ihr?» Zum ersten Mal an diesem Morgen zeigte sie ihm ein blasses Lächeln. «Oder sollte ich einen Boten nach Lübeck schicken? Von dort geht vielleicht schneller ein Schiff nach Russland.»

Bergstedt verbarg seine Befriedigung. Juliane hatte offenbar wenig Eile, ihre Nichten als die Erbinnen der van

Keupen'schen Handlung zu begrüßen. Vielleicht bedeutete es mehr als Sentimentalität, wenn sie auf ihrem linken Zeigefinger den Familienring trug, der seit Tillmann van Keupens Tod an Sibyllas Hand gesteckt hatte. Bis gestern Nacht. Er neigte abwägend den Kopf. «Die Winde auf der Ostsee sind jetzt schon unberechenbar. Am sichersten und schnellsten dürfte nun die Kaiserliche reitende Post sein. Die Straßen werden noch passabel sein, obwohl ich im Hafen von starken Unwettern in Kurland gehört habe. Die Königlich Preußische bietet zurzeit nur Kutschen, schnelle Wagen, doch natürlich nicht annähernd so schnell wie die reitenden Kaiserlichen.»

«Die allerdings just heute Morgen die Stadt verlassen haben.»

«Ihr seid gut informiert. Dann wisst Ihr auch, dass die nächsten Boten erst Sonnabend reiten.»

«Und Sankt Petersburg dennoch früher erreichen als die Wagen der Preußischen Post, die schon Freitag abfährt?»

«Richtig.» Bergstedt begann sein vermeintlich unscheinbares Gegenüber mit anderen Augen zu sehen. Womöglich kannte sie sich mit der Post aus, weil sie heimlich davon träumte zu reisen. Wenn sie auch in wichtigeren Belangen des Handels Bescheid wusste, war sie mehr als die stille Person, als der Schatten der glänzenden Sibylla. Er musste auf der Hut sein. Manchmal, wenn der schattenwerfende Baum fiel, zeigte sich das vermeintliche Pflänzlein im Hintergrund selbst als ein Baum. Das Gespräch, zu dem er außer mitfühlenden Floskeln die Gewissheit mitgebracht hatte, eine zähe halbe Stunde vor sich zu haben, begann ihm Vergnügen zu bereiten. Er bedauerte, dass sie gezwungen war, sich in dieses Schwarz zu hüllen. Wenn sie später auch ihr gewohntes Grau ablegte, stattdessen ein tiefes Burgunderrot oder sanftes Grün ...

«Worüber denkt Ihr nach?», unterbrach sie seine Gedanken.

«Über die Post.» Er zauberte Wärme und Ergebenheit in seine Augen. «Nur über die Post. Wenn Ihr es wünscht, werde ich an der Börse fragen, ob jemand heute oder morgen einen eigenen Eilboten nach Sankt Petersburg schickt, der Eure Post mitnehmen kann.»

«Das ist nicht nötig, er würde kaum schneller sein. Ihr habt Euren Tee nicht getrunken, Monsieur Bergstedt. Mögt Ihr keinen Tee?»

«Im Gegenteil, Mademoiselle, ich finde ihn höchst delikat. Unser Gespräch hat mich vergessen lassen zu trinken.»

Die Art ihres Lächelns verriet, dass sie seine kleine Lüge erkannt hatte. Es störte ihn nicht, dieser Art Lügen galten als galant. Doch er musste achtgeben. Er hatte Juliane van Keupen für ein scheues Geschöpf von müdem Verstand gehalten; wenn er sich nicht sehr täuschte, war sie tatsächlich wachsam und lebendig wie ein Luchs. Er würde schnell herausfinden, ob das nur ein kurzes Aufflackern oder der Anfang von etwas Neuem war.

Auch sein Anerbieten, bei dem Gespräch mit dem Wedemeister, das sicher bevorstehe, an ihrer Seite zu sein, lehnte sie mit diesem Lächeln ab. Damit war er entlassen.

Juliane widmete sich wieder der Korrespondenz. Verwandte und Freunde mussten benachrichtigt werden, die Handelspartner in anderen Städten und Ländern bekamen die betrübliche Post aus dem Kontor.

«Mademoiselle?» Das jüngste Dienstmädchen stand im tadellos gebügelten blassblauen Kleid mit feinen dunkleren Streifen und großer weißer Schürze knicksend in der Tür. «Verzeiht die Störung, Mademoiselle, es ist Besuch da. Ich wusste nicht, ob Ihr schon empfangt. Soll ich ihn wegschicken?»

Juliane streifte die Tinte von der Feder und steckte sie in das Schreibgeschirr. Die Unterbrechung kam ihr recht, ihr fielen sowieso nicht die passenden Worte für die Verwandten in Amsterdam ein. Umso weniger, als ihr Holländisch eingerostet war. «Falls es Hauptpastor Goeze ist – aber nein, den würdest du nicht wagen, fortzuschicken. Wer ist es?»

«Der Stuckator, Madam. Monsieur Taubner.»

«Schick ihn weg!» Abrupt beugte sie sich wieder über den Briefbogen und tauchte die Feder so hastig in die Tinte, dass das Behältnis beinahe umfiel. «Er soll später wiederkommen. Morgen. Oder übermorgen. Nein, sag ihm, er solle sich an Monsieur Bergstedt wenden, im Kontor. Warte», rief sie, als Margret knickste und sich zum Gehen wandte. «Warte. Ich empfange ihn doch besser selbst. Bitte ihn, einen Augenblick zu warten, ich muss diesen Brief beenden. Nur fünf Minuten. Du kannst ihn in fünf Minuten heraufbringen.»

Als sich die Tür hinter dem Mädchen schloss, sprang sie auf und blickte in den Spiegel. Ihre Hände tasteten nach dem Sitz ihres Haares, zupften aus der strengen Frisur eine Strähne, die sich weich in ihre Halsbeuge legte, sie schlug leicht auf ihre Wangen, biss sich auf die Lippen – es half wenig. Sie war blass und würde es heute bleiben. Aber der unkleidsame Schleier! Hastig löste sie die schwarze Spitze aus ihrem Haar und stopfte sie in eine der Schubladen des Schreibschranks. Sie hörte auf das Ticken der Standuhr und atmete tief. Wie lang fünf Minuten sein konnten. Warum benahm sie sich wie ein dummes Kind? Es war so lange her und längst vergessen. Er wusste, dass sie eine alte Jungfer war, warum sollte sie ihn mit rosigen Lippen überraschen. Und wozu? Er hatte von Sibyllas Tod gehört und wollte wissen, ob ihr Auftrag weiterhin gelte. Und höflich sein Beileid bekunden. Mehr nicht.

Sie hörte seine Schritte auf der Treppe und schloss für einen Moment die Augen. Als sie sie wieder öffnete, blickte ihr im Spiegel die gewöhnliche Juliane van Keupen entgegen, unberührbar bis in ihr Herz.

*

Obwohl Bergstedt zu dieser Stunde im Hafen erwartet wurde, war er gleich in das Kontor zurückgekehrt. Er hatte dem Versuch widerstanden, die Männer aufzuheitern, die sich in bedrückter Stimmung über ihre Tische beugten. Besonders der alte Tonning hockte in trostloser Trauer untätig auf seinem Stuhl. Er arbeitete seit Jahrzehnten für das Haus van Keupen, er hatte Sibylla schon als junge Braut erlebt und sie hoch verehrt. Bergstedt verstand ihn und ließ ihn trauern.

Er setzte sich an seinen Tisch, der dem Sibyllas gegenüberstand, und fühlte selbst einen Anflug bleierner Melancholie. Dort würde sie nie wieder sitzen. Nie wieder lachend boshafte kleine Bemerkungen abschießen wie Pfeile, nie wieder mit konzentriertem Blick über Rechnungen und Verträgen grübeln, kühne Entscheidungen treffen, nie wieder – so vieles nie wieder, was er geschätzt, ja, gemocht hatte, oder was ihn gestört, was ihn getroffen hatte.

Er lehnte sich zurück, verschränkte die Arme hinter dem Kopf und starrte gegen das mit Ölpapier und einem quer über den Rahmen genagelten Brett gesicherte Fenster. Ja, es konnte nicht lange dauern. Wie lange aber mochte es dauern, bis Sibyllas Töchter eintrafen, und vor allem: deren Ehemänner? Er hatte sie einmal gefragt, ob sie ihre Töchter vermisse und bedaure, dass beide in so weit entfernten Städten lebten. Sie hatte nur gelächelt. Wie oft, wenn er Fragen gestellt hatte, die keiner Antwort bedurften.

Sibylla hatte ihre Töchter klug verheiratet. Es hieß, zumindest Bettine, die von jeher nur Tine genannt wurde, sei mit der Wahl nicht einverstanden gewesen und habe sich nur nach heftigem Kampf in die Ehe mit dem um viele Jahre älteren Mann gefügt. Böse Zungen behaupteten, auch er habe erst überzeugt werden müssen. Bergstedt hielt das für haltloses Geschwätz; wenn es tatsächlich so gewesen war, hatte Sibylla ihn gewiss mit Versprechungen für die Zukunft bestochen. Aber Tine war ein schönes Mädchen gewesen, sicher war sie nun auch eine schöne Frau, bei ihrer Mitgift und Familie musste ein Mann dumm sein, sich gegen eine Heirat mit ihr zu sträuben. Tine, hieß es auch, gleiche ihrer Mutter aufs Haar.

Ihr Gatte war der Handelsagent für Hamburg und einige andere norddeutsche Städte in der neuen Stadt auf den Inseln im Newa-Delta. Für einen geschickten Kaufmann war das ein ungemein einträglicher Posten. Die junge russische Hauptstadt der Zaren zählte schon doppelt so viele Einwohner wie Hamburg; Kultur, Wissenschaften und – natürlich – der Handel erlebten dort eine erstaunliche Entwicklung. Die Russland-Geschäfte der van Keupens hatten sich seit Tines Heirat verdreifacht. Sie hatte ihrem Mann zwei Söhne geboren, beide gesund und kräftig, weiterer Kindersegen stand zu erwarten.

Die sanftere und um ein Jahr jüngere Regina war die Ehefrau eines Kaufmanns, der als jüngerer Sohn die Handelsniederlassung seiner bremischen Familie in Livorno leitete. Sie lebte gern in der schönen, ungewöhnlich freiheitlichen Hafenstadt an der ligurischen Küste. Zwischen den Zeilen ihrer Briefe, so hatte Sibylla ihm einmal anvertraut, sei zu lesen, Regina wolle nur ungern in ihre enge Heimatstadt im kalten Norden zurückkehren. Sie hatte eine Tochter, ein Sohn war nach wenigen Tagen gestorben.

Die Beziehungen des van Keupen'schen Kontors zu Livorno hatten sich nicht so prächtig entwickelt wie mit Russland, Livorno war ein erheblich unbedeutenderer Hafen, dafür waren die vielfältigen Verbindungen von Reginas tüchtigem Ehemann eine fabelhafte Aussicht für die Zukunft, besonders die mit dem amerikanischen Kontinent.

Sibylla hatte nie daran gedacht, eine ihrer Töchter könne einmal ihren Platz an der Spitze der Handlung einnehmen. Vielleicht später, falls eine der beiden wie sie selbst in den besten Jahren zur Witwe wurde, das würde sich dann zeigen. Sie hatte geplant, einem der beiden Schwiegersöhne die Leitung des Hauses zu übergeben, allerdings noch nicht entschieden, welchem. Sie hatte geglaubt, noch viel Zeit zu haben. Reginas Mann, den Kaufmann in Livorno, hatte sie für den geeigneteren gehalten. Nun stand das Handelshaus Tine als der Älteren und ihrem Gatten zu. Nichts hätte er in diesem Moment lieber gewusst, als ob Sibylla eine andere Verfügung hinterlassen hatte. Und wo er noch unbemerkt danach suchen konnte. In der Truhe hatte er nichts dergleichen gefunden.

*

Der Tag war trübe, Rosinas Augen mussten sich erst an den in der Kirche herrschenden Dämmer gewöhnen. Wagner stand mit einem Mann im schwarzen Rock und schwarzen Kniehosen und Strümpfen nahe dem Epitaph der van Keupens. Das musste der Kirchendiener sein, der gestern Abend die Tote gefunden hatte. Er war ein alter Mann mit schmalen Schultern, seine einfache braune Perücke brauchte einen Kamm, am besten auch eine Portion neuer Haare. Er wandte ihr den Rücken zu und hatte anders als der Weddemeister ihr Eintreten nicht bemerkt. Sie nickte

Wagner zu, legte den Finger auf die Lippen und setzte sich wenige Schritte entfernt in eine der Bänke, nah genug, um die Stimmen der beiden Männer zu verstehen.

«Das habt Ihr mir gestern schon erzählt, Monsieur Weller», hörte sie Wagner sagen. «Seid Ihr *sicher*, dass die Tote seit dem frühen Nachmittag dort war? Wie kann es sein, dass sie den ganzen Tag von niemandem bemerkt wurde? Es sind doch ständig Leute in der Kirche.»

«Nicht ständig, Weddemeister. Früher, ja, da waren immer Menschen hier, zum Gebet oder zur Besinnung auf das, was wahrhaftig zählt. Gottesfürchtige Menschen im Vertrauen auf die himmlische Macht. Die Zeiten sind nicht mehr so. Natürlich sind immer wieder Menschen in der Kirche, dazu ist sie da. Aber selbst am Sonntag beim Hauptgottesdienst bleiben Bänke leer.»

«Das ist sehr bedauerlich. In der Tat.» Wagners Stimme verriet erste Ungeduld.

«Und den ganzen Tag?», fuhr der Kirchendiener fort. «Das weiß ich nicht. Ich sagte früher Nachmittag. Da habe ich sie zuerst gesehen, um zwei oder halb drei, ich habe nicht genau darauf geachtet, und später noch einmal. Da schlug die Glocke gerade vier, das weiß ich genau. Ich bin ständig beschäftigt, mein Amt lässt mir wenig Muße herumzuschauen, aber ich habe sie wiedererkannt, obwohl es nicht meine Gewohnheit ist, Betende zu beobachten und mit Neugier zu belästigen. Nein, es kann nur der halbe Tag gewesen sein. Andererseits, vielleicht auch der ganze Tag. Und der Abend, ja. Am Vormittag war ich nicht in der Kirche, ich hatte Botengänge für Ihro Hochehrwürden, den Herrn Hauptpastor, zu machen.»

«Also der halbe oder der ganze Tag. Und Ihr meint, sie hat noch gelebt.»

«Was stellt Ihr mir für Fragen?» Der Kirchendiener

schüttelte die gefalteten Hände vor der Brust. «Das habe ich gestern Abend nicht gesagt. Natürlich habe ich *gedacht*, sie lebt. Wie konnte ich denken, sie ist tot? Hier pflegen keine Toten zu sitzen. Wenn ich das gedacht hätte, hätte ich doch sofort, ich hätte sofort ...» Wieder rang er die Hände, und sein Atem ging schwerer.

«Dann hättet Ihr sofort Hilfe geholt, natürlich hättet Ihr das. Niemand macht Euch einen Vorwurf, Weller. Ich möchte nur wissen, wie lange die Tote in der Kirchenbank hockte. Seit wann. Erschien es Euch nicht seltsam, dass sie nach zwei Stunden immer noch dort saß? Das ist sehr lange für ein Gebet oder – wie sagtet Ihr? – für einen Moment der Besinnung?»

«Besinnung, ja.» Weller zögerte, dann sah er sich rasch um, er entdeckte die junge Frau in der Kirchenbank und beugte sich näher zu Wagners Ohr. Rosina verstand trotzdem, was er sagte.

«Ein Gebet ist nie zu lang, Weddemeister. Genaugenommen jedoch», er warf Rosina einen unsicheren Blick zu und fuhr leiser fort: «Genaugenommen dachte ich nicht an ein Gebet und derlei. Die Herrn Pastoren sehen das nicht gerne, wir sind gehalten, für Ordnung in der Kirche zu sorgen, es gibt ja Gesindel, das sich nicht scheut, die Hand in den Opferstock zu stecken. Aber dies ist ein Haus Gottes, wenn jemand verweilen möchte – versteht doch, Weddemeister, sie sah so ärmlich aus, bettelarm. Ihre Kleider waren kaum mehr als Lumpen, und sie schien zu schlafen. Ich konnte ihr Gesicht nicht erkennen, der Kopf war gebeugt, die Haube über ihre Augen gerutscht, aber sie wirkte jung, wie ein Mädchen. Ich hielt sie für eines dieser zahllosen armen Dinger, die kein Zuhause haben, keines, das Ruhe und Schutz gibt. Warum sollte sie hier nicht ein wenig schlafen? In dieser dunklen Ecke unter der südlichen Empore störte sie niemanden. Sie saß da und suchte ein wenig Ruhe. So habe ich gedacht. Wenn sie hätte stehlen wollen, hätte sie das längst getan und wäre auf und davon.»

Wagner entließ den Kirchendiener und blieb, die Hände auf dem Rücken verschränkt, mit gebeugtem Kopf stehen und starrte auf die Säule, einen der zwölf mächtigen Rundpfeiler, die das Gewölbe trugen, als suche er in den Resten der alten Malerei nach einer Lösung.

«Ich hoffe, ich störe Euch nicht», hörte er Rosinas leise Stimme hinter sich und wandte sich um. Sie blickte in ein betrübtes Gesicht. Wagner neigte nicht unbedingt zu Grämlichkeit, vielmehr entsprach sein Naturell dem Ernst seiner Arbeit. Obwohl er schon viele Leichname gesehen hatte, etliche in äußerst unerfreulichem Zustand, berührte ihn die Begegnung mit einem gewaltsamen Tod. Zudem kränkte ihn die Missachtung, die er von der ‹guten Gesellschaft› als ein Mann erfuhr, der stets mit Verbrechen und üblen Elementen beschäftigt war. Ein bisschen weniger, seit er ein glücklicher Ehemann war. Auch ein bisschen weniger, wenn Rosina und ihre vornehmen Freunde sich mehr oder weniger gebeten in seine Arbeit einmischten. Obwohl es niemals ausgesprochen wurde, wusste er genau, dass Rosinas Neugier und ihr undamenhafter Mangel an Scheu, sich auf die Spur von Mord und Totschlag und in die düstersten Quartiere der Stadt zu wagen, ihm aus einigen Patschen geholfen hatten. Auch wenn die Spur in vornehme Häuser führte, die man ihn am liebsten nur durch den Dienstboteneingang betreten ließ. Leider pflegte Rosina die Unart, Informationen, von denen er unbedingt sofort hätte erfahren müssen, zurückzuhalten, bis sie noch mehr herausgefunden hatte.

Trotzdem, gerade Rosinas Freundschaft mit den Herrmanns' und Madam Augusta ließ ihn auch manches erfahren, was sonst hinter kostbaren Gardinen großer Häuser gänzlich verborgen bliebe. Die Herrmanns' waren mit allen bekannt, die in der Stadt etwas galten, und empfanden es als anregenden Zeitvertreib, an dem degoutanten Metier eines Weddemeisters teilzuhaben. Inzwischen schwitzte Wagner schon weniger, wenn er einem Senator, einem wohlhabenden Kaufmann oder einer in schimmernden ostindischen Zitzkattun gekleideten Dame gegenüberstand. Er klopfte jetzt nur noch an die Vordertüren, egal mit wie reichem Schnitzwerk sie geschmückt waren.

«Madam van Keupen gehörte das Haus, in dem wir wohnen», erklärte Rosina entschuldigend, als ob das nötig sei. «Ich kannte sie nicht, Magnus hat im Keupen'schen Kontor unseren Kontrakt unterzeichnet, doch vielleicht», ihr Gesicht verzog sich zu diesem kleinen Lächeln, das einen Kenner exotischer Tiere einmal an einen Ozelot erinnert hatte, «kann ich behilflich sein. Von unserer Wohnung sehe ich über den Hof zwei Fenster ihres Kontors.»

«Keinesfalls», sagte Wagner, «ich meine, Ihr stört keinesfalls. Ich, nun ja, ich habe Euch erwartet, sozusagen, als ich Euch mit Madam Augusta in der Kutsche sah.»

Er hätte ihr gerne gesagt, wie froh er sei, weil sie, nun eine Bürgerin, ihm nicht anders begegnete als zuvor. Ihm und seiner jungen Frau, die immerhin einige Zeit als Diebin im Spinnhaus verbracht hatte – wenn auch mehr oder weniger unschuldig. Er hatte schon erlebt, wie Menschen ihn plötzlich nicht mehr kannten, wenn ihr Weg sie bergauf geführt hatte.

«Habe ich den Kirchendiener richtig verstanden?», fragte Rosina. «Madam van Keupen hat den halben Tag tot in der Kirchenbank gesessen, in lumpigen Kleidern, und niemand hat es bemerkt?»

«Ihr habt nur halbrichtig verstanden. Madam van Keupen wurde gestern Abend vor dem Epitaph gefunden. Erschlagen, bedauerlicherweise, mit einem Eichenklotz, ja. Jemand muss ihn von der Orgelempore hinuntergeworfen haben. Er hat gut getroffen, was nicht einfach ist. Oder es war Glück, nun ja, nicht für Madam van Keupen.»

Der Physikus meine, der Klotz habe eine große Ader an ihrem Hals zerfetzt und sie sei verblutet, erklärte Wagner. Da müsse sie schon ohne Besinnung gewesen sei, der Klotz habe sie zugleich hart am Kopf getroffen. Auch der Schrecken und die Erschütterung haben ihr Herz stehenlassen können.

«Ein Unglück kommt keinesfalls in Frage. Wie das Feuer in ihrem Kontor in der Nacht zuvor, das war auch kein Unglück. Jemand ist durch ein Fenster vom Hof eingestiegen und hat es gelegt. Das habt Ihr vielleicht schon gehört, die Spatzen pfeifen es von den Dächern.»

«Ich habe das Feuer sogar gesehen. Ich konnte nicht schlafen und sah aus dem Fenster meiner Kammer. Es war Furcht erregend. Allerdings wurde es schnell gelöscht.»

«Ihr habt es gesehen? Dann habt Ihr auch in den Hof gesehen. War dort jemand? Irgendeine Bewegung, einer, der dort herumkroch?»

«Ich muss Euch enttäuschen, Wagner. Für einen Moment glaubte ich, zwischen den Schuppen bewege sich etwas, nur ein Schatten, es war ein Gaukelspiel der Nacht und meiner müden Augen. Ich hätte auch niemanden erkannt, falls Ihr darauf hofft, der Mond war erst eine schmale Sichel. Aber wer, um Himmels willen, saß dann den halben Tag tot in der Bank unter der Südempore? Hat der Kirchendiener etwa zwei tote Frauen gefunden?»

Wagner schüttelte den Kopf. «Weller hat nur Madam van Keupen entdeckt. Hier vor ihrem Epitaph.» Er wies mit ausgestrecktem Zeigefinger auf die Stelle, und Rosina schluckte – niemand hatte Zeit gefunden, die Blutlache aufzuwischen, einige Fuß entfernt lag das Mordwerkzeug, ein blutbesudelter steinschwerer Holzklotz. Eine seiner unteren Kanten war nicht sauber gesägt, sondern gebrochen, sie wirkte wie eine Reihe von unregelmäßigen langen Raubtierzähnen. Dunkel von getrocknetem Blut. «Die andere haben wir gefunden, Grabbe und ich, nachdem wir in die Kirche gerufen worden waren. Tatsächlich hat Kuno sie gefunden. Ihre Lumpen rochen nach Geräuchertem und Küchendunst.»

«Kuno?»

«Grabbes Hund. Ein kluges Tier, auch wenn es nicht so aussieht. Eine fabelhafte Spürnase.»

Rosina verbiss sich ein Lachen. Es gab Leute, die Wagner ganz ähnlich beschrieben.

«Wer ist sie?», fragte Rosina.

Wagner zuckte nur die Achseln.

«Und Madam van Keupen? Wurde sie beraubt?»

«Wohl nicht», antwortete Wagner zögernd. «Sie trug noch ihren Schmuck, als wir kamen. Ich hatte zunächst gedacht, ihr Schlüsselbund fehlt, das trägt eine Hausherrin doch gewöhnlich bei sich, wenn es nicht zu groß ist. Aber sie hatte es zu Hause gelassen. Auf dem Schreibschrank im Salon. Dort hat Mademoiselle van Keupen es gefunden. Die Stiefschwester ihres verstorbenen Mannes», erklärte er, bevor Rosina fragen konnte. «Sie lebt seit ihrer Kindheit im Haus am Cremon und ist unverheiratet.»

Wagner erinnerte sich mit Unbehagen an seine erste Begegnung mit Juliane van Keupen. Sie hatte plötzlich in der Kirche gestanden, als er sich mit Grabbe im flackernden Schein von Kerzen und zwei Laternen über die Tote beugte. Niemand wusste, wer sie benachrichtigt hatte, schlimme Botschaften fliegen schnell. Er hätte ihr, überhaupt jeder Frau aus ihrem Haus, gerne den Anblick der Getöteten in ihrem Blut erspart.

‹Sibylla›, hatte sie geflüstert, ‹doch nicht Sibylla.› Sie wollte sich zu der Toten hinunterbeugen, Wagner hielt sie zurück, und sie ließ es geschehen. Wenig später kamen auch eines der Dienstmädchen und die Köchin, sie führten Juliane zu einer Bank, setzten sich links und rechts neben sie, zwei bleiche Wächterinnen, und warteten, das Mädchen leise schluchzend. Keine sagte ein Wort, keine fragte oder jammerte, und Wagner spürte ihre Blicke im Rücken. Erst als der Physikus kam und darauf bestand, den Leichnam zur weiteren Untersuchung ins Eimbeck'sche Haus zu bringen, sprang Juliane auf und protestierte mit erstickter, gleichwohl entschiedener Stimme.

Wagner war froh, dass der Physikus mit ihr sprach. Er bedauere das auch, doch es sei Vorschrift bei einem gewaltsamen Tod. Eine gründlichere Untersuchung, als sie hier möglich sei, werde helfen, den Täter zu finden, das müsse doch auch ihr Wunsch sein. Es war die Köchin, die auf Wagners Bitte tapfer vortrat und den Schmuck der Toten und den Inhalt ihrer Rocktasche, nur ein paar Münzen und ein besticktes Tuch aus Batist, entgegennahm. Sie versicherte, Madam habe über dies hinaus keinen Schmuck getragen. Die Köchin wusste auch, dass sie ihr Schlüsselbund bei diesen Kirchenbesuchen niemals mitnehme. Er hatte ihr den Schmuck übergeben, erleichtert, weil er die Ohrringe und die zerrissene und blutige goldene Halskette mit Flussperlen und Lapislazuli nicht Mademoiselle van Keupen geben musste. Die Köchin barg sie in ihrem Schnupftuch und steckte sie in die Schürzentasche. Dann hatte er die Frauen nach Hause geschickt, es machte wenig Sinn, sie in dieser Stunde zu befragen. Sie waren ohne Widerspruch gegangen, Juliane in der Mitte, mit Bewegungen wie ein Automat.

Wenigstens sei die andere Tote nicht ermordet worden, berichtete Wagner weiter, augenscheinlich sei sie an einem Fieber gestorben, er erwarte noch die endgültige Nachricht des Physikus. Dass sie schon um die Mittagszeit gestorben sei, habe er schon entschieden. Sie sei jung gewesen, höchstens fünfundzwanzig Jahre alt, und müsse in der Tat sehr arm gewesen sein. Sogar zu arm, um Nadel und Faden zu besitzen oder auszuleihen, um ihre Kleider halbwegs passend zu machen, worum sich eine junge Frau doch auf jeden Fall bemühen würde. Sie habe nur Rock und Bluse getragen, beides müsse zuvor einer erheblich dickeren und einige Zoll kleineren Frau gehört haben. Auch sei sie barfüßig gewesen, was bei solchen Leuten nicht ungewöhnlich sei, der Zustand ihrer Füße jedoch verrate, dass sie sonst Schuhe getragen habe.

«Ich nehme an», schloss Wagner, «sie ist eine von den Mägden, die es vom Land in die Stadt verschlagen hat. Vor nicht allzu langer Zeit, sie war nicht so schmutzig, wie man annehmen könnte, und dort draußen gibt es mehr und reineres Wasser. Trotz der Totenblässe ist zu erkennen, dass ihre Haut der Sonne ausgesetzt war, ein wenig nur, doch es ist deutlich genug. Wahrscheinlich war sie eine ehemalige Hausmagd, ihre Hände zeugen von Arbeit. Sie wird wie viele dieser dummen Dinger in der Gosse gelandet sein und hat hier ihr Ende gefunden. Traurig», murmelte er und dachte an seine Frau, die beinahe auf den gleichen Weg geraten wäre.

«Werdet Ihr herausfinden, wer sie ist?»

Wagner zuckte mutlos die Achseln. «Wenn jemand kommt und nach einem verlorengegangenen Mädchen fragt, vielleicht. Das kommt bei solchen selten vor. Wer immer sie vermisst, will sie tot nicht zurück. Das macht Ärger und Kosten für das Armengrab. Hier kannte sie niemand, weder der Kirchendiener, noch der Küster und der Organist, der Hauptpastor, der Archidiakon und zwei der Diakone. Die haben sie alle angesehen, ansehen müssen, sozusagen. Keiner hatte sie je zuvor gesehen. Wahrscheinlich hat sie gebettelt oder kam aus einer der üblen Schänken in den Gängen um Sankt Jakobi. Leute von dort werden kaum nach ihr suchen.»

Anders als die meisten Bürger kannte Rosina sich in den Gängevierteln, diesen Labyrinthen von Elend und Verfall, aus. Fröstelnd zog sie den herabgerutschten Schal über die Schultern und blickte starr zu der dunklen Ecke unter der südlichen Empore.

«Nein, aus den Gängen wird niemand nach ihr suchen», stimmte sie zu, «selbst wenn sie jemand vermisst. Wollt Ihr so genau wissen, seit wann sie hier saß, weil der Physikus sagt, sie sei gegen Mittag gestorben?»

«Ja. Dann wüsste ich, ob sie tatsächlich hier gestorben ist. Oder ob sie, ja, ob sie jemand hier abgelegt hat. Sozusagen.»

«Dann wurde sie immerhin in einer Kirche ‹abgelegt›. Das zeugt von Respekt. Es hätte ja auch die Elbe sein können.»

Wagner schwieg, seine Vorstellung von Respekt war eine andere.

«Vielleicht waren es gar nicht ihre Kleider», überlegte Rosina.

«Ihr meint, sie hat die Lumpen gestohlen?»

«Nicht gestohlen, Wagner, Euer Beruf verdirbt Euer Denken. Ihr habt gesagt, für eine aus der Gosse war sie recht sauber, und ihre Füße waren Schuhe gewöhnt. Dabei geht der Sommer erst zu Ende, gerade in den Gängevierteln bleiben viele selbst im Januar barfüßig. Es dauert auch eine ganze Weile, bis aus Kleidern Lumpen werden. Habt

Ihr nicht gesagt, ihre seien zu weit und zu kurz gewesen? Junge Menschen werden dünner, selten kleiner. Vielleicht trug sie eigentlich bessere Kleider, und jemand hat die gegen entbehrliche alte Fetzen getauscht, um ihre zu verkaufen oder selbst zu tragen. Wenn sie tatsächlich ein schweres Fieber hatte, konnte sie sich nicht wehren. Und ob sie überhaupt an dem Fieber gestorben ist, ist noch ungewiss, oder?»

Wagner brummte Unverständliches. Die unbekannte junge Tote war Anlass zu der einen oder anderen Überlegung, gewiss, doch sie war tot, nicht ermordet, und vermutlich vermisste sie niemand. Sie würde im Armengrab enden und konnte mit der Notiz im Kirchenbuch vergessen werden. So war das Leben in einer großen Stadt mit ganzen Vierteln voller Hungerleider.

«Der Physikus war recht sicher, Rosina, er sprach von Wechselfieber. Das ist gut möglich, besonders wenn sie aus einem sumpfigen Landstrich gekommen ist, die sind in dieser Gegend ja zahlreich. Was aber Madam van Keupen betrifft: An der Ursache *ihres* Todes gibt es keinerlei Zweifel. Leider, ja. Der Klotz ist von dort auf sie herabgestürzt», er zeigte mit dem Kinn zur Orgelempore hinauf, «und so ein Klotz fällt nun mal nicht von selbst, es sei denn, bei nachlässigen Zimmerleuten von einem Baugerüst. Kommt mit», sagte er und ging mit raschen Schritten zu einer schmalen Tür, hinter der die Treppe zur Orgelempore und weiter hinauf zum Turm führte. Rosina musste laufen, um ihm zu folgen.

«Hier», sagte er, oben angekommen, und zeigte auf drei unsauber gesägte Holzklötze und einige Bretter am Fuß der Balustrade. «Ich bin sicher, gestern Nachmittag waren es noch vier.»

Rosina hatte schon einige Mordinstrumente gesehen,

Messer, eine tönerne Zuckerhutform, eine Kiste voll Schwarzpulver, in London gar einen mörderischen Mastiff. Sie hatte erlebt, dass man mit Hilfe von Eis hinter einer verschlossenen Tür, einem steilen Abhang im Gebirge, dem mit der Flut steigenden Fluss oder mit Gift morden konnte. Die Holzklötze erschienen in ihrer Schlichtheit besonders bedrohlich. Und verräterisch. Sie beugte sich über die Brüstung und sah genau unter sich den Stuhl vor dem van Keupen'schen Epitaph. Es war einfacher, jemanden unten zu treffen, als es von dort schien.

«Der Gedanke mag wenig pietätvoll sein, Wagner, aber wenn sie von einem dieser Holzstücke erschlagen wurde, macht das den Kreis der möglichen Täter erheblich kleiner, als wenn es eine üblichere Waffe gewesen wäre. Denkt Ihr nicht? Wer wusste von diesen Klötzen? Wer *konnte* davon wissen?»

«Immer noch genug», knurrte der Weddemeister, «immer noch zu viele. Ich nehme an, diese Klötze», er stieß unwillig mit der Stiefelspitze gegen das harte Holz, «gehören zu den Gerätschaften, die Baumeister Sonnin und seine Leute für die Turmbegradigung brauchen. Sicher waren in den letzten Tagen noch nicht alle hier oben, aber einige. Dann ist da noch der Organist, auch der Küster. Den Kirchendiener können wir streichen, der alte Weller mag noch die Altarleuchter und die Kerzen tragen, einen solchen Klotz aus alter Eiche kann er kaum bewegen. Und, nun ja, natürlich der Baumeister selbst.»

«Monsieur Sonnin?» Rosina lachte. «Es gibt eine Menge Leute, die ihn nicht mögen, ihn der Freidenkerei oder gar der Zusammenarbeit mit dunklen Mächten bezichtigen, aber Ihr als ein vernünftiger Mensch werdet unseren genialen Baumeister doch nicht im Verdacht haben.»

«Nun ja», sagte Wagner noch einmal und wischte energisch heftig ein von der Decke gefallenes Stück Kalkfarbe von seinem Rock, «nicht wirklich. Allerdings verbietet mein Amt, einen Verdacht leichtfertig auszuschließen. Ja, auszuschließen.»

Plötzlich war sie wieder da, die Umständlichkeit und Unsicherheit, gepaart mit einem Anflug von Trotz. Ein deutliches Zeichen dafür, dass er bei allem Unbehagen den Baumeister in den Kreis der Verdächtigen einbezogen hatte.

Rosina fand es überflüssig, auf ihrer Meinung zu beharren. So absurd die Vermutung schien, im Prinzip hatte Wagner recht.

«Und zum anderen», überlegte sie weiter, «wer wusste, dass Madam van Keupen um diese Stunde hier war? Oder denkt Ihr, jemand habe sie zufällig in die Kirche gehen sehen, wusste von den Klötzen und hat die Gelegenheit genutzt? Das klingt unwahrscheinlich.»

So weit hatte Wagner noch nicht überlegt, er dachte gründlich, aber langsam. Er hatte gewusst, Rosina würde ihm helfen, schneller zu denken. Leider half es in dieser Frage wenig.

«Das wusste die halbe Stadt. Fragt Madam Augusta oder Madam Herrmanns, die wissen es sicher auch. Sie war an jedem Dienstagabend hier, um ihres verstorbenen Gatten zu gedenken. Am frühen Abend, immer um die gleiche Stunde.»

«In jeder Woche?» Rosina war beeindruckt. «Ist er nicht schon vor Jahren gestorben?»

«Vor acht Jahren. Sie war, nun ja, eine treue Seele.»

Er erinnerte sich an seinen Besuch in ihrem Kontor und fand, sein letzter Satz habe falsch geklungen. Irgendwie.

KAPITEL 4

———————◇———————

MITTWOCH, NACHMITTAGS

Es wäre übertrieben zu behaupten, der gewaltsame Tod Sibylla van Keupens habe die ganze Stadt in Aufruhr versetzt. In den Hinterhöfen und Kellerwohnungen kümmerte das Ende einer reichen Handelsfrau niemanden, dort kannte man kaum ihren Namen. Auch die andere Tote hätte keine Beachtung gefunden, allein die Tatsache, dass am selben Tag am selben Ort, der zudem eine der Hauptkirchen war, zwei tote Frauen entdeckt worden waren, machte die Sache interessant. Da aber das tote Mädchen eine Unbekannte war, wurde bald wieder über anderes geredet. Solange er nicht die eigene Familie betraf, war der Tod in diesen Quartieren nichts Besonderes.

In den Salons und Kontoren, an der Börse oder in den besseren Kaffee- und Gasthäusern hingegen, auch in den Küchen der reichen Häuser wurde der doppelte Tod in der Katharinenkirche als außerordentliches Ereignis empfunden. Die meisten hatten Sibylla van Keupen gekannt, zumindest den Namen gehört, alle wussten, welche Rolle sie in der Gesellschaft der Kaufleute gespielt hatte. Man hatte ihr Respekt entgegengebracht, auch Verehrung, von Freundschaft wurde weniger gesprochen. Madam Schwarzbach allerdings verbrachte den ganzen Vormittag damit, sich mit Zwergspitz Antoinette im offenen Wagen durch die Stadt kutschieren zu lassen, um allen Bekannten, die das Pech hatten, ihr zu begegnen, ihrer tiefen Trauer, ihres Entsetzens und des großartigen Charakters ihrer liebsten

Freundin Sibylla zu versichern. Die Innigkeit dieser bisher als recht allgemein gegoltenen Bekanntschaft war allen neu. Die Kutsche kam langsam voran und sorgte in der engen Altstadt mehrfach für verstopfte Straßen, was zu üblen Beschimpfungen des unschuldigen Kutschers führte, der zu seinem Glück halb taub war. Das erleichterte auch sonst die Arbeit in Madam Schwarzbachs Dienst, denn ihr Redefluss war so berüchtigt wie der schrille Klang ihrer Stimme.

Schnell machte die Runde, beide Frauen seien ermordet worden, und zwar vom gleichen Täter, wobei die Methode variierte, mal wurde von erwürgt geredet, mal von erstochen oder von erschlagen.

Seltsamerweise gab es kaum Vermutungen, wer der Täter sein könnte. Nur ein Irrsinniger kam in Frage. Der Kaufmannsberuf mochte Rivalen, Neider, sogar Feinde mit sich bringen, aber Feindschaft auf den Tod? Im Übrigen hatte Sibylla als wohltätig und liebenswürdig gegolten, ihre Zunge war ein wenig spitz gewesen, doch nie bis zur Bosheit. Es gab einige Herren wie Damen, die bei dieser Feststellung schwiegen, anstatt wie der Rest der jeweiligen Gesellschaft entschieden gleicher Meinung zu sein, doch darauf achtete niemand. Einige schwiegen immer, egal wie anregend das Thema und die Gesellschaft waren.

Die Behauptung einer Milchfrau aus Wilhelmsburg, zumindest dieses unbekannte Mädchen, zweifellos eine Dirne, sei vom bösen Blick einer konkurrierenden Spießgesellin niedergestreckt worden, stieß auf Missbilligung. Jedenfalls öffentlich.

Mehr Beachtung, wenngleich wenig Zustimmung fand die Vermutung eines ältlichen Fräuleins mit spiritistischen Neigungen, wonach Sibylla van Keupens Tod als ein himmlischer Fingerzeig zu verstehen sei, egal wer auf Erden dafür Verantwortung trage. Wie man höre, so ließ sie wissen, werde ein großer Teil der Kosten der bevorstehenden Turmaufrichtung von Madam van Keupens privater Schatulle getragen, es sei eben schändlich, den Turm der ehrwürdigen Katharinenkirche mit teuflischen, zudem im Ausland erdachten Verfahren gerade zu machen, anstatt ihn im Gottvertrauen zu lassen, wie er war.

Dieser Unsinn wurde dem Hauptpastor von seiner beunruhigten Gattin berichtet, er beschloss umgehend, dem am nächsten Sonntag von der Kanzel ein Ende zu bereiten. Er war kein Verehrer Baumeister Sonnins und seiner Methoden, aber der Turm musste nun mal gerichtet werden, er durfte nicht zulassen, dass andere Geldgeber durch solcherlei Geschwätz verschreckt wurden.

Als Rosina an diesem Morgen den Schauplatz des doppelten Todes verließ, Wagner nachsah, der sich mit seinen raschen kurzen Schritten auf den Weg zum van Keupen'schen Haus machte, um jeden und jede zu befragen, die er dort fand, fühlte sie sich seltsam leicht. Die Überlegung, ob sie sich wegen ihres Mangels an Betroffenheit und Trauer schämen sollte, dauerte nicht lange. Sie hatte weder die eine noch die andere Tote gekannt, mehr als das Erschrecken, das die Nachricht von jedem gewaltsamen Tod bedeutete, wäre reine Heuchelei. Sie dachte an Kuno, Grabbes Untier mit der guten Spürnase, und lächelte. Nicht nur Wagner, auch sie war ein wenig wie Kuno. Einer Ahnung, einem dunklen Geheimnis nachzuspüren, war ihr ein Ansporn. An die unangenehmen Seiten einer solchen Spurensuche konnte sie sich später erinnern, falls es unangenehm wurde.

Das Gefühl der Leichtigkeit bewies keine Gleichgültigkeit gegenüber dem Unglück anderer, es war einzig die Freude über eine sinnvolle Aufgabe, die ihren Kopf mehr fordern würde als die Planung der Mahlzeiten für die nächste Woche. Niemand hatte sie ihr gestellt, auch Wagner hatte sie um nichts gebeten, es war allein ihre Entscheidung. Ihre freie Entscheidung.

Als sie im Frühjahr die Komödianten verließ und mit Magnus die Wohnung in der Mattentwiete bezog, hatte sie sich alles so schön vorgestellt. Sie wollte ein Heim schaffen, geschmackvoll und bequem eingerichtet, und die Hausarbeit – die konnte mit der Hilfe einer geschickten Magd kein Problem sein. Leider hatte sie dabei nicht bedacht, dass sie nie gelernt hatte, einen Haushalt zu führen. Die Einrichtung bereitete ihr keine Schwierigkeiten, die meisten Möbel, auch die kostbaren Gardinen und die feine Wäsche, stammten aus dem Erbe ihres Vaters. Sie hatten nach seinem Tod in einem soliden Speicher gewartet, bis sie sie brauchte. Sogar der Globus, an dem ihr Vater ihr einst die Welt erklärt und ihre Reiselust geweckt hatte.

Aber wie kochte man eine Suppe? Wie verhinderte man, dass der Braten zäh, das Gebäck zu trocken wurde, dass der Pudding anbrannte? Und wie schaffte man es, Fenster blitzsauber zu polieren? Als Kind hatte sie Französisch, Englisch und das nötigste Latein gelernt, auch auf dem Spinett und ihrer silbernen Querflöte zu spielen, Reiten und feine Manieren. Für alles andere hatte es Dienstboten gegeben.

Als Komödiantin war ihr niemand zu Diensten gewesen, doch wer ständig auf Wanderschaft ist und in billigen Mietzimmern und Gasthäusern Unterkunft nimmt, erfährt auch nichts von den Geheimnissen einer guten Hausfrau. Zu ihrem (und Magnus') Glück hatte sie schnell Pauline gefunden. Die hatte die Ärmel aufgekrempelt, ihre neue Herrin kurzerhand in den kleinen Salon geschoben und gesagt: ‹Ihr steht mir im Weg, Madam. Lest ein Buch, musiziert oder bestickt ein unnützes Tüchlein. Tut, was Euch beliebt, nur stört mich nicht.›

Seither ging der Haushalt wie am Schnürchen. Und Rosina langweilte sich, trotz der Bibliotheken, trotz der Besuche bei ihren Freunden, der Bootsfahrten, Picknicks und anderer Sommervergnügen. Sie hätte auch jetzt lieber eine neue Komödie einstudiert, die Lieder probiert, Tanzschritte zur passenden Musik oder neue Effekte mit Schminke und Licht. Doch die bohrende Sehnsucht nach dem Theater, nach der vertrauten und geliebten Gesellschaft der Becker'schen Komödianten, die sie in den letzten einsamen Tagen ohne Magnus wieder eingeholt hatte, war plötzlich ganz klein.

Sie wäre gerne gerannt, mit gerafften Röcken, den Wind im Gesicht, nur ein kleines Stückchen, doch die Straßen waren belebt, und sie war Madam Vinstedt. Genug, wenn sie darauf beharrte, ohne Begleitung durch die Stadt zu gehen.

*

Wagner wünschte sich sehnlichst einen Krug Bier, am besten aus einem kühlen Keller. Er war nicht nur durstig, der würzige Duft von Gebratenem, der aus der Küche durchs Haus zog, ließ ihn auch seinen leeren Magen spüren. Man behandelte ihn höflich im van Keupen'schen Haus, doch er war nun mal kein Gast, dem man über einen Becher abgestandenen Wassers hinaus eine Erfrischung anbot. Der Weddemeister mochte seinen Beruf, Tage wie diesen mochte er nicht. Der Anfang der Ermittlungen geriet meistens mühsam, wie eine steile Strecke am Anfang eines Dauerlaufs. Besonders, wenn sie ihn in ein Haus von Großbürgern führten. Wenn er all diese Leute befragte, von denen er schon wusste, dass sie wenig oder gar nichts von Bedeutung sagen würden, kostete es ihn Mühe, wachsam zu bleiben, um aus dem Nebensächlichen herauszuhören, was doch von Bedeutung sein konnte.

Das Aschenmädchen Dora, ein verschrecktes kleines Geschöpf mit pummeligem Gesicht, erzählte ihm bereitwillig die Geschichte von der Katze und dem nächtlichen Feuer. Sonst hatte sie nichts im Haus gehört, keine Schritte, kein Knarren der Treppe. Endlich fragte er, ob sie womöglich selbst das Feuer verursacht habe, vielleicht sei sie auf der Suche nach der Katze mit einem brennenden Span ins Kontor gegangen, da geschehe so ein Unglück leicht, sie möge es nur zugeben. Da richtete sie ihren Kinderkörper sehr gerade auf, sah ihn streng an und erklärte, so etwas Dummes würde sie nie tun. Sie habe eine kleine Laterne mit einer Kerze zu ihrer eigenen Verfügung und sei auch nicht mondsüchtig, falls er das denke. Wobei der Mond in dieser Nacht überhaupt nur ein ganz kleines bisschen geschienen habe. Dora war überhaupt erst ins Kontor gegangen, als sie den Feuerschein bemerkt hatte.

An Schlafwandelei hatte Wagner, der das Mädchen für ein harmloses kleines Ding hielt, tatsächlich gedacht, wenn auch nur flüchtig. Seit er mit Karla verheiratet war, kannte er sich mit dieser Krankheit leider aus.

Die Köchin, der Diener und die beiden Dienstmädchen wussten nichts von Belang und schienen auch nichts zu verschweigen. Es sei denn, sie verstanden es, sich besonders gut zu verstellen, was gerade bei hübschen jungen Dingern leicht möglich war. Alle Dienstboten in diesem Haus waren mit Sorgfalt ausgewählt, weder der Diener noch die Frauen vertrauten ihm die geringste Kleinigkeit an Klatsch, Verdächtigungen und Vermutungen an. Alle waren erschreckt vom Tod ihrer Herrin, Augen und Nase der Köchin waren rot und geschwollen, das Feuer im Kontor darüber beinahe vergessen. In jener Nacht hatten alle in ihren Betten gelegen, bis zu Doras Schrei. Nein, versicherten sie, zuvor hätten sie nichts gehört, und danach habe niemand beim Löschen gefehlt.

Am frühen Abend, als ihre Herrin in der Kirche starb, waren alle im Haus beschäftigt gewesen. Ja, auch der Kutscher, der hatte die beim Löschen geleerten Wannen und Zuber neu mit Wasser gefüllt. Nein, nicht aus dem Fleet, Madam habe immer größten Wert auf tadellos saubere Wäsche gelegt, dem Haus gehöre eine eigene Brunnenleitung mit reinem Wasser. Der Anschluss befinde sich beim Speicher auf der anderen Straßenseite, der Kutscher sei den ganzen Nachmittag mit den Eimern hin- und hergelaufen. Doch, bis in den Abend. Es nehme ja viel Zeit in Anspruch, bis so ein Eimer mit dem Rinnsal, das die Leitung nur hergebe, gefüllt sei. Zuletzt, erinnerte sich die Köchin, hatte auch John Wessing dabei geholfen, der ältere Handelslehrling, damit die Arbeit vor der völligen Dunkelheit getan war.

Wäsche mit zum Trinken bestimmtem Wasser zu waschen anstatt mit Fleetwasser, erschien Wagner geradezu unanständig luxuriös. Madam van Keupen musste außerordentlich erfolgreich gewesen sein, wenn sie sich das erlaubt hatte.

Endlich hatte ihn auch Juliane van Keupen empfangen. Sie hatte ihm blass und beherrscht gegenübergesessen, ihn mit ihren hellen Augen angesehen und auf seine Fragen geantwortet. Ungefragt hörte er keinen Satz. Zum Feuer hatte sie nicht mehr zu sagen als die Dienstboten, zum Tod ihrer Schwägerin nur so viel, als dass Madam van Keupen, wie allgemein bekannt, an jedem Dienstagabend zum Grab ihres Mannes gegangen sei. Ja, immer zur gleichen Stunde, Sibyllas Tagesablauf sei sehr geordnet gewesen. Gestern vielleicht ein wenig später als gewöhnlich, eine viertel oder eine halbe Stunde. Nein, sie wisse den Grund nicht. Sicher wegen des Brandes, der viel Arbeit nach sich ziehe. Es sei auch sonst hin und wieder vorgekommen, wenn im Kontor noch Unaufschiebbares zu erledigen war. Zum Beispiel ein eiliger Brief oder ein Gespräch von besonderem Belang. Ja, sie sei an diesen Abenden immer ohne Begleitung gegangen, es seien bloß wenige Schritte.

An dieser Stelle hatte Wagner ein Gähnen nur halbwegs unterdrücken können und gehofft, sie werde diese Ungehörigkeit nicht bemerken. Nur der Ausdruck ihrer Augen hatte sich verändert, als amüsiere sie sich über ihren Besucher. Doch das hielt Wagner angesichts der frischen Trauer für unwahrscheinlich. Plötzlich hätte er sie gerne gefragt, wo sie sich aufgehalten habe, während ihre Schwägerin vor dem Epitaph, nun ja, ihr Leben aushauchte. Obwohl er die Formulierung seiner Gedanken sehr gelungen und rücksichtsvoll fand, sprach er sie nicht aus. Es war unmöglich, einer zarten Dame aus bester Familie an einem solchen Tag eine Frage zu stellen, hinter der sie einen ungeheuerlichen Verdacht vermuten musste. Es war sowieso unwahrscheinlich, dass sie einen schweren Eichenklotz über die Brüstung der Empore heben und herunterstoßen könnte. Nach seiner Erfahrung waren Frauen dazu nur stark genug, wenn sie täglich schwere Arbeit verrichteten. Die Köchin und das jüngere der Mädchen hatten versichert, Mademoiselle Juliane sei zu jener Stunde in ihrer Kammer gewesen, sie lese gern und oft. Das musste genügen. Vorerst.

«Ich bin noch zu verwirrt, um klar zu denken, Weddemeister», hatte sie schließlich doch ungefragt gesprochen. Sie hatte nach den richtigen Worten gesucht, bevor sie fortfuhr: «Wir alle fühlen lähmendes Entsetzen. Ich würde Euch gerne mit Hinweisen behilflich sein, aber es gibt nichts, das ich sagen könnte. Es gab niemanden, der sie – ja, der sie gehasst hätte. Das muss man doch, wenn man sich zu einer solchen Tat hinreißen lässt. Es kann nur ein Fremder gewesen sein, ein Unmensch ohne Verstand, der ein Opfer suchte. Irgendein unschuldiges Opfer», hatte sie mit erstickter Stimme wiederholt, «wie Sibylla.»

«Gewiss», log Wagner. Es erstaunte ihn immer wieder, wie wenig die Menschen, die nie Not gelitten hatten, von der wirklichen Welt wussten.

Als er die Treppe hinunterstieg und durch die Diele zum Kontor ging, wischte er sich mit seinem großen blauen Tuch Stirn und Nacken. Ausnahmsweise aus Erleichterung. Er mochte keine Gespräche mit trauernden Hinterbliebenen. Die nötige Mischung aus Rücksicht und misstrauischer Wachsamkeit bereitete ihm stets Unbehagen.

Nun saß er im Kontor. Bergstedt hatte ihm für seine Gespräche den hinteren Raum überlassen, den er von seinem Besuch bei Sibylla van Keupen schon kannte. Das Fenster war noch nicht repariert, aber einbruchsicher verschlossen, der immer noch unangenehme Brandgeruch verdrängte die delikaten Essensdüfte, was ihm und seinem leeren Magen sehr recht war.

Die Gespräche mit dem jüngeren Handelslehrling und den Schreibern waren nicht ergiebiger gewesen als die mit dem Hauspersonal. Tonning – der ältere Schreiber – hatte ausführlich berichtet, wie die blutjunge Sibylla ins Haus gekommen war, so schön und klug, und nie habe sie vergessen, an Johanni an alle kleine Anerkennungen für ihre Dienste zu verteilen, in jedem Jahr. Und als seine Frau so schwer erkrankte, da sei sie sich nicht zu fein gewesen, selbst nach dem Rechten zu sehen, den Physikus zu schicken und einen Korb mit Butter, Eiern und einem halben Huhn zu schicken. Und drei Pfirsichen aus ihrem Garten. Pfirsiche!

Die darauffolgende Beschreibung von Krankheit und Genesung der lieben Meta musste Wagner leider unterbrechen. Der ebenso ausführlichen Schilderung der Fähigkeiten Madams als Handelsfrau und ihrer völligen Redlichkeit in allen Geschäften hörte er genauer zu. Er erfuhr nichts, was ihn überrascht oder seinen Argwohn geweckt hätte.

Einzig John Wessing, der ältere der beiden Handelslehrlinge, rutschte unruhig auf seinem Stuhl herum. Er blinzelte irritiert, als Wagner zunächst nach dem Feuer fragte.

«Das Feuer», sagte er, «ja, das war schrecklich. Aber gegen das, was gestern geschehen ist – dagegen war es gar nichts.»

Doras Schrei hatte auch ihn aus tiefem Schlaf geweckt, er hatte eilige Füße auf der Treppe gehört und war hinausgerannt, den anderen nach, und dann hatte er gar nichts mehr gedacht, sondern nur versucht zu löschen.

Wagners Frage, was er denke, wie das Feuer entstanden sei, beantwortete er prompt. Der Fensterriegel sei beschädigt, jemand sei eingestiegen und habe es gelegt. Das sei doch ganz klar. Woher er von dem Riegel wisse? Er zögerte einen Moment, bevor er erklärte, er habe gewiss nicht lauschen wollen, aber Monsieur Bergstedt habe eine sehr klare Stimme, so habe er gehört, wie Bergstedt den alten Tonning beauftragte, für die Reparatur zu sorgen. Obwohl solche Botengänge eigentlich zu den Aufgaben der Lehrlinge gehörten. Nein, er glaube nicht, dass die anderen es auch gehört hätten, er sei mit Tonning allein im vorderen Kontor gewesen, als Bergstedt die Order gab.

Dann bekundete auch er eifrig seine Verehrung für die liebe Verblichene, so drückte er sich aus. In keinem anderen Kontor könne man so viel lernen wie in diesem. Madam habe auch größten Wert darauf gelegt, dass die Lehrlinge ihre Sprachkenntnisse verbesserten, das Französische und das Holländische vor allem. Nach seiner Lehre, so habe Madam ihm zugesichert, werde sie einen Teil des Schulgeldes für die Handlungs-Academie von Professor Büsch bezahlen, die er anschließend besuchen wolle. Den größeren Teil sogar. Das müsse er nun versuchen, selbst aufzubringen, es sei denn, Mademoiselle Juliane – aber die könne er jetzt natürlich nicht belästigen. Dann wolle er sich eine Stellung in Amsterdam suchen, Madam hatte ihm Empfehlungen schreiben wollen, sie habe dort Verwandtschaft. Noch lieber wolle er nach Bordeaux, wegen des besseren Wetters und ...

John Wessing redete wie ein Wasserfall. Erst als er vom Wetter zum Engroshandel des Hauses van Keupen mit Bordeaux kam, gelang es Wagner, ihn zum Schweigen zu bringen.

«Sehr schön», rief er, schlug mit der flachen Hand auf den Tisch und sah mit Genugtuung John zusammenzucken und den Mund zuklappen. «Eure Zukunft scheint trotz allem vielversprechend. Und gestern Abend? Als Madam van Keupen in die Kirche ging? Habt Ihr da hier gesessen und Euch im Holländischen geübt?»

John blinzelte irritiert. «Aber nein. Das dürfen wir natürlich nur in unserer freien Zeit. Abends und am Sonntag nach dem Gottesdienst. Madame hat immer größten Wert darauf gelegt, dass wir am Sonntag ...» Er sah Wagners Augen dunkel werden und fuhr hastig fort: «Nein, ich habe Jens geholfen – das ist der Kutscher –, die Zuber für die Wäsche zu füllen. Am späten Nachmittag. Und dann hatte ich noch einen Brief zu besorgen, zum Bocholt'schen Kontor.»

«Aha», sagte Wagner. «Wann war das?»

John schluckte. «Als Madam das Haus verließ. Ich habe ihr noch die Tür aufgehalten und gefragt, ob ich ihr nicht besser ein Licht in die Kirche bringe, eine Laterne. Es wurde ja schon dunkel, und ich hätte mich ganz still verhalten und keinesfalls ihre Andacht gestört. Keinesfalls. Sie hat gesagt, das sei nicht nötig. Wegen der paar Schritte, wisst Ihr? Sie wolle mich dort nicht sehen. Ja, das hat sie auch gesagt. Sie war so rücksichtsvoll. Manchmal.»

«Rücksichtsvoll?»

«Ja. Ich hatte doch Feierabend und wegen des Feuers in der Nacht zuvor kaum geschlafen, wir alle im Haus. Dabei hätte ich es wirklich gern getan. Natürlich erst, nachdem ich den Brief überbracht hatte. Zuerst die Pflicht, das hat sie immer gesagt.»

«Zu den Bocholts, sagt Ihr. Ist deren Kontor nicht am Grimm? Da führte Euch der Weg direkt an Sankt Katharinen vorbei», stellte er auf Johns Nicken fest. «Ihr habt nicht mal eben in die Kirche gesehen?»

«Nein, das wollte sie doch nicht. Ich hätte nie ...» Plötzlich weiteten sich seine Augen, sein Gesicht rötete sich, und er sackte zusammen wie eine prallgefüllte Schweinsblase, in die jemand eine Nadel gestochen hatte. «Nein», flüsterte er, «ich meine, es war nur ganz kurz. Auf dem Rückweg und nur ganz kurz. Sie hat es nicht bemerkt. Sie saß mit gesenktem Kopf vor dem Epitaph, und ich habe nur von der Turmhalle um die Ecke geguckt. Dann bin ich gleich wieder gegangen, sie durfte mich doch nicht bemerken. Ich wollte nur mal sehen, mal sehen ...»

«Ja? Mal sehen? Was wolltet Ihr denn nur mal sehen?»

«Ich wollte sie im Gebet sehen», flüsterte John, seine Augen füllten sich mit Tränen der Ergriffenheit. «Sie war eine so feine Dame, und ich dachte, es muss ein erhebender Anblick sein. Eine Erbauung der Seele, wenn Ihr versteht, was ich meine. Edle Schönheit und demütige Frömmigkeit, im Schein der Kerzen, ja, das erbaut die Seele.»

Wagner fand sich sehr geduldig. John Wessing, das war

klar, war ein Schwärmer, ein jugendliches Gemüt, angesteckt von dieser Empfindsamkeit, die bei zarten jungen Damen reizvoll sein mochte. Dass sich neuerdings auch junge Herren darin ergingen, sogar Handelslehrlinge, bei denen man einen kühlen Verstand erwarten durfte, fand er mehr als unpassend. Besonders, da sich Wessings Schwärmerei auf eine Dame bezog, die doppelt so alt war wie er. Wohin sollte das führen? Er hatte nun genug von diesem Träumer. Trotzdem musste die nächste Frage gestellt werden: «Und da hat sie noch gelebt?»

«Natürlich hat Madam noch gelebt! Glaubt Ihr, ich wäre wieder gegangen, wenn es anders gewesen wäre?» In Wessings Gesicht stand reine Empörung. «Ihr denkt doch nicht etwa, *ich* wäre auf die Empore gestiegen? Das könnt Ihr nicht glauben. Das ist absurd. Völlig absurd. Ich weiß nicht, wie es nun mit meiner Lehre weitergehen wird und dann mit der Academie, und Ihr kommt auf solche Ideen?»

«Solche Ideen sind mein Beruf, junger Herr», knurrte Wagner. Doch ob er wollte oder nicht und obwohl das Erschrecken bei der Frage nach dem Blick in die Kirche ein bisschen zu heftig ausgefallen war, überzeugte ihn John Wessings Empörung. Fürs Erste. «Gehen wir mal davon aus, Ihr seid wieder gegangen, und sie hat noch gelebt – noch gelebt», rief Wagner, als der Junge tief Luft holte, «habt Ihr jemanden gesehen? In der Kirche, vor der Kirche, überhaupt auf dem Kirchhof?»

John legte das Kinn in die aufgestützten Hände und bemühte sich um Ruhe. «In der Kirche bestimmt nicht, es war dort schon ziemlich dunkel. Links und rechts des Epitaphs brannten die beiden Kerzen, ihr Licht machte den Rest der Kirche noch dunkler. Und draußen?» Er rutschte auf die Stuhlkante und überlegte. «Die beiden Laternen am Portal der Kirche brannten noch nicht. Mag sein, dass da jemand war, aber ich glaube nicht. Mir ist niemand direkt begegnet. Ich wollte schnell zurück und bin gerannt. Am Nachmittag war ein Brief von meiner Schwester gekommen, ich hatte noch keine Zeit gefunden, ihn zu lesen.»

Das genügte Wagner für heute. Nicht zuletzt, weil sein Hunger allmählich übermächtig wurde. Er hatte sich in den letzten Minuten dabei ertappt, wie er, während der Junge sprach, an einen gesottenen fetten Hering dachte. Einmal hatte er das Knurren seines Magens nur durch vernehmliches Räuspern übertönen können. Es wurde Zeit für eine Pause. Bergstedt, der sich gleich nach Wagners Ankunft in den Speicher verabschiedet und versprochen hatte, bald zurück zu sein, befragte er besser mit vollem Magen.

Er hatte Pech. Gerade als er Wessing entlassen hatte, öffnete sich die Tür von der Diele, und Bergstedt kam eilig herein.

«Es hat ein wenig länger gedauert», sagte er, «nun stehe ich zu Eurer Verfügung, Weddemeister. Leider nicht sehr lange. Es ist gleich Börsenzeit, gerade heute darf ich dort nicht fehlen. Das werdet Ihr verstehen. Wenn Ihr auch kein Kaufmann seid, kennt Ihr gewiss unsere Gepflogenheiten. Der tägliche Gang zur Börse ist unerlässlich. Ihr müsst nach dem ganzen Vormittag in Gesprächen durstig sein, darf ich Euch einen Krug Milch holen lassen?»

Wagner nickte ergeben und setzte sich wieder. Milch war besser als nichts. Und diese Befragung wurde hoffentlich interessanter als die vorigen. Andererseits, das wirklich Interessante erfuhr er selten von denen, die es anging.

*

Es hatte keinen Sinn, sie würde nichts finden. Juliane van Keupen löste erhitzt ihr Brusttuch, wischte sich damit den Staub von den Händen und warf es müde auf das große Himmelbett. Sie ließ sich auf den zierlichen Stuhl vor dem Pultschreibtisch mit der daruntergebauten Kommode fallen und ihren Blick durch das Zimmer ihrer Schwägerin gleiten. Da war Sibyllas Bett mit den zurückgebundenen weinroten Vorhängen, der Schreibtisch, ein praktisches Möbelstück für Damen, die hin und wieder private Korrespondenzen hatten, die hohe Kommode, nach Sibyllas Vorliebe auf chinesische Art dunkelrot lackiert und bemalt, an den Wänden Familienporträts und eine weite holländische Landschaft. Das Potpourri aus blau-weißer Kellinghusener Fayence auf dem Tischchen zwischen den beiden Fenstern verströmte den leichten Duft seiner Füllung, einer Mischung von Lavendel, Rosen und Thymian. Dann war da nur noch die Doppeltür, die in älterer Zeit den Alkoven verschlossen hatte. Inzwischen verbarg sich dahinter ein Schrank, der den Raum von zwei Alkoven einnahm.

Es hatte sie Überwindung gekostet, zwischen Sibyllas Kleidern herumzuwühlen. Ihr Geruch haftete ihnen noch an, ihr bevorzugtes Maiglöckchen-Duftwasser, die Essenzen und Salben, mit denen sie sich wusch und pflegte, um ihre Haut weiß und glatt zu erhalten. Dort hatte sie ebenso wenig gefunden, was sie suchte, wie in der Kommode, in den Fächern und Laden des Schreibschrankes oder unter dem Bett.

Den Schreibschrank und die hohe Kommode hatte sie wie die Truhe im Kontor schon gestern Nacht durchsucht, als alle im Haus dachten, sie bete in Sibyllas Zimmer. Bergstedts Brauen hatten sich gehoben, als sie die Schlüssel für die Tresortruhe zurückforderte, er hatte nicht widersprochen, und als sie sie ihm heute früh zurückgab, nur wortlos genickt. Alle Fächer, Laden und Kästen waren erstaunlich geordnet. Sibylla hatte nichts Überflüssiges aufbewahrt, alles wirkte, als habe sie wie vor einer großen Reise gründlich aufgeräumt.

Juliane hatte Briefe von Regina und Tine gefunden, auch einige, die Tillmann vor langer Zeit seiner jungen Braut geschrieben hatte, die Familienbibel, die Chronik und Familienpapiere. Da hatte sie gehofft, doch es waren nur die, die sie kannte. Sie hatte alles akkurat wieder an seinen Platz gelegt, zwischen Nähkästchen, Haarspangen und Bändern herumgetastet, die Schatulle mit dem Schmuck geprüft. Sie war sich so sicher gewesen, aber es war eben doch nur ein böser Verdacht, eine eifersüchtige Unterstellung. Das war ein vernünftiger Gedanke, dessen Bedeutung sie nicht wirklich empfand.

Es war sinnlos. Auch das helle Tageslicht hatte ihrer Suche keinen Erfolg beschert. Sibyllas Augen hatten dunkel aufgeblitzt, als sie sie danach gefragt hatte. Trotzdem hatte sie gelacht, dieses leichte Lachen, das für Fremde heiter klingen mochte, in Julianes Ohren hatte es spöttisch, manchmal gar verächtlich geklungen. Ein solches Papier gebe es nicht, hatte Sibylla gesagt, auch habe Tillmann nie davon gesprochen. Juliane möge bedenken, sie sei nicht Tillmanns leibliche Schwester, die Tradition erfordere, den Besitz in der Familie zu halten. Sie verstehe ja, hatte sie dann gesagt, mild gelächelt und Juliane eine ihrer Seidenblüten ins Haar gesteckt. Wenn Juliane etwas brauche, wenn ihr Nadelgeld nicht reiche, möge sie es nur sagen. Tillmanns geliebter Stiefschwester solle es an nichts fehlen.

Sibylla war tot, kein Lachen mehr, keine abgelegten Seidenblumen mehr. Nun folgten ihr bald ihre Töchter nach, Julianes Nichten. Was würde dann sein?

Juliane setzte sich an den Schreibschrank und schlug die

Familienchronik auf, tauchte eine von Sibyllas Federn in die Tinte und schrieb: *Sibylla van Keupen, Witib und ehedem geliebte Ehefrau des gewesenen Tillmann van Keupen, starb am Abend des 21. October anno 1772 in der Kirche Sankt Katharinen, von fremder Hand im Alter von 43 Jahren. Gott sei ihrer Seele gnädig.*

Sie unterzeichnete mit *Juliane van Keupen, Schwester des gewesenen Tillmann van Keupen.* Das war nicht ganz richtig, doch nun stand es so in der Chronik, es ging nicht an, darin herumzustreichen. Und es war auch nicht falsch.

Sie war mit Tillmann aufgewachsen und hatte den um vierzehn Jahre älteren geliebt wie einen Bruder. Mochten spätere Nachfahren in dem in Leder gebundenen Buch zurückblättern, wenn sie es genauer wissen wollten. Dort stand die Geschichte der Ehe ihrer Eltern verzeichnet, auch Julianes Einzug in das Haus am Cremon. Wie alt war sie damals gewesen? Drei Jahre? Vier? Sie mochte nicht zurückrechnen, es hatte keine Bedeutung. Sie war ein fröhliches und hoffnungsvolles Kind gewesen, beides war ihr irgendwann verlorengegangen. Frohsinn und Hoffnung. Beim Tod ihrer Mutter, der zweiten Ehefrau von Tillmanns Vater, den sie auch als ihren Vater empfunden hatte? Bei dessen Tod? Bei Tillmanns Tod? Vielleicht würde auch sie früh sterben. In diesem Moment bedeutete es keinen Schrecken. Dazu waren die letzten Stunden zu entsetzlich gewesen. Sie würde das Bild nie vergessen.

Sie nahm das Löschblatt vom Buch und sah auf die neuen Zeilen. Was dort stand, erschien ihr unwirklich. Wie damals, als Tillmann plötzlich nicht mehr da war. Noch jetzt, nach acht Jahren, erwartete sie manchmal, ihn ins Zimmer treten zu sehen, mit dem ihm eigenen trockenen Lächeln, in den Kleidern noch den Geruch von Zimt, Weizen und Tabak vom Gang durch seine Speicher.

Sein Tod war in Sibyllas schönster Schrift vermerkt, danach die Heiraten der Töchter, die Geburten ihrer Kinder, der Tod von Reginas nur wenige Tage altem Sohn. Sie, Juliane van Keupen, war nur beim Einzug ihrer Mutter in dieses Haus vermerkt und in zwei Zeilen, als ihr Stiefvater ihr seinen Namen gab.

An ihren leiblichen Vater hatte sie keine Erinnerung. Er war ein wenig erfolgreicher Kaufmann in Glückstadt gewesen und bald nach ihrer Geburt auf einer Reise nach Kopenhagen gestorben. Es schmerzte sie nicht, Johann van Keupen war ihr Vater geworden. Als sie alt genug war, darüber nachzudenken, hatte sie ihn umso mehr geachtet, weil er eine nahezu mittellose Witwe mit einer kleinen Tochter als zweite Ehefrau gewählt hatte. Es musste genug junge Kaufmannstöchter mit tadelloser Mitgift gegeben haben, die gerne Madam van Keupen geworden wären. Johann und ihre Mutter hatten einander geliebt, der Gedanke hatte sie stets getröstet.

Die Tinte war getrocknet, das t von October hatte das Löschpapier leicht verwischt. Wie war sie nur zu einer alten Jungfer geworden? Weil ihre Mitgift so gering sein würde? So winzig? Auch ihre Mutter hatte ohne eigenen Besitz einen Ehemann gefunden, sogar einen liebevollen. Als Johann van Keupen starb, waren das Handelshaus und das Vermögen an Tillmann gefallen, sein einzig überlebendes Kind. Johann hatte darauf vertraut, sein Sohn werde für seine Stiefschwester sorgen. So, wie es Brauch war. Und dann war auch Tillmann gestorben, viel zu jung und unerwartet. Er hatte einen Spaziergang auf den Wällen gemacht, wie es vor bedeutenden Entscheidungen seine Gewohnheit war oder wenn er nur ein wenig mit sich und seinen Gedanken allein sein wollte. Zwei Kutschpferde waren durchgegangen, niemand wusste warum, und Tillmann war ihnen im Weg gewesen. Er hatte zur Seite springen wollen, war gestolpert, und die Hufe hatten seinen Brustkorb zerschmettert. Es hatte keine Rettung gegeben.

Sie blickte zu dem Gemälde auf, das Sibylla und Tillmann als junges Ehepaar zeigte. Es war kein gutes Bild, die besseren Porträts hingen im Salon, ein weiteres von Tillmann im Kontor neben denen von Johann van Keupen und dessen Vater. Ihr Blick verharrte auf Tillmanns Gesicht. Sein Tod hatte ihre Gefühle zunächst gelähmt, erst später hatte sie sich zu fragen begonnen, warum er sie so schutzlos zurückgelassen hatte. Er hatte Sibylla vertraut und gewusst, seine Schwester werde in diesem Haus immer versorgt sein. Er hatte ihr nur eine kleine Rente ausgesetzt, eine Art Nadelgeld, es reichte kaum, ihre bescheidenen Kleider zu bezahlen. Sie war nun eine geachtete Verwandte, auch vielbeschäftigt, denn Sibyllas Arbeit im Kontor ließ ihr keine Zeit für die Alltäglichkeiten des großen Haushaltes. Aber sie war eine arme Verwandte. Und bald auf die Wohlfahrt ihrer Nichten angewiesen. Und deren Ehemänner.

Ein seltsames Gefühl stieg in ihr auf, wie ein Vibrieren ihrer Nerven. Sie presste die Hände gegen die Schläfen und schloss fest die Augen. In ihrem Kopf hämmerte Zorn. Und wenn es doch stimmte? Wenn es nicht nur das dumme Geschwätz einer klatschsüchtigen Frau gewesen war? Madam Bocholt war nicht klatschsüchtig, Juliane hatte die Ältere immer als freundlich und diskret empfunden. Nicht sehr klug, doch wohlwollend und ohne Arg.

Bei ihrem Kaffeekränzchen war es irgendwann um die Armut gegangen, in der ein in Italien verschollener Kunstmaler aus der Lilienstraße seine Frau zurückgelassen hatte. Sie versuchte sich mit Weißstickerei über Wasser zu halten und ihre Kinder satt zu bekommen. Während sich die anderen Damen mit Vermutungen über den tatsächlichen Grund für das Verschwinden des lebenslustigen Mannes amüsierten, hatte sich Madam Bocholt zu Juliane gebeugt, ihre Hand gestreichelt und geraunt, wie vorbildlich versorgt der gute Tillmann sie zurückgelassen habe. Darauf hatte Juliane nichts zu sagen gewusst, allein ihr Blick hatte verraten, dass sie nicht der gleichen Meinung war.

‹Verzeiht, meine Liebe›, hatte Madam Bocholt gemurmelt, ‹wenn ich etwas Dummes gesagt habe, tut es mir leid. Ich wollte Euch nicht zu nahe treten, ich habe mich nur gerade erinnert, wie Tillmann, er war ein so reizender, liebenswürdiger Mensch, mir einmal davon erzählte. Er hatte es gerade niedergeschrieben, als ahne er das Nahen seines traurigen Endes. Ach nein, dazu war er viel zu heiter. Aber sicher habe ich mich geirrt, Mademoiselle Juliane, das geschieht mir leider oft. Oder›, hatte sie mit einem für ihre Gewohnheiten unerhörten Anflug von Beharren hinzugefügt, ‹oder er konnte es doch nicht mehr niederschreiben. Nun gut, bei Madam van Keupen seid Ihr ja allerbestens aufgehoben. Nicht wahr?›

Dann hatte sie rasch das Thema gewechselt, und Juliane hatte die Bemerkung und Madam Bocholts Verwirrung vergessen. Nein, das stimmte nicht, sie hatte sich bemüht zu vergessen. Doch es war ihr immer wieder eingefallen. Nachts, wenn sie erwachte und in die Dunkelheit starrte, beim Gottesdienst, wenn die Predigt lang und Tillmanns Grab nah war, oder vor einigen Wochen, als der Seidenhändler eine Auswahl von Stoffen und Pelzkragen für Madam van Keupens neuen Mantelumhang brachte. Da endlich hatte sie Sibylla gefragt und nur dieses Lachen gehört und die Erinnerung daran, dass sie, das Kind aus der ersten Ehe der zweiten Gattin, nicht wirklich zur Familie gehöre.

Der Schmerz in ihrem Kopf war gekommen wie ein Blitz,

langsam ließ er nach. Ihr Körper schien immer noch zu beben, als berühre sie von den Füßen bis zum Kopf eine Elektrisiermaschine. Irgendetwas hatte sie übersehen oder nicht bedacht. Was?

Plötzlich wusste sie es. Sie griff nach Sibyllas Bund, das bis zur Ankunft der neuen Hausherrin ihres war, und besah jeden einzelnen Schlüssel. Die ganz großen für die Schlösser in den Haustüren, zum Speicher und zu den Ställen waren an einem anderen Bund, dieser trug nur die für die kleineren Schlösser im inneren Haus. Und die beiden für die Tresortruhe im Kontor, die Bergstedt nun hatte. Sibylla hatte ihr den Bund oft geben müssen und immer wieder versichert, sie werde für Juliane einen eigenen Bund mit allen Schlüsseln anfertigen lassen, doch das war nie geschehen.

Mit ungeduldigen Fingern prüfte sie einen nach dem anderen die vertrauten Schlüssel. Einer verschloss ein Fach im Schreibschrank hier in diesem Zimmer, den hatte sie gestern zum ersten Mal benutzt, in dem Fach wiederum hatte der Schlüssel zu Sibyllas Schmuckschatulle gelegen. Sie musste sich mitsamt ihrem persönlichen Besitz sehr sicher gefühlt haben.

Juliane wusste alle Schlüssel zuzuordnen. Bis auf einen. Er war bis auf den für den Sekretär der kleinste. Sein Bart verriet ein gut gearbeitetes Schloss. Irgendwo in diesem Haus musste es eines geben, das sie nicht entdeckt hatte. Sibylla war keine gewesen, die sich mit überflüssigen eisernen Schlüsseln beschwerte.

Im Kontor? Möglich. Dort waren jetzt zu viele Menschen. Im Speicher? Unwahrscheinlich. Und wie sollte sie in dem großen Gebäude mit seinen fünf Böden etwas finden, dessen Größe zu diesem Schlüssel passte? Wenn es ein verborgenes Fach gab, in dem Sibylla und vielleicht schon Tillmann und dessen Vater Geheimnisse bargen, dann an einem Ort, der anderen versperrt war. Was war versperrter und diskreter als diese Schlafkammer? Was hatte sie übersehen? Wo?

Hinter den Bildern? Das holländische hing an einem seltsamen Platz. Hinter den Bildern entdeckte sie nichts als helle Flecken auf der Tapete. Der Wandschrank. Nur der Wandschrank war groß genug für ein verborgenes Fach mit einem Schloss. Sie hatte jedes der vielen offenen Fächer durchstöbert, doch sie hatte nach einer Mappe gesucht, einem versiegelten Brief, etwas in der Art. Nun war es anders. Hastig zerrte sie Sibyllas Kleider von den Haken aus dem großen, nicht unterteilten Drittel und warf sie auf das Bett. Das Innere des Schrankes war tief und dunkel, ihre Finger hasteten über die hölzerne Rückwand, Zoll für Zoll, und endlich, in der oberen, gerade noch erreichbaren Ecke nahe an der Trennwand zu den kleineren Fächern für die Schuhe und Hauben, die Leibwäsche, Bänder, Fächer, Tücher und Täschchen, fand sie es.

Ihre Fingerspitzen fühlten ein Schlüsselloch, dann noch eines. So mussten eben zwei der Schlüssel passen. Sie hatte recht. Der unbekannte und der für den Schreibschrank passten, und als sie endlich begriffen hatte, dass sie beide zugleich in entgegengesetzte Richtung drehen musste, öffnete sich die wie eine Lade aussehende kleine Tür zu einem tiefen Fach. Sie fühlte etwas und zog es behutsam heraus, als könnte es an der Luft zu Staub zerfallen. Es war eine flache, mit blauem Damast bezogene Spanschachtel. Julianes Herz machte einen Satz, als sie mit angehaltenem Atem den Deckel abhob und auf Briefbögen sah, akkurat beschrieben in Tillmanns großer Schrift. Sie nahm sie mit zitternden Fingern heraus, las den ersten Bogen, überflog die beiden anderen, las noch einmal den ersten und rang plötzlich nach Luft. Ein Schrei entfuhr ihr, rau und wütend, und der Schlüsselbund, eben noch in ihrer rechten Hand, sauste durch die Luft gegen das Porträt des jungen Paares. Der Bart des größten Schlüssels bohrte sich in Tillmanns gemalte Stirn.

*

Die Milch war frisch und sahnig, ganz anders als die wässerige Flüssigkeit, die Leute wie Wagner und Karla sich leisten konnten. Sie schmeckte köstlich und sättigte beinahe besser als das Bier, nach dem er sich gesehnt hatte. Wagner schob den leeren Krug hin und her – leider bot Bergstedt nicht an, ihn wieder füllen zu lassen.

Der Erste Schreiber Sibylla van Keupens trauerte, das war unübersehbar, er würde seinen Pflichten trotzdem ohne Verzug nachkommen, auch das war deutlich. Seine Antworten auf Wagners Fragen waren knapp, präzise und ohne Überraschung gewesen. Auch über seinen jeweiligen Aufenthalt hatte er ohne Zögern, wenngleich mit einem kleinen mokanten Lächeln, Auskunft gegeben. In der Nacht des Feuers hatte er geschlafen, in seinem Bett in seiner Wohnung am Rödingsmarkt, natürlich. Sein Diener könne das bestätigen. Seine Hauserin halte sich nur von Sonnenaufgang bis Mittag in der Wohnung auf, sie wisse nichts von seinen nächtlichen Aufenthalten.

Als Madam van Keupen starb, ‹zu dieser schrecklichen Stunde›, war er auf dem Heimweg. Ja, womöglich erinnere sich jemand, ihn unterwegs gesehen zu haben, er könne jedoch niemand nennen. Er hatte kühl gelächelt und gesagt, falls der Weddemeister ihn als Täter in Betracht ziehe, möge er bedenken, dass Madams Tod für ihn nur Nachteile und eine ungewisse Zukunft bedeute. Wagner hatte genickt, ob das stimmte, würde er besser anderswo herausfinden.

Auch Bergstedt wusste nichts von Feinden. «Madam van Keupen war eine außerordentliche Frau», erklärte er, «klug, in allen Belangen des Handels erfahren, erfolgreich. Schöner als die meisten Damen in ihren Jahren, darin werdet Ihr mir zustimmen. Natürlich gab es Neider und Missgünstige, das bringt Erfolg mit sich, aber erheblich mehr Verehrer. Zudem war sie sehr wohltätig, das war allgemein bekannt, sie selbst hat es nie betont.»

«Sie wurde jung Witwe, warum hat sie nicht wieder geheiratet?»

«Nun», Bergstedts Blick glitt flüchtig zu den Porträts der männlichen van Keupens, «selbstverständlich gab es passende Bewerber. Daran lag es nicht. Sie hat mir ihre privaten Gedanken natürlich nicht anvertraut, aber sie war sehr gerne Kauffrau, mit einer neuen Heirat wäre sie wieder Ehefrau geworden, unmündig und ihrem Gatten untertan. So sind die Gesetze. Die ich übrigens für altväterlich halte, für überholt. Madam war dafür der beste Beweis. Es gibt wohl Verträge, die Ehefrauen mit eigenem Besitz ein gewisses Verfügungsrecht ermöglichen, doch das ist nicht dasselbe. Zudem hat sie ihren Mann geliebt, da mag es schwer gewesen sein, eine neue Ehe einzugehen.»

«Schwer, ja. Hat sie in der letzten Zeit jemanden abgewiesen? Fühlte sich ein Aspirant beleidigt?»

«Nein. Es ist einige Jahre her, seit sie den letzten Antrag abgelehnt hat. Und die Kaufleute, die in Frage kämen, sind keine Männer, die darauf mit Mord reagieren. Wir Kaufleute», sagte er wieder mit diesem Lächeln, «sind kühle Rechner. Leidenschaften stören nur.»

Wagner dachte, das möge auf die Leidenschaft fürs Glücksspiel zutreffen, in der Liebe und wenn es um einen großen Besitz ging, sah es anders aus. Selbst Bergstedt, den er für einen überaus kühlen Rechner hielt, konnte er sich als leidenschaftlichen Menschen vorstellen.

«Und eine Ehe in Kreisen der Großbürger», fuhr Bergstedt fort, «ist immer zugleich ein Handel. Eine wohl zu überlegende Investition, wenn Ihr so wollt.»

Auch von Streit, Groll oder Unzufriedenheit in Haus, Kontor und Speicher wusste er nichts. Alle seien froh, hier zu arbeiten.

«Wenn es Eure Zeit noch erlaubt, möchte ich zu dem Feuer zurückkommen», sagte Wagner. «Das heißt zu dem schadhaften Fenster. Wer außer den Männern im Kontor und vielleicht einigen der Dienstboten konnte davon wissen?»

«Von dem Fensterriegel? Ich denke, niemand. Wir hatten es erst am Nachmittag vor dem Brand bemerkt. Tonning sollte am nächsten Tag zum Zimmermann gehen. Sonst habe ich mit keinem darüber gesprochen. Ich nehme an, auch Sibylla nicht, ich meine Madam van Keupen.»

«Ja.» Das wusste Wagner schon. «Waren an dem Nachmittag Besucher im Kontor, womöglich hier in diesem Zimmer mit dem Fenster? Die es sehen konnten? Oder hören, wie davon gesprochen wurde?»

«Einige Besucher waren hier. Allerdings keine, die einzubrechen pflegen. Lasst mich trotzdem überlegen.» Er zog eine kleine silberne Uhr aus der Tasche seiner Weste, warf stirnrunzelnd einen Blick auf das Zifferblatt und legte sie vor sich auf den Tisch. «Der Seidenhändler Stackmann brachte Stoffproben für Madam, sie hat ihn hier empfangen und ihre Wahl getroffen. Und dann? Zacharias Meinert, er ist Teilhaber der Bators und mit deren Tochter verheiratet, Barbara. Angenehme Leute und eine gute Partie. Da ging es um einen überfälligen Frachtsegler, an dem die

Bators und das Haus van Keupen Parten haben. Besitzanteile», erklärte er, was überflüssig war, als Weddemeister einer großen Hafenstadt wusste Wagner, was Parten waren. «Einmal war die Köchin mit einer Frage zum Abendessen kurz hier, aber die gehört ja zum Haus. Der Zuckermakler Frederking hielt sich nur im vorderen Kontorraum auf. Das sind alle. Nein, da war noch jemand. Ein wenig später kam eine junge Frau von der Kunstblumenmanufaktur am Baumwall. Eine einfache, etwas strenge Person, recht hübsch mit ihrem schweren blonden Haar und der hellen Haut. Der Diener hatte ihr die Ware natürlich in der Diele abnehmen wollen, doch sie bestand darauf, ihre Schachtel Madam persönlich abzuliefern. So sei ihr Auftrag, sagte sie.»

Das Mädchen sei energisch aufgetreten. Das habe Madam van Keupen wohl gefallen, sie habe keine Hasenfüße gemocht, jedenfalls habe sie das Mädchen hereinkommen lassen und die Lieferung selbst entgegengenommen.

«Sie musste ein paar Minuten warten, während Madam ein Schreiben zu Ende korrigierte, da stand sie tatsächlich nahe beim Fenster. Das habe ich vom vorderen Kontor durch die Glasscheibe gesehen, aber ich halte es für unwahrscheinlich, dass sie sich die Zeit damit vertrieben hat, das Fenster zu inspizieren.»

Wagner überhörte die Spitze. «Lieferung, aha», wiederholte er, während er die Informationen mit einem kratzenden Bleistiftstummel auf kleine Zettel kritzelte, «Kunstblumenmanufaktur.»

«Glaubt Ihr, Ihr könnt das in einer Stunde noch entziffern?», fragte Bergstedt.

«Ja», antwortete Wagner knapp, und Bergstedt sagte: «Akulina, das Mädchen heißt Akulina. Als ich den Raum verließ, um etwas mit dem älteren Lehrjungen zu besprechen, habe ich gehört, wie Madam sie so genannt hat. Ein hübscher und ungewöhnlicher Name, deshalb habe ich ihn mir gemerkt. Ich glaube, sie hat nicht nur Seidenblumen gebracht, sondern auch einen Fächer. Aber da kann ich mich irren, ich habe ihn danach nicht gesehen. Vielleicht hat sie ihn nur angeboten. Ich war beschäftigt und habe nicht genau hingesehen. Es war eine Privatangelegenheit.»

«Hm», brummte Wagner und kritzelte weiter. Sie würde leicht zu finden sein. Er fand es erstaunlich, dass Madam van Keupen den Namen einer Manufakturbotin gekannt hatte. Vielleicht war sie eine Verwandte eines ihrer Dienstboten oder Speicherarbeiter. Dann war es leicht möglich.

Wagner stopfte den Bleistift und seine Zettel in die Rocktasche und verabschiedete sich. Es wurde Zeit, alles, was er gehört hatte, zu sortieren und zu bedenken. Die Zettel würde er dazu kaum brauchen, was er einmal gekritzelt hatte, vergaß er nicht so schnell. Sie waren nichts als die doppelte Sicherung eines Mannes, der seine Arbeit ernst nahm und dem eigenen Kopf nicht allzu viel zutraute.

Als Wagner wieder auf der Straße stand, sah er an der steinernen Fassade hoch. Ein stolzes Gebäude. Erst jetzt fiel ihm ein, dass er zu wenig nach Mademoiselle Juliane gefragt hatte. Er wusste um ihre Stellung im Haus und wo sie zur Zeit des Mordes gewesen war, doch nichts über ihr Verhältnis zu ihrer Schwägerin. Das musste er nachholen. Nach dem, was er in den letzten Stunden erfahren hatte, bedeutete das Leben hinter dieser Fassade die reinste Idylle. Eine allzu reine Idylle. Abgesehen von dem, was in den letzten Tagen und Nächten geschehen war.

Wagners Magen meldete sich mit vernehmlichem Knurren zurück. Er starrte für einen Moment auf die weit geöffnete Tür des van Keupen'schen Speichers auf der anderen Straßenseite, das Quietschen der Seilwinde von der Rückseite des Gebäudes am Fleet war bis hierher zu hören, Männer riefen denen in den Waren anliefernden und abholenden Schuten etwas zu, eisenbeschlagene Schubkarrenräder ratterten über die alten Dielen der Böden – die Herrin war tot, der van Keupen'sche Handel ging weiter.

Er zuckte die Achseln, lief, ohne dem Gewimmel der Ewer der Vier- und Marschländer Gemüsebauern im Nikolaifleet einen Blick zu gönnen, über die Holzbrücke zum Burstah und quer durch die Altstadt, eilig, als zöge ihn der Duft eines gesottenen Herings wie an unsichtbaren Fäden zu seiner Wohnung am Plan. Es war höchste Zeit zu essen, Karla erwartete ihn längst.

KAPITEL 5

———◇———

DONNERSTAG, 29. OKTOBER, NACHMITTAGS

Rosina blickte zur Turmuhr hinauf und erkannte, dass sie viel zu früh aufgebrochen war. Bis zum Haus der Herrmanns' am Neuen Wandrahm brauchte sie noch fünf Minuten, bis zur verabredeten Zeit blieb eine halbe Stunde. Der Weg durch den Sankt-Katharinen-Kirchhof war belebt, als sie stehen blieb, prallte beinahe eine Wasserträgerin gegen sie. Die überschwappenden Eimer ausbalancierend schimpfte sie über nichtsnutzige Madams, die armen arbeitenden Leuten im Weg herumstehen, und schlurfte vor sich hinbrummelnd mit ihrer tropfenden Last weiter. Rosina schluckte eine passende Replik hinunter und versuchte die Rückseite ihres frischgebügelten Rockes zu inspizieren, gerade heute wollte sie makellos gekleidet sein. Es war schwierig, den Oberkörper im Schnürleib, dieser Rüstung aus Leinen und Fischbein, weit genug zu drehen. Pauline hatte energisch geschnürt. Damit stolziere sie ganz von selbst wie eine Dame, anstatt zu rennen wie ein Wiesel, hatte sie erklärt. Nur der hintere Saum des Manteaus war nass geworden, er würde schon rechtzeitig trocknen.

Die Kirchentür stand weit offen. Gestern, so hatte Pauline berichtet, habe es einen Ansturm auf die Kirche gegeben, die halbe Stadt, vom Bettler bis zum Senator, wollte den Ort sehen, an dem am Abend zuvor zwei tote Frauen gefunden worden waren. Natürlich nur, um ihrer in tiefem Mitgefühl zu gedenken. Als auch die Straßenhändler mit der Nase für gute Geschäfte in die Kirche drängten, hatte der Küster das Stadtmilitär zu Hilfe gerufen, um für Ordnung zu sorgen und wenigstens die Händler aus dem Gotteshaus und vom Kirchhof zu weisen. Das war auch bei den Besuchern auf Unmut gestoßen. Eine kleine Erfrischung oder eine Erinnerung vom Ort des Schreckens war doch sehr angenehm, besonders für einige Damen, die beim Anblick der Bank vor dem van Keupen'schen Epitaph nach dem Riechfläschchen greifen mussten, obwohl von dem Blut leider nichts mehr zu sehen war. Und schließlich gab es in vielen Kirchen Stände von Buchhändlern, die dort gewiss nicht nur religiöse Werke verkauften. In der Domkirche wurden sogar Jahrmärkte abgehalten, der größte zu Weihnachten, in dieser heiligen Zeit.

Der vom Küster zur Unterstützung gerufene Hauptpastor war hart geblieben. So war das Kommen und Gehen der Schaulustigen unter den strengen Blicken der Soldaten manierlich und ohne Geschrei verlaufen. Und nüchtern.

Auch jetzt wurde in der Kirche noch flaniert und geschwatzt, doch der Ansturm war vorbei. Soldaten wurden ebenso wenig gebraucht wie Riechfläschchen.

Aus einer Gruppe vornehm gekleideter Damen und Herren nahe dem van Keupen'schen Epitaph hörte Rosina eine helle Stimme. «Jahaa, ich kannte die Dame gut. Sie war eine große Wohltäterin, und hier hat sie gelegen, in ihrem Blut, das Gebet noch auf den Lippen, gemeuchelt von einem Satan in Menschengestalt. Nee, Musjöh, das weiß man noch nicht, es ist auch nicht sicher, ob sie den überhaupt finden. Der schleicht jetzt durch die Stadt, es ist besser, wenn Ihr im Dunkeln gut aufpasst. Besonders auf die Madams, ja, und die Mademoisellen. Zwei sind schon hin, und ob ihm das genug ist, weiß keiner. Besser, Ihr mietet abends immer einen Laternenträger. Aber im letzten Jahr ist sogar einer mit 'ner Laterne überfallen worden, auf dem

Armenfriedhof war das, bei Sankt Gertrud. Ist nur 'n paar Schritte von hier, ich führ Euch gerne hin.»

Während eine tiefere, nämlich erwachsene Stimme die gruselige Essenz der Worte hastig flüsternd ins Italienische übersetzte, eine Dame in kirschroter Seide mit einem bedrohlich auf ihrer hochaufgetürmten Frisur schwankenden Federhut tief aufseufzte und ein Spitzentüchlein auf die Lippen drückte, fuhr die Kinderstimme munter fort: «Ja, wie ich gesagt hab, die eine war 'ne vornehme Bürgerin, reich und fromm und alles. Die andere, na, man weiß es nicht so genau, aber sie war wohl so was, was ich hier vor den Damen nicht sage. Eine von den Gewissen in gewissen Häusern.»

Eine Männerstimme lachte meckernd auf und verstummte ebenso plötzlich nach einem unsanften Rippenstoß.

«Genau, Musjöh, von da oben», ging es weiter, alle Köpfe wandten sich der Orgelempore zu, «von da ist der Klotz runtergefallen, schwere Eiche, ja, zerschmettert alles kurz und klein, so 'n Ding. Das war 'ne enorm blutige Angelegenheit. Einer, der's wissen muss, hat mir gesagt, das war 'n Klotz vom unteren Mastteil von Störtebekers Schiff. Genau, von dem geköpften Pirat. Klar ist der schon lange tot, aber Eiche hält sich, das weiß doch jeder.»

Die Sache mit dem Mast von Störtebekers Schiff schien bei den Zuhörern endlich Zweifel am Wissen ihres Führers aufkommen zu lassen. Die Dame mit dem Hut wandte sich ab und zog ihren Begleiter mit zum Portal. Ein anderer, der die Räuberpistole ins Italienische übersetzt hatte, suchte in seiner Rocktasche nach Münzen. Als auch der Rest der Gesellschaft dem Ausgang zustrebte, wurde der Blick auf einen Knirps mit geschorenem rostfarbenem Haar und überaus dünnen Beinen frei. Den Kopf tief über seine offene Hand gebeugt zählte er, die Zungenspitze zwischen den Lippen, seinen Lohn.

Leider wurde er von einer anderen Hand unterbrochen, die ihn fest am Kragen packte. Blitzschnell schlossen sich seine dünnen Finger um die Münzen.

«Tobias Rapp», sagte Rosina streng, «was machst du hier? Warum bist du nicht im Unterricht?»

Tobias' Miene wurde jämmerlich. «Ach, Madam Vinstedt, einer muss den Fremden sagen, was passiert ist. Sonst macht's doch keiner.»

«Und da opferst du dich. Soll ich dich etwa loben? Und was ist mit dem Unterricht? Fällt der heute aus?»

Tobias fand, Madam Vinstedts Stimme klang schon nicht mehr ganz so erschreckend, und wagte zu grinsen. «Ich könnte jetzt ja lügen», erklärte er, «tu ich aber nicht. Heute war's schon am Vormittag so langweilig, da dachte ich, ich geb mir mal ein Stündchen frei. Und wie ich zufällig hier vorbeikam, da haben die Leute gefragt, ob ich was wüsste von der Untat. Da konnte ich doch nicht ...»

«Du wolltest doch nicht lügen.»

«Nein, Madam.» Tobias seufzte tief und senkte brav den Kopf. «Wollte ich nicht, aber manchmal ist das schwer. Also, na ja, da hab ich die Leute gesehen und gesagt, ich könnte ihnen erzählen, was passiert ist.»

«Und woher hast du den Unsinn mit Störtebeker?»

Nun rötete sich die blasse Haut um die ohnedies rote Nase. «Na, wo der doch Pirat war und die Kirche so am Hafen steht, da dachte ich ...»

Eine weitere Erklärung hielt er für überflüssig, womit er völlig recht hatte.

«Wie bist du überhaupt am Waisenhauspförtner vorbeigekommen? Ich kann mir nicht vorstellen, dass der eines von euch Kindern zur Unterrichtszeit vorbeilässt.»

«Macht der nicht, auf keinen Fall, aber, na ja, da gibt's andere Wege nach draußen. Fenster zum Beispiel. Wenn Ihr wollt, also, wenn Ihr unbedingt wollt, tu ich das Geld in den Gotteskasten. Zur Buße.»

«Nach dem Fenster werde ich lieber nicht weiter fragen, das will ich gar nicht wissen. Und Buße, du kleiner Heuchler, führt nur zur Vergebung, wenn sie ehrlich ist. Nein, die Münzen hast du dir verdient, wenn auch nicht ganz redlich. Deine Phantasie ist so erstaunlich wie dein Reichtum an Worten, der Unterricht im Waisenhaus kann nicht schlecht sein. Aber du musst mit diesem Unsinn aufhören, Tobias, der Tod ist keine Komödie. Du gehst sofort ins Waisenhaus zurück, der Nachmittagsunterricht ist bestimmt noch nicht zu Ende.»

Tobias' Kinn, gerade hoffnungsvoll gehoben, sackte wieder auf seine Brust. «Da wird der Lehrer aber schimpfen», sagte er und dachte an den Rohrstock, der stets warnend auf dem Pult lag.

«Richtig. Du hast geschwänzt, nun musst du es ausbaden. Ob er heute schimpft oder morgen, macht wenig Unterschied. Und nun lauf, Tobi, ich will dich hier nicht mehr sehen.»

Er nickte ergeben, ließ die Münzen in der Tasche verschwinden, die kein Loch hatte, und wandte sich zum Gehen. Dann drehte er sich noch einmal zu ihr um.

«Habt Ihr schon gefragt?», seine Stimme klang dünn, «ich meine, wart Ihr schon bei dem alten Zacher? Ihr wisst schon warum.»

«Ja, Tobi, ich war da.» Sie strubbelte ihm freundlich durchs Haar. «Es kann noch ein paar Tage dauern, bis es entschieden ist. Ich bin aber ziemlich sicher, dass du bald zu uns in die Mattentwiete kommen kannst. Wir haben nämlich Verbündete.»

Ein Strahlen ging über Tobis Gesicht, ein solches Strahlen, dass Rosinas Herz weich wurde wie Butter in der Sonne. Sie sah dem vergnügt davonhüpfenden Jungen nach, fühlte ein Lächeln und überlegte, ob er sich ohne all die anderen Kinder einsam fühlen würde. Und ob es klug war, sich dieses Früchtchen ins Haus zu holen. Was war schon klug? Sie hatte selbst so viel Glück gehabt, es war an der Zeit, ein wenig davon weiterzugeben.

Ein paar Minuten blieben ihr noch, bis sie sich wieder auf den Weg machen musste. Sie schritt den Mittelgang hinunter, setzte sich in eine Bank und sah sich um. Es hieß, die Kirche sei vor der großen Reform des Dr. Luther mit achtzehn Nebenaltären und den damals in großer Zahl existierenden Heiligenfiguren und -bildern viel prächtiger gewesen, doch mit den verbliebenen großen Gemälden an den Wänden, der prächtigen marmornen Kanzel und dem Taufstein aus gleichem Material war sie immer noch reich geschmückt. Die große, nur noch undeutlich erkennbare Wandmalerei, die unter der Südempore Christophorus zeigte, ließ ahnen, welch reichen Bilderbogen die Kirche einst ihren Gläubigen geboten hatte.

Die Brüstung der Empore schmückten jüngere Darstellungen, zumeist aus dem Neuen Testament, darunter eine lange Reihe von Wappen Hamburger Bürger, die der nördlichen Empore aus dem Alten Testament, von Aposteln und Evangelisten. In das Gewölbe waren in einst gewiss leuchtenden, nun schon verblassten Ölfarben biblische Szenen gemalt, über dem Lettner eine Szene um die Geburt Christi in natürlicher Größe. Den Altar mit seinen Engelfiguren und dem Kruzifix und den beiden Reliefs von Alabaster sah sie von ihrem Platz kaum, er war hinter dem Lettner verborgen.

Und dann waren da noch die zahlreichen Epitaphien, zumeist an den Säulen, kunstvolle Gedenktafeln Hamburger Familien, Stifter und Ämter, von denen einer, wenn er denn sprechen könnte, Zeugnis vom Tod Sibylla van Keupens geben könnte.

Rosina lehnte sich zurück, sie wollte lieber das heiterste, gleichwohl bescheidenste Kunstwerk betrachten: die Sterne an der Decke des himmelhohen Kreuzrippengewölbes. Neben der Pracht der Gemälde waren sie unscheinbar. Doch auch wenn ihre Vergoldung wie die blaue Farbe auf den Gewölberippen dringend der Erneuerung bedurfte, mochte Rosina sie besonders, vor allem wenn ihr die Stadt zu eng wurde.

An dem Epitaph der Säule rechts nahe dem Lettner, weit weg von dem der van Keupens, löste sich gerade eine kleine Gruppe von Menschen auf und gab den Blick auf ein einem Podest gleichendes Gerüst und einen Tisch von derben Balken und Brettern frei. Endlich auch auf zwei Männer, von denen der ältere eine große graue Schürze mit Flecken und Streifen von überwiegend weißer Farbe trug. Beide hatten die Ärmel ihrer groben Hemden hochgebunden. Rosina fiel ein, Pauline hatte erwähnt, wie kurios es sei, dass die Madam just unter dem Epitaph ihr letztes Stündlein erlebt habe, wo sie doch gerade den Stuckator hatte kommen lassen, um die Gedenktafel der Familie und andere Schäden am Stuckmarmor in Sankt Katharinen auszubessern.

‹Der arme Mann›, hatte Pauline geseufzt, ‹kommt von so weit her, ganz von Kopenhagen!, und dann ist die Dame, die ihn dafür bezahlen soll, tot.›

Ob Mademoiselle Juliane das nun tun werde? Die sei ja bekannt für ihre Kniepigkeit. Und das, wo sie in einem so reichen Haus lebe. Echte Vornehmheit beweise sich nicht in Damastmundtüchern und französischem Geschwätz, sondern in Großherzigkeit. Pauline kannte ihre Welt.

Der Ältere, zweifellos der Stuckatormeister, sah den davonschlendernden Damen und Herren nach, nicht unfreundlich, nur müde.

«Soll ich jetzt das Wasser für den Gips holen?», hörte Rosina den Jüngeren fragen, den Gehilfen.

Der andere schüttelte den Kopf. «Noch nicht, Henrik, noch lange nicht. Die schadhaften Stellen sind noch nicht gründlich genug gelöst und sauber ausgekratzt, ohne das können wir noch so schönen Stuckmarmorteig kneten und einpassen – er wird nur wieder abfallen. Sieh her.»

Er war ein geduldiger Mann und sein Gehilfe – längst im Alter eines erfahrenen Gesellen – ohne die einfachsten Kenntnisse des Metiers. Rosina hatte nur ein wenig Zeit vertrödeln wollen, jetzt war sie neugierig.

Der Meister nahm einen stumpfen Stichel und eine gedrungene kurze Holzstange vom Tisch, stieg wieder auf das Podest und sah auffordernd auf seinen Gehilfen hinunter. Doch der folgte ihm nicht. Der junge Mann, den er Henrik genannt hatte, schützte mit der Rechten die Augen gegen einen Lichtstrahl, der durch das hohe Fenster hinter der südlichen Empore hereinfiel, und blinzelte in den Dämmer darunter. Der Meister folgte seinem Blick und stieg vom Podest, während Henrik sich vor jemandem, den Rosina nicht sehen konnte, tief verbeugte, auf eine Weise, die sie von der Bühne kannte. Oder von der Gesellschaft in dem kleinen Herzogtum, in dem sie mit der Becker'schen Gesellschaft einmal gastiert hatte.

War sie eben neugierig gewesen? Jetzt war sie *sehr* neugierig. Wen begrüßte er so? Derart ehrerbietige Verbeugungen waren in dieser Stadt außerhalb der Gesandtschaften der von gekrönten Häuptern regierten Länder selten. Und verstand sich ein Handwerksgeselle auf eine so elegante Bewegung wie dieser junge Mann im groben Hemd?

Ein hochgewachsener Mann trat halb hinter der Säule hervor. Magnus, durchfuhr es Rosina, das ist Magnus. Es war nicht Magnus, natürlich nicht, auch wenn sie das Gesicht nur vage erkennen konnte. Er wäre auch zuerst zu ihr gekommen. Und was sollte er mit einem Stuckator zu besprechen haben, dazu einem fremden? Dieser Mann hatte nur eine ähnliche Gestalt. Sein seidengefütterter Mantelumhang aus geschmeidig fallendem schwarzem Wollstoff war über die rechte Schulter zurückgeschlagen, auch der darunter sichtbare, mit Silberlitzen gefasste Rock und die Weste waren schwarz, der Dreispitz klemmte unter seinem Arm.

Rosina reckte den Hals und lauschte angestrengt. Sie hörte die Stimmen der Männer, und obwohl sie den Stuckator gerade noch klar verstanden hatte, verstand sie jetzt nur Gemurmel. Sprachen Männer, die sich über einen Auftrag oder das Verfahren eines Handwerks unterhielten, so gedämpft? Standen sie dann so nah beieinander?

Plötzlich hörte sie etwas ganz anderes: Die Glocke schlug die vierte Stunde. Sie war viel zu früh gewesen, nun würde sie zu spät kommen. Hastig stand sie auf, die Bank knarrte, und der neue Besucher wandte sich suchend um. Nun sah sie sein Profil, schmal und streng, ganz anders als Magnus'. Sie kannte es nicht, doch irgendetwas darin war vertraut.

Noch als sie durch das Portal hastete, glaubte sie seinen Blick im Rücken zu spüren. Das war das schlechte Gewissen, sie hatte gelauscht, und das tat eine Madam Vinstedt nicht. So wenig wie mit gerafften Röcken zwischen den Menschen hindurchzuhasten und über Pfützen und Unrat zu hüpfen.

Auf der Jungfernbrücke hörte sie ihren Namen rufen. «Mademoiselle Rosina», rief eine tiefe Frauenstimme, «Mademoiselle Rosina.»

Diesmal störte ihr plötzliches Stehenbleiben niemand. Eine Kutsche hielt neben ihr, eine gutgefederte Halb-Berline mit dem Familienzeichen Senator van Wittens auf dem Schlag. Die Senatorin beugte sich aus dem Fenster, sie lächelte breit über ihr ganzes rosiges Gesicht.

«Ich meine natürlich Madam Vinstedt. Verzeiht, mein Kind, in meinen Jahren tut man sich schwer mit Veränderungen. Ich bin sicher, Ihr seid wie ich zu Augustas Kaffeekränzchen unterwegs. Ich hoffe, Ihr werdet auch bald wieder für uns singen. Steigt ein.» Ohne auf eine Antwort oder gar das Absteigen des Kutschers zu warten, öffnete sie selbst den Schlag und klopfte neben sich auf die Bank. «Ich kann dieses neue Spielzeug meines lieben Senators nur mit einer Leiter besteigen», erklärte sie vergnügt, «Ihr schafft es sicher auch so.»

Es blieben nur noch wenige Schritte bis zum Haus der Herrmanns', ein Katzensprung für Rosina. Für die, nun ja, beleibte Madam van Witten in ihrer üppigen Flut von Röcken aus schwerer nachtblauer Seide eine mühsame Strecke. Rosina beugte sich über die Hand der Senatorin, wie sie es als Kind zur Begrüßung vornehmer Älterer gelernt hatte, und ließ sich wohlig aufseufzend auf das Polster sinken.

«Danke», sagte sie, noch ein wenig atemlos, «ich fürchtete schon, zu spät zu kommen.»

«Das werden wir, meine Liebe, das werden wir. Doch was zählt ein Viertelstündchen in der Unendlichkeit. Ihr hättet wirklich nicht so zu rennen brauchen. Das verdirbt nur die Frisur.»

Sie lachte glucksend, klopfte mit dem größten ihrer schweren Ringe an die Kutschenwand, und die Pferde zogen an.

‹Und was›, dachte Rosina erleichtert, ‹zählt ein Viertelstündchen, wenn ich mich Annes und Madam Augustas untadeligen Freundinnen als Begleiterin einer der ersten Damen der Stadt präsentiere.›

*

Baumeister Sonnin zog seinen Rock aus und ließ ihn vor dem vollgestopften Bücherschrank achtlos auf den Boden fallen. Es war warm in seiner Werkstatt, die Witib Engel Reinke, die ihm mit ihrer Nichte den kleinen Haushalt führte, sorgte stets, er könne sich erkälten, und hatte schon geheizt. Er hielt das für Verschwendung, doch in dieser Angelegenheit blieb sie widerspenstig. Seine Wohnung am Kleinen Michaeliskirchhof war während der Errichtung der Kirche seine Baustube gewesen, seit einigen Jahren war sie auch seine Wohnung. Nur manchmal, wenn die Sommertage besonders heiß waren und der Gestank in der Stadt unerträglich wurde, sehnte er sich nach seinem früheren Domizil zurück, der stillen alten Hinterhauswohnung mit dem idyllischen Gärtchen am Alstertor.

Er schob die Rollen mit den Aufrissen für das neue Waisenhaus zur Seite und breitete Berichte, Rechnungen und Zeichnungen für die neue Art von Feuerlöschschläuchen auf seinem Arbeitstisch aus. Deren Erprobung auf dem Kalkhof lag gut zwei Jahre zurück, sie hatten sich fabelhaft bewährt. Der Wasserstrahl erreichte eine Höhe von etwa achtzig Fuß, und der neuartige Leinenschlauch ohne Naht verlor kaum Wasser. Bei den bisher gebräuchlichen, zumeist aus Leder, andere aus Hanf, schwamm mehr des kostbaren Löschwassers auf der Straße, als das Feuer erreichte. Der Webmeister hatte von der *Patriotischen Gesellschaft*, die unermüdlich Neuheiten förderte und das Unternehmen veranlasst hatte, eine Ehrenmedaille bekommen.

Wenn nun die entscheidenden Herren der Stadt dazu noch den Bau der neukonstruierten Feuerspritze genehmigten, mochte das nächste Feuer kommen. Nicht so eine große Maschine, wie sie die Göttinger gebaut hatten, die kam in den engen Straßen kaum voran und brauchte zu ihrer Bedienung sechzehn Männer. Was für ein Gewimmel! Eine über die Maßen dichtbebaute und von Fleeten durchzogene Stadt wie Hamburg oder auch Amsterdam erforderte starke, doch kleinere Spritzen, die nur sechs oder acht Männer bedienten. Etliche müssten über die ganze Stadt verteilt und in ständiger Bereitschaft sein, damit Männer und Spritze schnell genug zur Stelle waren.

Sonnin schob auch diese Bögen zur Seite. Sie boten nichts, was seinen unruhigen Geist heute ablenken konnte. Sie brachten ihn nur auf dumme Ideen, zum Beispiel, dass mal wieder ein richtig großes Feuer nötig war, nicht so ein Gekokel wie im Keupen'schen Kontor. Dann würden die Herren Spritzenmeister, die sich gegen alles wehrten, was neu und nicht ihren eigenen Köpfen entsprungen war, endlich aufhören, den Bau neuer Spritzen zu verweigern. Vielleicht.

Er nahm einen frischen Bogen aus einem der Wandfächer, zog den Stopfen aus dem Tintenglas und griff nach dem feinen Messer, um die Feder nachzuschneiden. Spritzenmeister Biber, einer, der keine Scheuklappen trug, hatte einen ganz brauchbaren Entwurf geliefert: eine Wasserleitung aus Kupfer für den Katharinenturm. Wenn es dort, wohin kein Schlauch reichte, nach einem Blitzschlag brannte, konnte mehr und schneller Wasser oben sein als mit Eimern, zumindest im Oktogon. Als in Sankt Michaelis anno 1750 der Blitz einschlug und die Kirche bis auf ein paar bröckelnde Mauern niederbrannte, hatten die Löschmannschaften nichts ausrichten können, mit so einer Kupferleitung wäre es vielleicht anders gewesen. Andererseits hätte er dann auch nicht die Kirche neu bauen können, was wiederum für ihn bedauerlich gewesen wäre. Wenn sie ihn nun endlich auch den Turm bauen ließen ...

Sonnin rief seine Gedanken zur Ordnung und versuchte, sich auf die Kupferrohre zu konzentrieren. Er hielt die Feder immer noch in der Hand, zuerst rechnete er gern im Kopf. Bibers Idee war brauchbar, sogar gut, allerdings stand zu befürchten, dass das Wasser auch durch die Kupferleitung viel zu lange brauchte, bis es oben ankam. Was man benötigte, waren stärkere Pumpen, und die gab es nicht. Vielleicht bot die neue Erfindung dieses Engländers, dessen Namen er immer vergaß, diese Dampfmaschine, eine Möglichkeit, das Wasser aus den Spritzen schneller, höher, stärker und in größeren Mengen hervorschießen zu lassen. Darüber musste er unbedingt nachdenken, es klang vielversprechend. Andererseits war so eine Maschine sicher sehr groß, und ein Ofen und Dampfkessel standen stets in Gefahr zu explodieren. So ein Ding ausgerechnet zu einem großen Brand mitzubringen, war ein Risiko. Also zurück zu dem Kupferrohr für den Kirchturm. Es versprach keine ideale Lösung des Problems, trotzdem – ein Versuch lohnte sich immer.

Nun war er doch mit seinen Gedanken dort gelandet, wovon er sich hatte ablenken wollen, bei Sankt Katharinen.

Missmutig warf er die Feder auf den Tisch und starrte gegen die Wand. Sibylla van Keupens Tod erschien ihm immer noch unwirklich. Er fühlte mehr Zorn als Trauer, nicht nur, weil er nun mit einer Verzögerung der Turmbegradigung rechnen musste, zumindest bis nach Sibyllas Beerdigung, schlimmstenfalls bis die finanzielle Lücke wieder geschlossen war. Er bezweifelte, dass Mademoiselle Juliane oder Bergstedt die Befugnis hatten, eine solche Spende aus dem Vermögen der Familie freizugeben. Bis die Zustimmung der Erbinnen kam, konnte es dauern. Wenn sie die überhaupt gaben. Das alles war ärgerlich, auch war der Lohn, den er für seine Arbeit bekommen sollte, schon so gut wie ausgegeben. Leider nicht für neue Bücher, sondern zur Tilgung seines immer noch drückenden Schuldenbergs.

Ärgerlich, ja. Was ihn jedoch wirklich zornig machte, war Sibyllas Tod. Die Stärke des Gefühls überraschte ihn. Er hatte sie besser gekannt, als die meisten wussten. Für ihn war sie trotz ihres reifen Alters eine noch junge Frau gewesen, von strenger Schönheit und scharfem Verstand. Sie hatte um die Möglichkeiten des Baugewerbes gewusst und sie im Verein mit einem geschickten Baumeister nutzen wollen. Auch das wusste niemand. Er hatte lange gebraucht, bis er begriff, was sie ihm, einem schon alten Mann ohne Vermögen, versuchte anzubieten. Es erstaunte ihn immer noch. Er war sein Leben lang den Frauen aus dem Weg gegangen. Ihre Nähe hatte ihn stets beunruhigt, sobald sie über freundschaftliche Begegnungen in Gesellschaften hinauszugehen drohte.

Gleichwohl hatte ihm Sibyllas Interesse geschmeichelt, doch ihr ziemlich direktes Angebot hatte ihn geängstigt. Wenn er jünger gewesen wäre, vielleicht wäre er dann auch mutiger gewesen. Aber sein Leben war – bei allen Beschränkungen – wohl geordnet. Seine Leidenschaften gehörten seiner Arbeit und den technischen und baulichen Verbesserungen zum Wohl der Menschen in der Stadt, mit umso größerer Ausschließlichkeit, je älter er wurde. Für anderes war kein Raum mehr, so hatte er es eingerichtet, und so war er es zufrieden.

Er hatte sich von heute auf morgen in sein Schneckenhaus zurückgezogen, sie hatte ihm nie verziehen und sich auf subtile Art gerächt. Sie war eine stolze Frau gewesen.

Danach waren sie einander selten begegnet. Trotz gemeinsamer Bekannter lebten sie in verschiedenen Welten. Dass sie nun tot war, auf so schreckliche Weise gestorben und einfach aus dem Leben verschwunden, traf ihn tief. Er wusste nicht warum. Vielleicht, weil ein solcher Tod viel sinnloser war als ein natürlicher.

«Meister Sonnin?» Albert Thanning, sein Gehilfe und Schüler, stand in der Tür. «Darf ich stören?»

«Ich bin kein Meister. Wie oft soll ich dir das noch sagen?»

Thanning blickte betreten. Wie sonst sollte er den Baumeister anreden? Das war er nun mal, auch wenn er weder Gesellen- noch Meisterbrief besaß. Er hatte seine Kunst durch genaues Hinsehen, Denken und aus reichen Kenntnissen der Mechanik, Mathematik und anderer Wissenschaften erlernt. Überhaupt hatte er diese Anrede sonst nie verweigert, ganz im Gegenteil.

«Wenn ich störe ...», murmelte er und trat einen Schritt zurück.

«Bleib! Du störst nicht, Thanning. Ich bin heute trübseliger Stimmung, es ist nicht recht von mir, sie an dir auszulassen. Ich grübele», sagte er mit schiefem Lächeln, «das ist nie bekömmlich. Wie geht es unseren Sheldon'schen Maschinen?»

«Gut, sogar sehr gut. Sie sind morgen bereit. Die Zimmerleute arbeiten schnell und akkurat. Wir werden keine Probleme haben», erklärte Thanning eifrig. Er war selbst Zimmermanngeselle, war drei Jahre gewandert, und bis er eine Meisterstelle fand, am liebsten durch die Heirat mit einer Zimmermannswitwe, einer recht drallen jungen Meisterin, lernte er nun schon seit zwei Jahren bei dem von ihm tief verehrten Sonnin, was gewöhnliche Meister ihn nicht lehren konnten.

«Wenn wir die Sheldon'schen Maschinen morgen auf den Turm bringen, können wir übermorgen mit der Arbeit beginnen. Falls der Wind nicht dagegensteht.»

«Morgen? Übermorgen? Bist du dumm, oder hast du vergessen, was geschehen ist?»

«Nein, natürlich nicht», stotterte Thanning. Solchen Ton schlug der Meister selten an. «Ihr meint die Sache mit Madam van Keupen.»

«Diese ‹Sache›, ja. Bis sie in Ehren bestattet und ein paar Tage getrauert ist, geschieht gar nichts. Darf gar nichts geschehen. Und die Kosten – aber daran sollten wir jetzt nicht denken. Jetzt erwarte ich Empörung. Sei sicher, irgendjemand wird es uns in die Schuhe schieben, weil dieser fatale Klotz zu unserem Baumaterial gehört. Aber darum soll sich, verdammt nochmal, die Wedde kümmern.»

«Das ist schon geschehen. Der Weddemeister war in der Werkstatt und hat gefragt, wer von den Klötzen auf der Orgelempore wusste. Timmermann war sehr ungehalten. Noch mehr, als der Weddemeister fragte, wo alle, auch ich, gewesen seien, als Madam van Keupen starb. Als er hörte, dass wir alle noch in der Werkstatt waren, tatsächlich alle, weil die Arbeit eilte, ging er wieder.»

«Das musste er prüfen», sagte Sonnin, «er darf da nichts vernachlässigen. Ich werde dich jetzt nicht fragen, wer von den Kerlen zu faul oder vergesslich war und die Eichenstücke auf der Empore gelassen hat, anstatt sie ins Oktogon zu hieven. Ich weiß nicht einmal, was sie dort sollten. Oben brauchen wir fertiggesägte Stücke von Brettern. Warum guckst du wie ein Schaf, Thanning?»

Thanning räusperte sich dünn und fuhr mit dem Finger in seine Halsbinde, als sei sie plötzlich zu eng. «Ich weiß nicht, es kann sein, dass es meine Schuld ist. Ich denke, alle Männer haben die Klötze dort gesehen, aber ich hatte die Aufsicht, und ich habe sie übersehen. Ich habe zum Schluss versäumt, alles zu prüfen. Ich habe keine Ahnung, wie sie dort überhaupt hingekommen sind. Das war ein Fehler.» Er sank auf einen Schemel, lockerte endlich seine Halsbinde und wischte sich mit dem Handrücken den Schweiß von der Stirn. «Und Madam van Keupen», sagte er mit zitternder Stimme. «Alle denken, sie war ein guter Mensch. Aber es stimmt nicht. Überhaupt nicht.»

Sonnin sah ihn aufmerksam an und fand, jetzt sei nicht der Moment für die scharfe Antwort, die ihm auf der Zunge lag. Er hatte Sibylla länger und besser gekannt als sein Schüler, ob sie ein ‹guter Mensch› gewesen war, wollte er nicht entscheiden, so etwas war allzu leicht dahergesagt. Trotzdem konnte er sich niemanden vorstellen, der ihr das mit zitternder Stimme absprechen würde.

«Ich denke, du redest Unsinn», sagte er, «das tust du selten, deshalb wüsste ich gerne, warum. Begreife doch, Junge», fuhr er auf Thannings Schweigen heftiger fort, «jemand hat sie getötet. Wenn du etwas weißt, oder jemand, der einen Grund gehabt haben könnte, darfst du das nicht für dich behalten.»

Thanning nickte und begann unruhig in der engen Stube umherzugehen, die Fäuste tief in die Rocktaschen gebohrt.

«Ja», sagte er endlich, seine Stimme war nun wieder fest, «ich weiß. Ich hatte nur Angst, man könnte mich verdächtigen. Dazu gibt es keinen Anlass, wirklich keinen. Ich will Euch sagen, warum ich sie nicht mochte. Ich hätte es Euch längst sagen sollen. Dann könnt Ihr entscheiden, ob es die Wedde wissen muss.»

Sibylla van Keupen, erfuhr der verblüffte Sonnin, hatte Thanning wenige Wochen nach dem Beginn seiner Gehilfenzeit angesprochen. Ihre Kutsche hatte in der Nähe des Schaarmarktes neben ihm gehalten, und sie hatte ihn aufgefordert, einzusteigen. Er war viel zu erstaunt gewesen, um abzulehnen. Er hatte gewusst, wer sie war, aber dass sie ihn kannte, einen unbedeutenden Gesellen? Es war ein trüber Novemberabend gewesen, die Straßen schon leer, und sicher hatte es niemand beobachtet. Sie lobte ihn für seine gute Arbeit; Meister Timmermann, bei dem er seine Lehrjahre absolviert hatte, spreche das Beste von ihm. Dann fragte sie nach Sonnin, ob er ein guter Lehrer, ob er wohlauf sei? Solche Dinge. Dann kam sie zum Anlass dieser seltsamen Begegnung.

«Die feine Madam wollte, ich solle ihr von Zeit zu Zeit berichten, an welchen Aufträgen Ihr arbeitet, um welche Ihr Euch bewerbt und was für Honorare und Kosten Ihr veranschlagt. Auch ob Ihr neue Verfahren in der Mechanik und für das Bauen allgemein entwickelt und welcher Art. Ich sollte ihr Kundschafter werden, ihr Spion. Und während der ganzen Zeit hat sie ihre Hand auf meinem Arm gehalten und gelächelt, als trage sie mir an, ihr künftig Gedichte vorzulesen. Sie war nicht redlich, Meister. Sie war kein guter Mensch.»

Seine Stimme war immer heftiger geworden, die letzten Worte klangen nach dem Zischen eines in die Falle gegangenen Reptils.

Sonnin erhob sich und stieß die Fensterflügel auf. Er brauchte frische Luft und wollte Thanning nicht erkennen lassen, wie tief ihn Sibyllas Vertrauensbruch traf. Obwohl es ihn nicht überraschte. Sie hatte sich beleidigt gefühlt und ihm dafür schaden wollen. So waren die Frauen, erst recht die einflussreichen. Der junge Protegé, den sie nach ihrem Zerwürfnis für alle Bauten unermüdlich angepriesen hatte, hatte offenbar zu wenig eigene Ideen und Fertigkeiten.

«Das war in der Tat unredlich, mein Freund. Bei Licht besehen, oder bei dieser guten frischen Oktoberluft, jedoch nichts Neues. Wenn du selbst Meister bist, wirst du schnell merken, wie gewöhnlich es ist, auch wenn es niemand zugibt. Alle sind so fromm und ehrbar. Und spähen doch gerne Konkurrenten aus. Was hat sie dir dafür geboten? Sie wird kaum an deine christliche Nächstenliebe appelliert haben.»

Thanning zuckte die Achseln. «Natürlich habe ich mich gleich geweigert und nicht gefragt.»

«Und sie hat so schnell aufgegeben? Das war gegen ihre Art.»

Thanning ließ seine Finger über das obere Brett des Regals neben der Tür gleiten, wischte den Staub flüchtig an seinem Rock ab und schob ein über die Kante stehendes Buch zurück. «Das mag sein, aber so war es.»

Sonnin lehnte sich gegen das Fensterbrett und verschränkte die Arme vor der Brust. Vielleicht war Sibylla doch weniger hartnäckig gewesen, als er gedacht hatte. Und womöglich nicht so frei von Skrupeln, wie es jetzt schien. Und vielleicht war die ehrbare Kauffrau mehr krumme Wege gegangen, als alle dachten.

«Gut, Thanning, wenn das alles war, wollen wir es vorerst für uns behalten. Falls es sich als wichtig erweist, können wir es dem Weddemeister immer noch erzählen. Der wird nach jedem Strohhalm greifen, aber Sibyllas Angebot macht dich nicht zum Verdächtigen, besonders, da du es abgelehnt hast. Dann schon eher mich, was ebenso absurd ist. Hoffentlich bereust du deine Weigerung später nicht», versuchte er seinen immer noch angespannten Schüler aufzuheitern. «Womöglich wollte sie dir als Lohn eine Meisterstelle verschaffen.»

Thannings Lächeln sah nicht froh aus.

Als Sonnin wieder allein war, versuchte er erneut, sich mit der Leistung des Kupferrohrs für den Katharinenturm zu beschäftigen. Doch ständig drängte sich der Klang von Thannings Stimme in seine Gedanken, das zornige Gesicht. Thanning war redlich, er kannte die Arbeitswelt, er hatte bei seiner Gesellenwanderung durch viele Gegenden viel erlebt, ein solches Angebot mochte ihn erzürnen, aber so aus der Fassung bringen? Noch nach fast zwei Jahren? Er war auch kein Choleriker, sondern ein friedlicher Mensch, der nur hin und wieder zur Heftigkeit neigte. Wie viele andere auch.

Je mehr Sonnin es bedachte, umso weniger konnte er glauben, dass Sibylla versäumt hatte, den jungen Mann mit einem konkreten Lohn zu locken. Sie musste gewusst haben, wie gering sein Einkommen war. Wenn er es noch gründlicher bedachte, fiel ihm auf, dass Matthias Krone, der von Sibylla geförderte junge Zimmermeister – nein, das wollte er nicht weiterdenken. Wenn Thanning versicherte, er habe ihr Angebot ausgeschlagen, gab es keinen Grund, daran zu zweifeln. Sonnin mochte den Jungen, er war talentiert und fleißig, und er hatte ihn gern um sich. Er konnte ihm nur weiter vertrauen. Sonst musste er ihn fortschicken.

Er schloss energisch das Fenster, griff nach seinem Rock und verließ seine Baustube. Für heute war genug Zeit mit überflüssiger Rechnerei vertan. Und mit Gegrübel. Er entschied sich für einen Besuch im *Bremer Schlüssel*. Dies war kein Tag für Buttermilch, dies war ein Tag für einen Krug schweren Roten aus Frankreich. Und für ein Schlückchen Branntwein. Unbedingt.

*

Madam Augusta und Anne Herrmanns warfen sich über den Tisch einen Blick zufriedenen Einverständnisses zu.

Außer ihnen saßen neun Damen um den Tisch im Speisezimmer im Herrmanns'schen Haus am Neuen Wandrahm. Elsbeth hatte das gute Fayence-Geschirr aufgedeckt – das ganz gute aus der neuen Berliner Porzellan-Manufaktur hätte wie Prahlerei gewirkt –, die Mundtücher aus feinem Leinen waren tadellos gebleicht, gebügelt und gefaltet, die Platten mit süßen Kuchen und Gebäck und die Schalen mit den Puddings und Soßen ließen einem das Wasser im Mund zusammenlaufen. Augusta dachte flüchtig an ihren Rosmarinbranntwein, dafür war die Stunde zu früh, vielleicht ergab sich später ein Anlass. Der Branntwein, aromatisch, süß wie ein Likör und förderlich in frohen wie trüben Lebenslagen, war ihre eigene Kreation. Anders als weitere Versuche, zum Beispiel mit diesen tückisch gärenden schwarzen Johannisbeeren, war er noch nie explodiert. Mamsell Elsbeth zeigte sich dennoch stets nervös, wenn die verehrte Tante ihres Herrn sich zu neuen Experimenten in die Küche verirrte.

Der üppige Strauß von blauen Sternastern, letzten, schon melancholisch anmutenden weißen Rosen und Zweigen mit glühend roten Hagebutten aus dem Garten an der äußeren Alster passte zum Muster des Geschirrs. Allerdings hatte die praktische Anne ihn auf eine der Fensterbänke gestellt, damit sich keine den Kopf verrenken musste, um ihr Gegenüber zu sehen. Auf dem kleinen Seitentisch standen die Kannen mit Kaffee und Tee, auf Schokolade hatten sie als fürsorgliche Gastgeberinnen verzichtet, die Leckereien auf den Kuchenplatten waren süß und schwer genug. Die zarte Madam Bocholt, die mit einem in diesen Dingen asketischen Gatten gesegnet war, verbarg tapfer ihre Enttäuschung.

Augusta fand es nur schade, dass Madam Schwarzbach sich mit der großen Trauer über das Schicksal ihrer Freundin Sibylla entschuldigt hatte. Tatsächlich hinderte sie eine

Prellung im Gesicht und ein blutunterlaufenes Auge, das Haus zu verlassen. Sie war gestolpert, und die Schrankecke in der Schlafkammer war im Weg gewesen, so hatte sie ihren Kindern und Dienstboten versichert. Aber das wussten die Damen um diesen Tisch so wenig, wie sie sie vermissten.

Auch Anne und Augusta bedauerten die Absage der Gattin des Kattunmanufakteurs nicht wirklich, es hatte sie einige Überwindung gekostet, sie überhaupt einzuladen. Madam Schwarzbach plapperte mit hoher Stimme ohne Unterlass, was überaus ermüdend war, besonders wegen ihrer bescheidenen Geistesgaben. Zudem dauerte es nie lange, bis sie ausführlich von dem tragischen Dahinscheiden ihres ersten Gatten zu erzählen begann. Der Zuckerbäcker Marbach war vor einigen Jahren erschlagen worden, passenderweise mit einer tönernen Zuckerhutform, so hatte es jedenfalls zunächst ausgesehen und sich in der *Chronique scandaleuse* der Stadt erhalten. Nur wenige hatte sein abruptes Ende mit Trauer erfüllt, und niemand, wirklich niemand, interessierte sich noch für das unappetitliche Ende dieses Mannes. Er war so großmäulig wie niederträchtig gewesen, was seine Witwe, die ihn trotz allem geliebt hatte, spätestens nach der Hochzeit mit Monsieur Schwarzbach vergessen hatte.

Schwarzbach, so hieß es, habe sich mit der Heirat weniger für eine zärtliche Gattin als vielmehr für die Verbindung mit einer der größten Zuckerbäckereien der Stadt entschieden. So etwas war nie umsonst. Madam Schwarzbach schien das nicht zu stören, sie zeigte sich stets selig lächelnd, ihre ganze Fülle in ein zu enges Korsett und bis zur Vulgarität teure Kleider gehüllt. In ihrer ersten Ehe hatte sie fünf Kinder geboren und war doch eine zierliche Frau geblieben. In den vergangenen Jahren war sie zu einer kugelrunden Person mit schriller Stimme geworden. Ihren Ohren und den kleinen wachsamen Augen entging nichts.

Kurzum, Madam Schwarzbachs Gesellschaft war den Damen des Hauses Herrmanns angenehm wie ranzige Butter. Wenn es jedoch um eine gute Sache ging, musste man Opfer bringen. Denn aus welchem Grund auch immer, die Schwarzbachin hatte Sibylla van Keupen von allen anwesenden Damen am besten gekannt. Jedenfalls wurde sie nicht müde, das zu behaupten. Ob es stimmte oder nicht, diesmal hätte sie zweifellos einiges von Interesse zu erzählen gehabt.

Denn darum ging es heute, um Sibylla van Keupens Tod. Natürlich erwähnte das niemand, aber was sonst konnte Thema Nummer eins sein, wenn man sich so kurz nach dem gewaltvollen Tod einer Frau, die alle mehr oder weniger gut gekannt hatten, plötzlich zusammenfand? Jedenfalls waren alle in Kleidern von dunklen Farben erschienen. Bis auf die junge Madam Vinstedt, die mit der Hoffnung auf Nachsicht in zarten, mit blauvioletten Streublumen geziertem Lavendel und weißen Spitzenvolants an den Ärmeln zwischen all dem Dunkelgrau, Dunkelblau und Maronenbraun saß. Rosina war an die Gepflogenheiten in der alten Hansestadt noch nicht gewöhnt. So oder so war das dunkelblaue Taftgewand, der Stolz ihrer Garderobe, für diesen nachmittäglichen Anlass zu festlich.

Einzig Mademoiselle Stollberg hatte die Einladung falsch verstanden. Auch sie trug angemessene Halbtrauer, ein schlichtes schiefergraues Gewand mit mausezahnschmaler weißer Spitze an Ärmeln und Dekolleté, aber sie hatte eine Abschrift des neuen Stücks von Monsieur Lessing mitgebracht und sich gründlich vorbereitet, mindestens einen der fünf Aufzüge vorzulesen. Mit der angemessen tragischen Betonung, denn es handelte sich um sein neues Trauerspiel *Emilia Galotti*, das erst zur Ostermesse in Leipzig erschienen war. Leider hatten die anderen Damen nur verhaltene Begeisterung für die von ihr tief verehrte Literatur gezeigt. Wie gewöhnlich.

Das Kaffeekränzchen war eine Reaktion auf die ständigen ausgedehnten Kaffeehausbesuche der Männer und die Gründung der *Patriotischen Gesellschaft*, eines für das Wohl der Stadt und seiner Bewohner zusammengeschlossenen Kreises von Gelehrten und Kaufleuten. Frauen waren nicht zugelassen. So weit waren die patriotischen Herren in ihrer gern postulierten Vernunft doch nicht fortgeschritten, dass sie selbst den gebildeten Frauen der Stadt Zugang gewährten. Wahrscheinlich blieben sie einfach gern unter sich.

Das Kränzchen bestand in wechselnder Zusammensetzung schon seit einigen Jahren. Meistens fand es in der Wohnung der Matthews am Jungfernstieg statt, in dem ganz im chinesischen Stil erlesen ausgestatteten Salon. Nur manchmal kamen Madam Augusta oder Madam Büsch der quirligen Agnes Matthew zuvor. Mademoiselle Stollberg hatte sich einzig dazugesellt, weil das Kränzchen als Lesegesellschaft ins Leben gerufen worden war und sie sowohl auf geistigen als auch auf den Austausch von Büchern gehofft hatte. Leider wurde selten gelesen.

«Emilia Galotti, wie interessant», sagte Madam Büsch und verschwieg rücksichtsvoll, dass sie und ihr Gatte als gute Freunde des Dichters und Wolfenbütteler Bibliothekars auch eine Abschrift besaßen. «Wenn wir uns ein wenig an diesen delikaten Kuchen und einem Tässchen Kaffee gelabt haben, dann ...»

«Ach ja, Lessing», unterbrach sie Henny Wildt. «Eine Schande, dass er die Stadt verlassen hat. Es war mir nicht oft erlaubt, das Theater zu besuchen, doch mir hat es gut gefallen. Es ist so bedauerlich, dass er seine Stellung verlor, als das Unternehmen am Gänsemarkt so schnell wieder schließen musste. Es wäre sicher noch besser geworden und hätte mehr Publikum gehabt. Ich mag mir gar nicht vorstellen, wie es ihm in Wolfenbüttel ergeht. Ich bitte Euch: Wolfenbüttel! Seit der Hof nach Braunschweig gezogen ist, gibt es dort nur ein leeres Schloss und Gemüsebauern. Ein Mann, der sich so gerne in Gesellschaft und bei gelehrten Gesprächen vergnügt, muss dort vor Langeweile und Einsamkeit vertrocknen.»

«Ach ja, das Theater.» Anne Herrmanns heftete ihren Blick fest auf Rosina. Endlich ein Thema, das ihr half, ihrer bisher schweigenden Freundin zur Aufmerksamkeit der anderen Damen zu verhelfen. «Du kennst unseren verehrten Lessing doch recht gut von deiner Zeit am Gänsemarkttheater, Rosina. Denkst du auch, er wird in diesem Landstädtchen der Melancholie erliegen?»

Alle Gesichter wandten sich Rosina zu, strenge, wohlwollende, neugierige. Alle Damen wussten um ihre Vergangenheit als Komödiantin, dass darüber so offen und leicht gesprochen wurde, war allerdings frappierend. Aber natürlich, Anne Herrmanns war Engländerin, da sie von der Insel Jersey stammte, nur wenige Meilen von der französischen Küste, auch beinahe, ein wenig, von französischem Naturell. In London waren Theater und Oper Vergnügen *aller* Klassen, sie wurden selbst von der königlichen Familie unterstützt und sogar regelmäßig besucht. In der französischen Hauptstadt sowieso.

«Richtig.» Madam van Witten tätschelte Rosina, die ihren Platz zwischen ihr und Madam Büsch hatte, die Hand. «Habt Ihr unsere junge Freundin je singen gehört?», fragte sie munter in die Runde. «Leider habe ich das Vergnügen versäumt, Euch auf der Bühne zu sehen, Madam Vinstedt, diese Stühle im Theater sind gar zu unbequem. Aber Euren Gesang bei dem Fest, das wir hier im Tanzsaal feiern durften – *superb*. Selbst mein Senator war bewegt, dabei ist er so musikalisch wie ein Ackergaul, was er übrigens mit meiner lieben Freundin Augusta gemein hat. Und dieser bezaubernde Violinist zu Eurer Begleitung – wirklich hinreißend.» Sie seufzte wohlig. «Ich hoffe sehr auf eine Wiederholung. Aber nun sagt, was denkt Ihr zu Lessing?»

Anne hätte die Senatorin gerne geküsst, auf sie wie auf Madam Büsch war Verlass. Wen die Senatorin in ihr Herz geschlossen hatte, konnte niemand mehr abfällig behandeln. Jedenfalls nicht öffentlich.

Ob Rosina dankbar war oder das plötzliche allgemeine Interesse unangenehm fand, war schwer zu entscheiden. Sie war eine Komödiantin, sie verstand es, eine Rolle anzunehmen.

«Tatsächlich kenne ich ihn nur wenig», erklärte sie. «Er ist ein freundlicher und lebenslustiger Mensch. Aber er liebt die Bücher, überhaupt die Wissenschaften über alles, zudem wird es ihm angenehm sein, endlich in sicherer Stellung zu leben.»

«*Natürlich* liebt er die Bücher über alles», rief Mademoiselle Stollberg, die zwar das Theater und die Tragödien liebte, vielleicht auch die Dichter, aber nicht die Komödianten. «Immer vergisst du die Bibliothek», wandte sie sich mit strengem Blick an ihre leichtfertige Freundin Henny. Ihr bedeutete eine solche Fülle von Büchern, alten Handschriften, Flugblättern und Stichen aus halb Europa ein Paradies. «Es gibt kaum eine bedeutendere.»

Ihr sanftes Erröten ließ darauf schließen, dass sie den Bibliothekar womöglich ebenso verehrte wie die Bibliothek. Hoffnungslose Verehrung gehörte zu ihren Spezialitäten, leider hatte sie die unselige Neigung, sich in Männer zu verlieben, die sie übersahen. Dazu hatte auch Hennys Bruder Lorenz Bauer gehört, ein ansehnlicher und bei aller Belesenheit lebenslustiger junger Mann. Der hatte sie nicht nur übersehen, sondern auch noch eine Emma Godard geheiratet, die leider so kluge wie bezaubernde Tochter des Uhrmachers und Automatenbauers in der Großen Johannisstraße.

«Es gibt wirklich kaum eine bedeutendere Bibliothek», stimmte Augusta zu, «höchstens die kaiserliche in Wien. Aber wenn ich recht unterrichtet bin, hat Monsieur Lessing gelehrte Freunde in Braunschweig. Das ist mit dem Wagen nur eine halbe Stunde entfernt. Und ein Lotto soll es dort auch geben», fügte sie mit unschuldigem Gesicht hinzu.

«Lotto?», murmelte die schüchterne Madam Bocholt und hob ihr zartes Gesicht mit den melancholischen Augen unter graumelierten Löckchen von ihrem Kuchenteller. Niemand gab eine Antwort. Es galt als allgemein bekannt, dass der chronisch in Geldnot steckende Lessing ein großer Freund des Glücksspiels war. Leider stets ohne Erfolg.

«Im Übrigen», erklärte Anne Herrmanns, «wird er in diesen Wochen damit beschäftigt sein, viele Briefe zu schreiben. Vor allem nach Wien. Was denkt Ihr, Madam Büsch?»

«Wegen des Lottos?» Madam Büsch verstand sich ebenso gut auf ein unschuldiges Gesicht wie Augusta. «Ja, das wird er sicher versuchen.»

«Wegen Wien», sagte Anne lächelnd und hob eine zweite Portion Pudding von Aprikosen, Mandelmus, staubfeinem Zucker und anderthalb Dutzend Eiern auf Madam Büschs Teller. «Man flüstert von einer heimlichen Verlobung mit Eurer Freundin Madam König, und die ist nun schon ein halbes Jahr in Wien.»

«Sogar ein Dreivierteljahr. Es ist ihre zweite Wienreise.

Wenn ich nur an die beschwerliche wochenlange Kutschfahrt denke, von den komplizierten Geschäften und ständigen Verhandlungen mit Kaufleuten, Gläubigern und den parfümierten Herrn in den Wiener Ämtern gar nicht erst zu reden – sie ist eine ungemein tapfere und mutige Frau.»

Eva Königs Ehemann, ein Seidenhändler, war vor fast drei Jahren in Venedig gestorben, erst einundvierzig Jahre alt. Er hatte seine Frau mit vier Kindern zurückgelassen, dazu mit zwei gerade erst mit immensen Krediten in Wien eingerichteten Manufakturen für Seidenstoffe und englische Tapeten. Sein überraschender Tod war in den Hamburger Zeitungen mit Nachrufen für einen allgemein beliebten und bewunderten Mann gemeldet worden. Obwohl Eva König von allen Seiten geraten wurde, die Fabriken möglichst schnell zu verkaufen, war die aus einem Heidelberger Handelshaus stammende Witwe entschlossen, zumindest eine selbst weiterzuführen. Sei es nur, bis die Schulden abgetragen waren.

«Madam König und bis zu seinem Tod auch ihr Gatte sind enge Freunde von Lessing, er ist Pate ihres jüngsten Kindes. Er hat ihr und ihren Kindern nach Engelbert Königs Tod fabelhaft beigestanden. Sie schreibt übrigens weitaus häufiger als der gute Lessing. Sie muss sich in Wien sehr plagen. Aber nach einer Verlobung dürft Ihr mich nicht fragen, Madam Herrmanns, davon weiß ich nichts.» Madam Büsch lächelte verschmitzt. «Wenn Ihr es genau wissen wollt, schreibt nach Wien und fragt sie selbst. Ihr kennt sie fast so gut wie ich. Oder fragt bei Gelegenheit Lessing selbst, er hat versprochen, uns bald wieder zu besuchen.»

«Eine Verlobung? Mit Monsieur Lessing?» Auf Mademoiselle Stollbergs Wangen zeigten sich rote Flecken, ihre Augen bekamen einen heroischen Glanz. «Das kann nur

Gerede sein, Madam Herrmanns. Ein Dichter wie er, ein so außergewöhnlicher Mann des Geistes, verschwendet seine Kräfte nicht an eine Ehe und Kindererziehung.»

Sie ignorierte den irritierten Blick ihrer Freundin Henny, die seit zwei Jahren eine glückliche Ehefrau und seit vier Monaten guter Hoffnung war und das keinesfalls als Verschwendung betrachtete. Schließlich war auch ihr Ehemann, der Lehrer der Sankt-Katharinen-Kirchenschule mit besten Aussichten auf eine Anstellung an der Lateinschule und Verfasser launiger Verse, ein Mann des Geistes.

«Wir Frauen sind nicht dazu bestimmt, ein Handelshaus zu führen», meldete sich die junge Madam Meinert zu Wort, bevor Mademoiselle Stollberg weiter über die Gewohnheiten von Dichtern reden konnte. «So wenig wie für das Kriegshandwerk oder die Seefahrt. Ein behagliches Heim, die Erziehung der Kinder, die Pflege schöner Künste, die häusliche Gefährtin unseres Gatten – das bedeutet unser wahres Glück.»

«Tatsächlich?», murmelte Madam Bocholt, auf die wieder niemand hörte.

Anne Herrmanns, die mit ihrem Bruder ein Handelsgeschäft auf der Insel Jersey geführt hatte, bis sie schon in reifen Jahren Claes Herrmanns' zweite Ehefrau wurde und nach Hamburg übersiedelte, saß plötzlich sehr aufrecht. Für einen Moment vergaß sie, dass Barbara Meinert erst seit wenigen Monaten Ehefrau und noch sehr verliebt war. Das erforderte einige Nachsicht.

«Glaubt Ihr das wirklich, Barbara? Denkt Ihr nicht, wenn man Mädchen erlaubte, das Nötige zu lernen, wären etliche durchaus in der Lage, Geschäfte zu führen? Madam van Keupen zum Beispiel war ungemein erfolgreich.»

Während Mademoiselle Stollberg eifrig nickte und Anne Herrmanns mit neuer Verehrung ansah, antwortete Barbara

Meinert knapp: «Vielleicht.» Ihre Erziehung verbot ihr, vehement zu widersprechen oder gar zu erwähnen, gerade Madam van Keupen könne in diesen Tagen kaum als erstrebenswertes Beispiel gelten. «Doch wozu sollten wir uns mit männlichen Aufgaben belasten?»

«Ach, meine Lieben», flötete Augusta, «Ihr habt beide recht. Wir wollen es den Zeitläuften überlassen, was daraus wird.»

Obwohl sie wie oft Annes Meinung zuneigte, wünschte sie keine Debatte, die würde doch nur höflich ausfallen, was selten zur echten Klärung einer Frage beitrug. Nun galt es, Annes Stichwort aufzugreifen, das einen ein wenig plumpen, doch raschen Übergang zum Thema Sibylla van Keupen bot.

«Genau», kam ihr Agnes Matthew zwitschernd zuvor. «Die Zeit hält immer Überraschungen bereit. Wer hätte vor zehn Jahren gedacht, dass wir heute hier mit der lieben Anne zusammensitzen und Tee trinken.»

In diesem Moment verschluckte sich Madam Büsch, und während Rosina ihr den Rücken klopfte, fragte sie sich, ob Madam Büsch sich erinnerte, dass Agnes damals beinahe Madam Herrmanns geworden wäre. Ihr Blick glitt über die Gesichter der Runde. Bis auf Augusta, die seit vielen Jahren verwitwet war, und auf Mademoiselle Stollberg waren alle verheiratet. Keine sah aus, als litte sie an Melancholie oder sonstigem Verdruss, selbst die schweigsame Madam Bocholt nicht. Vielleicht war die Ehe doch nicht ein gar so gefährliches Abenteuer. Und auch die Verbindungen von Henny Wildt und ihrem Bruder Lorenz Bauer entsprachen nicht den Erwartungen der Hamburger Gesellschaft. Womöglich hatte Madam Augusta recht, die Zeiten änderten sich. Ein wenig.

«Aber nun, meine Lieben», hörte sie Agnes Matthew

heiter fortfahren, «lasst uns endlich ein wenig Klatsch und Gerüchte austauschen.»

Ihre Stimme war so silbrig wie ihre ganze, auch nach der späten Geburt ihres Kindes gertenschlanke elegante Erscheinung, trotz der schwarz und dunkelgrün changierenden Seide, in die sie heute gekleidet war. Immerhin hatte sie sich erlaubt, ihr hochaufgetürmtes, mit winzigen blauen Blüten geschmücktes Haar mit dem Hauch einer Haube aus silberdurchwirkter blassgrauer Spitze zu krönen. Während der letzten Stunde hatte sie an einer einzigen Waffel geknabbert, an ihrem Tee genippt, wie immer auf Zucker, Sahne und süße Soßen verzichtet und ungewohnt geduldig geschwiegen.

«Ich bin mit erstaunlich unwissenden Dienstboten geschlagen», klagte sie im gleichen heiteren Ton, «ich weiß *überhaupt* nichts. Und Thomas ist auf Reisen, er kann nichts aus dem Kaffeehaus mitbringen, dieser Klatschbörse der Männer. Er ist ohnehin so unangenehm diskret, mein lieber Engländer. Also sagt mir: Was habt Ihr gehört? Wer hat die arme Sibylla erschlagen?» Der Moment allgemein erschreckten Schweigens über so viel Direktheit hielt sie nicht auf. «Es muss Vermutungen geben, Verdächtigungen – so etwas gibt es doch immer.»

«Vielleicht hätte ich es etwas anders ausgedrückt», stimmte Augusta amüsiert zu. «Aber mir geht es wie Euch, Agnes, mich beschäftigt die gleiche Frage.»

«Nicht wahr? Warum sollte man nicht darüber sprechen. Was sagt Ihr dazu, Mademoiselle Rosina? Pardon», korrigierte sie sich mit maliziösem Lächeln, «ich meine natürlich Madam Vinstedt. Wenn ich mich recht erinnere, habt Ihr nicht nur die besten Verbindungen zum Theater, sondern auch zu unserem Weddemeister. Ich bin sicher, Ihr wisst mehr als wir alle zusammen.»

Wieder richteten sich alle Blicke auf Rosina. Falls sich hinter einem Missbilligung über eine so unpassende ‹beste Verbindung› verbarg, siegte die Neugier.

«Ja», Rosina wusste, wozu dieses Kränzchen einberufen worden war, «ich kenne den Weddemeister recht gut, er ist ungemein tüchtig. Er ...»

«Ihr habt mit ihm in der Kirche gesprochen», unterbrach Henny sie eifrig, «gleich am Morgen nach der, ja, der Untat. Meine Köchin hat Euch gesehen und geklagt, man habe Euch eingelassen, sie hingegen nicht. Überhaupt niemanden sonst. Es war ...»

«Ich weiß nicht», fiel ihr Mademoiselle Stollberg ins Wort, «ob wir über dieses Thema sprechen dürfen, Henny. Du solltest dich nur mit Erbaulichem beschäftigen. Du bist doch», sie räusperte sich dezent, «guter Hoffnung.»

«Ach, Roswitha! Ich beschäftige mich pausenlos mit Erbaulichem, pausenlos. Auf die Dauer ist das sehr öde, ich habe ja nicht deinen klugen Kopf. Und wenn ich richtig gehört habe, geht es in deiner Pepita Garotti auch nicht gerade um Glück und Seligkeit. Gibt's da nicht sogar einen Mord am Schluss?»

«Galotti», murmelte Mademoiselle Stollberg erschreckt, «die Heldin heißt Emilia Galotti.»

«Von mir aus auch Galotti. Was ist das überhaupt für ein Name? Ich finde es schon wenig erbaulich, dass ich kaum aus dem Haus gehen darf – fast nur noch zum Gottesdienst. In einem weiten Umhang, dabei sieht man noch gar nichts. Alle wollen, dass wir gebären, aber niemand will erlauben, dass man unsere ‹gute Hoffnung› erkennt. Das ist doch bigott.»

Madam Bocholt spitzte erstaunt die Lippen, und Madam van Witten, die mit Henny über drei Ecken verwandt war, drohte lächelnd mit dem Finger.

«Meine liebe Henny», sagte sie, «du bist frivol, der reinste Freigeist. Es ist nicht *absolut* falsch gedacht, aber warte ein paar Monate, dann bist du froh, wenn du nicht aus dem Haus musst. Und nun, Madam Vinstedt, hören wir Euch zu. Erzählt, was Ihr in Sankt Katharinen gesehen habt. Und gehört, das vor allem. Und vergesst nicht die andere Tote, diese Unbekannte.»

Damit lehnte sie sich behaglich zurück, faltete die Hände vor dem Bauch und blickte Rosina erwartungsvoll an.

In der Küche saß derweil Elsbeth und wunderte sich, weil nicht längst wieder geklingelt und frischer Kaffee und Tee gewünscht worden war. Allerdings bestand keine Gefahr, das Glöckchen zu überhören. Betty, das zu Madam Herrmanns' Zofe aufgestiegene Dienstmädchen, hockte in der Nische vor der Tür des Speisezimmers und ließ sich kein Wort entgehen. Zum Glück sprach Madams Freundin Rosina durch ihre reiche Übung auf der Bühne klar und deutlich.

Während Rosinas Bericht, der enttäuschend knapp ausfiel und auch keine Schilderung von Blutlachen enthielt, hätte man eine Stecknadel zu Boden fallen hören können. Nur Barbara Meinert raschelte ab und zu mit ihren Taftröcken, was jedoch nicht störte.

«Ich weiß also kaum mehr als jeder andere in der Stadt», schloss sie, «und der Weddemeister ist gewissenhaft, er neigt nicht zu raschen Verdächtigungen. Jedenfalls spricht er keine aus.»

«Und diese Fremde, die unter der Empore gefunden wurde?», fragte Agnes Matthew. «Ihr sagtet, niemand weiß, wer sie ist. Ist sie wirklich nur an einem Fieber gestorben? Das wäre doch zu banal. Vielleicht hat der Physikus etwas übersehen. Einen kleinen Einstich, es soll da in

Westindien solche winzigen vergifteten Pfeile geben. Oder war es Ostindien? Egal, so was kann man sicher hier im Hafen kaufen. Ein Gift im Essen geht auch. Oder *sie* hat den Mord begangen und sich dann selbst gerichtet. In einer Kirche kommt die Reue schneller.»

«Das weiß ich nicht, Madam Matthew, aber ich glaube es nicht. Und wegen des Fiebers – der Physikus ist erfahren in diesen Dingen. Sie muss sehr arm gewesen sein, ihre Kleider waren nur Lumpen, sie trug nicht einmal Schuhe.» Den Verdacht, es könnten nicht die eigenen Kleider der jungen Frau gewesen sein, behielt sie für sich. «Solche Menschen sterben leichter an einem Fieber als Wohlhabende.»

«Ach ja? Ich habe den Eindruck, die gewöhnlichen Menschen sind viel robuster als wir. Glaubt der Weddemeister, es war ein Zufall, dass an einem Abend zwei Frauen am gleichen Ort starben?»

«Auch das weiß ich nicht, Madam Matthew. Er ist erst am Anfang seiner Ermittlungen, er wird es sicher herausfinden.»

Rosina fühlte wieder einmal Ungeduld in sich aufsteigen. Sie war hergekommen, um zu hören, was diese Frauen wussten, die alle mit dem Lebensumfeld Sibylla van Keupens vertraut waren, Klatsch oder Tatsachen, das war zunächst einerlei. Nun hörte sie nur sich selbst reden. Auch die folgende kurze Debatte über die Existenz von Zufällen war nicht erhellend.

Erst als Madam Büsch an den Brand in Sibyllas Kontor erinnerte, wurde es interessant. Ob jemand wisse, fragte sie, wem das Mietshaus im Hof zwischen Mattentwiete und Cremon gehöre. Sie habe gehört, es sei Eigentum der van Keupens.

«Da kann man sich leicht vorstellen, dass einer der Mieter ins Kontor gestiegen ist und ein Feuerchen gelegt hat.

Das Haus soll nämlich in erbärmlichem Zustand sein, so neu es ist. Es regnet durchs Dach und ist zu leicht gebaut, einige befürchten, ihnen falle bald die Decke auf den Kopf oder der Boden breche unter ihren Füßen.»

Barbara Meinert nickte unwillig. Ja, davon habe sie auch gehört, allerdings sei das weniger Sache Madam Sibyllas gewesen, es sei auch bekannt, wie großzügig sie gewesen sei. Für die Ordnung in den Häusern müsse ihr Erster Schreiber zuständig sein.

Rosina versuchte sich zu erinnern, was Wagner zu dem Hof gesagt hatte. Irgendetwas war da gewesen. Der Hof gehöre nicht zu ihrem Grundstück? Nein, Madam van Keupen hatte erklärt, sie lagere dort nichts, sondern nur in ihren Speichern. Warum hatte sie nicht erwähnt, dass zumindest ein Teil des Grundstückes ihr gehöre?

«Gehört der ganze Hof den van Keupens?», fragte sie.

«Ich glaube ja», erwiderte Madam Meinert. «Mein Vater und mein Gatte müssten es wissen, sie haben gemeinsame Geschäfte mit Madam van Keupen. Unsere Familien sind von jeher verbunden. Ich habe sie sehr geschätzt», fügte sie nachdrücklich hinzu, «ihr Tod ist eine Tragödie. Und ob ihre Töchter den Besitz und den Handel erhalten können – das bleibt abzuwarten.»

«Deren Ehemänner, meine Liebe», korrigierte die Senatorin, «und noch weiß niemand, welcher von beiden der Glückliche sein wird. Es sei denn, Sibylla hat doch eindeutige Anweisungen hinterlassen, bisher ist das noch ungewiss. Es heißt, der Gatte der Jüngeren sei der Fähigere, dann wäre es in der Tat fatal, wenn der Besitz der Älteren zufiele.»

Rosina mochte gute Verbindungen zum Weddemeister haben, die Senatorin hatte die besten Verbindungen zu Rathaus und zu Commerzium.

«Ach», ließ sich plötzlich Madam Bocholt vernehmen, «es ist doch fraglich, ob überhaupt ihre Geschäfte an dem Brand und ihrem traurigen Ende schuld sind. Ich denke an ganz andere Dinge, natürlich sind es nur, ja, nur Vermutungen.»

Diesmal hörten ihr alle zu. Vermutungen, besonders dieser Art, hatte niemand von ihr erwartet.

«Madam van Keupen», fuhr sie angesichts der ungewohnten Beachtung zögernd fort, «war noch in den besten Jahren. Und wohlhabend, das ist bekannt. Es soll neuerdings wieder Bewerber um ihre Hand gegeben haben, ja, und um ihr Vermögen, das auch, natürlich. Das eine geht kaum ohne das andere. Leider weiß ich nicht, wer es war, sicher kein Mann aus unserer Stadt, davon wüsste man Genaueres. Andererseits war sie plötzlich zu einer erklecklichen Spende für die Turmbegradigung von Sankt Katharinen bereit, da hatte sie womöglich wieder einiges mit Monsieur Sonnin zu besprechen. Da mag es Uneinigkeiten gegeben haben, und wer weiß ...»

Der Moment verständnislosen Schweigens wurde von Madam Büschs vergnügtem Lachen unterbrochen.

«Ihr versucht uns doch nicht weiszumachen, der gute alte Sonnin, dieser Hagestolz, habe auf Sibyllas Hand und Vermögen spekuliert, und als er es nicht bekam, grausam Rache genommen? Verzeiht, aber Ihr wisst, wie gut mein Büsch und ich ihn kennen, das ist einfach zu absonderlich.»

«Nein», sagte Madam Bocholt würdevoll. «Das meine ich nicht. Andersherum, meine Liebe, andersherum. Erinnert Ihr Euch nicht? Vor einigen Jahren, es mögen drei oder vier sein, oder fünf?, da hat sie, nun ja, sie hat ihm Avancen gemacht. Er wollte aber nicht.»

«Avancen! Madam Sibylla? Ich will nicht fragen, woher Ihr diese Geschichte habt. Sie hat doch alle Anträge abgelehnt. Ich weiß nicht, was mich jetzt mehr überrascht: die Avancen oder die Wahl des Mannes, dem sie gegolten haben sollen.»

«Ja, nicht wahr?» Madam Bocholt mochte scheu sein, vom Gang ihrer Gedanken ließ sie sich nicht so leicht abbringen. «Es klingt in der Tat absonderlich. Wenn man jedoch bedenkt, dass sie damals begann, in den Bau von Mietshäusern zu investieren und sich überhaupt mit der Baukunst zu beschäftigen, sie dachte vor allem an vornehme einträgliche Domizile wie die im Neuen Wall, klingt diese Wahl doch recht vernünftig. Aber da ist noch etwas anderes.»

«Ihr meint noch einen mörderischen Verehrer?», fragte Agnes Matthew, die die Unterhaltung nun so anregend fand, dass sie sich und ihrer Taille eine zweite Waffel mit einem winzigen Klecks süßen Rahm zumutete.

«Nein. Ich muss zugestehen, es war nicht recht von mir, unseren Baumeister zu erwähnen. Wir verdanken ihm doch eine zu und zu schöne Kirche. Ihr mögt auch das absonderlich finden, trotzdem weiß ich, dass sie Verbindungen nach Kopenhagen hatte und ...»

«Die hat mein Bruder auch», fuhr Henny Wildt dazwischen, «wie mehr als die Hälfte der hiesigen Handelshäuser.»

Madam Bocholt ließ sich nicht irritieren. «Ja, nach Kopenhagen. Es gibt Befürchtungen, nun, nach Struensees Tod, könnten seine Anhänger nach Altona oder gar nach Hamburg kommen und versuchen, sein ungutes Werk hier fortzusetzen. Ihr werdet davon gehört haben. Es heißt, Sibylla habe das unterstützt.»

«Papperlapapp», rief die Senatorin, die wie alle anderen am Tisch längst von diesem Gerücht wusste. «Umsturz, Revolution gar? Wozu? Wir haben hier keinen König, und der Kaiser und die Kaiserin sind weit weg in Wien und haben uns auch sonst wenig zu sagen. Wer sollte unser Rathaus stürmen wollen? Und wozu? In Kopenhagen waren es doch gerade die armen Leute, die bei seinem Sturz am lautesten gejubelt haben. Wahrscheinlich mögen sie keinen, der die Folter und die Leibeigenschaft abschaffen will.»

Darauf wusste Madam Bocholt keine Antwort, vielleicht hatte sie für ihre Gewohnheit auch einfach schon zu viel gesprochen.

Inzwischen hatte sich Mademoiselle Stollberg von dem Schreck über Hennys Ignoranz in Sachen Trauerspiel erholt.

«Vor einigen Tagen», sagte sie und schob die letzten Kuchenkrümel auf ihrem Teller zusammen, «gab es ein neues Flugblatt, auf dem steht, Struensee ist nicht tot, sondern lebt und ist, wie Ihr sagtet, Madam Bocholt, unterwegs zu uns. Altona untersteht ja der dänischen Krone, dort kann er nicht unterschlüpfen. Das alles ist natürlich Unsinn», beeilte sie sich mit einem raschen Blick zu Madam van Witten zu versichern, «es ist trotzdem seltsam. Ich hatte nämlich das Gefühl, ja, nicht mehr als ein Gefühl, und auf Gefühle darf man sich nie verlassen. Also, ich habe den Eindruck, ihn gesehen zu haben, zwei Tage vor dem Feuer im Kontor. Weil es schon dämmerte, war ich in Eile, ich konnte das Gesicht auch nur vage erkennen. Er trug einen teuren Mantelumhang und ich glaube eine Perücke unter dem Dreispitz, und die Statur und das Profil – er ging rasch an mir vorbei, aber es schien mir vertraut. Ja, ein wenig. Ich erinnere mich sehr gut an Doktor Struensee; obwohl er Armenarzt in Altona war, hatten ihn einige wohlhabende Familien konsultiert, die ihn unseren Ärzten vorzogen. Und einmal habe ich ihn bei den Reimarus' getroffen, als ich bei Mademoiselle Elise zum Tee war.» Sie lachte nervös, griff nach ihrer längst geleerten Kaffeetasse und stellte sie zurück. «Natürlich ist das unvernünftig, es muss ein Irrtum sein, ich hätte es gar nicht erwähnen sollen. Es wäre doch zu kurios.»

«Ach, mein Kind», sagte Augusta milde, sie fühlte stets ein wenig Mitleid mit der steifen jungen Frau, «mit diesen Perücken voller Reismehlpuder gleichen sich viele Männer. Ich bin bei Gesellschaften immer froh, wenn einer eine besonders große Nase, buschige Brauen oder ein fliehendes Kinn hat, selbst wenn einer hinkt oder lispelt. Leider hatte Doktor Struensee es mit der Verbreitung seiner Gedanken und der Verwirklichung seiner Pläne immer zu eilig, schon hier. Vielleicht war er auch ein bisschen verrückt geworden und hatte den Blick für die Realität verloren, für das Machbare. Wie viele geniale Menschen oder solche, die an der Welt leiden. Mag sein, Struensee war auch ein Tunichtgut, aber seine Hinrichtung ist und bleibt eine Schande. Ich habe auch von dieser dummen Flugschrift gehört, die ihn als Wiedergänger und Kumpan des Satans darstellt. Trotzdem ist er tot. Daran kann es keinen Zweifel geben.»

«Leider», seufzte Madam Matthew, «er war ein so interessanter leidenschaftlicher Mensch. Wer steigt schon vom Armenarzt zum Graf auf?»

«Das hat er teuer bezahlt», knurrte die Senatorin, die bei aller Großzügigkeit wenig Verständnis für Männer hatte, die nicht nach Art ihres Senators und seiner Kollegen Stadt oder Reich gemächlich und in guter Tradition verwalteten, sondern die absolute Macht an sich rissen und in rasender Eile eine Reform nach der anderen anordneten. Allerdings konnte auch sie nicht glauben, dass er geplant hatte, seinen König und den Kronprinzen zu ermorden. Für die Liebe zwischen Struensee und seiner jungen Königin Caroline Mathilde empfand sie Nachsicht. Der dänische König war alles andere als ein Traum für die blutjunge englische Prinzessin gewesen, die man mit ihm verheiratet hatte, das wusste jeder.

Es war spät geworden. Kuchen und Cremes waren köstlich gewesen wie der Kaffee, nur der Klatsch hatte nicht das hergegeben, was die Damen erwartet hatten. Selbst die Sache mit Madam van Keupen und Sonnin wäre nur delikat, wenn der Baumeister ein junger Apoll wäre. Davon konnte absolut keine Rede sein.

Während Anne als Hausherrin die Tafel aufhob, fiel Henny etwas ein, was sie ihre Kränzchenschwestern unbedingt noch hören lassen wollte. Endlich konnte Augusta die Karaffe mit dem Rosmarinbranntwein auf den Tisch stellen. Sogar Madam Bocholt blieb, obwohl ihr Kutscher seit geraumer Zeit untätig vor der Tür döste, ganz abgesehen von ihrem Gatten, der sie um diese Stunde stets im Salon erwartete, um ihr aus dem *Hamburgischen Correspondent* vorzulesen und die Welt zu erklären, was er ohne ihre schweigsame Gegenwart wenig ergötzlich fand.

Es sei ihr beim Stichwort Kopenhagen eingefallen, erklärte Henny; der Stuckator, den Madam van Keupen für ihren Epitaph habe kommen lassen, sei aus der dänischen Hauptstadt angereist. Einen Tag vor dem Brand, zwei Tage vor ihrem Tod. Und dem Tod der Unbekannten, ja, das auch. Annes Einwand, er habe keinen Grund gehabt, ausgerechnet seiner Auftraggeberin zu schaden, konnte sie nicht bremsen. Wohl kaum, stimmte sie zu, aber vielleicht habe es einen anderen Grund gegeben. Dass sie das Folgende von ihrer Weißwäscherin gehört hatte, ließ sie sicherheitshalber unerwähnt, wenngleich jede wusste, dass Wäscherinnen und Schneider mit ihrem Zugang zu vielen Häusern die besten Auskunfteien waren.

«Meister Taubner», fuhr sie eifrig fort, «so heißt der Mann, stammt aus Altona und hat schon früher für sie gearbeitet, zum Beispiel die neue Stuckdecke in ihrem Salon, eine überaus kunstvolle Arbeit, ja, und jetzt ist er, wie gesagt, direkt aus Kopenhagen gekommen. Nein, nein, Roswitha, das spielt nun gar keine Rolle», reagierte sie auf deren deutlich hörbaren ungeduldigen Seufzer. «Obwohl er in der Hofkirche gearbeitet haben soll und Struensee getroffen haben mag. Viel interessanter finde ich, dass er Mademoiselle Juliane den Hof gemacht hat. Juliane van Keupen, Sibyllas Schwägerin.»

«Hat sie ihm auch – Avancen gemacht?», fragte Madam Matthew spitz.

«Nein.» Henny schüttelte ernsthaft den Kopf. «Dazu ist Mademoiselle Juliane zu stolz. Aber ich weiß, dass sie ihn auch mochte, und sie ist ja in einem Alter», erklärte sie mit der gnadenlosen Logik der jungen Jahre, «in dem eine Frau nicht wählerisch sein darf. Umso weniger, wenn sie nur auf eine bescheidene Mitgift rechnen kann. Ihr Bruder hat ihr so gut wie nichts hinterlassen. Jedenfalls hat Madam van Keupen verhindert, dass aus den beiden etwas wurde. Schon dass er ihr den Hof machte, und ...»

«Was nur verantwortungsvoll war», fiel ihr Barbara Meinert entschieden ins Wort. «Falls die Geschichte überhaupt stimmt, Ihr wisst sie nur vom Hörensagen, wenn ich Euch richtig verstanden haben. Eine Dame wie Mademoiselle Juliane würde mit einem Mann des Handwerks, der so viel herumreist wie dieser Taubner, niemals glücklich. Er mag ein hervorragender Stuckator sein, als Gatte für eine van Keupen ist er nicht geeignet. Zweifellos hat er sie für vermögend gehalten und wegen ihres Alters geglaubt, leichtes Spiel zu haben. Davon hört man immer wieder, und sie hat die dreißig schon überschritten.»

Henny machte schmale Lippen, sie neigte wenig zur Empfindsamkeit, diese Geschichte hatte sie jedoch ungemein romantisch gefunden. Selbst als ihr einfiel, Taubner hatte so womöglich Grund gehabt, Sibylla van Keupen zu hassen. Hass und Leidenschaft, wie sie es aus ihren geliebten Romanen kannte. Leider gab es davon viel zu wenige.

Die meisten der Damen teilten Madam Meinerts Ansicht, wenn auch nicht so entschieden. Sie leerten ihre Gläser, Madam Bocholt und die Senatorin hatten ein zweites gewagt und fühlten sich gleichermaßen heiter, und verabschiedeten sich. Madam van Wittens Angebot, Madam Vinstedt möge in ihrer Kutsche mitfahren, fand allgemeine Aufmerksamkeit. Doch Anne bat Rosina, noch ein Minütchen zu bleiben, sie wolle ihr ein wunderbares neues Buch zeigen, das gerade aus London eingetroffen sei, *Observations on Modern Gardening*. Was Rosina verblüffte, Anne wusste, wie wenig Rosina die Gärtnerei liebte, und hatte ihr bei all ihrer eigenen Begeisterung für ihren Garten nie zuvor solche Werke gezeigt.

Auch die junge Madam Meinert blieb noch, um auf ihren Gatten zu warten, der gleich eintreffen sollte. Zacharias Meinert hatte den Nachmittag wie Claes Herrmanns in der Commerzdeputation verbracht, es war verabredet, dass er Claes zum Neuen Wandrahm begleite und seine Frau abhole. Tatsächlich hatte Anne den Plan, Rosina und Barbara Meinert besser miteinander bekannt zu machen. Zwei junge Ehefrauen mit überflüssiger Zeit – da musste es doch Gemeinsamkeiten geben. Allerdings verhieß der Verlauf des Nachmittags wenig Hoffnung auf vertraute Bekanntschaft. Wenn Barbara Meinert schon die Verbindung einer nicht mehr ganz jungen Kaufmannstochter mit einem gut beleumundeten Meister im passenden Alter verachtete, was dachte sie dann über die Gesellschaft einer Komödiantin, selbst wenn die aus gutem Haus stammte, klug und gebildet war und mit einem tadellosen Bürger verheiratet?

Rosina blieb gerne, zu Hause in der Mattentwiete wartete nur Pauline. Während Anne sich mit Barbara Meinert über die Vor- und Nachteile von Tapeten aus Papier und Kattun oder Seide austauschte, offenbar hatte sie das neue Buch aus London schon wieder vergessen, waren Rosinas Gedanken bei dem, was sie in den letzten Stunden gehört hatte.

Mademoiselle Stollberg hatte ihrer Freundin Henny beim Hinausgehen zugeflüstert, der Mann habe keine gepuderte, sondern eine braune Perücke getragen, er sei sehr wohl von anderen zu unterscheiden gewesen. Das hatte Rosina an den Fremden in der Katharinenkirche erinnert, der mit dem Stuckator geredet und ihr so nachdenklich nachgesehen hatte. Natürlich war es absurd zu glauben, Struensee lebe noch, doch auch ihr war etwas an diesem Mann vertraut erschienen. Sie hatte es der Ähnlichkeit seiner Statur mit Magnus' zugeschrieben, jetzt wusste sie, dass da noch etwas gewesen war: Mademoiselle Stollberg hatte Doktor Struensee nur flüchtig getroffen, sie selbst hatte ihn besser gekannt. Sie hatte an seiner Tischgesellschaft teilgenommen, und er hatte ihr auf der Suche nach einem verschwundenen Dichterdilettanten den Zugang zum Pesthof verschafft, dieser Schreckenskammer von Hospital für Kranke und Irre auf dem Hamburger Berg. Das war sechs Jahre her, doch sie erinnerte sich gut daran, denn sie hatte ihn gemocht und für seine Arbeit bewundert.

Dann war da der van Keupen'sche Besitz im Hof zwischen Cremon und Mattentwiete. Und Mademoiselle Julianes geringe Mitgift. Hatte Pauline sie nicht als geizig bezeichnet, als kniepig? Vielleicht war sie nur ohne Mittel. Warum mochte eine reiche, als generös bekannte Frau wie Sibylla van Keupen ausgerechnet ihre Schwägerin so kärglich ausgestattet haben?

KAPITEL 6

―――――――◇―――――――

DONNERSTAG, ABENDS

Es war schon Zeit für das Nachtessen, als sich auch Rosina und die Meinerts verabschiedeten. Anne hatte anspannen lassen wollen, doch sie zogen es vor, den kurzen Weg zu Fuß zu gehen. Um Madam Vinstedts Sicherheit müsse sie sich nicht sorgen, erklärte Zacharias Meinert, es würde ihm und seiner Frau eine Freude sein, sie bis vor ihre Tür zu begleiten. Der Umweg über die Mattentwiete zu ihrem Haus in der Katharinenstraße sei gering, und ein paar Schritte durch die frische Luft seien nur von Vorteil.

Vielleicht wusste Zacharias nichts von Rosinas Vergangenheit, vielleicht war sein Denken freier als das seiner Frau, die ihre Heimatstadt anders als er nur für kurze Reisen in die sichere Obhut von Verwandten in Amsterdam und im Lüneburgischen verlassen hatte. Zacharias hatte einige Jahre für die holländische Ostindische Compagnie auf Java gearbeitet. Es hieß, das Leben in der Fremde lasse Menschen besonders streng an Traditionen und Denkweisen des Heimatlandes festhalten, doch das musste nicht auf jeden zutreffen. So hatte Anne wenigstens einen Laternenträger rufen lassen, nicht nur, weil es nach Einbruch der Dunkelheit (eine allerdings ständig missachtete) Vorschrift war. Niemand konnte Anne Herrmanns Kleinmütigkeit unterstellen, doch in diesen Tagen hielt sich irgendwo in der Stadt ein Mörder auf, das war selbst ihr ein guter Grund für eine Laterne.

Der Abend war dunstig und die Sichel des aufgehenden

Mondes kaum zu sehen. Novembergeruch lag schon in der Luft, diese Mischung aus vermoderndem Laub, feuchtem Fachwerk und dem Rauch von Holz- und Torffeuern. Sie überlagerte sogar den des Hafens, nach brackigem Wasser, Pech zum Kalfatern und feuchtem Segeltuch. Barbara Meinert ging mit ihren taftraschelnden Röcken am Arm ihres Mannes, er schritt kräftig aus, und sie hielt wie Rosina leicht mit. Den größten Teil der Unterhaltung bestritt Zacharias, seine Frau sprach nur, wenn er sie etwas fragte. Sicher war sie müde. Das Gespräch auf diesem kurzen Heimweg verlief belanglos, einzig als sich Zacharias nach Magnus erkundigte, war Rosina überrascht. Ob sie ihn bald zurückerwarte, ob er von seiner Mission geschrieben, ob er sich schon gut in der Stadt eingelebt habe? Aber was sonst fragte man eine junge Ehefrau, die man wenig kannte?

Rosina hatte nicht gewusst, dass Magnus und Zacharias Meinert einander kannten. Wie man sich in der Stadt so kenne, erklärte er munter, Monsieur Herrmanns habe sie vor einiger Zeit bekannt gemacht, er wisse gar nicht mehr, bei welcher Gelegenheit. Rosina beantwortete seine Fragen, so gut sie es konnte, und hoffte, er bemerke nicht, wie wenig sie von Magnus' ‹Mission› wusste. Falls er es bemerkte, erstaunte es ihn offenbar nicht. Viele Ehefrauen und erst recht die Töchter erfuhren wenig von dem, was die Männer außerhalb des Hauses beschäftigte, von deren Politik und Geschäften.

Nachdem Zacharias für sie die Haustür mit dem großen Schlüssel geöffnet hatte – er drehte sich wie gewöhnlich nur widerwillig im Schloss –, lief Rosina immer zwei Stufen nehmend die Treppe hinauf. Es war ein langer Tag gewesen, sie war froh, wieder zu Hause zu sein und die Abendstunden allein mit sich und ihren Gedanken zu verbringen.

Und vielleicht hatte Pauline bei der Post einen Brief von Magnus vorgefunden. Vielleicht, er war kein fleißiger Briefschreiber, das wusste sie schon lange.

Sie öffnete die Wohnungstür, Pauline hatte den Riegel noch nicht vorgeschoben, und blieb irritiert stehen. Statt nach der einfachen Suppe, die sie als Nachtessen erwartete, roch es nach Kaffee und Gebratenem, und was sie hörte, war keinesfalls Pauline, die pflegte auch nicht mit sich selbst zu sprechen. Es war eine Kinderstimme. Tobis Stimme?

Dann hörte sie eine zweite: «Ich bin sicher, wir werden uns gut vertragen. Aber sag mal: Hast du keine anderen Schuhe? In denen holst du dir im Winter Frostbeulen.»

Magnus!, durchfuhr es sie heiß, Magnus war zurück. Ihr Schultertuch fiel auf die Erde, ihr Täschchen sauste durch die Luft, und sie rannte durch den kurzen Flur zum Salon.

Da stand er, der Tür den Rücken zugewandt, und blickte von seiner Größe von gut sechs Fuß auf Tobi herab, er drehte sich zu ihr um, und sie flog in seine Arme. Aller Groll, alles Gefühl von Fremdheit während der letzten Tage war vergessen. Er war wieder bei ihr, was sonst war wichtig? Erst als sie seine Umarmung fühlte und seine Lippen in ihrem Haar, gestand sie sich ihr Misstrauen ein, ihre Furcht, er könne nicht zurückkommen, er sei ihrer schon überdrüssig, er habe sie und ihre Liebe betrogen. Der Gedanke verschwand so schnell, wie er gekommen war, das Gefühl des Glücks überstrahlte die Scham über das Misstrauen. Endlich ließ er sie los, nahm ihr Gesicht in beide Hände und küsste sie sanft.

«Es war eine lange Zeit», flüsterte er, «eine viel zu lange Zeit.»

Ein vernehmliches Räuspern holte Rosina endgültig aus seinen Armen. Pauline stand in der Tür, in einer Hand eine Bürste, in der anderen einen von Magnus' langem Ritt schlammbespritzten hohen Stiefeln. Sie sah bedeutungsvoll von Rosina zu Tobias und wieder zurück.

«Ich will nicht stören, Madam», sagte sie, «aber ich muss. Es ist eine Freude, dass der Herr wieder zurück ist. Ja, das ist es wirklich. Und der Spargel da», ihr Blick fiel streng auf Tobias, «der kam kurz nachdem Ihr zu den Herrmanns' gegangen seid. Der alte Zacher hat ihn höchstpersönlich gebracht, abgeliefert wie ein Fass saurer Heringe. Ohne Anmeldung. Ich wollte ihn wieder zurückschicken, aber Zacher hat gesagt, das geht nicht. Sie müssen den Jungen besonders gründlich geschrubbt haben, er sieht manierlich aus. Und nun ist er hier. Ich weiß nicht, ob's Euch recht ist. Euch und Monsieur Vinstedt.»

«Mir ist heute alles recht, Pauline. Willkommen bei uns, Tobias, da hat Monsieur Zacher sich tüchtig beeilt. Und Monsieur Vinstedt?» Sie stupste ihn vergnügt gegen die Brust. «Der hat eine Überraschung verdient. Oder lag auf der Post etwa ein ganzes Päckchen Briefe für mich?»

Drei Augenpaare richteten sich auf Magnus, der senkte den Kopf, legte die Hand auf sein Herz und murmelte: «Mea culpa, meine Liebste, mea culpa. Ich verspreche, mich zu bessern. Beim nächsten Mal bekommst du einen ganzen Korb voller Briefe. Für dieses Mal werde ich dich um Vergebung bestechen.»

Er beugte sich über den beschmutzt und zerknautscht neben dem Kachelofen liegenden Mantelsack und zog ein in sauberes Leinen gewickeltes Paket heraus.

«Ein Gruß aus dem hohen Norden», sagte er und überreichte es mit einer demütigen Verbeugung.

«Boooh», entfuhr es Tobi, als Rosina das Leinen auseinanderschlug und ein breiter, mit silbergrauer Seide gefütterter Schal aus schneeweißem Pelz zum Vorschein kam.

«Ich hoffe, die Farbe trifft deinen Geschmack.» Magnus

nahm ihr den Pelz aus den Händen und legte ihn um ihre Schultern. «Es gibt auch Felle von Polarfüchsen in graublauer Färbung, vielleicht ...»

«Aber nein!» Endlich hatte sie ihre Sprache wiedergefunden. «Er ist wunderschön. Und so weich. So etwas Kostbares habe ich noch nie besessen.»

«Dann war es höchste Zeit», er sah zufrieden grinsend auf seine schöne Frau, «obwohl du mir auch ohne Pelz ausnehmend gut gefällst.»

Der Anblick dieses jungen Glücks ließ Pauline ungemein störende Tränen in die Augen steigen.

«Komm, Spargel», sagte sie, «du kommst mit in die Küche. Deine Pflichten erkläre ich dir morgen. Jetzt kannst du den Spieß mit dem Kapaun drehen. Oder wird heute kein Nachtessen gewünscht, Madam?»

Während Tobias in der Küche mit einer Hand den Spieß drehte und mit der anderen ein Stück süßes Brot mit Rosinen aß, führte Pauline vor lauter Rührung über ihre wiedervereinte junge Herrschaft ruppige Reden und bewunderte immer wieder den Streifen Tonderner Klöppelspitze, den Magnus für sie mitgebracht hatte. Was nicht richtig war, eigentlich. Wohin sollte es führen, wenn der Hausherr sogar der Köchin und Putzmamsell ein Geschenk von der Reise mitbrachte.

Rosina und Magnus saßen auf der gepolsterten Bank im Salon, nicht das zarteste Blättchen hätte zwischen sie gepasst, und Magnus erfuhr, auf welche Weise sich ihr Haushalt um einen Esser vergrößert hatte und dass er im Waisenhaus erwartet wurde, um die Papiere für den Jungen zu unterzeichnen. Rosina beobachtete sein Gesicht, seine Augen, nichts widersprach seinem Lachen, als er sagte, das sei in der Tat eine Überraschung, aber ein bisschen Hilfe könne nur gut sein, und der Knirps sehe aus, als könne man

Spaß mit ihm haben. Dem stimmte Rosina zu, auch wenn sie wegen des Spaßes nicht so sicher war.

Von Sibylla van Keupens Tod wusste er schon, auch von dem Brand in ihrem Kontor. Pauline, erklärte er mit vergnügtem Zwinkern. Während sie Kaffeebohnen für ihn geröstet und gemahlen hatte, hatte sie ihm von den neuesten Katastrophen in der Stadt berichtet.

«Zwei tote Frauen», sagte er ernst, «das ist furchtbar.»

«Hast du sie gekannt?», fragte Rosina.

«Madam van Keupen? Flüchtig.» Er stand auf, füllte zwei Gläser aus der Weinkaraffe und reichte ihr eines. «Sie war eine ungewöhnliche Frau.»

«Ungewöhnlich?»

Magnus trank einen Schluck und setzte sich wieder neben sie. «Ja, schon weil sie den Handel ihres Mannes so erfolgreich weiterführte. Aber sie hatte auch eine Art – ich weiß nicht wie. Freundlich und zugleich einschüchternd. Da war auch etwas heimlich Spöttisches, und man hatte in ihrer Gegenwart den Eindruck, ihr entgehe nichts. Und nun sag mir, was spricht Wagner darüber.»

Magnus kannte den Weddemeister seit ihrer Begegnung in London vor zwei Jahren, als Wagner in dienstlichem Auftrag samt seiner jungen Frau Karla mit Rosina und der ganzen Becker'schen Komödiantengesellschaft an die Themse gereist war. Inzwischen hatten sie nicht gerade Freundschaft geschlossen, das würde der Weddemeister sich mit einem feinen Herrn wie Monsieur Vinstedt genauso wenig erlauben wie mit den Herrmanns', doch sie schätzten einander, jeder den anderen auf seine Art.

«Wagner? Ja, ich weiß nicht ...»

«Du wirst mir nicht erzählen wollen, er habe versäumt, dir irgendwo aufzulauern, sein großes blaues Tuch geknetet und versucht, deine Gedanken anzuzapfen.»

Sie sah ihn skeptisch an, erkannte das Lächeln in seinen Augen und sagte: «So war es nicht, aber ganz ähnlich.»

Sie erzählte ihm von der Begegnung vor Sankt Katharinen – vergaß auch Grabbe und Kuno, den freundlichen Höllenhund, nicht –, von dem Gespräch in der Kirche und schloss: «Ich war mal wieder neugierig, Magnus, ich gebe es zu. Wahrscheinlich habe ich einfach zu viel Zeit. Und ich hatte das Feuer im Kontor von unserer Schlafkammer aus gesehen, das musste ich ihm sagen. Leider habe ich niemanden bemerkt oder gar erkannt, der es gelegt haben könnte. Es war eine viel zu dunkle Nacht, und sicher war der Brandstifter längst verschwunden. Eigentlich sollte er besser dich um Rat oder Hilfe fragen. Du hast sie gekannt, ich nicht.»

«Nicht gut genug, um mehr zu wissen als jede Marktfrau – ich bin sogar sicher, dass jede Marktfrau mehr zu erzählen hätte.» Er legte den Arm um ihre Schultern, zog sie noch näher zu sich heran und lehnte seinen Kopf gegen ihren. «Ob du sie gekannt hast oder nicht, wird Wagner egal sein. Und ich fürchte, dir auch. Selbst wenn ich es sollte, werde ich dir nicht verbieten, dich ein bisschen für Wagner umzuhorchen. Es würde auch nichts nützen, oder?»

«Kaum.» Sie kuschelte sich tiefer in seinen Arm. «Das stände auch gegen unseren Handel: Ich werde eine brave, na ja, zumindest eine treue Ehefrau und du ...»

«Und ich lasse dich, wie du bist: eigensinnig, leichtsinnig, neugierig und ungemein liebenswert. Ja, das war und bleibt unser Handel. Solange du mir noch etwas versprichst, wenn du so willst, als einen zusätzlichen Paragraphen in unserem Vertrag.»

Sie befreite sich aus seinem Arm und sah ihn unmutig an.

«Das habe ich in der Aufzählung deiner Tugenden vergessen: misstrauisch. Oder sagen wir: skeptisch. Das klingt netter. Wie gut, dass du keinen geheiratet hast, der dazu neigt, beleidigt zu sein. Du sollst mir nur versprechen, dich nicht wieder auf gefährliche Situationen einzulassen, du sollst mich, Wagner oder wem immer du vertraust, zu Hilfe holen, bevor du tust, was niemand tun sollte, egal ob Mann oder Frau. Zum Beispiel alleine durch das Gängeviertel gehen oder in verlassenen Theatern nach Beweisen suchen. Insbesondere nachts.»

«Hm», sagte sie. «Du klingst wie das Echo von Anne und meiner lieben Prinzipalin Helena. Dabei habe ich so etwas nur getan, weil es die Situation unbedingt erforderte. Und nachts ziehe ich es vor, hier bei dir zu sein. Fürchtest du gar nicht um meinen guten Ruf?»

«Nur in Albträumen. Im Übrigen ist es ja eine sehr diskrete Beschäftigung, das liegt in der Natur der Sache.»

«Äußerst diskret», sagte Rosina und dachte an das Kaffeekränzchen. Seit dem Nachmittag wussten alle Damen, dass sie in der Katharinenkirche gewesen war und mit Wagner gesprochen hatte – nun wusste es bald die ganze Stadt. Auch das lag in der Natur der Sache. Allerdings hatte keine von ihnen Überraschung oder Missbilligung gezeigt, bis – vielleicht – auf Barbara Meinert. «So diskret wie der Anlass deiner Reise.»

Sie wusste, dass er in Kopenhagen gewesen war, doch nur vage warum. Im Auftrag der Commerzdeputation, hatte er gesagt, es gehe wieder um Schiffsversicherungen, wie damals in London. Sie hatte gespürt, dass da noch etwas war und er weiteren Fragen ausweichen würde. Obwohl sie es verstanden hatte, war sie verletzt gewesen. Es war höchste Zeit zu lernen, *nicht* immer alles genau wissen zu wollen. Das war schwer. In der Komödiantengesellschaft gab es mit Jean und Helena einen Prinzipal und eine Prinzipalin, doch es war selbstverständlich gewesen, alles mit allen zu besprechen, Belangloses wie Bedeutendes. Sie hatten nicht auf gepolsterten Bänken gesessen, sondern auf alten Kostümkörben und Bretterstapeln, auf dem Fuhrwerk oder in den stets geizig geheizten engen Unterkünften, und der Wein war viel saurer gewesen als der, den sie nun mit Magnus trank. Trotzdem gehörte das zu den Dingen, die sie am meisten vermisste, diese oft turbulenten Gespräche, während deren sie sich selbst bei heftigen Meinungsverschiedenheiten immer aufgehoben gefühlt hatte, als ein Teil einer Gemeinschaft, auf die sie zählen konnte, egal, was geschah.

«Du warst in Kopenhagen», sagte sie, «nun gut. Nur im Auftrag einiger Kaufleute, um Probleme mit den Schiffsversicherungen bei Havarien an den dänischen Küsten zu klären? Ist es ein Zufall, wenn gerade in diesen Tagen das abenteuerliche Gerücht umgeht, Struensee lebe und plane hier einen Umsturz?»

«Wirklich?» Er lachte verblüfft. «Das ist tatsächlich abenteuerlich. Wer denkt sich nur solchen Unsinn aus?» Er strich ihr nachdenklich eine den Spangen entkommene Locke aus der Stirn und gab sich endlich einen Ruck. «Du hast recht, Liebste, wenn ich dir nicht vertraue, wem dann? Ich bin einfach noch nicht daran gewöhnt, zu teilen, was in meinem Kopf vor sich geht, und bei dieser Reise musste ich aus gutem Grund Verschwiegenheit zusichern. Du magst neugierig sein, Schwatzhaftigkeit liegt dir fern. Also hör zu. Gelogen habe ich nicht, ich habe mir geschworen, dich nie zu belügen. Das weißt du nun auch. Obwohl es ein leichtsinniger Schwur war, den ein vernünftiger Mann besser für sich behält. Es ging tatsächlich um die Versicherungen, da wird nach wie vor viel und geschickt betrogen. Außerdem und vor allem ging es jedoch um etwas, das mit dem Skandal am dänischen Hof zu tun hat. Allerdings weniger mit Struensee als mit Prinzessin Louise Augusta und der ins Exil verbannten Königin. Sie hat noch Anhänger, die ...»

In diesem Moment wurde die Tür aufgestoßen, und Pauline brachte ein Tablett mit dampfenden Schüsseln. Tobi hatte die Ehre, die Platte mit dem knusprig gebräunten Kapaun zu tragen. Rosina musste ihre Neugier bezähmen, bis sie mit Magnus wieder allein und die Tür geschlossen war.

Als es Nacht geworden war und Tobi nudelsatt in dem winzigen Kämmerchen hinter der Küche unter einer wunderbar wärmenden Decke lag, sprach er ein Gebet. Das geschah nicht oft, er fand, im Waisenhaus werde tagsüber genug gebetet, doch heute kam es tief aus dem Herzen. Er gelobte, sich fortan musterhaft zu betragen, nicht mehr zu klauen, nur noch im Notfall Prügel auszuteilen, fleißig zu lernen und zu arbeiten und überhaupt ein ganz anderer zu werden. Nur der liebe Gott und der Herr Jesus persönlich konnten dafür gesorgt haben, dass er in diesem Haus gelandet war, so etwas konnte nicht umsonst zu haben sein. Morgen, so hatte der Monsieur gesagt, werde Pauline mit ihm neue Kleider kaufen gehen, nicht nur Schuhe. Er musste sehr reich sein. Und sehr wohltätig. Tobi hätte lieber eine Schleuder gehabt oder einen dieser Reifen, den man mit einer Gerte über die Wege trieb, eine Tüte Zuckerkringel oder Schlittschuhe für den Winter oder – doch all das konnte warten. Dieser Anfang verhieß keine kargen Zeiten.

Endlich kugelte er sich zusammen wie ein Kätzchen und zog die Decke über den Kopf. Er war einen großen Schlafsaal mit dem vertrauten Atmen, Schnarchen und Rascheln, manchmal auch Weinen vieler Jungen gewöhnt. Er wollte nicht hören, wie er, allein in dieser dunklen Kammer, nichts hörte.

*

FREITAG, 30. OKTOBER, VORMITTAGS

Der graue Tag erschien Rosina strahlend, als habe sich die Sonne schon durch die Wolken geschoben und die Stadt, den Hafen und die weite Flusslandschaft in das mattgoldene Herbstlicht getaucht, das die Nähe des Novembers unwirklich erscheinen und doch schon seine Wehmut spüren lässt. Ob grau oder mattgolden, sie fühlte nicht die Spur von Wehmut. Ihr Herz war leicht, ihr Kopf voll übermütiger Melodien, die ganze Welt eine glückliche Verheißung. Zweifel, Fremdheit, Sehnsucht nach dem freien Leben auf der Wanderschaft? Das war gestern gewesen. Nur eines bedauerte sie: Der Tag war nicht kalt genug, Magnus' Geschenk auszuführen, den breiten Schal, der Hals und Schultern zärtlich umschmeichelte.

Sie war auf dem Weg zu dem Handschuhmacher in der Steinstraße, ein so prächtiger Schal erforderte angemessene Gesellschaft. Sie würde die Handschuhe von ihrem eigenen Geld bezahlen. Nicht von dem Geld für die Belange des Haushaltes, sondern vom Rest dessen, was sie nach dem Tod ihres Vaters geerbt hatte. Viel war nicht mehr übrig. Ein großer Teil war als Investition in ihre Zukunft in die Gründung und Ausstattung einer Fabrik geflossen, in der aus Rüben Zucker gemacht werden sollte. Ein vielversprechendes Unternehmen, obwohl es allgemein als lächerlicher Versuch angesehen wurde. Zucker aus Rüben – das war zu kurios. Sie glaubte immer noch daran. Leider war die Fabrik explodiert, bevor der Beweis erbracht und Zucker billig genug gemacht werden konnte, um für nahezu jedes Haus erschwinglich zu sein. Einen großen Betrag hatte auch die Reise der Becker'schen Gesellschaft nach London verschlungen, das als Hauptstadt der neuen natürlichen Schauspielkunst ein lange ersehntes Ziel gewesen war. Komödianten wie die Becker'schen konnten sich die Überfahrt und den langen Aufenthalt sonst keinesfalls leisten. Dieses Unternehmen hatte sich als überaus lohnend erwiesen. Natürlich besonders die grandiosen Shakespeare-Aufführungen des *Drury Lane Theater* in Covent Garden, aber das ganze brodelnde Leben in der riesigen Stadt, die so aufregend anders war als alle, die sie bis dahin gesehen hatte, war es wert gewesen. Und dort hatte sie auch Magnus getroffen.

Seit sie ihr Elternhaus verlassen und bei den Komödianten Unterschlupf gefunden hatte, hatte sie immer eigenen Lohn gehabt. Zumeist bitter wenig, doch es war selbstverdientes Geld gewesen, nicht erbetenes oder gewährtes. Für Magnus und nahezu den ganzen Rest der bürgerlichen Gesellschaft war es selbstverständlich, wenn eine Ehefrau von dem lebte, was ihrem Mann gehörte. Das Eigentum einer Frau ging mit der Heirat in das Eigentum des Gatten über. So war es immer gewesen, so würde es bleiben. Für Rosina bedeutete das ein Korsett für ihre Freiheit. Und für ihren Stolz. Sie musste sich unbedingt etwas einfallen lassen, um wieder eigenes Geld zu verdienen, nicht wie eine Handelsfrau, doch genug, um nicht über jeden Pfennig Rechenschaft ablegen zu müssen. Magnus würde das kaum verlangen, es sei denn, sie gebärdete sich plötzlich über ihre Verhältnisse verschwenderisch. Sie würde es selbst von sich verlangen, und das versprach wenig vergnüglich zu werden.

Was konnte sie tun? Was *konnte* sie? Singen, tanzen, schauspielern. Englisch, Französisch, halbwegs Latein. Wer sollte das gerade von ihr lernen wollen? Gute Manieren? Die Grübchen in ihren Wangen vertieften sich. Es musste eine ganze Reihe von einfachen Leuten geben, die durch Heirat oder erfolgreiche Geschäfte plötzlich mit Menschen Umgang hatten, deren gesellschaftliche Spielregeln ihnen fremd waren, die – wenn sie dazugehören und anerkannt sein wollten – sehr schnell lernen mussten, wie man Messer und Gabel manierlich führte, wie man einer Dame von Adel, einem Herrn vom Rat oder der Köchin gegenüber den richtigen Ton fand, wann ein Knicks oder Diener zu tief, zu wenig tief oder überhaupt nicht angebracht waren. Menschen, die solchen Unterricht heimlich nehmen und sie durch die Hintertür einlassen würden. Diskret, äußerst diskret. Genau so, wie es auch für sie sein musste.

«Madam Rosina!» Claes Herrmanns überquerte, seinen Dreispitz über den Köpfen der Menge schwenkend, mit großen Schritten den Platz vor der Börse. «Madam Rosina», begrüßte er sie ein wenig atemlos, «wie gut, dass wir Euch treffen. Ich muss nicht fragen, ob es Euch gut geht, Ihr seht blendend aus, wie eine frischerblühte Rose. Wenn Ihr mir eine kleine Schmeichelei von reiner Wahrheit erlaubt.»

Anders als die meisten hatte er sich sofort an ihren neuen Stand gewöhnt, mit ‹Madam Vinstedt› hatte er es allerdings gar nicht erst versucht. Das gefiel ihr, denn sie blieb bei aller Veränderung doch immer Rosina, auch ohne das leichte Mademoiselle. Das hoffte sie jedenfalls. So, wie sie hoffte, nie eine der behäbigen, allzu sehr auf ihre Würde bedachten Matronen zu werden, als die sich viele Frauen zeigten, die sie als übermütiges Mädchen gekannt hatte. Oder wie Barbara Meinert. Ihr Mann hatte launig erzählt, was für ein wildes Kind sie gewesen sei. Kaum habe ihre Mutter einmal weggesehen, sei ihr kein Baum zu hoch gewesen, um mit ihrem Bruder um die Wette zu klettern. Das war schwer vorstellbar. Nun, kaum über zwanzig Jahre alt, eiferte sie streng den Gattinnen im gesetzten Alter nach. Vielleicht, dachte Rosina generös, bekämpfte sie auf diese Weise nur ihre Sehnsucht, wieder auf Bäume zu klettern.

«Danke, Monsieur Herrmanns, es geht mir tatsächlich ausnehmend gut. Ich habe keine Sorgen, dank Elsbeth eine fabelhafte Mamsell, und, ja, das auch, gestern ist Magnus zurückgekommen.»

Herrmanns nickte. «Das erklärt Eure rosigen Wangen und strahlenden Augen. Ich habe schon davon gehört, er war gleich nach seiner Ankunft im Rathaus.»

Rosinas Grübchen verschwanden. Dann musste er dort gewesen sein, bevor er in die Mattentwiete zurückkehrte, dann war er doch nicht zuerst zu ihr gekommen. Es gab vieles, an das sie sich gewöhnen musste, ohne es als Kränkung zu verstehen.

«Ihr sagtet ‹wir›?» Ihr Blick glitt suchend durch die Menge, doch es war nicht Annes hochgewachsene gertenschlanke Gestalt, die sie entdeckte. Wagner schob sich mit rotem Kopf und grimmigem Gesicht durch das Gewimmel. Anders als dem vornehm gekleideten, sechs Fuß großen Kaufmann machte niemand dem kurzbeinigen dicken Weddemeister in seinem abgeschabten Rock bereitwillig Platz. Er musste sich ohnedies stets bemühen, mit Claes Herrmanns Schritt zu halten.

«Wo bleibt Ihr denn, Wagner? Gerade hattet Ihr es doch noch so eilig.» Als einem freundlichen und mit seinem Leben zufriedenen Menschen fehlte Claes Herrmanns die Arroganz vieler seiner Standesgenossen gegenüber solchen mit geringerem Besitz und weniger Bildung, er übersah nur, dass ein Mann wie Wagner mit anderen Widerständen zu kämpfen hatte als er. «Nun seid Ihr ja da. Seht, wen wir getroffen haben. Wenn das keine glückliche Fügung ist.» Bevor Wagner auch nur eine Begrüßung murmeln konnte, fuhr er schon fort: «Ich hoffe, Ihr habt ein Stündchen Muße, Rosina, denn Ihr müsst uns begleiten. Worum es geht, könnt Ihr Euch denken, und wie ich weiß», er zwinkerte ihr auf eine vertrauliche Weise zu, die die Damen Meinert und Stollberg als höchst umpassend empfunden hätten, «seid Ihr wieder mit von der Partie. Wagner hat Fragen, bevor er Euch später über die Antworten unterrichten muss, hört Ihr besser gleich selbst zu. Was haltet Ihr von einer Tasse Kardamomkaffee? Oder lieber Schokolade? Jensen macht nach Augustas untrüglichem Urteil die beste.»

Nicht nur Wagner, auch Claes Herrmanns schien es heute eilig zu haben, was allerdings wenig verwundern konnte, bald begann die Börsenzeit.

Er reichte ihr den Arm und lotste sie über den Platz zur Tür von *Jensens Kaffeehaus*, Wagner blieb nur, ihnen zu folgen. Diesmal hielt er sich so nah hinter dem Großkaufmann, dass er keine Mühe hatte, mit durch die schmale Gasse zu schlüpfen, die sich im Gedränge für das energisch voranschreitende Paar öffnete. Er hasste Besuche bei Jensen und ähnlich vornehmen Etablissements. Leider war es unmöglich, Monsieur Herrmanns stattdessen eine der Schänken vorzuschlagen, die er gewöhnt war und in denen er sich wohlfühlte. Trotzdem blickte er nun nicht mehr ganz so grimmig. Rosinas Begleitung machte ihm den Besuch des unangenehmen Ortes leichter.

Nach der Börsenzeit, die von zwölf bis zwei Uhr in der wenige Schritte entfernten offenen Börsenhalle stattfand, war das Kaffeehaus bis auf den letzten Stuhl besetzt, selbst zwischen den Tischen und im hinteren Zimmer beim Billard drängten sich dann die Männer. So war es Tradition, und was nach reinem leichtfertigem Vergnügen aussah, war zugleich eine Fortsetzung der Geschäfte, eine Zusammenkunft, die ebenso wenig versäumt wurde wie der Gang zur Börse.

Jetzt am Vormittag waren nur wenige Tische besetzt, augenscheinlich von Privatiers und wohlhabenden Reisenden, die hier auch Korrespondenz erledigen und die bedeutenden unter den europäischen Zeitungen lesen konnten. Es roch nach Tabakrauch und frischgerösteten Kaffeebohnen, vermischt mit einem süßlichen Duft von Rosenwasser, das ein Herr mit blonder Perücke in einem mauvefarbenen, silberbestickten Rock verströmte, der an einem Tisch nahe der Tür saß. Während er gelangweilt in der *London Chronicle* blätterte und an einem Pfefferminzlikör nippte, warf er den neuen Besuchern einen kritischen Blick zu und widmete sich aufseufzend wieder seiner Lektüre. Die Stadt zwischen Elbe und Alster und ihre Bewohner, selbst ihre Bewohnerinnen, sagten ihm offenbar wenig zu.

Claes Herrmanns ging voraus zu seinem Lieblingstisch an einem der hinteren Fenster zum Fleet, rückte Stühle zurecht, machte heiter Konversation über das Wetter und die reiche Pflaumen- und Walnussernte in Annes Garten vor dem Dammtor und fragte schließlich Rosina, ob ihr dieser Ort überhaupt genehm sei? Früher eine strikte Domäne der Männer, waren inzwischen auch die besseren Kaffeehäuser Frauen, sogar Damen nicht mehr verboten. Dennoch traf man dort in dieser Stadt erst wenige.

«Sogar sehr genehm», antwortete Rosina. «Ich bin nicht zum ersten Mal hier, und es ist nur gut, wenn sich Jensens Gäste an uns Frauen gewöhnen. Lacht nicht, Monsieur, ich zitiere nur Madam Augusta.»

Er tat es trotzdem, sein tiefes Lachen war dem seiner Tante Augusta sehr ähnlich. Jensen kam mit dem Tablett, und als sein geliebter Kardamomkaffee auf dem Tisch stand, vor Wagner und Rosina eine Tasse Schokolade, blickte Herrmanns den Weddemeister aufmunternd an.

«Fangt an», sagte er. «Was wollt Ihr wissen?»

Wagner führte gerade die Tasse an die Lippen, er nahm rasch einen Schluck und stellte sie zurück auf den Unterteller. Er hoffte, Monsieur Herrmanns werde wie bisher bei ihren seltenen Zusammentreffen auch diesmal den teuren Trank bezahlen. Solche Extravaganzen waren ihm bei seinem knappen Lohn strikt verboten.

«Es sind nur ganz einfache Fragen, ja.» Er hätte gerne nach seinem blauen Tuch gegriffen und sich die Stirn gewischt, doch die Geste schien ihm hier zu grob. «Sicher kanntet Ihr die verblichene Madam van Keupen, sie...»

«Natürlich kannte ich sie. Wie alle in der Stadt, die Handel treiben. Allerdings waren unsere Begegnungen geschäftlicher Art, nicht freundschaftlicher.»

«Ganz wie ich dachte, ja, so dachte ich schon.» Genau deshalb war ihm Herrmanns' Meinung so wertvoll, ein durch Freundschaft getrübter Blick half bei der Aufklärung eines Verbrechens wenig. «Sie war sehr angesehen und galt als, nun ja, als makellos. In allem. Ein wenig zu makellos, wenn Ihr mir erlaubt, das zu sagen. Und in der Tat gibt es jemand, der sie lieber tot als lebendig sieht. Da Ihr mit allen vertraut seid, zudem Mitglied der Commerzdeputation, dem Rathaus und der Bank nahesteht, also, wenn Ihr mir anvertrauten könntet, wo es Streit gab. Oder womöglich doch die eine oder andere Unredlichkeit? Vielleicht hat sie jemanden übervorteilt, auf unangenehme Weise ausgestochen?»

Claes Herrmanns rührte eine großzügige Portion Zucker in seinen Kaffee, bevor er antwortete. Die Frage war ihm unbehaglich.

«Ich dachte mir, dass Eure Fragen so oder ähnlich lauten werden. Dennoch höre ich sie ungern. Konkurrenten auszustechen gehört zu unseren Geschäften, mal gewinnt dieser, mal jener. Madam van Keupen war ehrgeizig, sie wollte Erfolg und natürlich guten Gewinn. Sie hat oft gewonnen, das ist bekannt, und daran ist nichts Verwerfliches. Dass sie jemanden übervorteilt hätte, habe ich nie gehört. Es hätte nicht zu ihr gepasst. Sie war von wachem schnellem Geist und hatte vorzügliche Verbindungen ins Ausland. Die haben die meisten Großkaufleute, ich hatte aber den Eindruck, sie wusste ihre besonders gut zu pflegen.»

Auch habe sie sich mit Bergstedt auf einen exzellenten Schreiber verlassen können. Einige seien überzeugt, er sei der eigentliche Herr ihres Handels gewesen, doch das sei Unsinn.

«Um dies zu beurteilen, kannte ich sie gut genug. Wichtige Entscheidungen, wie sie im Kontor täglich getroffen werden müssen, überließ sie nie anderen. Darin glich sie ihrem Mann, Tillmann van Keupen muss sich oft mit ihr beraten und ihr viel erklärt haben, sonst wäre sie kaum in der Lage gewesen, seine Arbeit so gut fortzusetzen. Aber auch nicht ohne eigene Talente, sie war erstaunlich vorausschauend und hatte eine Nase für zukünftige Entwicklungen. Das hat ihr Respekt eingebracht, wenn auch von manchen widerwillig.»

Wagner war enttäuscht. Er kannte Herrmanns als einen Mann, der einer Prise Klatsch und gewagter Spekulation nicht abgeneigt war. Bis jetzt hatte er weder Neues noch Vertrauliches berichtet und sich zu keiner Spekulation hinreißen lassen.

Rosina sah Wagner schwitzen und fand, er brauche eine Atempause. «Ihr sagtet ‹widerwillig›, Monsieur Herrmanns. Gab es deshalb Neider oder Feindschaften?»

«Neider sicher, von Feindschaften habe ich weder gehört noch selbst welche bemerkt.»

Die für ihn ungewöhnlich knappe Antwort zeigte die Ermüdung seiner anfänglichen Bereitschaft, Fragen zu beantworten, Rosina entschied, dies ihrerseits nicht zu bemerken.

«Ich habe gehört, sie hat sich seit einigen Jahren für das Baugewerbe interessiert. Die Stadt ist eng, innerhalb der Wälle gibt es kaum noch Platz für neue Bauten, die Mieten steigen. Um Grundbesitz und neue Bauvorhaben soll es die reinsten Hahnenkämpfe geben. Ist das Mietshaus im Hof zwischen dem Cremon und der Mattentwiete nicht auch Eigentum der van Keupens? Um das Gebäude soll es Ärger gegeben haben, weil es so schlecht gebaut ist.»

Herrmanns nickte. «Alles trifft zu. Für das Haus im Hof hinter Eurer Wohnung ist allerdings Abhilfe angekündigt und in Auftrag gegeben, zum Teil schon ausgeführt. So spricht man jedenfalls im Commerzium. Sie war auf ihren Ruf bedacht, ein zusammenbrechendes Haus konnte dem nur schaden und wäre kein vorteilhaftes Geschäft gewesen. Und ja, sie hat eine Vorliebe für die Baukunst entwickelt. Warum nicht? Es ist ein wichtiges und interessantes Gewerbe. Vielleicht habt Ihr auch gehört, dass sie einen jungen Baumeister gefördert hat, mit ihm hat sie ausnahmsweise einen Fehlgriff getan, der Mann muss noch viel lernen. Sein Name fällt mir jetzt nicht ein; falls er auf der Liste Eurer Verdächtigen steht, Wagner, könnt Ihr ihn streichen. Sie hat ihn aus eben diesem Grund auf eine kleine Bildungsreise geschickt. Er hat schon vor vier oder fünf Wochen die Stadt verlassen.»

Während Wagner noch überlegte, ob er es wagen könne, nach einem möglichen, wirklich nur möglichen ernsten Zwist zwischen Madam van Keupen und Baumeister Sonnin zu fragen, wollte Rosina noch etwas wissen: «Es mag mit dieser Sache nichts zu tun haben, doch in dem Hof steht eine kleine Werkstatt leer. Sie gehörte einem Fächermacher, das heißt, er hat darin gearbeitet. Wisst Ihr, warum er plötzlich fort ist?»

«Ich fürchte, Ihr erwartet zu viel von mir, Madam Rosina.» Claes Herrmanns reckte den Hals, er hätte gerne noch einen Kaffee bestellt, doch Jensen war nicht zu sehen. «Irgendetwas war mit einem Fächermacher, ja. Wenn ich mich recht erinnere, hat er sein Gewerbe aufgegeben und, richtig, jetzt fällt es mir wieder ein, ein Kunstblumenmacher hat um Erlaubnis ersucht, seine Arbeit fortzuführen. Ich glaube, es war der vom Baumwall. Das muss das Amt wissen, wobei ich nicht sagen kann, zu welchem Amt Fächermacher gehören. Vielleicht zu den Schneidern? Der Kunstblumenmacher ist ein Manufakteur, der gehört sicher keinem Amt an.»

Er sah Rosina prüfend an. «Ihr werdet jetzt kaum nach dem Fächermacher fragen, weil Euch der Sinn gerade nach Putzwaren steht.»

«Ihr fragt wegen des Feuers im Kontor», vermutete Wagner. Fächermacher? Kunstblumen? Da war irgendetwas gewesen. Er musste doch genauer auf seine Notizzettel achten. Hatte Bergstedt nicht erwähnt, unter den Besuchern im Kontor am Tag vor dem Brand sei eine junge Frau von der Kunstblumenmanufaktur gewesen? Er konnte nicht zu Ende denken, Rosina sprach schon weiter.

«Ich weiß es selbst nicht genau. Der Brand und Madam van Keupens Tod innerhalb weniger Stunden werden doch kein Zufall gewesen sein. Die Werkstatt steht leer, jedenfalls wird dort nicht mehr gearbeitet. Wer immer das Feuer gelegt hat, muss vom Hof eingestiegen sein. Ich habe das Feuer gesehen, aber wegen der Dunkelheit niemanden entdeckt, der davonschlich. Vielleicht hat er sich in dem Schuppen versteckt. Der ist jetzt versperrt, ich habe gestern nachgesehen. Es könnte doch sein, er hat sich dort verkrochen, bis sich die Aufregung wieder legte. Das ist nur ein Gedanke, es gibt zwischen den Schuppen genug dunkle Ecken, in denen ein Mann sich leicht verbergen kann.»

«Und die Durchgänge von den Straßen zum Hof sind offen», sagte Wagner, «sogar nachts. Da kann jeder durch, rein und wieder raus. Was sträflich ist, Türen und Tore müssen bei Sonnenuntergang verschlossen werden.»

«Seit das neue Haus im Hof steht, wird es offen bleiben müssen, sonst wären die Bewohner eingesperrt. Aber auf der Straße», überlegte sie weiter, «hätte ihn selbst mitten in der Nacht jemand sehen können. Zumindest musste er befürchten, der Spritzenmannschaft über den Weg zu laufen. Die Brandwache ist doch ganz in der Nähe.»

«Trotzdem», sagte Claes Herrmanns, «bevor die Männer mit dem Spritzenwagen ankamen, hätte der Kerl allemal rasch verschwinden können. Es gibt außerhalb des Hofes genug dunkle Ecken und Hofeinfahrten, in die er sich hätte drücken können. Er konnte auch nicht damit rechnen, dass das Feuer so rasch entdeckt werden würde. Natürlich ist es möglich, dass jemand, der tagsüber im Hof beschäftigt war, das beschädigte Fenster bemerkt hatte und die Gelegenheit nutzte. Aber das ist wenig wahrscheinlich. Von außen konnte man es sicher kaum erkennen.»

Rosina bemerkte das Zögern in seinen letzten Worten und erahnte seine Gedanken, es sei wahrscheinlicher, dass jemand aus dem Haus van Keupen das Feuer gelegt hatte. Ein ketzerischer Gedanke, erst recht, wenn man bedachte, wie friedvoll und angenehm das Leben im großen Haus am Cremon angeblich war.

Zwei Männer kamen aus dem hinteren Raum, wo sich außer dem Billardtisch auch einige durch Holzwände separierte Tische für vertrauliche Gespräche befanden. Der jüngere der beiden strebte eilig dem Ausgang zu, der ältere begrüßte Claes Herrmanns. Er war ein unauffälliger Mann um die fünfzig, nur die Silberknöpfe an seinem schlichten schwarzen Rock und der goldene Familienring an seinem rechten kleinen Finger verrieten, dass er zum wohlhabenden Teil der Bevölkerung zählte. Herrmanns machte Monsieur Bator mit Wagner und Rosina bekannt. Sie erinnerte sich, dass er ein dem Herrmanns'schen vergleichbares Handelshaus besaß.

Bei aller Behäbigkeit war er ein aufgeklärter Mensch. Es hieß, er lese heimlich Romane, was zu bezweifeln war, ernsthafte Männer, insbesondere Kaufleute, lasen keine Romane.

Falls ihm diese Begleitung Claes Herrmanns', dazu am Vormittag in einem Kaffeehaus, unpassend erschien, zeigte er es nicht. Da er keine Anstalten machte zu gehen, bat Herrmanns ihn, Platz zu nehmen, wenn auch nur kurze Zeit bleibe, bis man zur Börse aufbrechen müsse.

«Gern, wenn es der Dame genehm ist?», sagte er mit einer liebenswürdigen Verbeugung und setzte sich auf den Stuhl zwischen Wagner und Claes Herrmanns. «Madam Vinstedt?», fuhr er fort. «Ah, ich erinnere mich. Meine Tochter und mein Schwiegersohn hatten neulich das Vergnügen, Euch bei den Damen des Hauses Herrmanns kennenzulernen. Barbara und Zacharias Meinert.»

«Richtig», stimmte Claes Herrmanns zu, «beim Kaffeekränzchen unserer Damen. Eure Tochter und ihr Gatte waren so freundlich, Madam Vinstedt nach Hause zu begleiten.»

«Ja, und bei der Gelegenheit möchte ich Euch endlich sagen, wie verbunden ich bin, Herrmanns, dass Ihr unseren tüchtigen Zacharias über so charmante Begegnungen hinaus in den richtigen Kreisen der Stadt bekannt macht. Natürlich tue ich selbst mein Bestes, es ist aber immer von Vorteil, wenn ein Mann Eurer Reputation das unterstützt. Ihr habt ihn Senator van Witten vorgestellt, eine wichtige Bekanntschaft. Ich hoffe, Zacharias hat den guten Eindruck gemacht, der seinem Charakter entspricht.»

«Ja, hat er. Mein alter Freund van Witten ist selbst so redselig, dass er zurückhaltende junge Herrn umso mehr schätzt. Ja, ich erinnere mich, das war gleich, nachdem wir Sonnin getroffen hatten. Hat er davon auch erzählt? Unseren Baumeister hat er allerdings in grimmiger Stimmung erlebt.»

Bator nickte. «Wegen der Flugschrift über Struensee, ich weiß. Ich kann nicht behaupten, den zum Graf emporgedienerten Physikus geschätzt zu haben, er war nun mal ein Parvenu. Aber diese übertriebene Strafe und die Weise der Hinrichtung kann ich nicht gutheißen, diese Zeiten sollten vorbei sein wie die Verbrennung von vermeintlichen Hexen. Es ist kein Wunder, wenn Sonnin so eine Flugschrift besonders ärgert, er ist ja mit den Struensees verwandt.»

Wagner fühlte sich zu Recht von Monsieur Bator übersehen und hatte, anstatt zuzuhören, krampfhaft überlegt, auf welche Weise er sich höflich verabschieden könne, nun wurde er schlagartig wieder aufmerksam.

«Nur recht entfernt», sagte Claes Herrmanns, «wohl über die Familie seiner Mutter. Soviel ich weiß, verkehrten die beiden kaum miteinander, als Struensee noch in Altona lebte.»

«Das mag sein, aber Blutsbande bleiben Blutsbande. Es muss ihm bei seinem zur Unverblümtheit neigenden Temperament schwergefallen sein, mit unserer so tragisch verschiedenen Madam Sibylla manierlich zu sprechen. Sie wollte ja einen erheblichen Anteil der Kosten für seine Begradigung des Katharinenturms bestreiten, da hieß es Kratzfüße zu machen.»

Die folgende Erklärung über seinen Kummer ob des Todes der lieben Madam van Keupen, des unendlichen Kummers der lieben Juliane van Keupen und nicht zuletzt seiner eigenen verdienstvollen Betätigung als Trauermann für diese vom Schicksal hart getroffene Familie fand Wagner überflüssig. Er mochte selbstzufriedene Menschen nicht, umso weniger, als er sie heimlich beneidete.

Zu seiner Erleichterung meldete sich, kaum dass Monsieur Bator einmal Luft holte, Rosina zu Wort: «Warum sollte es dem Baumeister schwergefallen sein, mit Madam van Keupen – wie sagtet Ihr?, manierlich zu sprechen? Wegen der entfernten Verwandtschaft? Ich habe gehört, ich glaube sogar von Eurer Tochter, Monsieur Bator, sie habe Struensee sehr geschätzt und seine Reformen auch für diese Stadt befürwortet.»

«Du meine Güte», Bator lachte schmal, «das kann nicht meine Tochter gewesen sein. Sibylla war unserem Haus wie der selige Tillmann van Keupen seit jeher eng verbunden. Barbara weiß, dass Madam Sibylla ganz im Gegenteil die Vorgänge in Kopenhagen während der letzten Jahre überhaupt nicht gebilligt hat. Es ging ihr weniger um den König und die Königin, sondern um die rabiaten Reformen, von denen einige, das muss ich zugestehen, recht sinnvoll und im Geist unserer aufgeklärten Zeit waren. Doch etliche waren schädlich, und erst die Art und Weise, dieser Struensee'sche Despotismus – nein, das war unerhört. Dumm und weltfremd, selbst wenn man ihm gute Absichten unterstellen will. Ich weiß, dass Madam Sibylla genauso dachte.»

Ganz im Gegenteil sei sie dem alten Graf von Bernstorff verbunden gewesen, der am dänischen Hof eine so vernünftige wie mächtige Rolle gespielt habe und von Struensee schändlicherweise entlassen worden sei. Es sei ein Drama, dass der alte Graf bald nach Struensees Verhaftung gestorben sei, hier in seinem Haus in Hamburg. Nun hoffe man, sein kluger Neffe Andreas werde helfen, Dänemark wieder in ruhige und vernünftige Fahrwasser zu führen.

Die Wendung des Gesprächs hatte Monsieur Bator nicht

gefallen, er blickte zur Standuhr neben dem Schanktisch und erhob sich. «Uns ruft die Pflicht, Herrmanns», sagte er, «über alledem dürfen wir unsere Arbeit nicht vergessen.»

Claes Herrmanns wirkte weniger von der Pflicht belästigt als erleichtert. Er winkte Jensen heran, um zu Wagners Erleichterung die Rechnung zu begleichen, und er und Bator verabschiedeten sich. Wagner möge ihn gerne wieder aufsuchen; wenn es pressiere, wisse man im Kontor stets, wo er zu finden sei. Sicher habe der Weddemeister die Güte, Madam Vinstedt heimzubegleiten. Falls sie es wünsche, fügte er mit freundlichem Spott hinzu.

Als auch Wagner und Rosina das Kaffeehaus verließen, ließ der Gast, der zwei Tische weiter zurückgelehnt in einer Nische gesessen hatte, seine Zeitung sinken und den Blick nachdenklich aus dem Fenster wandern. Sein Dreispitz und dunkler Mantel aus teurem schwarzem Wollstoff lagen auf dem Stuhl neben ihm. Hätte Rosina ihn bemerkt, hätte sie ihn zweifellos wiedererkannt. Auch wenn sie in der Katharinenkirche sein Gesicht nur flüchtig gesehen hatte.

«Ihr seht so nachdenklich aus, Wagner», sagte sie, als sie auf der Straße standen. «Helfen Monsieur Herrmanns' Antworten Euch weiter? Oder Monsieur Bators ausführliche Reden?»

«Einerseits, andererseits, nun ja, letztlich wenig, sehr wenig. Da ist aber noch etwas anderes, Monsieur Bergstedt hat gesagt, am Tag vor dem Brand, als das Fenster schon kaputt war, sei eine junge Frau aus einer Kunstblumenmanufaktur bei Madam van Keupen im Kontor gewesen. Er hat auch irgendwas von Schönheit und blondem Haar gesagt. Ich hatte es fast vergessen, ja, leider, es schien keine besondere Bedeutung zu haben. Als Ihr dann von dem Fächermacher spracht und Monsieur Herrmann sagte, der Kunstblumenmanufakteur habe dessen Arbeit übernommen ... Nun, ich werde es bedenken, jetzt erwartet Grabbe mich in der Fronerei, ich bin schon zu spät. Soll ich Euch ...»

«Nein, Wagner, Ihr sollt nicht. Ich finde meinen Weg gut allein, wie immer, und niemand wird mich belästigen.»

Sie sah Wagner, der in der Menge untertauchte, unschlüssig nach. Der Platz vor Rathaus, Bank und Börse war nun noch belebter als zuvor. Von allen Seiten strömten Männer zur Börse, um in der offenen, von Säulen gestützten Halle Geschäfte zu machen. Kutschen fuhren vor, Sänftenträger forderten mit dem üblichen groben Geschrei Platz für ihre Last. Die Zahl der Straßenhändler hatte sich verdoppelt, zweifellos auch die der flanierenden Damen.

Sie hatte vergessen, Wagner zu fragen, ob ein Mädchen oder eine junge Frau als vermisst gemeldet worden war. Sicher hätte er es erwähnt, doch vielleicht hatte er es vergessen? Alle Welt sprach vom Tod der wohlhabenden Kauffrau, niemand interessierte sich für eine unbekannte Tote in Lumpen, die nur einem Fieber erlegen war. Es wäre ihr kaum anders ergangen, wäre da nicht diese Gleichzeitigkeit der Ereignisse gewesen: das Feuer, der Mord und der Fiebertod am gleichen Ort.

Die Glocken der Kirchen schlugen zwölf, eine nach der anderen. Sie klangen dumpf in ihren Ohren, plötzlich sehnte sie sich nach ihrem Zuhause. Nach Paulines praktischer Fürsorge, der Stille und Geborgenheit ihres Salons, der Schublade mit den alten Rollenbüchern. Und nach der neuen Komödie, die Magnus aus Kopenhagen mitgebracht hatte. Sie sei das Erstlingswerk eines noch unbekannten deutschen Dichters, hatte er erklärt, er habe es für Rosina abschreiben lassen und sei gespannt, ihre Meinung zu hören. Sie hatte ihn dafür geküsst und umso mehr geliebt, weil er sich nicht bemühte, ihren Beruf und ihre unverändert große Leidenschaft für das Theater zu vergessen.

Sie stand immer noch unschlüssig vor dem Portal des Gasthauses *Kaiserhof* und dachte über ihre Pflichten nach. Sie sollte mit Pauline die Mahlzeiten für die nächsten Tage besprechen (Pauline wusste viel besser, was da zu entscheiden war), sie sollte Tobi in der Kirchenschule von Sankt Katharinen anmelden (ein zusätzlicher freier Tag konnte ihm nicht schaden), sie sollte ... Sie drehte sich auf dem Absatz um und eilte über die Trostbrücke. Das war nicht der Weg zum Handschuhmacher am Jungfernstieg, es war der Weg zum Baumwall. Wozu brauchte sie neue Handschuhe? Viel dringender brauchte sie einen neuen Fächer. Oder eine seidene Rose.

*

Die linke Schläfe schmerzte, als wolle sie platzen. Jede Bewegung ihres Kopfes, ihres ganzen Körpers löste eine neue Welle von Schmerz aus. Als habe nicht Sibylla, sondern mich der Klotz getroffen, dachte Juliane van Keupen. Immerhin gab die Migräne ihr das elende Aussehen, das von einer trauernden Hinterbliebenen erwartet wurde. Das machte es einfacher, den Strom der Kondolierenden zu überstehen – niemand blieb lange. Bis auf Madam Schwarzbach, die mit ihrer durchdringenden Stimme atemlos klagend die Treppe heraufgestapft war, das Gesicht verschleiert, den mit einer breiten Schleife von schwarzem Taft geschmückten Spitz im Gefolge. Sie hatte Juliane an ihren ausladenden, festgeschnürten Leib gedrückt, während ihre Zofe von der Diele aus zugesehen und indigniert die Augen geschlossen hatte. Juliane verstand nicht, warum Sibylla mit einer so dummen Frau, die nur an Klatsch, Kleidern und Schmuck interessiert war, Freundschaft gepflegt, warum sie das Geschwätz und die Verschwendung ihrer Zeit ertragen hatte.

Madam Schwarzbach war vom Scheitel bis zur Sohle in schwarzen Kattun von der besten Sorte gehüllt gewesen. Wie gewöhnlich hatte sie übertrieben. Sie gehörte nicht zur Verwandtschaft, Halbtrauer hätte vollauf genügt, Kleidung aus matten Stoffen in gedeckten Farben mit geringer weißer Garnitur. Sie hatte sich ohne Aufforderung im Salon auf einen Stuhl fallen lassen, ihr ‹Antoinettchen› auf den Schoß genommen und es mit Mandelgebäck gefüttert, während sie ihre Litanei auf die liebe verstorbene Freundin plapperte. Dann allerdings war sie schnell zu den wirklich wichtigen Dingen übergegangen, zu Mutmaßungen über die Erbschaftsregelungen. Als Juliane dazu eisern schwieg, hatte sie versichert, wie froh sie sei, dass Sibylla der lieben Mademoiselle Juliane ein gesichertes Auskommen hinterlassen habe, für ihr künftiges Leben und die Jahre des Alters, das vor allem. Sie sei ganz sicher, dass Sibylla das getan habe. Auch dazu hatte Juliane nur ein höflich vages Lächeln gezeigt. Als die Gebäckschale leer war, hatte Madam Schwarzbach sich verabschiedet, Mademoiselle Juliane möge jederzeit nach ihr schicken, wenn sie Beistand brauche, natürlich liege der größte Trost im Gebet, doch eine vertraute Freundin sei auch als eine Gabe des Herrn im Himmel zu betrachten. Und nun, da die liebe Sibylla dahingegangen sei, wolle sie Mademoiselle Julianes Freundin sein, das sei eine Herzenspflicht.

Endlich war die Tür hinter ihr ins Schloss gefallen. Die plötzliche Stille ließ Juliane so erleichtert aufseufzen, wie der Gedanke sie erschauern ließ, Madam Schwarzbach könne sich ihr tatsächlich als Freundin aufdrängen. Eines wunderte sie. Madam Schwarzbach hatte sich keine Minute stillen Gedenkens am Sarg ihrer Freundin erbeten. Oder einfach genommen. Sibylla lag im hinteren Teil der Diele aufgebahrt, deren Wände und Fenster waren wie die des Salons mit schwarzen Tüchern verhängt. Es war stets dämmerig in der Diele, wenn man aus dem hellen Licht des Tages hereintrat, erschien es dunkel. Trotzdem konnte sie den Sarg nicht übersehen haben.

Juliane wandte sich um und schlang mit hochgezogenen Schultern die Arme um den Körper. Da lag Sibylla in ihrem kostbarsten Seidenkleid im Sarg aus heller Eiche mit silbernen Beschlägen. Links und rechts standen die beiden Kandelaber, die gewöhnlich ihren Platz vor dem Familienepitaph in der Katharinenkirche hatten. Es war eine freundliche Geste von Pastor Goeze, doch ihr Anblick hatte Juliane erschreckt. Wenn die Leuchter hören und sehen, wenn sie sagen könnten, wer an jenem Abend auf der Empore gestanden und auf Sibylla hinuntergesehen hatte? Der Gedanke ließ sie frieren. Das Licht der Kerzen warf zitternde Schatten, in der bleiernen Stille, die nur hin und wieder von einer gedämpften Stimme oder verhaltenen Geräuschen aus der Küche unterbrochen wurde, wirkten sie nicht wie ewige Lichter der Hoffnung, sondern als bedrohliche Mahnung.

Juliane hatte den Sarg gleich schließen lassen. Die beste Schminke konnte die entstellenden Verletzungen nicht ganz verbergen. Vor allem aber hätte sie den Anblick der Toten nicht ertragen. Es war genug, ihr neben dem Sarg aufgestelltes Porträt zu sehen, diesen klaren, wissenden Blick. Manchmal, wenn Juliane durch die Diele schritt, erwartete sie auch, Sibyllas Stimme zu hören. Die spitzen, kleinen Sätze, die ihr Ziel nie verfehlten, dieses besondere, kühl perlende Lachen. Niemand hielt Wache während der letzten Stunden von Sibyllas Körper auf Erden. Ihre Töchter hätten es getan, doch die würden erst in diesen oder den nächsten Tagen vom Tod ihrer Mutter erfahren, je nachdem, wie schnell die Briefe ihre Ziele erreichten.

«Mademoiselle Juliane?» Bergstedts leise Stimme ließ sie zusammenfahren. Seit Sibyllas Tod nannte er sie stets Juliane, sie nahm es hin, obwohl es nicht richtig klang. «Ihr seht sehr müde aus, Ihr solltet Euch schonen und ein wenig ruhen.»

Als sie nicht antwortete, schob er seine Hand unter ihren Arm und führte sie die Treppe hinauf. Sie ließ auch das geschehen, es war so angenehm, geleitet zu werden. Auf der Galerie im ersten Stock blieb er vor der Treppe stehen, die zu den privaten Räumen führte. Sie schüttelte den Kopf, es war ihr unvorstellbar, am hellen Tag in ihr Zimmer zu gehen, um zu ruhen. Und dort lauerten in noch dumpferer Stille die Dämonen aus Vergangenheit und Zukunft. Es war genug, wenn sie ihnen des Nachts begegnen musste.

«Nein», sagte sie, «lieber in den Salon. Ich lasse Tee bringen, dann geht es mir gleich besser.»

«Ihr seid unvernünftig», sagte er sanft und öffnete ihr, die Hand immer noch unter ihrem Arm, die Tür zum Salon. «Ihr mutet Euch zu viel zu, ich werde Order geben, dass heute keine Besucher mehr eingelassen werden.»

«Ja», er hielt immer noch leicht ihren Arm, und sie ertappte sich dabei zu bedauern, dass sie die Wärme seiner Hand gleich nicht mehr spüren würde, «ja, das ist sicher vernünftig. Ich habe zu wenig geschlafen und fühle mich wirklich schwach.» Sie entzog ihm ihren Arm und trat einen Schritt beiseite. «Ich danke Euch, Monsieur Bergstedt, Ihr seid eine große Hilfe. Nicht nur im Kontor.»

«Und Ihr seid zu viel allein, Mademoiselle. In solchen Tagen sollte man nicht ohne Familie und Freunde sein. Eure Contenance ist bewundernswert, doch niemand kann immer stark sein.» Er musterte die schwarzverhängten Wände und Fenster und fuhr fort: «Vielleicht solltet Ihr Euch erlauben, ein Fenster zu öffnen. Gönnt Euch in diesen dunklen Stunden Licht. Madam van Keupen», fügte er sanft hinzu, «hätte das getan.»

Ihr leises Lachen klang bitter. «Sibylla wusste immer, was zu tun war, und traf ihre Entscheidungen, ohne an das Geschwätz der Leute zu denken. Ja, sie tat immer, was sie für richtig hielt. Und was gut für sie war.»

Sie zerrte eines der schwarzen Tücher beiseite und stieß heftig das Fenster auf. Bergstedt sah ihr zu und lächelte. Er wusste schon lange, dass zwischen der Ehefrau und der Schwester Tillmann van Keupens keineswegs ein schwesterliches Einverständnis geherrscht hatte, wie alle annahmen. Er hatte ein Ohr für Zwischentöne, für das, was in Worten unausgesprochen mitschwang, und wer die Bücher eines Hauses führte, wusste alles. Er irrte darin nur wenig.

«Wenn Ihr Euch besser fühlt», sagte er, «würde ich gerne einige Dinge besprechen. Vielleicht heute Abend, wenn die Arbeit im Kontor getan ist? Die Abende sind in dieser Jahreszeit ja recht lang. Wenn es Euch recht ist...»

«Danke. Das ist sehr freundlich, tatsächlich erscheinen mir die Abende nun sehr lang. Und dunkel. Aber ich denke, es gibt nichts zu besprechen. Nichts, was das Kontor betrifft. Ihr habt die Prokura, Ihr trefft die Entscheidungen. Ich bin, was ich immer war, eine Verwandte ohne Bedeutung.»

«Das wart Ihr nie – ohne Bedeutung. Ihr seid eine bemerkenswerte Frau. Verzeiht, es steht mir nicht zu, das zu sagen. Aber obwohl Ihr mit der Prokura natürlich recht habt, wäre es mir angenehm, Euch als der Vertreterin Eurer Nichten zumindest Bericht zu erstatten.»

«Morgen. Gebt mir Zeit bis morgen. Dann will ich Euch gerne zuhören.»

Ihre Stimme klang wieder entschieden und er spürte, es war klug zu gehen. Es störte ihn nicht. Der Anfang war gemacht. Juliane war nicht Sibylla, bei Licht betrachtet war das nun von Vorteil.

«Eines noch, Mademoiselle. Da ist dieser Stuckator, Taubner. Er sollte wissen, ob sein Auftrag noch gilt. Ich meine, dass er nicht nur den Familienepitaph, sondern auch die Schäden am Stuck der Turmhalle und an einigen anderen alten Epitaphen auf Kosten dieses Hauses ausbessern soll. Das ist nicht Sache des Kontors, Madam van Keupen wollte ihn von ihrem privaten Geld bezahlen. Das müsst nun Ihr entscheiden. Ich möchte Tonning schicken, um ihm Bescheid zu geben.»

Juliane rückte eine der Blumen des Arrangements in einer Porzellanschale auf dem Tisch zurecht und rieb die Hände, als seien sie staubig geworden. Bergstedt hätte gerne ihre Gedanken gekannt.

«Ach ja, Meister Taubner», sagte sie endlich. «Ihn hätte ich fast vergessen. Tonning, sagt Ihr? Nein, ich werde mich selbst darum kümmern. Es ist eine Familiensache, und wie Ihr gerade sagtet: In dunklen Stunden braucht man Licht. Es wird mir guttun, aus dem Haus zu kommen.»

«Ihr werdet ihn in der Katharinenkirche finden. Ich fürchte, gerade dies ist der Ort, der Euch jetzt *nicht* guttun wird.»

«Das ist möglich. Aber es ist die Kirche, in der ich mein ganzes Leben lang den Gottesdienst besucht habe und in der die van Keupens seit drei Generationen getauft werden und ihre letzte Ruhe finden. Ich habe nicht vor, das zu ändern, also kann ich sie nicht meiden.»

«Dann erlaubt mir, Euch zu begleiten.»

«Nein.» Sie schloss für einen Moment die Augen. Dann straffte sie die Schultern und sagte noch einmal und entschieden: «Nein. Das ist ein Weg, den ich alleine gehen muss. Aber ich wäre dankbar, wenn Ihr für mich in der Küche den Tee bestelltet.»

Als Bergstedt die Treppe hinunter- und durch die Diele ins Kontor zurückging, noch ihr striktes Nein im Ohr, war er sich wegen des guten Anfangs nicht mehr so sicher. Er wusste alles, was in dieser Familie geschehen war, seit er in diesem Haus arbeitete, und vieles aus früherer Zeit, das Bekannte und das Unbekannte. Dann zuckte er die Achseln und schalt sich dumm. Ein Stuckator, ein reisender Handwerksmeister? Ein Mann mit rauen Händen, ohne Besitz von Belang, ohne Familie, die etwas zählte – da zählte der ganze Mann nichts. Doch nun war es höchste Zeit, wieder Trauer zu zeigen und sich auf den Weg zur Börse zu machen.

Juliane stand am Fenster und sah, wie er aus dem Portal auf die Straße trat, wie sein Blick über die breite Front des Speichers wanderte, dann sah er zu ihrem Fenster hinauf, hob grüßend die Hand und ging davon, mit ernster Miene und leichten Schritten.

Die Köchin brachte selbst den Tee, dazu einen Teller dampfender Suppe und zwei dicke Scheiben frisches Brot.

«Rebhühnchensuppe, passiert mit Petersilien, Basilikum, gelben Wurzeln und einem Gläschen Wein», erklärte sie. «Ihr müsst essen, Mademoiselle. Es hilft niemandem, wenn Ihr fastet. Tee ist nur gefärbtes Wasser, das macht nicht satt und auch nicht stark. Sagt nicht wieder, Ihr habt keinen Hunger. Sonst bleibe ich hier vor Euch stehen, bis der Teller leer ist.»

«Danke, Erla.» Die fürsorgliche Strenge, die die Köchin sich nie zuvor erlaubt hatte, amüsierte Juliane, es war ein wohltuendes Gefühl. «Ich habe tatsächlich keinen Hunger, aber ich werde brav sein und essen. Es duftet köstlich.»

Erla nickte zufrieden. Sie hatte Sibylla van Keupen verehrt, Juliane mochte sie gern.

«Wenn Ihr gegessen habt, Mademoiselle, könntet Ihr dann eine Minute für John Wessing erübrigen? Er ist ein guter Junge, und er möchte Euch unbedingt sprechen. Den Grund wollte er mir nicht sagen, sicher ist es wichtig, und mag sein, es ist kein Zufall, dass er gewartet hat, bis Monsieur Bergstedt aus dem Haus ist.»

«Warum denkst du das?» Juliane sah Erla aufmerksam an. «Er ist den Handelslehrlingen ein guter und geduldiger Lehrmeister.»

«Mag sein, Mademoiselle, davon weiß ich nichts. Mich geht nur an, was in meiner Küche passiert.»

Ihr Blick strafte ihre Worte Lügen und ließ Juliane die Wärme der Hand vergessen, die sie an ihrem Arm gespürt hatte.

«Du bist zu bescheiden, Erla, ich glaube nicht, dass du blind und taub bist. Schicke John gleich herein. Er wird es ertragen, mir beim Essen zuzusehen. Er kann für dich darauf achten, dass mein Teller leer wird.»

«Danke, Mademoiselle, er wartet vor der Tür. Und esst das Brot. Brot hält Leib und Seele zusammen.»

John Wessing hatte seine Halsbinde neu geschlungen, den Rock gebürstet und die Finger mit Sand gebürstet, sie waren trotzdem voller Tintenreste. Als sie ihm die Hand gab, war seine kalt und feucht.

«Es ist eine Ehre für mich», begann er stotternd, «dass Ihr mich empfangt, ich meine, in diesen Tagen, sicher habt Ihr Wichtigeres zu tun, und die Trauer, ja, da sollte man allein sein. Ich will mich beeilen, Mademoiselle, aber wenn Ihr bitte essen würdet? Erla hat gesagt, ich soll Euch ermahnen, zu essen. Das würde ich nie wagen, aber Erla, ja, wenn Ihr bitte essen würdet?»

«Ich will nicht die Ursache sein, wenn Erla dir zürnt.» Juliane tauchte den Löffel in die Suppe und schob ihm den Brotteller zu. «Nimm von dem Brot, John, das wird Erla freuen. Und dann fang an. Was möchtest du mir sagen? Oder fragen? Falls es um deine Lehre geht, sind Sorgen überflüssig. Auch wenn das Haus bald von jemand anderem geführt wird, bleibt dein Lehrvertrag gültig. Oder geht es um das Schulgeld für die Handlungs-Academie? Sibylla hat mir davon erzählt, sie hielt die Ausbildung bei Professor Büsch für außerordentlich nützlich. Natürlich weiß ich nicht, wie meine Nichten und ihre Ehemänner darüber denken, sie werden hier bald zu entscheiden haben. Ich will gerne für dich sprechen. Weder Regina noch Tine werden die Wünsche ihrer Mutter unbeachtet lassen.»

Zumindest zu Anfang, dachte sie und rührte mit steifen Fingern die immer noch dampfende Suppe.

«Danke, Mademoiselle, das ist mehr, als ich erwarten durfte. Ich danke Euch sehr. Mein Vater hält die Academie nämlich für Unsinn.» Er brach ein Stück von dem Brot und begann es in der Handfläche zu einer unappetitlichen Kugel zu rollen. «Ja, ich bin sehr dankbar. Allerdings ist das nicht der Anlass. Es ist wegen der Tranlampe. Hat sie Euch davon erzählt? Madam van Keupen?»

«Die Lampe?» Die Ereignisse der vergangenen Tage hatten Juliane vergessen lassen, was sie frühmorgens nach dem Feuer heimlich gehört hatte, als Sibylla John im Kontor ertappt hatte. Dabei war es ihr so bedeutsam erschienen. «Du meinst die kleine Lampe, die du nach dem Feuer unter dem Tisch gefunden hast? Ja, davon hat Sibylla mir erzählt», log sie. «Was macht dich daran so nervös? Willst du mir sagen, es sei doch deine gewesen?»

«Nein. Das war sie nicht, ganz bestimmt nicht. Ich dachte nur, weil Madam van Keupen gesagt hat, es ist besser, wenn der Weddemeister gar nicht erst davon erfährt, weil er sonst falsche Schlüsse zieht. Es ist nicht meine, wirklich nicht. Aber es reicht doch, wenn ich verdächtigt werde, womöglich nimmt Professor Büsch mich dann nicht auf. Er hat viele Bewerber und nimmt ganz sicher niemand, dessen Ruf mit einem solchen Verdacht befleckt ist.»

«Und weil wir noch nicht wissen, wie das Feuer entstanden ist, fürchtest du, ich könnte dem Weddemeister die Laterne geben, ihm sagen, du habest sie gefunden und er wiederum werde glauben, du habest das Feuer gelegt.»

John seufzte tief. «Natürlich würdet Ihr das nur mit bester Absicht tun», sagte er eifrig, «in allerbester Absicht. Aber bedenkt, was das für mich bedeuten kann. Ich dachte, nun, ich dachte, wenn Ihr mir die Laterne gebt, kann ich sie in die Elbe oder den Stadtgraben werfen. Dann hat es sie nie gegeben. Was sollte der Weddemeister damit anfangen? Es steht ja kein Name darauf, und vielleicht lag sie schon vorher dort. Sie ist doch gar nicht wichtig.»

«Wahrscheinlich nicht. Ich kann sie dir trotzdem nicht geben. Aber mach dir keine Sorgen, John. Der Weddemeister hat sie nicht bekommen, nicht einmal gesehen, dessen bin ich sicher, und wie du sagst: Es steht kein Name darauf. Außerdem muss es Dutzende gleicher Art geben. Ich wollte, es wäre anders, dann wäre ein Geheimnis, wenn auch das geringere, womöglich schon gelüftet. Am besten, du gehst wieder an deine Arbeit und vergisst diese dumme Lampe. Das ist fast so, als habest du sie in die Elbe geworfen.»

John nickte, doch sie sah ihm an, dass er das für keine Lösung seines Problems hielt.

«Ja, Mademoiselle», sagte er mit zögernder Stimme, «wenn Ihr so entscheidet, wird es richtig sein. Und wenn der Weddemeister danach fragt?»

«Warum sollte er das? Er weiß doch nichts davon.»

Als Juliane wieder allein war, leerte sie ihren Teller, jedoch ohne zu schmecken, was sie aß. Wie hatte sie diese Laterne nur vergessen können? Dass Wagner nicht davon wusste, schien ihr sicher, sie hatte ihn weggehen sehen, und er hatte nichts außer einem großen blauen Tuch in seinen Händen gehabt, mit dem er sie kräftig rieb. Seine Rocktaschen waren ausgebeult gewesen, doch nicht weit genug.

Wo war die vermaledeite Laterne? Und warum hatte Sibylla sie – ja, was hatte sie damit gemacht? Sie verschwinden lassen? Warum? Oder hatte sie sie in irgendeiner Weise verwenden wollen? Wozu? Hatte sie die Lampe gekannt? Und vermutet oder gar gewusst, wer das Feuer gelegt hatte?

Sie schloss die Augen, stützte die Stirn in die Hände und versuchte sich zu erinnern. Sie hatte das Kontor gleich nach John verlassen. Da hatte Sibylla die Lampe noch in der Hand gehalten. Und dann? Juliane war ihr in der Diele begegnet, als sie später aus dem Kontor kam. Mit der Lampe? Sie hatte etwas in der Hand gehalten. Ja, das stimmte. Aber es war keine Tranlampe gewesen, sondern eine Mappe aus weinrotem Saffianleder. Eine lederne Mappe, die sie gleich hinauf in ihre Schlafkammer gebracht hatte, noch bevor sie zum Frühstück gegangen war. Sie musste sie finden, diese Lampe. Sie musste sie sehen. Wo war sie? Im Kontor? Sie konnte nur im Kontor sein. Dort gab es wenig Möglichkeiten, sie zu verbergen. Sie musste nur warten, bis die Schreiber und Lehrjungen ihre Arbeitsplätze verlassen hatten. Und Bergstedt.

Als sie den Tee getrunken hatte und sich wieder über ihre Korrespondenz beugte, tauchte noch einmal das Bild vor ihr auf, wie Sibylla aus dem Kontor kam und durch die Diele ging. Doch diesmal standen nicht ihr Gesicht, ihr Blick, ihr Lächeln im Zentrum. Es war diese rotlederne Mappe. Sie hatte sie mit hinaufgenommen, das war sicher.

Warum hatte Sibylla sie aus dem Kontor mit in ihre Schlafkammer genommen? Was verbarg sich zwischen den alten
Lederdeckeln? Und wieso hatte Juliane sie dann nicht gefunden, weder im Kontor noch in Sibyllas Zimmer, in dem
sie doch kein Fach, kein Eckchen undurchsucht gelassen
hatte?

Sibylla war nach diesem Morgen nur noch zweimal ausgegangen, Juliane hatte sie begleitet und keine Mappe gesehen. Nur ihren letzten Weg, zur Katharinenkirche, war
Sibylla allein gegangen, aber Juliane hatte sie fortgehen
sehen – mit leeren Händen.

Plötzlich schien ihr diese alte Mappe, die nicht einmal
besonders dick gewesen war, ungemein wichtig. Irgendwo
musste sie sein, hier in diesem Haus.

Was sie in dem geheimen Fach in der Schrankwand entdeckt hatte, würde ihr Leben verändern, bald, wenn die
Zeit gekommen war. Sie musste wissen, ob die Mappe noch
mehr Überraschungen barg. Und ob sie ebenso schändlich
waren.

KAPITEL 7

———◇———

FREITAG, MITTAGS

Die Manufaktur des Kunstblumenmachers war leicht zu finden. Der Baumwall, Teil der langen Straße, die sich bis zur Bastion Albertus am Hafenrand entlangzog, war nach den schwimmenden Baumstämmen benannt, tatsächlich schweren Flößen, die hier mit der Dämmerung als Sperren vor die Zufahrt des inneren Hafens gezogen wurden, zur Sicherheit und im steten Kampf gegen den Schmuggel. Am östlichen Ende ragte das stolze *Baumhaus* auf, ein gediegenes Gasthaus samt Tanzsaal und Billardstube, in dem die Hamburger ihre großen Feste feierten. In einem niedrigen Anbau befand sich die Zollaufsicht, daneben der Anleger für die Fährewer nach Stade und Buxtehude und nach Harburg an der Süderelbe. Vor der Tür des Zollhauses rauchte ein Zöllner eine übel riechende Pfeife, er kannte sich aus und gab gerne Auskunft. Drei Häuser weiter, ja, dort wo im Souterrain die Schänke *Zum alten Schweden* ihr Domizil habe, gleich neben dem Küfer, und dann drei Treppen hoch.

«Hoffentlich bekommt Ihr ein reichliches Nadelgeld», brummelte er, «was der Kerl da machen lässt, ist nicht für 'n Sechsling zu haben.»

Anders als etliche hier am Hafenrand war das Haus in gutem Zustand. Rosina konnte kein Schild entdecken, das auf die Manufaktur hinwies, so öffnete sie die Tür neben der Schänke und stieg die dahinterliegende Treppe hinauf. In den ersten beiden Stockwerken befanden sich Wohnungen, sie hörte einen Säugling zornig schreien, jemand spielte auf einer Blockflöte, leider sehr jämmerlich, und im zweiten Stockwerk roch es durchdringend nach Fischsuppe, was sie an ihren nagenden Hunger erinnerte. Die Zeit für das zweite Frühstück war längst vorbei, die süße Schokolade bei Jensen fast vergessen.

Im dritten Stockwerk gab ein Schild dem Zöllner recht. *Jacques Joyeux*, stand dort, *Seidenblumen & Kunstgebinde en gros und en détail.* Letzteres war günstig. Wer würde ihr glauben, sie wolle en gros einkaufen?

Rosina lauschte, außer seltsam klopfenden Geräuschen und ein wenig Gemurmel war nichts zu hören, dann drückte sie die Klinke herunter.

Wenn sich auch hier einmal Wohnungen befunden hatten, waren die Wände herausgebrochen worden. Geweißelte Stützbalken waren übrig geblieben, Fenster über die ganze linke Breite des großen Raumes spendeten großzügig Licht. An der gegenüberliegenden Wand standen Regale, deren Fächer mit Schachteln und Stapeln von Bögen bunten Papiers gefüllt waren. Die unregelmäßigen dumpfen Schläge, die sie schon im Korridor gehört hatte, kamen aus einem Raum, der sich hinter der halb geöffneten Tür gegenüber dem Eingang befinden musste. Zehn, vielleicht zwölf Frauen und Mädchen saßen an einem langen Tisch vor der Fensterreihe über ihre Arbeit gebeugt. Drei von ihnen waren noch Kinder, kleine Finger eigneten sich am besten für winzige Blüten wie die des Vergissmeinnichts oder für Knospen. Keine der Arbeiterinnen wirkte verhärmt, kränklich oder auch nur derb wie die anderer Manufakturen, zum Beispiel der Schwarzbach'schen Kattunfabrik oder der Fuhlsbütteler Papiermühle. Vor jeder standen Schachteln und flache Körbchen, in denen ordentlich nach Formen und Farben sortiert ein bunter Flor von Blütenblättern aus Seide, Batist, Samt oder Taft lag. Auf einem weiteren Tisch, der nur zwei Arbeitsplätze bot, sah sie Töpfchen und Gläser mit Farben und feinen Pinseln.

Und dann, auf einem dritten Tisch, entdeckte sie Papierbögen, ein Tablett mit feinen Werkzeugen und Stiften – und einen halbfertigen Fächer. Der Stuhl vor diesem Tisch war leer.

Erst als sie die Tür schloss, wandten sich ihr einige Köpfe zu, nur für kurze neugierige Blicke, und die Gespräche verstummten. Eine der älteren Frauen, ganz in strengen grauen Kattun gekleidet, am mit schmaler weißer Spitze gesäumten Dekolleté eine seidene Fliederblüte, erhob sich. Als die Tür zu den hinteren Räumen aufflog, machte sie schmale Lippen und setzte sich wieder.

Ein Mann im himmelblauen, reich- und farbigbestickten Rock erschien, und Rosina unterdrückte ein Lächeln. Er bekämpfte die Zeichen des beginnenden Alters mit Rouge auf den Wangen und walnussbrauner Farbe an den Schläfen. Sie kannte die Tücken der Schminke – was die Gesichter im Kerzenlicht der Theater lebendiger wirken ließ, machte sie in der Realität nur künstlich und älter.

«Verehrte Madam!», rief er und eilte mit ausgebreiteten Armen näher. «Bon jour, bon jour! Joyeux mein Name, Jacques Joyeux. Ich fühle mich geehrt. Welch reizendes Antlitz, welch elegante Gestalt. Wie geschaffen für meine Kunstwerke, wie geschaffen. Rosen und Maiglöckchen, unbedingt, wenn Ihr mir erlaubt zu empfehlen. Und Veilchen, ja, ein Anstecksträußchen von Veilchen. Mit dem süßen Duft nach der reichen Natur bestäubt. Ein winziges Zweiglein von Apfelblüten dazu? Ja, ein winziges. Niemals zu viel, das schadet nur. Apfelblüten wären allerliebst zu Eurem makellosen Teint.» Im Näherkommen entdeckte er die feine Narbe, die sich von ihrer linken Schläfe bis zum

Kinn zog, blinzelte und wiederholte umso vehementer, allerdings ohne den leichten französischen Akzent seiner ersten Sätze: «Ja, Euer Teint. Ich sage nur: Milch und Rosen. Womit kann ich dienen, Madam? Ach, was sage ich da? Eine so zarte Blume wie Ihr kann nur eine Mademoiselle sein.»

«Bleibt ruhig bei Madam, Monsieur Joyeux. Ich heiße Vinstedt und habe so viel von Euren kunstvollen Blumen gehört, dass ich sie unbedingt selbst sehen möchte.»

«Eine kluge Entscheidung, Madam. Natürlich findet Ihr meine Werke auch in den ersten Läden der Stadt, ich darf sagen: selbst in anderen Städten. Ja, das darf ich sagen. Aber an der Quelle, sozusagen an der Geburtsstätte, habt Ihr die beste Auswahl.»

Ein leichtes Räuspern vom Arbeitstisch lenkte ihn nur kurz ab. Die strenge Dame in Grau war seine Gattin, deren Schwester betrieb eine Galanteriewarenhandlung am Alstertor und sah es gar nicht gerne, wenn ihr Schwager ihr in Sachen *en détail* Konkurrenz machte. Aber das wusste Rosina nicht, es wäre ihr auch einerlei gewesen. Das Räuspern und ein unterdrücktes Kichern von einem der Kinder erinnerte Monsieur Joyeux, der nach dem Taufregister der Johanniskirche Jakob Fröhlich hieß, an die wahren Künstlerinnen. «Und nirgends werdet Ihr so geschickte zarte Hände finden wie bei uns.»

Seine flinken Augen taxierten die neue Kundin. Nach einem der ersten Häuser sah sie nicht aus, dann wäre sie auch niemals alleine gekommen. Zudem waren ihre Hände für eine wohlhabende Dame zu breit und kräftig, jedoch zu gepflegt, um eine Frau zu verraten, die ihre Töpfe und Böden selbst scheuerte. Ihr Gewand aus gutem Stoff und von elegantem Schnitt bewies Geschmack, der Schmuck in ihren Ohren und um den schlanken Hals war dezent, doch von solidem Wert. Diese Dame war nicht einzuordnen, also musste sie behandelt werden, als sei sie reich. Alles andere wäre leichtfertig.

Rosina setzte eine einfältig bewundernde Miene auf. Sie sah nur Blumenmacherinnen, von einer Fächermacherin oder gar dem alten Meister selbst keine Spur. Doch die halbfertige Arbeit bewies, dass hier jemand Fächer machte. Sie musste nur warten, bis er zurückkam. Oder sie.

Joyeux verstand ihr Zögern falsch und entschied sich für seine Lieblingsstrategie, die ihm Gelegenheit für weitere Portionen Schmeichelei geben würde.

«Ich sehe, Ihr seid eine Frau von Verstand und Geschmack», verkündete er mit der Andeutung eines Kratzfußes. «Wenn es beliebt, wäre es mir ein Vergnügen, Euch meine», ein Räuspern aus dem Hintergrund ließ ihn sich rasch verbessern, «Euch *unsere* bescheidene Werkstätte zu zeigen. Ein Kunstwerk ist doch gleich viel wertvoller, wenn man versteht, wie es entstanden ist.»

«Wie recht Ihr habt, Monsieur, es wäre mir wirklich eine Freude. Allerdings darf ich Eure Zeit nicht über Gebühr in Anspruch nehmen. Vielleicht kann mir eine der jungen Damen ihre Arbeit erläutern.»

«Ich bin ganz Eurer Meinung», ließ sich Madam Joyeux hinter dem Rücken ihres Gatten vernehmen. «Mein Mann wird im Kontor gebraucht. Wenn Ihr mit mir vorliebnehmen wollt?»

Monsieur Joyeux widersprach nicht, er murmelte *au revoir* und *à la bonheur*, dann hörte man nur noch seine Schritte auf der Treppe hinunter zum zweiten Stockwerk.

Im einem der hinteren Räume, so erklärte Madam Joyeux ganz ohne höfliche Vorrede, lagerten die Stoffe für die Blüten, die gebräuchlichsten in Ballen, aber auch als Reste von Stoffhändlern und Seidenwebereien. Für die Blüten sei kaum ein Fetzchen zu gering. Sie ging Rosina voraus in den hinteren Raum.

«Hier entstehen unsere Blütenblätter», sagte sie. Die Strenge war aus ihrer Stimme verschwunden. Madam Joyeux, die sich gerne als Madam Fröhlich vorstellte, wenn sie ihren Gatten ärgern wollte, war stolz auf die Arbeit, die in ihrer Manufaktur verrichtet wurde. Sie zeigte Rosina die Wandbretter, die Reihe um Reihe mit zahllosen Stanzeisen für die Formen der Blüten und Blätter gefüllt waren, von der Größe eines Daumennagels bis zu einer Handfläche. Sie ließ sie zusehen, wie einer der beiden Arbeiter eine Form auf einige Lagen blassgelber Seide drückte und mit einem abgeplatteten hölzernen Hammer daraufschlug. Die Seidenblätter wurden nahezu makellos, die Ränder des Formeisens mussten ungemein scharf geschliffen sein. Was mochte ein solches Werkzeug an einem Finger, einer Hand anrichten?

«Die Blätter der ganz zarten Gewebe werden von den Mädchen einzeln mit der Schere ausgeschnitten, dazu haben wir Schnittmuster. Überhaupt hat man die Stanzeisen früher nicht gehabt», erklärte Madam Joyeux weiter. «Nun kommt mit. Bis jetzt habt Ihr nur Seidenfetzen gesehen.»

Rosina folgte ihr zurück in den großen Raum zu einer älteren Frau, die ihren Arbeitsplatz an einem Tisch vor dem letzten Fenster neben einem kleinen eisernen Ofen hatte.

«Sina zaubert mit ihren Boule-Eisen aus den Fetzen Blütenblätter», sagte Madam Joyeux, «das ist etwas, das nicht jede kann und manche auch nie lernt.»

Sie nickte ihrer Arbeiterin aufmunternd zu, und Sina legte einen der ‹Fetzen› auf eine weiche, doch nicht zu weiche Unterlage. Dann wählte sie unter den mit hölzernen Griffen versehenen Kugeleisen, die in verschiedener Form und Größe auf der makellos sauberen Kupferplatte auf dem

Ofen lagen, eines aus, prüfte die Temperatur am inneren Handgelenk und ließ es mit geübtem Druck über die mal mehr, mal weniger gedehnte Seide gleiten, bis ein Blütenblatt mit seinen natürlichen Wölbungen entstand. Was einfach aussah, war das Ergebnis langer Erfahrung. Sie legte das Eisen zurück, nahm aus einer Schachtel eine Ahle, begann den Blattrand zart einzurollen und drückte mit einem polierten beinernen Stäbchen Äderungen in den Stoff, immer wieder, bis aus dem Fetzen tatsächlich ein Blatt geworden war.

Madam Joyeux hatte Geduld bewiesen, nun war es genug. «Andere Blätter brauchen gekräuselte Ränder», erklärte sie und wandte sich dem langen Arbeitstisch zu, «wieder andere gezahnte. Die Natur ist von unendlicher Vielfalt, es ist unser Bestreben, ihr zu entsprechen. Und nun könnt Ihr zusehen, wie Céline aus Blättern eine Blüte macht. Céline», fügte sie mit Stolz hinzu, «ist meine Tochter.»

Céline, ein Mädchen von vielleicht fünfzehn Jahren mit gelocktem, fast schwarzem Haar und Augen von der Farbe des Rockes ihres Vaters, lächelte der Besucherin kokett zu, bevor sie sich wieder über ihre Arbeit beugte. Zwischen den Behältern für die Blütenblätter lag ein Bogen mit verschiedenen, nach der Natur aquarellierten Blüten, auf einem Tablett ordentlich aufgereiht Pinzetten, feine Zangen und eine Art Nadelkissen, in dem verschiedene künstliche Staubgefäße steckten. Mit ruhiger Hand und flinken Fingern fügte sie die – wie Madam Joyeux erklärte – mit einer Mischung von Gummiarabikum und Mehl auf feine Drähte geklebten Blütenblätter zusammen, setzte auch kurze Stücke von festem Garn oder besonders feinem Draht mit einem winzigen Kügelchen am Ende als Staubgefäße ein. Die würden aus Wachs oder einfachem gefärbtem Teig geformt.

Schließlich schob Céline einen mit grünem Papier umwickelten Draht als Stängel ein und umfasste alles am unteren Ende der Blüte mit einem dünnen Streifen des gleichen Papiers. Sie reichte Rosina eine weiße, in der Tiefe rosig schimmernde, voll erblühte Rose, die sich auf den ersten Blick kaum von denen unterschied, die in Anne Herrmanns' Garten blühten und süß dufteten. Es fehlten nur noch einige Blätter für den Stängel.

«Voilà, Mademoiselle», sagte sie mit verschmitztem Lächeln, «passend zu Eurem Teint von Milch und Rosen.»

Sogar Madam Joyeux erlaubte sich ein kurzes glucksendes Lachen. Die Stängel, erklärte sie, würden von einem Drahtzieher geliefert, der sie auch gleich mit dem Papier umwickele. Man könne schließlich nicht alle niedrigen Arbeiten selber machen.

«Dieser delikate rosige Schimmer am Grund der Blüte ist auf die Seide gemalt, Madam. Viele der Blüten werden mit dem Pinsel verfeinert und erst so natürlich. Das ist eines der kleinen Geheimnisse unserer Kunst. Unsere Malerin hatte uns verlassen, aber wir hatten Glück. Mit Akulina Gamradt haben wir eine gute Nachfolgerin, lasst mich ruhig sagen: eine echte Künstlerin. Sie hat bei einem Fächermacher gearbeitet; seit er kürzlich seine Werkstatt geschlossen hat, ist sie bei uns. Sie ist eine vorzügliche Malerin. Glaubt mir, so schnell gebe ich ein solches Urteil nicht ab.»

Das glaubte Rosina sofort. Die Fächermacherin! Endlich! «Akulina?», sagte sie. «Das ist ein ungewöhnlicher Name.»

«Ja, und so passend. Er ist russisch und bedeutet Akelei. Eine besonders zarte Blüte, eine meiner liebsten, und schwer herzustellen. Doch für die großen Bouquets lohnt sich die diffizile Arbeit. Leider ist Akulina nicht da, aber ich erwarte sie jede Minute zurück. Fächer sind etwas Wunderbares, Madam, findet Ihr nicht? Wenn erst die Zeit der Bälle und des Karnevals beginnt, sind sie unverzichtbar für eine Dame von Eleganz. Wenn Ihr Euch nun für die Blüten Eurer Wahl entscheiden wollt, Madam, will ich Euch die Schachteln mit unserem Angebot öffnen. Wünscht Ihr einzelne Blüten oder Sträußchen? Oder ein ganzes Bouquet?»

«Ich muss Euch ein Geständnis machen, Madam Joyeux. Eigentlich bin ich gekommen, weil ich schon gehört habe, dass Ihr Euer Sortiment um Fächer erweitert habt. Natürlich kann ich einen Fächer wie die Blüten in den Läden kaufen, doch ich habe nirgends einen mit dem Motiv gefunden, das ich mir vorstelle. Trotzdem», beeilte sie sich zu sagen, als Madam Joyeux wieder schmale Lippen zeigte, «würde ich gerne Euer Sortiment sehen. Wer könnte diesen Raum ohne zumindest eine Eurer Schöpfungen verlassen?»

Als sich die Schachteln mit der Fülle der zarten Gebilde öffneten, konnte Rosina nicht widerstehen und vergaß alle guten Vorsätze. Schließlich packte Madam Joyeux ein Ansteckstäußchen von Veilchen und einem winzigen Apfelblütenzweig, zwei einzelne Rosen und einige zierliche weiße Blüten auf Haarnadeln zwischen feines Papier in eine Spanschachtel. Rosina griff seufzend nach ihrer Börse und schalt sich leichtsinnig. Sie musste sich wirklich etwas einfallen lassen, um ihre Kasse aufzubessern. Wenn sie weiter so verschwenderisch mit dem Rest ihres eigenen Geldes umging, war ganz schnell nichts mehr davon übrig.

Da öffnete sich die Tür, und eine schlanke junge Frau von vielleicht zwanzig Jahren trat ein. Sie war auf schlichte Weise schön. Das schwere unbedeckte Haar weizenblond, das Gesicht ernst und blass, doch ihr Blick und ihr Mund verrieten diese Entschlossenheit, die leicht übersehen und deshalb unterschätzt wird. Ihr Kleid aus klein geblümtem tiefblauem Kattun war zu dünn für den späten Herbst und zeugte von vielen Wäschen, als einzige der Frauen trug sie Holzpantinen an den Füßen.

«Da ist sie ja», sagte Madam Joyeux, ließ Rosinas Münzen in die in ihrem Rock verborgene Tasche gleiten, dachte ‹Zwei Fliegen mit einer Klappe› und nickte zufrieden.

«Madam Vinstedt möchte einen Fächer machen lassen, Akulina, und das Motiv selbst bestimmen. Dann überlasse ich Euch unserer Malerin und Fächermacherin, Madam», wandte sie sich an Rosina, «mich rufen andere Pflichten.»

Damit verschwand sie durch die Eingangstür und eilte, wie zuvor ihr Gatte, die Treppe hinunter. Während der ganzen Zeit, in der die Herrin der Manufaktur ihre neue Kundin herumgeführt hatte, war es bis auf das leise Klicken und Klappern der Scheren und Zangen völlig still gewesen, selbst die Kinder hatten schweigend über ihrer Arbeit gesessen. Kaum schloss sich die Tür hinter Madam Joyeux, begann es rund um den großen Tisch zu schwatzen und zu tuscheln, munter wie ein Schwalbenschwarm im April.

Akulina lächelte matt und legte ihr wollenes Schultertuch auf einen Schemel neben ihrem Stuhl, zog einen zweiten heran und bat Rosina, Platz zu nehmen.

«Mademoiselle ...», begann Rosina.

«Nur Akulina», sagte sie, legte den halbfertigen Fächer beiseite und nahm einen rechteckigen Papierbogen aus einer ihrer Schachteln. Er war von der unteren Mitte mit strahlenförmig auseinanderstrebenden Linien versehen, nach denen das Papier des Fächers später gefaltet wurde. «Ich bin keine Mademoiselle.»

«Gut, dann Akulina. Übrigens hat Euch Madam van Keupen empfohlen, ach, ihr Tod ist so entsetzlich. Ein solcher Verlust. Aber Ihr habt sie ja selbst gekannt.»

«Nein, Madam», sagte Akulina, während sie mit der flachen Hand den Papierbogen glatt strich, «ich habe ihr einmal bestellte Blumen gebracht, gekannt habe ich sie deshalb nicht. An welches Motiv habt Ihr gedacht, Madam?»

«Das Motiv, ach ja.» Das hatte Rosina sich keine Minute überlegt, sie hatte nur rasch eine Erklärung gebraucht, warum sie den Fächer nicht in einem der Läden kaufte. «Jedenfalls will ich keine Putten oder Schäferinnen. Auch keine heitere Landschaft oder chinesische Damen und Mandarine. Ich möchte etwas anderes, nun, etwas ...» Da fiel es ihr ein. Es war ganz einfach. «Ich möchte die Symbole der Komödianten und Tragöden, Maske und Dolch. Und die Doppelflöte der Musikanten und Poeten, mit Lorbeer umwunden. Ja, genau das möchte ich. Als Hintergrund vielleicht einen Himmel mit Sternen? An den oberen und seitlichen Rändern unbedingt einen gerafften Vorhang. Versteht Ihr? Wie ein Bühnenvorhang.»

Akulina sah sie ratlos an. «Das ist ein ungewöhnlicher Wunsch, Madam, ich kenne diese Symbole nicht und habe auch nie einen Theatervorhang gesehen. Aber vielleicht...»

Sie zog unter dem Tablett mit ihren Arbeitsutensilien ein dünnes Buch hervor und begann zu blättern.

«Tatsächlich», murmelte sie endlich, «es ist hübsch. Und nicht so belanglos wie das, was meistens gewünscht wird.» Sie reichte Rosina das Buch und zeigte auf einen doppelgesichtigen Kopf. «Meint Ihr diese?»

«Der Januskopf. Das ist nicht die Maske, an die ich dachte, aber er ist genau richtig. Er zeigt die Nähe von Tragik und Glück. Und hier», sie tippte auf eine Zeichnung auf der zweiten Seite, «hier unten ist auch die Doppelflöte.»

«Für Lorbeerkranz und Dolch brauche ich kein Muster. Und der Vorhang?» Akulina griff nach einem Rötelstift, zog einen Halbkreis als Umriss eines Fächers auf den Bogen und zeichnete mit raschen sicheren Strichen die gerafften Vorhangbahnen. «Etwa so?»

Zum ersten Mal blickte sie Rosina direkt an, ihre Augen glänzten, die Wangen hatten sich sanft gerötet.

«Genau so. Ich wollte, ich könnte zeichnen wie Ihr.»

«Danke, Madam. Sicher versteht Ihr Euch auf andere Dinge, die mir fremd sind. Und die Farben?»

«Die überlasse ich Eurer Wahl. Der Vorhang sollte allerdings rot sein, ein warmes dunkles Rot. Macht Ihr schon lange Fächer?»

Akulina strichelte, die Zungenspitze zwischen den Lippen, noch an den Falten des Vorhangs, sie nickte knapp.

«Verzeiht meine Neugier», sagte Rosina, «habt Ihr für den Fächermacher im Hof hinter der Mattentwiete gearbeitet? Von meinem Fenster sehe ich über den ganzen Hof und genau auf die Werkstatt. Von dort habe ich in der Nacht auch das Feuer gesehen. Im van Keupen'schen Kontor, Ihr habt gewiss davon gehört.»

Die Hand mit dem Rötelstift verharrte, bevor sie begann, Sterne unter den Vorhang zu tupfen. «Ja», sagte Akulina. «Aber die Werkstatt gibt es nicht mehr.»

«Das habe ich gehört, auch dass Monsieur Joyeux die Erlaubnis bekommen hat, das Gewerbe zu übernehmen.»

«Und mich dazu. Meint Ihr das, Madam? Ich bin froh über diese Arbeit. Hier habe ich einen Tisch, den ich mit niemandem teilen oder ständig abräumen muss. Ich habe genug Licht und, wenn ich will, Gesellschaft. Und bei Kälte wird geheizt. Mit klammen Fingern können wir unsere Arbeit nicht tun.»

Rosina schwieg, verblüfft von der plötzlichen Heftigkeit der Worte. Sie vergaß stets, dass sie nun für eine Bürgerin gehalten wurde, die nie erfahren hatte, was es bedeutete, mit vielen Menschen auf engem Raum zu leben, im Winter zu frieren und manchmal auch zu hungern.

«Wenn Ihr denkt, ich schätze Eure Arbeit gering, irrt Ihr. Ebenso, wenn Ihr glaubt, ich wüsste nichts vom Glück heller warmer Räume. Warum hat Euer Meister die Fächermacherei aufgegeben?»

«Weil er alt ist. Bevor Ihr fragt: Er lebt nun bei seiner Tochter. Aus welchem Material wünscht Ihr die Stäbe?» Akulinas Stimme klang wieder kühl, als wäre sie nie heftig gewesen. «Das bemalte Papier wird beidseitig auf die gefächerten Stäbe geklebt», fuhr sie gleichmütig fort, da Rosina noch schwieg. «Die unteren Enden der Stäbe können mit einem Häkchen oder einem einfachen passenden Knopf aus Holz oder Bein zusammengefasst und verschlossen werden, auch aus Perlmutt. Wenn Ihr kostbarere Verschlüsse wünscht, müsst Ihr Euch an einen Goldschmied wenden. Sogar eine winzige Uhr ist möglich, Meister Godard macht solche. Sie sind natürlich sehr teuer.»

«Ein Knopf», sagte Rosina, «ein passender Knopf reicht völlig.»

«Und die Fächerstäbe?» Akulina zog eine Schachtel aus den Regalen, schlug das Papier zur Seite und schob sie zu Rosina. «Wir bevorzugen poliertes Palisanderholz und Bein.»

«Der dunkle Palisander ist hübsch», murmelte Rosina, «er passt gut zum Rot des Vorhangs.»

Sie war nicht mehr bei der Sache. Als Akulina ihr die Schachtel zuschob, hatte sie etwas entdeckt, eine pflaumengroße starke Rötung an der Innenseite ihres rechten Armes. Eine Rötung, wie sie durch die zu große Nähe von Feuer entsteht.

*

Mit der beginnenden Dämmerung hatte es angefangen, fein zu nieseln, die Nässe hing wie Dunst in den Straßen. Als Rosina und Magnus über die Ellerntorbrücke und durch die Düsternstraße in der Neustadt eilten, schimmerte sie wie silberner Staub auf ihrem Kapuzenumhang und seinem tief in die Stirn gedrückten Dreispitz.

«Bald haben wir einen Wagen», knurrte Magnus und wischte sich die Feuchtigkeit von den Wangen, «dann wirst du nicht mehr nass.»

«Wir sind ja gleich da», tröstete Rosina. Sie hätte selbst ein kräftiger Regenschauer nicht gestört, die letzten Wochen waren trocken gewesen, er würde endlich den Staub von der Stadt waschen. Allerdings hätte Magnus sie dann tragen müssen. Ihre zierlichen, seidenbezogenen Schuhe hielten Pfützen und Morast nicht stand. Sie bogen in die Fuhlentwiete ein, viele Fenster der dicht an dicht stehenden Häuser waren noch erleuchtet, auf der Straße bewegte sich niemand außer einem davonhinkenden Hund.

Als Magnus vorgeschlagen hatte, auf einen Krug Bier in den *Bremer Schlüssel* zu gehen, hatte er Rosina eine Freude machen wollen. Sie liebte die Schänke ganz in der Nähe des Hauses der Krögerin, in dem sie bei ihren Aufenthalten in Hamburg mit der Komödiantentruppe stets gewohnt hatte. Jakobsen, der Wirt, hatte die bunte Gesellschaft immer willkommen geheißen. Er mochte sie, und als einer, der in seinen jungen Jahren von der Seefahrt und fernen Abenteuern geträumt und sich stattdessen für seinen sicheren Tresen entschieden hatte, beneidete er sie heimlich um ihr freies Leben. Dabei wusste er um den Preis, er war nie versucht gewesen, es ihnen gleichzutun. Zu seinem und seiner Gäste Glück, denn Jakobsen war ein fabelhafter Wirt, der beste Darsteller auf seiner Branntwein-Bühne, als die er sein Gasthaus gern bezeichnete.

Endlich waren sie am Ziel. Hinter der Tür des *Bremer Schlüssel* empfing sie eine Geruchsmelange von Bier, saurem Wein, Fisch und Ochsenschwanzsuppe und zu vielen Menschen auf engem Raum, in der Luft stand der Rauch von Tabakspfeifen und den Unschlittkerzen, die auf den langen Holztischen standen und in zweiarmigen Leuchtern an den Wänden steckten. Es war ein einfaches Gasthaus, aber an Kerzen sparte Jakobsen nicht. Er sei nun Mitte der fünfzig und fahre bald genug in die Gruft, hatte er erklärt, als seine Schwester Ruth, die Herrin der engen Küche hinter dem Tresen, zur Sparsamkeit mahnte.

Seit einiger Zeit warteten im hinteren Teil der Gaststube, dort, wo zwei Fenster zu einem winzigen Garten hinausgingen, kleine Tische mit Tischtüchern und einzelnen Stühlen auf vornehmere Besucher. Diese Gäste kamen und zahlten klaglos den doppelten Preis wie die an den langen Tischen und Bänken. Ruths Kochkunst hatte sich herumgesprochen, ihr Klippfisch in Rahmbrühe mit Pfeffer, Muskatblumen und Petersilien zählte zum delikatesten in der Stadt. Die weißen Tischtücher waren inzwischen durch dunkelblaue ersetzt worden – die Leute ohne Flicken auf dem Rock kleckerten beim Essen kaum weniger als die aus den Buden, Hinterhöfen und kleinen Werkstätten.

«Holla, wen haben wir da?» Jakobsens fröhliche Stimme dröhnte im Bass, was zum Umfang seines Leibes passte. «Madam Rosina und ihr Monsieur. Welche Ehre. Darf ich dich noch umarmen, Mädchen?», fragte er und drückte sie schon an seine breite Brust. «Ist er immer noch ein guter Ehemann, oder soll ich mal mit ihm in den Hof gehen? Na, ich seh schon, der junge Herr hat dir nicht geschadet. Du siehst prächtig aus.»

Seine schwere Hand schlug auf Magnus' Schulter, ein Gunstbeweis, den er eleganten Männern sonst vorenthielt.

Rosina seufzte glücklich. Sie sah sich um, erkannte das eine oder andere vertraute Gesicht und hob winkend die Hand. Auf Jakobsens laute Begrüßung war der Lärmpegel der Stimmen für einen Moment schlagartig gesunken, viele Köpfe hatten sich nach ihnen umgedreht. Einige nickten ihr zu, doch niemand stand auf, um sie zu begrüßen, wie es in früheren Jahren geschehen wäre. Ihr nächster Seufzer fiel weniger glücklich aus. Aber die Leute würden sich an ihren neuen Stand gewöhnen, so wie sie sich daran gewöhnte.

Als Jakobsen sie zu den hinteren, mit den Tüchern gedeckten Tischen führen wollte, lachte Rosina.

«Das könnte dir so passen, Jakobsen. Was sollen wir da? Dann hätten wir auch in den Ratsweinkeller gehen können, nein, wir wollen hier vorne an dem Tisch beim Tresen sitzen, wo ich immer gesessen habe.»

Diesmal drückte Jakobsen beide an die Brust, Rosina mit der Rechten, Magnus mit der Linken, ließ danach einen noch ziemlich reinen Lappen über das alte Holz der Tischplatte sausen und sah, die Fäuste in die Seiten gestemmt, wohlgefällig grinsend zu, wie Rosina und Magnus auf die Bank rutschten. Er hängte ihre Umhänge an zwei Haken nicht zu nah bei der Tür, er würde nicht für *alle* seine Gäste die Hand ins Feuer legen, und eine Minute später standen zwei Krüge Bier auf dem Tisch. Ruth brachte aus der Küche einen Korb mit gesalzenem Brot und einen Teller voller kleiner, in Mehl gewälzter und in Butter gebratener Fische. Ihre Begrüßung fiel kaum weniger herzlich, doch manierlicher aus. Ruth hatte viele Jahre in einem Herrenhaus im Holsteinischen als Köchin gedient, Umarmungen beschränkte sie auf ihren Bruder. Sie wusste, was sich gehört, und hatte Mundtücher und Gabeln zu den Fischen gelegt.

Als Ruth wieder in der Küche verschwunden war, brüllte Jakobsen nach Lineken, der Schankmagd, beorderte sie an seinen Platz beim Schanktisch und setzte sich zu Rosina und Magnus. Lineken lächelte Rosina sehnsüchtig an. Da war mal eine, die es geschafft hatte. Wenn das einer Komödiantin gelang, vielleicht auch einer wie ihr?

«Nun erzähl mal, Rosina, wie ist das neue Leben in der Mattentwiete?»

«Schön, Jakobsen, manchmal ein bisschen unwirklich. Helena hat geschrieben.»

Jakobsen nickte. Er begriff, dass seine Frage ungeschickt gewesen war. Sollte sie vor ihrem jungen Ehemann sagen, wie sehr sie ihre Komödianten vermisste? Die Bühne? Das Tanzen, Singen und Spielen? Sogar das Publikum? Dass sie das tat, stand für ihn außer Frage. Ebenso, dass sie irgendwann wieder auf irgendeiner Bühne stehen würde.

«Es geht allen gut», fuhr Rosina rasch fort. «Sie sind jetzt in Lüneburg, vielleicht kommen sie im Januar nach Hamburg. Sie wissen noch nicht, ob das Komödienhaus im Dragonerstall dann frei ist oder schon von einer anderen Gesellschaft besetzt. Es muss sich aber bald entscheiden.»

«Bis dahin könnten sie doch einen Besuch machen», sagte Magnus, «so weit ist es nicht von Lüneburg bis hier.»

«Ja», sagte Rosina und legte leicht ihre Hand auf seine, «vielleicht. Ich werde es Helena vorschlagen. Dass es deine Idee war, wird sie freuen.»

Für Magnus schien alles so einfach, er konnte sich nicht vorstellen oder bedachte nicht, welch großer Luxus eine Reise zum reinen Vergnügen von Lüneburg an die Alster für wandernde Komödianten wäre. Sie fand es überflüssig, ihn daran zu erinnern, er kannte die Becker'sche Gesellschaft und hatte ihr nur zeigen wollen, dass er sie als so etwas wie ihre Familie akzeptierte.

«Sie haben neue Stücke», berichtete sie weiter, «gute Stücke, schreibt Helena. Allerdings können sie nicht so gut sein wie das, das Magnus mir gebracht hat. Es ist eine fabelhafte Komödie, ein bisschen muss noch daran gefeilt werden, und manches zeigt, dass der Dichter sich nicht gut mit dem Theater auskennt, aber das ist leicht zu verbessern. Wie heißt er eigentlich, Magnus? Auf dem Heft steht seltsamerweise kein Name.»

«Der Dichter?» Magnus' Gesicht wirkte plötzlich gerötet, ihm schien zu warm zu sein. Er trennte umständlich Kopf und Schwanzflosse von einem Fischchen und schob es mit den Fingern in den Mund. «Köstlich», sagte er, noch kauend, «wirklich köstlich. Ja, der Dichter. Wie war nur der Name? Er fällt mir nicht mehr ein. Aber ich habe ihn notiert, der Zettel muss in meinem Mantelsack stecken. Du wirst ihn sowieso nicht kennen. Es ist sein erstes Stück, habe ich das nicht erwähnt?»

«Doch, aber ...» Unruhe und Gedrängel an einem der engbesetzten langen Tische lenkte sie ab.

«Servatius, du spinnst», schimpfte eine raue Stimme, «warum spinnst du immer? Bleib auf deinem Hintern sitzen und halt dein Maul, dann geht's allen besser. Näh dir doch Knöpfe an die Lippen, das kannst du wenigstens.»

«Bin ich ein Schneider, du messerwetzender Knochenhauer? Bin ich das?» Die zweite Stimme klang weniger rau, dafür schwankend. «Bin ich nich. Ich mach Knöpfe, die besten, mit und ohne Bezug, aus Horn, Elfenbein oder Walrosszahn, Holz oder was du willst, du Stinker. Und jetzt geh ich hin, gut'n Abend sag'n, wie sich's gehört.»

Gewöhnlich war Vandenfelde der Betrunkene von den

beiden. Er war seit vielen Jahren mit seiner Mechthild und den Kindern glücklich und mochte seine Arbeit, das war mehr, als die meisten behaupten konnten. Das Messer sauber zu führen und ein Tier rasch zu töten, verstand er als seine Pflicht, es machte ihn zufrieden. Dieses Angstgebrüll der im Hof auf ihr Ende wartenden Tiere jedoch schnitt ihm selbst nach all den Jahren ins Herz. Dagegen war ein Krug Bier auf dem Heimweg die beste Medizin. Wenn die possierlichen Lämmer an der Reihe gewesen waren, auch zwei und ein Becherchen Branntwein dazu. Heute hatte Servatius, der wenig vertrug, zu viel getrunken. Warum auch immer.

«Schon wieder die beiden.» Jakobsen stand auf und wandte sich kopfschüttelnd nach den Krakeelern um. «Wie Hund und Katze und doch nie ohne den anderen. Da muss ich für Ruhe sorgen.»

«Nicht nötig», sagte Rosina fröhlich. «Sie sind schon still und kommen her.»

Servatius, der Knopfmacher von der Caffamacherreihe, und Vandenfelde, der Knochenhauer vom Küterhaus bei der Heiliggeistbrücke, drängten sich durch die Gäste, sie stießen dabei nur einen Bierkrug um, der nicht einmal zerbrach.

«Mach lieber Platz, Jakobsen», riet Vandenfelde, als die beiden den Tisch erreicht hatten, «Servatius hat einen Anfall von Anstand, da isser nich aufzuhalten.»

«Rosina», nuschelte Servatius und stolperte einen Schritt zur Seite, weil Vandenfelde ihm in die Rippen stieß und «*Madam* Rosina, du Dummkopf, sie ist doch jetzt 'ne Madam» zischte.

«Nein, Vandenfelde», versicherte die Madam, «Rosina ist und bleibt richtig. Frag Jakobsen. Ich stecke nur in einem schöneren Kleid. Magnus, darf ich dich mit den Herren Vandenfelde und Servatius bekannt machen? Ohne sie wäre der *Bremer Schlüssel* arm, sie sorgen immer für Unterhaltung.»

«Da siehst du's!», nuschelte Servatius, drückte sich neben Jakobsen auf die Bank und zog seinen Freund am Ärmel neben sich. Magnus betrachtete die alte Bekanntschaft seiner Frau mit gemischten Gefühlen. Zwar hatte Vandenfelde seine blutige Schlachterschürze ausnahmsweise schon abgelegt, doch sein blau-weiß gestreiftes Hemd zeugte deutlich genug von seinem blutigen Geschäft. Magnus war nicht zimperlich, aber angesichts der schwarzumrandeten Fingernägel und des Geruchs von Kot und Blut, den Haare und Kleider des Schlachters noch verströmten, war er froh, dass Ruth als Willkommensgruß keine Scheiben von Schinken oder Ochsenfleisch gebracht hatte, sondern Brot und saubere kleine Fische.

Servatius roch nur nach seinem Branntweinatem, sein tannengrüner Samtrock war tadellos, nur ein bisschen abgewetzt. Es hätte schlimmer sein können, zum Beispiel, wenn der Freund des Schlachters Lohgerber oder Trankocher gewesen wäre.

«Nu frag sie schon», forderte Servatius Vandenfelde auf und stieß ihm seinerseits den Ellbogen in die Rippen. «Sie hat den Doktor gekannt, sie wird's wissen.»

«Unsinn», knurrte Vandenfelde, Servatius' Aufforderung war ihm sichtlich unangenehm, «das ist doch alles dummes Geschwätz.»

«Weiß man nich, weiß man nie, so was. Dann frag ich jetzt mal. Wir haben gehört, der Doktor Struensee ist gar nicht tot. Also, mich tät das nur freuen, Rosina, der war 'n guter Mann, egal, was die Leute sagen. War nur dumm genug, nicht in Altona zu bleiben und sich mit Höfischen einzulassen, das kann nicht gutgehen. Der Bäcker vom Valentinskamp, du weißt schon, der bei der Druckerei, sagt, er ist jetzt hier.»

«Dummes Geschwätz», wiederholte Vandenfelde ärgerlich, und Jakobsen lachte dröhnend.

«Du fällst auf jede Spökenkiekerei rein, Servatius. Ich habe noch was Besseres gehört, nämlich dass er als Wiedergänger rumschleicht und uns alle zum Teufel holen will. Wie gefällt dir das?»

«Das ist wirklich unsinniges Geschwätz, Servatius», mischte sich Rosina ein. «Im Übrigen ist Magnus gerade aus Kopenhagen zurückgekommen, dort hat er genug Leute getroffen, die die Hinrichtung gesehen haben. Und Wiedergänger gibt es nicht. Ich dachte, niemand ist so abergläubisch wie die Leute vom Theater, dass auch Knopfmacher auf solchen Hokuspokus reinfallen ...»

«Hokuspokus», rief Vandenfelde, «genau. Und damit ist es gut.»

Rosina hatte Magnus' irritierten Blick beim Stichwort Kopenhagen bemerkt und wechselte rasch das Thema.

«Was spricht man denn sonst?», fragte sie. «Habt ihr vielleicht von einem Mädchen gehört, das vermisst wird?»

«Nee», sagte Servatius und starrte Magnus an. Er hätte ihn gerne nach mehr Neuigkeiten aus Kopenhagen gefragt, leider saß er eingeklemmt zwischen Jakobsen und Vandenfelde und musste um die Unversehrtheit seiner Rippen fürchten. Vandenfelde schüttelte den Kopf. Von vermissten Mädchen war immer mal wieder die Rede, manche wurden später tot aus der Elbe gezogen, die meisten verschwanden auf der Suche nach einem besseren Leben auf Nimmerwiedersehen.

«Fragst du wegen der Toten in der Katharinenkirche? Von der weiß kein Mensch was, Rosina. Alle interessieren sich nur für Madam van Keupen. Sicher war die 'ne

Fremde. So nah am Hafen, da drücken sich viele von wer weiß woher rum. Ist sie wirklich am Fieber gestorben?»

«Es scheint so. Sag mal, Servatius, als Knopfmacher kennst du dich sicher in den anderen Werkstätten aus, die Galanteriewaren machen. Kennst du den alten Fächermacher im Hof hinter der Mattentwiete?»

«Den alten Gamradt? Klar. Der hat feine Fächer gemacht. Wenn er nicht so eigen wäre, hätt er viel Geld verdienen können. Er wollte aber nicht so, wie die Ladenmamsells wollten. Der hat nur Fächer gemacht, die ihm gefielen.»

«Dann hat er die Werkstatt geschlossen, weil er nicht genug verkaufen konnte?»

«Nur nicht genug, um die teure Miete zu bezahlen, die die van Keupen plötzlich verlangt hat. Nun is sie ja tot, leider zu spät.»

Die Miete für den Schuppen sei im Frühsommer beinahe verdoppelt worden. Ein paar Wochen habe der alte Gamradt noch durchgehalten, dann musste er aufgeben. Jetzt wohne er bei seiner Tochter in Wandsbek.

«Das überlebt der nicht lange, da sagen sich Hase und Igel gute Nacht, sonst ist da nix los. Gamradt hat immer gern 'n bisschen Trubel gehabt, der hat nach der Arbeit oft am Hafen gesessen und mit den Leuten geredet, besonders mit den Schiffern. Der kennt sich aus in der Welt, wenn er auch nie weiter als bis Bergedorf gekommen ist. In Wandsbek geht der ein wie 'n Fisch auf'm Trockenen.»

«Der würde sicher lieber bei seinem Sohn leben», erklärte Vandenfelde, der auch immer gut informiert war. «Aber der hat fünf Kinder und nur zwei Zimmer. Die Älteste könnte schon aus dem Haus sein, 'n hübsches Mädchen, aber die ist so eigen wie ihr Großvater. Die wartet wohl auf 'nen Prinz. Es heißt, sie hat mal was mit irgendeinem Handelslehrling aus feiner reicher Familie gehabt, soll aus Frankreich gewesen sein, der Galan. Aber das glaube ich nicht, so was führt ja nie zu was Gutem, und die ist nicht nur proper, die ist auch schlau.»

«Du meinst Akulina?», fragte Rosina. «Die jetzt bei Joyeux am Baumwall arbeitet? Sie ist seine Enkelin?»

«Klar!» Nun war wieder Servatius an der Reihe. «Die hat alles von ihm gelernt und kann richtig gut malen. Der alte Gamradt hat immer gesagt, mit Akulina kann er Fächer machen, bis er ins Grab geht, und dann macht sie weiter. Aber das geht ja nun nicht mehr. Jetzt muss sie für den Gockel am Baumwall schuften.»

«Warum macht der Alte seine Fächer nun nicht in Wandsbek?», fragte Magnus. «Bekommt er dort keine Erlaubnis?»

Vandenfelde und Servatius zuckten wie ein Mann mit den Achseln. «Kann schon sein», meinte Servatius, «aber es heißt, er ist jetzt ganz trübsinnig. Kann ich gut verstehen, seine Tochter ist ein echtes Rabenaas, gut verheiratet, nur zwei Kinder, aber kniepig wie 'n Geldverleiher. Er kriegt da nicht mehr als sein Gnadenbrot, wie 'n alter Zossen. Das ist 'ne Schande. Aber eigentlich ist die van Keupen schuld.»

«Man soll Toten ja nichts Schlechtes nachsagen», meldete sich Jakobsen zu Wort, «und ich will keinesfalls behaupten, ich finde gut und richtig, was ihr passiert ist. Aber eine so wohltätige Seele, wie alle sagen, war die nicht. Jedenfalls nicht nur. Wenn ihr mich fragt – eigentlich war die 'ne echte Schlange.»

Rosina beugte sich vor, um nur kein Wort zu überhören. Servatius und Vandenfelde waren immer gut für Klatsch, Jakobsen hingegen war ein vernünftiger Mann, wenn es auf den ersten Blick auch nicht so erschien. Als guter Wirt mit Gästen aus den verschiedensten Teilen der Stadt wusste er mehr und verlässlicher als alle Journalisten, die sich zudem nur für das Weltgeschehen und die Wissenschaften zu interessieren hatten.

«Nun sag schon, Jakobsen, was weißt du?»

«Du hast dich wirklich nicht verändert», feixte er, «zumindest bist du noch genauso neugierig. Na gut, Wagner wird es freuen, hab ich recht?»

Er winkte Lineken, die sich beeilte, einen großen Krug Bier zu bringen, und tief bedauerte, dass schon wieder andere Gäste nach ihr riefen. Während Jakobsen die Becher füllte, begann er zu erzählen.

Tatsächlich hatte Sibylla van Keupen sich oft großzügig gezeigt, sie hatte das Waisenhaus und das Heiliggeiststift mit Spenden unterstützt, natürlich auch die Katharinenkirche, zuletzt die Turmbegradigung durch Baumeister Sonnin und seine Zimmerleute mit einer guten Summe. Was daraus nun werde, müsse man sehen, wenn die Erben in der Stadt seien. Allerdings könne man nicht sagen, dass sie die gute alte Tugend gepflegt habe, nach der die linke Hand nicht wissen soll, was die rechte tut. Die Leute in ihrem Kontor hatte sie gut behandelt, auch gut bezahlt, sie war klug genug, um zu wissen, dass deren unbedingte Loyalität für den Erfolg nötig ist. Vor allem in ihren Anfangsjahren, als man ihr noch Misstrauen entgegengebracht hatte. Für die Arbeiter in ihren Speichern sah es schon anders aus. Bis auf den Vorarbeiter hatte es oft Wechsel gegeben, von denen hatte sie viel verlangt, sie knapp bezahlt und gnadenlos entlassen, wenn einer krank wurde, nicht schnell genug war oder mal mit einer Bierfahne erwischt wurde.

«Dass sie ihre Töchter passend verheiratet hat, kann ihr keiner vorwerfen, das ist nun mal so. Aber wie sie die ältere, Tine, zur Räson gebracht hat, als die einen anderen wollte, das war schon hart.»

«Was hat sie gemacht?», fragte Rosina.

«Weiß ich nicht», gab Jakobsen zu, «ich weiß aber, dass das Mädchen damals mit verheultem Gesicht rumlief, wenn sie überhaupt aus dem Haus ging. Natürlich können die Eltern bestimmen, aber wenn ein Mädchen den Kandidaten der Wahl absolut nicht will, geben kluge Eltern nach, so was führt doch zu nichts Gutem. Geld ist ja auch nicht alles, oder? Apropos Geld. Da kommen wir zu ihrer Schwägerin, Mademoiselle Juliane. Der hat sie auch ordentlich ins Leben gepfuscht.»

Juliane van Keupen lebte nach dem Tod ihres Bruders weiter im Haus am Cremon, aber nur noch als Sibyllas Schatten. Sie führte den Haushalt, begleitete die Witwe ihres Bruders ständig, immer einen halben Schritt hinter ihr. Zu Einladungen, Konzertbesuchen oder anderen Vergnügen ging Sibylla allerdings meistens allein. Da hieß es dann, Mademoiselle Juliane sei unpässlich oder ziehe es vor, zu Hause zu bleiben.

«So was glaubt doch kein Mensch. Solange ihr Bruder lebte, war sie mit von der Partie gewesen, sie war wohl schon immer eine ruhige Person, aber ganz munter. Es war auch höchste Zeit fürs Heiraten, da gehört ein Mädchen ordentlich rausgeputzt unter die Leute. Es gab passende Bewerber, und dann, bald nach Tillmanns Tod, da war die Mademoiselle noch keine fünfundzwanzig, plötzlich nicht mehr.»

«Weil ihr Bruder sie ohne spendable Mitgift zurückgelassen hat», vermutete Rosina, «ich habe so was gehört.»

Jakobsen kratzte sich die Bartstoppeln und gab Servatius einen kleinen Schubs, der mit dem Kopf auf dem Tisch leise vor sich hin schnarchte.

«Ja, Rosina, das sagt man. Glaub ich aber nicht so richtig. Ich kenne einen, der hat selbst gehört, wie van Keupen gesagt hat, seine Schwester ist keine schlechte Partie und er hätte noch was draufgelegt, weil sie keine achtzehn mehr ist. Was gar nicht nötig war, wenn ihr mich fragt. Die war 'ne nette Mademoiselle, hübsch und ansehnlich gebaut, und in ein Haus wie das van Keupen'sche einheiraten ist immer günstig.»

Er könne sich nicht vorstellen, dass ein wohlhabender Mann in mittleren Jahren, wie es Tillmann bei seinem Tod war, sein Erbe noch nicht geregelt hatte.

«Selbst wenn er es versäumt hat, wenn er so dumm war zu vergessen, dass der Kerl mit der Sense hinter jeder Ecke lauern kann, hätte seine Witwe dafür sorgen müssen. Hat sie aber nicht. Die hat Juliane knappgehalten wie 'ne Magd. Das ist wirklich 'ne Schande.»

«Eine Schande ist auch», fand Rosina, «dass die Bewerber, von denen du gesprochen hast, sich davon haben abschrecken lassen. Wenn die sie nur des Geldes wegen heiraten wollten, kann sie froh sein, wenn die feinen Herren verschwunden sind.»

«Weiß ich nicht. Auf Weibersachen hab ich mich noch nie verstanden, aber die meisten heiraten doch lieber irgendeinen als keinen, sonst enden sie wie Juliane als arme Verwandte ohne geachtete Stellung. Nee, da ist noch was anderes. Du kannst das nicht wissen, Rosina, damals warst du noch fremd hier. Da hast du noch nicht mal die Herrmanns' gekannt, und Madam Anne war auch noch gar nicht Madam Herrmanns. Vielleicht weiß es Madam Augusta, wenn ich mich richtig erinnere, war die gerade von Kopenhagen hierher zu ihrem Neffen übergesiedelt. Ist ja egal, jedenfalls hieß es bald in der Stadt, Mademoiselle Juliane tue nur so freundlich, tatsächlich sei sie ein zänkisches Weib, ständig Kopfschmerzen und 'ne heimliche Neigung zum Rotwein. Und schließlich, aber das ist wirklich nur ein Gerücht, hieß es auch, na ja, wie soll ich es sagen, also es hieß, sie kann keine Kinder bekommen. Sie war ja selbst das einzige Kind ihrer Mutter, die war die zweite Frau vom alten van Keupen, zusammen hatten die keine Kinder. Tillmann war ja aus der ersten Ehe und nur Julianes Stiefbruder. Hat er sie aber nie spüren lassen, die beiden haben sich gerngehabt.»

Jakobsen leerte seinen Bierkrug, wischte sich mit dem Handrücken den Mund und schwieg.

«Wenn ich Euch richtig verstehe», sagte Magnus nachdenklich, «glaubt Ihr, Madam van Keupen hat diese Gerüchte in die Welt gesetzt, bewusste Unwahrheiten, damit niemand ihre Schwägerin heiratet?»

«Sieht so aus. Vielleicht haben es nicht alle geglaubt, und woher soll man so was überhaupt wissen? Aber wenn solche Gerüchte erst mal unterwegs sind – wer heiratet so 'n Mädchen, von der er nicht weiß, ob sie ihm Erben bringt?»

Rosina war skeptisch. «Das ist eine echte Gruselgeschichte, Jakobsen. Wenn sie wahr ist, verstehe ich nicht, welchen Grund Madam van Keupen gehabt haben kann. Sie hätte doch froh sein müssen, ihre Schwägerin zu verheiraten und damit los zu sein. Eine zuverlässige Hauserin hätte sie leicht gefunden. Sogar eine Gesellschafterin, falls sie sich solchen Luxus leisten wollte.»

«Ja», sagte Jakobsen bedächtig, «warum. Genau das ist hier die Frage.»

«Die Welt ist eben schlecht», sagte Vandenfelde, während Rosina noch darüber nachdachte, woher ihr der Satz so vertraut war. Er zog den schläfrig protestierenden Servatius hoch und verabschiedete sich und seinen Freund.

«Damit du alles weißt, was ich weiß», sagte Jakobsen, als die beiden verschwunden waren, «noch eine letzte Geschichte. Die scheint mir aber 'n bisschen sehr unwahrscheinlich. Du weißt sicher, dass die van Keupen einen

Stuckator beauftragt hat, in der Katharinenkirche ihr Epitaph auszubessern. Taubner heißt der. Also, der hat vor ein paar Jahren schon mal für sie gearbeitet, in ihrem Haus, hat da irgendwelchen Stuck an die Decken gekleistert. Jedenfalls soll es da zarte Bande gegeben haben.»

«Zwischen Taubner und Madam van Keupen?», fragte Magnus so amüsiert wie verblüfft.

«Zwischen Taubner und Mademoiselle Juliane», korrigierte Rosina. «Ich habe schon davon gehört, aber nur als dummen Klatsch.»

«Kann sein, kann aber auch sein, dass da mehr dran war. 'ne späte Liebe. Der Taubner ist in den Vierzigern, das hätte gut gepasst, sie ist ja auch über den Frühling raus. Aber der van Keupen war er nicht gut genug.»

Rosina hatte das Kinn in die Hand gestützt und starrte gegen die schwarze Fensterscheibe.

«Seltsam, dass sie sich das gefallen ließ», sagte sie endlich. «Sie war doch nicht irgendeine entfernte Base, sondern Tochter des Hauses.»

Magnus lachte und zupfte seine Frau mit liebevollem Spott am Ohr. «Es ist nicht jede so mutig, davonzulaufen, besonders ohne Geld und ins Ungewisse.»

«Stimmt.» Jakobsen kannte Rosinas Geschichte und grinste breit. «Ich kann mir schwer vorstellen, wie die Mademoiselle Komödiantin wird. Oder Schankmagd. Sie hätte natürlich auch für irgend 'ne olle Madam Vorleserin oder so was werden können. Klingt auch wenig verlockend, oder? Und bei anderen Verwandten, es soll welche in Amsterdam geben, wäre sie noch ärmer dran gewesen. Nee, die saß in 'ner ganz miesen Falle. Kein Wunder, wenn sie so graumäusig geworden ist.»

Magnus schob Rosina das letzte Fischlein und das letzte Stück Brot zu.

«Ein Königreich für deine Gedanken», sagte er. «Aber ich glaube, ich weiß, was du gerade denkst. Mademoiselle van Keupen hatte verflixt gute Gründe, ihre Schwägerin zum Teufel zu wünschen. Habe ich recht?»

KAPITEL 8

———◇———

FREITAG, ABENDS

Madam Augusta hatte den Kachelofen nachheizen lassen und ihr Gewand aus elegantem Kattun gegen ein bequemes Hauskleid aus leichter blassblauer Wolle getauscht. An einigen Stellen war es gestopft, und die Spitzenvolants an den Ärmeln bedurften der Ausbesserung, trotzdem mochte sie sich von dem alten Negligé so wenig trennen wie von einer alten Freundin. Es glich einer tröstenden Hülle und erinnerte sie an Anneken, ihre steinalte Zofe und Begleiterin fast ihres ganzen Lebens, die im letzten Winter gestorben war. Anneken hatte es genäht, als ihre Augen noch gut und ihre Finger geschmeidig gewesen waren. Statt der engen Schuhe trug Augusta warme Socken, sie hatte sich von Elsbeth eine Karaffe Bordeaux bringen lassen, die Füße auf einen Hocker gelegt – sie hatte es sich rundum bequem gemacht und endlich Muße gefunden, die Zeitungen der letzten Tage zu lesen. Zumindest durchzublättern.

Ihr Neffe und seine Frau waren ausgegangen, um eines der Konzerte zu besuchen, zu denen der städtische Kantor und Musikdirektor regelmäßig in den Konzertsaal am Valentinskamp oder ins Drillhaus an der inneren Alster lud. Monsieur Bach war ein unvergleichlicher Virtuose auf dem Fortepiano und dem zarteren Clavichord, für das er eine besondere Vorliebe hegte, weil er überzeugt war, dessen Töne berührten die Zuhörer stärker. Leider dauerten diese beliebten musikalischen Abende bis zu drei Stunden, zu lange für Augustas begrenzte Liebe zur *Musica*.

Vielleicht, so dachte sie nun, hätte sie doch mitgehen sollen. Ihr letzter Besuch in einem Konzertsaal hatte im Mai dem Oratorium *Der Messias* von Georg Friedrich Händel gegolten. Mister Arne, ein renommierter Londoner Komponist, hatte diese erste Aufführung im ganzen Reich geleitet, die Musik und insbesondere der Gesang des Chores hatten sie tief bewegt und wieder an den guten Telemann denken lassen. Auch fünf Jahre nach seinem Tod vermisste sie ihren alten Freund. Von Carl Philipp Emanuel Bach, seinem Patensohn und Nachfolger im Amt, hieß es, seine Kompositionen seien bedeutender und zeitgemäßer, das verstand sie nicht zu beurteilen. Bach und seine Gattin waren angenehme Menschen, einen alten Freund konnten sie nicht ersetzen. Das konnte niemand.

Die *Hamburgischen Addreß-Comtoir-Nachrichten* hatte sie heute wenig interessant gefunden, anregender fand sie den *Wandsbecker Bothen* aus dem Dorf vor den Toren der Stadt. Es war ein bescheidenes Blatt, das der junge Claudius da neuerdings herausgab, allerdings mit exzellenten, der Vernunft und Toleranz verpflichteten Autoren. Leider hatte es bisher nur wenige Leser.

Ermüdet legte sie ihre Lektüre auf das Tischchen neben ihrem Lehnstuhl. Es war so still im Haus. Niklas, ihr jüngster Großneffe, lernte in seinem Zimmer, jedenfalls sollte er das, wahrscheinlich hockte er mit heißen Wangen über einem Buch voller exotischer Käfer und Schmetterlinge, die er zum Ärger seines Vaters dem Lernstoff an der Lateinschule vorzog. Christian, der älteste Sohn des Hauses und im Herrmanns'schen Handel schon unersetzlich, war zu einer Partie Billard mit seinen Freunden ausgegangen. Dagegen hatte sein Vater nichts einzuwenden. Es hätte Christian auch nicht beeinträchtigt, er war ein selbstbewusster junger Mann, der längst seine eigenen Wege ging.

Der Gedanke an seine Schwester, Augustas Großnichte Sophie, ließ sie seufzen. Sophie hatte vor einigen Jahren für einen saftigen Skandal gesorgt, als sie sich von ihrem engstirnig-bigotten Ehemann scheiden ließ und bald darauf Jules Braniff heiratete, einen verwegenen englischen Kapitän, tatsächlich mehr ein Freibeuter. Sein Charme und seine männliche Schönheit hatten auch Augustas altes Herz berührt. Dass Braniff Annes Jugendfreund war, hatte die Geschichte nicht einfacher gemacht. Nun lebte Sophie mit ihm, Sohn und Tochter in einem Ort, der Baltimore hieß, irgendwo an einer weit ins Land reichenden Bucht der Atlantikküste von Maryland. Sophie war jetzt glücklich, ihre Briefe sprachen eine deutliche Sprache. Das allein zählte, Augustas Seufzer galt einzig der großen Entfernung zu der amerikanischen Hafenstadt.

«Madam Augusta?» Betty, Annes Zofe, steckte den Kopf durch die einen Spalt geöffnete Tür. «Verzeiht, wenn ich störe, ich habe geklopft.»

«Ich war nur in Gedanken, Betty. Was gibt es?»

«Es ist spät und auch sonst nicht die passende Stunde, aber in der Diele ist Besuch. Sie besteht darauf, Euch zu sprechen.»

Augusta blickte stirnrunzelnd zu ihrer Uhr. «Du sagst ‹sie›? Ist es Madam Vinstedt?»

Sie konnte sich niemanden als Rosina vorstellen, der ein so eiliges Anliegen hatte.

«Es ist Madam Koch, die Witwe des Advokaten. Sie sagt, sie muss Euch unbedingt sprechen, sofort. Vielleicht solltet Ihr sie empfangen, Madam Augusta, sie sieht aus wie kurz vor dem Schlagfluss. Soll ich Euch beim Umkleiden helfen?»

«Nein, wer mich um diese Stunde unbedingt und sofort sprechen will, muss mich nehmen, wie ich bin. Hilf mir nur in die Schuhe, sonst denkt sie noch, ich bin krank. Und nimm ein zweites Glas aus der Vitrine und zieh den Lehnstuhl vom Fenster heran. Danke, Betty, jetzt bring sie herauf.»

Obwohl Augusta Madam Koch nur flüchtig kannte, störte sie der überraschende Besuch nicht im mindesten, er machte sie nur neugierig. Monsieur Koch war ein angesehener Advokat gewesen und im Sommer an der Wassersucht gestorben. Ein schwerer Tod; Augusta hoffte, ihr werde so etwas erspart bleiben. Sie konnte sich nicht vorstellen, was seine Witwe zu ihr führte.

Als Madam Koch eintrat, erhob sie sich, um die Besucherin zu begrüßen. Betty hatte recht gehabt, Madam Koch sah alles andere als gesund aus. Sie war eine rundliche kleine Dame in Witwentracht, ihr graues, gekräuseltes Haar wurde nahezu völlig von dichter schwarzer Spitze bedeckt; Augusta erkannte mit Befriedigung, auch diese Spitze brauchte Nadel und Faden, überhaupt sah Madam Koch nicht so tadellos aus, wie sie sie in Erinnerung hatte. Seit dem Tod ihres Gatten schien sie um Jahre gealtert.

Sie entschuldigte sich so wortreich wie umständlich, bis Augusta «Papperlapapp, meine Liebe» sagte, sie auf den zweiten Stuhl drückte und ihr ein gefülltes Glas gab.

«Entschuldigungen sind überflüssig», erklärte sie, «ich fing gerade an, mich zu langweilen. Ihr kommt mir also sehr recht. Nun trinkt einen Schluck. Bordeaux beruhigt die Nerven, findet Ihr nicht auch?»

Madam Koch trank mit zitternder Hand, sie setzte das Glas erst ab, als es halb leer war.

«Danke, Madam Kjellerup», flüsterte sie und tupfte zuerst die Lippen, dann die geröteten Augen mit einem zerknitterten Tüchlein. «Ich habe lange gegrübelt, ob ich es wagen kann, zu Euch zu kommen, mir ist niemand sonst eingefallen. Es ist eine so schreckliche Geschichte. Ich darf sie nicht verschweigen, ich kann sie aber auch nicht bekannt machen. Ich weiß nicht, was ich tun soll. Was soll ich nur tun?»

«Am besten fangt Ihr damit an, mir Euren Kummer anzuvertrauen. Vielleicht fällt uns gemeinsam ein, was zu tun ist.»

Was Madam Koch nun erzählte, war in der Tat schrecklich, jedenfalls für eine überaus ehrbare Witwe und für ein überaus ehrbares Haus, als das das ihre bekannt war.

Der alte Advokat hatte seiner Frau auf dem Sterbebett ein Vergehen gestanden, dessen sie ihn niemals für fähig gehalten hatte. Als Einziger hatte er das Testament Tillmann van Keupens gekannt, außer der Witwe. Die war nach dem Tod ihres Mannes zu ihm gekommen und hatte ihn aufgefordert, einen Punkt des Testamentes zu verschweigen, sollte ihn jemand danach fragen. Der Punkt betraf die Schwester des Verstorbenen, Juliane van Keupen. Er hatte ihr eine bedeutende Summe vermacht, im Fall, dass sie bis dahin nicht geheiratet habe, sollte die Summe bei ihrem 30. Geburtstag verdoppelt werden, um ihr ein bescheidenes, gleichwohl unabhängiges Leben zu ermöglichen.

Der Advokat hatte gleich erkannt, wohin diese Forderung zielte, und sich geweigert. Bei seiner Ehre als Mensch und als Advokat. Darauf hatte Madam van Keupen erklärt, sie könne das Geld, das Juliane zustehe, nun nicht entbehren, nicht, bis es dem Handelshaus bessergehe, denn es stehe gar nicht so gut da, wie allgemein angenommen werde. Die Auszahlung werde in den Ruin führen. Womöglich auch in seinen.

«In seinen? Wollte sie ihn erpressen?», fragte Augusta entgeistert.

«Aber nein!», fuhr Madam Koch erschreckt zurück,

«nein. Nun, vielleicht muss man es doch so nennen. Es ist ein so hässliches Wort. Sie hat gesagt, sie vertraue völlig auf seine Verschwiegenheit und darauf, dass er sie und ihren Handel nicht in Bedrängnis bringen wolle. Im treuen Gedenken an Monsieur van Keupen, an Tillmann. Ja, so hat sie gesagt.»

Auch da hatte Monsieur Koch sich verweigert, umso mehr, als er ihre Behauptung nicht glaubte. Er hatte Tillmann van Keupen gut gekannt und wusste um die Verhältnisse des Handelshauses.

Aber Juliane werde ihren Anteil doch bekommen, hatte Madam van Keupen insistiert, nur ein wenig später.

Wenn es so sei, hatte der Advokat erwidert, sehe er erst recht keinen Grund, die Angelegenheit geheim zu halten. Ganz abgesehen davon, dass es sowieso nicht seine Gewohnheit sei, Vertrauliches ins Kaffeehaus zu tragen, sein Beruf erfordere strikte Verschwiegenheit. Im Übrigen sei Mademoiselle Juliane verständig genug zu warten, wenn es nötig sei.

«Aber dann», sagte Madam Koch schluchzend und versuchte den Strom ihrer Tränen mit dem nutzlosen Tüchlein aufzuhalten, «hat er doch nachgegeben. Nachgeben *müssen*.»

«Wartet», bat Augusta, «ich habe zwei Fragen. Selbst wenn das Haus van Keupen nach Tillmanns Tod – anders, als Euer Gatte zu wissen glaubte – in Schwierigkeiten war, hatte es doch schon bald hervorragende Bilanzen. Jedenfalls hieß es so, Madam van Keupens Lebensführung bot absolut keinen Grund zu Zweifeln. Und dann: Warum hat Euer Gatte nachgeben *müssen*?»

Madam Koch versuchte zu sprechen, gegen ihren verzweifelten Jammer waren Geduld und Bordeaux zu schwach. Augusta holte ihr Allheilmittel aus der Vitrine, die

Karaffe mit dem Rosmarinbranntwein, und drückte der bebenden Madam Koch ein gut gefülltes Glas in die Hand.

«Trinkt das aus», befahl sie. «Dann holt tief Luft und beruhigt Euch. Uns wird schon etwas Vernünftiges zur Lösung des Problems einfallen. Kann es sein, Ihr wollt mir sagen, Madam van Keupen habe etwas gewusst, das für Euren Gatten und Euch, nun ja, das peinlich war?»

Sie hatte mit dem nächsten Tränenstrom gerechnet, er wäre angemessen gewesen, doch Madam Koch richtete ihre kleine gebeugte Gestalt auf, wischte mit dem Handrücken die Tränen von Wangen und Kinn und sah Augusta mit vor Zorn dunklen Augen an.

«Das hat sie, in der Tat, und es war mehr als eine Peinlichkeit. Er hat es nur getan, weil ihm sonst kein Ausweg blieb, er war ein guter, ehrbarer Mensch. Aber sie, diese honorige Madam mit ihren Juwelen und Pelzen und englischen Pferden, die hätte das alles nicht tun müssen. Nicht tun *dürfen*. Keinesfalls. Sie war schlecht, Madam Kjellerup, eine Teufelin. Das war sie. Ich schäme mich nicht, das zu sagen, auch wenn sie jetzt tot ist.»

Augusta wollte fragen, was in seiner Vergangenheit so schrecklich gewesen war, dass ein Mann wie der freundliche, bis zur Pedanterie zuverlässige Advokat sich zu einem solchen Verstoß gegen seine Pflichten hatte überreden lassen, doch Madam Koch spürte die Wohltat der Beichte und sprach schon weiter.

«Er hat es nur für unseren Sohn getan, Madam Kjellerup. Florian ist unser einziges Kind, die späte Segnung unserer Ehe. Leider hatte er in seinen jungen Jahren, als er in Göttingen die Jurisprudenz studierte, nicht die Charakterstärke seines Vaters. Inzwischen ist er so, wie mein Gatte ihn sich gewünscht hat, das müsst Ihr mir glauben, er hat fleißig gelernt und meidet die Kaffeehäuser und Spieltische. Die vor allem. Er ist nun am Reichskammergericht in Wetzlar, ein ehrenvoller Posten, der ihm viele Türen für die Zukunft öffnet. Noch ein halbes Jahr, dann wird er in die Fußstapfen seines Vaters treten. Versteht Ihr? Es darf nicht bekannt werden, sonst kann er niemals hier leben. Überhaupt nirgends. Er weiß nichts von der ganzen Sache und darf es nie erfahren. Nie!»

«Pardon, Madam Koch, ich kann Euch nun nicht folgen. Was hat sein Vater für ihn getan, tun müssen, und warum?»

«Verzeiht, ich bin den Branntwein nicht gewöhnt, er lässt mich schneller reden, als vernünftig ist. In seinem ersten Studienjahr ist unser Sohn in schlechte Gesellschaft geraten, das heißt in sehr wohlhabende. Entsetzlich leichtfertige Leute. Er hat schrecklich viel Geld verspielt. Das war sein ganzer Fehler. Natürlich hätte er das nicht tun dürfen, aber neigen nicht die meisten jungen Männer zu Leichtsinn und Unbedachtheiten? Das liegt doch in ihrer Natur. Als er nicht weiterwusste, hat er es seinem Vater gebeichtet und um Auslösung der Schuld gebeten. Er hielt uns immer für wohlhabender, als wir waren. Er brauchte das Geld, andernfalls hätte er sich duellieren müssen. Ein Duell!, Madam Kjellerup. Mein Florian war nie ein guter Schütze, er wäre getötet worden. Die Summe muss enorm gewesen sein, mein Mann hat mir nicht gesagt, wie hoch, aber er hätte es niemals getan, wenn ...»

«Es? Was getan?»

Madam Koch griff nach der Karaffe, füllte und leerte ihr Glas und holte, wie Augusta empfohlen hatte, tief Luft.

«Er hat Geld unterschlagen. Fragt mich nicht, von wem und wie, es kann nie herausgekommen sein, sonst hätte es einen furchtbaren Skandal gegeben. Er hat es getan, um unseren Sohn zu retten. War das nicht seine Vaterpflicht?»

Nun holte Augusta tief Luft. «Das ist wirklich stärker als

eine peinliche Angelegenheit. Hätte er nicht besser Euer Haus verkauft?»

«Das hat er heimlich belieben. Zu schrecklichen Zinsen, ja, mein armer Sohn hat nur Schulden geerbt. Bei einem Verkauf hätte doch die halbe Stadt gefragt, warum, und üble Gerüchte verbreitet. Es gehört unserer Familie seit vier Generationen. Einen solchen Besitz verkauft man nicht ohne Not.»

«Ich habe von alledem nie gehört, nicht das blasseste Gerücht», überlegte Augusta, «und glaubt mir, ich höre viel. Woher konnte Madam van Keupen es wissen?»

Das wusste Madam Koch nicht, sie hatte nicht einmal eine Vermutung.

«Von den Spielschulden Eures Sohnes kann sie gehört haben», überlegte Augusta weiter, «davon werden etliche Göttinger Studenten gewusst haben. Aber Spielschulden gelten nicht als ehrenrührig, solange sie beglichen werden. Und das ist ja geschehen. Nun gut», Augusta fand es an der Zeit, sich auch ein Glas Branntwein zu gönnen, «danach können wir sie nun nicht mehr fragen. Jetzt sagt mir noch: Warum kommt Ihr damit zu mir? Sicher habt Ihr vertrautere Freundinnen.»

«Kaum», flüsterte Madam Koch, «kaum. Und das kann ich niemandem anvertrauen. Der Ruf meines Gatten und unseres Sohnes muss rein bleiben. Das werdet Ihr verstehen.»

Natürlich habe sie alles verschweigen wollen, selbst vor ihrem Sohn, der dürfe auch jetzt nicht davon erfahren. Er habe eine so überaus empfindsame Seele, er könne sich etwas antun. Doch nun habe jemand Madam van Keupen getötet, das ändere alles.

«Ich kann nicht sagen, es tut mir leid, das kann ich wirklich nicht. Aber wenn es jemanden in unserer Stadt gibt, der sich selbst rettet, indem er ein anderes Leben auslöscht, und sei es auch noch so gering, muss doch bekannt werden, was für eine niederträchtige Person sie war. Heißt es nicht, wenn man den Grund für einen Mord kennt, findet man leichter den Mörder? Ja, und da dachte ich, also, ich dachte, Ihr seid doch mit dieser Komödiantin recht vertraut, die hin und wieder mit dem Weddemeister zu tun hat, obwohl sie nun ehrbar verheiratet sein soll. Ich halte das nicht für eine passende Beschäftigung, aber so sind die Zeiten nun mal.»

Augusta hätte gerne erwidert, passende Beschäftigungen seien im Moment nicht von Belang, und in Anbetracht des Glashauses, in dem Madam Koch mit ihrem betrügerischen Gatten und Spielschulden machenden Sohn sitze, halte sie sich mit dem Steinewerfen besser zurück. Auch dafür war jetzt nicht der richtige Moment.

Wenn es sich ergebe, erklärte sie stattdessen, unterstütze sie selbst den Weddemeister hin und wieder, ebenso ihr Neffe Monsieur Herrmanns und dessen Gattin Anne. In manchen Fällen sei das eher Bürgerpflicht als unpassend. So wie in dieser Angelegenheit.

Die in Ehren ergraute Madam Koch errötete. «Natürlich habt Ihr recht», beeilte sie sich zu sagen, «es kommt gerade mir nicht mehr zu, das gering zu achten. Ich habe Angst davor, Madam Kjellerup, und ich weiß nicht, ob es richtig ist, aber ich denke, der Weddemeister sollte wissen, welcher Methoden sich die feine Madam bedient hat, um ihren Reichtum zu mehren und zu sichern. Und vielleicht auch», ihre Augen wurden klein und hart, «dass Mademoiselle Juliane allen Grund hatte, die Witwe ihres Bruders zu hassen. Oder jemand, der ihr über die Maßen ergeben war.»

«Wieso?», fragte Augusta. «Wenn niemand vom Vergehen Eures Gatten wusste, wusste auch Mademoiselle Juliane nichts von dem ihr vorenthaltenen Erbe. Sibylla hat es ihr sicher nicht erzählt. Seid vorsichtig, Madam Koch, eher wird Euer Sohn verdächtigt.»

«Unmöglich», sagte sie triumphierend. «Sein Amt erlaubt ihm keinen Urlaub. Florian war zuletzt zum Begräbnis seines Vaters hier, danach hat er Wetzlar nicht mehr verlassen.»

«Das ist gut für ihn und für Euch. Was stellt Ihr Euch vor, dass ich nun tun soll? Madam Vinstedt davon erzählen, die wiederum soll es dem Weddemeister berichten – all das, ohne Euren Namen zu nennen? Dazu so ungenau, dass Wagner nicht gleich auf Euren Gatten schließt? Haltet ihn nicht für dumm. Es sind in der letzten Zeit nicht viele Advokaten gestorben, er muss nur zwei und zwei zusammenzählen.»

«Es ist doch nicht nötig, den Beruf meines Mannes zu erwähnen. Ich habe Eure Klugheit schon immer bewundert, Madam Kjellerup», schmeichelte Madam Koch. «Und Eure Diskretion. Ganz bestimmt werdet Ihr einen Weg finden. Ich vertraue voll und ganz auf Eure Verschwiegenheit.»

Als Augusta Betty gerufen hatte, um ihre Besucherin zur Tür zu begleiten, als sie die Schritte auf der Treppe hörte und fand, sie klangen geradezu leicht, von einer schweren Bürde entlastet wie die ganze Madam Koch, befreite sie sich von ihren Schuhen, legte die Füße wieder auf den Hocker und schenkte sich noch ein Glas Branntwein ein. Warum hatte sie sich nur auf diese Geschichte eingelassen? Wagner mit seinem Jagdhundinstinkt würde so lange fragen und gründeln, bis er herausbekam, welche Namen hinter dieser Geschichte steckten. Vielleicht würde er sie bis dahin nicht einmal glauben, was ihm niemand verübeln konnte. Augusta glaubte sie selbst kaum. Erpressung zählte für sie zu den verachtenswertesten Verbrechen. Ob eine Frau wie Sibylla van Keupen sich tatsächlich dazu herabgelassen hatte?

Sie fühlte sich unbehaglich. Wie hatte Madam Koch mit dem Lächeln einer Katze gesagt? ‹Ich vertraue auf Eure Verschwiegenheit.› Die gleichen Worte, die Sibylla angeblich zu dem Advokaten gesagt hatte. Augusta hatte ein reiches Leben gehabt, reich an Glück und reich an Leid. Nun schien es ihr an manchen Tagen langweilig – doch wie gut, dass es darin nichts gab, für das man sie erpressen konnte.

SONNABEND, 31. OKTOBER, VORMITTAGS

In der vergangenen Nacht hatte Juliane van Keupen Laudanum-Saft zu tiefem Schlaf verholfen. Eine morgendliche Benommenheit war geblieben, die sie trotz des angenehmen Gefühls mit kaltem Wasser und einer großen Portion bitteren Kaffees vertrieben hatte. Und schließlich mit dem endgültigen Entfernen der schwarzen Tücher von den Fenstern des Salons.

Als die Herren Bator und Meinert gemeldet wurden, war sie wach und froh über den Besuch. Wenn es im Haus auch nicht mehr so still war wie während der ersten Tage nach Sibyllas Tod, wenn sie auch hin und wieder Lachen und Schwatzen aus der Küche hörte, empfand sie das Haus wie eine Gruft. Als sei nicht Sibylla, sondern sie selbst in einem Totenschrein gefangen. Während der letzten Tage hatte es Stunden des Gefühls von Freiheit gegeben – musste sie sich dessen schämen?

Endlich war sie frei von der Rolle einer Frau, die immer einen Schritt hinter der Bedeutenderen zu gehen hatte, der Rolle einer Frau im mittleren Alter, die auf nichts Besseres mehr hoffte. Dann war eine heimliche Heiterkeit in ihr aufgestiegen, eine Empfindung von Leichtigkeit und Zuversicht, wie sie sie nur aus der Zeit vor Tillmanns Tod kannte und fast vergessen hatte. Sie würde frei sein, bald. Es bedurfte nur einiger Geduld, dann hatte sich das Ausharren doch gelohnt.

Noch war sie gefangen in der Rolle der Trauernden, die für ihre Zukunft auf die Gnade ihrer Nichten hoffen musste. Jeder Besuch, der ihre ständig im Kreis laufenden, quälenden Gedanken unterbrach, war ihr lieb.

Johannes Bator und Zacharias Meinert, sein Schwiegersohn und zukünftiger Teilhaber, waren ihr angenehm. Meinert kannte sie bisher nur flüchtig, Bator und seine Familie hingegen seit ihrer Kindheit.

«Ich hoffe, es stört Euch nicht, dass ich meinen Schwiegersohn mitgebracht habe, Juliane», sagte er, «Ihr kennt ihn ja, und er ist mir eine große Stütze. Auch in dieser traurigen Angelegenheit. Überhaupt ist er ein hilfreicher und sorgender Mensch, unsere kluge Barbara hat eine gute Wahl getroffen.»

Zacharias Meinert errötete. «Ich bitte Euch, Vater», sagte er und senkte den Kopf, «Mademoiselle van Keupen kann kein Interesse an meinem Charakter haben, Ihr solltet ...»

«Aber *natürlich* hat sie das. Sei nicht immer so bescheiden, Zacharias.»

Während Monsieur Bator mit einem kleinen Monolog über die Vor- und Nachteile der Bescheidenheit im Handel wie im Privatleben beschäftigt war, tauschten Juliane und Zacharias ein verstohlenes Lächeln aus. Vielleicht, weil sie beide den alten Herrn kannten und schätzten und ihm seine Zufriedenheit gönnten. Vielleicht, weil sie beide mehr über sein Thema wussten, als er sich vorstellte.

«Angemessene Bescheidenheit und Hilfsbereitschaft», schloss Monsieur Bator und betrachtete den Gatten seiner einzigen Tochter wohlwollend, «sind wahrhaft patriotische Tugenden, die dem Gemeinwohl ebenso wie der Familie dienen. Beides muss gefördert und verteidigt werden. Als wir auf dem Weg zu Euch dem Weddemeister begegneten, haben wir auch ihm gleich unsere Unterstützung angeboten.»

«Unterstützung?» Juliane war erstaunt. Niemand in ihren Kreisen begab sich freiwillig in die Nähe von Verbrechen.

«Ja», Bator nickte bedeutsam, «leider können wir zur Aufklärung der tragischen Geschehnisse in diesem Haus nichts beitragen. Ja, leider. Aber da gibt es diese arme Tote, die zugleich mit Eurer lieben Schwägerin in der Katharinenkirche gefunden wurde. Ihr werdet davon gehört haben, obwohl Euer Herz ganz anderen Kummer hat. Eigentlich war es eine Idee meiner Tochter», gestand Monsieur Bator, «Zacharias ist viel in der Welt herumgekommen, und als Barbara hörte, man vermute, dass sie eine Fremde sei, womöglich aus einer asiatischen Region, weil es hieß, sie habe recht schmale Augen gehabt, fand sie, Zacharias könne vielleicht helfen. Da er vielen solcher Menschen bei seinem Aufenthalt auf Java begegnet ist. Das ist er unbedingt, aber – wie soll ich sagen? Barbara hat es gut gemeint, ja, natürlich war es absolut unwahrscheinlich, dass Zacharias dem Weddemeister raten oder die arme Tote gar kennen konnte. Weil es meiner Tochter jedoch ein echtes Anliegen war, wollte Zacharias ihren Wunsch erfüllen.»

Juliane verstand immer noch nicht, wie Zacharias dem Weddemeister hatte helfen wollen. Sie empfand Monsieur Bator heute als ungewöhnlich konfus. Wahrscheinlich war ihm die Begegnung mit einem Mann wie dem Weddemeister auf den Magen geschlagen.

«Wollt Ihr sagen, die fremde Tote war eine Asiatin?»

«Eigentlich ja, tatsächlich nein. Ich könnte es sowieso nicht beurteilen, ich kenne diese Leute nur von den Chinoiserien meiner Gattin, habe nie welche in natura gesehen. Wie sollte eine sich hierher verirren? Der Weddemeister zeigte auch nicht die geringste Dankbarkeit, die ist übrigens eine weitere erste Tugend, die Dankbarkeit. Er sagte, sie habe wohl ein wenig schmale Augen gehabt, soweit das bei einer Toten noch zu beurteilen sei, daran sei aber nichts Ungewöhnliches, die hätten auch manche hier bei uns. Gottes reiche Natur zeige viele Formen. Nur ihre kleinen Finger seien seltsam gewesen, nämlich ein wenig nach innen abgeknickt. Wo waren sie doch abgeknickt, Zacharias?»

«Nur die ersten Glieder», antwortete Meinert knapp. Das Geplauder seines Schwiegervaters in einem Trauerhaus, in dem der Sarg noch in der Diele stand, war ihm unangenehm. «Sie ist schon begraben, auf dem Sankt-Annen-Friedhof zu Lasten der Kasse des Kirchspiels. Und damit vergessen. Ein trauriges Schicksal.»

Endlich fand Monsieur Bator es an der Zeit, zum Anlass des Besuchs zu kommen, zum Begräbnis Sibylla van Keupens. Seinen behutsamen Vorschlag, damit zu warten, bis die Töchter aus Sankt Petersburg und Livorno eingetroffen seien, lehnte Juliane ab. Ihre Stimme klang dabei gar zu entschieden, was Monsieur Bator ihren angegriffenen Nerven zugutehielt.

«Die Nachricht wird meine Nichten bald erreichen», erklärte Juliane sanfter, «doch selbst wenn sie sich sofort auf die lange Reise machen, ist ihre Ankunft ungewiss. Ich halte es für angemessener, wenn sie sich am Grab verabschieden und bin sicher, Regina und Tine würden mir zustimmen. So wie Ihr, wenn ich daran erinnere, diese Begräbnisfeier wird noch trauriger sein als gewöhnlich.»

«Gewiss», erwiderte Bator eilig, «in der Tat. Es mag ein kleiner Trost sein, dass unser verehrter Hauptpastor Goeze sich angeboten hat, unsere liebe Sibylla auf ihrem letzten Weg zu begleiten.»

In Anbetracht der Umstände, nämlich weil sie als Opfer eines Verbrechens und ohne die Segnungen der Kirche gestorben war, hatten sich der Trauermann Bator und der Hauptpastor auf ein schlichtes Begräbnis in den frühen Morgenstunden geeinigt. Das war auch Julianes Wunsch gewesen. Der bei der Beerdigung einer so angesehenen und wohlhabenden Person übliche lange Trauerzug samt Chorknaben, Senatoren, sonstigen Honoratioren der Stadt, den schmückenden Reitendienern des Rats und einer langen Kolonne von Kutschen würde aus gleichem Grund nicht stattfinden. Es wurden nur engste Freunde des Hauses van Keupen erwartet.

«Wir sollten auch auf die anschließende Bewirtung verzichten», schlug Bator vor. «Es ist vorteilhafter, später zu einem Gedenkgottesdienst mit anschließendem Trauermahl einzuladen. In einigen Monaten vielleicht, wenn die Unruhe sich gelegt hat. Dann werden Eure Nichten hier sein und einen Trost in der Anteilnahme finden.»

«Ich danke Euch, Monsieur Bator, dieser Vorschlag ist mir eine große Erleichterung. Ich gestehe, der Gedanke an das Begräbnis hatte mich mit Furcht erfüllt. Auch Sibylla wäre Euch für dieses taktvolle Arrangement überaus dankbar. Wenn Ihr mit dem Hauptpastor einen Tag vereinbart habt, werden ich und die Leute dieses Hauses bereit sein.»

Alles Weitere überließ sie Monsieur Bator, der als pflichtbewusster Trauermann nichts anderes erwartet hatte.

Falls Juliane sonstige Unterstützung oder weiblichen Trost wünsche, erklärte er beim Abschied, stünden auch seine Gattin und insbesondere seine Tochter jederzeit bereit.

«Barbara ist eine mitfühlende junge Dame von großem Herzenstakt. Im Gegensatz zu ihrem alten Vater spürt sie auch, wann es besser ist zu schweigen. Meine ganze Familie ist in diesen schweren Stunden an Eurer Seite, Juliane, seid dessen gewiss. Zacharias, wolltest du nicht auch noch deine Hilfe anbieten?»

«Ich möchte nicht aufdringlich sein, Mademoiselle», Zacharias zupfte sich verlegen lächelnd am Ohr, «vielleicht ist es schon überflüssig. Als ich Madam van Keupen am vergangenen Montag im Kontor besuchte, um ein gemeinsames Geschäft zu besprechen, bat sie mich, ihr bei der Durchsicht einiger Papiere zu helfen. Wenn ich mich recht erinnere, brauchte sie Hilfe bei der Übersetzung aus dem Holländischen, sie war darin nicht ganz so geübt wie ich. Ich glaube, es waren Unterlagen von halbwegs privatem Charakter, sie lagen in einer dunkelroten Mappe. Leider fehlte mir zu der Stunde die Zeit, wenn ich nun Euch unterstützen kann, ist es mir eine Freude. Wisst Ihr, von welcher Mappe ich spreche? Bei meinem Besuch lag sie auf ihrem Tisch im Kontor. Wie ich schon sagte, ich möchte nicht aufdringlich sein und Eure Ruhe und Trauer nicht stören. Am besten nehme ich die Papiere mit, um mich ihrer zu Hause anzunehmen.»

Monsieur Bator betrachtete zufrieden seinen Schwiegersohn.

«Habt keine Hemmungen, Juliane, nehmt alle Hilfe in Anspruch, die Ihr bekommen könnt. Das ist guter Kaufmannsbrauch. Barbara kann Zacharias zur Hand gehen, meine Tochter beherrscht das Holländische gut, in Wort und Schrift. Besonders seit ihrem längeren Aufenthalt bei Amsterdamer Verwandten meiner Frau, bei denen sie das Glück hatte, Zacharias kennenzulernen. Das wisst Ihr sicher. Auch dass beide verschwiegen sind wie ein Grab, nun ja, ich meine, wie ein Beichtvater.»

Juliane musste das freundliche Angebot zu Bators Enttäuschung ablehnen, von einer solchen Mappe, sagte sie, sei ihr nichts bekannt. Auch denke sie, alles, was sich im Kontor befunden habe, sei Angelegenheit Bergstedts, der Erste Schreiber sei mit allem vertraut, was Sibyllas Handel betreffe.

Bator nickte verständig, er kannte und schätze Bergstedts Fähigkeiten. «Sicher habt Ihr recht, allerdings handelt es sich wohl um eher private Papiere. Nun denn, solltet Ihr unsere Hilfe in dieser oder einer anderen Angelegenheit brauchen, schickt einen Boten, und schon sind wir da.»

Als Juliane ihre Besucher zur Tür begleitet hatte und in den Salon zurückgekehrt war, fragte sie sich, warum sie gelogen hatte. Tatsächlich lag die Mappe – die einzige, die Zacharias gemeint haben konnte – sicher verwahrt in Sibyllas Schlafkammer. Diesmal war sie bei ihrer Suche schneller fündig geworden. Das Zimmer noch einmal zu durchstöbern, hielt sie für überflüssig, sie öffnete gleich das Geheimfach im großen Schrank, vielleicht hatte sie es in der Dunkelheit nicht gründlich genug geprüft. Sie fand nur die Papiere, die sie dort zuerst entdeckt und wieder verborgen hatte, bis die Zeit günstig sein würde, sie zu nutzen.

Wo ein Geheimfach war, so hatte sie gedacht, konnte auch ein zweites sein. Sie fand es weit oben, knapp unter der Decke des Schrankes, wie das andere in die Wand eingelassen. Sie hatte einen Schemel zu Hilfe nehmen müssen, bis ihre Finger endlich die Kontur des Schlosses gespürt hatten.

Das Fach war nicht tiefer, jedoch höher als das erste. Was sie darin fand, überraschte sie nicht mehr. Es waren das Lämpchen, das John Wessing so verzweifelt gerne gehabt hätte, in festes Tuch gewickelt, damit es keine Ölflecken hinterließ, und eine alte Mappe von burgunderrot gefärbtem Leder. Ihr Inhalt war enttäuschend, sie enthielt nur ein paar Zettel und Bögen, manche flüchtig bekritzelt, andere sorgfältig beschrieben. Ihre Bedeutung hatte sie nicht verstanden, die Ahnung, die in ihr aufgestiegen war, war zu absurd.

Sie hatte Mappe und Lampe zurückgelegt, das Fach verschlossen und wieder mit Sibyllas Kleidern gefüllt, um in Ruhe darüber nachzudenken.

Und nun? Wenn Sibylla Zacharias Meinert um Hilfe gebeten hatte, warum hatte sie es für nötig gehalten, die Mappe so gut zu verstecken? Der Inhalt musste von großer Bedeutung sein.

Sie sank schwer auf einen Stuhl, verschränkte die plötzlich zitternden Hände und starrte gegen das schwarze Tuch, das mit der Wand auch die Porträts von Sibylla und Tillmann bedeckte. Sie wusste gut, was Einsamkeit war, doch nie hatte sie sich so allein und den Geschehnissen ausgeliefert gefühlt wie in diesem Moment. Sie hatte geglaubt, Zeit zu haben. Vielleicht war das ein fataler Irrtum.

Wem durfte sie vertrauen? Wem *wollte* sie vertrauen? Nur ein Name fiel ihr ein, auch das konnte ein Irrtum sein, einer, der ihr die letzte Hoffnung nehmen würde. Wenn sie es nicht wagte, würde sie es nie erfahren.

Erla, die Köchin, sah kopfschüttelnd Mademoiselle Juliane die Treppe herunterlaufen, irgendein Schultertuch vom Haken in der Diele reißen und durch das Portal verschwinden. Sie kehrte in ihre Küche zurück und beschloss, einen besonders sahnigen Aprikosenpudding zu kochen.

Wenn sie so eilig, allein und ohne Bescheid zu geben aus dem Haus stürzte, musste es Mademoiselle Juliane besser gehen. Dann würde sie auch ihren liebsten Pudding wieder zu schätzen wissen. Falls ihr schneller Lauf anderes bedeutete, würde die süße Speise ein Trost sein.

*

SONNABEND, NACHMITTAGS

«Einzig die Liebe zweier Herzen zählt, Madam, ungeachtet Geburt und Standes. Ja, Madam, das ist das echte Leben, und davon handelt dieses Schauspiel. Wahrhaftig eine die Seele anrührende Lektüre.»

Der Buchverleiher am Katharinenkirchhof sah seine Kundin mit schmelzendem Blick an; da der Tag mau gewesen war und seine Kasse gähnende Leere zeigte, pries er unermüdlich plappernd seine Ware weiter an.

Rosina hörte nicht mehr zu. *Le jeu de l'amour et du hasard* stand auf dem Umschlag des dünnen Buches, in dem sie blätterte, *Das Spiel von Liebe und Zufall*. Sie kannte die Komödie von Pierre de Marivaux, das schon durch viele Hände gegangene fleckige Büchlein berührte tatsächlich ihr Herz. Nicht wegen der galanten Handlung von Liebe, Verwechslung und glückseligem Ende oder weil sie darin eine Rolle auf der Becker'schen Bühne gespielt hätte, das einige Jahrzehnte alte Stück war längst aus der Mode. Ihre Mutter hatte ein Exemplar besessen, und sie hatten gemeinsam daran ihr Französisch geübt. Es war so unendlich lange her.

Plötzlich glaubte sie statt der muffigen Luft des engen Ladens einen zarten vertrauten Duft zu atmen, und nichts schien ihr wichtiger, als das Grab ihrer Mutter zu besuchen. Doch das lag zu viele Tagesreisen entfernt. Im nächsten

Frühjahr, dachte sie und verscheuchte die Wehmut, im Mai, dann bestimmt. Dann war auch die beste Zeit, Magnus zu zeigen, wo sie als Kind gelebt hatte. Aber dieses Buch musste sie unbedingt haben.

«Danke», sagte sie und legte es behutsam auf den Tisch, «ich kenne es schon. Es ist wirklich eine gelungene Komödie.»

Sie würde sich ein neues Exemplar beschaffen; falls das nicht gelang, eines, das weder zerfleddert noch mit fremden Tränen benetzt war.

Sie trat aus dem Laden auf den Sankt Katharinen umgebenden Kirchhof, stand zwischen den Gräbern, sah der Reihe von Wagen und Karren zu, die den quer durch den Friedhof verlaufenden, notdürftig gepflasterten Weg entlangholperten, und versuchte, die alten Bilder zu verscheuchen. Vielleicht lag es an der silbernen Querflöte, dem einzigen Wertvollen, das sie damals aus dem Haus ihrer Eltern mitgenommen und auf der sie heute Morgen nach langer Zeit wieder gespielt hatte? Während all der Jahre als Komödiantin hatte sie nicht so oft an ihr altes Leben mit ihren Eltern gedacht wie während der letzten Monate. Und an ihren kleinen Bruder, an dessen Tod sie sich immer schuldig gefühlt hatte.

Wagner fiel ihr ein, Madam van Keupen – womöglich lag es nicht nur an ihrer Neugier, dass sie sich immer wieder darauf einließ, den Weddemeister bei seinen Aufklärungen von Verbrechen zu unterstützen. Vielleicht glaubte sie tief in ihrer Seele, sie müsse eine Schuld abtragen, das Leid ausgleichen, das sie denen zugefügt hatte, die sie am tiefsten geliebt hatten?

Ein Sonnenstrahl schlich durch die Wolken und ließ die herbstlichen Farben des Ahorns vor einem der Pastorenhäuser aufleuchten. Vielleicht war das ein gutes Zeichen.

Sie hatte sich unbehaglich gefühlt, als sie Wagner von dem Brandmal an Akulina Gamradts Arm erzählte. Als sie die Fächermacherin mit geheucheltem Mitgefühl danach gefragt hatte, hatte die nur gleichmütig erklärt, sie sei zu nah ans Herdfeuer geraten, so etwas komme vor.

Wagner hatte dem zugestimmt, seine Frau habe auch immer wieder kleine Brandwunden an den Händen. Er wolle jedoch Erkundigungen einholen, was immer er damit gemeint haben mochte. Er glaubte eher daran, das Aschenmädchen habe das Feuer gelegt, sie sei die Einzige, die dazu unbemerkt die Möglichkeit gehabt habe, und ihr Schlafplatz befinde sich direkt beim Herdfeuer. So was bringe einen auf Ideen.

Welchen Grund sie gehabt haben solle? Da hatte Wagner geschnauft und geknurrt, er könne sich eine ganze Reihe von Gründen denken. Dora sei nicht als Waisenkind zu den van Keupens gekommen, sondern als Tochter eines freien Bauern, dessen Familie bei der großen Flut nach dem Deichbruch im vergangenen Jahr alles verloren habe. Die Eltern seien froh gewesen, das jüngste Kind ordentlich unterzubringen. Bestimmt falle es ihr schwer, sich als Niedrigste in einen reichen Haushalt einzufügen, wo man sie vermutlich herablassend und überhaupt schlecht behandele, wenn das im Haus am Cremon auch bestritten werde, und sie habe sich rächen wollen. Leider konnte der Weddemeister zu diesem Verdacht keine Beweise finden.

Bei der Erwähnung der Waisenkinder war Rosina siedend heiß eine Bemerkung Tobis' eingefallen. Als sie ihn bei seiner kleinen Führung der ausländischen Besucher zum Schauplatz des Mordes ertappt hatte, hatte er gesagt, es gebe immer ein Fenster, durch das man aus dem Waisenhaus komme, ohne dem Pförtner in die Arme zu laufen. Das war am hellen Tag gewesen, zweifellos gab es solche

Fenster erst recht in der Nacht. Tobi hatte tatsächlich Anlass gehabt, Madam van Keupen einen bösen Streich zu spielen, wenn man Brandstiftung als solchen bezeichnen wollte. Sie hatte ihn wegen einer Nichtigkeit ins Waisenhaus zurückgeschickt. Durch das Kontorfenster zu klettern wäre für ihn ein Leichtes gewesen. Zum Glück fiel ihr ein, dass Tobi nicht von dem zerbrochenen Fensterriegel hatte wissen können. So gab es keinen Grund, dem Weddemeister ihre Gedanken mitzuteilen.

Auch John Wessing, der Handelslehrling, kam Wagner verdächtig vor. Der Junge sei bei der Befragung nervös gewesen, allerdings könne er kaum unbemerkt an dem Aschenmädchen vorbeigekommen sein, und seine größte Sorge sei, dass er seine Lehre nicht fortsetzen könne. Also hätte er zuerst sich selbst geschadet, so dumm sei er nicht.

Lenert Bergstedt, den Ersten Schreiber, hatte er unerwähnt gelassen. Auch ihm hatten das Feuer wie der Tod Madam van Keupens keinerlei Vorteile gebracht. Jedenfalls soviel Wagner bisher wusste. Tatsächlich wusste er bisher wenig. Er mochte den sich über seinen Stand hinaus vornehm gebenden Mann nicht. Schreiber wussten viel über ihre Herrschaft, sie mochten selbst manche Geheimnisse haben. Auch sah es so aus, als habe er über seinen Lohn hinaus eigenes Geld – warum begann er damit nicht einen eigenen Handel? Womöglich hatte er doch einen Grund für den Mord gehabt. Auch die Überlegung, Madam van Keupen habe das Feuer im Kontor selbst gelegt, sprach er nicht aus. So etwas kam vor, in diesem Fall schien ihm der Gedanke nur dumm.

So bleibe nur die Familie, hatte Wagner seufzend erklärt. Das sei immer unangenehm, besonders bei großen Häusern. Höchst unangenehm. Ob Rosina vielleicht schon etwas gehört habe?

Wenig, hatte Rosina erklärt, nichts wirklich Erhellendes. Jakobsen habe erzählt, Sibylla van Keupen sei bei aller Wohltätigkeit eine harte Person gewesen, die ihre Leute im Kontor gut, die anderen jedoch oft harsch behandelt habe. Es möge von Nutzen sein, sich in den Speichern umzuhören, dort solle es Entlassungen aus geringem Grund oder Mangel an Barmherzigkeit gegeben haben.

Das komme auf die Sichtweise an, hatte Wagner erwidert, wer auf die Straße gesetzt werde, fühle sich immer ungerecht behandelt. Er werde Grabbe schicken, der verstehe sich inzwischen auf solche Dinge, und mit seinem schläfrigen Ausdruck erschrecke er die Leute weniger.

Das Gemunkel, als mehr mochte Rosina es noch nicht gelten lassen, über Sibyllas Geiz gegenüber Juliane van Keupen und ihre Strategie, eine Heirat der Schwägerin zu verhindern, hatte sie nach kurzer Überlegung verschwiegen. Vorerst, bis sie selbst mehr wusste und die Gründe verstand.

Letztlich nützte der Tod Madam van Keupens doch nur ihren Schwiegersöhnen, hatte sie laut überlegt, besser gesagt, einem von beiden. Es sei denn, sie beschlössen, das Handelshaus zukünftig gemeinsam zu führen, als Kompagnons, was durchaus üblich sei. Ob Wagner schon die Listen der ausländischen Besucher geprüft habe? Deren Namen und Herkunftsorte würden doch für gewöhnlich an den Toren notiert. Wenn er jemand aus Livorno oder Sankt Petersburg darunter entdecke, sei das eine Überlegung und genaue Prüfung wert.

Der Vorschlag hatte Wagner missfallen. Mit dem Notieren sei es so eine Sache, immer wieder gelange der eine oder andere bei der großen Drängelei kurz vor Toresschluss ungeprüft in die Stadt. Zudem könne er sich nicht vorstellen, dass ein Mann, der so Übles plane, mit einem echten

Passpapier einreise. Gleichwohl, hatte er zögernd hinzugefügt, werde er es bedenken. Es sei schon möglich, dass einer der Schwiegersöhne, der fürchte, das Handelshaus nicht übergeben zu bekommen, zur bösen Tat geschritten sei. Dann müsse es aber eine Verfügung von Madam van Keupen geben, die ihn benachteilige und von der er gewusst habe. Gerade die solle es nicht geben.

Es sei denn, hatte Rosina dagegengehalten, es handele sich um den Gatten der älteren Tochter, falls Madam van Keupen bekannt gemacht habe, sie wolle den der jüngeren bevorzugen. Nun stehe die ältere in der Reihe der Erben an erster Stelle.

Das alles erscheine ihm recht kompliziert und unwahrscheinlich, hatte Wagner eingewandt. Außerdem gebe es in solchen Häusern über solcherlei Dinge immer irgendwelche Papiere. Wenn sie noch nicht gefunden seien, gäbe es entweder keine, oder sie würden bald auftauchen. Zu bedenken sei allerdings, ob es welche gäbe und jemand sie *verberge*. Im Übrigen wäre er dankbar, wenn Rosina ein wenig mehr über Mademoiselle Juliane herausfände.

Das hatte Rosina vor. Dummerweise kannte sie sie nicht, es war höchst unpassend, einfach an die Tür zu klopfen und sie bei einer Plauderei oder – angemessener – einem Kondolenzbesuch *en passant* auszuhorchen. Man würde sie, eine Unbekannte, in diesen Trauertagen gar nicht erst vorlassen. Beim Frühstück, als Magnus ihre Einsilbigkeit bemerkte, sie ihren Gedanken überließ und sich einer Zeitung widmete, hatte sie nach einem anderen Weg gesucht. Ihr war nur einer eingefallen, ein Umweg, der nicht zum Ziel, doch in dessen Nähe führte – und wieder direkt in die Katharinenkirche. Zu Taubner.

Und dann? Egal, irgendetwas würde sich schon ergeben. Das geschah immer, wenn man etwas unternahm, anstatt zu zögern und zu grübeln. Wie sprach man einen fremden Mann an? Wie verwickelte man ihn in ein Gespräch? Jean fiel ihr ein, ihr Prinzipal, und sie lächelte. Es war ganz einfach: Man sprach ihn bewundernd an. Liebten es nicht alle Männer, von ihren wichtigen Tätigkeiten zu reden? Alle – bis auf Magnus. Leider. Brauchten sie nicht unbedingt eine Verschönerung ihres bescheidenen Salons? Zum Beispiel mit einer Stuckverzierung der Decke? Unbedingt.

Es war still in der Katharinenkirche. Nur ein Geräusch von jenseits des Lettners verriet, dass dort mit einem Reisigbesen ausgekehrt wurde. In einer der vorderen Bänke saßen zwei bäuerliche Frauen mit gebeugten Köpfen ins Gebet vertieft, unter der nördlichen Seitenempore hockte ein alter struppiger Mann im schäbigen Rock, dessen Anblick Rosina im ersten Moment erschreckte. Sein dünner Körper war zur Seite gesunken, sein Kinn lag auf der Brust – genau so mochte die unbekannte Tote unter der südlichen Empore gefunden worden sein. Da räusperte sich der Alte schnarrend, rappelte sich steif auf und humpelte unwillig murmelnd zum Portal.

Die beiden Männer bei der dem Lettner am nächsten stehenden Säule der rechten Reihe, Meister Taubner und sein Gehilfe Henrik, waren zu sehr in ihre Arbeit vertieft, um ihn oder Rosina zu beachten. Sie versuchte, den Stuckator mit anderen Augen zu sehen. Hatte sie ihn beim ersten Mal, in der Stunde vor dem Kaffeekränzchen bei Anne und Madam Augusta, nur als den Stuckator betrachtet, der im Auftrag der ermordeten Sibylla van Keupen arbeitete, sah sie ihn nun als einen Mann, der das Herz der verschlossenen Juliane van Keupen berührt hatte.

Zumindest war er keiner, den man so einfach übersah. Er war von noch schlanker, doch kräftiger Statur, das energische Kinn und die breite Stirn ließen ihn entschlossen und tatkräftig wirken, sein dunkelblondes, im Nacken straff gebundenes Haar war noch dicht und nur an den Schläfen ergraut. Er bewegte sich wie einer, dessen Körper keine Trägheit kennt – falls er auch eine volltönende Stimme hatte, taugte er auf der Bühne durchaus als Heldendarsteller.

Als sie näher kam, musterte er sie flüchtig und wandte sich gleich wieder seiner Arbeit zu. Sein Blick war alles andere als einladend gewesen. Doch dies war kein Schauspiel, hier war sie nicht die sehnende Heldin und er nicht das Ziel dieser Sehnsucht. Hier galt ein anderes Ziel. Sie zauberte einen bewundernd-schüchternen Ausdruck in ihre Augen, legte den Kopf mädchenhaft schief, hob die ineinandergelegten Hände vor die Brust und trat mit den kleinen Schritten einer wohlerzogenen Dame vor das Gerüst an der Säule.

Taubners junger Gehilfe hatte an dem Tisch mit den Farben, mit Wasser und mit Leim gefüllten Behältnissen, einem offenen Kasten mit den nötigen Utensilien und einigen mittelgroßen Tonnen für Gipspulver, Kalk und Sand gelehnt und seinem Meister bei der Arbeit zugesehen. Auf einem zweiten Tisch klebten Reste von Stuckmasse. In Henriks weißblondem, im Nacken in einem staubigen schwarzen Haarbeutel gefasstem Haar klebten Bröckchen von Gips. Nun beugte er grüßend den Kopf, murmelte ein höfliches «Madam» und sah sie fragend an. Doch Rosina blickte zu Taubner auf seinem Gerüst hinauf. Es war nicht einfach, jemanden bewundernd nach seiner Arbeit und seinen Bekanntschaften zu fragen und nebenbei auf verräterische Gefühle zu achten, solange dessen Füße sich in der Höhe der eigenen Nase befanden und er nicht die geringsten Anstalten machte, das zu ändern. Warum waren diese verdammten Epitaphien nur alle so hoch angebracht?

«Ich möchte Euch nicht bei Eurer Arbeit stören, Meister Taubner», rief sie zu ihm hinauf und verzichtete kurz entschlossen auf alle Verstellung, «aber ich wusste nicht, wo ich Euch sonst finden konnte. Ich möchte fragen, ob Ihr meinen Salon verschönern könntet. Die Decke ist so schmucklos, und mein Mann und ich hätten sie gerne verschönert. Würde es Euch große Mühe bereiten, für einige Minuten zu mir herunterzusteigen? Ich bekomme sonst einen steifen Nacken.»

Taubners Schmunzeln veränderte sein Gesicht erstaunlich. Nun verstand Rosina noch besser, wie eine Frau sich in ihn verlieben konnte.

«Warum wendet Ihr Euch nicht an einen Stuckator in der Stadt?», fragte er vom Gerüst herunter. «Es gibt genug.»

«Das mag sein. Aber ich lebe erst seit einigen Monaten hier und kenne mich wenig aus. Ich kann mir nicht leisten, flüchtige oder gar schlechte Arbeit zu riskieren. Monsieur Sonnin hat Euch empfohlen», log sie munter, «ich denke, ein Baumeister kennt sich in diesen Dingen gut aus.»

Endlich stieg Taubner von seinem Gerüst. Er legte sein Werkzeug auf den Tisch und wischte sich die Hände an dem Tuch ab, das Henrik ihm reichte wie ein Lakai. Die Farben, Ocker, Rot, Grün, Schwarz, waren längst in die Haut gedrungen, sie ließen sich nicht abwischen.

«Baumeister Sonnins Empfehlung ist eine Ehre für mich», sagte er und musterte kritisch seine Finger. «Umso mehr, als ich nicht das Vergnügen habe, ihn mehr als flüchtig zu kennen.»

«Dafür kennt er Euch und schätzt Eure Arbeit», sagte Rosina hastig und hoffte, Taubner werde keine Gelegenheit haben, den Baumeister nach seiner vermeintlichen Empfehlung zu fragen. «Ja, das tut er. Sicher hat er die Decke im Salon der van Keupens bewundert. Ich glaube sogar, er hat genau das gesagt. Der Stuck dort ist doch Euer Werk?»

Taubner nickte knapp, das Lächeln war aus seinem Gesicht verschwunden. «Ja, das war eine gute Arbeit. Wie groß ist Euer Salon?»

«Etwa drei mal vier Schritte. Wir möchten keine Farben, nur weißen Stuck, vor allem Blüten, Ranken und etwas Obst. In den Ecken vielleicht Figürliches. Exotische Vögel? In der Mitte eine reichere Rosette. Sicher habt Ihr ein Musterbuch, in dem mein Gatte und ich auswählen können, am liebsten mit Eurer Beratung.»

Taubner nickte langsam. Seine Arbeit hier werde ihn noch geraume Zeit in Anspruch nehmen, besonders das Polieren des erhärteten Stuckmarmors erfordere Ausdauer. Wenn sie so viel Geduld habe, könne man darüber reden.

«O ja», erklärte Rosina, «es hat Zeit. Ich habe gehört, Ihr wollt Euch hier niederlassen, dann muss ich nicht fürchten, dass Ihr weiterreist, bevor Ihr Euch unseres Salons angenommen habt.»

«Dann habt Ihr mehr gehört, als ich weiß, Madam. Madam ...?»

«Habe ich meinen Namen nicht genannt? Ich heiße Vinstedt. Wir wohnen in der Mattentwiete, ganz in der Nähe. Die Gasse verläuft parallel zum Cremon.»

Ein Poltern in seinem Rücken ließ Taubner herumfahren, sein Gehilfe murmelte eine Entschuldigung und beeilte sich, das umgestoßene Behältnis für metallene Schaber und Kellen zu ordnen.

Taubner wandte sich wieder Rosina zu, doch sein Blick glitt an ihr vorbei. Seine Wangen röteten sich, seine Augen bekam etwas Gehetztes – wahrscheinlich hätte er auf der Bühne doch geringen Erfolg gehabt. Wer sein Mienenspiel so wenig beherrschte, wurde kein brauchbarer Komödiant.

Wenige Schritte hinter Rosina stand eine in Schwarz gekleidete Dame mittleren Alters, ihre Hände umklammerten ein wenig ansehnliches Schultertuch, ihrem zerzausten Haar fehlte der Trauerschleier, ihr Gesicht war so blass wie die erschöpft umschatteten Augen dunkel – das konnte nur Juliane van Keupen sein. Sie zeigte die gleiche Verwirrung wie Taubner, was erstaunlich war, denn im Gegensatz zu ihm konnte sie nicht überrascht sein. Der Klatsch über das ungleiche Paar hatte augenscheinlich einen wahren Kern. Ihr Taktgefühl sagte Rosina, sie störe bei dieser Begegnung, leider war jetzt nicht der Moment, dem zu gehorchen. Sie hatte gehofft, es werde sich ‹etwas ergeben› – das war nun geschehen.

«Mademoiselle van Keupen», Taubner strahlte wieder die ruhige Selbstgewissheit aus wie zuvor, «es ist mir eine Freude. Ich habe sofort Zeit für Euch, dann können wir den weiteren Verlauf der Arbeit an Eurem Epitaph besprechen. Madam Vinstedt möchte nur ...»

«Ja», fiel ihm Rosina ins Wort, «ich möchte Meister Taubner mit der Dekoration der Decke unseres Salons beauftragen. Man spricht von der fabelhaften Arbeit in Eurem, da dachte ich, nun, ich dachte, so könne ich nichts falsch machen.»

Sie hörte sich plappern, vergaß völlig die erforderliche Beileidsbekundung und suchte heftig nach einer Idee, mit Juliane van Keupen ins Gespräch zu kommen, ohne dumm oder auch nur klatschsüchtig und taktlos zu erscheinen.

Die Suche war überflüssig. Juliane van Keupen musterte Rosina mit wachem Interesse, Taubners Räuspern ignorierte sie.

«Ach, Ihr seid Madam Vinstedt. Mit Meister Taubner habt Ihr den besten Stuckator weit und breit gefunden. Er ist ein wahrer Künstler seines Metiers, und sein Rat für die Muster zeugt immer von Geschmack und der Erfahrung, die er bei bedeutenden Gebäuden gesammelt hat.» Unverhohlener Stolz schwang in ihrer Stimme mit, als sie erklärte: «Er hat zu den Stuckatoren gehört, die das neue Winterpalais in Sankt Petersburg ausgeschmückt haben.» Diesmal hörte sie Taubners Räuspern. «Übrigens spricht man nicht nur von seiner Arbeit in unserem Haus, sondern auch von Euch.»

«Von mir?» Rosina hoffte, ihre Miene zeige einzig höflich überraschte Neugier. «Ich hoffe, nur Belangloses.»

«So würde ich es nicht nennen.» Julianes Lippen verzogen sich zu einem kaum wahrnehmbaren Lächeln. «Für mich, die ich mein Leben am Cremon verbracht habe, ist eine Frau, die viele Jahre ihres Lebens der Theaterkunst gewidmet hat, keineswegs belanglos. Ich beneide Euch um Eure Reisen, um diese Freiheit. Ich weiß», fuhr sie fort, als sich Rosinas Blick verschloss, «viele schätzen das Schauspiel und Eure frühere Profession gering, dazu gehöre ich nicht. Ich konnte das Theater zwar nie besuchen, ich kenne nur die Texte, und natürlich gibt es schlechte darunter, aber – ach, verzeiht, ich rede und rede, Ihr müsst mich für töricht halten.» Ihr Blick glitt rasch zu Taubner, bevor sie im förmlichen Ton fortfuhr: «Es hat mich gefreut, Euch kennengelernt zu haben, Madam Vinstedt. Ich hoffe, Ihr seht mir mein indiskretes Geschwätz nach.»

Rosina war alarmiert. Irgendetwas stimmte nicht. Der Ton? Der Inhalt der Worte? Nach allem, was sie von Juliane van Keupen gehört hatte, hatte sie in ihr alles andere als eine heimliche Freundin des Theaters vermutet.

Da folgte schon der nächste Schreck. Baumeister Sonnin betrat die Kirche. Wenn er nun näher kam und der Stuckator sich für die Empfehlung bedankte? Eine kleine Lüge zu einem guten Zweck gehörte für sie zu den hin und wieder erlaubten Sünden, dennoch wurde sie nicht gerne bei einer ertappt.

Sie verabschiedete sich rasch, versicherte Taubner, sie werde wiederkommen, am besten mit ihrem Gatten, und eilte, so schnell es der Ort und die gute Sitte erlaubte, zu Sonnin. Sie war zufrieden, nach dieser erstaunlichen Begegnung würde ihr schon ein Anlass einfallen, um Mademoiselle Juliane zu besuchen. Dass Taubners Gehilfe ihr einige Schritte nachlief und schließlich mit hängenden Schultern stehen blieb, merkte sie nicht.

KAPITEL 9

―――――◇―――――

SONNABEND, NACHMITTAGS

Rosina kannte Baumeister Sonnin nur wenig, zuletzt war sie ihm im Sommer im Garten der Herrmanns' begegnet. Doch sie hatte Glück. Er erkannte sie gleich und war erfreut. Ein frohes Gesicht tue seiner bisweilen mürrischen alten Seele gut, erklärte er, die Tage seien grau und die Zeiten überhaupt ziemlich düster.

«Vielleicht möchtet Ihr mich auf den Turm begleiten? Die vielen Stufen lohnen sich, dort oben ist man Sonne und Himmel näher, und die Stadt sieht manierlicher aus als von hier unten bei den Ameisen. Nun ja, sogar recht hübsch.»

Nach einem letzten Blick zu Taubner und Juliane folgte sie dem Baumeister in den Turm hinauf. Aus Neugier und zum Vergnügen. Und weil sie es besser fand, in seiner Nähe zu bleiben, bis er die Kirche wieder verließ.

Es waren tatsächlich sehr viele Stufen, zuerst eine enge gemauerte Wendeltreppe hinauf, dann über eine hölzerne Treppe an der inneren Turmmauer. In der Etage unter dem Oktogon hingen die Glocken, drei große und drei kleinere.

Sonnin blieb schweratmend stehen. «Es sind wunderbare Glocken, die älteste begleitet die Geschicke der Stadt schon seit gut dreihundert Jahren. Um die große in der Mitte zum Läuten zu bringen – sie ist erst hundertfünfzig Jahre alt –, braucht man zwölf Männer, wusstet Ihr das? Und seht Ihr das Relief dort? Diese Dame unter den Akanthusfriesen ist unsere Katharina. Bekommt Ihr wieder genug Atem? Gut, dann lasst uns weitersteigen. Ich hoffe, diese luftigen hölzernen Treppen machen Euch nicht schwindelig.»

Beim Anblick des Reliefs auf der Glocke war Rosina plötzlich eine Möglichkeit eingefallen, Juliane van Keupen näherzukommen. Bei dem Stolz, den sie auf Taubners Arbeit gezeigt hatte, war es ihr sicher eine Freude, das Werk seiner Hände an der Decke ihres Salons zu zeigen.

Weiter ging es in die nächste Etage, die untere des Oktogons, des achteckig gemauerten Teils des Turmes unter den Hauben und Laternen, dann in die obere. Dort blieb Sonnin stehen, wandte sich nach Südwesten, blickte hinauf zum Rand der Decke und wartete, bis sein Herz wieder in gewohnter Gemächlichkeit schlug.

«Dort», sagte er, «dort oben werden meine Maschinen ansetzen und die Ecke anheben, Zoll um Zoll.»

Rosina war noch mit anderem beschäftigt. «Ist dies das Uhrwerk?»

Sonnin wies auf das über ihren Köpfen verlaufende Gestänge. «Die Stangen gehen zu den Zeigern der vier Uhren. Und diese Drahtseile», er fuhr mit der Hand über straffe, nach oben durch die Decke und wieder hinunter durch den Boden geführte Seile, «die verbinden das Uhrwerk mit den Hämmern der Stundenglocken. Ihr wart wirklich nie hier oben?», fragte er. «Oder auf einem der anderen Kirchtürme?»

«Noch nie. Ich glaube nicht, dass die Türme so einfach für jedermann zugänglich sind. Dieser Raum ist größer und höher, als ich dachte.»

«Das geht allen so. Es ist eine schlichte Frage der Optik, der Perspektive. Von unten sieht es eben kleiner aus, so wie ein Turm aus der Entfernung kleiner erscheint. Es stimmt, es ist ein besonders schöner und großer Turm. Der Blick durch die schmalen Fenster hier ist beachtlich, aber ... ach, kommt mit und seht selbst.»

Er trat an die Leiter, die hinauf zur ersten, der Haube unter den beiden Laternengeschossen führte, den offenen Räumen unter den von je sechs kupferbelegten, sich zu Rundbogen schließenden Säulen getragenen «Welschen Hauben» unter der krönenden achteckigen Spitze mit Kugel, Kreuz und Wetterfahne.

Schon den Fuß auf der ersten Sprosse, musterte Sonnin kritisch Rosinas Röcke. «Vielleicht sollte der Blick aus den Fenstern hier im Oktogon doch genügen? Die Leiter ist ziemlich fest verankert und die Aussicht von dort oben famos, doch weiß ich nicht, ob Ihr im Erklimmen von Leitern geübt seid und die Kleidung einer Dame das erlaubt.»

«Ersteres ja, Letzteres keinesfalls», sagte Rosina, griff einen Saum ihrer Röcke nach dem anderen und schlang feste Knoten in die Stoffbahnen, bis sie eng genug an ihrem Körper lagen, um ihre Schritte nicht mehr zu behindern, aber weit genug waren, um sie beim Aufstieg nicht einzuschränken.

«Jetzt stören die Röcke nur noch wenig», erklärte sie. «Ihr werdet gewiss nicht verraten, dass ich Euch so unschicklich meine Unterröcke und Beine gezeigt habe. Wenn Ihr bitte vorausgehen wollt, Monsieur Sonnin? Ich meine: vorausklettern.»

Rosina hätte nichts dagegen gehabt, wenn eine dritte Person die Leiter festgehalten hätte, sie war massiv, trotzdem schwankte und knarrte sie bei jedem Tritt. Sie versuchte, mit dem Baumeister im Gleichschritt zu steigen, das verminderte das Schwanken wenigstens ein bisschen.

Der Raum unter der Haube war düster, nur zwei winzige, die Eleganz der kupferverkleideten Haube nicht störende Fenster ließen Licht herein.

Noch eine Leiter musste bewältigt werden, dann war es geschafft. Oben angekommen, stemmte Sonnin die hölzerne Falltür hoch, kletterte ächzend und etwas von seinem Alter murmelnd hinaus ins Freie und reichte Rosina für den letzten Schritt die Hand. Er war beeindruckt von der jungen Madam Vinstedt. Kein Geziere, kein Gejammer über die Unbequemlichkeit, nur entschlossenes und praktisches Verhalten. Sie war eine kräftige Person, kräftiger, als ihre schlanke, nicht besonders große Gestalt vermuten ließ. Zumindest für körperliche Betätigungen schienen Theater und Ballett eine gute Schule zu sein.

In der Laterne empfing Rosina frischer Wind, nur ein schneller Griff rettete ihr zartes, mit den neuen kleinen Seidenblüten garniertes Batisthäubchen vor dem Davonfliegen. Die Kletterei hatte sich wirklich gelohnt. Der Blick über die Dächer und Straßen der Stadt und die sich hindurchschlängelnden Fleete, über die Alster und den Mastenwald im Hafen, den Strom der Elbe mit seinen grünen Inseln und das dahinter im herbstlichen Dunst verschwindende, im Hannöverschen gelegene Hügelland war atemberaubend. Sonnin führte sie zu allen Seiten, zeigte und benannte die Türme der Kirchen, die bedeutenden Häuser, die Tore und einige der Bastionen in der Umwallung.

Auch jetzt war er zufrieden mit seiner Begleiterin. Keine spitzen Schreie des Entzückens, keine vermeintlich drohenden Ohnmachtsanfälle – sie staunte schweigend. Das gefiel ihm ausnehmend gut.

Weniger gut gefiel ihm, als sie sich über die Brüstung beugte und auf den Kirchhof hintersah. Er erlaubte sich, sie mit beiden Händen fest um die Taille zu fassen.

«Die Brüstung ist hoch und breit, leichtsinnige junge Madam, wenn Ihr Euch noch zwei Zoll weiter vorbeugt, fallt Ihr trotzdem», entschuldigte er sich. «Dann schlägt mich Euer Gatte mausetot, und womöglich heißt es, ich habe Euch über die Brüstung befördert. Immerhin läuft ein mörderischer Spitzbube in der Stadt herum. Wer mag da in Verdacht kommen?»

«Danke.» Rosina rutschte aufatmend von der Brüstung und trat einen Schritt zurück. «Es war zu verlockend, aber schwindelig macht es doch.»

Was sie gesehen hatte, entschädigte für das kurze unangenehme Gefühl. Nicht der Blick auf die beiden Totengräber, die nahe des Kirchenschulanbaus ein Grab leerten, damit es neu belegt werden konnte, sondern der auf Taubner und Juliane von Keupen. Sie waren mit einander zugeneigten Köpfen und ins Gespräch vertieft hinter einer Hecke verschwunden, die einer Laube gleich eine Bank schützte. Leider hinderte die breite Krone einer Eiche die Sicht auf die Bank. Zu dumm, dass es keine Linde war, deren Äste wären schon kahl gewesen.

Sonnin sah sie im frischen Wind frösteln – sie hatte den hinderlichen Kapuzenumhang schon auf der Treppe zurückgelassen – und fand, nun sei genug geschaut und Zeit, wieder hinabzusteigen. Wieder im Oktogon, löste Rosina die Knoten in ihren Röcken, die waren staubig und mit rotem Abrieb der alten Ziegelsteine beschmutzt. Pauline würde ihre Freude daran haben.

Sonnin ging in die Hocke und breitete die aus seiner Baustube mitgebrachte Papierrolle auf dem Boden aus. Er strich sie glatt und beschwerte die vier Ecken mit allerlei Utensilien, die er aus den Tiefen seiner ausgebeulten Rocktaschen zog.

«Voilà», sagte er, «hier seht Ihr eine Sheldon'sche Maschine.»

«Das?» Rosina fühlte sich verspottet. «Dieses simple Ding?»

Der Baumeister nickte mit breitem Grinsen. «Fabelhaft, was? Wenn man bedenkt, wie viele Teile schon ein Mikroskop braucht. Oder ein Kran mit seiner Tretmühle, der auch keine stärkeren Lasten bewegt. Für diese Maschine braucht man nur einen beweglichen Rundbalken, sozusagen eine Walze, zwei passend lange Balken, von denen der vertikale unten gut mit Seife geschmiert und passend nach innen gewölbt beweglich auf dem Rundbalken aufliegt, der andere horizontal obenauf. Das Ganze auf einer leicht schiefen, nach akkurater Berechnung nach innen gewölbten Ebene – fertig. Fast, dann bedarf es natürlich noch an den Enden des Rundbalkens der beiden Hebelgriffe, an denen ihn zwei kräftige und der Behutsamkeit fähige Männer bewegen. Natürlich reicht für das Gewicht des Turms eine Maschine nicht aus, man braucht eine ganze Reihe.»

In den Knien wippend drückte er mit beiden Fäusten einen imaginären Hebel hinab, sah Rosinas immer noch so verständnislosen wie zweifelnden Blick und lachte.

«Glaubt mir», rief er, «es ist geradezu peinlich einfach. Welche Apparate und Gerüste musste ich dagegen austüfteln, nur um die Brandruine der Michaeliskirche abzutragen, ohne dass einstürzende Wände die umliegenden Häuser zerstörten!»

«Schön und gut», gab Rosina zögernd nach, «aber wie soll dieses schlichte Ding den riesigen und wer weiß wie schweren Turm heben?»

«Eine notwendige Frage, das Wichtigste habe ich Euch vorenthalten.» Sonnin trat an die Wand und zeigte zu den direkt unter der Decke des Oktogons quer liegenden Balken hinauf. «Dort unter den Balken, einer wird herausgelöst, und dann werden die oberen, sozusagen die Querbalken der Sheldon'schen Maschinen angesetzt und daruntergeschoben, das bedarf tüchtiger Zimmer- und Mauerleute,

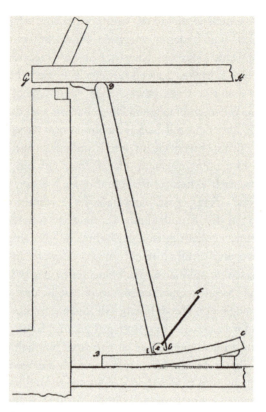

Sonnins Vorrichtung zum Anheben von Turmspitzen, die sogenannte Sheldonsche Maschine. Aufriss vom 21. Oktober 1762. Federzeichnung

«Die maschine welche eine der simplesten und zugleich von der allergrößten force ist, besteht nach angefügtem Riße aus der Waltze A, ferner aus einer gekrümmten Unterlage BC, und aus einem der zu hebenden Last proportionirten Ständer DE, welcher unten bey E rund ausgeschnitten ist, damit er auf die Waltze A beständig aufsitze. Bey der operation wird die Waltze A mit einem oder mehren eisernen Bäumen AF umdrehet. Drehet man dieselbe vorwärts, daß sie gegen B avanciret so wird der Balcken GH mit der darauf liegenden Last aufgehoben drehet man dieselbe rückwärts gegen C so sincket daerselbe.»

die haben wir. Allesamt erfahrene Arbeiter, mit den meisten habe ich schon anno 1762 mit zwölf solcher Maschinchen bei der Begradigung des Domturmes gearbeitet. Ja, und wenn angehoben ist, führt das schon zu einigem Krachen und Ächzen im Turmgebälk, doch das ist harmlos. Ich ächze auch, wenn ich eine Leiter hinaufsteige, und breche trotzdem weder zusammen noch auseinander. Wo war ich gerade? Ach ja. In die durch das Anheben entstehenden Lücken werden passende Eichenholzstücke geschoben, massive Klötze. Ja, Klötze.» Er rieb sich unruhig die Nase und warf Rosina einen unsicheren Blick zu. Beide dachten dasselbe, nämlich dass diese Klötze auch aus jenen geschnitten werden sollten, von denen einer Sibylla van Keupens Leben beendet hatte.

«Vermaledeite Dinger», murmelte er, «hätten sie nur woanders gelegen.»

«Nicht die Klötze sind an ihrem Tod schuld», sagte Rosina leise, «sondern der, der sie für seine Tat missbraucht hat. Hätten sie nicht auf der Empore gelegen, hätte er einen anderen Weg gesucht zu tun, was er tun wollte.»

Sonnin seufzte. «Das sage ich mir auch immer wieder. Es bedrückt mich trotzdem sehr. Sie war so – voller Leben und Kraft. Nicht einfach und manchmal gar zu zielstrebig, aber eine besondere Person.»

«Ihr habt sie gut gekannt?»

«Nicht wirklich. Ich fürchte, sie mochte mich nicht besonders, jedenfalls in den letzten Jahren. Einige Zeit hat sie sich darum bemüht, mich für ihre Vorhaben zu gewinnen, weil sie Geschäfte mit neuen Häusern plante. Vielleicht auch den Umbau von alten, ich weiß es nicht genau. Jedenfalls brauchte sie dazu einen Baumeister, dem sie vertrauen konnte. Ich fürchte eher: der nach ihrer Pfeife tanzte. Weiß der Teufel, wie sie gerade auf mich verfallen ist. Als ich das ablehnte», er wischte sich räuspernd Staub und Steinkrumen vom Rock, «ja, als ich ablehnte, war sie – ärgerlich. Vielleicht war sie Ablehnung nicht gewohnt. Aber das sind alte Geschichten.»

«Was habt Ihr mit ‹gar zu zielstrebig› gemeint?»

Sonnin zögerte, dann zuckte er die Achseln. «Wie Kaufleute eben so sind. Sonst nichts.» Er würde niemandem auf die Nase binden, dass Sibylla versucht hatte, seinen Gehilfen zu kaufen. Auch nicht dieser reizenden Person, von der er sehr wohl wusste, wie gut sie mit dem Weddemeister bekannt war.

«Ich will fortfahren», sagte er gleichmütig. «Tatsächlich gibt es nur mehr wenig zu erklären. Es wird also angehoben und mit Eichenholz gestützt, dann wird wieder angehoben, es werden die nächsten Holzstücke, besser gesagt rechteckige Scheiben, eingeschoben – so lange, bis der Turm lotrecht steht. Dann wird das eingefügte Holz mit Streben gesichert.»

Bei diesem Turm werde er es allerdings ein wenig weitertreiben, erklärte er. Um die abgesunkene Mauer des Turmschaftes zu entlasten und auszugleichen, werde er der Spitze einen Überhang nach Osten von knapp einem Fuß geben. Dazu müsse die Spitze insgesamt um ein Maß von knapp vierzehn Zoll, also etwa ein Fuß, gehoben werden. Bei einem so mächtigen Turm brauche es sechsundzwanzig Männer an den Maschinen, dann werde es eng hier oben.

«Und zu alledem braucht Ihr kein Gerüst, das den Turm abstützt?»

«Wozu? Die Arbeit geschieht von innen, hier im Oktogon. Der Turm ist noch nicht alt, jedenfalls für einen Kirchturm, und nach der Reparatur an den Laternen wieder sehr stabil. Das musste zuvor natürlich sorgfältig geprüft werden. Bei diesem war einer der tragenden Balken verrottet, den haben wir ersetzt, zwei weitere ausgebessert. Nun kann es losgehen. Könnte, ja, eigentlich.»

Rosina schwirrte der Kopf. Ohne Sonnins Zeichnung hätte sie seine Erklärungen kaum verstanden, sie war nicht einmal sicher, ob sie jetzt alles begriffen hatte. Sie hätte gerne mehr über Sibylla van Keupens besondere Zielstrebigkeit erfahren, doch seine Reaktion auf ihre Frage war deutlich gewesen.

«Ich danke Euch, Monsieur Sonnin», sagte sie, «es war mir eine große Freude. Nun darf ich Euch nicht länger von Eurer Arbeit abhalten.»

«Das habt Ihr keineswegs, meine liebe Madam. Ihr habt sie mir im Gegenteil vergnüglich gemacht. Ich wollte nur noch einmal – ich weiß es selbst nicht genau. Es treibt mich immer an den Ort einer bevorstehenden großen Arbeit, um alles noch einmal, zum *hundertsten* Mal zu bedenken. Es war mir überaus angenehm, das mit Euren Fragen zu tun. Die Aufrichtung sollte ja in diesen Tagen geschehen, nach den tragischen Ereignissen – ausgerechnet in dieser Kirche – wird es noch dauern. Es ist nie angenehm zu warten. Umso weniger, wenn andere Aufgaben drängen.»

Als Rosina und Sonnin in das Kirchenschiff zurückkehrten, war von Taubner und Juliane van Keupen nichts zu sehen. Sonnin verabschiedete sich, und nachdem Rosina vergeblich versucht hatte, ihre Röcke glatt zu streichen, schlenderte sie zum Arbeitsplatz der Stuckatoren.

Das Gerüst war nicht, wie sie angenommen hatte, verlassen. Taubners Gehilfe Henrik stand an dem halb von der mächtigen Säule verborgenen Tisch, er hatte die Ärmel seines Hemdes unter der groben Schaffellweste hochgebunden und mischte mit zwei Spateln in ausholenden gegenläufigen Bewegungen auf einer spiegelglatt polierten Arbeitsplatte eine klumpige Gipsmasse.

«Ihr seid noch da, Madam?», stieß er im Rhythmus der arbeitenden Hände hervor. «Wart Ihr auf – dieser Empore?»

«Nein, Baumeister Sonnin war so freundlich, mir im Oktogon zu erklären, wie er mit seinen Sheldon'schen Maschinen den Turm begradigen wird. Wird das Stuckmarmor?»

Henrik richtete sich auf und streckte aufatmend seinen Rücken. «Nein, Madam, das soll eine Masse sein, mit der die schadhaften Stellen zuerst aufgefüllt werden müssen, Gips und Wasser, Kalk, Sand und feine Tierhaare. Und Knochenleim, den mischen wir unter, damit sie geschmeidiger und nicht zu schnell hart wird. Man kann auch Bier oder Wein nehmen, saure Milch oder, wenn man es bekommt, Pulver von Eibischwurzeln. Ich muss noch viel üben, bevor mein Teig gleichmäßig und von der richtigen Geschmeidigkeit wird.»

«Und darauf wird dann der Stuckmarmor angebracht?»

«Ja, zuvor werden Rillen eingedrückt, dann hält die Marmormasse besser. Na ja, es ist kein echter Marmor, aber am Schluss kann man es nicht unterscheiden.»

Rosina dachte an Rudolf, bei der Becker'schen Komödiantengesellschaft für alles zuständig, was mit Kulissen und Bauen zu tun hatte. Er hatte oft darüber geflucht, wie schnell Gips hart wurde. Die Sache mit dem Bier würde sie Helena im nächsten Brief schreiben.

«Für den Marmor geben wir mehr Wasser dazu, je mehr Wasser, umso langsamer wird die Masse natürlich hart. Man kann es um Stunden hinauszögern. Das ist wichtig; je länger man mischen und kneten kann, umso härter und dichter wird der Marmor später beim Trocknen, fast wie echter. Dann erst kann man ihn schleifen und polieren.»

«Wie schafft Ihr es, dass auch die Maserungen entstehen? Damit sehen die Flächen tatsächlich wie echter Marmor aus. Ich jedenfalls kann sie nicht unterscheiden.»

«Ja», Henrik blickte stolz zu dem noch guterhaltenen Teil des Epitaphs hinauf, «es ist ein kunstreiches Gewerbe. Jeder Meister hat seine Geheimnisse, aber das Prinzip ist immer dasselbe. Eigentlich ist es einfach, theoretisch, in der Handhabung sieht es leider anders aus.»

Von der Gipsmischung, erklärte er, teilte man verschieden große Klümpchen ab, um sie mit der gewünschten Farbe zu mischen und zu einer Kugel zu rollen. Die jeweilige Größe richte sich danach, wie groß die Flecken in der Marmorfläche später erscheinen sollten. Jede Kugel werde noch einmal in reinem Gipspulver gewälzt, das ziehe überflüssiges Wasser heraus. Wenn man die gründlich durchgeknetete Kugel aufbreche, könne man ziemlich genau sehen, wie die Färbung nach dem Trocknen aussehe. Allerdings nur mit langer Erfahrung, wie jeder Teil dieser Arbeit. Die Marmorierung entstünde durch zusätzliche Farbspritzer, zum Beispiel Ocker, zur eigentlichen Farbe.

«Bei diesem da», fuhr er fort und zeigte zum Epitaph hinauf, «haben die Farbflecke feine schwarze Umrandungen, ich glaube, weil sie dann leuchtender wirken. Aber da kann ich mich irren, ich weiß noch viel zu wenig. Diese Umrandungen entstehen, wenn man die einzelnen Kugeln zum Schluss in schwarzem Farbpulver wälzt oder sie damit bestäubt. Und dann, ja, dann werden die Kugeln in ihren verschiedenen Farben zu einer großen zusammengerollt. Wenn man auch die aufbricht und prüft, am besten im Tageslicht vor dem Portal, erkennt man, wie der aufgetragene Stuckmarmor aussehen wird, seine Färbung und seine Struktur. Es klingt ziemlich einfach, nicht? Seid versichert, das ist es keinesfalls. Ich fürchte, ich lerne nie, wie man die gewünschten Färbungen und Strukturen erreicht.»

Rosina strich über den Klumpen auf Henriks Arbeitsfläche. «Es sieht matt aus. Auf den Epitaphien glänzt es.»

Henrik nickte. «Wenn die Stuckmarmorschicht auf ihrem Untergrund getrocknet ist – *alles* muss absolut durchgetrocknet sein –, beginnt die langwierigste Arbeit, das Schleifen und Polieren. Und die langweiligste. Ich verstehe nicht, wie der Meister dabei immer guter Dinge bleiben kann. Tagelang wird poliert, bei großen Stücken wochenlang. Grobe Unebenheiten kann man abhobeln, dann nimmt man Bimsstein mit ein bisschen Wasser, so entsteht auf der Fläche ein Schleim, der die Poren der Masse erst richtig verschließt, der darf nicht abgewaschen werden. Dann heißt es wieder einige Tage auf das Aushärten warten, bevor der Wetzstein an der Reihe ist. Dabei wird dann ständig mit reichlich Wasser abgewaschen. Hier sind zum Glück nur kleine Stellen auszubessern. Für große Stücke ist es auch zu spät im Jahr, eigentlich ist es jetzt schon viel zu kalt in der Kirche. Kirchenarbeit ist Sommerarbeit, sagt Meister Taubner. Wie bei Schlössern, wenn da gearbeitet wird, ist natürlich auch nicht geheizt. Dann kann endlich poliert werden. Manche verwenden dazu in Terpentin gelöstes Bienenwachs, Meister Taubner zieht Leinöl vor, helles für helle Flächen, dunkles für dunkle. Wenn es besonders glänzen und haltbar sein soll, wird zum Schluss noch mit Schellack poliert, wie bei manchen Möbeln, und fertig ist der falsche Marmor. Endlich fertig», schloss er mit einem kleinen Stöhnen.

«Ich danke für Eure Geduld», sagte Rosina. Die Sache mit der Sommerarbeit verstand sie nur zu gut, nicht nur für Stuckatoren war ein längerer Aufenthalt in der Kirche in dieser Jahreszeit äußerst ungemütlich. «Ich hoffe für Euch, Euer Arbeitstag ist bald beendet. Ihr müsst noch mehr frieren als ich in meinem Mantel.»

«Das Mischen und Kneten macht warm. Darf ich nun Euch etwas fragen, Madam?» Mit unruhigen Fingern rückte er die Behältnisse der Farbpulver zurecht und schob einen Spatel beiseite, bevor er sie wieder ansah. «Euer Name ist Vinstedt, das habe ich doch richtig gehört?»

«Ja», sagte Rosina knapp, «was gibt es daran auszusetzen?»

«Nichts, Madam, ganz und gar nichts», versicherte er eifrig. «Vinstedt, ja, und Euer Gatte war kürzlich in Kopenhagen.» Das war keine Frage, sondern eine Feststellung. «Es ist nur, weil wir auch aus Kopenhagen kommen, danach haben wir allerdings einige Wochen in Wismar gearbeitet, aber eigentlich kommen wir aus Dänemark. Ich habe schon überlegt, Monsieur Vinstedt aufzusuchen, aber», er rieb Bröckchen der erhärtenden Masse von seinen Händen und zerkrümelte sie zwischen den Fingern, «aber das schien mir nicht richtig. Doch nun, da Ihr hier seid ... sicher hat er Euch von seiner Reise berichtet. Bitte, könnt Ihr mir sagen, ob es Neuigkeiten von Ihrer Majestät gibt? Von Königin Caroline Mathilde?»

Darum ging es also. Rosina sah diesen merkwürdigen jungen Mann mit den bittenden hellen Augen aufmerksam an. Jetzt verstand sie, was das Besondere an seiner Sprache war, nämlich dieser kaum wahrnehmbare dänische Akzent.

«Mein Mann war tatsächlich in Kopenhagen. Woher wisst Ihr davon?»

Henrik hob mit gleichgültiger Miene die Brauen. «Man hört hier viel, Madam, dies und das und manches, was mehr interessiert als anderes. Weiß er Neues von Ihrer Majestät? Wird sie nach Kopenhagen zurückkehren?»

Rosina wusste von Magnus, dass es in Dänemark eine kleine Gruppe von Männern gab, die wünschten, sie wieder als Königin auf dem dänischen Thron zu sehen und so den Einfluss, besser gesagt die neue Herrschaft der Stiefmutter des Königs Christian VII., Königinwitwe Juliane Marie, und ihres Kreises von hochrangigen Offizieren zu schwächen oder gar zu stürzen. Obwohl darauf nicht die geringste Aussicht bestand, würde sie dies für sich behalten.

«Das wird der Hof wohl nicht erlauben», sagte sie vage. «Ich weiß nur, sie hat ihren Aufenthalt im Jagdschloss Göhrde vor einigen Tagen beendet und ist drei Meilen weiter nach Celle übergesiedelt. Vielleicht wisst Ihr, dass der englische König als ihr Bruder und Hannover'scher Kurfürst das Schloss dort für ihren künftigen Aufenthalt bestimmt hat? Es ist nun renoviert und angemessen ausgestattet, das könnt Ihr auch in den Zeitungen lesen. Ihre Kinder», fügte sie nach kurzem Zögern hinzu, «sind und bleiben in Kopenhagen, auch Prinzessin Louise Augusta.»

Das zu verschweigen war nicht nötig, es war weder neu noch überraschend. Auch Magnus und ein Syndikus des Rats waren mit wenig Hoffnung nach Kopenhagen gereist. Sie hatten auf Bitten einiger Verehrer der erst zwanzigjährigen Königin unter den in Hamburg ansässigen englischen Kaufleuten und mit diskreter Billigung des Rats den Hof bewegen sollen, die erst ein gutes Jahr alte Prinzessin ihrer Mutter zu überlassen. Ein hoffnungsloses Unterfangen. Obwohl alle Welt davon ausging, dieses Kind sei nicht vom König, sondern von dessen bürgerlich geborenem und inzwischen hingerichtetem Geheimem Kabinettsminister gezeugt, sollte Louise Augusta legitime dänische Prinzessin bleiben. Wie ihr Bruder, der vierjährige Kronprinz Frederik, würde sie ihre Mutter nie wieder sehen.

«Ihr seid kein Stuckatorlehrling, nicht wahr?», sagte Rosina. «Wer seid Ihr wirklich, und warum interessiert Euch das Schicksal der dänischen Königin so sehr? Sagt nun nicht, das interessiere viele. Damit gebe ich mich nicht zufrieden. Zudem wird sie in Dänemark eher gehasst als geliebt. Ihr müsst keine Angst haben, ich bin keinem Hof und keiner Regierung verpflichtet.»

Das Gesicht des jungen Mannes nahm trotzdem den Ausdruck eines ängstlichen Kindes an, sein Blick flatterte durch die Kirche, verharrte beim Portal, musterte flüchtig die mit einem Jungen an der Hand durch den Mittelgang schlurfende Alte und kehrte zu Rosina zurück.

«Ja, Madam», sagte er schließlich, «das weiß ich. Und es stimmt, ich bin nicht Meister Taubners Lehrling. Er hatte die Güte, mich als Gehilfen mitzunehmen, als er Dänemark verließ. Ich kannte ihn, er hat in der Schlosskirche gearbeitet, und ich habe seine Kunst immer bewundert. Ich zeichne gern und recht geschickt, müsst Ihr wissen. Auf die Muster und Modelle in seinem Arbeitsbuch verstehe ich mich besser als auf das mühsame Kneten und Mischen. Aber das tut nun nichts zur Sache. Ich will Euch sagen, wer ich bin», erklärte er mit so viel Trotz wie Stolz. «Ich war einer der Diener Ihrer Majestät, und ich bin Graf Struensee oft begegnet. Ich habe ihn verehrt. Er mag Fehler gehabt haben, aber er war ein großer Mann. Er wollte unsere Welt besser und gerechter machen, egal, was jetzt alle sagen. Und ihr hat er das Glück gebracht, das sie mit diesem schwachsinnigen groben König niemals gefunden hätte. Diesem Tölpel, mit dem man sie verheiratet hat, als sie fast noch ein Kind war. Nun ist sie allein, von ihren Kindern getrennt, ach, Ihr hättet die kleine Louise Augusta sehen sollen, so ein fröhliches Geschöpf.»

Seine Augen schwammen in Tränen, seine Lippen zitterten, und Rosina begriff, dass er seine Königin erheblich inniger liebte, als er den gestürzten Geheimen Kabinettsminister verehrt hatte. Sie hätte ihn gerne getröstet, doch für diesen Kummer wusste sie keinen Trost. Vielleicht gab es keinen.

«Warum habt Ihr Dänemark verlassen? Ihrer Dienerschaft ist wenig geschehen, und die unter seinen hochgestellten Anhängern, die in Festungshaft genommen waren, sind im Sommer entlassen worden.»

«Und zumeist ausgewiesen, ja, das weiß ich. Und zum Schweigen verpflichtet, mit Unterschrift und Siegel. Ich war zu der Zeit noch in Kopenhagen. Es war eine schreckliche Zeit, Madam. Ich hatte mich zu meinen Eltern geflüchtet, wir sind Deutsche, leben aber schon in der dritten Generation in Dänemark, und habe wochenlang das Haus nicht verlassen. Deutsche sind zurzeit nicht sehr beliebt in Dänemark, mein Vater hoffte trotzdem, einen Posten für mich in einem der Herrenhäuser in Jütland oder Holstein zu finden, weit weg von Kopenhagen, aber das wollte ich nicht.»

«Wieso? Und wenn Ihr unbedingt dort bleiben wolltet, warum seid Ihr dann hier?»

«Ich wollte in Kopenhagen bleiben, Madam, ich wollte abwarten, was geschehen würde. Dann musste die Königin das Land verlassen, und nun muss ich zu ihr. Ich hoffe, sie nimmt mich wieder in ihre Dienste, ich bin sicher, dass sie das tun wird.»

Rosina wurde ungeduldig. Noch immer verstand sie diesen Schwärmer nicht.

«Wenn Ihr dessen sicher seid, warum knetet Ihr dann klumpigen Gips, anstatt längst wieder in seidenen Hosen Eurer Majestät im Celler Schloss den Morgenkakao zu servieren? Es ist keine weite Reise. Fehlt Euch das Geld für die Postkutsche? Mit etwas Ausdauer ist Celle auch zu Fuß zu erreichen.»

«Wäre ich doch schon dort, Madam. Nichts wollte ich lieber, gar nichts.» Sein Blick bekam die Zutraulichkeit eines jungen Hundes, als er fortfuhr: «Leider bin ich kein mutiger Mensch, ich weiß auch kaum mit dem Degen umzugehen, die Reise von Kopenhagen nach Celle schien mir allein zu gefahrvoll. Meister Taubner war bereit, mich als seinen Gehilfen auszugeben und mitzunehmen, wenn ich ihm tatsächlich bei seiner Arbeit helfe, bis er einen besseren gefunden hat. Das ist unser Vertrag. Sein Geselle hatte ihn in Kopenhagen verlassen, er hat dort die Tochter eines Stuckatormeisters geheiratet. Ich konnte keine Postkutsche nehmen. Wenn mich die Wachen an den Zollstationen gefunden und erkannt hätten – ich mag nicht daran denken, was dann geschehen wäre. Als Gehilfe eines Stuckators habe ich niemanden interessiert. Genau darauf hatte ich gehofft, Madam, ich bin nämlich ein Dieb. Ich habe im Schloss eine Uhr gestohlen, und es kann gut sein, dass sie wissen, wer der Dieb ist.»

«Ach, du meine Güte», sagte Rosina halb lachend, halb ärgerlich. «Weiß Meister Taubner das?»

Henrik nickte entschieden. «Er weiß es und er billigt es. Er denkt wie ich, er sagt, der Graf habe nie Hochverrat begangen, sondern im Gegenteil den König beschützt und gefördert, wie den Kronprinzen. Der Meister war dort, als Graf Struensee hingerichtet wurde, er hat es gesehen, und es quält ihn noch immer. Und die Uhr? Es war keine Habgier, Madam Vinstedt, ich *musste* sie nehmen. Es war mein Wille und meine Pflicht.»

Königin Caroline Mathilde war in den frühen Morgenstunden des 17. Januar in ihrem Schlafgemach auf Schloss Christiansborg von Graf Rantzau und einer Gruppe von Offizieren verhaftet und weggeführt worden. Sie hatte vergeblich versucht, zu Graf Struensee zu flüchten, sie hatte protestiert, Rantzau beschimpft und schließlich weinend nur noch darum gebeten, ihre Kinder mitnehmen zu dürfen. Nach einigem Hin und Her kam die Erlaubnis, die kleine Prinzessin möge sie begleiten.

Henrik war in dieser Nacht in ihren Gemächern gewesen, um seinem Dienst gemäß für Wünsche bereitzustehen, und hatte sich starr vor Entsetzen in einen Vorhang gedrückt. Niemand hatte ihn beachtet. Als alle fort waren, als er die schweren Schritte in den langen Gängen und auf der Treppe verklingen hörte, die im Hof wartende Kutsche anrollte, um die Königin nach der Festung Schloss Kronborg am Øresund zu bringen, hatte er nur einen letzten Blick in das Schlafgemach der Königin werfen wollen, da hatte er sie gesehen, die zierliche Taschenuhr, die Struensee ihr zur Geburt Prinzessin Louise Augustas geschenkt hatte.

«Ich konnte sie nicht einfach dort lassen. Neben einem Etui, in dessen Innenseite sein Bild gemalt war, das sie immer bei sich trug, ist es ihre liebste Erinnerung an ihn. Wer weiß, wer sie eingesteckt und mit herzloser Frechheit zu Geld gemacht hätte. In jenen Tagen konnte ich niemandem mehr trauen. Selbst ihre Hofdamen haben sie verraten. Ich habe die Uhr eingesteckt und im Laufe des Tages meinen Dienst aufgekündigt. In jenen wirren Stunden hat das keinen interessiert. Ich war nur ein unbedeutender Lakai, ich konnte einfach gehen. Ich war sicher, alles werde sich schnell als Intrige und Irrtum herausstellen und die Königin zurückkehren, bis dahin wollte ich die Uhr sicher verwahren.»

Doch in den letzten Februartagen gestand Struensee in der Festungshaft sein Verhältnis zu Caroline Mathilde ein, zwei Wochen später auch die Königin, am 6. April erklärte der Hof ihre Ehe mit König Christian VII. für ungültig. Nach der Hinrichtung Struensees und seines Freundes Graf Enevold Brandt, dem Direktor des Hoftheaters und königlichem *Maître de Plaisir*, im April und der Abreise Caroline Mathildes am letzten Maitag nach Stade und weiter nach dem Jagdschloss Göhrde, begriff Henrik, dass sie nicht zurückkehren werde. Umso weniger, als sie beide Kinder hatte zurücklassen müssen. Es hieß, sie dürfe sich nicht einmal mehr Königin nennen, sondern nur mehr Prinzessin von Aalborg, doch das sei nur ein Gerücht.

Er musste sich auf den Weg machen, um die Uhr ihrer Besitzerin zu bringen. Aber wie? Als er Taubner am Hafen traf, der seine Arbeit in Kopenhagen beendet hatte und ein Schiff für sich und sein Fuhrwerk für die Überfahrt nach Wismar suchte, hatte er einen Weg gefunden.

Henrik hatte mit rascher, leiser Stimme gesprochen, der Fluss seiner Worte erinnerte Rosina an einen vom Stauwehr befreiten Bach. Schließlich schwieg er und sah sie erwartungsvoll an. Mit welcher Erwartung?, fragte sie sich.

Da griff er behutsam, als gelte es, ein rohes Ei zu befördern, nach dem ledernen Band um den Hals und zog ein daran befestigtes seidenes Beutelchen aus seinem Hemd. Er öffnete es und nahm eine nur wenige Zoll große Taschenuhr heraus. Was leichtsinnig war, denn Rosina war für ihn eine Fremde, doch darüber hatte er nicht nachgedacht. Sie kannte nun seine Geschichte, er wollte ihr den eigentlichen Anlass seiner Reise zeigen, vielleicht mehr zu seiner als ihrer Freude.

Er legte die Uhr auf seine flache Hand und strich zärtlich darüber. «Silber», sagte er, «der Graf lehnte Luxus ab. Der Deckel ist von Schildpatt überzogen, und seine silbernen Einlagen, diese Blüten, Ranken und Tauben – seht Ihr, wie ungemein kunstvoll und zierlich sie gearbeitet sind? Nur der Ring um das Zifferblatt und die eingearbeitete Sonne sind von Gold.»

Er öffnete den Deckel und zeigte ihr das unter einem gläsernen Innendeckel liegende, filigran ziselierte Zifferblatt. Oberhalb der Schraube für die Zeiger war ein halbrunder Himmel aus tiefblauem Email eingearbeitet, die linke Hälfte mit einer strahlenden Sonne, die rechte mit nächtlichen Wolken und Regen.

«Seht darunter den Namenszug des Uhrmachers: Bushman, London. Er hat ihr ein Geschenk aus ihrer Heimat gemacht, das muss sie doppelt gefreut haben, denkt Ihr nicht auch?»

«Das hat es sicher», stimmte Rosina zu. Als Geschenk für eine königliche Geliebte empfand sie die Uhr ziemlich schlicht. Es schien zu stimmen, dass sich Struensee – anders als böse Zungen behaupteten – keineswegs in seinem Amt bereichert hatte.

«Was habt Ihr nun vor?», fragte sie, als Henrik die Uhr in ihre Hülle steckte und wieder unter seinem Hemd barg.

«Ich muss nach Celle», erklärte er mit neuer Entschlossenheit. «Der Meister sagt, er habe einen guten Gehilfen in Aussicht, vielleicht sogar einen Gesellen; sobald er seine Arbeit antritt, werde ich reisen. Von hier muss ich keinen dänischen Besitz mehr passieren, südlich der Elbe beginnt ja schon das Hannöversche.»

Rosina wünschte Henrik Glück und wandte sich zum Gehen. Da fiel ihr noch etwas ein.

«Vorgestern habt Ihr und Euer Meister mit einem vornehmen Herrn gesprochen, am Nachmittag. Könnt Ihr mir sagen, wer er ist?»

«Vorgestern?» Henrik betrachtete stirnrunzelnd den steinhart gewordenen Gipsklumpen. «Das war Donnerstag. Ich weiß nicht, Madam. Ein vornehmer Herr, sagt Ihr?»

Schritte näherten sich vom Portal, Rosina wandte sich um. Obwohl das Licht nur noch schwach war, erkannte sie Taubner.

«Ich erinnere mich nicht, Madam», sagte Henrik, den Blick auf seinen Meister gerichtet, der, einen schwarzen Mantelumhang über dem Arm, mit langen Schritten näher kam. «Es kommen viele Leute her, so wie Ihr. Damen und Herren. Der Ruf meines Meisters ist bekannt, und dass er für die Zarin in Sankt Petersburg gearbeitet hat, macht ihn in dieser Stadt ohne fürstliche Regierung besonders begehrt.»

Die Antwort war weder befriedigend noch überzeugend, doch Rosina fror inzwischen viel zu sehr, um Meister Taubner noch in ein Gespräch zu verwickeln. So verabschiedete sie sich und verließ die Kirche, die Blicke der beiden Männer im Rücken.

Es dämmerte schon, und der dichte Nebel, der vom Fluss in die Straßen und Höfe gekrochen war, ließ sie noch mehr frösteln. Der Friedhof sah alles andere als einladend aus, im Dunst an seinem Rand nahe bei den Eichen glaubte sie eine Bewegung zu sehen, sicher war es nur – egal, was es war. Es gab keine Gespenster, töricht, überhaupt daran zu denken. Sie musste sich beeilen, Magnus würde schon warten. Zum Glück war er ständig mit irgendwelchen Briefen und Papieren beschäftigt; falls es ihn störte oder beunruhigte, wenn sie so oft allein ihre eigenen Wege ging, zeigte er es nicht. Jedenfalls nicht zu sehr. Ihr Körper war vom langen Stehen in der kalten Kirche steif bis in die Zehen, es wurde Zeit für die Winterschuhe und das warme, mit doppeltem Stoff gesteppte wattierte Kleid. Fröstelnd eilte sie weiter und bog von der am Hafenrand verlaufenden Bei den Mühren genannten Straße in die Katharinenstraße ein. Es war nur ein geringer Umweg zu ihrer Wohnung am nördlichen Ende der Mattentwiete, und zwischen den hohen alten Häusern war es milder als direkt am Wasser.

Der Nebel hüllte sie ein wie ein feuchtes Tuch. Sie verband mit ihm einige unangenehme Erinnerungen, zum Beispiel eine hektische nächtliche Bootsfahrt auf der Elbe, dennoch mochte sie den Nebel, selbst in dieser Kälte. Sie blieb stehen und fühlte sich wie in einer Märchenwelt. Die hohen Fachwerkfassaden mit den matten Lichtern hinter ihren Fenstern waren schon in der Entfernung weniger

Schritte nur diffuse Flecken, und obwohl es noch nicht spät war, war niemand auf der Straße. Die wenigen Geräusche, zumeist polteriges Räderrollen und Knarren von den Mühren, versickerten dumpf in der nassen Luft wie unter einer dicken Lage Watte. Einzig der Schrei einer Möwe durchdrang schrill die milchige Düsternis. Aber da war noch etwas. Was?

Der Nebel ist ein großer Betrüger. Er täuscht Augen und Ohren und verführt die Phantasie zu seltsamen Bildern und Gedanken. Was sie nun beunruhigte, war, dass etwas fehlte. Gerade hatte sie hinter sich noch gedämpfte Schritte gehört, nun war es still. Sie schob die tief ins Gesicht gezogene Kapuze zurück und sah sich um, da war niemand. Natürlich nicht, wo sie keine Schritte hörte, konnte auch niemand sein. Sicher war jemand auf dem Weg nach Hause angekommen und in einem der Häuser verschwunden. Trotzdem blieb gegen alle Vernunft dieses unangenehm drängende Gefühl im Rücken. Die Katharinenstraße erschien ihr heute sehr lang. Da waren wieder Schritte. Sie sah ohne stehen zu bleiben über ihre Schulter – war dort nicht etwas gewesen? Hatte sich nicht jemand in eine der Hofeinfahrten gedrückt?

«Töricht», murmelte sie, «ich bin so ein törichter Hasenfuß.» Sie widerstand trotzig dem Impuls, die Röcke zu raffen und zu laufen. Jetzt, da ihre Ohren wachsam waren wie die eines Fuchses auf der Flucht vor der Meute, hörte sie es wieder. Leichte Schritte. Oder verstohlene Schritte? Unsinn. Viele Menschen mussten noch in der Stadt unterwegs sein, manche mit von schwerer Arbeit müdem Gang. Nur weil der Nebel so kalt und undurchdringlich war, konnten sich nicht alle verkriechen.

An der Kreuzung mit der Reimerstwiete blieb sie stehen, hielt die weite Kapuze unterm Kinn fest und weigerte sich zu lauschen. Stattdessen überlegte sie abzubiegen, dann würde sie merken, ob ihr jemand folgte. Ein Blick in die dunkle Twiete und das dumpfe Glucksen des Wassers unter der Brücke über den Nikolaifleet auf der anderen Seite ließen sie rasch weitergehen. Ob sie es hören wollte oder nicht, auch die Schritte hinter ihr wurden schneller. Es war nur ein Spuk, den Irrlichtern in den Mooren gleich, die man sicher war zu sehen und die es doch nicht gab. Sie wollte gar nicht mehr sehen, was hinter ihr war, doch beherzt blickte sie sich noch einmal um – da war niemand. Absolut niemand. Nur Nebel und Schatten. Und ein Gaukelspiel für ihre Ohren?

Endlich begann sie zu rennen, egal, was sie hinter sich hörte, zu hören glaubte, sie würde sich nicht mehr umsehen, nicht mehr lauschen, sie würde nur noch rennen. Atemlos, mit klopfendem Herzen, flatternder Kapuze und durchnässten Schuhen erreichte sie ihre Haustür, rannte die Treppe hinauf, Stockwerk um Stockwerk, stieß endlich die Tür zu ihrer Wohnung auf – und fiel Magnus in die ausgebreiteten Arme.

«Donnerwetter», lachte er, «Wie gut, dass ich bei der Tür stand, du wärst sonst glatt bis in die Küche geflogen.»

Er hielt sie an den ausgestreckten Armen bei den Schultern und sah sie besorgt an. «Hast du ein Gespenst gesehen, Liebste? Was ist passiert?»

«Nichts», stieß sie, noch nach Atem ringend, hervor, «gar nichts. Es ist nur der Nebel, der macht alles so unheimlich. Ich wollte rasch zu dir, da bin ich gerannt.»

Zärtlich lächelnd zog er sie wieder an sich. «Gib's zu», sprach er in ihr nebelnasses Haar, «du hast die Gelegenheit genutzt. Bei diesem Wetter und der Düsternis sind die Straßen fast leer, da kann sich niemand über die undamenhaft über Pfützen und streunende Katzen hüpfende Madam Vinstedt mokieren.»

Rosina murmelte Unverständliches, sie fühlte, wie Magnus' Umarmung und seine Wärme die gespannte Starre ihres Körpers löste, allein seine Gegenwart verwischte den Spuk in der nebeligen Dunkelheit zu einer Posse.

«Ich brauche heißen Tee», sagte sie und legte den Kopf zurück, um ihn anzusehen, «besser noch ein heißes Bier, sonst fängt mich die Influenza. Und ich habe Hunger, sogar schrecklichen Hunger.»

«Das hoffe ich», rief Pauline von der Küchentür, «der Suppentopf ist randvoll. Das verlangt leere Mägen und großen Appetit.»

«Sie schmeckt delikat», rief Tobias, dessen Kopf etwa in Höhe von Paulines Taille durch die Küchentür sah. «Richtig delikat», wiederholte er, stolz auf das schöne neue Wort, das er heute von seinem Lehrer aufgeschnappt hatte.

«Wunderbar.» Rosina seufzte glücklich. Es war in der Tat wunderbar, aus der Kälte in ein warmes und sicheres Zuhause zu kommen, von einem liebenden Gatten mit einer freudigen Umarmung, von einer fähigen Köchin mit einer heißen Suppe erwartet zu werden. Und einem gut gelaunt plappernden Knirps mit struppigen Haarstoppeln und strahlenden Augen. Dafür lohnte sich fast das Ausharren in der kalten Kirche und der unheimliche Weg zurück.

Sie warf Pauline ihren feuchten Umhang zu und streifte die durchnässten Schuhe von den Füßen.

«Ich bin gleich bereit, ich möchte nur die Hände waschen und mein Haar richten, ja, und ein trockenes und weniger zerknittertes Kleid anlegen. Dann ...»

«Und dann?» Magnus betrachtete sie amüsiert. «Ich hoffe, dann essen wir und du erzählst mir, was du heute erlebt hast. Außer Nebel. Es muss eine ganze Menge gewesen sein, du warst lange ...»

Sie bedeutete ihm mit unwirsch gehobener Hand zu

schweigen, legte den Finger auf die Lippen und lauschte mit angehaltenem Atem.

«Hörst du?», flüsterte sie, «auf der Treppe. Da schleicht jemand herauf.»

Auch Magnus lauschte, nur um gleichmütig die Hände auszubreiten. «Es hört sich an wie Hopperbeck aus der vierten Etage. Warum sollte er nicht die Treppe heraufkommen? Er wohnt hier.»

Rosina schüttelte unwillig den Kopf und schlich, den Finger immer noch auf den Lippen, zur Tür. Die Schritte kamen näher, verharrten – da riss sie die Tür mit einem Ruck weit auf. Vor ihr stand, blass mit umschatteten dunklen Augen, der vornehme Fremde aus der Katharinenkirche.

*

Weddemeister Wagner trat in den Hof hinter der Mattentwiete, er zog sein blaues Sacktuch heraus und wischte sich das Gesicht ab. Diesmal war es kein Schweiß oder bloße Nervosität, sondern die Nässe der Luft. Anders als Rosina mochte er diesen dichten Nebel nicht, er brauchte immer klare Sicht und eindeutige Geräusche. Auch fühlte er sich von ihm weniger an eine Welt von Mythen und Märchen, als vielmehr an ein Leichentuch erinnert, was zweifellos an seinem Beruf lag.

Sein Gesicht fühlte sich von der Kälte steif an, er schob den Unterkiefer hin und her, es half wenig. In der Wärme der Stube würde er schon auftauen, wobei er nicht sicher war, ob es bei den Gamradts warm war. Familien von Speicherarbeitern waren immer arme Leute.

Er hatte mit Befriedigung gehört, dass Gamradt nicht nur im van Keupen'schen Speicher arbeitete, sondern mit seiner Familie auch in dem maroden Mietshaus im Hof zwischen Cremon und Mattentwiete wohnte. Für sie musste es ein Leichtes gewesen sein, in der Brandnacht unbemerkt in den Hof und wieder zurückzuschleichen. Andererseits gab es von den umliegenden Straßen drei Durchgänge zum Hof, da konnte jeder rein. Er stopfte das Tuch in die Rocktasche zurück und blinzelte in das diffuse Dunkel, bis er den Weg gefunden hatte, der mit dem Bau des Hauses wie eine enge Schneise durch das Labyrinth der Schuppen und Unterstände geschlagen worden war.

Während er durch den nassen Sand stapfte, sah er zu den Rückseiten der Häuser der Mattentwiete und des Cremon hinauf. Das Eckhaus am Cremon war leicht als das der van Keupens zuzuordnen. Seine Fenster waren dunkel, auch die des Kontors, für Bergstedt, die anderen Schreiber und die Handelslehrlinge war Feierabend. Er hoffte, das gelte auch für die Gamradts. In den Speichern, in deren tiefen, von der Straße bis an den Fleet reichenden Böden mussten die gelagerten Waren vor zu viel Kälte wie vor zu viel Wärme geschützt bleiben, nur durch die Tür bei der Seilwinde und daneben eingebaute schmale Fenster gelangte Licht hinein. Jetzt war es dort längst dunkel. In der Kunstblumenmanufaktur mochten die Frauen noch beim Licht von Kerzen oder Öllampen fleißig sein, doch das glaubte er nicht. Die Arbeit war diffizil und der Abend vor dem Tag des Herrn nicht die Zeit für Überstunden, erst recht nicht in dieser düsteren Jahreszeit.

Die gegenüberliegenden rückseitigen Häuserfronten gehörten zur im spitzen Winkel mit dem Cremon zusammentreffenden Mattentwiete. In einem der letzten Häuser musste sich die Wohnung der Vinstedts befinden. Er war schon dort gewesen, mit Karla, seiner Frau, doch er wusste nicht zu entscheiden, welche Fenster dazugehörten. Lieber wäre er jetzt dort, er musste unbedingt mit Rosina sprechen. Nach dem, was Madam Augusta ihm gerade berichtet hatte, bedurfte er gemeinsamer Überlegungen. Er hatte sich ordentlich erschreckt, als sie, diese feine Dame, mit ihrem Mädchen plötzlich in der Fronerei stand und ihn zu sprechen verlangte. Die Fronerei war kein Ort, den Leute freiwillig betraten, selbst wenn ihre Weste rein wie frischgefallener Schnee war. Sie habe zuerst bei den Vinstedts vorgesprochen, ließ sie ihn wissen, dort sei niemand gewesen, nicht einmal die Köchin. Da sie ihre Geschichte schnell an die richtige Stelle bringen wolle, sei sie gleich zu ihm gekommen. Sie hatte sich auf den Stuhl neben seinem Tisch gesetzt, ihr Mädchen hinausgeschickt und gebeten, die Tür von außen zu schließen, und begonnen zu erzählen.

Was sollte er von ihrer Geschichte halten? Bei jedem Verbrechen, das wie der Tod Madam van Keupens die Stadt bewegte, tauchten seltsame Menschen mit seltsamen Geschichten auf. Madam Augusta kannte er gut genug, um zu wissen, dass sie einen klaren Verstand hatte und keinesfalls zu diesen Wichtigtuern und Phantasten gehörte. Er hatte sie nicht bewegen können, Namen zu nennen, und was galt eine solche Geschichte ohne Namen?

Ein Mann, sogar ein angesehener Bürger, der sich erpressen ließ, sein Wissen um das Erbe Mademoiselle Julianes nicht preiszugeben? Schön und gut, so was mochte vorkommen. Aber Madam van Keupen war eine reiche Dame gewesen, der gewiss nicht übergroße Anteil ihrer Schwägerin konnte sie kaum zu einem Betrug verleitet haben. Morgen würde er Rosina um eine Unterredung bitten. Bei niemand anderem hätte er das am Sonntag gewagt, der eigentlich den Gottesdiensten und der Familie vorbehalten war.

Er ging an der ersten Tür vorbei, öffnete die zweite und stapfte die schmale Treppe hinauf. Sie knarrte beunruhigend, er wollte auf Claes Herrmanns' Versicherung vertrauen, die bedrohlichen Mängel an diesem neuen Gebäude seien behoben. Oder hatte er gesagt, sie sollten bald behoben werden? Wagner ging schneller. Wenn das Gebäude von seinen Schritten zusammenbrach, sollte es ihm wenigstens nicht auf den Kopf fallen.

Das ganze Haus war von Stimmen und Geräuschen verschiedenster Art und Lautstärke erfüllt. Das bemerkte er ebenso wenig wie die Vielzahl der Gerüche, die zusätzlich von einer Muffigkeit überlagert wurden, die feuchte Wände verriet. Er war zu sehr daran gewöhnt; wenn er die Treppe zu seiner eigenen Wohnung am Plan nahe dem Johanniskloster erklomm, hörte und roch er kaum anderes.

In der obersten, der dritten Etage blieb er ermattet stehen. Er war zu dick, trotz seiner ständigen Lauferei. Seit Karla Tag für Tag für ihn kochte, wurde es nicht besser. Er hatte, wie Grabbe für ihn herausgefunden hatte, den hinteren Eingang des Hauses genommen, auch die Etage hatte Grabbe gewusst, aber welche der Türen in dem langen Flur war die richtige? Er klopfte an die erste Tür. Nichts geschah. Er klopfte noch einmal und hörte gleich darauf ein Rumpeln, dann schlurfende Schritte, und eine dünne Stimme fragte durch die Tür, wer da sei. Er hielt es für besser, das nicht zu beantworten. Türen und Wände waren dünn, schlagartig würden alle ihre Riegel vorschieben und sich mucksmäuschenstill verhalten. Das kannte er zur Genüge. Auf seine Frage nach den Gamradts nuschelte die Stimme hinter der Tür etwas, das wie ‹rechts die vierte› klang.

Besser als nichts, dachte Wagner und klopfte energisch an die vierte Tür auf der rechten Seite.

Sie wurde gleich geöffnet. Er hätte Grabbe mitbringen sollen, am besten samt Kuno, dem furchterregenden Köter. Der Mann in der Tür, zweifellos Gamradt selbst, überragte ihn um einen Kopf, seine Schultern berührten fast den Rahmen, was trotz der geringen Breite der Tür beachtlich war. Sein Gesicht unter dünnem strähnigem Haar war hager, sein Kinn kantig, er blickte streng, aber nicht abweisend auf Wagner hinab.

«Es ist spät für einen Besuch», stellte er gelassen fest, «was kann ich für Euch tun?»

Auch als Wagner Namen und Amt nannte, zeigte er keine Unruhe, sondern trat wortlos zur Seite, und Wagner stapfte an ihm vorbei in die Wohnung. Irgendwo im Haus wurde eine Männerstimme laut und überschlug sich, etwas polterte dumpf, eine Frauenstimme kreischte wütend – niemand der Gamradts zuckte zusammen oder schien es auch nur zu hören.

Die ganze Familie saß um den Tisch vor geleerten Tellern, Gamradts Frau stand auf, nickte Wagner müde zu und begann Topf und Teller abzuräumen. Nur die Kinder, ein halbwüchsiger Junge, ein Mädchen von vielleicht zehn Jahren und eines, das halb so alt wie ihre Schwester sein mochte, sahen den fremden Besucher mit offener Neugier an. Am gemauerten Herd stand die Älteste, ein Torfstück in der Hand. Das musste Akulina sein, eine aparte junge Frau mit reichem blondem Haar, genau wie Rosina sie beschrieben hatte. Während das kleine Mädchen dem Vater glich, sahen Akulina und die beiden anderen ihrer Mutter ähnlich, jedenfalls wenn man sich vorstellte, wie sie in ihrer Jugend ausgesehen haben mochte, als die Welt noch voller Zukunftslicht gewesen war.

Hatte Grabbe nicht gesagt, in der Familie gebe es außer Akulina noch vier Kinder? Dann musste eines fehlen. Der Raum schien auch so zu eng. Da waren die gemauerte Feuerstelle in ihrer Nische, der Tisch, Stühle, ein alter, halboffener Schrank und eine Kiste, auf der ein mit Wasser gefüllter Steingutkrug neben einer Schüssel mit einem Handtuch stand, ein paar ineinandergestapelte hölzerne Wannen und Eimer, eine schlichte, doch fein gearbeitete und geschmirgelte hölzerne Bank nahe dem Herd, unter der Strohsäcke für ein Nachtlager verstaut waren. Das war alles und nichts Besonderes. Eine weitere Tür zeigte, dass die Wohnung aus zwei Zimmern bestand. Ungewöhnlich waren einzig drei Bilder, die mit Nadeln an der Fensterwand befestigt waren, zarte Landschaften, eine mit Gebäuden und Dächern am Horizont, unter denen ihm ein eigentümlich geformter Turm auffiel.

«Meine Heimat», sagte Gamradts Frau mit ihrer tonlosen Stimme, «meine, Jakobs und Akulinas. Elena ist auch noch dort geboren, aber sie erinnert sich nicht mehr. Nehmt Platz, Weddemeister. Es ist spät, sicher seid Ihr müde. Wie wir.»

Alle beobachteten schweigend, wie er sich setzte, wieder wusste er nicht recht, wie am besten anzufangen sei. Er hatte eine ablehnendere Stimmung erwartet. Er fühlte sich nicht gerade willkommen, das geschah äußerst selten, doch hier war nicht mehr als – Neugier? Das würde sich gleich ändern.

Er sah Gamradt an, der sich auf den Stuhl ihm gegenüber gesetzt hatte.

«Ihr arbeitet im Speicher der van Keupens», begann er, Gamradt unterbrach ihn gleich.

«Ja, deshalb überrascht mich Euer Besuch nicht. Mich wundert nur, wie lange es gedauert hat.»

Wagner kniff die Augen zusammen, das Licht war matt, auf dem Tisch stand eine rauchende Unschlittkerze, an der Wand neben der Tür zum zweiten Zimmer brannte eine funzelige Tranlampe – mehr Licht gab es nicht. Natürlich nicht – schon die Lampe als zweites Licht war ein Luxus.

Gamradts Miene hatte sich nicht verändert, er musterte sein Gegenüber abwartend. Niemand machte Anstalten, die Kinder hinauszuschicken, sie saßen mit am Tisch und starrten ihn schweigend an. Die beiden Frauen hatten sich auf die Bank an der Wand gesetzt, Wagner spürte ihre Blicke im Rücken.

«So lange, ja. Diese Angelegenheit ist vielfältig», erklärte er. «Man hat mir zugetragen, in den Speichern habe es Unmut gegeben, weil Madam van Keupen Männer entlassen hat, die – wie soll ich es sagen? –, die krank waren. Oder wenig arbeitsam. Oder unbotmäßig. Ihr arbeitet schon etliche Jahre für das Haus van Keupen, Ihr könnt mir sagen, wie man darüber in den Speichern dachte.»

«So, habt Ihr das gehört.» Gamradt verschränkte die Arme vor der Brust und setzte sich aufrechter. «Es gibt überall Ärger, wo viele Männer arbeiten, auch bei uns. Manchmal muss man Leute entlassen, wenn sie sich lieber in die Kaschemmen verdrücken, als an der Kranwinde zu stehen und Tonnen und Kisten zu schleppen. Mehr ist dazu nicht zu sagen, Weddemeister. So einer ist auch bei uns entlassen worden, ja. Das muss schon mehr als ein halbes Jahr her sein. Inzwischen hat er einen Dummen gefunden, der ihn jetzt für seine Faulheit bezahlt. Vielleicht bin ich ungerecht und es war ihm eine Lehre, kann sein, er ist plötzlich fleißig geworden und trinkt nur noch sonntags. Eigentlich weiß ich gar nicht, warum Ihr gerade zu mir kommt. Ich an Eurer Stelle wäre zu Klotte gegangen, der ist bei uns der Oberste und seit drei Jahrzehnten im Speicher der van Keupens.»

Wagner nickte scheinbar abwägend, kein Grund zu erwähnen, dass er schon mit Klotte gesprochen hatte. Wenn der es für überflüssig hielt, seinen Männern davon zu berichten, warum sollte er es tun? Klotte hatte nur das Loblied auf die gütige Madam, den Fleiß und die Christlichkeit seiner so ungemein zufriedenen Arbeiter gesungen. Es hatte Wagner geärgert, aber nicht überrascht.

«Ich habe auch gehört ...»

Da rutschte das kleinere der Mädchen von seinem Stuhl neben ihm, und ehe er wusste, wie ihm geschah, kletterte sie auf seinen Schoß, kuschelte sich an seinen runden Bauch und schloss wohlig summend die Augen. Wagner blickte erschreckt auf den dünnen blonden Schopf und hob mit hilflos ausgestreckten Händen die Arme. Weder Eltern noch Geschwister forderten sie auf, sie möge sich wieder auf ihren Stuhl setzen, so legte er einen Arm behutsam um den zarten Körper und hielt ihn fest.

«Ja», sagte er, immer noch irritiert von diesem vertrauensvollen kleinen Fremdling so nah bei sich, «wie ich gerade sagte, ich habe gehört, Ihr seid in der Welt herumgekommen. Dann hat man wachere Augen und Ohren, denke ich.»

«Ihr hört und denkt viel. Aber es stimmt. Ich war als Kolonist in Russland. Der Aufruf der Werber stand im *Hamburgischen Correspondent*, unser Pastor hat ihn an seine Gemeinde weitergegeben. Ich bin Tischlergeselle und dachte, dort bringe ich es weiter als hier, also habe ich die Reise angetreten. Von Lübeck mit dem Schiff nach Sankt Petersburg. Neun Jahre muss das her sein. Sie hatten uns bloß nicht gesagt, dass die Zarin Bauern wollte, plötzlich fand ich mich auf einem Stück Brachland bei Saratow wieder. Das ist eine kleine Stadt an einem Fluss, der Wolga heißt. Gegen den ist unsere Elbe ein Bach, Weddemeister. Ich bin aber kein Bauer, ich verstehe nichts davon, und zu viel weites Land macht mich unruhig, also bin ich wieder hier.»

Während der letzten Worte war sein Gesicht grimmig geworden. Als seine Frau leise sagte: «Und du hattest schreckliches Heimweh, Friedrich», wurde es weicher.

«Ja, Magda, und jetzt hast du Heimweh. Meine Frau», erklärte er Wagner, «ist in Saratow geboren, Akulina, Jakob und Elena auch. Es gibt viele Deutsche in der Gegend, ganze Kolonien. Magda war Witwe, als ich sie kennenlernte, für sie und die Kinder hat sich das ganze Abenteuer gelohnt.»

Sie waren bald nach Sankt Petersburg übergesiedelt, dort wollten sie sich niederlassen und bleiben. Da wurde ständig gebaut, man hatte aber eher Zimmerer als Tischler gebraucht, er hatte nur Arbeit als Tagelöhner gefunden. Damals waren viele Tausende dorthin ausgewandert, es konnte eben nicht für alle reichen. Deshalb waren sie zurückgekommen. Als er auch hier keine Arbeit als Geselle fand, hatte er begonnen, im Speicher zu arbeiten.

«Dabei ist es geblieben», schloss er, «jetzt tischlere ich nur noch für uns oder für meine Schwester in Wandsbek. Mehr ist ja nicht erlaubt, wenn man sich nicht als Bönhase verprügeln lassen will. Aber Ihr werdet kaum hier sein, um unsere Geschichte zu hören, Weddemeister. Wenn Ihr wissen wollt, ob ich was mit dem Tod Madam van Keupens zu tun habe, ist das allerdings ein schlechter Witz. Ich war immer dankbar für die Arbeit, die sie mir gegeben hat. Es ist ehrliche Arbeit, und sie ernährt uns, mit Akulinas und Magdas Lohn geht es uns ganz gut.»

Akulina arbeite in der Kunstblumenmanufaktur am Baumwall, sie sei überaus kunstfertig. Und seine Frau helfe in den Gärten vor dem Steintor aus, sooft sich die Gelegenheit ergebe. Jakob helfe auch, wo immer er ein paar Pfennige verdienen könne. Nach der Schule, er solle noch lernen. Mit Glück fänden sie im nächsten Jahr einen Meister, der ihn als Lehrjungen nehme. Er wolle Schlosser werden.

Magda Gamradt räusperte sich leise hinter Wagners Rücken.

«Nun gut. Was wollt Ihr wissen?», fragte Gamradt. «Wo ich war, als das Schwein sich in der Kirche so versündigt hat?»

«Ja», sagte Wagner. Das Kind auf seinem Schoß war eingeschlafen, er bemühte sich, unbeweglich zu sitzen, damit es nicht herunterrutsche.

«Das ist einfach.» Nun grinste Gamradt mit Genugtuung. «An dem Tag war ein Schiff mit dem halben Bauch voller Früchte aus dem Süden eingelaufen, solche Segler müssen immer schnell entladen werden, damit nicht so viel fault und schimmelt. Es war noch recht mildes Wetter, da verdirbt alles schneller. An dem Tag», er lehnte sich mit triumphierendem Gesicht über den Tisch, seine Nase berührte fast Wagners, «an dem Tag haben wir alle im Speicher gearbeitet, bis wir im Dunkeln rumgestolpert sind. Alle, da könnt Ihr jeden von uns fragen. Sogar Bergstedt, der war nämlich bei uns auf dem Boden und an der Kranwinde, direkt bevor er nach Hause ging. Da war Madam van Keupen wohl schon unterwegs zur Kirche. Bergstedt guckt gerne nach, ob keiner auf der faulen Haut liegt und beim Schleppen alle schnell genug rennen. Feiner Herr, der Monsieur.»

Wagner brauchte einen Moment, bis er merkte, dass Gamradt schwieg. Müde, wie er war, hatte ihn die muffige Luft in dem kleinen Raum voller Menschen unaufmerksam gemacht. Er hatte Gamradt nicht so schnell folgen können, er war noch bei Sankt Petersburg. An irgendetwas hatte ihn die Erwähnung der russischen Hauptstadt erinnert. Da war doch etwas gewesen. Das musste er auf später verschieben, die Kälte draußen würde seinen Kopf wieder klar machen.

Er klopfte leicht auf die Schulter des Kindes, als es erwachte, schob er es von seinem Schoß und stand auf. Er verbeugte sich knapp vor Magda Gamradt, als wolle er sich verabschieden, und heftete den Blick auf Akulinas Gesicht. Obwohl es im Schatten lag, empfand er ihren Blick als so abweisend wie durchdringend.

«Akulina», begann er, «der Name ist doch Akulina? Ja», fuhr er auf ihr schweigendes Nicken fort, «ein schöner Name. Wie ich sehe, habt Ihr Euch am Arm verbrannt. Wie ist das passiert?»

Statt einer Antwort hörte er Gamradt schallend lachen, es klang nur ganz wenig bitter. Wagner ertappte sich dabei, wie er den Kopf zwischen die Schultern zog, und reckte den Hals. Was glaubte der Kerl, wer er war, dass er über einen Weddemeister lachen durfte?!

«Wollt Ihr uns jetzt den Brand im Kontor in die Schuhe schieben?», rief Gamradt und schob seinen Stuhl zurück. «Das ist stark. Stellt Ihr Euch etwa vor, Akulina ist durch dieses Fenster gestiegen, von dem inzwischen die ganze Stadt weiß, dass der Riegel kaputt war, sie ist über die Tonnen geklettert, eingestiegen und hat Feuer gelegt? Warum in aller Welt hätte sie das tun sollen? Klar, ich weiß schon warum. Es ist dieses Haus. Ihr seid nicht der Erste, der uns und unsere Nachbarn verdächtigt. Es gibt ein paar Leute hier, die dem Baumeister, diesem parfümierten Schnösel, gerne an den Hals gegangen wären. Akulinas Vorschlag war auch nicht schlecht, sie hatte die famose Idee, er solle ein ganzes Jahr hier wohnen, direkt unterm Dach. Dann würde er das nächste Haus wenigstens besser bauen lassen. Oder die Auszehrung kriegen, wie manche hier. Das wäre mir lieber gewesen. Nein, Weddemeister, den Feuerteufel müsst Ihr anderswo suchen. Madam van Keupen hat bestimmt, das Haus wird ausgebessert. Beim Dach ist das schon geschehen. Wer von uns soll so verrückt sein, bei ihr Feuer zu legen? Wenn sich die Versprechen als Lüge erweisen oder jetzt, wo sie tot ist, nicht mehr gelten, könnt Ihr wiederkommen. Dann kann ich für gar nichts gut reden. Akulina war wie wir alle in der Brandnacht hier. Wir haben geschlafen, und zwar den Schlaf der Gerechten, bis einer ‹Feuer› schrie und alle aufscheuchte.»

Wagner hätte gerne etwas Würdiges gesagt, etwas, wie es den Pastoren immer einfiel. Doch der Zorn Gamradts, die vehemente Verteidigung seiner Familie und Nachbarn ließen ihn verstummen. Er verstand sich gut aufs Streiten; wenn es darauf ankam, konnte er genauso laut werden, jetzt war es ihm unmöglich. Vielleicht lag es an dem Kind. Es war wieder auf seinen Stuhl geklettert und sah ihn, den Kopf in die mageren Fäuste gestützt, trotz des zornigen Vaters mit vertraulichem Lächeln an.

«Ich will Euch sagen, warum», sagte er und klang nicht halb so streng, wie er sollte. «Eure Tochter muss über die Maßen zornig auf Madam van Keupen gewesen sein, von mir aus auch auf Bergstedt, der sicher solche Geschäfte für sie erledigte. Das Holzhaus, in dem Akulinas Großvater, Euer Vater, Gamradt, seine Fächermacherei betrieben hat, steht leer und verriegelt. Es gehört den van Keupens, und die haben die Miete so erhöht, dass er aufgeben musste. Sagt mir nicht, das sei falsch, ich weiß, dass es stimmt.» Endlich spürte Wagner die belebende Wirkung des Ärgers. «Jetzt muss Eure Tochter in der Manufaktur am Baumwall arbeiten, was sicher weniger Vergnügen bereitet, und Eurem Vater soll es nicht gutgehen, gar nicht gut. Das ist mir Erklärung genug.»

«Lass nur, Vater», sagte Akulina kühl, als Gamradt tief Luft holte. «Es stimmt, was Ihr gehört habt, Weddemeister, ich hätte lieber weiter Fächer hier im Hof gemacht und mein Großvater auch. Aber man kann nicht immer haben, was man möchte, und ich arbeite gerne bei Monsieur und

Madam Joyeux. Ich verdiene dort auch mehr. Glaubt Ihr, Jakob könnte sonst noch zur Schule gehen? In seinem Alter? Er ist schon zwölf. Sein Lehrgeld wird auch nicht wie Manna vom Himmel fallen. Wie dumm müsste ich sein, so etwas zu tun? Im Übrigen ist mir mein Leben sehr lieb. Ihr wisst besser als ich, wie die Richter Brandstiftung bestrafen. Ich finde es erstaunlich, dass Ihr bei dem geringen Licht die Rötung an meinem Arm sehen konntet, doch es stimmt, sie ist da. Ich habe mich an unserem Herd verbrannt. Das geschieht leicht, fragt Eure Frau, falls Ihr eine habt.»

«Hast du Durst», fragte das Kind in die plötzliche angespannte Stille, Wagner immer noch ansehend. «Ich habe immer Durst.»

Sie rutschte vom Stuhl, und während alle stumm zusahen, tauchte sie eine henkellose Tasse in den Wasserkrug und hielt sie Wagner entgegen.

«Nun trinkt schon», knurrte Gamradt, «macht ihr die Freude. Sie hat nicht viele.»

Während Wagner trank, drückte Magda Gamradt ihre jüngste Tochter an sich. In ihren Augen standen Tränen, und Wagner begriff, warum das Kind so zart und bleich war. Erst jetzt bemerkte er die wulstigen Handgelenke an ihren dünnen Armen, die ungewöhnliche Form ihres Hinterkopfes, dass sie hinkte und ihr Brustkorb sich nach innen krümmte. Sie war krank; selbst wenn die Familie es schaffte, Geld für einen Physikus zusammenzukratzen, würde der kaum helfen können.

Als er die Tür öffnete, hörte er Akulinas Stimme: «Solltet Ihr zufällig Madam Vinstedt treffen, Weddemeister, sagt ihr, sie kann ihren Fächer in vier Tagen abholen. Er wird ganz so, wie sie es wünscht.»

*

Rosina fühlte sich schläfrig. Das warme Bier mochte gegen drohendes Fieber helfen, der Klarheit des Geistes war es abträglich, vor allem bei gut gefülltem Magen. Sie bemühte sich, Tobi zuzuhören, der mit Eifer von seiner neuen Schule erzählte, allerdings weniger von den Lektionen als von dem, was in den Pausen geschah. Besonders das Fangenspiel auf dem Kirchhof zwischen den Gräbern, was seltsamerweise streng verboten war, begeisterte ihn. Am meisten das Fangen des sommersprossigen Mädchens mit den langen blonden Zöpfen, aber das sagte er nicht. Rosinas pflichtschuldige Ermahnung, was verboten sei, dürfe nicht getan werden, hatte er mit einem braven ‹Ach ja, Madam, ich will mich bessern› pariert. Rosina war zu müde und heimlich auch zu amüsiert gewesen, um mehr Strenge walten zu lassen. Morgen, hatte sie gedacht, morgen ist es früh genug für die nötige strenge Erziehung.

Pauline hatte Tobi aufgefordert, lieber zu berichten, welche seiner Pflichten im Haus er erfüllt habe. Er hatte so lange von dem Vorrat an Torf und Holz aus dem Schuppen im Hof die Treppe heraufgeschleppt, bis die Abseite neben der Küche auch im letzten Eckchen des Verschlages aufgefüllt war, er hatte das Gemüse für die Suppe geputzt und die Reitstiefel des Herrn gebürstet und poliert, bis sie glänzten wie das Kupferzeug an der Küchenwand. Nach dem Essen warteten nur noch seine Schulaufgaben. Das vergaß er zu erwähnen, dafür vergaß Pauline nichts. Sie hatte ihren ‹Spargel›, wie sie Tobi zu seinem Verdruss immer noch gern nannte, schon als ihren Schützling adoptiert und wollte für ihn das Beste. Da sie sich nur wenig aufs Lesen und noch weniger aufs Schreiben verstand (Tobi hatte großzügig erklärt, das könne er ihr leicht beibringen), blieb die Aufsicht über seine Schularbeiten Rosina und Magnus überlassen.

‹Morgen›, dachte Rosina wieder, ‹ab morgen.› Bei aller Schläfrigkeit hätte sie gerne an der Tür zum Salon gelauscht, leider wäre das allzu peinlich gewesen und ein schlechtes Beispiel für Tobias.

Nun wusste sie, wer der Fremde war, mit dem die Stuckatoren in der Kirche gesprochen hatten. Obwohl sie den Mann, der im teuren, pelzbesetzten Umhang, den Dreispitz unter dem Arm und den Degen an der Seite, vor der aufgerissenen Tür stand, wie eine Furie angestarrt haben musste, hatte der sich nur höflich verneigt und gefragt, ob dies die Wohnung von Monsieur Vinstedt sei. Da war Magnus schon neben ihr gewesen, hatte sie, die Hände auf ihren Schultern, sanft zur Seite geschoben und den Fremden gebeten einzutreten. Er hatte ihn Monsieur Struensee genannt, und Rosina hatte schlagartig begriffen, warum er ihr vorgestern vertraut erschienen war. Er war Karl August Struensee, der ältere Bruder und bis vor einem Dreivierteljahr als Justizrat am dänischen Hof vertrautester Mitarbeiter des Geheimen Kabinettsministers Johann Friedrich Struensee. Der Mann vor ihrer Tür wirkte strenger und steifer als der Struensee, den sie in Altona als Stadtphysikus gekannt hatte. Auch sonst ähnelte er seinem Bruder nicht gerade wie ein Zwilling, doch die Herkunft beider aus einer Familie war unverkennbar.

Er komme, hatte er erklärt, weil Monsieur Vinstedt gewiss verlässliche Nachricht aus Kopenhagen habe. Er sorge sich um seine Nichte, Prinzessin Louise Augusta, und hoffe, nun Besseres zu hören als in den vergangenen Monaten. Er bat um Nachsicht für seinen unangemeldeten Besuch, er wolle nicht ungelegen kommen, doch er müsse in Kürze nach Berlin zurückreisen, wo seine Gattin ihn erwarte. Leider habe der preußische König ihm den erwarteten Posten nicht gewährt, er wolle sich so schnell wie möglich auf sein Gut im Schlesischen zurückziehen und sich der Wissenschaft widmen, um alles Schreckliche hinter sich zu lassen. Deshalb sei er in Eile. Eigentlich sei er nur nach Hamburg und insbesondere nach Altona gekommen, um mit dessen alten Freunden seines unglücklichen Bruders zu gedenken.

Das war eine Menge Erklärung, hatte Rosina gedacht und war enttäuscht gewesen, als er bat, mit Magnus allein zu sprechen. Falls es Madam Vinstedt konveniere.

Es konvenierte Madam Vinstedt überhaupt nicht, bedauerlicherweise war es unmöglich, das zu sagen. So servierte Pauline den beiden Herren die Abendmahlzeit im Salon, Rosina setzte sich zu ihr und Tobi in die Küche. Magnus' diskrete, um nicht zu sagen geheime Mission schien bekannt zu sein wie die Preise für Butter und Gelbe Rüben.

Sie hatte nicht gewusst, dass Magnus den ehemaligen Justizrat kannte, sie wusste so vieles nicht. Sie kannte nicht einmal seine Familie. Die war allerdings klein. Nach dem frühen Tod seiner Eltern, die ihm ein nicht reiches, doch behagliches Erbe hinterlassen hatten, war ihm nur eine um etliche Jahre ältere Schwester geblieben. Zur Hochzeit war sie nicht gekommen. Madam Wippermann war im Kölnischen verheiratet, ausnehmend gut verheiratet, wie Magnus einmal bemerkt hatte. Die Reise sei doch recht weit, hatte sie geschrieben, zumal ihren Gatten die Gicht plage. Sie hatte Glück und Gottes Segen für die Zukunft gewünscht und ein kostbares Geschenk gesandt, eine Diana mit ihren Windhunden auf einem Sockel unter dem von zwei Säulen aus grünem Achat getragenen vergoldeten Bogen. Der war von Ranken umgeben und von einer mit Blumen gefüllten Vase gekrönt. Auch die Füße der Säulen und das Füllhorn zu Füßen der Jagdgöttin waren vergoldet, die

Blüten aus verschiedenen Achaten. Es sei eine Allegorie des Herbstes, hatte sie dazu geschrieben, der Frühling sei für diese Gelegenheit passender, doch leider nicht zu haben gewesen. Aber eine Diana schicke sich immer zu einer Vermählung, besonders eine ruhende, da die Jagd mit der Eheschließung vorbei sei. Vielleicht hatte sie Humor. Rosina war fest entschlossen zu glauben, ihr Fernbleiben liege tatsächlich an der Gicht Monsieur Wippermanns und nicht an der falschen Wahl ihres Bruders bei seiner Ehefrau.

Sie legte den Kopf auf ihre Arme und schloss die Augen. Nur für zwei Minuten. Warum, dachte sie schläfrig, hatte Henrik vorgegeben, sich nicht an ihn zu erinnern, also diesen Struensee nicht zu kennen? Er kannte ihn sicher. Hätte er sonst diesen ergebenen Kratzfuß gemacht? Wahrscheinlich sah einer, der eine Verschwörung im Schloss, den Sturz und die Hinrichtung eines verehrten Staatsmannes und die Absetzung und schmachvolle Ausweisung einer geliebten Königin erlebt hatte, noch mehr Gespenster als sie, die sich nur von ihrer Phantasie narren ließ. Wahrscheinlich ... Da war sie schon eingeschlafen.

Als Magnus sie mit einem Kuss auf ihren Nacken weckte, als er sie aufhob und in ihre Schlafkammer trug, versuchte sie sich zu erinnern, ob sie es nur geträumt hatte oder ob sie Monsieur Struensee tatsächlich gefragt hatte, ob er ihr in der Katharinenstraße nachgegangen sei. Und ob er geantwortet habe: Nein, das könne nicht sein, er habe den Weg von der Deichstraße über die Holzbrücke genommen.

Eigentlich war das jetzt einerlei, entschied sie, als Magnus ihr half, das Gewand abzulegen und mit zärtlichen Händen begann, ihr Mieder aufzuschnüren, so einerlei wie der Nebel vor der Tür.

KAPITEL 10

SONNTAG, 1. NOVEMBER, VORMITTAGS

Warum habt Ihr Karla nicht mitgebracht?», fragte Rosina. «Wir haben Eure Frau lange nicht gesehen.»

«Karla, ja. Sie muss die Monogramme in die Mundtücher für Mademoiselle Späth sticken, ein eiliger Auftrag, die Hochzeit ist schon in sechs Tagen. Auch ein ehrenvoller Auftrag», erklärte Wagner mit kaum verhohlenem Stolz, «sie wird nur völlig fehlerfreie Arbeit abliefern. Jetzt ist das Licht in unserer Wohnung am besten. Karla sagt, es geht nichts über gutes Tageslicht.»

Bis zu ihrer eigenen Hochzeit mit dem Weddemeister vor zweieinhalb Jahren war Karla nur eine junge Magd mit nicht ganz makelloser Vergangenheit gewesen. Inzwischen hatte sie ein Talent für die Weißstickerei und einen alle überraschenden Ehrgeiz gezeigt. Die diffizile Arbeit bereitete ihr Vergnügen (was Rosina nie verstehen würde!) und ergänzte Wagners schmalen Lohn.

Sicher wäre es ihm gelungen, sie zu überreden, ihre Stickerei um einige Stunden zu verschieben, er hatte es nicht versucht. Dies war kein Besuch um des Vergnügens willen, es gab ernsthafte Dinge zu besprechen, die strikter Verschwiegenheit oblagen. Karla war eine gute und redliche Seele, trotzdem musste er ihr bei aller Liebe in Dienstangelegenheiten misstrauen. In ihrer mit kindlicher Unbefangenheit gepaarten Versponnenheit plauderte sie allzu leicht aus, was niemand wissen sollte.

Gegen Magnus' Anwesenheit hatte er nichts einzuwenden. Ein Mann, den der Rat auf diskrete Missionen schickte, konnte nur hilfreich sein, auch in dieser vertrackten Angelegenheit, und Magnus war keiner, der sich in den Vordergrund drängte. Er verstand einfach zuzuhören. Jedenfalls meistens. Im Übrigen hielt Wagner es für vorteilhaft, wenn Rosinas männlicher Charakter, also klares Denken, Mut und Entschlossenheit, durch einen tatsächlich männlichen Charakter ergänzt wurde. Er war klug genug, das niemals auszusprechen.

Rosina ließ Pauline Kaffee mit Mandelmilch bringen, den Wagner besonders liebte und sich höchst selten gönnen durfte. Die Köchin hatte den Kaffee mit Zucker und einer Prise Muskat gewürzt und auch einige Stücke ihres Ingwerkuchens gebracht, der Wagner umgehend vergessen ließ, dass er gestern noch daran gedacht hatte, künftig weniger zu essen.

Dann zerrte Pauline Tobias aus dem Salon, der es höchst spannend fand, den Weddemeister einmal nicht angstvoll als bedrohliche Instanz aus der Ferne zu beobachten, sondern als freundschaftlichen Besucher im Salon sitzend.

Als sich die Tür hinter den beiden geschlossen und Wagner das erste Kuchenstück gegessen hatte, als ihm gerade noch eingefallen war, die klebrigen Finger nicht an der Hose, sondern am Mundtuch abzuwischen, begann er.

Zunächst berichtete er von seinem Besuch bei den Gamradts, was wenig Zeit in Anspruch nahm, da er so gut wie vergeblich gewesen war.

«Gamradt ist Madam van Keupen sehr dankbar», schloss er, «weil sie ihm Arbeit gegeben hat. Das sagt er und man kann es glauben, ja, das kann man. Eigentlich ist er Tischlergeselle, allerdings weiß er sich dafür erstaunlich gut auszudrücken, seine älteste Tochter auch. Ja, erstaunlich. Er war einige Jahre in Russland, da hat er seine Frau getroffen, sie war Witwe, Akulina ist Gamradts Stieftochter, zwei ihrer Geschwister auch. Oder drei? Er sieht sie alle als seine Kinder, und sie tragen seinen Namen. Das ist nur recht nach den vielen Jahren. Sonst ist es ihm dort im Nordosten nicht gut ergangen, und als er mit seiner neuen Familie zurückkam, wollte ihn hier kein Meister mehr.»

«Warum nicht?», fragte Rosina. «Ich dachte, gerade Gesellen, die weit herumgekommen sind, bieten sich die besten Chancen, weil sie Neues gelernt haben.»

«Hat er nicht. Er hatte sich als Kolonist anwerben lassen. Vielleicht erinnert Ihr Euch. Es ist schon etliche Jahre her, da sind die Leute in Scharen nach Russland ausgewandert. Die Werber der Zarin waren überall unterwegs. Wie andere auch hat Gamradt nicht gewusst, dass die russische Majestät Bauern wollte. Er hat da nicht getischlert. Jedenfalls war er froh, als er nach seiner Rückkehr Arbeit im Speicher am Cremon fand. Es gibt ja hier zu wenig Arbeit und zu viele, die ihr Leben von der Armenkasse fristen müssen oder auf einem Seelenverkäufer anheuern und dann ab auf Nimmerwiedersehen.»

Als er missmutig Akulinas Botschaft ausrichtete, lachte Rosina.

«Sie ist alles andere als dumm, das dachte ich schon. Es tut mir leid, Wagner, sie muss sofort gewusst haben, wie Ihr von dem verbrannten Arm gehört hattet. Sie nahm sicher nicht an, es seien die Joyeux' oder eine von den Frauen gewesen, mit denen sie arbeitet.»

«Vielleicht», nuschelte Magnus, den Mund noch voll Ingwerkuchen. «Womöglich hat es sich bis in diese Manufaktur herumgesprochen, wie gut Madam Vinstedt mit dem Weddemeister bekannt ist. Immerhin bist du das schon seit etlichen Jahren.»

«Womöglich», schnaufte Wagner, «ja.»

Magnus' Überlegung missfiel und leuchtete ihm doch ein. Er hatte es angenehmer gefunden, als Rosina noch so etwas wie sein verkörpertes Inkognito gewesen war.

«Trotzdem finde ich Euren Besuch bei den Gamradts nicht vergeblich», sagte Rosina. «Immerhin wisst Ihr jetzt, dass keiner von ihnen das Feuer gelegt haben kann. Jedenfalls, wenn Ihr Gamradt traut. Und zur Zeit von Madam van Keupens Tod waren Akulina und ihr Vater, also ihr Stiefvater, noch bei ihrer Arbeit. Oder zieht Ihr in Erwägung, Akulinas Mutter oder Geschwister seien mit einem Behältnis voller Glut mitten in der Nacht in das Kontor eingestiegen und hätten das Feuer gelegt?»

Auch das sei möglich, sagte Wagner, wenigstens für den Jungen, den Zwölfjährigen, könne so etwas kein Problem sein. Bei allem Abwägen halte er das aber eher für unwahrscheinlich. Überhaupt zweifele er wieder mehr, ob ein und dieselbe Person für das Feuer und den Mord verantwortlich sei.

«Wenn Madam van Keupen jemanden so in Zorn gebracht hat, dass er bei ihr Feuer legt, wird es auch einen oder mehrere andere geben, die sie genauso verabscheut haben. Oder noch stärker, nämlich bis zum Mord. Ich habe da eine Geschichte gehört, nun, wenn ich sie nicht von Madam Augusta persönlich erfahren hätte, würde ich sie sehr bezweifeln.»

«Von Madam Augusta?» Magnus blickte ungläubig. «Ihr wollt uns erzählen, sie habe Euch in der Fronerei besucht?»

«Das hat sie, ja. Allerdings erst, nachdem sie bei Euch niemanden antraf. Es soll einen Mann geben, einen ehrbaren Bürger dieser Stadt, wie sie sich ausdrückte, den Madam van Keupen davon überzeugt hat, etwas zu verheimlichen, nämlich das Erbe, das ihr verstorbener Gatte seiner Schwester hinterlassen hat, Mademoiselle Juliane. Madam

Augusta war nicht bereit, mir den Namen zu nennen, leider, das war sie nicht. Ebenso wenig, womit Madam van Keupen diesen braven Mann, nun ja, überzeugt hat. In meinem Metier nennen wir das Erpressung. Sie hat zugestanden, es habe da womöglich, vielleicht, unter Umständen etwas gegeben.»

«Was?», rief Rosina. «*Was* hat es da gegeben? Für so etwas muss er einen saftigen Grund gehabt haben.»

«Ganz Eurer Meinung, Rosina. Fragt Madam Augusta, Euch vertraut sie sicher mehr.»

«Erpressung», überlegte Rosina. «Das mag für manche wahrhaftig ein Motiv sein. Wenn sie den Namen nicht preisgibt...»

«Rede nur weiter», sagte Magnus, «wenn sie den nicht preisgibt, muss es jemand sein, der ihr nahesteht. Wolltest du das sagen? Das wäre natürlich fatal. Aber das muss es nicht heißen. Es kann sich auch um jemand handeln, von dem sie ganz sicher weiß, dass er unschuldig an diesem Tod ist.»

«Sie behauptet Letzteres», stimmte Wagner zu. «Sie sagt, die Person, die ihr das anvertraut hat – sie hat nicht einmal das Geschlecht genannt –, will nur, dass ich weiß, Madam van Keupen war keinesfalls von so edlem Charakter, wie alle denken, es möge noch andere gegeben haben, die sie hassten. Und der Mensch, um den es sich handelt, also den sie erpresst hat, ist längst tot und begraben. Zuerst wollte ich das nicht glauben, aber sie hat es, sozusagen, geschworen. Es ist in der Tat möglich. Tillmann van Keupen ist vor acht Jahren gestorben, gleich danach muss es um das Erbe gegangen sein. Acht Jahre sind eine lange Zeit, da stirbt mancher.»

«Ich verstehe es trotzdem nicht», sagte Rosina. «Jakobsen hat erzählt, sie habe ihre Schwägerin über die Maßen knappgehalten und es gebe da Gerüchte. Aber dabei ging es doch mehr darum, dass sie eine Heirat Julianes verhindert haben soll. Allerdings mit intrigantem Gerede hinter vorgehaltener Hand. So etwas passt zu Erpressung. Warum sollte sie ihr ein Erbe vorenthalten? Sie war eine sehr wohlhabende Frau.»

«Angeblich war das Handelshaus zu dem Zeitpunkt in Schwierigkeiten, sie wollte das Erbe später auszahlen.» Plötzlich schlug Wagner sich an die Stirn. «Ich Dummkopf!», rief er. «Alle gehen davon aus, die Mademoiselle habe keinen Pfennig, weil sie immer so wirkt. Ja, so wirkt sie doch. Blass, grau, fast nie ein neues Kleid. Geht kaum aus. Dabei ist sie vielleicht nur geizig oder übermäßig fromm und gönnt sich nichts. Und ist dabei gut – was sage ich? – *bestens* versorgt, weil sie dieses ominöse Erbe längst bekommen hat.»

«Bravo, Wagner!» Rosina klatschte in die Hände. «Ihr habt uns alle ertappt. Graues verwaschenes Kleid – arme Maus. Das muss herauszukriegen sein, oder? Ich habe sie übrigens gestern kennengelernt, sie war gar nicht steif. Ich fand sie recht angenehm.»

«Wo?», fragte Wagner.

«Wo ich ihr begegnet bin? In der Katharinenkirche. Es stimmt wohl, wenn Jakobsen behauptet, es habe da etwas zwischen ihr und dem Stuckator gegeben. Meister Taubner, Ihr wisst schon, der das van Keupen'sche Epitaph ausbessert.»

Sie erzählte rasch, was sie beobachtet hatte, auch vom Turm der Kirche aus. Als sie schwieg, sagte Wagner: «Aha!»

Magnus, der die Geschichte schon gehört hatte, fragte, was ‹aha› bedeute.

«Leider nur aha.» Wagner sah mit Wohlgefallen zu, wie Rosina seine Tasse nachfüllte, und fuhr fort: «Ich war nicht untätig, ich und Grabbe. Ja. Taubner war am Abend des Mordes in Wandsbek, mit seinem Gehilfen. Er hat dort Verwandte. Ich weiß es zuverlässig, leider. Grabbe hat einen Gewährsmann bei der Wache, der hat ihn aus dem Steintor gehen sehen.»

«Kann sein, er ist umgekehrt, kaum dass der Wächter sich anderen zuwandte», gab Magnus zu bedenken.

Wagner zog es vor, das zu überhören, Rosina dachte über anderes nach.

«Wenn sie ihr Erbe tatsächlich nicht bekommen und es irgendwie herausgefunden hat, muss sie mächtig zornig gewesen sein. Sicher hatte sie sich ihr Leben anders vorgestellt, als immer hinter der reichen Sibylla herzutrotten. Wisst Ihr, wo sie war?»

«Als der Mord geschah?» Wagner zuckte die Achseln. «Zu Hause. Das bezeugen ihre Köchin und ihr Mädchen.»

«Was wenig besagt. Sicher gibt es einen Hinterausgang. Unser Haus hat einen. Ich glaube es nicht», rief sie plötzlich. «Ich kann es mir nicht vorstellen. Sie ... sah einfach nicht so aus.»

Wagner tauschte grimmig einen Blick mit Magnus. Rosina verstand, was seine Miene bedeutete.

«Ihr habt ja recht, das hat auch nichts zu sagen. Da Ihr nicht untätig wart, wisst Ihr sicher, ob es andere Verdächtige gibt. Es muss welche geben. Die Stadt ist groß, und sie kannte so viele Leute.»

Wagner schüttelte bedauernd den Kopf. «Nicht wirklich. Die meisten, die wir befragt haben, waren nicht allein, jedenfalls zur Zeit des Mordes. Die Zimmerleute, die von den Klötzen auf der Empore wissen konnten, waren alle beim Bau dieser fremdländischen Maschinen für die Turmbegradigung in der Zimmerei. Monsieur Sonnins Gehilfe auch, ja, und er selbst, der Baumeister», Wagner hüstelte verlegen, «der war in seiner Baustube, mit zwei verlässlichen Zeugen.»

«Ihr habt tatsächlich Baumeister Sonnin verdächtigt», stellte Rosina fest.

«Mein Amt fordert, jeden zu verdächtigen», knurrte Wagner, «mein Amt und meine Erfahrung, ja. Es hatte in der Vergangenheit Missstimmungen zwischen ihm und der Madam gegeben. Das muss überprüft sein. Die Speicherarbeiter», fuhr er rasch fort, bevor Rosina nach diesen Missstimmungen fragen konnte, die er selbst für wenig bedeutend hielt, «und die Leute in ihrem Haus kommen auch nicht in Frage. Für den Mord. Für das Feuer – nun ja, da kann mancher nachts herumgeschlichen sein, auch wenn alle das Gegenteil behaupten. Es gibt keine Zeugen für nächtliche Ausflüge. Wir haben sogar die Nachtwächter für dieses Quartier befragt. Nichts, leider.»

Bergstedt allerdings, der Schreiber, sei zur Zeit des Mordes auf dem Heimweg gewesen. Jemand habe ihn gesehen, wobei die Leute viel sähen, was nicht stimme, und manchmal sähen sie das, wofür sie bezahlt würden.

«Ja. Und Wessing, der ältere der beiden Handelslehrlinge, hat sie auf dem Rückweg von einem Botengang sogar in der Kirche beobachtet, als sie gerade hineingegangen war. Ganz kurz. Er hat sie, nun ja, sagen wir: verehrt. Dann ist er schnell zurückgerannt, sagt er, in den Cremon. Er hatte irgendwelche private Post zu lesen. Das ist dünn und nah dran, ich habe ihn trotzdem gestrichen. Sie wollte die Gebühren für Professor Büschs Handlungs-Academie bezahlen, die er nach der Lehrzeit besuchen will. Jetzt fürchtet er die größten Nachteile von ihrem Tod. Ja, das tut er und mit gutem Grund. Sicher hat es andere gegeben, die sie nicht mochten oder Stärkeres, auch unter ihren Konkurrenten, aber wie soll ich die finden? Wenn jemand aus diesen Kreisen mit der Wedde zu tun bekommt, schweigen alle. Es ist die Sache mit den Krähen.»

«Krähen, aha», sagte Magnus, und Rosina erklärte: «Eine Krähe hackt der anderen kein Auge aus.»

Magnus blickte sie misstrauisch an. Ihre Stimme klang abwesend. Er kannte sie gut genug, um zu fürchten, dass das nichts bedeutete, was ihm gefiel.

«Du brütest etwas aus, Rosina. Sag uns, was.»

«Überhaupt nicht.» Sie blickte ihn strahlend an. «Ich habe nur auf die Stundenglocke gelauscht. Wenn wir nicht zu spät in der Kirche sein wollen, wird es höchste Zeit. Der Gottesdienst beginnt um Punkt halb eins. Ausnahmsweise predigt Pastor Goeze heute auch im Mittagsgottesdienst, und er ist nie zu spät. Denkst du, es ist kalt genug für meinen wunderbaren Pelz?»

Magnus glaubte ihr ebenso wenig wie Wagner. Beide wussten, es war völlig zwecklos weiterzufragen.

*

Die Predigt war lang. An diesem 20. Sonntag nach Trinitatis ging es um die ersten vierzehn Verse aus dem zweiundzwanzigsten Kapitel des Matthäus-Evangeliums. Ein Text, der seit langer Zeit Anlass war, Andersgläubige und Abweichler von der reinen Lehre zu verfolgen, zu strafen, auch zu vernichten. Ein Text, dessen Auslegung die versammelten Gläubigen streng ermahnte, nicht vom Wege abzukommen, sich den Einflüsterungen des Teufels zu verweigern. Bei dieser Gelegenheit erinnerte der Hauptpastor auch daran, wie schwer es sein könne, Gut oder Böse zu erkennen, die Instandhaltung der Häuser Gottes – auch und gerade der Türme – gehöre niemals zum Bösen, selbst wenn sie mit Methoden geschehe, denen viele misstrauten.

Sosehr Rosina sich bemühte zuzuhören, schweiften ihre Gedanken immer wieder ab. Vielleicht lag es an dem Gerüst an der Säule, Taubner und seinen Gehilfen hatte sie unter den Gläubigen, die die Bänke der großen Katharinenkirche füllten, nicht entdecken können. Dänemark ging ihr durch den Kopf, Kopenhagen. Louise Augusta, die Tochter Caroline Mathildes und Johann Friedrich Struensees. Ein Kind, ein Säugling noch, das man aus dynastischen Interessen seiner Mutter geraubt hatte. Geraubt? War das der richtige Gedanke? Die unglückliche junge Königin musste es in ihrer Verbannung so erleben.

Rosina kuschelte sich tiefer in ihren wärmenden Pelzkragen. Doch ihr Frösteln lag nicht nur an der Kälte in der Kirche.

Es hieß, die Königin sei von ihrer Schwester, der braunschweigischen Herzogin, besucht worden, das mochte ihr ein Trost gewesen sein. Die Herzogin hatte mit diesem Besuch Entschlossenheit bewiesen, sie musste zu den wenigen gehören, die nicht glaubten, Struensee und Caroline Mathilde hätten den König und den Kronprinzen vergiften wollen. Struensee, der als junger Arzt unermüdlich für den Erhalt von Leben gekämpft hatte, immer gegen die Windmühlenflügel der Dummheit und der Ignoranz, ein Giftmörder? Das war unmöglich. Aber sie hatte auch erfahren, dass Menschen zu vielem fähig waren, das niemand ihnen zugetraut hatte.

Die Macht konnte zum Gift werden. Es waren etliche Jahre vergangen, seit sie ihn gekannt hatte, gewaltige Veränderungen hatten danach sein Leben bestimmt. Wer war sie, zu entscheiden, was das in einem Menschen bewirkte? Besonders mit einem über die Maßen – über die Vernunft? – ambitionierten Menschen.

Sie hatte nicht recht gewusst wie und warum und trotzdem nach einer Verbindung zwischen den Ereignissen in Kopenhagen und dem Mord gesucht. Sibylla van Keupen hatte Verbindungen nach der dänischen Hauptstadt gehabt, das hatten viele, die ein Handelshaus von der Größe des van Keupen'schen führten. Die Anwesenheit Karl August Struensees, des Bruders und einstigen Justizrats, hätte diesen Verdacht verstärken müssen, aber so war es nicht. Etwas anderes drängte in ihrem Kopf, sie wusste nur noch nicht genau, was es war. Wahrscheinlich lag es an der Orgel, sie war heute wirklich sehr laut. Und an Hauptpastor Goezes Predigt, seine Stimme drang immer wieder in ihre Gedanken, seine Ermahnungen zu christlichem Gehorsam, seine Erinnerung an Gottes Zorn gegen die Unbotmäßigen und Sünder, gegen die Verführungen des Teufels.

Bei Sünder fiel ihr Tobias ein, sie wusste nicht recht warum. Der Junge fügte sich brav und immer vergnügt in ihren kleinen Haushalt ein, hing an Paulines Schürzenzipfel und erfüllte seine Pflichten. Hoffentlich war das nicht nur eine Strategie für den Anfang. Sie lächelte in ihren Pelz, sie würde ihn schon zur Ordnung pfeifen, wenn er über Gebühr flegelhaft wurde. Sie und Pauline. Bisher erinnerte er sie nur an die Kinder der Becker'schen Komödiantengesellschaft. Die waren nun keine Kinder mehr, doch sie würde sich immer als solche an sie erinnern. An ihre Lebendigkeit, ihre Streiche und ihre Schliche, an ihren offenen Blick in die Welt.

Vielleicht war es falsch gewesen, Wagner vorzuenthalten, was Tobias ihr kurz vor dessen Besuch erzählt hatte, vielleicht nur ein tiefverwurzelter Reflex, ein Kind vor allem, was mit Verbrechen und, ja, auch mit der Wedde zu tun hatte, zu schützen. Selbst vor Wagner, dem sie vertraute. Auf alle Fälle war es klug, zuerst selbst zu prüfen, was an der Geschichte stimmte. Es erforderte sowieso einen dieser

Besuche, die Wagner gerne ihr überließ. Weil sie so harmlos wirkte und so geschickt zu lügen verstand, wenn es die Situation erforderte. Sie bezeichnete es lieber als ‹Komödie spielen›.

Der mächtige Klang der Orgel setzte zum letzten Lied ein und holte ihre Gedanken in die Kirche zurück, als die Gemeinde zu singen begann – «Herzlich tut mich verlangen nach einem sel'gen End ...» –, stimmte auch sie mit schlechtem Gewissen ein.

«Du Sünderin», flüsterte Magnus nach der sechsten Strophe. «Du warst mit deinen Gedanken ganz und gar nicht hier.»

Bevor die Menge sich in alle Richtungen auflöste, blieben wie stets nach dem sonntäglichen Gottesdienst viele der Besucher im Kirchhof stehen. Man begrüßte Freunde, Nachbarn und Bekannte, sprach über die Predigt, tauschte den neuesten Klatsch oder Klagen über Zipperlein und ernstere Krankheiten aus. Die Damen führten ihre besten Kleider spazieren und präsentierten ihre Kinder. Magnus und Rosina begrüßten zuerst die Herrmanns' als ihre vertrautesten Freunde. Madam Augusta war leider in ihrem warmen Salon geblieben, Rosina hätte sie gerne nach der geheimnisvollen Erpressungsgeschichte gefragt. Womöglich hatte sie sich genau das vorgestellt und deshalb vorgezogen, dem Gottesdienst fernzubleiben.

Anne Herrmanns war bester Stimmung. Ihr Gesicht mit den wachen graugrünen Augen, der energischen Nase und dem für den Geschmack der Zeit zu großen Mund zeigte noch eine leichte undamenhafte Bräune, das Ergebnis arbeitsamer Stunden in ihrem geliebten Garten an der äußeren Alster. Sie bewunderte Rosinas Pelzschal, er sei so schön und kostbar, um vor Neid zu erblassen. Rosina teilte diese Meinung ohne jeden Vorbehalt, es war nicht nötig,

Magnus' Geschenk mit dem schwarzschimmernden Pelzfutter von Annes Mantelumhang zu vergleichen.

Dann hatten es alle eilig, sich zu verabschieden, vom Hafen wehte ein eisiger Wind. Madam Bocholt wickelte sich fest in ihren Mantel, blinzelte zum grauen Himmel empor und prophezeite für den Nachmittag, spätestens für die Nacht ersten Schnee. Was Madam van Witten, die gerne bis zur Unhöflichkeit ihre Gedanken preisgab, für übertrieben hielt, aber die liebe Bocholtin sei ja schon immer eine Kassandra gewesen, und Anne erschreckt erklären ließ, sie müsse noch heute in ihren Garten, die Rosenstöcke seien für so winterliches Wetter völlig ungeschützt. Beim Abschied flüsterte sie Rosina zu, sie erwarte dringend ihren Besuch. Es müsse doch inzwischen Neuigkeiten zu Madam van Keupens Tod geben, sie sterbe vor Neugier. Es gehe nicht an, dass Rosina ihre Geheimnisse nur Magnus anvertraue, fügte sie mit einem fröhlichen Zwinkern hinzu, schließlich sei ihre Freundschaft viel älter und erprobter.

Rosina lachte mit ihr und fühlte sich doch ertappt. Seit sie mit Magnus lebte, traf sie Anne tatsächlich seltener als vor ihrer Ehe. Sie nahm sich vor, das zu ändern. Sie liebte Anne nicht nur als Freundin, sie hatte ihr auch viel zu verdanken. Die vornehme Madam Herrmanns hatte aus ihrer ungewöhnlichen Freundschaft nie einen Hehl gemacht und war immer zur Stelle gewesen, wenn sie Unterstützung brauchte. Es war stets Rosina gewesen, die auf den nötigen Abstand zwischen der Gattin des Großkaufmanns und ihr, der Komödiantin, geachtet hatte.

«Lass uns noch ein Stück spazieren gehen», schlug sie Magnus vor. «Es ist kalt, aber die frische Luft wird uns guttun.»

Magnus wäre lieber ins Warme zurückgekehrt, doch er wusste zu gut, dass Rosina die Stubenhockerei unruhig machte. Sie war so lange an ihre Reisen durch das Land gewöhnt gewesen, die Enge der Stadt bedrückte sie, wenn sie nicht ab und zu kräftig ausschreiten konnte.

Nach wenigen Minuten blieb Rosina bei der Abzweigung einer Gasse stehen und bog nach kurzem Zögern ein. Es war nicht weit von ihrem Zuhause, gleichwohl konnte Magnus sich nicht erinnern, je durch sie gegangen zu sein.

Die Lembkentwiete war eng und düster, genauso sahen die meisten ihrer Häuser aus. Rosina blieb vor einem stehen, auf das Schild über der Tür zum Souterrain hatte jemand vor ziemlich langer Zeit *Zum Himmel* gemalt.

«Ich muss dort hinein», sagte sie, «nur ganz kurz.»

Magnus sah sie ungläubig an. «In diese Kaschemme? Was sollen wir da? Gegen die ist Jakobsens *Bremer Schlüssel* ein Palast.»

«Na ja», sagte Rosina, den Blick fest auf die Tür geheftet, «nicht wir, ich. Natürlich bin ich dankbar, wenn du auf mich wartest. Es dauert nur ein paar Minuten.»

«Das kommt überhaupt nicht in Frage. Du kannst nicht glauben, dass ich dich allein in ein solches Haus gehen lasse. Und warum sollte ich derweil in der Kälte herumstehen?»

Rosina unterdrückte ein Stöhnen. Sie hätte es wissen müssen. Es war dumm gewesen, zu glauben, er werde sich so einfach fügen. Er vergaß ständig, dass sie ‹solche› Häuser gewöhnt war und sich darin zu verhalten wusste. Anders als er. Das vergaß wiederum sie ständig. Der Disput war kurz und heftig. Als im zweiten Stock ein Fenster aufging und ein neugieriges Gesicht herunterschaute, gab sie nach.

«Dann komm mit», entschied sie knapp und mit gesenkter Stimme, «die halbe Gasse liegt schon auf der Lauer. Aber lass mich reden. Höre nur zu. Ich kann dir jetzt nicht mehr erklären, was ich dort will. Tobi hat mir etwas erzählt», flüsterte sie, «das ich prüfen muss. Ich erklär's dir später.»

Ohne weitere Fragen oder auch nur eine Antwort zu riskieren, öffnete sie die Tür und betrat das Gasthaus. Magnus folgte ihr auf dem Fuß. Er dachte nicht daran, ihr mehr als fünf Zoll Vorsprung zu lassen. Sein Vergleich mit Jakobsens Gasthaus stimmte. Rosina hatte auf ihren Reisen eine Menge heruntergekommene Gasthöfe gesehen, dieses Etablissement gehörte zu den übelsten. Es roch nach Schmutz und billigstem Knaster, saurem Bier und Schimmel. Der Boden sah aus, als ahne er seit Störtebekers Zeiten nicht mehr, was Wasser ist, der Spucknapf neben dem Schanktisch war bis zum Rand gefüllt. Sie hatte gedacht, gegen solche Absteigen unempfindlich zu sein, nun fühlte sie sich eines Besseren belehrt.

Die Gaststube war leer, weder an den Tischen noch hinter dem Schanktisch war jemand.

«Lass uns gehen», murmelte Magnus nahe an ihrem Ohr, «hier ist niemand.»

Sein Vorschlag war verlockend, doch da hörte sie ein Schlurfen auf der Treppe, die hinter der halbgeöffneten Tür nach oben führte, und schüttelte den Kopf. Ein Mann schob sich und seinen dicken Bauch rülpsend in die Gaststube, murmelte unwirsch etwas von der verdammten klemmenden Tür und sah seine Gäste verblüfft an. Solche hatte er hier noch nie gesehen.

Er hingegen passte gut hierher. «Seid Ihr der Wirt?», fragte Rosina und fuhr auf sein immer noch staunendes Nicken gleich fort: «Das ist gut, dann seid Ihr der, den wir brauchen. Ich bin auf der Suche nach meiner Schwester, sie wohnt bei Euch, nun ja, zumindest hat sie das. Wir hatten verabredet, uns hier zu treffen, leider sind wir einige Tage später angekommen, als wir geplant hatten. Ich bin aber sicher, dass sie bei Euch abgestiegen ist. Ich und – unser Bruder. Wir haben uns lange nicht gesehen, und nun, wenn

Ihr die Güte hättet, ihr Bescheid zu geben, dass wir da sind?»

Falsch, dachte sie, ganz falsch. Warum hatte sie während der Predigt an alles Mögliche gedacht, nur nicht daran, welches Märchen sie hier am besten erzählte? Warum hatte sie mit diesem Besuch nicht überhaupt bis morgen gewartet? Nun war es zu spät, nun musste sie weitermachen, wie sie begonnen hatte. Das Improvisieren war sie schließlich von der Bühne gewöhnt.

«Womöglich», phantasierte sie weiter, «ist sie schon abgereist. Das wäre allerdings fatal. Sie ist nicht ganz gesund, müsst Ihr wissen, ja, und manchmal, wenn sie einen schlechten Tag hat, hilft sie sich mit einem Schlückchen Branntwein. Das werdet Ihr als guter Wirt verstehen. Ist sie noch hier? Bitte, wir sind begierig, unsere Schwester zu sehen. Und in unsere Obhut zu nehmen. Sicher braucht sie die Obhut ihrer Familie.»

Der Wirt fuhr sich schniefend mit der Hand unter der Nase entlang, lehnte sich schwer gegen den Schanktisch und starrte auf Rosinas kostbaren Pelz.

«Also, nee», sagte er, «nee, wirklich nich. Ihr müsst ja blind sein, wenn Ihr glaubt, eine von Euch wohnt bei uns. Fragt im *Schwarzen Adler* oder im *Kaiserhof*. Da steigen solche Leute ab.»

Rosina schüttelte energisch den Kopf. «Nein. Sie ist hier, das weiß ich. Oder war hier. Ein, nun ja, ein Freund hat gesehen, wie sie hier aus dieser Tür kam.»

Hollmann, der Wirt, grinste. «Freunde sehn dies und das und könn sich irrn. Das weiß jeder. Wie heißt Eure Schwester denn?»

Rosina spürte Wut in sich aufsteigen. Der Blick dieses schmutzigen Menschen war bei ihrer Frage nach der vermeintlichen Schwester für einen Moment unruhig geworden, aber sie hatte nicht nachgedacht und es falsch angefangen. Jetzt half nur ein Frontalangriff. Wenn überhaupt noch etwas half.

«Wie sie heißt, tut überhaupt nichts zur Sache», erklärte sie, «wie Ihr selbst sagt, nehmen selten Frauen wie meine Schwester bei Euch Unterkunft. Aber ich will Euch nichts vormachen, ich *weiß*, dass sie hier war, und ich weiß, dass Ihr sie – krank, wie sie ist, und vielleicht ein klein *wenig* betrunken – von hier fortgebracht habt. Ihr und eine Frau, gewiss Eure Wirtin. Erinnert Ihr Euch jetzt? Ihr habt sie, ich meine unsere Schwester, zur Katharinenkirche gebracht, stimmt's?»

Der Wirt saß immer noch bewegungslos am Rand seines Schanktisches. Er rieb sich mit der rechten Hand über sein stoppeliges Kinn und bewegte steif seine fetten Schultern.

«Nee», sagte er, es klang nicht mehr ganz so sicher, «also nee, das is so 'ne Geschichte. Wenn Ihr mir was anhäng'n wollt, das geht nich, wir ham uns nix zuschulden komm' lassen. Solche sind wir nich.»

«Komm, Schwester», hörte Rosina Magnus' Stimme, er stand so nah hinter ihr, dass sie seinen Atem spürte. «Wir holen die Wache oder gehen gleich zur Wedde. Ich habe ja gewusst, dass wir hier nichts hören. Der Weddemeister versteht sich besser auf solche Angelegenheiten, wenn der hier erst mal das Unterste zuoberst kehrt, werden wir weitersehen.»

«Nee!» Das schien Hollmanns Lieblingswort zu sein, es hatte auch nur drei Buchstaben. Er schob sich schwerfällig von seinem Tisch und kam einen Schritt näher. «Nee, nee. Das is zu gar nix gut. Es is nur so, man kann ja nich je'm erzählen, was man für Gäste hat, das wolln die nich, die Gäste. Aber ich seh schon, sie war 'ne Schwester von Euch. Ja, das war 'ne traurige Geschichte. Kann schon sein, Ihr meint die junge Frau, die hier war. Se war krank, das is nie gut für 'n ehrbares Gasthaus, und dann wollte se unbedingt beten, und meine Frau und ich ham se aus lauter Gutheit, ja, aus christlicher Gutheit ham wer se in de Katharinenkirche gebracht. Das is hier die nächste.»

Seine gelblichen Augen, die Tränensäcke und die dicken feuchten Lippen über dem erbärmlichen Gebiss erinnerten Rosina an den Schleim im Spucknapf. Sie hatte Angst in seinen Augen gesehen, nun wurde sein Blick listig.

«Und dann ham wer se nich mehr gesehn. Wer ham uns Sorgen gemacht, aber se is nich zurückgekomm'. Wer ham gedacht, se hat was Bessres gefunden, und ja, genau, jetzt fällt's mir ein, se hat was von 'ner Schwester gesagt, zu meiner Frau. Da ham wer gedacht, sicher hat se ihre Schwester getroffen und is mit der nach Hause. Is doch klar. Warum soll se hier wohn', wenn se was Bessres haben kann. Da wär auch noch de Rechnung, das Zimmer, wo se gewohnt hat, muss noch bezahlt wer'n. 'n nettes Zimmer, Blick auf'n Baum im Hof, das gib's nich überall, so was kost' extra.»

«Darüber ließe sich reden», sagte Magnus, er spürte Rosinas bebenden Zorn und legte ihr die Hand auf die Schulter. «Dafür müsst Ihr uns mehr erzählen. Eure Geschichte klingt ganz gut, aber Ihr werdet nicht annehmen, dass wir sie glauben.»

«Und uns das Gepäck geben», forderte Rosina. «Sie kann nicht ohne Tasche gereist sein. Als ihre Verwandten wollen wir ihr Gepäck.»

Der Wirt hob mit tragischer Miene die Schultern. «Das geht nich, hier is keins. Sie hatte nur 'ne Tasche, kein' Koffer oder 'ne Reisekiste oder so was.»

«Dann gebt uns die Tasche.»

Hollmann setzte eine betrübte Miene auf, womöglich war sie sogar echt. Die Aussicht auf einen Besuch des Weddemeisters oder der Stadtwache musste ihm bedrohlich sein. «Tät ich gern, Madam, richtig gern, was soll ich mit Sachen von Gästen. Gehörn mir ja nich, und wer weiß, was dadrin is, komm' ja viele aus Übersee. Die bringen nur Pestilenzen mit, ich könnt da Geschichten erzähln ...»

«Vielen Dank. Für heute haben wir genug Geschichten gehört. Was ist aus der Tasche geworden?»

«Weg. Die is weg. Einer hat se abgeholt. War auch 'n feiner Herr.» Hollmann feixte breit. «Auch 'n Herr Bruder. Hat er gesagt, warum sollt ich's nich glaub'n?»

«Mir ist übel», stieß Rosina hervor, als sie wieder auf der Gasse standen, «speiübel. Da haben diese Leute eine Kranke in die Kirche geschleppt, sie dort abgelegt wie einen alten Lumpen und sterben lassen.»

«Komm weg von hier.» Magnus legte fest seinen Arm um ihre Schultern und zog sie mit sich. «Es ist nicht gut, das hier zu besprechen. Lass uns noch ein Stück gehen, jetzt brauche ich auch frische Luft. Ich fürchte, wir stinken fast wie dieser Kerl und seine Kaschemme. Wer kann die Tasche abgeholt haben? Nein, bevor du darauf antwortest, will ich hören, woher du davon wusstest.»

«Ich hätte es dir eher erzählen sollen.» Rosina schritt kräftig aus, seit jeher ihr bestes Mittel gegen Zorn. «Ich hatte gar nicht vor, heute dorthin zu gehen. Als wir plötzlich vor der Lembkentwiete standen, dachte ich: warum nicht gleich?»

«Ich bin froh, dass du das dachtest. Sonst wärst du morgen allein in diese stinkende Höhle marschiert, das hätte mir noch weniger gefallen. Du musst Nachsicht mit mir haben, ich bin solche Ausflüge nicht gewöhnt.»

«Kannst du dich daran gewöhnen?»

«Ungern. Aber was bleibt mir übrig? Ich fürchte, es ist

vergeblich, darauf zu warten, dass du auf solche Eskapaden verzichtest.»

«Ziemlich vergeblich. Kannst du mich trotzdem lieben?»

Statt einer Antwort umarmte und küsste er sie, mitten auf der Straße und vor den Augen aller, die grinsend vorbeigingen oder hinter den Fenstern standen und zusahen. Oder der beiden Paare, des jungen und des alten, die just in diesem Moment in die Lembkentwiete einbogen. Die lächelten nicht, zumindest die junge Frau. Als Barbara Meinert erkannte, wer sich dort so schamlos Zärtlichkeiten hingab, presste sie die Lippen aufeinander und drehte sich, ihren Mann mit sich ziehend, um und eilte zurück. Zacharias Meinert blickte noch einmal neugierig zurück. Barbaras Eltern folgten ihnen gemächlicheren Schrittes. Monsieur Bator erklärte seiner Gattin, wer das verliebte junge Paar sei. Barbara gebärde sich allzu streng, wenn sie diese Madam Vinstedt so geringschätze, erklärte er launig, doch nahe an Marliese Bators Ohr. Wohl sei deren Vergangenheit recht turbulent gewesen, doch als Bürgerin und Freundin der Herrmanns' müsse sie nun trotz dieses in der Tat nicht ganz schicklichen Verhaltens als respektabel gelten. Die Jugend verstehe sich eben wenig auf Nachsicht.

Madam Bator nickte, obwohl sie eher die Ansichten ihrer Tochter teilte. Auch sie hatte von den Vinstedts gehört, insbesondere von Madam Vinstedt, es wunderte sie, dass ihr Mann diese Leute kannte.

«Du bist ziemlich überzeugend», sagte Rosina, als Magnus sie wieder freigab. «Es war Tobi.»

«Tobi? Was war Tobi?»

«Er hat mir erzählt, dieser blöde Wirt und eine Frau, sicher seine Madam Wirtin, hätten eine Betrunkene zur Katharinenkirche gebracht. Er hat messerscharf geschlossen, das könne nur die fremde Tote gewesen sein. Ein Mädchen in seiner Schule hat gesehen, wie die beiden diese Frau in äusserst ärmlicher Kleidung über den Kirchhof begleiteten, besser gesagt: schleppten. Dann musste sie schnell ins Schulzimmer rennen, weil der Unterricht begann. Sie hat gesagt, die Frau konnte vor Trunkenheit kaum gehen. ‹'ne echte Schnapsdrossel›, hat sie gesagt. Das Mädchen kennt den Wirt – hoffentlich ist sie nicht seine Tochter, das wäre ein zu hartes Schicksal – und hat wohl deshalb gleich an Trunkenheit gedacht. Eine andere Idee ist weder ihr noch den übrigen Kindern gekommen. Tobi ist sofort die unbekannte Tote in der Kirche eingefallen, er hat seinen Mund gehalten und nur mir davon erzählt. Heute Morgen nach dem Frühstück, als du deine Post gelesen hast. Ich musste einfach mehr herausfinden.»

«Und warum, in aller Welt, hast du es vorhin Wagner nicht erzählt? Er wird es dir übel nehmen.»

«Du wirst ihm nicht sagen, dass ich es da schon gewusst habe, oder? Du bist mein Ehemann, liebster Magnus, du musst jetzt immer auf meiner Seite sein. Natürlich hätte ich es ihm erzählen können, aber ich wollte erst genauer hören, was es damit auf sich hat. Er hätte sonst Tobi oder dieses Mädchen gezwiebelt.»

«Wusste sie noch mehr?»

«Als Tobi fragen wollte, pfiff der Lehrer die Kinder zurück ins Schulzimmer. Er hat zumindest einen Teil der Geschichte gehört, denn er hat mit streng erhobenem Zeigefinger verkündet, von Betrunkenen wolle er weder im Hof noch im Schulzimmer je wieder hören. Ziemlich weltfremd für den Lehrer einer Kirchenschule, die meisten dieser Kinder sehen doch alle Tage Betrunkene. Seltsam», überlegte sie, «Anne hat nach dem Kränzchen erzählt, Monsieur Wildt, das ist der Lehrer, sei der Ehemann von Henny Bauer. Richtig, sie heisst jetzt Wildt. Als ich Tobi für den Unterricht bei ihm angemeldet habe, ist es mir nicht eingefallen. Sie ist eine so handfeste Person, vielleicht ist Monsieur Wildt außerhalb seines Amtes ein bisschen leichtherziger.»

«Was willst du jetzt tun? Wagner muss wissen, dass die fremde Tote aus diesem Gasthaus gekommen ist.»

«Natürlich. Er wird den Wirt mit allem Grimm ausquetschen und mit Daumenschrauben drohen, bis er erfährt, wer sie war und woher sie gekommen ist. Vielleicht gibt es Angehörige, die von ihrem Tod erfahren müssen. Damit habe ich nun nichts mehr zu tun. Ich frage mich nur – wer hat ihr Gepäck abgeholt? Es gibt also jemand, der sie kannte und sich nicht gemeldet hat.»

«Da bin ich nicht so sicher. Es mag ungewöhnlich sein, wenn eine junge Frau alleine reist, aber da sie in diesem wahrhaft höllischen *Himmel* abgestiegen ist, wird sie nicht gerade aus gutem Hause gewesen sein.»

«Oder sie ist aus gutem Hause geflohen und hatte überhaupt kein Geld mehr.»

«Stimmt. Wie wir aus Erfahrung wissen, kommt auch das vor. Es würde meine Überlegung bestätigen. Ich vermute nämlich, niemand hat das Gepäck abgeholt. Der Wirt hat es gestohlen.»

Das lag tatsächlich nahe. Sie gingen schweigend, jeder mit eigenen Gedanken beschäftigt, weiter, bis sie den Oberdamm erreichten, der wegen der dort stets flanierenden Mädchen und Damen Jungfernstieg genannt wurde. Er glaubte zu wissen, wohin ihr Weg sie führen sollte, nämlich weiter zum Gänsemarkt und damit zum großen Theater in einem seiner Höfe. Auch, wenn die Schauspielertruppe in Hannover gastierte und das Theater seit Wochen geschlossen war.

Die engen Straßen hatten vor dem kalten Wind einigen Schutz gewährt, nun kam er mit ungebrochener Kraft über die zum langgezogenen See gestaute Alster gefegt. Gewöhnlich drängten sich an Sonntagen auf der breiten Straße entlang ihres südlichen Ufers Spaziergänger, Straßenverkäufer, Reiter und Kutschen. Heute eilten nur wenige, tief in ihre Umhänge verkrochene Gestalten unter den schon kahlen Linden zu wärmeren Zielen. Nicht eine Lustschute, wie die unter ihrem Segeltuchdach offenen Vergnügungsboote genannt wurden, dümpelte auf dem Wasser. Der Beginn des Winters war nicht mehr zu leugnen. Nur ein paar Schwäne und Enten schaukelten unverdrossen durch die vom Wind aufgeplusterten Wellen.

«Wenn wir über den Gänsemarkt gehen», schlug Magnus vor, «können wir am Aushang des Theaters sehen, ob die Schröder'sche Gesellschaft wieder da ist. Vielleicht geben sie vor der Adventszeit noch ein paar Vorstellungen.»

«Wenn sie wieder da sind, ganz sicher. Sie werden jede Mark für die Zeit des Spielverbots im Advent brauchen. Was hältst du davon, wenn ich unserem neuen Theaterdirektor das Stück zeige, das du mir mitgebracht hast? Diese Komödie ist wirklich gut, Magnus, ich denke, er wird sie gerne aufführen.»

«Glaubst du wirklich? Das wäre fabelhaft. Schröders Gesellschaft gehört zu den besten.»

Seine Begeisterung freute sie. Es zeugte von seinem mitfühlenden Herzen, wenn er sich so für den Erfolg eines noch unbekannten Dichters erwärmen konnte.

«Ja», wiederholte er, «das wäre fabelhaft. Wenn wir nach dem Aushang gesehen haben, essen wir bei Jakobsen eine heiße Suppe und stoßen auf das Glück der Komödie an. Ist das ein brauchbarer Vorschlag?»

«Ungemein brauchbar. Ich hatte gedacht, unser Besuch im *Himmel* hätte mir jeden Appetit verdorben, aber jetzt habe ich mächtigen Hunger.»

Aus der heißen Suppe wurde nichts. Als sie das Tor zum Malthus'schen Garten kurz vor dem Gänsemarkt passierten, hielt eine einspännige Kutsche neben ihnen, und Juliane van Keupen stieg aus.

«Madam Vinstedt», sagte sie, nickte Magnus flüchtig zu und heftete ihren Blick unsicher auf Rosina, «vielleicht erinnert Ihr Euch? Wir haben uns gestern in der Katharinenkirche getroffen. Bei Meister Taubner. Verzeiht, wenn ich Euch einfach so anspreche, es ist nicht, nun, es ist nicht unbedingt gute Sitte.» Sie lachte nervös, der schwarze Schleier, der noch schwärzere, für ihre schmalen Schultern zu breite Mantelumhang ließen sie zarter und verletzlicher erscheinen, als sie war.

«Manchmal stören gute Sitten nur», sagte Rosina. «Es ist kalt, wir sind auf dem Weg zum *Bremer Schlüssel* in der Fuhlentwiete, um uns mit einer Suppe aufzuwärmen. Mögt Ihr uns begleiten?»

Sie spürte Magnus' erstaunten Blick und ignorierte ihn. Die Begegnung war ein Geschenk ihres Glückssterns. Sie musste sich keine Schliche mehr einfallen lassen, um Juliane van Keupen zu treffen. Deren blasses Gesicht, der unsicher bittende Blick und die fest ineinander verschränkten Hände berührten Rosina. Eine Frau wie Juliane van Keupen musste einen guten, einen drängenden Grund haben, wenn sie sie an einem kalten Sonntagnachmittag auf der Straße ansprach. Und sehr allein sein.

«Womöglich kennt Ihr das Gasthaus nicht», fuhr sie auf Julianes Zögern fort, «es ist von der einfachen Art, aber der Wirt ist ein Freund, und die Suppen würden selbst Eurer Küche Ehre machen.»

«Unsere Küche, ja. Es mag bessere geben, doch ...» Mademoiselle van Keupen gab sich einen Ruck. «Es ist unverzeihlich, Euch einfach so zu überfallen. Aber nachdem ich Euch gestern getroffen hatte, fiel mir ein, Ihr könntet mir vielleicht helfen. Und die Freundlichkeit haben, es zu tun. Ich weiß, Ihr seid in diesen Dingen erfahren, wenn Ihr eine Stunde erübrigen könntet ...»

Zwei Minuten später sah Magnus unwillig der Kutsche nach, die mit Rosina und Mademoiselle van Keupen davonrollte. Sie hätte ihn wenigstens fragen können, schließlich war sie seine Ehefrau. Was hieß überhaupt ‹Frauenangelegenheit›? Rosina hatte nicht einmal gefragt, was die nervöse Mademoiselle damit gemeint hatte.

Er drückte den Dreispitz tiefer in die Stirn und ging, immer gegen den Wind, mit langen Schritten über den Gänsemarkt. Er hatte gewusst, dass er keine gewöhnliche Frau heiratete, und sich fest vorgenommen, ihrer einzigen Bedingung zu entsprechen, nämlich zu akzeptieren, dass sie auch eigene Entscheidungen traf und die Ehe nicht als die Verbindung von Herr und unmündiger Frau des Hauses verstand, sondern zweier Menschen, die bei aller Gemeinsamkeit und gegenseitiger Rücksicht eigenständig fühlen und denken. Obwohl er es für besser gehalten hatte, diese freidenkerische Auffassung seinen Freunden vorzuenthalten, klang ihm das auch jetzt noch edel und sogar vernünftig. In der täglichen Praxis war es jedoch recht unbequem. Er hatte nicht bedacht, dass auf Fühlen und Denken gewöhnlich das Handeln folgt.

Er hatte sich seine Sonntage anders vorgestellt als diesen. Wenigstens brauchte er sich nun nicht um sie zu sorgen, in Mademoiselle van Keupens Salon konnte ihr nichts geschehen. Wer immer Sibylla van Keupen getötet hatte, gerade dort würde er sicher nicht auf weitere Opfer warten.

*

Als sie den lichten Salon mit der kunstvollen Stuckdecke im van Keupen'schen Haus betrat, atmete Rosina auf. Die düstere Diele mit dem von großen Kerzen gespenstisch beleuchteten Sarg der toten Hausherrin, die unter dem schwarzverhängten Podest hervorschießende und ins Souterrain flüchtende rote Katze, das plötzliche Erscheinen der schwarzgekleideten Köchin, die sie mit ihren geröteten Augenlidern streng anblickte – all das hatte ihr das Gefühl gegeben, eine falsche Entscheidung getroffen zu haben. Die Atmosphäre des alten Hauses wirkte bedrohlich. Sie fürchtete nicht um ihre Sicherheit, daran dachte sie nicht einmal, sie fürchtete – sie wusste es nicht. Womöglich nur eine Unbequemlichkeit.

Auch hätte sie Magnus nicht einfach zurücklassen dürfen. Zumindest hätte sie die Form wahren und fragen müssen, ob es ihn sehr störe, allein weiterzugehen. Es war nur eine Floskel, er war zu höflich, um in Gegenwart Dritter die Wünsche seiner Frau abzulehnen. Aber manche Floskeln waren Brücken, sie zeigten, dass man den anderen nicht übersah. Noch etwas, worin sie sich üben musste. Und wollte. Als sie endlich eingewilligt hatte, ihn zu heiraten, hatte sie sich vorgenommen, den Weg über den schmalen Grat zwischen eigenen Wünschen und Entscheidungen und dem gemeinsamem Leben zu finden. Er war zu schmal, um nicht ab und zu von ihm abzukommen. Magnus würde das verstehen, darauf vertraute sie fest.

«Ich habe ein wenig gelogen», gestand Juliane, als sie einander gegenübersaßen. «Ich möchte Euch alleine sprechen, da fiel mir nur ein, von einer Frauensache zu reden. Eigentlich ist es ja auch eine, sie handelt von mir und meiner Schwägerin. So etwas langweilt die Herren für gewöhnlich, ich dachte», sie lächelte unsicher, «ach, ich weiß nicht genau, was ich dachte, und ich will auch nicht darüber grübeln, was Ihr von mir denken müsst. Das weiß ich dieser Tage nicht einmal selbst.»

Es sei so viel geschehen, so viel bis dahin Undenkbares. Nun habe sie einige Papiere gefunden, die sie mit jemand besprechen müsse, der über einen klaren Kopf verfüge und sich besser als sie selbst mit solchen Dingen auskenne.

Rosinas Unbehagen war verflogen, der Raum war trotz des trüben Himmels hell und freundlich, der Kachelofen verstrahlte behagliche Wärme, und die nicht mehr ganz junge Frau ihr gegenüber machte sie immer neugieriger. Alles, was sie von ihr gehört hatte, stimmte nicht mehr. Jedenfalls nicht mehr so ganz. Hatte sie gestern noch ein beinahe ärmlich wirkendes Trauergewand getragen, saß sie ihr nun in einem neuen, perfekt und nach der neuesten Mode aus mattem Taft genähten gegenüber. Ihr Ohrschmuck von silbergrauen Perlen war trotz der bescheidenen Größe kostbar, der Familienring an ihrer linken Hand schien zu schwer, doch vielleicht war es kein Zufall, dass sie gerade diese Hand so deutlich sichtbar auf den Tisch gelegt hatte.

«Ich weiß nicht, ob mir schmeichelt, was Ihr denkt, Mademoiselle», sagte Rosina. «Meine Neugier ist nicht zu leugnen, aber ich mische mich nicht gern in die Geheimnisse anderer Leute.»

«Nein? Ihr sucht doch den Menschen, der meine Schwägerin getötet hat. Ist das – kein Geheimnis anderer Leute?»

«Touché. Allerdings ist das die Art von Geheimnissen, die keines bleiben sollten.» Sie würde nicht mehr so naiv sein zu fragen, woher Mademoiselle van Keupen das wusste. Die halbe Stadt wusste es. Die Kränzchendamen mussten die Nachrichten wie Lauffeuer durch die Häuser geschickt haben. «Lasst uns nicht länger darum herumreden – was kann ich für Euch tun? Was sind das für Papiere? Oder war das auch gelogen?»

«Nein, es geht wirklich um diese Papiere, die ich nicht verstehe. Es gibt niemand sonst, dem ich sie anvertrauen könnte. Ihr mögt das bezweifeln, jeder Mensch hat eine Familie oder zuverlässige Freunde. Ich nicht, jedenfalls in diesen Tagen. Ich hole sie, es dauert nur eine Minute.»

Während Rosina ihre Schritte auf der Treppe hörte, brachte die Köchin kaltes Fleisch, nach Majoran duftende Entenpastete, saure Gürkchen und gesalzene Butter zu gekümmeltem Brot und zwei Pfirsiche. Sie legte Messer, Gabel und Mundtücher bereit, füllte die Tassen mit nach Pfefferminze duftendem Tee, knickste und verschwand.

Die Tür flog wieder auf, Juliane kam herein, eine burgunderrote Mappe in den Händen.

«Oh, Erla war schon da. Sie hat Tee gebracht, ich trinke immer Tee um diese Stunde. Wollt Ihr lieber Kaffee? Es macht keine Mühe.»

«Ich trinke gerne Tee», sagte Rosina, ungeduldig wie eine Gouvernante mit ihrem Schützling. «Allerdings muss ich essen, während Ihr mir von Euren geheimnisvollen Papieren berichtet. Sonst sterbe ich vor Hunger und kann Euch nicht mehr nützlich sein.»

Ihr leerer Magen musste sich mit einem Häppchen Pastete und einem halben Pfirsich zufriedengeben, dann vergaß sie das Essen und ließ den Tee kalt werden.

Die Mappe enthielt eine Sammlung von Bögen und Zetteln, einige eng mit Notizen von einer zierlichen Handschrift bedeckt, deren schwungvoll ausholende Unterbögen eine energische Person vermuten ließen. Andere glichen mit ihren deutlichen Buchstaben akkuraten Formularen, auf ihnen waren auch Zahlen vermerkt. Genauer gesagt Summen, zumeist von beträchtlicher Höhe.

«Schuldscheine», erklärte Rosina. «Das sind Schuldscheine. Kennt Ihr die Namen der Schuldner?»

Juliane schüttelte den Kopf. «Nein, ich habe alle gelesen und mir schon gedacht, dass es Schuldscheine sind, wenn ich auch nie zuvor welche gesehen habe. Und seht Ihr? Hier.» Sie tippte mit dem Finger auf den neben dem Datum notierten Ort der Ausstellung. «Nur einer ist aus Hamburg, die anderen sind in Lübeck, Wandsbek und Lüneburg ausgestellt, einer in Kopenhagen. Woher hatte Sibylla die? Und was wollte sie damit? Das können doch nicht ihre Schulden gewesen sein? Ihr Name steht auf keinem, überhaupt steht auf keinem der Name einer Frau.»

«Nein. Sie bezeugen keinesfalls Schulden Eurer Schwägerin. Ihr Name taucht auf keinem auf, also war sie auch nicht die Gläubigerin.»

Sie sah Juliane zweifelnd an. Konnte man in ihren Jahren so unwissend sein? So arglos? Wäre sie völlig arglos gewesen, das hieße dumm, hätte sie die Mappe in irgendeiner Truhe verstaut und vergessen. Doch Julianes Augen zeigten gespannte Erwartung. Das war nicht mehr die blasse, unsichere Frau, die sich in ihr Schicksal ergab.

«Schuldscheine», erklärte Rosina knapp, «kann man kaufen.»

«Wozu? Muss der Schuldner dann eine höhere Summe bezahlen?»

«Das kommt darauf an. Manche kaufen solche Scheine, um den Schuldner zu schützen oder zu entlasten. Dann hat er Glück gehabt. Wer als Schuldner weniger Glück hat, muss allerdings einen höheren Preis zahlen. Und mit noch weniger Glück nicht nur in Form von Geld. Wisst Ihr das wirklich nicht? Ihr müsst ziemlich weltfremd sein, wenn Ihr dies nicht versteht. Schulden können ehrenrührig sein, wenn man sie bei den falschen Leuten und aus unschicklichem Grund gemacht hat. Wer solche Schuldscheine besitzt, hat Macht.»

«Und kann die Schuldner – erpressen? Sibylla hat diese Leute erpresst?»

«Das weiß ich nicht», sagte Rosina zögernd und entschied rasch, es sei falsch, nun Madam Augustas Geschichte preiszugeben. «Vielleicht hat sie es nur vorgehabt, oder sie hat sich mit diesen Scheinen – ich weiß nicht. Gegen etwas abgesichert? Womöglich für eine spätere Gelegenheit, falls sie ein Mittel brauchte, um ihre Wünsche durchzusetzen. Es gibt viele Möglichkeiten. Lasst uns zuerst versuchen, diese Notizen zu entziffern, vielleicht finden wir dort Aufklärung. Ist das ihre Schrift?»

«Ja, auf allen Bögen, auch auf den kleinen Zetteln.» Julianes Stimme war nun fest, Rosina hätte gerne ihre Gedanken gewusst, doch ihr Gesicht verriet nichts mehr. «Zuerst dachte ich, es handele sich um Teile eines Tagebuches. Einiges kann ich nicht entziffern, aber ich denke, es sind ausschließlich Notizen über Angelegenheiten anderer Leute. Einige Namen kenne ich, und nicht nur die Namen. Ich fürchte», sie lächelte entschuldigend, «ich fürchte, Ihr auch. Eigentlich war ich gestern in der Katharinenkirche, weil ich Meister Taubner um Hilfe fragen wollte. Als ich Euch sah und Euren Namen hörte – bis dahin kannte ich Euch ja nicht, aber man hatte mir von Euch erzählt –, beschloss ich, statt seiner Eure Hilfe zu erbitten.»

«Warum mich? Ihn kennt Ihr länger. Zudem besser, wenn man glauben darf, was geredet wird.»

«Was geredet wird, ja. Es wird viel geredet.» Sie schob ihren Stuhl zurück und trat ans Fenster. «Es stimmt», sprach sie gegen die Scheibe, «es gab eine Zeit, in der ich, nein, in der *wir* uns sehr verbunden fühlten. Sibylla hat verhindert, dass mehr daraus wurde, das weiß ich inzwischen. Auch, warum.» Sie drehte sich heftig um, ihr Gesicht war bleich vor Zorn. «Ich hatte gedacht, sie gönne mir so ein Glück nicht, ich habe auch gedacht, ein Stuckator-Meister sei ihr nicht gut genug für eine van Keupen.» Sie spuckte den Namen ihrer Familie in den Raum wie eine überraschend bittere Mandel. «Nicht gut genug! Ich war so dumm. Sie muss auch andere Verbindungen verhindert haben, mit Intrigen, böser Rede, was weiß ich? Ich kann es immer noch nicht glauben. Nein, Madam, bei meiner Heirat hätte sie Tillmanns Nachlassregelung offenlegen müssen. Alle glaubten zu wissen, dass er eine gute Mitgift für mich hinterlegt hat, man hätte also Fragen gestellt. Ich habe nie widersprochen. Ich schämte mich zu sehr, weil ich immer dachte, er habe mich weniger geliebt, als er mich mit einem so winzigen Nadelgeld zurückließ. Das sollte niemand wissen. Aber das stimmt nicht. Ich habe noch eine andere Mappe gefunden, in einem Geheimfach in ihrer Schlafkammer. Glaubt mir, Madam Vinstedt, ich musste sehr gründlich danach suchen. Darin habe ich entdeckt, dass ich gar keine arme Verwandte bin. Tatsächlich hat Tillmann mir genug hinterlassen, um ein unabhängiges Leben zu führen. Bescheiden, aber unabhängig.» Sie presste die Hände auf ihre erhitzten Wangen, bis sie ruhiger fortfahren konnte. «Sibylla hat mich betrogen. Um mein Erbe und um meine Würde.»

Rosina hoffte, überrascht auszusehen. Alles, was sie gerade gehört hatte, bestätigte die Gerüchte. Und dass Juliane van Keupen einigen Grund gehabt hatte, ihre Schwägerin zu hassen. Allerdings hatte sie von dem Betrug erst nach Sibyllas Tod erfahren – wenn es der Wahrheit entsprach, was sie gerade gesagt hatte.

«Ihr habt sagt, Ihr seid gestern in die Katharinenkirche gegangen, um Meister Taubner zu sprechen, um ihn um Rat zu fragen. Ihr werdet verzeihen, wenn ich sage, dass Ihr aussaht, als wäret Ihr plötzlich von einer alltäglichen Verrichtung aufgesprungen und den ganzen Weg gerannt.»

«Genauso ist es gewesen, allerdings habe ich versucht, nicht zu sehr zu rennen.»

«Und dann habt Ihr plötzlich vorgezogen, mir zu vertrauen, einer Euch fremden Frau. Wenn Eure Verbindung einmal sehr eng war, warum habt Ihr ihm weniger vertraut?»

«Ihr wisst heikle Fragen. Nun frage ich mich tatsächlich, was ich *Euch* anvertrauen darf.» Wieder lachte sie, diesmal klang es künstlich und schrill. «Es ist alles so verwirrend. Für mich ist er immer noch – von Bedeutung. Ein kühles Wort, nicht wahr? Erspart mir innigere Vokabeln, ich bin in ihrem Gebrauch ungeübt. Ich glaube, es ergeht ihm mit mir nicht anders, aber ich glaube auch, dass er mir misstraut.»

«Er glaubt, Ihr liebt ihn nicht mehr?»

Rosina kamen innige Vokabeln leicht über die Lippen, sie war darin sehr geübt.

«Das weiß ich nicht, Obwohl ... Nein», ihre Stimme sank zu einem Flüstern herab, «nein, ich fürchte, er denkt, ich könnte schuld an Sibyllas Tod sein.»

«Weil sie für ein Ende Eurer Verbindung gesorgt hat? Das wäre nicht abwegig, nur kühn. Immerhin hat er sich verjagen lassen. Ein liebender Mensch sollte hartnäckiger sein.»

«Ich war es auch nicht. Ich konnte es nicht. Und er musste glauben, er sei nicht Sibylla, sondern *mir* zu gering.»

«Ich hoffe, inzwischen habt Ihr ihn wenigstens danach gefragt.»

«Das hätte ich nie gewagt. Er hat es mir erzählt, gestern.»

«Hat er auch gesagt, er glaube an Eure Schuld?»

«Nein, das habe ich gespürt. Etwas in seinem Verhalten,

in seinem Blick – ich kann es nicht benennen. Da war etwas, das ich mir nur so erklären kann.»

Rosina kannte sich aus mit den fatalen Missverständnissen, die beredtes Schweigen zur Folge haben. Sie dachte an eine andere Erklärung.

«Seine Vermutung, wenn er sie überhaupt hat, ist nicht völlig unvernünftig», sagte sie behutsam, «so wenig wie die Vermutung, er sei der Schuldige.»

«Nein! Das ist unmöglich. Ihr kennt ihn nicht. Er ist ein guter Mensch und immer beherrscht. Schrecklich beherrscht. Er hatte überhaupt keinen Grund, so etwas zu tun. Überhaupt keinen! Er hat für Sibylla gearbeitet, und sie hat ihn gut bezahlt, sie wurde nicht müde, seine Arbeit zu loben, und hat ihn an andere empfohlen. Und falls Ihr an mich als Grund denkt – seht mich doch an. Ich bin gewiss kein Anlass für eine solche Tat. Nicht einmal meine Mitgift. Davon weiß er auch nichts, er hält mich noch für die arme Verwandte, die wenig beachtete Stiefschwester des verstorbenen Handelsherrn.»

Dafür, dass sie diese Überlegung für unmöglich hielt, hatte sie offenbar gründlich darüber nachgedacht. Rosina fand ihre aufgeregt hervorgestoßenen Sätze trotzdem überzeugend und fühlte zugleich neues Unbehagen. Taubner und Juliane hatten gestern lange auf der Bank in der kalten Laube gesessen, sie hatten kaum über das Wetter oder die Vor- und Nachteile von Stuckmarmor geplaudert. Vielleicht war diese aufgeschreckt wirkende Frau mit dem schweren Familienring am Finger eine gute Komödiantin. Vielleicht spielten Taubner und sie ein gut eingeübtes böses Spiel, in dem sie ihr eine Rolle zugedacht hatten, die sie noch nicht verstand, ihr aber in jeder Variante missfiel.

«All das hat mit diesen Papieren nichts zu tun», entschied Juliane gegen Rosinas Überzeugung, «ich bitte

Euch, darüber zu schweigen. Jedenfalls bis diese ganze Verwirrung geklärt ist. Der Betrug am letzten Wunsch meines Bruders und mir mag Sibyllas Schande sein, es würde dem ganzen Haus van Keupen schaden. Das darf ich meinen Nichten nicht antun. Auch wenn es mir schwerfallen wird zu schweigen, sollen sie ihre Mutter in Erinnerung behalten, wie sie sie erlebt haben. Mag sein», murmelte sie, «das ist schon genug.»

«Warum habt Ihr überhaupt nach dieser Mappe gesucht? Oder nach diesen Mappen. Es sind zwei, nicht wahr?»

«Ja, sie lagen auch in zwei verschiedenen, gut verborgenen und verschlossenen Fächern. Eigentlich hatte ich nur Unterlagen über Tillmanns Nachlass gesucht. Es gab, nun, es gab einige Hinweise, die mich nach Sibyllas Tod danach suchen ließen. Erst später nach dieser.»

Sie nahm wieder Platz und legte ihre Hand auf das burgunderrote alte Leder. Sie habe sich erinnert, wie sie Sibylla am Morgen des Brandes mit der Mappe gesehen hatte. Sie habe sie mit ins Kontor genommen, als sie ganz früh direkt aus ihrer Schlafkammer heruntergekommen sei, Juliane habe angenommen, sie wolle die Mappe in die Tresorkiste legen, den sichersten Platz im Haus. So habe sie bis dahin gedacht. Dann habe sie sich auch erinnert, wie Sibylla die Mappe wieder hinaufgebracht habe, bevor sie zum Frühstück erschienen sei. Ohne die Mappe.

«Ich hatte das Gefühl, auch deren Inhalt könnte für mich wichtig sein, also habe ich wieder gesucht. Schließlich stieß ich auf das andere Fach, und darin lag sie. Zuerst dachte ich, es sind Papiere, die ihren Handel betreffen, umso mehr, als Monsieur Meinert danach gefragt und seine Hilfe angeboten hat. Er ist der Schwiegersohn und zukünftige Kompagnon der Bators, unser Haus ist ihrem durch gemeinschaftliche Geschäfte verbunden. Monsieur Bator ist auch unser Trauermann, der alles für das Begräbnis regelt und mir mit seiner Familie überhaupt in allem beisteht.»

Sibylla habe Zacharias Meinert am Tag vor ihrem Tod gebeten, bei der Übersetzung einiger Unterlagen aus dem Holländischen zu helfen, es handele sich um Papiere in einer dunkelroten Mappe.

«Gibt es andere solche Mappen im Kontor?»

«Nein, jedenfalls habe ich nie eine gesehen. Natürlich bin ich nur selten im Kontor. Wenn Bögen gebunden werden, dann zwischen Deckeln aus fester grauer oder schwarzer Pappe. Aber solche Mappen – nein, das glaube ich nicht.»

«Vielleicht könnt Ihr es herausfinden», sagte Rosina. Es war möglich, dass es eine ähnliche gab, dass Meinert eine andere gemeint oder etwas verwechselt hatte und nichts von dem wahren Inhalt wusste. Andererseits konnte Sibylla all diese Schuldscheine unmöglich selbst und allein gesammelt haben. Sie musste Helfer gehabt haben, Informanten. Ein Netz von Informanten? Womöglich von Leuten, die sie nicht nur gut bezahlt, sondern auch mit etwas in der Hand gehabt hatte.

«Ich wollte, ich hätte all das nicht gesehen», unterbrach Juliane ihre Gedanken.

«Dann wüsstet Ihr auch nicht um Euer Erbe. Das wollt Ihr gewiss nicht.»

«Nein, Ihr habt recht, das will ich nicht.»

«Monsieur Meinert hat also nach der Mappe gefragt. Ich habe keine Zeile in Holländisch entdeckt, glaubt Ihr, er kennt den Inhalt?»

«Daran habe ich noch gar nicht gedacht. Ich weiß es nicht, aber es kommt mir, verzeiht, es kommt mir abwegig vor.»

Das fand Rosina überhaupt nicht. Bis gestern war es auch abwegig gewesen zu denken, eine Madam van Keupen helfe ihrem Erfolg auf solche Weise nach. «Dann lasst uns diese Notizen weiter entziffern», sagte sie und beugte sich über den nächsten Bogen.

Die Schrift war in weiten Teilen zu unleserlich, um ihre Bedeutung ohne einiges Rätseln zu verstehen. Es gelang nicht bei jeder Zeile, doch was sie verstanden, war genug. Da waren lauter delikate Geheimnisse notiert, kleine wie große, für die ehrenwerte Bürger ihre Mitmenschen verachten, Geheimnisse, die viele von ihnen selbst verbergen mochten. Da gab es Notizen über halbwegs regelmäßige Zahlungen, die ein Syndikus des Rats an eine ledige Frau in Harburg zahlte, der Name ihres Kindes war nicht vermerkt. Da stand hinter dem Namen eines Mitglieds des Scholarchats, der hochangesehenen Schulaufsicht, eine Reihe von Daten und der Name eines Bordells auf dem Hamburger Berg, das es offiziell gar nicht gab. Neben dem Namen der jungen Ehefrau eines recht betagten Wein- und Spezereienhändlers stand der Name eines der besonders schneidigen Offiziere der Stadtgarnison, ebenfalls um einige Daten und Orte ergänzt. Bei manchen Notizen gab es nur Buchstaben, Anfangsbuchstaben von Namen, vermuteten sie.

Weiter ging es mit einem Großkaufmann und Schmuggelwaren, einem Archidiakon, der offenbar heimlich Luststücke verfasste und in Glückstadt Aufführungen einer durchreisenden Theatergesellschaft besucht hatte (einer so frivolen wie untalentierten, wie Rosina wusste), was beides für die Herrn der Pastorenschaft streng verboten war. Oder mit dem Namen eines Kleinhändlers, der bezeugte, eine Dame aus den Kreisen der Männer um die *Patriotische Gesellschaft* beim Diebstahl einer Brosche ertappt zu haben.

Rosina fühlte Ekel in sich aufsteigen. Was hatte diese ehrbare Dame von diesen Leuten erpresst? Die junge Gattin des Weinhändlers zumindest verfügte kaum über eigenes Geld. Was besaß sie, das eine Erpressung lohnte? Rosina kannte den Namen. Der Ehemann betrieb weitläufige Geschäfte, nicht nur mit Wein und Spezereien. Und er war mit einem Senator verwandt. Zweifellos wurde in seinem Haus über Senatsentscheidungen gesprochen, sicher hörte die Gattin oft zu und erfuhr dabei manches Vertrauliche, das einer Handelsfrau wie Sibylla von Nutzen sein konnte.

Das war eine schwache, aber mögliche Erklärung. Es musste eine ganze Reihe von Menschen geben, die bei ihrem Tod erlöst aufgeatmet hatten. Oder nun mit neuer Furcht darauf warteten, wer ihre Unterlagen besaß oder ihr Wissen geteilt hatte und in diesem schmutzigen Geschäft die Nachfolge antrat.

Sie schob die Bögen zur Seite und griff nach den Zetteln. Viel Ärgeres konnte nicht mehr kommen. Auf dem ersten las sie den Namen von Baumeister Sonnins Gehilfen Albert Thanning, allerdings nur den Namen, er war mit einem Fragezeichen versehen und durchgestrichen. Energisch durchgestrichen, die Feder hatte tüchtig gekleckst.

Auf dem nächsten – er wäre ihr fast aus der Hand gerutscht – standen der Name des Weddemeisters und seiner Frau. Es war säuberlich, lesbarer als das Übrige, notiert, dass Karla als verurteilte Diebin im Spinnhaus gesessen hatte, wegen geringer Schuld begnadigt und bei der Hebamme Matti (nur der Vorname war vermerkt) auf dem Hamburger Berg untergebracht worden war. Es folgte eine unleserliche Zeile und schließlich die Heirat mit dem Weddemeister. Hier gab es auch das Datum. Überflüssige Notizen, all das war in der Stadt bekannt. Die Aufregung darum hatte sich damals bald gelegt.

Auf weiteren drei Zetteln fehlten die Namen, auf dem nächsten entdeckte Rosina auch keinen, doch was sie las, ließ sie verblüfft innehalten. Es klang wie ihre eigene Geschichte. Als sie ‹Jean und H. Becker› entzifferte, die Namen ihrer einstigen Prinzipale, gab es keinen Zweifel mehr.

«Ich sagte ja, dass Ihr den einen oder die andere kennen würdet», sagte Juliane. «Sie hat aber nicht viel herausgefunden, da steht nur, was bekannt ist, nicht wahr?»

Rosina schüttelte, immer noch verblüfft, den Kopf. «Es ist unglaublich. Da steht sogar weniger als das. Wozu sollte das nützen? Alle Welt weiß inzwischen, woher ich komme und dass ich Komödiantin bin. Oder war. Dass ich hin und wieder dem Weddemeister helfe und Magnus geheiratet habe. M. V. kann nur seinen Namen meinen, und – was soll das heißen?»

«Dass Ihr mit den Herrmanns' befreundet seid, glaube ich. Und mit dem Weddemeister. Und», sie kniff die Augen zusammen und hielt den Zettel gegen das matt werdende Licht, «Struensee? Ja, es heißt J. F. Struensee. Kanntet Ihr ihn?»

Rosina nickte flüchtig. «Was ist daran interessant? Ganz Altona und halb Hamburg kannten ihn. Legt den Wisch zu den anderen, ich will ihn gar nicht sehen. Ich bin unbedeutend und auch sonst keine, die man mit irgendetwas erpressen kann.»

«Vielleicht Euer Gatte?», fragte Juliane sanft.

«Unsinn», sagte Rosina schroff und griff nach dem nächsten Zettel, aber der kleine giftige Pfeil war steckengeblieben. «Dieser ist wieder ohne Namen. Warum hat sie manchmal die Namen notiert und manchmal nicht?», überlegte sie. «Das macht keinen Sinn, oder?»

Darauf wusste auch Juliane keine Antwort.

«Hier haben wir offenbar wieder einen Herrn, der es mit der Moral nicht so genau nimmt», sagte Rosina. «Es sieht so aus, du meine Güte, es sieht tatsächlich so aus, als habe er geheiratet.»

«Das kommt vor», stellte Juliane fest und beugte sich auch über das Papierchen.

«Aber nicht, wenn er schon eine Frau hat. Oder verstehe ich diese Zeichen falsch?»

Juliane runzelte nur die Stirn. Sie verstand die Zeichen überhaupt nicht, sie war erschöpft und froh, dass nur noch ein Zettel übrig war.

«Diese beiden ineinandergemalten Kringel sind das Zeichen für eine Eheschließung», erklärte Rosina ungeduldig, «und hier, noch einmal dieses Zeichen. Hinter den ersten Kringeln steht aber nicht das Kreuz, das Zeichen für gestorben, dort steht – heißt das nicht ‹verschollen›?»

«Es könnte sein, ich kann es nicht entziffern. Aber ein Datum fehlt.»

Rosina knabberte ratlos am Mittelgelenk ihres Zeigefingers, während ihre Augen weiter über die knappen Notizen glitten.

«Ich glaube, sie hat dort keine Namen notiert, wo es für ihre eigenen Interessen nachteilig würde, falls jemand anderes diese Notizen fände.»

«Dazu war die Mappe viel zu gut versteckt.»

«Ach ja? *Ihr* habt sie gefunden. Das Datum der zweiten Eheschließung ist auch nicht notiert. Vielleicht war das nicht nötig, oder sie wusste es nicht genau.»

«Oder sie hatte es im Kopf und keine Sorge, es zu vergessen.»

«Ja», stimmte Rosina zu, «oder das. Zwischen dem ersten und zweiten Doppelringsymbol steht etwas, das wie ‹mit B› aussieht. Dahinter sind zwei Ausrufezeichen gesetzt. B und – was denkt Ihr?»

«Es könnte auch ein flüchtiges H sein, aber nein, wohl doch eher ein B. Und dann? Neue? Niwe? Nein, das ist nicht möglich.»

«Was? Was lest Ihr? Was ist nicht möglich?»

Es klopfte, die Tür öffnete sich, und anstatt zu antworten, presste Juliane die Lippen aufeinander.

«Ich bringe Kerzen, Mademoiselle», sagte Erla und stellte einen dreiarmigen Silberleuchter auf den Tisch, die Flammen der Honigwachskerzen flackerten im Luftzug. «Ihr habt kaum gegessen, schmeckt es nicht?»

«Doch», versicherte Rosina ungeduldig, «es ist ausgezeichnet. Lasst die Teller bitte noch stehen. Und danke für das Licht.»

Nach einem fragenden Blick zu Juliane, der ohne Antwort blieb, verließ die Köchin den Raum. Rosina hoffte, sie habe nicht an der Tür gelauscht, dann wurde der Inhalt der Mappe schneller bekannt, als Juliane lieb sein würde.

«Nun sagt mir, was Euch erschreckt hat. Was meint ‹Neue›? Und der Buchstabe dahinter. Ein P? Und dann ein J?»

«Was Ihr als J lest, halte ich nur für einen Strich. Aber P – ich muss mich irren, Madam Vinstedt, es kann ja vieles bedeuten.» Sie presste die zu Fäusten geschlossenen Hände gegen den Mund, endlich sprach sie weiter: «Ja, ich muss mich irren, aber ich lese nicht Neue, sondern Newskij. Und P mit dem Punkt könnte die Abkürzung von Prospekt bedeuten.»

«Newskij Prospekt?»

«Ja. Es ist die Anschrift meiner Nichte, Tine, und ihres Mannes Anatol Lassner in Sankt Petersburg. Sie haben dort ihre Wohnung, der Pastor der deutschen lutherischen Gemeinde ist einer ihrer Nachbarn. B für Bettine, sie wird nur Tine genannt, schon immer.»

«Und ihr Mann? Monsieur Lassner, kennt Ihr ihn gut?»

«Nicht sehr gut. Er stammt aus Hamburg, aber er hat schon etliche Jahre in Russland gelebt, als Tine ihn heiratete. Er ist ungemein honorig, es ist absolut unmöglich, dass dieses Geschreibsel ihn meint.»

Ihre Unruhe strafte ihre Worte Lügen. Mademoiselle van Keupen war bis in die Tiefe ihrer Seele erschreckt.

«Andererseits», sagte sie, plötzlich erleichtert aufatmend, «kann er dann nichts mit Sibyllas Tod zu tun haben. Sankt Petersburg ist weit, und er war zuletzt vor zwei Jahren hier. Damit geht es nur noch mich an, mich und Tine. Ich appelliere an Eure Verschwiegenheit, Madam Vinstedt. Tine und Monsieur Lassner werden bald hier sein, dann werde ich ihn fragen. Das verspreche ich, obwohl es mir schwerfallen wird und Euch einerlei sein kann.»

«Ich soll eine ganze Menge verschweigen, Mademoiselle. Einige der hier verzeichneten Menschen mögen Madam van Keupens Tod als Segen empfinden, das heißt, sie hatten ein Motiv für den Mord. Findet Ihr nicht, der Weddemeister sollte das wissen?»

«Aber die Notizen ohne Namen helfen ihm nicht. Davon muss er nichts wissen.» Daumen und Zeigefinger ihrer Rechten umfassten den Familienring an der linken Hand und begannen ihn rasch zu drehen, während sie heftig fortfuhr: «Und wenn es tatsächlich meine eigene Familie betreffen sollte, werde ich nicht zulassen, dass er mit seiner Schnüffelei Schaden anrichtet.»

«Das verstehe ich, aber wie soll das gehen? Der Weddemeister wird diese Papiere sehen wollen. Das muss er.»

«Das werde ich nicht erlauben. Also gut, gebt mir Zeit bis morgen, um nachzudenken. Vielleicht kann er die Namen wissen, die wir entziffern konnten. Dann mag er prüfen, ob jemand Gelegenheit hatte, zur Zeit von Sibyllas Tod in der Katharinenkirche zu sein. Er kann sie befragen, wie er mich, Bergstedt, alle in unserem Haus befragt hat. Aber diese Mappe wird er nicht bekommen. Nie.»

Rosina sah sie nachdenklich an. Vielleicht war es falsch, Juliane van Keupen zu vertrauen. Sie hatte das stärkste Motiv für den Mord an Sibylla gehabt. Daran hatte sich nichts geändert. Aber was sollte sie tun? Ihr die Mappe entreißen und mit den belastenden Papieren aus dem Haus rennen? Das war lächerlich.

«Nun gut, bis morgen. Schickt nach mir, wenn Ihr Euch entschieden habt. Ich weiß nicht, Mademoiselle, ob ich mich ärgern oder Euch Respekt zollen muss. Jedenfalls kann niemand behaupten, Ihr wäret einfältig oder es fehle Euch an Entschlossenheit.»

Juliane van Keupen hatte ihre Fassung zurückgewonnen. «Ja», sagte sie ruhig, «mir das zu unterstellen, wäre ein Fehler.»

Diesmal öffnete sich die Tür ohne vorheriges Klopfen, wieder trat Erla ein.

«Monsieur Vinstedt ist in der Diele, Mademoiselle. Er möchte Madam Vinstedt abholen. Er sagt, es ist ja längst dunkel.»

Obwohl sie gerne eine kleine Zeitspanne für sich allein mit ihren Gedanken gehabt hätte, war Rosina dankbar für Magnus' Fürsorge. Sie empfand den Abend als besonders dunkel, und sein Anblick am Fuß der Treppe, seine frohe, erwartungsvolle Miene spülten all den Schmutz weg, dem sie in den letzten Stunden in diesem kostbar ausgestatteten Salon begegnet war. Noch dankbarer war sie, als er sie nicht gleich mit Fragen bedrängte, kaum dass sich das Portal hinter ihnen geschlossen und Erla geräuschvoll den Riegel vorgeschoben hatte. Er besaß eine kostbare Gabe, die ihr fehlte: Geduld.

Ihre Wohnung empfing sie mit Dunkelheit. Pauline verbrachte ihren freien Nachmittag mit Tobias bei ihrem Sohn und dessen Familie auf dem Brook. Erst als sie in ihrem kleinen Salon saßen, einen Teller mit Schinken, kaltem Ochsenfleisch, Wilstermarschkäse und Brot vor sich, als Magnus auch Gläser und einen Krug roten Wein auf den Tisch gestellt hatte, begann Rosina zu erzählen. Nicht alles, nicht jede Einzelheit, doch das Wichtigste. Sie hatte Verschwiegenheit versprochen, aber nur gegenüber Wagner. Magnus würde alles, was er hörte, für sich behalten, selbst wenn er es als falsch erachtete. Er stellte kaum Fragen, er hörte zu und nippte hin und wieder an seinem Wein.

«Ich habe während der letzten Tage immer wieder an eine Verbindung zwischen dem Mord und den Ereignissen in Kopenhagen gedacht», schloss Rosina. «Madam van Keupen hatte enge Verbindungen dorthin, ihr Stuckator kam direkt aus Dänemark, dazu diese Gerüchte um Struensee und einige seiner Anhänger, um die Königin und die Tochter, die man ihr genommen hat. Das alles ist überaus vage und nebulös, aber es hatte sich in meinem Kopf festgesetzt. Wenn ich nun alles in Betracht ziehe, was wir wissen, sieht es anders aus. Sankt Petersburg», beantwortete sie Magnus' fragenden Blick. «Falls wir die Krakelei richtig entziffert haben und Tine mit einem Mann verheiratet ist, dessen erste Ehefrau vielleicht noch lebt ... ach, das ist zu konfus. Es klingt nur nach dem nächsten Hirngespinst.»

«Nicht unbedingt», widersprach Magnus, «es wäre eine veritable Teufelei, wenn Sibylla van Keupen ihre Tochter mit einem solchen Mann verheiratet hat, nur weil der ihrem Handelshaus zu großen Gewinnen verhelfen konnte, aber nach allem, was du inzwischen erfahren hast, keine echte Überraschung. Und vielleicht hat sie es erst nach der Hochzeit ihrer Tochter herausgefunden. Im Übrigen bedeuten all diese Notizen noch nicht, dass sie sie genutzt hat. Dein zweifelnder Blick sagt mir, dass du das nicht glaubst, zugegeben, ich auch nicht. Du musst es Wagner sagen, Rosina. Dies ist etwas anderes als die Sache mit dem Wirt. Die fremde Tote starb nur an einem Fieber, nicht weil jemand absichtlich einen schweren Eichenklotz auf sie fallen ließ. Was hast du gerade in deinen Wein gemurmelt?»

«Taubner», sagte Rosina und hielt ihm das geleerte Glas entgegen, damit er es neu fülle. «In der Kirche hat Juliane erzählt, Taubner habe vor einigen Jahren in Sankt Petersburg gearbeitet. Im Winterpalais. Sie schien stolz darauf. Sie hat auch gesagt, dieser Lassner lebe schon lange in Sankt Petersburg. Vielleicht kennen die beiden Männer sich und hatten beide Grund, ein frühes Ende Sibylla van Keupens zu wünschen. Der eine aus Rache und verletztem Stolz, der andere, weil sie ihn in der Hand hatte.»

«Und ihren Besitz wollte, vergiss das nicht. Aber beiden konnte ihr Tod nur nutzen, wenn sie auch diese Mappe bekommen hätten.»

«Nicht beiden, Magnus, nur Lassner. Und Taubner geht es vielleicht gar nicht um Julianes Hand und liebendes Herz, sondern um Zugang zu ihrem Haus, damit er die verdammte Mappe suchen und finden kann. Womöglich bezahlt Lassner ihn gut für diesen Dienst.»

Die Tür flog auf, und mit einem Schwall winterlicher Kälte stürmte Tobias herein. Er empfand sein neues Leben als paradiesisch und war überzeugt, keines der anderen in Kost gegebenen Kinder habe so viel Glück wie er. Wahrscheinlich hatte er damit recht. Nur wenig gemächlicher folgte ihm eine überaus frohgestimmte Pauline.

Die Fortsetzung von Rosinas und Magnus' Überlegungen wurde auf morgen verschoben. ‹Im hellen Tageslicht›, dachte Rosina, ‹sieht alles anders aus. Und klarer.› Und dann kehrte hoffentlich auch der Gedanke zurück, der just, als Tobi hereinkam, hatte Gestalt annehmen und ihr noch eine Brücke zeigen wollen.

Es dämmerte schon, als sie erwachte. Sie versuchte sich an die wirren Bilder ihres Traumes zu erinnern, sie blieben wirr und wurden schnell von der Erinnerung an den vergangenen Tag verdrängt. Sie konnte nur schwer glauben, dass Juliane van Keupen, von der sie nun wusste, dass sie gewiss nicht dumm war, den Inhalt der Mappe tatsächlich nur mit ihrer Hilfe verstanden hatte. Auch ohne die Geschichte des von Sibylla erpressten Mannes, die Wagner von Madam Augusta erfahren hatte, hätte sie, Rosina, gleich begriffen, worum es ging. Und warum hatte Juliane gerade ihr diese Papiere gezeigt? Sie hatte niemanden, dem sie vertrauen konnte, und wissen wollen, als was Rosina die Notizen verstand und was sie dazu dachte. So hatte sie gesagt.

Aber zu welchem Zweck? Damit sie es Wagner berichte? Ein Weddemeister wurde ungern ins Haus gebeten, erst recht, um eine mögliche Familienschande zu begutachten. Sicher war es für Juliane angenehmer, es zunächst anstatt einer Amtsperson einer Frau anzuvertrauen, selbst wenn sie die so gut wie gar nicht kannte. Einer Vermittlerin. Wagner kannte sie noch weniger, wahrscheinlich überhaupt nicht. Und nun wollte sie überhaupt nicht, dass Wagner davon erfuhr. Passte das zusammen?

Lassner und Taubner? Das war eine Möglichkeit. Lassner lebte in Sankt Petersburg, Taubner hatte dort gearbeitet. Das war allerdings einige Jahre her, aber hatte Mademoiselle van Keupen nicht gesagt, der Mann ihrer Nichte habe schon vor der Heirat lange an der Newa gelebt? Und wie hatte Madam Augusta während des Kränzchens gesagt? Die Männer sehen mit ihren Perücken alle gleich aus.

Das stimmte nicht ganz, aber im dämmerigen Licht, unter dem stets schwarzen Dreispitz, im langen schwarzen Mantelumhang – da waren sie bei ähnlicher Statur leicht zu verwechseln. Vielleicht war der Mann, den sie bei Taubner und Henrik in der Kirche gesehen hatte, gar nicht Karl August Struensee gewesen, sondern Lassner. Sibylla van Keupens Schwiegersohn, der heimlich von Sankt Petersburg nach Hamburg gereist war, um sie – zu töten? Dabei war sie sich so sicher gewesen, in Karl Struensee den Mann aus der Kirche wiedererkannt zu haben. Nun sah sie wirklich Gespenster. Wie sollte das heimlich gehen? Zumindest Tine, seine Frau und Sibyllas ältere Tochter, musste wissen, wo er war. Andererseits – so eine Spökenkiekerei! Im Übrigen würde sich zumindest das spätestens klären, sobald Tine in Hamburg eintraf. Wenn sie ohne ihren Mann kam, konnte die Frage erneut gestellt werden. Und aus triftigerem Grund.

Sie lauschte auf Magnus' ruhige Atemzüge und fühlte den Schlaf zurückkehren. Doch plötzlich setzte sie sich mit einem Ruck auf. *Juliane van Keupen* und Taubner. Beide hatten einen gemeinsamen Grund gehabt. Die ganze Veranstaltung mit den Notizen und dem angeblichen gegenseitigen Verdacht hatte nur eine Finte sein sollen, um sie zu verwirren und auf falsche Spuren zu locken. Vielfältige breite Spuren. Und dann war dabei leider die Notiz über Lassner aufgetaucht, den Mann ihrer Nichte – falls sie ihn tatsächlich betraf, es war bisher nicht mehr als eine Vermutung –, und plötzlich war wieder ihre Familie im Mittelpunkt. Das hatte sie weder erwartet noch gewünscht, eine so gute Komödiantin konnte sie nicht sein.

Rosina ließ sich in die Kissen zurückgleiten und schmiegte sich an Magnus' warmen Körper. Sie war einfach zu misstrauisch. Juliane van Keupen hatte eine schwere

Zeit, sie stand plötzlich allein, zudem mit der Gewissheit, um Glück und Besitz betrogen worden zu sein. Bis ihre Nichten und deren Ehemänner eintrafen, und wenn sie nicht einmal Taubner traute, dem Mann, dem augenscheinlich ihr Herz gehörte, war sie tatsächlich sehr allein.

Wie wäre es, wenn sie Magnus nicht mehr vertrauen könnte? Es wäre schrecklich, ein Sturz in die Verlorenheit.

Endlich holte der Schlaf sie wieder ein und löschte den letzten Gedanken. Gamradt, hatte sie gedacht, Gamradt und seine ganze Familie waren auch in Sankt Petersburg gewesen.

KAPITEL 11

MONTAG, 2. NOVEMBER

Rosina faltete den Bogen zusammen und steckte ihn in die Bibel. Dort würde er sicher sein. An die meisten Namen und die dazugehörigen Sünden in Sibylla van Keupens geheimer Mappe hatte sie sich erinnert. Falls es Wagner nicht gelang, die Bögen und Zettel zu bekommen, konnten ihre Notizen weiterhelfen. Immer noch dachte sie darüber nach, ob das ein Vertrauensbruch an Juliane van Keupen sein würde. Sie kam zu keinem Schluss. Mademoiselle van Keupen war ihr fremd, sie hatte ihr die Geheimnisse – und sie musste gewusst, zumindest geahnt haben, dass es sich um welche handelte – mehr aufgedrängt als anvertraut. So oder so, dieses Wissen um mögliche Täter und Täterinnen durfte sie nicht verschweigen. Es wäre nicht recht und zudem ein Vertrauensbruch an Wagner. Also hatte sie sich bei allem Unbehagen gegen Juliane entschieden, schweren Herzens bereit, als Verräterin zu gelten.

Sie hatte es Wagner heute sagen wollen, auch von ihrem Besuch im *Himmel*, doch er war nach Wandsbek gegangen. Er wollte Taubners Schwester befragen, hatte Grabbe ihr anvertraut, und selbst hören, ob sie den Besuch des Stuckators samt seinem Gehilfen bestätige. Grabbe hielt das für überflüssig, umso mehr, als es ein weiter Weg war und Wagner über kein Pferd verfügte, Grabbe vertraute auf seinen Gewährsmann unter den Torwachen. Immerhin habe der Weddemeister Kuno mitgenommen, dem Hund werde die Bewegung auf freiem Feld Vergnügen machen. Bis zur

Dämmerung und damit dem Toresschluss war Wagner nicht zurück gewesen. Morgen, wieder einmal musste etwas auf morgen verschoben werden.

Sie dachte auch darüber nach, warum sie sich immer wieder in eine solche Bredouille brachte – und kam auch darin zu keinem rechten Schluss. Nur zu dem unbefriedigenden, dass Bredouillen eben Teil des Lebens waren.

Sie hörte die Stimmen Paulines und Tobis aus der Küche, es klang vertraut und heimelig, doch das entsprach nicht ihrem Gefühl. Für diese beiden war sie nicht Rosina, sondern Madam Vinstedt, eine unsichtbare Mauer würde sie immer trennen, selbst wenn mit der Zeit größere Vertrautheit wuchs. Die Sehnsucht nach ihrer Komödiantenfamilie überschwemmte sie wie eine heiße Welle. Nach Helena und Jean, nach Gesine, Rudolf und ihren Kindern und nach Titus, ach ja, nach Titus, dem lieben knurrigen Hanswurst der Becker'schen Gesellschaft. Und nach Muto, dem stummen Jungen, der mit den Händen, dem ungemein lebendigen Gesicht, mit seinem ganzen Akrobatenkörper zu sprechen verstand, den sie wie einen Bruder liebte. An diesem düsteren Abend konnte sie sich nicht vorstellen, je wieder so geborgen zu sein wie bei ihnen. Warum hatte sie sich nicht in einen Komödianten oder Musiker verlieben können, in einen Mann, der mit ihr bei den Becker'schen geblieben wäre?

Sie stützte das Kinn in die Hände und starrte gegen die Fensterscheibe. Es war, wie es war. Und war sie etwa nicht glücklich mit Magnus?

Sie sollte die Vorhänge schließen, dann würde wenigstens der Wind, der in der letzten Stunde zum Sturm gewachsen war und an dem alten Haus rüttelte, nicht durch die Ritzen ins Zimmer drängen. Doch so albern es war, es erschien ihr wie Verrat an Magnus. Der war jetzt irgendwo da draußen, wahrscheinlich auf dem Weg zurück über den Hamburger Berg, der längst kein Berg mehr war – dessen Erde steckte in den Wällen der Befestigung –, sondern eine weite, fast kahle Fläche auf dem Hochufer, über die stets ein Wind pfiff.

Sie hatte es befremdlich gefunden, als er eine Stunde vor Beginn der Dämmerung verkündete, er werde nach Altona reiten. Erst auf ihre Frage hatte er knapp erklärt, Karl Struensee reise schon morgen weiter nach Berlin, er wolle ihn noch einmal sprechen. Sie hatte nicht gefragt warum, Magnus würde seine Gründe haben.

Er hatte versprochen, noch am Abend zurückzukommen, und ihren Einwand, die Tore seien dann längst geschlossen, er möge ruhig für die Nacht in Altona bleiben, mit einem Schulterzucken abgetan. Natürlich seien sie das, aber bis Mitternacht werde man gegen eine Gebühr eingelassen. Er hatte sie umarmt und versichert, das sei ihm die Heimkehr zu seiner Liebsten allemal wert. Von ihrem Schlafkammerfenster hatte sie zugesehen, wie er seinen Fuchs aus dem Stall holte und davonritt. Sie hatte gehofft, er werde ihr winken, er hatte nicht einmal heraufgesehen. Natürlich nicht, er dachte nicht daran, seine Ehefrau könnte hinter der Gardine stehen und ihn beobachten.

Sie stand auf und schloss energisch die Vorhänge. Besser, sie sperrte den Sturm aus, er provozierte nur wirre Ideen.

Aus ihren Gedanken und Phantasiebildern ließ er sich dennoch nicht vertreiben. Wenn Magnus die ständig zunehmende Stärke des Sturms erkannte, war er hoffentlich vernünftig genug, doch in Altona zu bleiben. Es war eine halbherzige Hoffnung, falls sie sich erfüllte, würde sie sich die ganze Nacht sorgen. Weil er das wusste – wusste er das wirklich? Bedachte er es? –, würde er zurückreiten. Und wenn er den Weg an den Reeperbahnen vorbei nahm, um den schlimmsten Böen auszuweichen? Die Bäume dort waren uralt, ihre Äste konnten brechen und ihn verletzen. Erschlagen. So etwas kam immer wieder vor. Oder das Pferd erschrecken und scheuen lassen. Der Fuchs war noch jung und nervös, er könnte ihn abwerfen. Bilder von gebrochenen Knochen stiegen in ihr auf, von einem im Steigbügel verfangenen Fuß, einem Körper, der von einem panischen Pferd über Stock und Stein geschleift wurde, bis...

Sie sprang auf, riss die Vitrinentür auf und griff nach der Flasche Rosmarinbranntwein, Madam Augustas Geschenk kurz nach der Hochzeit. ‹Für alle Fälle›, hatte sie gesagt. Bisher war der Branntwein wenig gebraucht worden. Ohne sich die Mühe mit einem Glas zu machen, zog sie den Stopfen heraus und nahm einen großen Schluck. Die Liebe, fand sie, als die Flüssigkeit heiß durch ihre Kehle rann, konnte anstrengend sein. Und beunruhigend.

Besonders, wenn man so dumm war, sich in nutzloser Grübelei zu verlieren. In solchen Stunden musste man sich beschäftigen, dann wurde alles leicht. Nun ja, nicht gerade leicht, aber leichter. Sie zog den samtbezogenen Kasten aus der obersten Lade der Kommode und nahm die silberne Querflöte heraus, ihre Begleiterin durch alle Wirrnisse und alle Freuden ihres Lebens. Sosehr sie sich bemühte, es kamen nur Töne heraus, keine Musik. Sie musste sich etwas anderes einfallen lassen, etwas Besseres.

*

Wie Rosina fühlte auch Juliane van Keupen in ihrem Salon große Unruhe. Sie war nicht daran gewöhnt, Entscheidungen zu treffen, die über die Belange des Haushalts hinausgingen. Das war Sibyllas Sache gewesen. Und nun? Nun war es ihre Sache. Für kurze Zeit, bis Monsieur Lassner,

Tines Mann, die Herrschaft über Haus, Kontor und Familie übernahm. Tines Mann. War er das überhaupt? Nicht, wenn stimmte, was sie und Madam Vinstedt aus Sibyllas Gekritzel herausgelesen hatten. Dann war er bei der Hochzeit nicht frei gewesen, dann existierte irgendwo eine andere Madam Lassner mit älteren Rechten. Das konnte und durfte nicht sein.

Bis gestern hatte sie von vielem gedacht, es könne nicht sein. Bis vor wenigen Tagen war ihr Leben ein ruhiger Fluss gewesen, träge, grau, dazu bestimmt, am Ende still zu versickern. Vielleicht wäre es besser, wenn alles so geblieben wäre. Das berauschende Gefühl, frei zu sein, hatte Beklommenheit Platz gemacht. Und Angst. Bis zu Sibyllas Tod hatte sie sich einsam gefühlt, nun gab es Momente, in denen sie sich nach der alles beherrschenden Sibylla sehnte, nach ihrer Lebendigkeit, ihrer Präsenz, ihren Entscheidungen. In den ersten Jahren nach Tillmanns Tod, als sie sich noch auf das Träumen verstanden hatte, hatte sie von einem selbständigen Leben geträumt, nun fürchtete sie sich und sehnte sich nach jemand anderem, der ihr sagte, was zu tun sei.

Wieder hatte sie das Klopfen überhört, das Mädchen stand in der offenen Tür.

«Mademoiselle», sagte sie, «da ist ein Bote, das heißt, er ist schon wieder weg, es war nur ein Kind. Madam Vinstedt hat den Jungen gesandt, Ihr sollt sie in Sankt Katharinen treffen, gleich. Und Ihr möchtet alleine kommen, hat der Junge ausgerichtet. Ihr wüsstet schon warum und worum es geht.»

Juliane seufzte erleichtert auf. So ganz allein war sie doch nicht. Es war eine gute Entscheidung gewesen, Madam Vinstedt einfach anzusprechen und um Hilfe zu bitten. Aber ein so spätes Treffen? Dann musste es wichtig sein, umso mehr, als sie ihren Waisenjungen als Boten durch eine solche Nacht geschickt hatte. Spät mochte es ihr nicht erscheinen, sie war Theateraufführungen gewöhnt, die dauerten stets bis in die Nacht. Im Übrigen kümmerten Konventionen eine ehemalige Komödiantin gewiss wenig.

Egal, wie spät und stürmisch es war, die Möglichkeit, den Käfig des Hauses und ihrer Gedanken zu verlassen, hinaus in den Sturm zu laufen, etwas Abenteuerliches, bis dahin Undenkbares zu tun, gab ihr plötzlich ein überschäumendes Gefühl und fegte allen Kleinmut weg – da war sie, die neue Freiheit. Niemand konnte ihr verbieten, etwas so Unvernünftiges zu tun. Niemand.

«Ihr werdet nicht gehen!», sagte Erla streng, als Juliane, so schnell es ihre Röcke zuließen, die Treppe herunterkam. «Es schickt sich nicht um diese Zeit, und draußen tobt ein Unwetter.»

«Kein Unwetter, Erla, nur ein Sturm, wie er im Herbst ganz gewöhnlich ist. Nebel wäre schlimmer. Nun gib mir schon meinen Umhang.»

«Dann komme ich mit.»

«Nein! Das geht nicht. Ich meine, du wirst noch in der Küche gebraucht, und es ist ja nicht weit. Ich verspreche, mich zu beeilen.»

«Nehmt wenigstens die Stablaterne. Ohne Licht werdet Ihr stolpern und fallen, dann kann diese leichtfertige Madam lange auf Euch warten.»

«Auch das nicht, Erla, das bisschen Licht täuscht nur die Augen. Bei diesem Wind ist die Laterne auch hinderlich und würde sowieso schnell erlöschen.»

Sie entriss Erla, die ihn nur widerwillig freigab, ihren Umhang, und während sie noch die Kapuze hochschlug, war sie schon durch das Portal verschwunden.

Der Weg schien weiter, als sie gedacht hatte. Es lag nur am Sturm, der zerrte an ihren Kleidern, einmal riss eine Bö sie fast um. Sie versuchte, den Umhang eng am Körper zu halten, er blähte sich dennoch wie ein Segel und erforderte Kampf. Niemand war auf der Straße; wenn der zunehmende, fast halbe Mond für kurze Zeit zwischen den dahinjagenden Wolken auftauchte, warf sein Leuchten gespenstisch tanzende Schatten. Als sie endlich den Kirchhof erreichte, verkündeten die Uhrglocken mit verwehten Tönen die volle Stunde. Sie wusste, auch ohne mitzuzählen, dass auf die vier dumpfen für die volle Stunde zehn kräftigere, weit hallende Schläge folgten.

In ihren Ohren rauschte noch der Sturm, ihr Atem ging rasch vom schnellen Lauf, als sie die schwere Tür einen Spaltbreit aufstemmte und hindurchschlüpfte. Nun hätte sie Erlas Laterne doch gerne gehabt. Aber ihre Augen waren längst an die Dunkelheit gewöhnt, und durch das Fenster über dem Portal umfing sie keine völlige Schwärze. Sie trat unter dem großen Bogen hindurch in das Kirchenschiff, der Mond schickte ein glimmendes, von der Färbung des Glases fast verschlucktes Leuchten durch die Chorfenster, für einen Augenblick nur, dann verlosch es in einer ziehenden Wolkenbank.

Nach einigen Schritten blieb sie stehen. «Madam Vinstedt?», rief sie und erschrak vor dem hohlen Klang ihrer Stimme. Der hohe weite Raum gab ihr das Gefühl, winzig und schutzlos zu sein. Alle Abenteuerlust war vergangen, plötzlich lauerte hinter jeder Säule, in jeder Bankreihe Gefahr. Warum war sie nur ohne nachzudenken losgerannt? An diesen schreckenvollen Ort? Und wo war Madam Vinstedt?

Da war sie wieder, die Angst. Sie klebte in ihrem Rücken, betäubte ihre Gedanken und befahl die Flucht. Umdrehen, hinauslaufen, zurück nach Hause in die warme Sicherheit – da traf ein schwerer Schlag ihren Kopf, und dann war nichts mehr. Nur schwarze Leere.

*

Rosina kämpfte mit ihrer Flöte. Es lag nicht nur an ihrer Unruhe, auch das Spiel auf einem vertrauten Instrument brauchte Übung. Sie musste fleißiger spielen, aufgeben kam nicht in Frage. Erst recht nicht in dieser Nacht. Also übte sie und hörte nicht das Klopfen an der Wohnungstür, sonst wäre sie vor Pauline dort gewesen. Es konnte niemand als Magnus sein.

Es war nicht Magnus. Es war Zacharias Meinert, der Nachricht von ihm brachte, das immerhin.

Er blinzelte Pauline kurzsichtig an, es war nicht das Wetter für sein *pince-nez*, und überbrachte seine Botschaft.

Nein, sie brauche Madam Vinstedt nicht zu holen, er werde längst zu Hause erwartet und sei in Eile, seine Gattin befinde sich nicht wohl. Er sei schon auf dem Heimweg gewesen, als er Monsieur Vinstedt getroffen habe, und wolle nur rasch die Botschaft überbringen, wie er ihn gebeten habe.

« Er erwartet seine Gattin in der Katharinenkirche. Er bittet um Nachsicht, weil er ihr den Weg zumutet, um diese Stunde und bei diesem Wetter, es sei jedoch wichtig. »

« Das will ich hoffen », knurrte Pauline, die diese Botschaft alles andere als erfreulich fand, von vernünftig oder rücksichtsvoll gar nicht erst zu reden.

« Ja », fuhr Meinert fort, « ganz sicher ist es wichtig. Richtet das Madam Vinstedt aus. Gleich. Ach, fast hätte ich es vergessen », sagte er, als er an der Treppe stand, « Ihr sollt inzwischen eine heiße Mahlzeit für seine Rückkehr anrichten, und der Weddemeister ist auch benachrichtigt und wird bald in der Kirche eintreffen. Wegen des Sturms muss sich Madam Vinstedt übrigens nicht sorgen, er lässt schon nach. Wenn meine Gattin nicht so unwohl wäre, Mamsell», scherzte er, schon die Stufen hinabsteigend, «würde ich selbst hingehen. Aus reiner Neugier.»

Paulines Angebot, Rosina zu begleiten, die Suppe könne auch Tobias bewachen, der Spargel kenne sich mit Feuer ganz gut aus, war nur halbherzig und wurde abgelehnt. Anders als Erla, die Köchin der van Keupens, nickte sie nur. Sie kannte ihre junge Madam schon gut genug, um zu wissen, dass sie eine abenteuerliche Person war und einen kurzen Weg allein selbst durch die Nacht als nichts Besonderes ansah.

Was nur halb stimmte, trotzdem hatte Rosina auf ihrem Weg nach Sankt Katharinen nur eine Sorge: Wenn sie Pech hatte, lief sie den Nachtwächtern in den Weg, die würden sie gnadenlos zurückschicken. Zum Glück hatte sie sich die Zeit genommen, rasch ihre Röcke zu lösen und abzustreifen und in Strümpfe und Kniehosen zu schlüpfen, Teile ihrer alten Kostüme, die bei den Rollenbüchern in der Kommode lagen.

Deshalb also war Magnus beim Anlass für seinen Ritt nach Altona so wortkarg gewesen. Er hatte dort einen Hinweis oder gar Aufklärung vermutet, dann hing der Mord doch mit den Geschehnissen in Kopenhagen zusammen. Oder er war überhaupt nicht nach Altona geritten, das würde seine Sorglosigkeit wegen der Torsperre erklären, sondern hatte eine eigene Spur verfolgt, hatte hier in der Stadt etwas entdeckt oder herausgefunden und wollte sie überraschen. Das fand sie auf diese Weise nicht unbedingt angenehm, aber wenigstens war er sicher zurück, kein Ast hatte ihn getroffen, kein Sturz vom Pferd ihn verletzt.

Sie hatte Glück, selbst die Nachtwächter hatten sich vor dem Sturm in Sicherheit gebracht, und die Dachpfanne, die am Ende der Katharinenstraße durch die Luft wirbelte, zerbarst einige Fuß vor ihr auf der Straße.

Auf dem Kirchhof angekommen, sah sie sich um. Bis auf zwei im neuen Hauptpastorat waren die Fenster der umstehenden Häuser dunkel. Auch die Laternen am Kirchenportal brannten nicht. Niemand war zu sehen, nicht einmal Magnus' Pferd. Sicher hatte er es an einen geschützten Platz gebracht. Nicht in den Stall, dann hätte er sie selbst geholt, anstatt Meinert zu schicken. Trotzdem bereitete ihr das Fehlen des Fuchses Unbehagen. Sie hatte sich rasch auf den Weg gemacht, glücklich, ihn heil in der Stadt zu wissen. Jetzt spürte sie etwas, das sie warnte.

«Unsinn», murmelte sie. Hier, in dieser Kirche, war ein Mord geschehen, natürlich löste das ungute Gefühle aus. Das war alles. Ihr Instinkt für Gefahr hatte sie oft gewarnt – und ebenso oft genarrt. Selbst in ihr erwachte ab und zu der Hasenfuß, sie war nicht bereit, dem nachzugeben.

Sie zog die Tür auf und durchschritt rasch die Turmhalle. Kein Magnus, kein Wagner, niemand.

‹Magnus?›, wollte sie rufen. ‹Wagner? Wo seid ihr?›

Doch da war etwas, das ihr die Kehle verschloss und jeden Muskel ihres Körpers anspannte. Ein Gefühl in ihrem Rücken, zu stark, um es einfach wegzuschieben. Ein Geräusch, schleichend und leise, ließ sie erstarren. Das konnte nicht Magnus sein, auch Wagner nicht. Sie erwarteten sie, warum sollten sie so schleichen? Auf Zehenspitzen wandte sie sich rasch nach links, zur Turmtreppe, und lauschte angestrengt. Der Sturm hatte nicht nachgelassen, wie Meinert versichert hatte, er heulte um die Kirche, sang ein jaulendes Lied auf dem geschwungenen Kupferdach, ließ die von Alter und Wetter gelockerten Platten klappern. Da bewegte sich etwas, bei den vorderen Bänken unter der Südempore. Das war nicht Magnus, Magnus war größer, Magnus war ...

Plötzlich erkannte sie, wer es war, und begriff schneller, als sie denken konnte. Sie schoss durch die Tür zur Treppe, der einzige Ausweg, tastete fieberhaft nach dem Riegel – sie hatte ihn doch gesehen, als sie mit Sonnin hinaufgestiegen war –, fand ihn, schob ihn vor und lehnte sich mit angehaltenem Atem und hämmerndem Herzen gegen das alte Holz. Er hatte sie gesehen, natürlich hatte er das, ihre helle Bluse musste geleuchtet und jeden Schimmer des Mondlichtes vervielfacht haben. Da rüttelte es schon an der Tür, ein Kalkbröckchen streifte ihre Hand, und sie wusste, wenn der Riegel nicht hielt, gab es nur einen Weg – nach oben. Und dann?

«Öffnet die Tür, Madam, ich bitte Euch. Fast hätte ich Euch nicht erkannt, in diesem Aufzug. Aber Euer Haar ist unverkennbar. Ich bin es doch, Meinert», hörte sie seine Stimme schmeichelnd durch das Holz. «Warum versteckt Ihr Euch? Es gibt doch keinen Grund zur Furcht. Ich will nur mit Euch sprechen.» Wieder rüttelte er an der Tür, noch mehr Kalkbröckchen fielen herunter. «Ich habe Euch etwas ...»

Da liefen ihre Füße schon, hetzten die ausgetretenen Stufen hinauf, stolperten, rannten die enge Wendeltreppe hinauf, weiter über die Holztreppen im Turmschaft. Nun wusste sie, was in ihrem Hinterkopf darauf gewartet hatte, überlegt und begriffen zu werden. Das J hinter dem P war *kein* einfacher Strich gewesen, nicht die Andeutung eines Ausrufezeichens, es *war* ein J. Und es stand für Java. Die ostindische Insel, auf der Zacharias Meinert gelebt hatte. War das ein absurder Schluss? Eine allzu phantasievolle Folgerung? Das war nun egal – er hatte behauptet, Magnus erwarte sie hier, aber hier wartete nicht Magnus, hier hatte er selbst auf sie gewartet, ohne Laterne, verborgen in einer dunklen Ecke. Was immer auf Java geschehen war, was hier, in dieser Stadt geschehen war, Zacharias Meinert, der freundliche, stets hilfreiche Mann, war nun verkörperte Gefahr.

Schwer atmend blieb sie im oberen Oktogon stehen. Und nun? Wohin? Hier gab es keine Türen mehr, keine Riegel. Die Schläge gegen die Tür zur Treppe drangen kaum hörbar und doch unüberhörbar herauf, wie lange mochte der Riegel noch halten? Eine Minute? Zwei?

Eine Tür gab es doch, sie führte in eine endgültige Falle, aber darin steckte sie schon jetzt, in einer Falle. Und von dort konnte sie schreien, dort trennten sie keine festverschlossenen Fenster vom Rest der Welt, irgendjemand würde sie hören.

Nun gab es keine Treppe mehr, nur noch die Leiter. Sie zitterte und schwang bei jedem Schritt. Als eine Sprosse nachgab, kurz bevor sie oben war, rutschte sie zurück, stieg weiter auf und stemmte sich endlich gegen die schwere Falltür zur ersten Laterne. Sie schwang sich mit letzter Kraft auf die Plattform, schloss die Falltür und ließ sich darauffallen.

Der Sturm tobte ungehindert zwischen den Säulen und den Zwischenräumen in der Brüstung hindurch, zerrte an ihrem Haar, ihren Kleidern, an ihrem ganzen Körper, stünde sie an der Brüstung, würde er sie fortreißen wie ein Blatt. Sie musste um Hilfe schreien, gleich, sofort, es konnten doch nicht alle schlafen, irgendjemand musste sie hören, aber ihr Atem ging zu schwer, aus ihrer Kehle kam nur ein erstickter Ton. Sie krümmte sich zusammen, ihre Hände umklammerten die eisernen Griffe der Falltür, als könnten sie sie fester nach unten drücken und schwerer machen. Er würde es nicht schaffen. Er konnte niemals die

Kraft haben, von der Leiter die mit ihrem Gewicht beschwerte Falltür aufzustoßen. Einen anderen Zugang gab es nicht. Sie saß in der Falle, aber es war eine sichere Falle. Bis jemand ihr Schreien hörte, bis er aufgab und verschwand.

Vielleicht übersah er die fehlende Sprosse in der Leiter, fiel hinab auf den Steinboden und brach sich den Hals.

Er war nicht gefallen, er war da und drückte gegen die Tür. Endlich konnte sie schreien, mit aller Kraft, und der Sturm nahm ihren Schrei, wirbelte ihn hoch über den Dächern und Straßen davon, über den Fluss, über das Land, irgendwohin, wo ihn niemand hörte.

*

Magnus fluchte. Der Ritt war ein Kampf gewesen. Irgendwo nahe den Reeperbahnen hatte ihm eine Bö seinen Dreispitz weggerissen, inzwischen auch Band und Beutel von seinem Haar gezerrt. Er hatte überlegt, bei Rosinas alten Freundinnen Matti und Lies anzuklopfen, Mattis Haus war nah, doch er wollte die beiden Frauen weder erschrecken noch wecken. Er hatte auch überlegt, für sich und sein Pferd bei der Hütte der Reeper einen Unterschlupf zu suchen und erst im Morgengrauen weiterzureiten, doch es war nicht weit, er sah schon das Tor. Sie würde sich nur sorgen, und er wollte nach Hause. Immerhin hatte der Fuchs sich brav gehalten. Selbst als ganz in seiner Nähe ein Ast herunterkrachte, hatte er sich schnell wieder beruhigen lassen.

Nun stand Magnus endlich vor dem Millerntor und hatte allen Grund zu fluchen. Es war längst noch nicht Mitternacht, doch nicht nur der Schlagbaum war heruntergelassen, auch die Zugbrücke war schon hochgezogen. Was dachten sich diese Kerle von Wächtern? Dass bei diesem

Wetter niemand so spät unterwegs sei, sie sich faul aufs Ohr legen und ihre Pflichten vergessen durften? Sosehr er gegen den Sturm anschrie, nichts rührte sich. Als er begriff, dass niemand ihn hören würde, drückte er seinem Pferd die Fersen in die Flanken.

«Weiter, Füchschen», rief er und lenkte es auf den im weiten Zickzack entlang dem Wassergraben verlaufenden Weg nach Norden, «komm weiter. So leicht lassen wir uns nicht aussperren.»

*

Er hatte eingesehen, dass er die Falltür nicht hochstemmen konnte, und aufgegeben. Bei seinem letzten, dem dritten Versuch war es ihm fast gelungen. Sie spürte ihre Finger, die noch immer die Eisengriffe der Falltür umklammert hielten, nicht mehr, auch nicht ihre Knie, die sie mit aller Kraft gegen das Holz stemmte. Sie löste eine Hand, dann die andere, drehte die steifen Handgelenke, beugte und streckte die Finger – und fühlte sich mit einem Ruck hochgestoßen und umgeworfen. Ein stechender Schmerz durchfuhr vom Ellbogen ihren Arm, sie nahm ihn kaum wahr. Sie starrte auf die sich hebende Falltür, sah sie ganz aufschwingen und auf den Boden schlagen, sah Zacharias Meinerts Gesicht auftauchen, seinen Oberkörper, sah ihn sich auf die Plattform schieben, hörte den stumpfen Knall, als die Tür sich schloss, sah sein weißes Gesicht mit dem keuchend verzerrten Mund. Sie kroch an die abgeplattete, vier Fuß breite Säule in der Brüstung und presste ihren Rücken an die Kupferplatten, doch die schützte vor dem Sturm nur ein kleines bisschen. Der ganze Turm schien zu schwanken, sein Gebälk ächzte, als müsse es dem Angriff der nächsten Bö erliegen.

«Wie dumm Ihr seid», stieß Meinert keuchend hervor, «wie schrecklich dumm. Wärt Ihr doch nicht gekommen! Nun muss ich ...»

«Nichts müsst Ihr, gar nichts. Nur wieder hinabsteigen, geht nach Hause, ich habe Euch hier nie gesehen. Es ist nichts, nur ein Irrtum. Ein böser Traum.»

Sie hörte sich reden, oder hatte sie es nur gedacht? Wehte der Wind nicht alles fort? Sie war oft in Gefahr gewesen und immer entkommen. Oder jemand hatte sie gerettet, manchmal sie selbst, gerade zur rechten Zeit. Bilder rasten durch ihren Kopf wie Blitze, es war immer gelungen, sie musste nur ruhig bleiben, ganz ruhig. Bleiben? Werden. Sie musste ruhig werden. Dann fand sich ein Weg. Und reden. Reden, reden, reden.

«Geht weg», sagte sie und hörte ihre Stimme zittern, «Eure Frau wird Euch vermissen, was wollt Ihr sagen, wo Ihr wart?»

«Meine Frau schläft. Sie fühlt sich unwohl, wie oft, und schläft allein.»

«Was immer Ihr vorhabt, geht weg. Magnus wird gleich hier sein, er wird fragen, was Ihr ...»

«Ihr lügt», seine Lippen verzogen sich zu einem hämischen Grinsen, «Vinstedt ist in Altona, er hat es mir selbst gesagt, als ich ihn am Millerntor traf. Ich sah ihn fortreiten, dann kam der Sturm – es gab keine bessere Gelegenheit. Nur ein Idiot reitet bei solchem Sturm zurück. Niemand wird kommen.»

Er kauerte sich auf den Boden, nur einen Schritt von ihr entfernt, und duckte sich gleich ihr hinter die Brüstung. Der Sturm fuhr durch die Zwischenräume, zerrte an seinem hellen Haar, plusterte es auf und gab ihm das gespenstische Aussehen einer Medusa, den Kopf voller weißlicher züngelnder Schlangen.

Warum handelte er nicht? Warum fiel er nicht gleich über sie her und tat, was er tun wollte?

Er hatte Angst, sie sah es in seinen Augen. Er hatte schon einmal getötet, aber nicht von Angesicht zu Angesicht.

«Ihr seid zu neugierig, Madam, mischt Euch in Dinge, die Euch nichts angehen, die niemand angehen, nur mich. Bedankt Euch bei Juliane, ohne sie wärt Ihr nicht hier. Eure Heimlichtuerei war ein Witz. Dienstboten hören und sehen alles. Und reden. Und die dumme Sibylla – sie dachte, sie hat mich in der Hand. Wie eine Marionette. Sie dachte, sie kann die Fäden ziehen und mich vernichten, wenn ihr der Sinn danach steht. Ich hatte einen Stein mitgebracht, auf die Empore, aber dann lagen da diese Klötze ... Hätte sie die verdammte Mappe nicht so gut versteckt, wäre niemand etwas geschehen. Niemand. Ich habe die falsche aus dem Kontor mitgenommen, eine ganz ähnliche. Da musste ich doch handeln, endgültig handeln. Sibylla ist schuld, sie hat mich zu allem gezwungen.» Schweiß rann von seiner Stirn in seine Augen, er wischte ihn wütend weg. «Und als die Laterne umfiel, als es plötzlich brannte, habe ich gedacht, nun ist es gut, alles verbrennt, das Kontor, das ganze Haus und ...»

«Eure ganze Vergangenheit?», schrie Rosina. «Die verbrennt nicht, es gibt immer jemand, der sich erinnert.»

«Nicht mehr. Sie ist doch tot. Und ihr Vater klebt wie eine Qualle in seinem Sumpf, den kümmert nichts mehr. Sie muss es gewesen sein, diese Tote hier unter der Empore. Das Wechselfieber, die gekrümmten Finger – sie war es ganz sicher. Ist das nicht ein Witz? Ein furchtbar schlechter Witz. Sie hat die lange Reise gemacht, Monat um Monat auf See, nur um hier zu sterben. An ihrem Wechselfieber. So banal.»

«Sie war Eure Frau», rief Rosina, im Triumph beinahe

die Angst vergessend, «Eure Ehefrau. J wie Java, es stimmte. Ihr habt dort gelebt und sie geheiratet. Und verlassen – für eine lohnendere Partie. Bleibt, wo Ihr seid, Meinert. Ich kratze Euch die Augen aus. Glaubt mir, ich weiß, wie das geht. Ich bin keine Dame, vergesst das nicht.»

Sie hörte sein böses Lachen nicht, sie sah es nur, aber er ließ sich wieder zurückfallen und starrte sie an. Er sah sie nicht, er sah andere Bilder.

«Sie hat mich verführt. Sie hat meine Schwäche benutzt, nur eine kleine Schwäche. Ihr wisst nicht, wie einsam man dort ist? Ich hatte wunderbare Dinge von Ostindien geglaubt, es gibt so viele Berichte – sie sind alle gelogen. Sie hatten mich fortgeschickt aus dem Kontor in Batavia, fort von allem, was ein Stückchen Europa bedeutet. Nach Nieuwe Poort, diese elende Ansammlung von Hütten, an diese morsche Mole, dahinter nichts als Sumpf und dampfendes Dickicht. Sie und ihr Vater waren dort die einzigen Europäer. Halbwegs noch Europäer. Und die Unmengen, die Myriaden von Ungeziefer», zischte er, «tierisches und menschliches. Und Chinesen, sie sind dort überall, die Chinesen, und nehmen uns unsere Geschäfte und bieten ihre Töchter an.»

«Sie war Chinesin? Eure Frau?»

Ein verächtlich-böser Blick traf sie. «Denkt Ihr, ich hätte sie dann geheiratet? Ihr Vater ist Deutscher, *war* Deutscher, wer weiß, wie man das nennen soll, was er jetzt ist. Natürlich stritt er es ab, aber ich habe später doch gemerkt, dass sie asiatisches Blut hatte. Nicht viel», versicherte er hastig, als müsse er eine Schande abwehren, «aber da kümmerte es mich schon nicht mehr. Ich hatte einen Fehler gemacht. Die Einsamkeit, es lag nur an der Einsamkeit. Man ist so schrecklich allein dort, und sie – war so tröstlich. Ihr Fleisch war so weich. Aber sie war dumm und keine Zukunft. So eine Frau mit einer solchen Familie kann keine Zukunft sein. Ich habe unsere Männer dort gesehen, viele starben am mörderischen Klima, andere soffen und hurten sich zu Tode. Oder brachten sich selbst um.»

‹Reden›, dachte Rosina, ‹ich muss nicht reden, ich muss ihn reden lassen. Magnus›, betete sie, ‹lieber gnädiger Gott, lass Magnus heimkehren und mich suchen.›

«Ich will ein gutes Leben, dafür habe ich hart gearbeitet, ich habe es verdient, versteht Ihr? Verdient. Und als das Schiff unterging, musste sie mich für tot halten, tot wie alle hundertsieben Männer, niemand hatte überlebt. Aber ich. Das war ein Zeichen. War es das etwa nicht?»

Seine Stimme war ruhiger geworden, sein Blick entschlossen. Jetzt musste sie etwas tun. Was? Reden, ihn zum Reden verführen. Was blieb sonst?

«Welches Schiff? Warum ist es untergegangen, und wieso habt Ihr überlebt?»

«Das Schiff von Batavia zurück nach Amsterdam. Ich hatte genug von den Tropen und einiges verdient. Genug für einen neuen Anfang. Sie sollte nachkommen, später, so war es verabredet, bis dahin blieb sie in Nieuwe Poort, in ihrem ekligen Sumpf. Als wir am Kap der Guten Hoffnung Station machten, habe ich die Abfahrt versäumt, stellt Euch vor. Ich hatte gedacht, es sei der Teufel, der mich zum Trinken verführt hatte. Er war es nicht, es war ein Zeichen. Am Kap der Guten Hoffnung.» Er lachte wie über einen heiteren Scherz. «Ich *sollte* frei sein. Das Schiff ging unter, schon wenige Tage nach dem Ablegen. Die Besatzung eines anderen Seglers hat es gesehen, aber man kann in den Unwettern auf See nicht helfen, sie sind die Hölle. Von dem Untergang hörte ich erst in Amsterdam. Ich hatte das nächste Schiff genommen, drei Wochen später, und als ich Holland erreichte, wartete man noch auf das andere. Es kam nie an. Ich war tot, versteht Ihr? Für sie war ich tot.»

«Nein, ich verstehe überhaupt nicht. Es war doch nur eine Frage der Zeit, irgendwann würde sie erfahren, dass Ihr wohlbehalten in Amsterdam wart.»

«Nein», schrie er, «nein! Für sie war ich tot. Tot! Das musste sein, ich hatte doch in Amsterdam Barbara getroffen. Es gab keinen anderen Weg. *Sie* war meine Zukunft. Für sie muss ich das alles tun. Sie darf nichts erfahren von diesem ganzen Schmutz, es gibt keine edlere und liebendere Frau. Sie darf nicht beschmutzt werden.»

«Ihr seid ja verrückt», schrie Rosina zornig, «sie wird alles erfahren, es ist nur eine Frage der Zeit.»

«Nein! Seid still!» Seine Stimme war ein Kreischen, er sprang auf, griff nach ihren Handgelenken und versuchte sie hochzuzerren. «Jetzt ist Schluss. Ich muss es tun, versteht Ihr das nicht? Dann ist es vorbei, dann ist Barbara in Sicherheit, und alles ist vorbei.»

«Nie! Sie ist nie in Sicherheit, so wenig wie Ihr. Ihr seid ein Totschläger, dem entkommt Ihr nicht. Und Barbara auch nicht.»

Sie versuchte verzweifelt, ihm ihre Arme zu entwinden, seine Hände hielten sie wie Schraubstöcke, sie versuchte ihn zu treten, er wich ihr aus. Er stand ganz nah vor ihr, hielt ihre Hände gegen seine Brust gepresst, und starrte sie an. In seinen Augen standen Tränen, sein Mund zitterte. Die Angst war zurückgekehrt.

Sie hatte noch eine Chance – die Zeit, noch eine Waffe – das Reden. Auch sie hatte Angst, wie nie in ihrem Leben. Ihr Geist war überwach, alles schien größer, deutlicher, lauter zu sein und narrte doch, ließ ein Klappern auf dem Kirchhof wie Hufschlag klingen, das Jaulen des Windes wie Sirenengesang.

«Bald findet es der Nächste heraus, und Juliane weiß alles. Alles! Was immer mir geschieht, man wird Euch als den Schuldigen erkennen. *Ihr* habt mich hierher bestellt, Pauline weiß das. Ihr seid dumm, Meinert. Warum flüchtet Ihr nicht? Ich weiß einen geheimen Weg durch die Wälle», log sie, ihre Worte sprudelten, «ich weiß jemand, der Euch draußen ein Pferd gibt, ohne zu fragen. Nennt nur meinen Namen, er gibt Euch, was Ihr braucht – bis England. Dort seid Ihr sicher.»

Da löste er eine Hand und schlug ihr ins Gesicht. «Ihr lügt. Es gibt keinen Ausweg mehr, keinen anderen. Es ist zu spät. Ihr würdet auch alles tun ...»

Er riss sie mit einem Ruck hoch und drängte sie mit seinem ganzen Körper gegen die Brüstung, kämpfte gegen die Kraft ihrer Arme, trat nach ihren Füßen, damit sie den Halt verlor, aber er unterschätzte die Kraft ihrer geübten Muskeln. Die Brüstung war hoch, nur ihr Kopf und ihre Schultern lehnten über dem Abgrund. Sie zwang sich, nicht hinunterzusehen, in den Sog dieses schwarzen, zweihundertfünfzig Fuß tiefen tödlichen Abgrunds. Er starrte hinunter, ein gepresster Laut drang aus seiner Kehle, ein keuchendes Schluchzen. Der Druck seiner Hände erlahmte, aber immer noch entkam sie nicht. Aber wenn er sie hinunterstoßen wollte, musste er sie anheben, ihren Körper fassen, dann musste er auch ihre Arme freigeben, auf diesen Moment, diesen winzigen Moment zwischen Leben und Tod, musste sie warten.

«Wie könnt Ihr Barbara dieser Schande aussetzen?», schrie sie in wütender Verzweiflung, «Ihr könnt sie nicht lieben, sonst würdet Ihr fliehen. Es gibt keinen anderen Ausweg. Soll sie Euch auf dem Schafott sehen?»

Jählings stolperte er zurück und stieß sie heftig zu Boden.

«Ausweg», formten seine Lippen, da begann die große Stundenglocke im Oktogon unter ihnen zu schlagen. Rosina hatte die knappen Viertel-, Halb- und Dreiviertelstundenschläge der Hämmer auf die kleineren Glocken nicht gehört. Nun füllte der weit hallende Klang der größeren dröhnend den Kopf, unausweichlich, Schlag um Schlag. Meinert presste die Hände gegen die Ohren, in seinen Augen nichts mehr als Verzweiflung. Die Glocke tat den letzten Schlag – und er sprang.

Später erinnerte sie sich nicht, den über die Brüstung stürzenden Mann gesehen zu haben, nicht an das Geräusch des Aufpralls, als er tief unten aufschlug. Sie erinnerte sich nur an ihren eigenen Schrei, an das Aufbäumen ihres Körpers, als könne sie den Mann auf der Brüstung noch halten. An ein entferntes, von einer Bö heraufgewehtes Klirren und Splittern, endlich an Magnus, der sich keuchend durch die Luke heraufschwang, sie in die Arme riss und wiegte wie ein Kind.

Er hatte beim Dammtor Einlass in die Stadt gefunden, seinen Fuchs in den Stall gebracht und versorgt. Pauline empfing ihn nicht freudig wie gewöhnlich, sondern in großer Unruhe. Es sei nicht recht, erklärte sie streng, Madam so spät, zudem bei einem solchem Höllenwetter, in die Katharinenkirche zu bestellen. Monsieur Meinert sei sicher auch der Ansicht, jedenfalls habe er so ausgesehen, als er die Botschaft ausrichtete. Ob er Madam Vinstedt denn nicht mitgebracht habe?

Da lief er schon die Treppe wieder hinunter, immer zwei Stufen auf einmal nehmend.

Er fand die Kirche versperrt, durch den schmalen Spalt, die sie sich öffnete, erkannte er den von innen vorgelegten

Balken. Alle umstehenden Häuser waren dunkel, er verlor keine Zeit mit dem Versuch, jemand zu wecken. Er rannte um die Kirche, stolperte über herabgefallene Äste, rannte weiter zur Sakristei. Von der gab es einen direkten Zugang zum Kirchenschiff, durch eine Tür, die sich leicht öffnen ließ.

Er fand einen Stein, das Glas splitterte, den Mantel um die Fäuste drückte er ein Loch in die bleigefassten Scheiben und schwang sich hindurch. Die Tür leistete geringen Widerstand, und endlich stand er im Kirchenschiff. Wo war sie? War sie einen anderen Weg gegangen, längst zu Hause in der Mattentwiete und wartete, dass er zurückkam? Seine Blicke hetzten durch die Düsternis, blieben an einem dunklen Fleck auf dem Steinboden nahe dem Durchgang zum Portal hängen. Die Tür zur Treppe stand weit offen. Er griff nach dem, was zu seinen Füßen lag, erkannte ihren Umhang und rannte weiter, Rundung um Rundung die Stufen hinauf, beim betäubenden Klang der Glockenschläge weiter über die Holztreppe und die Leiter. Und fand sie allein. Stumm, den fassungslosen Blick noch auf die Brüstung gerichtet.

«Er ist gesprungen», flüsterte sie heiser in sein Ohr, «er wollte mich hinunterstoßen und ist selbst gesprungen. Einfach gesprungen, in den Sturm wie ein Spuk.»

Sie hatte nicht hinuntergehen, nicht den zerschmetterten Körper sehen wollen. So ging er voraus, half ihr die Leiter hinab, ging behutsam Stufe um Stufe über die Treppen, ihre Hand auf seiner Schulter haltend. Unten angekommen, wickelte er sie in ihren Mantel und drückte sie auf die Bank in der Turmhalle.

«Warte hier», sagte er, «ich hole dich, wenn – wenn es so weit ist.»

Sie schüttelte den Kopf und folgte ihm. Sie hoben den

Balken von seinen Haken, Meinert musste ihn vorgelegt haben, bevor er Rosina den Turm hinauf gefolgt war.

Magnus stieß die Tür auf, stemmte sie gegen den Wind. Obwohl der nun tatsächlich schwächer geworden war, schlug eine Bö sie hart gegen das Mauerwerk.

Da lag, was von Zacharias Meinert geblieben war. Eine Frau beugte sich über ihn, beim Poltern der Tür schreckte sie hoch und starrte Rosina und Magnus voller Entsetzen an.

«Mademoiselle Juliane», schrie sie, «wo ist sie? Was habt Ihr mit ihr gemacht?»

Sie wollte sich an Rosina und Magnus vorbei in die Kirche drängen, doch Rosina hielt sie auf.

«Sie ist nicht hier, Erla. Bestimmt nicht.» Da begriff sie. «Hat jemand nach ihr geschickt? Meinert?»

«Nein», schrie Erla, «Ihr habt doch nach ihr geschickt. Ihr. Sie sollte hierherkommen. Wo ist sie?»

«Unter der Südempore», rief Rosina. Jetzt war nicht der Moment, den Irrtum aufzuklären, sie rannte zurück in die Kirche. «Meinert kam von der Südempore.»

Sie hasteten an den Bankreihen entlang, Rosina fand einen unter eine Bank an der Südmauer gestopften Umhang.

«Ihr Mantel», flüsterte Erla, «das ist ihr Mantel.»

Sie hasteten weiter entlang den anderen Bankreihen, riefen immer wieder ihren Namen, sie fanden sie nicht.

«Der Gotteskasten», sagte Magnus.

Der Deckel bewegte sich nicht, die große eisenbeschlagene Truhe für die milden Gaben war dreifach verschlossen.

«Bleibt die Sakristei», sagte Rosina.

Magnus schüttelte entschieden den Kopf. «Bestimmt nicht. Dort bin ich eingestiegen, ich hätte sie gesehen, egal wie …»

Sein Blick streifte das angstvolle Gesicht der Köchin, er drehte sich um und rannte hinauf zur Orgelempore. Keine Spur von Juliane van Keupen.

«Kommt mit», sagte Erla, «und betet, dass sie lebt.»

Vor dem Grab der van Keupens blieb sie stehen. Die Totengräber hatten schon die schwere Deckplatte gelöst, angehoben und verkantet auf das offene Grab gelegt. Der aufsteigende eklige Geruch war nahe an der Öffnung wie ein böses Omen.

Es bedurfte der Kraft aller drei, um die Platte wegzuschieben. Erla schluchzte auf, ob vor Angst oder Erleichterung – Juliane lag auch nicht in der schwarzen Höhlung.

«Ihr seid sicher, dass sie nicht wieder im Cremon ist?», fragte Magnus. «Vielleicht hat sie einen anderen Weg genommen als Ihr?»

«Nein», sagte Erla, «das kann nicht sein.»

Rosina schwieg. Sie wusste nicht, wie viel Zeit sie mit Meinert auf dem Turm verbracht hatte, doch selbst wenn Juliane zurückgegangen war, hätte sie im Cremon sein müssen, bevor Erla sich auf den Weg gemacht hatte. *Wenn* Juliane lebte und sie hätte zurückgehen können.

‹Die Laube›, dachte sie, ‹vielleicht hat sie sich hinter der Hecke verkrochen›, und rannte hinaus, vorbei an dem Toten auf den Kirchhof.

Der Sturm war nur noch ein kräftiger Wind, der Mond stand klar am Himmel, im Hasten stolperte sie über ein Brett zwischen zwei Gräbern. Magnus wollte ihr aufhelfen, sie schob seine Hand weg und zeigte auf das Grab, neben das sie gefallen war. Das Grab, das die Totengräber geleert hatten, als sie nachmittags mit dem Baumeister auf dem Turm gewesen war. Es war nur mit Brettern abgedeckt. Schlecht abgedeckt, als sei der, der es getan hatte, in großer Eile gewesen.

Magnus verstand sofort. Sie hoben die Bretter ab, und da lag sie.

«Juliane», schluchzte Erla, ließ sich zu Boden fallen, beugte sich weit hinunter in das Grab und streichelte ihr Gesicht. «Mademoisellchen, wach doch auf!»

Juliane van Keupen bewegte sich nicht.

EPILOG

IM NOVEMBER

Der Katharinenturm stürzte nicht herunter. Sein Gebälk krachte und stöhnte nur schaurig, als die Sheldon'schen Maschinen, diese baumeisterlichen Muster an Raffinesse der Einfachheit, die Turmecke anhoben. Zoll um Zoll, Eichenholz in die Lücke, Zoll um Zoll anheben, Eichenholz in die Lücke, Zoll um ...

Für das in großer Menge herbeigeströmte Publikum war das wenig aufregend, es zerstreute sich bald bis auf einige ständig wechselnde Grüppchen. Selbst der schöne, von dunstiger Novembersonne bestimmte Tag hielt sie nie lange in den Straßen um die Kirche, an den Fenstern der umliegenden Häuser oder auf den Schiffen im Hafen. Nur die Taschendiebe waren wieder mal zufrieden, sie hatten schon in kurzer Zeit gute Beute gemacht, und nicht einer war erwischt worden. Die für die Aufrechterhaltung der Ordnung bestellten Stadtsoldaten hatten wie alle ihre Köpfe in die Nacken gelegt und hinaufgestarrt, anstatt auf flinke diebische Finger zu achten.

Das ganze Unternehmen nahm fast drei Tage in Anspruch, so lange blieb niemand neugierig oder der Arbeit fern. Es ist nicht bekannt, ob während der langen Stunden dieser Arbeiten jemand Sibylla van Keupens gedachte. Sie war einige Tage zuvor im Morgengrauen und in aller Stille im Familiengrab der van Keupens beigesetzt worden. Es soll Stimmen des Protestes gegeben haben, da es eigentlich nicht angebracht war, ein ohne die Segnungen der Kirche gestorbenes Gemeindemitglied in der Kirche zur letzten Ruhe zu betten, aber die Stimmen blieben leise und verstummten rasch. Die Zeiten änderten sich, nach einem solchen Tod wurde dem Opfer wenigstens die geweihte Erde gegönnt. Und wer wollte so engherzig sein, wenn der für gewöhnlich strenge Hauptpastor selbst ihren letzten Weg begleitete? Das Gerücht, sie sei eine Erpresserin gewesen, geisterte schon durch die Stadt, glauben mochte es niemand, und die es besser wussten, schwiegen.

Rosina hatte überlegt, was Juliane van Keupen mit den verräterischen Bögen und Zetteln in Sibyllas Mappe tun würde. Sie hoffte, sie würde sie verbrennen.

Über Zacharias Meinert hingegen wurde viel gesprochen. Der Blick hinauf zum Turm und der Brüstung der ersten Laterne ließ alle an seinen Sturz in die Tiefe denken. Niemand, der ihn gekannt hätte, absolut niemand, hätte ihm diese Taten zugetraut. Bigamie, Brandstiftung, Mord – undenkbar. Selbst für die, die gewöhnlich immer schon gewusst hatten, dass dieser oder jene von schlechtem Charakter sei. Sein Leichnam – das wurde einstimmig als zutiefst befriedigend beurteilt – war vom Hamburger Gebiet verschwunden. Nicht einmal in den anonymen Erdlöchern für die Hingerichteten auf dem Galgenfeld vor dem Steintor würde man ihn finden. Seine Mutter und Schwester waren aus Tönning gekommen, sie hatten ihn gefordert und bekommen. Niemand hatte gefragt, wo sie ihn begraben wollten.

Als die letzte Strebe angebracht und der Turm für die nächste Ewigkeit gesichert war, als er auch das erste ausgiebige Läuten aller sechs Glocken überstanden hatte, fand ein Dankgottesdienst statt. Alle eintausendfünfhundertsiebenundachtzig Plätze der Kirche waren besetzt, auch in den Gängen des Schiffs und der Emporen drängte sich das Volk.

Die große Orgel klang an diesem Tag besonders mächtig und strahlend.

Für den Abend dieses Tages hatten Claes und Anne Herrmanns zu einer kleinen Feier geladen, die allerdings ziemlich groß wurde, weil niemand absagte, sondern auch noch Cousins und Cousinen dritten Grades mitbrachte. Vielleicht lag es daran, dass alle sicher waren, dort Madam Vinstedt und ihren Gatten (der ausnahmsweise weniger interessierte) zu treffen. Es hatte Gerede gegeben, Überlegungen, ob alles stimmte, was man hörte, und nicht vielmehr diese Madam den unschuldigen jungen Kaufmann, immerhin den Schwiegersohn der alteingesessenen Bators, vom Turm gestoßen hatte. Ob sie nicht überhaupt an allem die Schuld trage, sogar am Tod Sibylla van Keupens. Schließlich gab es keine Zeugen für das nächtliche Drama auf dem Katharinenturm, und ein unleserlicher Zettel in einer alten Mappe war ein zweifelhafter Beleg. Überhaupt war auch der nur ein Gerücht, niemand hatte ihn seither gesehen.

Auch diese Stimmen verstummten bald. Rosina vergaß sie nicht, das Geraune verfolgte sie bis in den Schlaf. Mal stürzte sie im Traum in bodenlose Finsternis, mal hetzte sie, im Rücken eine unbekannte mörderische Gefahr, durch schlammige Wälder, immer in Gefahr zu versinken.

In der Nacht vor dem Fest träumte sie, sie sei wieder eine unbekannte Komödiantin in der Stadt. Sie irrte allein durch dunkle Gassen, niemand war da, auch die Becker'schen Komödianten hatten sie verlassen. Sie träumte, man klage sie des Doppelmordes an, sie habe Sibylla van Keupen getötet, weil die sie bei einem Diebstahl ertappt hatte, und Meinert vom Turm geworfen, als er ihr auf die Spur kam. Beim Urteil zum Tod auf dem Schafott, Vierteilung ihrer Leiche, Zurschaustellung ihres aufgespießten

Kopfes und der rechten Hand, brandete jubelnder Applaus auf. Es klang wie eine übermächtige Glocke. Sie hatte Blut gesehen, ihr eigenes Blut, das dem Scharfrichter den Arm hinabrann. Da endlich war sie aufgewacht, Körper und Geist noch voller Entsetzen.

Bis zu diesem Morgen war sie nicht sicher gewesen, ob sie zu dem Fest der Herrmanns' gehen wolle. Nun wusste sie es. Sie hatte sich lange genug verkrochen, sie würde ein paar dummen Menschen mit bösen Stimmen nicht erlauben, sie zu schrecken.

Vor dem Haus am Neuen Wandrahm stauten sich die Kutschen. Die Diele, der neue Tanzsaal, das Spielzimmer und auch das Speisezimmer und der Salon der Familie waren von zahllosen Kerzen erhellt, von irgendwoher klang das Spiel einer kleinen Kapelle, und die Dienstboten und Lohndiener liefen treppauf, treppab und hatten alle Hände voll zu tun. Im Tanzsaal war die lange Tafel für das Festessen aufgebaut. Elsbeth, die Köchin, hoffte, auch der neue unter den Tischen sei stark genug, all die Schüsseln, Platten, Karaffen, Terrinen, die Teller, Gläser und das silberne Besteck zu tragen.

Zur Begrüßung wurde perlender Wein aus der Champagne gereicht. Herrmanns lasse sich eben nicht lumpen, stellte Senator van Witten dröhnend fest und schlug unangemessen respektlos Hauptpastor Goeze auf die Schulter. Was den nicht erschüttern konnte, seine Schultern waren breit und daran gewöhnt, die Last der Gemeinde zu tragen. Was war dagegen ein Schlag der Senatorpranke?

Baumeister Sonnin wurde mit Applaus empfangen, er sah sich verwirrt um, solche Ovation war er nicht gewöhnt. Er würde auch so schnell keine wieder erleben.

Rosina stieg an Magnus' Arm mit erhobenem Kopf die Treppe zu den Festräumen hinauf, neugierige Blicke folgten ihnen, hier und da wurde geflüstert, doch die Hanseaten waren von jeher bekannt für ihre Zurückhaltung.

Über den eigentlichen Anlass des Festes, die Aufrichtung des Turms, wurde wenig gesprochen, abgesehen von einer kleinen, im Dunst aus Tabakspfeifen im Spielzimmer geführten Debatte über die Kosten, insbesondere das Honorar des Baumeisters. Der habe bei der ganzen Sache doch nur dabeigestanden oder sei mit seiner komischen Gerätschaft, diesem Theodolit, herumgelaufen.

Im kleinen Salon saßen Henny Wildt (tüchtig geschnürt) und Roswitha Stollberg mit einigen anderen Damen, nippten an ihrem Portwein und erörterten, ob es schicklich oder reine Amoral sei, wenn eine Dame in Männerkleidern im Herrensattel reite, wie es die verbannte dänische Königin getan hatte. Ausgangspunkt war die Erinnerung gewesen, dass Madam Vinstedt, damals noch die Komödiantin Rosina, einige Male als Mann verkleidet den Geheimnissen der Stadt auf der Spur gewesen war.

Zur Verblüffung der anderen votierte Mademoiselle Stollberg energisch für schicklich. Schließlich sei das auch Gewohnheit der großen Zarin Katharina, für Herrscherinnen galten eben andere Gesetze. Woraufhin alle ergeben seufzten, weil sie von Roswitha Stollbergs glühender Verehrung für die Zarin wussten. Die hatte ihre Ursache allerdings weniger in dieser Gewohnheit, sondern in der Gründung des Smolny-Instituts in Sankt Petersburg. Diese Lehranstalt für Mädchen stand nur adeligen Töchtern offen, doch was der Adel im russischen Reich war, war das Großbürgertum in Hamburg. Punktum. Roswitha Stollberg wäre die Erste gewesen, die eine solche Schule besucht hätte. Sie war schon immer ein wenig seltsam gewesen.

Als Magnus und der Syndikus, mit dem er nach Kopenhagen gereist war, sich in ein Gespräch über die Vorzüge von Pferden mit arabischem Blut vertieften und gegen ihre gute Erziehung die Dame in ihrer Gesellschaft vergaßen, machte Rosina sich auf die Suche nach Anne Herrmanns. Sie sah Blicke, die ihr folgten, überhörte Geflüster, sie entdeckte unter den Gästen bekannte Gesichter, manche nickten ihr lächelnd zu, alle unterhielten sich mit Freunden und Bekannten, mit Menschen, die ihnen ihr Leben lang vertraut waren. Vielleicht wäre es einfach gewesen, sich dazuzugesellen, doch heute schien nichts einfach. Sie brauchte dringend die Nähe einer wirklich vertrauten Freundin.

Endlich fand sie Anne. Sie umarmte Rosina, was sie als Dame des Hauses bei der förmlichen Begrüßung in der Diele hatte vermeiden müssen. Aber eine Gastgeberin hat nie Muße, so wanderte Rosina weiter, fand Madam Augusta im Gespräch mit einer Dame im entengrützengrünen Kleid. Sie sprachen Dänisch miteinander, es schien sich um gemeinsame Erinnerungen zu handeln, und Rosina schlenderte weiter.

Schließlich stand sie an einem Fenster im Salon, sah hinunter auf die dunkle Straße, von der Laterne neben dem Portal einige Fuß notdürftig erleuchtet, sah den Nebel herankriechen und fühlte sich fremder denn je zuvor. Sie schalt sich töricht, niemand war ihr unfreundlich begegnet, und sie hatte doch nie eine Neigung zur Melancholie gehabt. Es half wenig.

Sie dachte an die fremde Tote in der Katharinenkirche. Es war nicht endgültig bewiesen, dass sie Zacharias Meinerts Frau gewesen war. Nicht, bis Nachricht von ihrem Vater aus Java kam, dass sie nach Europa gereist sei, was mindestens ein Jahr dauern würde. Aber die Wahrscheinlichkeit war groß. Rosina wusste nicht einmal ihren Namen. Meinert hatte ihn nicht genannt.

Sie musste ihm misstraut haben. Die Reise von Java nach Amsterdam dauerte mindestens ein halbes Jahr, bei sehr gutem Wind vielleicht weniger, bei ungünstigem um Wochen länger. Sie hätte sich kaum der Strapaze einer solchen Schiffspassage um den halben Erdball ausgesetzt, wenn sie von seinem Tod überzeugt gewesen wäre. Nein, sie musste ihm bald gefolgt sein und in Amsterdam herausgefunden haben, dass er nun in Hamburg lebte. Sie musste, fieberkrank und von der Reise völlig erschöpft, im Hafen in die nächste Unterkunft gekrochen sein. Sie hatte keine Zeit mehr gehabt, ihn zu finden, ihr Leben war zu schnell geendet. Dabei wäre es einfach gewesen. Als Schwiegersohn der Bators war Meinert im Hafen und in den Kontoren bekannt.

Zwei betrogene Frauen, eine getötete – für ein Leben in Wohlstand, für eine angesehene Position. Und bei aller Teufelei für die Liebe zu seiner zweiten, der unrechtmäßigen Ehefrau. Das sicher auch.

Sie versuchte sich Barbara Meinert vorzustellen. Es hieß, sie habe ihren Mädchennamen wieder angenommen. Es würde wenig nützen. Käme sie je zurück in ihre Heimatstadt, würde niemand ihre Geschichte vergessen haben. Sie haftete ihr an wie ein unauflöslicher Schatten und musste ihr Leben mit Misstrauen vergiften. Wann kannte man einen Menschen? Selbst wenn man ihn liebte. Wann konnte man ihm blind vertrauen?

Ein Hauch von Lavendel umfing sie. «Meine allerliebste Madam Vinstedt», hörte sie Magnus' Stimme nah an ihrem Ohr, «Ihr solltet nicht so allein sein. Darf ich um Euren Arm bitten? Es wird endlich zu Tisch gerufen.»

Es wurde auch für Rosina noch ein schöner Abend. Die Speisen waren delikat, der Wein und die Liköre erlesen, das kleine Konzert auf dem Cembalo, zu dem Monsieur Bach sich auf Drängen Madam Augustas ziemlich schnell überreden ließ, war ein Ohrenschmaus und dauerte nicht zu lange. Überhaupt war die Stimmung glänzend.

Nur einmal, als eine Dame in Rosinas Nähe Barbara Meinert erwähnte, wurde es für eine Minute ein wenig stiller. Die junge Madam Meinert galt als das eigentliche Opfer der Ereignisse, obwohl natürlich auch der Hinweis auftauchte, sie habe sich diesen Mann selbst ausgesucht, man dürfe jungen Frauen in so wichtigen Entscheidungen eben nicht nachgeben. Die ausgezeichneten Empfehlungen der Amsterdamer Verwandtschaft für Zacharias Meinert, die Monsieur Bator mit der Wahl seiner Tochter hatten hochzufrieden sein lassen, wurden dabei großzügig übergangen. Barbara Meinert war vor wenigen Tagen in Gesellschaft ihrer Mutter abgereist, es hieß nach Schottland, wo sie auf unbestimmte Zeit in der Obhut einer als so schrullig wie unkonventionell berüchtigten Großtante bleiben wollte.

Während die Desserts aufgetragen wurden, machte eine frohe Nachricht die Runde: Juliane van Keupen würde gesund werden. Es hatte drei Tage gedauert, bis sie nach jener schrecklichen Nacht wieder zu Bewusstsein gekommen war. Zu ihrem Glück erinnerte sie sich nur bis zu dem Moment, als sie die Kirche betrat. Vielleicht hätte man ihr nicht so bald erzählen dürfen, was danach geschehen war, vielleicht war der späte Schrecken schuld an dem schweren Fieber, das sie, die Überlebende, beinahe doch noch getötet hätte.

Meister Taubner hatte Tag für Tag an ihrem Bett gewacht, was Mademoiselle Stollberg absolut *nicht* schicklich fand. Viele stimmten ihr flüsternd zu. Jedenfalls bis Madam van Witten fröhlich verkündete, es sei doch wunderbar, wenn zwei nicht mehr ganz junge Menschen nach so vielen Wirrungen und Schicksalsschlägen doch noch zueinanderfänden. Im Übrigen solle niemand das Handwerk geringschätzen, wofür ihr vor allem die Amtsmeister unter den Gästen applaudierten.

Irgendwann, dachte Rosina, würde auch jemand von der Honorigkeit einer Madam van Witten sagen, man dürfe die Schauspielkunst nicht geringschätzen.

Irgendwann.

GLOSSAR

―――◇―――

Amt Andere Bezeichnung für Zunft/Innung

Arne, Thomas Augustine, Dr. (1710–1778) Der britische Komponist schrieb Opern, Oratorien, Kantaten, Symphonien und Orgel-, Klavier- und Cembalokonzerte. Er arbeitete viele Jahre als Hauskomponist des renommierten Londoner *Drury Lane Theaters*, für das er Musiken für etwa vierzig Bühnenwerke produzierte, neben Singspielen vor allem zu Stücken von Shakespeare und Milton. *Rule, Britannia,* die bis heute volkstümliche Melodie (und Verherrlichung britischer Großmacht), stammt aus dem Finale des Stückes *The Mask of Alfred* (1740).

Bach, Carl Philipp Emanuel (1714–1788) Der zweite Sohn und Schüler Johann Sebastian Bachs studierte Jurisprudenz in Leipzig und Frankfurt/Oder, ab 1737 gehörte er zur Kapelle des preußischen Kronprinzen und späteren Königs Friedrichs II. Sein Spiel auf dem ‹Clavier›, dem Cembalo und dem Clavichord galt als unübertroffen. Im März 1768 folgte er seinem Patenonkel Georg Philipp Telemann im Amt des Städtischen Musikdirektors, als Kantor der fünf Hamburger Hauptkirchen und der Lateinschule *Johanneum*. Bach wurde zu seinen Lebzeiten weitaus höher geschätzt als sein genialer und heute berühmterer Vater. Zu seinem Hamburger Freundeskreis gehörten bedeutende Vertreter der norddeutschen Aufklärung wie J. G. (→) Büsch, J. A. H. Reimarus, G. E. (→) Lessing, M. (→) Claudius, F. G. Klopstock und J. H. Voß.

Batavia war bis 1950 der Name von Djakarta (bzw. Jakarta), der Hauptstadt Javas bzw. Indonesiens. Batavia wurde nach der Zerstörung des alten Jakarta 1619 durch den späteren niederländischen Generalgouverneur Jan Pieterszoon Coen auf den Ruinen der alten javaischen Stadt als Handels- und Verwaltungszentrum der niederländischen *Verenigde (→) Oost-Indische Compaganie* (VOC) aufgebaut. Der Name sollte an den germanischen Stamm der Bataver erinnern, der im Rheindelta siedelte, von den Römern unterworfen wurde und im 4. Jh. in den Franken aufging.

Baumhaus Das legendäre Gesellschaftshaus war nach seinem Standort am Eingang zum damaligen Binnenhafen benannt, der nachts durch ‹Bäume›, aneinandergekettete schwimmende Stämme bzw. Flöße, versperrt war. Das 1662 erbaute, weithin sichtbare, elegante Gebäude gehörte bis zum Abriss 1857 zu den Lieblingstreffpunkten des feinen Hamburg. Es bot Gaststätten, Spielzimmer und einen Saal für Bankette, Konzerte, Familienfeiern oder Bälle für bis zu 200 Personen, von der Dachterrasse den schönsten Blick über die Stadt und die Flusslandschaft. In zwei kleineren, eingeschossigen Seitenflügeln logierten Zollaufsicht und Schifferwacht, am Anleger machten die Fähren aus dem Umland fest.

Berline Die viersitzige, gut gefederte Kutsche hatte ihren Ursprung im Berlin des 17. Jh.s und galt hauptsächlich als Reisewagen, die Halb-Berline, *Berlingot*, war zweisitzig.

Bernstorff, Johann Hartwig Ernst (1712–1772; seit 1767 Graf von) leitete von 1751 bis 1770 die dänische Außenpolitik und die für das dänische Gebiet Schleswig-Holstein zuständige ‹Deutsche Kanzlei›. Er war Wegbereiter innerer Reformen und unterstützte und förderte vor allem im dänischen Gebiet lebende deutsche Dichter und Gelehrte wie F. G. Klopstock und den Forschungsreisenden C. Niebuhr. Durch (→) Struensees Einfluss abgesetzt, wurde er nach dessen Sturz zurückberufen, starb aber wenige Tage später. Sein Neffe Andreas Peter Bernstorff (1735–1797; seit 1767 Graf von) folgte ihm im Amt. Durch dessen Reformpolitik (z.B. Bauernbefreiung, Aufhebung der Leibeigenschaft, Frieden fördernde Verträge mit anderen Reichen) erlebte Dänemark eine Blütezeit.

Böden Etagen der Speicherhäuser

Bönhase Handwerker ohne Meisterprivileg, damit ohne (von den Ämtern gewährte) Arbeitserlaubnis für die Stadt. Sie konnten nur im Verborgenen arbeiten, das geschah häufig auf Dachböden (plattdeutsch Bö[h]n). Ertappt und pflichtgemäß gemeldet, wurden sie zu fleißig gejagtem Freiwild für jedermann. Es war ihnen jedoch erlaubt, im Auftrag eines Bürgers in dessen Haus zu arbeiten.

Brandschutz Der Feuerschutz galt in Hamburg als gut und unterlag strengen Verordnungen. In jedem Haus mussten Löscheimer bereitstehen, in jedem Kirchspiel bei der Kirche 100, eine fahrbare Spritze, Leitern und Einreißhaken. ‹Feuerschauer› kontrollierten diese Vorsorge. In den engen, im 18. Jh. noch zum allergrößten Teil aus Fachwerk mit Holz, Stroh oder Reisig und Lehm gebauten Häusern kam es trotzdem immer wieder zu Bränden. Als feuersicher geltendes Bauen mit den teuren Backsteinen wurde schon 1350 vom Rat prämiert, Brandstifter mit dem zur Untat passenden Erstickungstod bestraft. Ab 1728 standen 25 ‹Feuerlöschanstalten› mit je 20 halb ehrenamtlichen Männern in weißen Kitteln und einer Spritze an verschiedenen Stellen der Stadt in ständiger Bereitschaft, zusätzlich – eine Novität – zwei Schiffsspritzen. 1780 rückten sie ca. 30-mal aus. 1676 brannten 24

Häuser am Cremon, die Ratswaage und der Neue Kran nieder. Der letzte Großbrand vor dem berüchtigten von 1842, der weite Teile der Altstadt vernichtete, fraß anno 1684 beim Kehrwieder und Schiffbauerbrook auf der Brookinsel 214 Häuser. 1863 konstruierte der Hamburger Spritzenmeister Hannibal Moltrecht eine der ersten Dampfspritzen auf dem Kontinent. Eine Berufsfeuerwehr wurde 1872 eingeführt.

Bücherbuden Neben einigen Buchhandlungen, wie den großen Bibliotheken für den Bedarf Gelehrter und gebildeter Kaufleute, gab es Bücherbuden für weniger anspruchsvolle Literatur, dort wurden auch ‹unsittliche› Bilder und Pamphlete verkauft. In sogenannten ‹Avisenbuden› wurden deutsche, französische, englische oder italienische Zeitungen und wissenschaftliche Periodika verkauft oder gegen eine Gebühr zum Lesen angeboten. Wer das nicht gelernt hatte, ließ sich vorlesen, zumeist in den Wirtshäusern. Von dem als Vater der deutschen Schauspielkunst geltenden Conrad Ekhof z. B. ist überliefert, er habe anno 1747 im Klappmeyer'schen Weinhaus Nachrichten vorgelesen und erläutert. In Leihbücherbuden (z. B. in den Jahren um 1770 am Katharinenkirchhof) konnte man neben deutschen auch englische und französische Romane ausleihen, allerdings wohl keine zeitgenössische Literatur.

Büsch, Johann Georg (1728–1800) gehörte 1765 zu den Gründern der bald *Patriotische Gesellschaft* genannten *Hamburgischen Gesellschaft zur Beförderung der Künste, Manufakturen und nützlichen Gewerbe*, in der sich zum ersten Mal Angehörige verschiedener Stände, Gewerbe und Religionsgemeinschaften zusammenschlossen. Die Vereinigung wurde zum Mittelpunkt der Hamburger Aufklärer und aktiven Reformer. Patriotisch meinte gemeinnützig, der Schwerpunkt des Engagements lag auf dem Wirtschafts-, Bildungs- und Sozialwesen. Mit J. G. Klopstock begründete Büsch eine Lesegesellschaft, in der die Frauen die Lektüre auswählten. Ab 1756 lehrte er als Professor der Mathematik am Akademischen Gymnasium, wo er ab 1764 auch öffentliche Vorlesungen hielt. Seit 1768 war er zudem Mitgründer und Lehrer an der neuen *Handlungs-Academie*, die er ab 1771 leitete. Die Schule versorgte junge Männer aus ganz Europa erstmals organisiert mit wirtschaftstheoretischem Fachwissen, einer der später bekanntesten Schüler war Alexander von Humboldt. Etliche Hamburger argwöhnten allerdings, die zahlreichen Nichthamburger würden als gut ausgebildete Konkurrenten später dem Handel der Stadt schaden. Nach der Marineschule (1749) und der (schulgeldfreien) Schule für Bauzeichnen (ab 1767, drei Stunden wöchentlich nach Feierabend) war die *Handlungs-Academie* die dritte berufliche Fachschule. 1770 folgten die Schule für Freihandzeichnen (für ‹Designer› u. a. der Kattundruckereien). Büsch war ein origineller und mutiger Denker und ein so fleißiger wie verdienstvoller Publizist mathematischer, philosophischer, wirtschaftswissenschaftlicher, pädagogischer und auch autobiographischer Werke.

Büsch, Margarete Auguste, geb. Schwalb (1739–1798) Die gesellige und als stets fröhlich beschriebene Ehefrau J. G. (→) Büschs war das Zentrum des sogenannten Büsch-Kreises, einem der Zirkel der Hamburger Aufklärer-Gesellschaft. Sie hatte an den Unternehmen ihres Ehemanns aktiven Anteil; neben der Literatur liebte sie (wie viele ihrer Freunde und Freundinnen) besonders das Kartenspiel.

Caroline Mathilde (1751–1775) Die Schwester des englischen Königs George III. und hannöverschen Kurfürsten wurde 1766 – 15-jährig – mit dem zweieinhalb Jahre älteren und ein Jahr später gekrönten Christian VII. von Dänemark verheiratet. Die Ehe mit dem geisteskranken jungen König wurde ein Desaster. Nach Aufhebung der Ehe und Verbannung nach Celle (anstatt in eine dänische Festung, auf Drängen des englischen Königs) ohne ihre Kinder starb sie dort am 10. Mai 1775 und wurde in der Fürstengruft der Celler Stadtkirche ‹vor Mitternacht› beigesetzt. Ihre und J. F. (→) Struensees Tochter Louise Augusta blieb legitime dänische Prinzessin. Sie soll eine so intelligente wie energische Frau gewesen sein. 1786 wurde sie mit Erbprinz Friedrich Christian von Holstein-Augustenburg verheiratet und durch ihre Nachkommen Ahnin etlicher hochadeliger und gekrönter Häupter, so wurde z. B. ihre Ururenkelin Augusta Viktoria von Holstein-Augustenburg als Ehefrau Kaiser Wilhelms II. letzte deutsche Kaiserin und Königin von Preußen.

Claudius, Matthias (1740–1815) Der im holsteinischen Reinfeld geborene Dichter war nach kurzer Zeit als gräflicher Sekretär in Kopenhagen Redakteur bei den (→) *Hamburgischen Addreß-Comtoir-Nachrichten*; von 1771 bis 1775 redigierte er den viermal wöchentlich erscheinenden *Wandsbecker Bothen*, je vier Seiten auf billigem Papier, drei für Nachrichten, eine für Literatur. Die Beiträge erschienen anonym, sie sollten mit launiger Literatur, Rezensionen und Kommentaren mit klarer Meinung gefüllt werden. Ihr Prinzip folgte Weisheit, Vernunft und Toleranz. Trotz der kleinen Auflage gehörte der *Wandsbecker Bothe* zu den angesehensten Blättern des späten 18. Jh.s, nahezu alle in der aufklärerischen Literatur und Publizistik bedeutenden Autoren lieferten Texte.

Commerzdeputation Die Vorläuferin der Handelskammer wurde 1665 von Großkaufleuten als selbständige Vertretung des See- und Fernhandels gegenüber Rat und Bürgerschaft gegründet. Sie hatte sieben Mitglieder (sechs Kaufleute und einen Schiffer) und gewann bald großen Einfluss auf Handel und Politik. Ihre 1735 gegründete Bibliothek besaß schon nach 15 Jahren etwa 50000 Bücher und gehörte zu den größten und bedeutendsten Europas. Ab 1767 unterstand ihr auch die 1619 nach Vorbildern in Venedig und Amsterdam gegründete Hamburger Bank für den Giro- und Wechselverkehr. Die schuf mit der ‹Mark Banco› eine stabile (durch die Kundeneinlage von Silberbarren gedeckte) Währung für den lokalen und internationalen Geldverkehr. In jenen Zeiten verwirrender Vielfalt der Währungen von ständig schwankendem Wert wurde die zuverlässige Bancomark schnell eine der gefragtesten Währungen im europäischen Handel. Das Gebäude der Commerzdeputation, das Commerzium, stand passend neben Rathaus und Börse.

Diakone Die ordinierten Prediger, d.h. Pastoren an den Hauptkirchen, waren für Liturgie und Seelsorge zuständig. Der Archidiakon war der oberste der Diakone und stand in der Hierarchie direkt unter dem (→) Hauptpastor.

Eimbeck'sches Haus Das Gebäude aus dem 13. Jh. stand an der Straße Dornbusch. Es beherbergte zunächst Rat, Gericht und eine Schänke und wurde nach dem Bier aus Eimbeck (heute: Einbeck) benannt, das nur hier ausgeschenkt werden durfte. Als Gesellschaftshaus blieb es durch die Jahrhunderte ein beliebter Treffpunkt der Bürger. Im 18. Jh. befanden sich hier u. a. auch ein Anatomisches Theater, eine Hebammenschule und ein Sezierraum, in dem ‹Selbstmörder und von unbekannter Hand gewaltsam Getötete› entkleidet zur Schau gestellt und mitunter seziert wurden. 1769 wurde das Haus abgerissen und bis 1771 prachtvoll neu erbaut, 1842 fiel es dem ‹Großen Brand› zum Opfer, nur die Bacchusstatue vom Eingang des Hauses wurde gerettet. Sie bewacht nun den Ratskeller im «neuen» Rathaus.

Epitaphien Die großen Gedächtnistafeln für Verstorbene wurden an Innenwänden, Säulen oder Außenwänden der Kirchen angebracht. Seit der Renaissance hatten die Epitaphien eine architektonische Rahmung und trugen oft das Porträt des/der Verstorbenen oder der Stifter, im Barock wurden sie besonders reich ausgebildet, auch mit figürlichen Darstellungen. (→) Sankt Katharinen war reich an bis ins 16. Jh. zurückgehenden Epitaphien, sie wurden bis auf zwei, wie fast die ganze reiche Ausstattung der alten Kirche, Opfer der Zerstörungen des Zweiten Weltkriegs.

Ewer Der in den vergangenen Jahrhunderten meistgebaute deutsche Segelschifftyp. Die Bezeichnung leitet sich seit dem 13. Jh. von holländisch *envarer* für Einfahrer ab. Für die Hamburger, die Anrainer der ganzen Unterelbe wie für Bewohner anderer Küstenregionen war der Ewer im 18. Jh. das Allround-Schiff für alle Gelegenheiten. Das offene, einmastige Fahrzeug mit kräftigem flachem Boden und von unterschiedlicher Größe wurde z. B. zum Transport landwirtschaftlicher Produkte und Brennmaterial aus dem Umland, als Fährschiff oder als Postewer, aber auch für die Flussfischerei eingesetzt.

Fleete werden die Gräben und Kanäle genannt, die seit dem 9. Jh. zugleich als Entwässerungsgräben, Müllschlucker, Kloaken, Nutz- und Trinkwasserleitungen und als Transportwege dienten. Manche waren (und sind es noch) breit und tief genug für Elbkähne. Viele Fleete fallen bei Ebbe flach oder trocken, so wurden die Lastkähne mit auflaufendem Wasser in die Fleete zu den Speichern u. a. Häusern in der Stadt gestakt, entladen und mit ablaufendem Wasser zurückgestakt (siehe auch (→) Schute).

Fronerei Die Fronerei im Zentrum der Stadt am ‹Berg› genannten Platz südwestlich der Hauptkirche Sankt Petri war der Kerker für die abgeurteilten Schwerverbrecher, die in jenen Zeiten zumeist noch mit dem Tod bestraft wurden. Der Scharfrichter wurde auch als Fron bezeichnet. In diesem Roman beherbergt die Fronerei auch den (→) Weddemeister und eine Art Untersuchungsgefängnis. Im Keller befand sich eine «Marterkammer» für «peinliche Befragungen», die zu dieser Zeit nur noch mit Genehmigung des Rats durchgeführt werden durften. Die letzte offizielle Folterung fand in Hamburg 1790 statt. Für Gefangene der bürgerlichen Klassen (überwiegend säumige Schuldner und Betrüger) wurde 1768 in dem aus dem 14. Jh. stammenden Turm des alten Winser Tores am Messberg eine (allerdings erheblich gemütlichere) Arrestantenstube eingerichtet.

Fuß Die Maße und Gewichte waren im 18. Jh. wie die Währungen ein einziges Kuddelmuddel. Handelsstädte wie Hamburg veröffentlichten ausführliche Listen und Umrechnungstabellen, um den internationalen Handel in dieser Hinsicht halbwegs reibungslos zu gestalten. Ein «Fuß hamburgisch» hatte 12 (→) Zoll und entsprach 0,2866 m.

Gängeviertel Die seit dem beginnenden 17. Jh. durch rapides Anwachsen der Bevölkerung immer enger werdende Stadt führte innerhalb der Befestigung zu wilder Bautätigkeit. Besonders in der nördlichen Neustadt und im südöstlichen Umfeld der Hauptkirche Sankt Jakobi entstanden Labyrinthe aus teilweise extrem schmalen Gassen (Gängen) und verwinkelten Höfen zwischen immer maroder werdenden, aufgestockten und angebauten Fachwerkhäusern – Elendsquartiere mit dramatischen hygienischen und sanitären Verhältnissen. Eine Untersuchung im späten 18. Jh. ergab, dass etliche, die hier lebten, nicht einmal ein eigenes Hemd besaßen. Den Bürgern galten die Gängeviertel als Brutstätte allen sittlichen und kriminellen Übels. Durch die Nähe zum Hafen und die billigen Unterkünfte entstand hier spätestens im 19. Jh. eine Arbeitersubkultur. Seit Mitte jenes Jh.s wurde der Abriss diskutiert, doch erst nach der Choleraepidemie 1892 und dem Hafenarbeiterstreik 1896/97 begann die Flächensanierung. Als Letztes wurde zwischen 1933 und 1938 das als Hochburg der KPD geltende Gängeviertel um den Großneumarkt im Schatten der Michaeliskirche abgerissen, offiziell, aber sicher nicht nur aus hygienischen Gründen.

Geistliches Ministerium Auch in Hamburg waren Politik und Kirche aufs engste verbunden. Um der Macht des Rats und der bürgerlichen Kirchenkollegien etwas entgegenzusetzen, schlossen sich im 16. Jh. die (→) Hauptpastoren, der Superintendent, der Dompastor und die (→) Diakone der Hauptkirchen zum vor allem beratenden Geistlichen Ministerium zusammen.

Goeze, Johann Melchior (1717–1786) war nach dem Studium in Jena und Halle und als Prediger in Aschersleben und Magdeburg ab 1755 Hauptpastor an (→) Sankt Katharinen in Hamburg, von 1760–1770 auch Senior des (→) Geistlichen Ministeriums. Ob es um alltägliche oder Fragen wie die der Sittlichkeit des Theaters, der Ewigkeit der Höllenstrafen oder der Mission Andersgläubiger ging,

Goeze war ein sprachgewaltiger unermüdlicher Streiter für die lutherische Orthodoxie. Vom Senioramt trat er zurück, nachdem er in einem langen, publizistisch wie von derselben Kanzel ausgetragenen theologischen Streit mit seinem der Aufklärung nahestehenden Prediger Julius Gustav Alberti nach einem Machtwort des Rats unterlag. Der Nachwelt ist er durch die äußerst erbittert geführte theologische Auseinandersetzung mit (→) G. E. Lessing bekannt.

Gotteskasten Ab den ersten Jahrzehnten des 16. Jh.s gab es in allen Hamburger Kirchspielen nach dem Beispiel der Sankt Jakobikirche einen Gotteskasten, eine veritable Kiste für milde Gaben. Der Gotteskasten in (→) Sankt Katharinen hatte die Größe einer Truhe, war gründlich mit Eisen beschlagen und von drei Schlössern gesichert. In der gleichen Zeit wurde ein zentraler Gotteskasten eingerichtet, der alle Gaben der Stadt sammelte, auch größere Spenden wie Nachlässe oder Renten, um die Armen unabhängig von ihrem Kirchspiel besser versorgen zu können. Leider hat das nie wirklich funktioniert. Das auch als Armen- und Arbeitshaus fungierende Werk- und Zuchthaus blieb für viele samt ihren Kindern die einzige, wenn auch äußerst unangenehme Rettung.

Grimm Auch wenn man es heute nicht mehr sieht, bestand Hamburg in seinen ersten Jahrhunderten aus Inseln. Grimm bezeichnete zunächst die hier gelegenen sumpfigen Alstermarschen (der nahe Nikolaifleet ist tatsächlich der endende Alsterlauf), nach dem Beginn der Eindeichung und Besiedelung um 1200 entstand die Grimm-Insel. Im 18. Jh. gehörte sie schon zur hafennahen Altstadt.

Habit Bis zur Reform anno 1786 nach dem Tod J. M. (→) Goezes, diesem Bollwerk der alten Zeit, trugen die Diakone die farbenreichen Messgewänder aus katholischer Zeit. Der lange schwarze Ornat (wie der der Ratsherren) mit der weißen Halskrause war den (→) Hauptpastoren vorbehalten. Darunter wurde der Unterhabit getragen, das lange schwarze mantelartige Kleid auch katholischer Priester. Wahrscheinlich trugen sie den auch bei anderen amtlichen Beschäftigungen und Wegen; wie sie sich in dieser an Berufstrachten noch reichen Zeit sonst kleideten, z. B. bei privaten Besuchen, ist unbekannt.

Händel, Georg Friedrich (1685–1759; in England George Frideric Handel) Der sächsische Komponist war Organist in Halle/Saale, Geiger und *maestro al cembalo* an der Hamburger Oper (an der Elbe überlebte er ein Duell mit seinem Kapellmeister auf dem Gänsemarkt). Er bereiste Italien, bevor er 1710 kurfürstlicher Kapellmeister in Hannover wurde und seinem 1714 zum englischen König berufenen Kurfürsten nach London folgte. Besonders seine Opern, Oratorien und höfischen Festmusiken verbreiteten seinen Ruhm über ganz Europa. Er gilt als der erste deutsche Musiker von Weltruhm. Händel erblindete 1752, er starb 1759 und wurde in der Westminster Abbey beigesetzt. Während sein Oratorium *Der Messias* heute noch zu den bedeutendsten zählt, ist das gleichnamige seines alten Freundes G. Ph. Telemann nahezu vergessen – wie das Letzterem zugrundeliegende, damals hymnisch gefeierte ellenlange, über mehr als zwei Jahrzehnte entstandene religiöse Versepos von F. G. Klopstock.

Hamburgische Addreß-Comtoir-Nachrichten Die zuerst im Januar 1767 mit acht Seiten erschienene Zeitung für Handel, Schifffahrt und Börse, einige lokale Nachrichten und auch die Geschichte Hamburgs gilt als eine der ersten deutschen Handelszeitungen. 1768–70 war Matthias (→) Claudius ihr Redakteur. Kulturelles war in den *Hambur-*

gischen Addreß-Comtoir-Nachrichten weniger vorgesehen, weil der junge Dichter aber trotz des Hungerlohns mehr Sinn für Drama, Komödie und Poesie hatte, wurde er entlassen. Ab 1771 war er Redakteur des *Wandsbecker Bothen*. Die *Hamburgischen Addreß-Comtoir-Nachrichten* gingen 1826 in der zuerst nahezu gleichzeitig erschienenen *Hamburgischen Neuen Zeitung* auf, die 1846 eingestellt wurde.

Hamburgischer Correspondent Die Zeitung erschien seit dem 1. Januar 1731 viermal wöchentlich mit einer Auflage von bis zu 30 000 Exemplaren (mehr als das Dreifache der schon berühmten Londoner *Times*). Sie blieb bis 1851 führend und war viele Jahre die meistgelesene Zeitung Europas. Neben politischen Berichten aus aller Welt, Handels- und Schifffahrtsnachrichten wurden auch geistesgeschichtlich wichtige Diskussionen gedruckt, z. B. zwischen (→) Lessing, (→) Goeze, Bodmer, Gottsched und Lichtenberg. Aber auch Kleinanzeigen und – eine Sensation – Heiratsanzeigen.

Handlungs-Academie → Büsch, Johann Georg

Hanswurst Die wichtigste ‹komische Person› auf dem frühen deutschen Theater darf (und soll) alles, sie rülpst und furzt, lässt die Hosen runter, hantiert mit dem Klistier, ist dumm, gemein und schlau zugleich, prügelt und wird verprügelt. Der Hanswurst ist eine derbere, weniger listenreiche Variante des italienischen *Arlecchino* der *Comedia dell'Arte*, der ihn im Laufe des 18. Jh.s als Harlekin auch in Deutschland verdrängte. Es gab ihn auf allen europäischen (Wander-)Bühnen, in England als Punch, Clown oder Pickelhering, in Spanien als Leporello, in Frankreich als Pierrot, in Russland ist es Petruschka, in Holland als Jan Tambour.

Hauptpastor Die Hauptpastoren der fünf Hamburger

Hauptkirchen trugen die Verantwortung für Kirchenleitung, Schulaufsicht (Scholarchat, mit Rats- und anderen wichtigen Herren), Gremien, Aufsicht über den Nachwuchs etc. In ihrer Kirche hielten sie nur die Predigt im Hauptgottesdienst am Sonntag. Einführungs- und Schlussliturgie, auch das Abendmahl war Sache der (→) Diakone. Die anspruchsvolle Position war überaus angesehen und wurde gut bezahlt. Bewerber kamen von weit her, von den 28 Hauptpastoren zwischen 1712 und 1815 waren nur fünf in Hamburg geboren, nur sechs wurden aus der übrigen Hamburger Pastorenschaft gewählt.

Hauserin Haushälterin

Heuerbaas Stellenvermittler für Seeleute

Kaffeehaus Das Kaffeehaus, lange eine reine Männerdomäne, war Anlaufpunkt für Reisende aus aller Welt und Treffpunkt der Bürger und Diplomaten, Gelehrten und Publizisten, der wohlhabenden Reisenden; es gab Spielzimmer, internationale Zeitungen und jede Menge wirtschaftlichen, politischen und privaten Klatsch. Im Lauf der Zeit hatte jede ‹Szene› ihr Kaffeehaus, Hamburger Literaten und Gelehrte z. B. trafen sich im Dresser'schen bei der Zollenbrücke, in dessen Vorderzimmer sich die Redaktion der (→) *Hamburgischen Addreß-Comtoir-Nachrichten* befand. Hamburgs erstes Kaffeehaus wurde nahe Börse und Rathaus wahrscheinlich 1677 von einem englischen Kaufmann oder 1680 von dem Holländer Cornelius Bontekoe, dem späteren Leibarzt am preußischen Hof, eröffnet. Hamburg war zentraler Kaffee-Umschlagplatz für Nordeuropa. Ab 1763 passierten jährlich ca. 25 Millionen Pfund den Hafen, 1777 gab es in Hamburg 276 Kaffee- und Teehändler. Die wichtige Rolle der Kaffeehäuser zeigt, dass *Lloyd's*, eine der bedeutendsten Versicherungsgesellschaften bis heute, den Namen des Londoner Kaffeehausbesitzers trägt, an dessen Tischen sie Ende des 17. Jh.s mit Seeversicherungen entstand.

Kaiserhof am Neß Das renommierte Gasthaus für vornehme Gäste der Stadt wurde 1619 nur wenige Schritte von Rathaus und Börse erbaut. Seine Renaissance-Fassade galt als die schönste in Hamburg. Sie wurde bei Abriss des Gebäudes 1873 abgetragen und im Hof des hamburger *Museums für Kunst und Gewerbe* wiederaufgebaut. Dort ist sie heute noch zu sehen.

Kellinghusener Fayence Keramiken mit deckender weißer Zinnglasur gibt es seit dem 9. Jh., zuerst in Basra, Bagdad, Samarra und Persien, von dort kamen sie mit Händlern über Ägypten und Byzanz in den Mittelmeerraum, über Frankreich nach Holland und Hamburg, über Venedig nach Süddeutschland, Osteuropa und Skandinavien. Um 1760 begann die Fayenceherstellung – mit kurzer Blüte – in Schleswig-Holstein. In Kellinghusen (sechs Manufakturen) wurden vor allem Geschirr, Schüsseln, Fliesen und Teetischplatten mit zunächst einfacher blauer, später auch marineblauer, gelber, eisenroter und grüner Malerei hergestellt, zunehmend für den Geschmack kleinbürgerlicher und bäuerlicher Kundschaft, die bunte, preiswerte Ware wünschte. Nach dem Ende der Manufakturen im 19. Jh. werden heute in Kellinghusen wieder von Hand gefertigte Fayencen hergestellt.

König, Eva Katharina, geb. Hahn (1736–1778) Die kluge, gebildete und entschlossene Heidelberger Kaufmannstochter heiratete 1756 den aus Lüttringhausen stammenden Hamburger Bürger und Seidenhändler Engelbert König. Von den sieben Kindern dieser Ehe überlebten vier das Säuglingsalter. Nachdem Engelbert König am 20. Dezember 1769 auf einer Geschäftsreise in Venedig gestorben war, versuchte Eva König die kurz zuvor mit immensen Krediten (u.a. von ihrem Heidelberger Bruder) in Wien gegründeten Seiden- und Tapetenmanufakturen weiterzuführen bzw. zu verkaufen. Von ihren langjährigen Aufenthalten in Wien und der Zeit dazwischen in Hamburg ist ihr so ungewöhnlicher wie aufschlussreicher Briefwechsel mit G. E. (→) Lessing überliefert. Seit September 1771 waren sie heimlich verlobt, sie wollte ihn nur heiraten, wenn sie schuldenfrei wäre. 1775 hatte sie dieses Ziel, auch durch den schließlichen Verkauf der Manufakturen, erreicht, am 8. Oktober 1776 heiratete sie Lessing im Dörfchen Jork südlich der Elbe bei Hamburg. Wie ihre erste wurde auch diese Ehe überaus glücklich, Eva Königs Tod im Kindbett am 10. Januar 1778 in Wolfenbüttel, etwa zwei Wochen nach dem Tod des Kindes, hat Lessing nie verwunden.

Küterhaus Schlachthaus

Lessing, Gotthold Ephraim (1729–1781) Der Pastorensohn und ‹Feuerkopf› aus dem sächsischen Kamenz wurde nach dem Studium der Theologie (mit Ausflügen u. a. in Philosophie, Philologie, Archäologie und Medizin) in Leipzig und Wittenberg als freier Schriftsteller und Kritiker der bedeutendste Vertreter der deutschen Aufklärung. 1766 war sein kunsttheoretisches Werk *Laokoon oder Über die Grenzen der Malerei und Poesie* erschienen, die Hoffnung auf eine feste Anstellung in Berlin war vergeblich (der König mochte ihn nicht). Schon berühmt, doch arm wie eine Kirchenmaus, stand er «auf dem Markte und war müßig ...», als das Angebot kam, als Konsulent (Rechtsberater) und Dramaturg (als hauseigener Kritiker) an das neue Hamburger Theater zu kommen. Nach turbulenten Zeiten, u.a. (zur allgemeinen Verblüffung) als Sekretär General Tauentziens im Breslau des Siebenjährigen Krieges, hoffte er auf ruhige, angenehme Jahre und wollte seine ‹theatralischen Werke, welche längst auf die letzte Hand gewartet haben, daselbst vollenden und aufführen lassen›. Sein zeitkritisches Lustspiel *Minna von Barnhelm* wurde in Hamburg fertiggestellt und uraufgeführt (mit mäßigem Erfolg), er wurde Kompagnon des Druckerei-Besitzers und Übersetzers J. J. Ch. Bode und verlor dabei noch erheblich mehr als das Geld, das er mit dem Verkauf des größten Teils seiner Bibliothek für die Einlage zusammengekratzt hatte. Seine *Hamburgische Dramaturgie*, als eine zweimal wöchentlich erscheinende Theaterschrift gedacht, erschien blitzschnell in Leipzig als Raubdruck. Den Profit machten andere. Trotzdem lebte Lessing außerordentlich gerne in Hamburg, er schloss enge Freundschaften und genoss die vielfältigen Vergnügen und geistigen Anregungen. Im Herbst 1768 verließ er das Theater (leider auch ein Pleiteunternehmen), die Stadt 1770, um Bibliothekar im einsamen Wolfenbüttel zu werden. Dort folgten literarisch wenig produktive Jahre im steten Kampf mit der Melancholie. Seine späte und große Liebe, die verwitwete Kauffrau Eva (→) König, musste ihn nach der Verlobung im September 1771 fünf Jahre auf die Hochzeit warten lassen. Nach ihrem Tod am 10. Januar 1778 stellte er seinen Schreibtisch in ihr Sterbezimmer und bemühte sich, ihren Kindern ein guter Vater zu sein. Nach harten öffentlichen theologischen Auseinandersetzungen, insbesondere mit J. M. (→) Goeze, wandte er sich u. a. noch einmal dem Theater als ‹seiner Kanzel› zu und schrieb mit *Nathan der Weise* das große Plädoyer für die Toleranz zwischen den Religionen. Lessing starb am 15. Februar 1781 in Braunschweig.

Meile Europäische Längeneinheit von sehr unterschiedlichem Maß zwischen ca. 1,0 (Niederlande) und 10,688

(Schweden) km. In Kurhessen z. B. 9,2, in Westfalen (als ‹Große Meile›) 10, in Sachsen (als ‹Postmeile›) 2,5 Kilometer. Eine Hamburger Meile entspricht 7532,2 m.

Nachtwache Seit dem Mittelalter gab es in Hamburg professionelle Nachtwächter. Sie patrouillierten mit Musketen und Piken bewaffnet von Sonnenunter- bis Sonnenaufgang in schwarzen Mänteln und Hüten, achteten auf Nachtschwärmer, unredliches Gelichter und Feuer und riefen stündlich die Zeit aus. Hölzerne Schnarren dienten als Signalgerät und zum Herbeirufen von Verstärkung. 1770 taten 284 Männer (alle ehemalige Soldaten) in 64 Nachtwache-Distrikten Dienst. Die Bevölkerung nannte sie ‹Uhlen› (Nachteulen), als 1876 die Polizeibehörde die Aufgaben der Nachtwache übernahm, ging der daraus entstandene Spottname ‹Udl› auf Polizisten über.

Negligé Im 18. und 19. Jh. Bezeichnung für ein bequemes Hauskleid, tagsüber korrekt genug zum Empfang von Besuchern.

Neuer Wandrahm Der Name benennt seit dem 17. Jh. die Verlängerung des Alten Wandrahm. Beide Straßen liegen auf der Wandrahminsel, im Areal der heutigen, ab 1885 erbauten Speicherstadt. Bis zur Verlegung auf den noch südlicheren Grasbrook vor den Wällen im Jahre 1609 standen hier die Wandrahmen, große Gestelle, in die die Tuchmacher das gefärbte Tuch (Wand, Lein-Wand) zum Trocknen und Glätten einspannten. Der Begriff Wand für Tuch geht auf das 8. Jh. zurück. Er bedeutete in gotischer Zeit Rute und übertrug sich über die aus Ruten geflochtene (mit Lehm verputzte) Haus‹wand› auf das wie Flechtwerk strukturierte Gewebte.

Ostindische Kompanie, Vereinigte (Verenigde Oost-Indische Compagnie) Die VOC wurde 1602 in Amsterdam durch den Zusammenschluss einer Reihe von Vorgängervereinigungen gegründet. Die etwa zwei Jahrhunderte bestehende Kolonialgesellschaft für Ost- und Südostasien hatte nahezu staatliche Rechte und betrieb in harter Konkurrenz zur entsprechenden und letztlich überlegenen englischen Kompanie den lukrativen Handel mit Gewürzen, Textilien, Porzellan, Kaffee, Tee und weiteren Luxusgütern. Der Personalbedarf war enorm, die Sterberate auch. Zudem sanken allein von den gut 3300 Schiffen, die während der zwei Jahrhunderte des Bestehens der Kompanie von (→) Batavia zurückfuhren, 141, die meisten in den berüchtigten Stürmen vor Südafrika östlich des Kap der Guten Hoffnung. Ob aus Karrierehoffnungen, Abenteuerlust oder Not, mehr als eine Million Menschen stellten sich im Lauf der Zeit in den Dienst der VOC in Übersee, überwiegend Deutsche, viele ohne Kenntnisse oder Erfahrungen für ihre Aufgaben. Neben Kauf- und Seeleuten und Soldaten kamen Angehörige verschiedenster Berufe, vom Packhausknecht über Handwerker und Chirurgen zum Hauspersonal. Über Arbeit, Leben und Leiden für die VOC gibt es zahlreiche zeitgenössische autobiographische Berichte.

Papier d'Angleterre Schon Ende des 17. Jh.s klebten englische Tapetenhersteller Einzelbögen zu raumhohen Papierrollen zusammen. Das erlaubte größere Muster und leichteres Anbringen. Spätestens als Madame de Pompadour, Trendsetterin ihrer Zeit, Räume ihrer Wohnung damit ausstatten ließ, brach in Frankreich (und anderen Ländern) in Sachen Mode die Anglomanie aus. Mitte der 1760er Jahre wurde der wenig akkurate Schablonendruck durch den Mehrfarbendruck mit Holzmodeln wie beim Kattundruck üblich. Tapetenrollen setzten sich durch. Das Papier wurde auch mit Velours beschichtet, geprägte oder vergoldete Tapeten imitierten Spitze oder andere kostbare Gewebe, Pappmaché Stuckverzierungen. Als Alternative für holzgeschnitzte Zierleisten für den oberen Tapetenrand wurden preiswerte Papierborten angeboten.

Patriotische Gesellschaft → Büsch, Johann Georg

Pfund Ein Pfund entsprach in Hamburg 484,64 Gramm (= 16 Unzen à 30,29 Gramm)

Pince-nez Auf den Nasenrücken geklemmte Augengläser ohne Seitenbügel, auch Kneifer genannt.

Post Etwa 48 reitende Boten und 74 Postkutschen teilweise miteinander konkurrierender Postunternehmen verschiedener Staaten und der Thurn und Taxis'schen Reichspost verließen und erreichten Hamburg in der zweiten Hälfte des 18. Jh.s wöchentlich, davon überquerten 58 die Elbe. Briefe, auf den meisten Strecken auch Reisende, wurden so über den ganzen europäischen Kontinent, nach England und bis nach Konstantinopel befördert. Die mühsame Fahrt ging nicht nur über Landstraßen. Die Postkutsche nach Amsterdam z. B. fuhr zweimal wöchentlich am Hafen ab, es ging bei Blankenese über die Elbe, von Bremen über Oldenburg nach Groningen, zum Teil mit einer ‹Treckschut› (Treidelboot) über die Kanäle, schließlich per Segelschiff über die Zuidersee nach Amsterdam. Und von hier weiter in alle Welt.

Potpourri Duftgefäße mit hochgewölbtem perforiertem oder als Krone geformtem Deckel zum Entweichen der Wohlgerüche. Blüten und Kräuter werden darin mit Salz vermengt, das die Blüten konserviert, ihnen Feuchtigkeit und ätherische Öle entzieht und so zum Duften führt. Man benötigt immense Blütenmengen, z. B. zwei Pfund der federleichten Veilchen- oder Rosenblätter. Die Gefäße nehmen den Geruch an und werden für andere Nutzung unbrauchbar. Der Name stammt aus dem Französischen von *pot* für Topf und *pourrire* für verderben.

Reeperbahn Die langen, häufig überdachten Bahnen, auf denen Reepschläger Schiffstaue aus Hanf (Reep) drehten, befanden sich von 1626 bis 1883 westlich (Richtung Altona) der befestigten Stadt und etwas nördlich der nun so bezeichneten Vergnügungsmeile entlang der heutigen Seilerstraße.

Rötel Der weiche Pigmentfarbstoff ist ein bräunlich-rotes Gemisch aus Roteisenstein (Hämatit) und Ton oder Kreide. Zu Minen oder Stangen gepresst wurde Rötel besonders im 15. Jh., aber auch im Barock und Rokoko als Zeichenstift benutzt.

Russische Kolonisten 1763 ließ Zarin Katharina II., die Große genannt, in Ost- und Mitteleuropa Einwanderer anwerben, vor allem um unkultiviertes Land in einer bestimmten Wolgaregion nutzbar zu machen und neues Fachwissen in ihr Reich zu holen. Sie versprach jede Menge fruchtbares Land, Bodenschätze und Marktchancen aller Art, freie Wahl von Wohnort und Beruf, Religionsfreiheit und Befreiung vom Militärdienst (auch für die Nachkommen), Selbstverwaltung der Kolonien, zinslose Darlehen, je nach Niederlassungsort fünf bis 30 Jahre Steuerfreiheit. Etwa 28 000 folgten zwischen 1763 und 1775 der Lockung, zumeist aus Deutschland, der Schweiz und dem Elsass. Anno 1766 ‹stauten› sich in Lübeck für die Schiffsreise nach Sankt Petersburg 13 000 aus Mitteleuropa Angeworbene, im Ausweichlager Hamburg noch einmal 2000. Das waren viel mehr, als erwartet und finanziert werden konnten, die Kosten waren immens, der Nutzen relativ gering. Und das Paradies für die Siedler blieb ein Traum, viele wurden wie Leibeigene behandelt. Flucht war illegal, dennoch versuchten es viele. Der so umfassende wie abenteuerliche Reise- und Lebensbericht von Christian Gottlob Züge, der auf dem Landweg über Moskau zurück nach Gera flüchtete, gibt von alledem und dem russischen Alltag jener Zeit ein beeindruckendes Zeugnis.

Sankt Annen Kapelle und Kirchhof (ab 1565 auf dem Brook) gehörten zum Kirchspiel (→) Sankt Katharinen. Dort wurden bevorzugt Leichen armer Leute beerdigt, 1742 waren es 23 Erwachsene und 39 Kinder, oft auf Kosten des Kirchspiels, ausnahmsweise auch Selbstmörder. Die Bitte der Provisoren des Werk- und Zuchthauses anno 1771, dort ‹ihre› Leichen zu beerdigen, wurde empört abgelehnt.

Sankt Katharinen ist eine der fünf Hauptkirchen in der in fünf Kirchspiele aufgeteilten Stadt innerhalb der einstigen Befestigung/Wallanlagen. Sie wurde in Urkunden zuerst in den 1250er Jahren erwähnt, etwa 200 Jahre später wurde eine größere, in ihrem Grundriss der heutigen entsprechende dreischiffige Backsteinkirche erbaut. Bis zu ihrer weitgehenden Zerstörung im Zweiten Weltkrieg (und annähernd gleichem Wiederaufbau) wurde mehrfach um- und angebaut, besonders nach der Reformation um 1600 auch die Innenausstattung stark verändert. Der Turm, Nachfolger des ursprünglichen Dachreiters, entstand in mehreren Etappen. Die kupfergedeckte barocke Spitze wurde Mitte des 17. Jh.s errichtet und nach der Zerstörung rekonstruiert. Die lotrechte Aufrichtung und Stabilisierung durch Ernst George (→) Sonnin fand tatsächlich schon 1770 statt. Dass das Gold für die um die Pyramide der Turmspitze gelegte Krone aus Störtebekers Schatz stammt, ist eine ziemlich junge Legende. Im 18. Jh. war sie noch unbekannt. Als Johann Sebastian Bach sich anno 1720 als Organist für Sankt Jakobi bewarb (ob er abgelehnt wurde oder die Flucht ergriff, ist strittig), improvisierte er zwei legendäre Stunden lang auf der damals berühmten Orgel der Katharinenkirche, zur Freude und Bewunderung des von ihm verehrten steinalten Komponisten und Organisten von Sankt Katharinen Jan Adam Rein(c)ken.

Schute Ein flaches, meist offenes Fluss- oder Hafenboot ohne Segel, das gezogen oder geschoben wurde (und wird). In den Häfen wurden die Schuten zum Transport der Waren zwischen Schiffen auf Reede und an Wasserläufe grenzenden Lagerhäuser (Speicher) oder Märkte eingesetzt. In den Hamburger (→) Fleeten und anderen flachen Gewässern wurden Schuten auch gestakt.

Sheldon'sche Maschinen waren nach dem Schiffsbaumeister Sheldon benannt. Nach welchem, ist nicht genau bekannt, vermutlich nach Gilbert Sheldon (1710–1794). Seiner aus England nach Schweden eingewanderten Familie entstammten im 17. u. 18. Jh. mehrere leitende Schiffsbaumeister der Werft des 1680 gegründeten Karlskrona.

Sonnin, Ernst George (1713–1794) Nach dem Studium der Theologie, Philosophie und Mathematik in Halle arbeitete Sonnin in Hamburg als Privatlehrer und entwickelte als genialer Tüftler mechanische und optische Geräte. Erst mit 40 Jahren begann er als Baumeister zu arbeiten. Seine aus fundiertem Wissen entwickelten bautechnischen Methoden galten besonders bei Turmbau und -begradigung als verwegen, wenn nicht gar teuflisch. Die Michaeliskirche, das Hamburger Wahrzeichen, war sein berühmtestes Werk (mit Baumeister und Steinmetzmeister J. L. Prey, Innendekorationen von Sonnins Mitarbeiter und Freund seit seiner Jugend C. M. Möller). Er arbeitete häufig im Auftrag der (→) Commerzdeputation, als Bauhofmeister, eine Art städt. Oberbaudirektor, wollte ihn der Rat nicht. Zahlreiche Aufträge erhielt er aus dem Hamburger Umland und Lüneburg. Sonnin gehörte zu den aktiven Kreisen der Aufklärer und zu den Gründern der *Patriotischen Gesellschaft* (→ Büsch, J. G.).

Spinnhaus Das Gefängnis und Arbeitshaus, zunächst nur für ‹junge Diebe und liederliche Frauenzimmer›, d. h. gewerbsmäßige Prostituierte, wurde 1666 an der östlichen Binnenalster erbaut. Anders als das Werk- und Zuchthaus diente es ausschließlich dem Strafvollzug und bedeutete meistens lebenslängliche Haft bei harter Arbeit und körperlichen Strafen wie Stäupung, die Auspeitschung am Pranger.

Stadttore In der neuen, von einem breiten Wassergraben umgebenen Befestigung aus dem 17. Jh. war die Zahl der Stadttore aus Sicherheitsgründen reduziert worden: Es gab nach Westen (Altona) das am stärksten frequentierte Millerntor, nach Norden das Dammtor, nach Osten das Steintor und vor dem Stadtdeich im Südosten das Deichtor, nach Süden das Brook- und das Sandtor. Bei unterschiedlicher Mächtigkeit waren alle nach dem gleichen Prinzip gebaut: Von der Stadt führte ein Gewölbe durch den Wall, über eine Zugbrücke auf den Ravelin, einen schanzenartigen Vorbau im Wassergraben, durch ein weiteres Gewölbe über eine Zugbrücke und zum Schlagbaum vor der Toranlage. Bei Sonnenaufgang wurden die Stadttore geöffnet, bei Sonnenuntergang geschlossen. Zunächst wurde die Torsperre strikt eingehalten, später wurde bis Mitternacht gegen eine von Tor zu Tor erheblich variierende Gebühr Einlass gewährt, bei einigen Toren allerdings Fußgängern und Reitern auch so nicht. Zwischen Torsperre und Mitternacht zahlte am Ende des 18. Jh.s ein Fußgänger je nach Uhrzeit zwischen 4 und 8 Schillinge, ein Wagen 12 Schillinge bis zwei Mark, ein

Reiter acht Schillinge bis eine Mark. Das Stein- und das Deichtor konnten Fußgänger bis 21 Uhr frei passieren.

Struensee, Johann Friedrich (1737–1772) Der Sohn eines pietistischen Pastors und (mütterlicherseits) Enkel eines Arztes studierte ab 1752 in Halle Medizin, wurde schon 1757 Stadtphysikus, eine Art Amts-, Gefängnis-, Hafen- und Armenarzt, in Altona. Viele seiner zahlreichen engagierten Publikationen zu sozialen, medizinischen und politischen Themen wurden regelmäßig verboten. Während er noch überlegte, nach Ostasien auszuwandern, wurde er 1768 Reisearzt des dänischen Königs (Frankreich und England; in Oxford und Cambridge wurde Struensee die Ehrendoktorwürde verliehen), nach der Rückkehr nach Kopenhagen 1769 dessen Leibarzt. Als Vertrauter des kranken jungen Monarchen erlangte er schnell absolutistische Macht und versuchte in der kurzen Zeit seiner inoffiziellen Regentschaft als Geheimer Kabinettsminister eine Unmenge von neuen Bestimmungen und Reformen durchzusetzen. Viele waren gut, manche wurden später verwirklicht. Ein Staatsmann, erst recht ein kluger, war er nicht. Selbst die meisten seiner Freunde und Anhänger wandten sich bald von ihm ab, es war leicht für seine Gegner, ihn zu stürzen. Das gegen ihn verhängte und rasch vollzogene Urteil wurde dennoch besonders in aufgeklärten Kreisen in ganz Europa als barbarisch empfunden.

Struensee, Karl August (1735–1804) Der Bruder J. F. (→) Struensees studierte in Halle Theologie, Mathematik und Philosophie, wurde 1757 Professor an der Ritter-Akademie zu Liegnitz, 1771 berief ihn sein Bruder als Justizrat nach Kopenhagen. Bei dessen Sturz im Januar 1772 wurde Karl August Struensee in Festungshaft genommen, nach einem halben Jahr als unschuldig entlassen.

Nachdem der preußische König sein Ersuchen um eine Stelle im höheren Staatsdienst harsch abgelehnt und er die ihm ‹nur› offerierte alte Position in Liegnitz abgelehnt hatte, zog er sich zu wissenschaftlichen Studien auf sein Gut im Schlesischen zurück. Später wurde er in den Preußischen Staatsdienst berufen, zum Geheimen Finanzrat und Direktor der Seehandlung ernannt. Unter Friedrich Wilhelm II. wurde er in etwa zu dem ernannt, was wir heute Finanz- und Wirtschaftsminister nennen. 1789 erhob ihn Kronprinz Friedrich, der Sohn (→) Caroline Mathildes, in den Adelsstand.

Theodolit Gerät zum Messen von Horizontal- und Höhenwinkeln. Er wurde auch für astronomische Messungen verwandt.

Twiete bezeichnet in Norddeutschland eine enge Gasse als Durchgang zwischen zwei (twee) breiteren Straßen. Durch Entwicklung und Umgestaltung der Stadt im Lauf der Zeit veränderten sich auch einige Twieten. Die Neustädter Fuhlentwiete z. B. war im 18. Jh. eine durchschnittlich breite Straße; sie wurde außer von den üblichen schmalen, oft vom Alter schiefen Häusern aus Fachwerk von einigen reichen Gebäuden für ‹gut Betuchte› gesäumt, u. a. vom ‹Herrenlogiment›, ein säulengeziertes Palais und (wie der zweite Name ‹Ballhaus› verrät) eine Art frühes Fitness- und Sport-Center.

Unschlitt Der verarbeitete Talg von Rindern, Schafen und anderen Wiederkäuern, der u. a. zur Herstellung von Seifen und Kerzen verwandt wird. Während die besseren (nicht qualmenden) Bienenwachskerzen von Wachsziehern hergestellt wurden, wurden die billigeren und weniger hell brennenden Unschlittkerzen zumeist von Seifensiedern und Metzgern gegossen und verkauft.

Wedde Die Organisation der Hamburger Behörden und

Verwaltungen im 18. Jh. unterschied sich stark von der heutigen. Die Wedde ist nicht mit der heutigen Polizei gleichzusetzen, zu ihren Aufgaben gehörte u. a. die Registrierung von Eheschließungen und Begräbnissen, die Aufsicht über ‹die allgemeine Ordnung› und zum Teil Jagd auf Spitzbuben aller Art. Kein Prediger durfte ohne Erlaubnisschein der Wedde für das Brautpaar eine Trauung vornehmen. Die der Wedde vorgesetzte Instanz wurde Praetur genannt. Dass der gleich vier Senatoren vorstanden, zeigt Bedeutung und Vielzahl der Aufgaben. Als Praetoren waren sie in ‹Criminalsachen› entfernt der heutigen Staatsanwaltschaft (mit einer guten Prise Kriminalpolizei) ähnlich. Die Position eines Weddemeisters gab es meines Wissens in der hier dargestellten Form nicht, sie wurde eigens für die Romane um die Komödiantin Rosina kreiert.

Zoll Die seit dem 15. Jh. gebräuchliche Längeneinheit löste die im Mittelalter üblichen Maßeinheiten *dume* (Daumenbreite) und *vinger* (Fingerbreite) ab. Ein Zoll maß regional unterschiedlich zwischen 2,2 und 3 cm, in Hamburg 2,39 cm. Die Bezeichnung Zollstock für den zusammenklappbaren Messstab entstand im 18. Jh.

ERLÄUTERUNGEN UND DANKSAGUNG

---◇---

Die Begradigung des Turms der St. Katharinenkirche erfolgte tatsächlich schon vom 3. bis 5. September 1770. Ich habe mir die künstlerische Freiheit genommen, sie um zwei Jahre zu verschieben. Die geschilderten Umstände, die Anfeindungen und das Misstrauen auch von der Pastorenschaft entsprechen der damaligen Realität. Die Kirche St. Katharinen wurde im Zweiten Weltkrieg weitgehend zerstört und von 1950–1956 halbwegs originalgetreu wiederaufgebaut. Doch auch 1943 entsprach das Innere nicht mehr dem Zustand von 1772. Zum Beispiel war der Lettner nach 1814 nach dem Abzug der französischen Besatzungssoldaten entfernt worden (sie hatten die Kirche als Pferdestall genutzt und auch sonst nicht nett behandelt), die Reste der alten Wandmalereien waren übertüncht, das alte Schulhaus abgerissen, der Treppenaufgang zum Turm war schon wie heute nur von außen zugänglich. Die große Empore unter der kleinen Orgel war auf der Decke der zwischen Turmhalle und Kirchenschiff eingebauten sogenannten Winterkirche entstanden, ein mit verglaster Frontwand abgeschlossener Raum. 1772 ging man direkt von der Turmhalle unter einem mächtigen Rundbogen in das Schiff. Es gäbe noch viel zu erklären – wer es genauer wissen will, kann es in der umfänglichen Fachliteratur nachlesen. Allerdings nicht alles. Über die im 18. Jh. noch existierenden spätmittelalterlichen Fenster zum Beispiel gibt es auch dort keine Nachrichten. Eine weitere Korrektur ist anzufügen: Das Areal zwischen den Straßen Cremon und Mattentwiete war größer als hier geschildert und dicht bewohnt.

Für die Unterstützung meiner Recherche über die Arbeit in den Bibliotheken, dem Hamburger Staatsarchiv und mit spezieller Fachliteratur hinaus, habe ich wieder vielen zu danken. Matthias Behrmann ist zweimal mit mir auf den Katharinenturm gestiegen und hat auch sonst dreimal gestellte Fragen geduldig beantwortet.

Ohne das von Professor Herrmann Hipp gebaute Modell und seine Erläuterungen hätte ich die Sheldon'sche Maschine in ihrer verblüffenden Schlichtheit nie begriffen. Sein Hinweis auf den ungewöhnlichen Professor Büsch ist nicht vergessen.

Karl Peter Stolt, ehemaliger Hauptpastor an Sankt Katharinen, und Alexander Röder, Hauptpastor an St. Michaelis, verdanke ich insbesondere Aufklärung über Fragen wie die damaligen Rechte und Zuständigkeiten und die Hierarchie der Pastoren, die jeweilige Amtstracht oder den Ablauf der Gottesdienste anno 1772.

Dr. Angela Graf, Leiterin der Gerd Bucerius-Bibliothek im *Hamburger Museum für Kunst und Gewerbe*, und ihre Mitarbeiterinnen haben mich bei der Klärung der Geheimnisse des Stuckmarmors unterstützt.

Es gab in dieser Geschichte viele Gelegenheiten, in denen sich historische oder technische Fehler einschleichen konnten, falls das geschehen ist, gehen sie auf mein Konto.

Ein letzter, nicht minder herzlicher Dank geht an das Team im Rowohlt Verlag, insbesondere an Grusche Juncker und Gabriele Boekholt, die den diesmal ziemlich langsamen Prozess meiner Arbeit mit allerfreundlichster Nachsicht und Unterstützung ertragen haben.

Petra Oelker   Hamburg, im September 2006

Der Auftakt einer hanseatischen Kaufmannssaga.

Hamburg im Sommer 1895:
Nach dem Tod ihres Vaters kehrt die junge Henrietta aus Bristol an die Elbe zurück. Der alte Mann hat ihr kaum etwas hinterlassen, das Vermögen ist verschwunden. Henrietta glaubt sich immerhin durch ihren englischen Ehemann versorgt. Doch dann wird auf den Stufen des Vierländerin-Brunnens ein Toter gefunden ....